Théo
An der Grenze

Théo
An der Grenze
Roman

Hush now don't you cry
Wipe away the tear drop from your eye
You're lying safe in bed
It was all a bad dream spinning in your head

Your mind tricked you to feel the pain
Of someone close to you leaving the game of life
So here it is, another chance
Wide awake you face the day
Your dream is over...or has it just begun?

Théo

An der Grenze

Copyright by Théo 2013

Published with Createspace

ISBN-13: 978-1481293914
ISBN-10: 1481293915

Amsterdam, ich komme

Auf Interrail ist man in einer permanenten Erwartungshaltung. Wie wird es sein? Was werde ich sehen? Und wenn man angekommen ist, plant man bereits die Weiterreise, ist man in Gedanken schon am nächsten Ziel. Was kommt ist wichtiger als das, was ist. Und du verlierst den Blick für die Gegenwart.

1.

Die Tür zu unserem Abteil öffnet sich für den ersten Schaffner, dem wir auf dieser Fahrt unsere Tickets zeigen. Niedersachsen ist am Ende, nächster Halt Amsterdam. Kaum ist die Tür wieder zu, grinst mich Nicole an.

»Ich glaub das ja immer noch nicht, dass wir tatsächlich unterwegs sind«, sagt sie aufgeregt. Sie sitzt so aufrecht in ihrem Sitz, als hätte sie ein Brett im Rücken. Ihre kurzen dunkelblonden Haare hat sie hinter die Ohren gestrichen. Wenn sie grinst, bekommt sie ganz schmale Augen und einen breiten Mund, die Lippen fest zusammengepresst. Ich denke dabei immer an Meg Ryan.

Unter ihrer dunkelgrünen Windjacke blitzt weiße Schrift auf einem grauen T-Shirt. *who killed Laura* lese ich. Links fehlt *I know* und rechts *Palmer*. Das Bekenntnis des Spielverderbers auf ihrem T-Shirt wird besonders bei den Wörtern *who* und *Laura* in die Breite gezogen. T-Shirt. Habe ich genug dabei? Ein wenig zu spät, darüber nachzudenken. Sieben T-Shirts für vier Wochen. Wenn ich jedes T-Shirt zwei Tage anziehe, muss ich erst in Madrid waschen. Bei Unterhosen und Socken passt die gleiche Rechnung. Eine Jeans, zwei Shorts, Badelaken, Händehandtuch, und voll ist der Rucksack.

Im Gang vor den Abteilen trampeln sich die zugestiegenen Fahrgäste beinahe über den Haufen. Nicht wenige tragen große

Rücksäcke, Schlafsack oben, Zelt unten, Trinkflasche in der Seitentasche, Schuhe mit den Schnürsenkeln an den Laschen festgebunden.

Vor dem halb heruntergezogen Fenster knattert der Wind. Unseren ersten Tag auf Achse habe ich mir anders vorgestellt, mit Sonne und blauem Himmel, Hitze und Alkohol. Sollten wir nicht ein paar Bier öffnen? Michael hatte versprochen, einen Sechserträger mitzubringen, für jeden ein Bier, um auf die große Fahrt anzustoßen. Doch es scheint, als habe uns der Regen auch die Lust auf Bier vermiest.

»Wir haben es uns auch unheimlich leicht gemacht«, sagt Michael. »So können wir immer die Sechserzimmer in den Jugendherbergen mieten.«

In seiner Stimme liegt unangebrachte Ironie. Er ist schließlich im Dezember als letzter zu unserer Gruppe gestoßen und hat unsere Gruppe erst so groß gemacht. Aber zu fünft hätten wir es auch nicht leichter.

Michael dreht selber, raucht Kette, hält einen Mercedes schlicht für ein Fortbewegungsmittel und schwärmt von der sozialistischen Revolution. Sein Vater ist Abteilungsleiter bei einem der größten Arbeitgeber in Schnedigheim, einem Zulieferer für die Automobilindustrie. Michael hat stets einen blöden Spruch auf den Lippen und lässt seine Hemden immer offen, damit man seine behaarte Brust unter dem tief ausgeschnittenen T-Shirt besser sehen kann.

Manchmal glaube ich, er fährt am Wochenende nach Hamburg in die Hafenstraße und schmeißt zusammen mit Hausbesetzern Steine auf die Polizei. Er hat trotz seines proletenhaften Verhaltens immer etwas Elitäres, Distanziertes.

Er redet nicht viel und in seinem Schweigen erahne ich abgrundtiefe Verachtung für die pubertären Spielchen in unserem Jahrgang. Ich bewundere ihn manchmal für seine Coolness, auch Bastian redet immer mit viel Respekt von Michael, der als einziger in meinem Freundeskreis einen so dichten Bartwuchs hat, dass er sich jeden Tag rasieren müsste.

In diesem Punkt tut er mir ein bisschen leid, aber ich versuche mir diese Abneigung gegen Körperbehaarung nicht anmerken zu lassen. Nur einmal ist mir ein ‚haariger Affe' herausgerutscht. Daraufhin habe ich mir von ihm anhören müssen, ich könne mich mit einem trockenen Brötchen rasieren.

Stört mich nicht.

Michael war nie ganz Teil unserer Clique, und es überrascht keinen, dass seine zahlreichen Freundinnen nicht auf unsere Schule gehen.

»Aber es gibt doch kaum Sechserzimmer«, sagt Sonja mit großen Augen. Wieder einmal hat sie ihre mittellangen, dunkelbraunen Haare mit einer silbernen Spange gescheitelt. Braves Mädchen.

Sie hat die Ironie in Michaels Stimme nicht erkannt, aber das ist nichts Neues. Ich halte sie insgeheim für eine naive, dumme Nuss, die sich in der katholischen Dorfjugend engagiert.

Vor einem Jahr wurde der Kontakt zwischen uns enger. Das lag an einem von meinem Biolehrer nur spöttisch Kuppelvirus genannten Phänomen.

Es infizierte kurz nach den Sommerferien unseren Jahrgang. Nicole und Bastian kamen zusammen, Nicoles beste Freundin Bettina und der Rüpel des Jahrganges wurden ein Paar. Und in der zweiten Clique meines Jahrgangs, bei den Strebern, fanden sich ebenfalls zweimal zwei Herzen, selbst ich wurde leider von diesem Virus angesteckt.

Sonja wiederum fand in Tim, einem Freund von Bastian und mir, ihre verlorene Hälfte. Ihr Traummann, unser Traumpärchen. Beide katholisch und aus Dabbergost, einem Kaff vor den Toren unserer Kleinstadt. Dabbergost – wer aus diesem Dorf kommt, kann nur einen Schuss haben. Klingt wie eine Krankheit. Entschuldigung, sagt der Arzt nach der Untersuchung, aber Sie haben Dabbergost.

Jeden Morgen kamen sie mit dem Schulbus, jeden Nachmittag fuhren sie wieder zusammen zurück. In der Folge wurden die Partys, die regelmäßig im Haus von Bastians Eltern stattfinden, um einige Personen erweitert.

Nicole brachte Bettina mit. Ihr Freund, der Rüpel, entpuppte sich nach dem Fall einiger Masken als handzahm. Er war mit dem langhaarigen Musiker unseres Jahrgangs befreundet. Der Musiker kannte Michael. Michael war schwer in Ordnung. Die Kontakte verschränkten, das Netz verdichtete sich.

Der Kuppelvirus grassierte ein Jahr, bis wir nacheinander immun wurden. Die ersten Anzeichen der Resistenz zeigte ich bereits nach einem Monat, anschließend brachen die Beziehungen Schritt für Schritt auseinander. Bettina und Rüpel – Geschichte. Streberherzen – gebrochen. Bastian und Nicole sind die letzten Infizierten, denn kurz vor unserem Interrailurlaub trennten sich auch Tim und Sonja.

Wochenlang erlebten wir eine griechische Tragödie auf dem Schulhof. Tränen, Flehen, Flüstern, die Kann-ich-dich-mal-sprechen-Frage, die Partys, auf denen Tim stundenlang mit Sonja im Garten stand und sich anhörte, was er nicht wissen wollte. Hoffnung in Sonjas Augen, Distanz in Tims Blick, und die ersten blöden Witze über sie. Wir waren dennoch in dieser Konstellation losgefahren.

Tim war schließlich unser Freund, ohne den wir nicht fahren wollten. Ohne Tim, der sich zwei Wochen vor der Fahrt den linken Arm gebrochen hat und auf der Reise einen leichten, unkomplizierten Gips um den Unterarm trägt, blättert in einem Buch von T.C Boyle, von dem ich noch nie etwas gehört habe. Wir finden, dass er sich damit von seinem Vater abgrenzen will, dem Autoverkäufer, dem Proleten. Sein größtes Ziel ist ein Medizin- oder Jurastudium in Hannover mit dem Geld seines Vaters. Bastian betont gerne, dass Tims Unterhose mehr kostet als mein gesamtes Outfit.

»Das war ein Scherz, Sonja«, sagt Tim, schlägt sich mit der freien Hand an die Stirn und zieht eine Grimasse.

»Dafür gibt es Sechserabteile, vor allem in Schlafwagen. Ist doch super«, sagt Bastian. So kenne ich ihn. Loyal, nie auf Streit aus. Lange Jahre war Bastian mein einziger Verbündeter. Immer auf der Suche nach dem Mädchen, das ihm gefiel und dem er sich anvertrauen konnte. Genauso erfolglos wie ich, genauso wählerisch, genauso einsam.

Zusammen gehen wir jede Woche ins Kino oder gucken nächtelang Video. Anschließend reden wir nicht über die Filme, das brauchen wir nicht. Wir verstehen uns wortlos. Meine Mutter kam einmal sogar in mein Zimmer, um zu sehen, was wir so trieben. Nichts, natürlich, außer Video gucken. So ein Quatsch, als ob ich jemals mit Bastian irgendetwas treiben würde.

Ich mag Bastian wie einen Bruder.

Wir waren eines Abends bei Tim auf einer Party und hatten die Nacht durchgemacht. Morgens saßen wir im Arbeitszimmer von Tims Vater auf unseren Schlafsäcken und quatschten über Mädchen. Wir hatten beide Beulen in den Unterhosen. Nichts passierte. Was wir so treiben. So ein Quatsch. Wir waren Leidensgenossen. Mehr nicht.

Bis zu dem Sommer vor einem Jahr, als er Nicole fand. Sie wohnt bei ihm um die Ecke. Das ist sehr bequem. Manchmal glaube ich, diese Bequemlichkeit spielt eine größere Rolle als ihr Charakter, ihr Aussehen oder ihre Liebe. Aber das streitet Bastian ab. Nur einmal hat er mir nach einer dieser Fragen Neid vorgeworfen, weil er eine Freundin hat und ich nicht. Dabei gönne ich ihm sein Glück mit Nicole wirklich.

Der Zug rattert über eine Weiche, schwankt, lärmt. Jemand reißt die Tür zum Abteil auf. Ein verpeilt aussehender Typ mit langen Haaren und Grungebart lässt seinen Blick über die sechs belegten Plätze gleiten. Wie zugedröhnt musst du sein, um nicht schon vom Gang aus zu sehen, dass hier kein Platz mehr ist. Wortlos schließt er die Tür wieder, zu schwungvoll, denn sie springt wieder auf. Im Gang raucht jemand. Bastian beschwert sich und zieht die Abteiltür zu.

Ich habe nicht gedacht, dass wir mal zusammen in den Urlaub fahren. Doch es ist die einzige Rettung in diesem Sommer. 31 Tage lang muss ich nicht die Stufen zu unserer kleinen Wohnung in der vierten Etage in der hässlichsten Wohnsiedlung von Schnedigheim nehmen, mich nicht in mein schmales Bett legen, meiner Mutter nicht beim Heulen in der Küche zuhören.

Der letzte Urlaub mit meiner Mutter war ein Alptraum. Wir haben meine Großeltern besucht, letzten Sommer. Nur sie und ich, und zuhause wartete die Austauschschülerin von Nicole, eine niedliche Französin, die mich so sehr fasziniert hatte, wie kein fremder Mensch zuvor, der ich auf einer Party in den ersten Ferientagen die Frage stellte, was *Cul* hieße, Teil des Titels eines Film von Roman Polanski, und Sonja, die immer besser Französisch sprach und Francoise, die Austauschschülerin, kicherten verlegen.

Ich weiß, wie ich überrascht zurücklächelte. Ob ich keine Ahnung habe, was es bedeuten könne, und ich sagte, der Rest des Titels laute *de Sac, Cul des Sac,* und die beiden lachten, nicht verlegen sondern freundlich.

»Das heißt Sackgasse«, sagte Francoise. »Und *Cul* alleine heißt Hintern.«

Als ich rot wurde, lachten Sonja und Francoise wieder. Meine Mutter machte mit diesem blöden Trip zu meinen Großeltern nach München alles kaputt. Als ich zurück kam, war Francoise wieder in ihrer Heimat und ich um eine Chance ärmer. Nie wieder fahre ich mit meiner Mutter in den Urlaub, ich werde sie nicht einmal anrufen, ich werde ihr einen Brief schreiben und sie bitten, mich in Ruhe zu lassen.

Der Zug rattert unruhig über eine Weiche. Vor dem Fenster huscht eine Landschaft vorbei, regennass, dunkelgrün, satt und von Zäunen begrenzt. Ab und zu ein rotes Haus. Kulissen, ohne Tiefe, abgetrennt von einer dünnen Scheibe aus Glas, durch die du alles sehen und nichts anfassen kannst. Dir bleibt, zu staunen und dich von dem, was du siehst, erregen zu lassen.

»Was erwartet ihr von diesem Urlaub?«, fragt Nicole grinsend. Ich will irgendwas Kluges antworten, aber mir fällt so schnell nichts ein. Ein Ticket und ein Rahmenplan: Fünf Länder in vier Wochen. Was erwarte ich? Was? Anzukommen?

»Ich erwarte, dass ihr euch benehmt«, sagt Michael ungerührt und holt ohne aufzusehen aus seiner Jackentasche einen Beutel Tabak. Tim prustet vor Lachen. Ach, ich wäre gerne so cool wie Michael.

»Nee, jetzt mal ehrlich, was erwartet ihr?«

Bastian kratzt sich am Kopf. »Kannst du nicht einmal versuchen, weniger gezwungen tiefsinnig zu sein?«

»Du bist so blöd.« Nicole wirft trotzig den Kopf nach hinten Sie hat ein paar Kilo zu viel auf den Rippen, was sich besonders bei ihren großen Titten bemerkbar macht, aber Bastian scheint das zu mögen, jedenfalls hat er sich noch nie abfällig über ihr Gewicht geäußert. Für mich wäre das nichts. .»Also, ich will, dass wir uns bis zum Schluss gut verstehen.«

Sonja nestelt an ihrem Pullover. »Ich will neue Eindrücke gewinnen.«

»Ich erwarte, dass ihr mein Zelt nicht ruiniert…«

»…weil es deinem Nachbarn gehört, ich weiß«, sage ich. Das hat er mindestens drei Mal erzählt. Wer soll schon sein Zelt kaputt machen?

»Ich hab gehört, dass in italienischen Zügen das Gepäck aus dem Zug geworfen wird, nachdem es ausgeplündert wurde.«

Tim winkt ab. »Nicole, du liest zu viel Mumpitz. Mach dir keine Sorgen.«

Michael wickelt Tabak ein, leckt das Papier der Länge nach an und rollt es zu einer perfekten Röhre. »Außerdem fahren wir überhaupt nicht nach Italien.«

Wohin fahren wir? Haben wir überhaupt ein Ziel? Oder wollen wir nur unterwegs sein, ohne anzukommen. Wenn überhaupt jemand ein Ziel hat, bin ich das. Aber das muss ich ihnen nicht erzählen. Vielleicht weiß ich es auch selbst nicht.

»Wollen wir eigentlich ins Disneyland?«, fragt Nicole. Ich habe davon gelesen, es hat erst seit ein paar Wochen geöffnet. Die Feier war überall in den Medien. Kulturimperialismus, und das auch noch in Frankreich. Wieso eigentlich nicht Frankreich? In der Mitte Europas?

Sonja ist nicht begeistert. Ich hätte nichts dagegen. Ein großer Spielplatz voll mit Micky-Maus-Figuren. Das hört sich doch aufregend an. Vielleicht auf dem Rückweg, beschließen wir.

Was erwartest du? Ich erwarte eine Antwort, erwarte, dass ich Frieden finde, einen Ausweg aus meiner Sackgasse. Ich erwarte Freiheit. Und ein wenig freue ich mich auf das Unbekannte.

Ich freue mich darauf, meinen Big Mac bald in Gulden, Francs, Peseta und Escudo zu bezahlen und meine Unterschrift auf Rechnungen in Französisch, Spanisch und Portugiesisch zu setzen. Hoffentlich kann ich mit meiner brandneuen EC-Karte problemlos Geld aus den Automaten in Amsterdam, Paris, Madrid und Lissabon ziehen.

2.

Die Bremsen quietschen erst wieder in Amsterdam, gerade als die Wolkendecke aufbricht und Sonnenstrahlen durchlässt. Keine Zeit zum Nachdenken. Mein Rucksack ist so leicht wie eine Feder. Auf dem Vorplatz des Bahnhofes mache ich den ersten Schritt in die große, weite Interrail-Welt.

Ich bin wacher als sonst, meine Augen gieren nach Licht. Nur in meinem Hinterkopf schwirrt plötzlich der Name eines Platzes herum wie eine hektische Stubenfliege an einer schmutzigen Fensterscheibe: Leidseplein.

Vor ein paar Jahren las ich auf dem Cover eines Pornos, dass sich auf dem Leidseplein die Schwulen treffen, um sich gegenseitig in den Arsch zu ficken. Leidseplein, der Ort für Schwule, käuflichen Sex, ausgelebte erotische Fantasien. Jetzt bin ich diesem Ort näher, als jemals gedacht. Auf dem Bahnhofsvorplatz in Amsterdam mache ich einen großen Schritt in eine neue, nie gedachte Fantasiewelt.

Der erste Geldautomat spuckt holländische Gulden aus. Ich hebe Geld für Sonja ab, die ihre Urlaubskasse auf mein Konto eingezahlt hat. Ich hätte im Gegensatz zu ihr eine EC-Karte, zudem doch auch bestimmt nichts dagegen und keinen besseren Vorschlag. Dumme Nuss. Keine eigene EC-Karte.

Der Wind fegt unangenehm kühl über den Bahnhofsvorplatz, über den unablässig Straßenbahnen rumpeln. Ein Sommerurlaub fühlt sich anders an. Bastian schimpft auf seinen Schlafsack, der immer wieder von seinem Rucksack rutscht. Tim fragt, wer ihm den Ghettoblaster abnehmen kann. Wenn wir nicht nur Phillip Boa und New Model Army hören würden, täte ich es. Geht aber nicht, weil ich keine Kassetten dabei habe.

Michael will direkt zum ersten Coffeeshop, Tim auch, die anderen zur Jugendherberge. Michael und Tim haben das Nachsehen. Die zweite Entscheidung: Einzelfahrten? Tageskarte? Gruppenticket?

Nicole will ein Tagesticket für 10 Gulden kaufen, um nicht zu viel zu Fuß gehen zu müssen. Tim hält die Distanzen zwischen Museum, Kanälen und Herberge für zu kurz, um mit der Straßenbahn zu fahren. Mir ist es egal, Bastian auch, Michael denkt an die Urlaubskasse, Sonja sowieso. Tim setzt sich durch. Einfache Fahrt.

Eine Straßenbahn trägt uns zur Jugendherberge am Vondelpark. Kein Familienzimmer verfügbar, wir müssen mit Etagenbetten im Schlafsaal vorlieb nehmen. Kiffen ist auch im Bistro nicht gestattet. Pizza hat für Michael und Tim nur zweite Priorität.

»Erst ne Runde absoften«, sagt Tim. Fahrig wischt er sich mit der Gipshand eine Haarsträhne aus dem Gesicht. Er wirkt gehetzt.

»Und dann langsam um die Ecke ditschen«, ergänzt Michael. Er raucht gelassen eine Selbstgedrehte.

Links Kanal, rechts Fahrradweg, Touristen queren, die Stadt ist voller Autos mit Parkkrallen, Brücken, Kontorhäuser, Verkehrsschilder auf Holländisch. Bastian und Nicole motzen sich an.

Sie sind seit fast einem Jahr zusammen, seine erste richtige Freundin für mehr als Händchenhalten, mehr als Rumknutschen, für den ersten Sex. Zu Beginn war ich mehr als eifersüchtig, denn Nicole ist auf eine merkwürdige unregelmäßige Weise hübsch.

Manchmal gefällt mir ihr breites, augenloses Grinsen, sehe ich ihre bemerkenswert großen Titten, die bei jedem Schritt auf und ab wippen. Doch wenn ich wichsend vor meinem Bett knie, denke ich nie an Nicole.

Ihr leichtes Übergewicht, ihre spröde Art, ihre kurzgeschnittene, blondierten Haare und die vielen Leberflecke auf den Armen sind nicht Teil meines Traums. Ansonsten komme ich sehr gut mit Nicole aus und rede ich gerne mit ihr.

Mich regt nur manchmal auf, dass sie nicht sofort versteht, wovon ich rede. Aber wer tut das schon. Vielleicht drücke ich mich auch immer zu undeutlich aus. Viel wahrscheinlicher ist jedoch, dass ich nichts zu sagen habe.

Bastians ständiges Problem ist, wie er mir unter der Hand gerne erzählt, Nicole zu verstehen, doch besonders rätselhaft bleibt ihm, warum sich Nicole im Herbst den Spaß an Twin Peaks verdorben und zu Beginn der Serie auf der Teletext-Seite von SAT.1 den Namen des Mörders nachgelesen hat.

Nicht selten hat sie Bastian im letzten Herbst aus der Reserve gelockt, indem sie ihm immer wieder androhte, den Namen des Mörders laut auszusprechen. Und jeden Freitagabend um Viertel nach Neun hoffte ich, sie würde es wenigstens erst tun, wenn sie alleine waren. Zur Beginn der zweiten Staffel verriet sie es ihm schließlich, und weil Bastian nicht alleine leiden wollte, trompetete er den Namen gleich im Anschluss aus. Es war ein verdammt mieser Herbst.

Neben mir zupft Sonja Fäden aus ihrem Pulli. Zwischen jedem Faden ein Blick zu Tim. Seinem Vater gehört eine Reihe von gut laufenden Autohäusern in der Provinz. Volkswagen ist für ihn keine Marke wie die anderen, es ist eine Lebenseinstellung. Ein Automobil für den bodenständigen Mann.

Er pilgert nach Wolfsburg und betet jeden Sonntag in der Dorfkirche. Doch sein heimlicher Götze ist der Mammon. Ich mag seinen Vater nicht, einen lauten, ziemlich übergewichtigen Mann mit einem zu großen Selbstbewusstsein, eine Mischung aus Helmut Kohl und Dieter Thomas Heck. Zum 18. Geburtstag hat er Tim einen nagelneuen Golf III geschenkt. Für Tim eine Selbstverständlichkeit. Seitdem kommt er nicht mehr mit dem Bus zur Schule. Nicht mehr mit Sonja. Bastian und ich sehen da einen Zusammenhang.

Tim und Michael sind immer zwei schnelle Schritte voraus. Schwarzer Afghane oder Roter Libanese oder doch lieber Gras - sie werden aufgeregter, je näher wir einem Coffeeshop kommen. Die Tür zum Paradies, zwei Kinder im Spielzeugladen, das Schlaraffenland.

Vierzig Gulden später sitzen wir in einem Touristenrestaurant. Das erste Mal gehen wir in einem Restaurant essen. Und nachdem wir die Rechnung gesehen haben vermutlich auch das letzte Mal. Für Interrailer viel zu teuer. Allein die Getränke kosten das Doppelte dessen, was wir zuhause dafür bezahlen.

Im Vondelpark vor der Herberge dreht Michael den ersten Joint meines Lebens. Dazu klebt er drei Blättchen aus seinem Zigarettenpapier zusammen, rollt aus einem Stück Pappe einen Filter und legt feingeschnittenen Tabak in die Rinne. Mit dem Feuerzeug erhitzt er das Haschisch.

Ein würziger Duft breitet sich aus. Niemand im Park nimmt Notiz von uns, obwohl wir wissen, dass öffentliches Kiffen nicht erlaubt ist. Schließlich leckt er die Klebefläche des Blättchens an und rollt den Joint zusammen, zwirbelt sogar die Spitze zwischen den Fingern. Ein Bild von einem Joint. Mein Herz klopft aufgeregt. Michael und Tim erklären, wie es geht.

Rauch in die Mundhöhle saugen. Mund öffnen, dann erst einatmen. Ganz tief. Ich muss nicht husten. Stattdessen fliegen mir beinahe die Augen aus dem Schädel. Der Joint kreist. Nicole nimmt einen Zug, Bastian, Tim, Sonja nicht, dann Michael und wieder ich. Aus dem Ghettoblaster dröhnt Phillip Boa, live im Exil on Valletta Street. Was immer das auch heißt. Das Gras in meiner Hand ändert plötzlich seine Struktur. Die Vögel in den Bäumen werden laut. Ich spüre ein Kitzeln in meinem Bauch. Michael grinst unter seiner Kapuze.

»Na, Svenni? Wirkt er schon?« Er betont jeden Buchstaben. Das ist ziemlich komisch. Das Kribbeln in meinem Bauch wird zu einem Kitzeln und bricht als Lachen hervor. Der graue Himmel zieht blaue Schlieren, das Gras wächst hörbar.

Ich kichere, schmunzle, gröle und spotte. Sonjas hellbraunes Haar ist ganz glatt, ihre Beine unendlich lang, Michaels trockene Haut raschelt, Nicoles Titten wachsen unter ihrem bunten Pulli, Tims Nase wird länger und länger und länger.

»Ich merk nix«, sagt Bastian, bleibt ganz ernst, dabei hat er den besten Witz des Tages gemacht. Wieder und wieder purzele ich über die Wiese. Ich liebe Joints.

Vor dem Schlafengehen im riesigen Schlafsaal hockt sich Nicole auf Bastian und massiert ihm den Rücken, kniet sich Sonja auf mich und drückt zaghaft meine Schultern. Ihre Griffe sind durch ihre Kraftlosigkeit unangenehm. Auch war die Belastung durch den Rucksack zwar ungewohnt aber bei weitem nicht so schmerzhaft, als dass ich eine Massage bräuchte. Warum massiert sie einen Betrüger, einen Hochstapler?

Fünf Minuten später wechseln wir, und ich berühre Sonjas Rücken. Zwischen uns nur ihr rosa T-Shirt. Meine Hände sind nicht viel mutiger. Mein Mund ist trocken. Mein Hirn klebrig. Der Geschmack von Milch liegt mir auf der Zunge. Es ist gar nichts mehr komisch. Außerdem habe ich Hunger.

Mit knurrendem Magen lese ich in Stephen Kings letztem Gefecht, bis das Licht ausgeht. Das ABBA-Konzert ist toll, endlich ABBA, ich kann mein Glück gar nicht. Bin eine Magellansche Wolke, rot scheint sie im dritten Teil von Krieg der Sterne.

Endlich kann ich den Film sehen, wie er gedreht war, er ist schöner als ein Raumschiff, fliegende Raumschiffe. »Was machen Sie da?«

Ein Virus ist ausgebrochen, denkt er und ich weiß, dass ich nur eine Möglichkeit habe, zu überleben, ich muss den Zombies in den Kopf schießen, doch ich kann nur rennen. Meine Pistole hat ständig Ladehemmung, und ich schieße, aber die Zombies kommen näher.

Meine letzte Rettung ist die Schule. Ich verstecke mich in einem Gebäude, dabei weiß ich, dass ich das Abi nicht bekomme, weil ich die letzte Klausur nicht geschrieben habe.

»Das kann nicht sein?«

Das kann nicht sein, und als ich aufwache, weiß ich wieder, dass ich meine Fachhochschulreife habe und vorhabe, nach den Sommerferien die Schule abzubrechen. Irgendwo in der Nacht schnarcht jemand im Schlafsaal, ein anderer furzt.

Scheiß Träume. Nichts stimmte. Die Schule sah anders aus und ABBA geht nicht auf Tour. Zombies. Ladehemmung.

Die Traumbilder verschwinden.

Ich horche und lasse meine Hand in meine Unterhose gleiten. Dann stelle ich mir vor, wie ich aus der Herberge zum Schwulenstrich auf dem Leidseplein schleiche und von einem gesichtslosen Jungen angesprochen werde, wie ich dem jungen Typen den Schwanz lutsche und mich von ihm in den Arsch ficken lasse, bis ich ihm in seinen Mund spritze. Nass klebt die dünne Decke an meinem Bauch. Noch zwei Träume bis zum neuen Tag. Ich freue mich darauf.

3.

Van Goch. Rembrandt. Heuhaufen. Goldhelm. Neben mir Sonja, die immer dorthin sieht, wo Tim nicht steht. Sie ist klein und traurig und viel zu still. Michael und Tim denken an den nächsten Joint. Bastian und Nicole zicken sich an. McDonalds und Joint, Flaschenbier und Joint, Wachsfigurenkabinett und Joint. Und mit jeder Minute denke ich häufiger an den Leidseplein.

Ich weiß nicht, warum Nicole und Sonja nie Teil meiner Fantasie sind. Selten habe ich überhaupt ein konkretes Gesicht vor Augen, sondern blanke, alle Öffnungen penetrierende Geschlechtsteile in Großaufnahme.

In den Tagträumen in der Schule frage ich mich manchmal, ob ich mit den Mädchen aus meinem Jahrgang ficken würde. Es gibt ein Kriterium als Gradmesser für mein sexuelles Interesse an einem Mädchen: Würde ich sie zwischen den Beinen lecken? Im Deutschunterricht sehe ich die Gesichter, die Brüste unter Hemden, die Hintern, die Schenkel.

Von Judith, Maria, Melanie, Anne, Petra und Nicole. Doch keine ist so perfekt, so sehr nach meinen Vorstellungen, so sauber wie meine Fantasie, dass ich auch nur in meinen Tagträumen die Zunge in ihre Möse bohren würde.

In einer Kneipe stocken Michael und Tim ihren Vorrat an Schwarzem Afghanen auf. Sie lesen die in Plastik eingeschweißte Liste mit den angebotenen Drogen wie eine Speisekarte. Ich verschwinde auf die Toilette. Ein schummriges Loch. Bob Marley scheppert aus schlechten Lautsprechern.

An der Wand ein leerer Spender für Papiertücher, daneben ein Kondomautomat. Von drei Urinalen sind zwei mit aufgeschnittenen Müllbeuteln abgedeckt. Die Türen der beiden Toilettenkabinen haben die Kiffer der letzten Jahrzehnte mit obszönen Zeichnungen, Telefonnummern und blöden Sprüchen in allen Sprachen der Erde beschmiert. Es riecht nach Toilettenstein und kaltem Zigarettenrauch und ein bisschen nach Urin.

Rasch betrete ich die linke Kabine und schließe hinter mir ab. Meine Finger zittern, als ich den Gürtel öffne und die Hosen herunter lasse. Mit klopfendem Herzen lehne ich mich an die kalte Außenwand der Kabine und packe meinen steifen Schwanz. Der Stromschlag jagt hinauf in mein Hirn. Dann wichse ich mit langen, lustvollen Bewegungen.

Die Zeichnungen an der Trennwand variieren zwischen Abbildungen erigierter und gespreizter Geschlechtsteile, zeigen kopulierende Paare auf dem Niveau von schlechten Comics, darunter eine mit einem dicken Edding angefertigte Zeichnung einer Katze, die mit hocherhobenen Schwanz ihren After entblößt. In einer Ecke prangen völlig absurde Landschaftsszenen, die bestimmt nach der Einnahme bewusstseinserweiternder Drogen entstanden sind.

Plötzlich öffnet sich die Tür zu den Toiletten. Jemand tritt ein. Die Schritte werden lauter, verharren vor meiner Kabinentür. Ich atme ganz flach und knete lautlos meinen Harten. Jederzeit kann ich abspritzen. Die Vorstellung, dass beim Wichsen jemand neben mir steht, ist noch geiler. Wenige Sekunden nur steht die Person still, dann klappt die Tür der Kabine neben mir. Das Schloss wird gedreht. Eine Gürtelschnalle klingelt. Mein T-Shirt raschelt rhythmisch, ganz leise, meine Hand an meinem Schwanz erzeugt dieses feuchte, klatschende Geräusch, das nur beim Wichsen entsteht. Ich schließe die Augen.

»*Hey, you*«, zischt es plötzlich aus der Kabine neben mir. Eine Männerstimme. Mein Herz bleibt vor Schreck beinahe stehen. Ich räuspere mich. Mein Blick geht nach oben. Die Wände zwischen den Kabinen sind bis zur Decke gezogen. Niemand kann mich sehen. Dennoch stoppe ich die Manipulationen an meinem Schwanz.

»*Yes?*«, frage ich zurück. Ihm fehlt vermutlich Toilettenpapier. Zur Not kann er meines haben. Zwischen der Trennwand und den schmutzigen Fliesen ist genug Platz, um eine Rolle Papier von einer Kabine zur anderen zu wechseln.

»Ich hab dich reingehen sehen«, sagt der Mann auf Englisch. Augenblicklich werde ich wieder nervös. Mein Schwanz erschlafft, meine Knie werden in einem Fluchtreflex weich. Was soll ich sagen? Soll ich überhaupt antworten? Er scheint kein Klopapier zu wollen.

»Lust auf was Härteres?«

Die Katze ist aus dem Sack. Was will er mir verkaufen? Heroin, Kokain, LSD? Mein Schwanz hängt schlaff in meiner Hand. Blöde Sau. Hat mir den Höhepunkt verdorben.

»Nein, Danke«, sage ich und bücke mich nach vorne, um meine Hose hochzuziehen. Mein Blick bleibt an der Zeichnung der Katze auf der Trennwand hängen. An den schwarzen Linien, den groben Strichen, dem erhobenen Schwanz. Ich erstarre.

Ihr entblößter After ist nicht gemalt - er ist ausgesägt. Ich sehe durch ein Loch von der Größe eines Fünfmarkstücks in die andere

Kabine und erschrecke. Mich blickt ein Auge an, blinzelt und verschwindet. Kurz sehe ich vor der gegenüberliegenden Wand ein nacktes Bein, und plötzlich schiebt sich ein erigierter Penis durch das Loch.

»Bedien dich«, sagt die Stimme. Mir ist von einer Sekunde auf die andere schwindelig, als habe ich einen Schlag gegen den Kopf bekommen. Ich weiche erschrocken zurück. Aus der weißen Wand ragt die Erektion wie ein rotbrauner Kleiderhaken. Die Eichel ist dick und rot und glänzt im schummrigen Licht. Der steife Schwanz wippt leicht auf und ab.

Unerwartet spüre ich den hohen Druck in meiner rechten Hand. Mein Schwanz ist so hart wie drei Minuten zuvor und schickt eindeutige Signale an meinen Hypothalamus. Lust überschwemmt meinen Körper. Mit der Hand an meinem Schwanz mache ich einen Schritt nach vorne. Meine Schuhe schleifen. Ich beuge mich nach vorne und gehe in die Knie. Meine Gelenke knacken.

Die Erektion mit der zurückgerollten Vorhaut pulst voller Erwartung vor meinen Augen, die Eichel geht schimmernd wie ein blank geputzter Schuh fast nahtlos in den harten Schaft über. Unter der bräunlichen Haut schwellen blaue Adern. »Fass ihn an«, sagt der Mann dumpf. Er muss meinen Atem gespürt haben. Anfassen? Ich? Einen fremden Schwanz?

»Los, mach schon.« Die Adern auf der Erektion erinnern mich an einen Witz, der am FKK-Strand spielt: Sie haben da eine Raupe auf dem Schwanz. – Nein, das ist eine Krampfader vom vielen Stehen.

Mit der rechten Hand massiere ich meine eigene, beinerne Erektion im steten Rhythmus.

Langsam, vor und zurück, reibt meine Hand über meinen Schaft, schiebt die Vorhaut leicht über die Eichel und wieder herunter. Wie fühlt sich fremde Haut an meinen Fingern an, und wie heißes Fleisch in meinem Mund, auf der Zunge, am Gaumen?

»Oder blas ihn, wenn du willst, aber mach irgendwas«, höre ich wieder den Mann. In seiner Stimme schwingt unverhohlene Lust, zitternd vor Erregung. Ich denke gar nicht daran. Ich bin schon so kurz vor den Höhepunkt. Die fremde Erektion sieht geil aus, die steife Stange, die prallen Eichel. Ich will keinen Schwanz im Mund. Die Vorstellung einer Möglichkeit allein ist schon erregend genug.

Plötzlich zieht sich der Mann hinter der Wand zurück. Das Loch gibt den Blick frei auf eine Faust, die den steifen Schwanz in der anderen Kabine packt und zwei, drei Mal massiert. Rasch bringe ich mein Auge dichter an die Öffnung.

Der Mann auf der anderen Seite kommt laut stöhnend in genau dieser Sekunde. Der erste Schuss bleibt an der Kante hängen, und ich zucke zurück. Die zweite Ladung zielt er durch das Loch. Sie trifft mich unter dem Auge.

Überrascht drehe ich den Kopf zur Seite und komme ebenfalls. Ich spritze quer über die schmutzigen Fliesen gegen die Toilettenschüssel. Meine Sinne schwinden. Benommen spüre ich kaum, wie mir warmes Sperma klebrig die Wange hinunter läuft.

Der Mann keucht, stöhnt und presst seinen Saft durch das Loch, das an dem weißen Kunststoff der Toilettenwand herunterläuft. Ich schließe die Augen. Mein Schwanz erschlafft, entgleitet meinem Griff. Mein Herz pumpt klebriges Blut durch meine Adern. Das metallische Klingeln einer Gürtelschnalle, ein Klicken des Kabinenschlosses, Schritte, die Toilettentür schlägt. Die Lähmung lässt nach, der Verstand setzt ein.

Angewidert wische ich mir mit Toilettenpapier das fremde Sperma aus dem Gesicht. Ich ziehe die Hose hoch und verlasse die Kabine. Gerade als ich mir über dem schmuddeligen, serviettengroßen Waschbecken Wasser ins Gesicht sprühe, betritt Tim die Toilette.

»Geht es dir gut?«, fragt er mit einer Zigarette im Mundwinkel und stellt sich an das einzige der drei Urinale, das noch benutzbar ist.

»Bestens«, sage ich. »Rauchen wir einen?«

»Na klar«, murmelt er und fummelt umständlich mit seiner unverletzten rechten Hand seinen Penis aus der Hose. Dabei hält er die linke Hand in Schulterhöhe, als habe er Angst, sich auf den

Gips zu pissen. »Erst ne Runde absoften und dann langsam um die Ecke ditschen.«

4.

Auf dem Weg durch die Stadt, an der Seite meiner Freunde, im McDonald's, beim Kiffen im Park lähmt und erregt mich zugleich die Fantasie von einer gut aussehenden Holländerin, die mich anspricht, mich in eine dunkle Ecke zieht und mir den Schwanz aus der Hose holt, um ihn mir zu blasen.

In der Jugendherberge suche ich die Waschräume auf. Mit steht mein Schwanz seit über einer Stunde. Was war auf dem Kneipenklo passiert, was war mit dem Sperma, das aus der heißen Stange schoss.

Michael stellt sich beim Zähneputzen neben mich. Er riecht nach Zigarette und summt ein Lied von Phillip Boa. Ich habe Hunger. Wie wäre es, die Zahnbürste zu essen? Platzmangel im Schritt erinnert mich an das dringende Bedürfnis. Ich drücke Michael meine Kulturtasche in die Hand.

»Ich muss noch aufs Klo. Legst du mir das aufs Bett?«

»Klar.«

»Aber nicht aufessen«, sage ich. Michael kichert.

Ich nehme die erste Kabine, schließe die Tür und greife sofort in meine Hose. Wichsend beuge ich mich über die Toilettenschüssel, bereit für die Erleichterung, als ich leises Flüstern aus einer der anderen Kabinen höre.

Sekundenlanges Rascheln. Jemand flüstert, eine andere Stimme antwortet flüsternd. Ich kann nichts verstehen. Etwas pocht gegen die Kabinenwand. Keuchen, tiefes Brummen, das Klatschen von Haut auf Haut.

»Gefällt es dir?«, flüstert eine weibliche Stimme.

»Ja, mach weiter«, zischt ein Typ.

Ein rhythmisches Schlagen beginnt, ein Rhythmus der Geilheit, dazu leises Keuchen, unterdrücktes Stöhnen. Meine Freundin ist auf einmal bei mir, sie und der Schwanz im Klo des Coffeeshops, die glatte Eichel, das harte Fleisch. Der harte Schwanz vor meinen Augen.

Hättest zugreifen sollen, warum hast du es nicht gemacht, warum hast du ihn nicht in die Hand genommen und gewichst. Lust auf das fremde Gleiche. Nicht verboten, das Tabu nur im Kopf.

Wie damals, damals, kurz vor meinem 15. Geburtstag, als mich meine Mutter im Sommer nach dem Auszug meines Vaters auf eine Freizeit schickte. Mein Zimmergenosse Stefan ließ sich in den Mädchenduschen beim Spannen erwischen ließ und nervte durch ständige Renitenz.

Albern mit Stefan war ein Abenteuer. Eines Abends reichte er mir die Kopfhörer seines Walkmans. Die Tonspur eines Pornofilms sprengte beinahe meine Hose. In der vierten Woche lag Hitze über unserem Ferienlager. Wir waren die letzten auf dem Weg zum See. Der Flur wie ausgestorben, in der Etage Totenstille. Ich in Badehose, Stefan aufgeregt. Keine Spur mehr von Renitenz.

Ob ich noch kurz Zeit hätte. Ob ich das T-Shirt auf dem Stuhl hängen, die Shorts noch einmal ausziehen könne. Auf dem Bett, die Badehose sehr schmal, glitten seine Finger an den Innenseiten meiner Schenkel, am Saum meiner Badehose entlang auf meinen Bauch, drehten eine Runde und zitterten an der anderen Seite wieder hinab. Berührung statt blöder Witze.

Gefiel dir diese Nähe, Sven? Nähe. Bei dieser Berührung hätte ich zurückzucken müssen. Nähe war nicht mein Ding. Weglaufen kam mir in den Sinn. Zurückzucken. Stefan, im Ferienlager, und ich auf dem Bett nur in Badehose. Nicht weglaufen, nicht zurückzucken.

Ich spüre bei geschlossenen Augen den Druck auf der Zunge, die Eichel ist heiß und trocken. Der Schwanz gleitet in meinen Hals, voll und schwer und geil. Stefans zuckender und gegen meinen Gaumen spritzender Schwanz.

Wie geil wäre es gewesen, diesen Schwanz zu lutschen, zu lecken. Das Pärchen in der Nebenkabine fickt immer polternder. Die Stöße werden schneller, das Pochen zu einem Stakkato. Wimmern wird zu einem Stöhnen. Klatschen von Haut auf Haut, nasse Finger quietschen. Meine Zunge gleitet an der Unterseite des langen Schwanzes herab. Meine Lippen schließen sich um Stefans Rohr.

Ich sauge an der Eichel, schiebe mir das pulsierende Stück tiefer in den Mund. Die Eichel am Gaumen, die Lippen fest um den Schaft geschlossen. Du Idiot. Warum hast du die Gelegenheit verpasst? Warum hast du nicht wenigstens zugegriffen? Langsam ziehe ich den Schwanz aus meinem Mund, bis ich die Kerbe der Eichel an den Lippen spüre.

Schon reicht es mir. Wir kommen zusammen. Der Typ und ich. Kein Wunder. Ob sie auch kommt? Synchron zum Höhepunkt in der Nachbarkabine spritze ich meinen Saft in die Toilettenschüssel. Noch vor dem Paar in der anderen Toilette verlasse ich meine Kabine und gehe befriedigt ins Bett.

Ein paar Minuten später kommen Bastian und Tim in den Schlafsaal. Wir lachen noch ein wenig zu viert, um elf Uhr wird das Licht gelöscht. Irgendwo in der Dunkelheit leises Schnarchen. Rattern, wie im Zug, Entzug, vom Kiffen wird man nicht süchtig macht nur die Bewegung hat eine Richtung nach vorne wird es hell.

»Unterwegs«, sagt Nicole und lacht breit. Sie lächelt wie Meg Ryan, mit schmalen Augen, wie in *Harry & Sally*. Nicole hat ihre Haare anders. Das kommt vom Kiffen. Sonja und Tim küssen sich im Gepäcknetz, wo mein Rucksack liegt, liegen sollte.

Hat den jemand geklaut?

Der Italiener, der ins Disneyland wollte, weil ich ihn nicht massieren will mich nur Bastian schaltet den Fernseher an. Es läuft der Film schon eine Stunde.

»Tut mir leid, aber Nicole wollte den auch sehen«, sagt Bastian und setzt noch etwas hinzu, aber ich kann es nicht verstehen. Schade. Er hat mich verlassen, für Nicole. Meine Mutter hat recht.

Wir wissen beide, dass Nicole ein Mann ist. Beide werden wir verlassen für einen anderen Mann, meine Mutter und ich. Und obwohl meine Mutter nichts sagt, weiß ich, dass in Italien auch ein Mann wartet.

»Und jetzt?«, fragt Bastian. Er schweigt, wieder einmal. Das weiß er doch. Wer zu spät kommt, kriegt aufs Maul. Doch er schweigt weiter, egal wie tief ich meine Faust in sein Gesicht presse.

Ich schlage und schlage und schlage, doch Bastian grinst nur. Es ist zum Verzweifeln. Das Bett bewegt sich, ich spüre die dünne Decke, höre Schnarchen, es ist grau im Schlafsaal. Nicht Videoabend in meinem Zimmer, sondern, wo? Wo bin ich? Schlag drauf Bastian in der Dämmerung in Amsterdam im Schlafsaal.

Herzklopfen. Ich habe geträumt. Was habe ich geträumt? Ich weiß es nicht mehr. Nur das Gefühl von Angst bleibt, Angst? Nein, Enttäuschung, nein, nicht Enttäuschung. Ich weiß es nicht mehr.

Manneken wichs

Der Wagen schlingert und reißt dich aus meinem Lesefluss. Kopf gedreht und hinaus gesehen. Du fixierst nicht, was nah, zu nah, zu schnell vorbei ist und kaum in Erinnerung bleibt.

Nur in der Ferne finden deine Augen Ruhe, ohne dass dir schwindelig wird. Nur Distanz schafft Überblick. Du starrst aus dem Fenster über grüne Wiesen und findest keine Windmühlen. Die gibt es nur im Film. Scheiß Realität.

1.

Zwei Stunden von Amsterdam nach Brüssel. Im Zug spielen wir Skat, das heißt: Michael, Bastian und Tim spielen, weil ich zu schlecht bin. Sonja und Nicole unterhalten sich über die Schule, über Lehrer.

Ich muss an die Träume der vergangenen Nächte denken. Träumen fasziniert mich. Manchmal schreibe ich mir meine Träume auf, weil ich versuche, die Logik dahinter zu erkennen. Mich fasziniert dieses Chaos im Kopf.

Im Traum stimmen Zeit und Raum selten überein. Von einer Szene zur nächsten ist es meist nur ein Blinzeln. Eben noch am Pinkelbecken und in der nächsten Szene am Strand. Personen mit fremden Gesichtern sprechen vertraute Sätze. Bastian sieht aus wie Michael und ist doch Bastian, das wird im Traum zur Gewissheit.

Töne verschwimmen, Bilder verwischten, ein Chaos von zeitlichen Abläufen und emotionalen Verbindungen. Ich kann fliegen, kämpfe gegen Zombies, küsse die Traumfrau und stehe nackt in der Schule. Im Traum weiß ich Dinge, statt sie zu erfahren, im Traum verarbeite ich reale Ereignisse und stelle sie um.

Der Traum hat seine eigene Logik. Im Traum passierten Dinge, die sonst nicht passierten, unkoordiniert und oftmals gegen die Naturgesetze.

Und selbst wenn es in einer Sekunde so absolut realistisch wirkt, dass die Grenzen zwischen Traum und Realität zu verwischen drohten, so wird im Moment des Aufwachens klar, dass man nur geträumt hat, dass es keinen vierten Teil von Krieg der Sterne gibt oder eine ABBA-Reunion-Tour..

In Brüssel haben wir nur eine Nacht gebucht. Ausreichend, um das Atomium zu sehen, Manneken Piss und das Rathaus. Von mehr haben wir keinen blassen Schimmer. Keiner hat an einen Reiseführer gedacht. Wir wollten uns die Informationen vor Ort holen und stoßen auf das Offensichtliche. Kein Geheimtipp, kein Sonderweg. Wir laufen in den Fußspuren Millionen anderer Touristen.

Die Jugendherberge, die ziemlich weit außerhalb liegt, hält nicht wie vorgesehen ein Familienzimmer für uns bereit. Wir müssen uns nach Geschlechtern aufteilen.

Mit uns sind noch ein paar Engländer abgestiegen, die mit viel Alkohol bewaffnet in den Fluren herumlaufen, als habe jemand eine Pille gegen den Kater erfunden. Sonja und Nicole tuscheln, verschwinden im Zimmer und tauchen kurz darauf wieder auf. Warum müssen Frauen immer tuscheln und ständig auf die Toilette?

Während wir auf Sonja warten, zieht sich Nicole ihr enges T-Shirt glatt, bis jeder Engländer auf dem Flur die Nähte ihres BHs erkennen kann. Über dem Bund ihrer Jeans wöben sich Speckröllchen. An ihrer Stelle würde ich weite Sachen anziehen.

»So eine scheiß Jugendherberge«, entfährt es mir. Nicole sieht mich überrascht an.

»Die ist doch toll. Und billig.«

»Man kann sich alles schönreden.«

»Warum bist du eigentlich so negativ? Sieh es doch mal positiv.«

Ich lache. Ich kann nicht anders. Ich erinnere mich nur an das Negative, an das, was mir peinlich ist. Das verfolgt mich immerzu.

Als ich im Unterricht das Falsche gesagt habe, als ich nicht zu fragen wagte, ob ich auf Toilette gehen dürfe, als ich in der Silvesternacht verprügelt wurde. Ich stell mir dann vor, was ich anders machen würde. So wie Judith und. Was noch? Frau Döring, meine Nachbarin. Und die Sache im Ferienlager. Und Anja. Hätte ich doch.

»Ich bin nicht negativ. Ich bin nur Realist«, sage ich. »Das Leben ist nun mal Scheiße. Und wenn du Scheiße rosa anmalst, bleibt es immer noch Scheiße.«

Schließlich kommt Sonja aus der Toilette. Dumme Nuss. Warum braucht die so lange?

Brüssel wirkt auf mich wie eine einzige Spekulationsruine. Unfertig, grau, trist und ungemütlich. Meine Jeansjacke müht sich vergebens, mich warm zu halten.

»Hier hoffen alle, dass die EU irgendwann Gebäude kauft. Deshalb investiert hier niemand mehr. Die warten alle die Preissteigerungen ab«, sagt Tim.

»Ich denke, das heißt EG?«, fragt Bastian.

»In den Maastrichter Verträgen vom 1. Februar ist beschlossen worden, die europäischen Gemeinschaften unter dem Verbund der EU zusammen zu fassen.«

»Ab jetzt?«, fragt Michael. Tim starrt hinaus auf rostbraune Klinkerbauten, in denen bestimmt niemand mehr wohnt, so verfallen, schmutzig und unwohnlich wirken sie.

»Nein, ab 1. Januar 1993.«

»Und wieso redest du dann jetzt schon von der EU?«, fragt Nicole.

»Weil er ein Klugscheißer ist«, sagt Bastian und grinst dabei.

»Weil ich von der Zukunft rede. Ich sagte: Die EU kauft irgendwann die Gebäude«, rechtfertigt sich Tim. Ich interessiere mich mehr für das Atomium, das am Ende der Haltestelle Heyzel steht. Heyzel? Ist das nicht der Name eines Stadions? Tim weiß die Antwort. Nicole weiß nicht, wofür das Atomium steht, Tim weiß es. Sie weiß auch nicht, wann es gebaut wurde. Er schon.

»So was muss man sich auch nicht merken«, sagt Bastian.

»Man muss sich gar nichts merken«, sagt Michael und dreht sich einen Joint.

Schon gar nicht, wer das Manneken Piss geschaffen hat und warum es in verschiedenen Kostümen auftritt. Wir aalen uns in unserer Unwissenheit und finden nichts Schlimmes dabei. Brüssel sehen und vergessen, einmal kurz da und schon wieder weg. Warum auch nicht, wenn Michael die Taschen voller Gras hat.

Michael sagt: »Los, ne Runde absoften...«, und wir machen das in einem Park in der Nähe der Jugendherberge. Anschließend ditschen wir um die Ecke. Wer zum Teufel ist Henry Frick? Warum hat man nach ihm einen Park benannt?

»Egal«, sagt Tim und ich mag ihn dafür, dass er einmal etwas nicht weiß oder wenigstens nicht so tut, als wüsste er es. »Ich bin ohnehin dafür, wir sollten den Park in Joint-Garten umbenennen.«

»In die Bobel-Anlage«, schlägt Michael vor.

»In den Barz-Park«, sage ich. Nicole saugt umständlich an der Tüte und Sonja lehnt wieder einmal höflich ab. So kommen wir doch nicht weiter. Vor allem sie nicht.

Und bei Sonnenuntergang setzt dann der Höhenflug ein. Wir kichern uns an, sitzen auf einer Parkbank, spüren uns, sagen nichts und verstehen alles. Atemlose Oberfläche.

Aus Michaels Ghettoblaster dröhnt wieder einmal *Fury in the Slaughterhouse*. Ich gucke durch das Plastikfester auf die rotierenden Spulen. *Pure Live* steht drauf und das Lied, das wir immer wieder hören, beginnt mit einem Mann, der eine Fliege fängt. Tim erklärt wieder einmal die Songtexte. Drogenschmuggel, sagt er, und DEA. Schon okay. Sein Englisch ist einfach besser, weil er ein Austauschjahr in den USA gemacht hat. Bastian hat es nicht gesagt, aber ich glaube, er beneidet ihn auch darum.

Wir sind ein Herz und eine Seele, wenn wir nicht viel reden. Vielleicht hat sich in den letzten Monaten unser Verhältnis etwas gespannt. Das liegt sicher daran, dass er mit Nicole zusammen ist.

Als ich ihn einmal fragte, wie es so sei, mit Nicole im Bett, blieb er wie immer wortkarg. Kino ist daher unsere natürliche Verbindung, unser Klebstoff, die gemeinsame Welt. Dann tauchen wir ab in die Realität von Bruce Willis und Batman, von Steve Martin und Indiana Jones. Nichts ist erregender als ein Besuch im Kino. Wir gehen mindestens einmal pro Woche in die neuesten Filme.

Statt Poster von Popstars hängen in meinem Zimmer Filmplakate von Predator, Lethal Weapon, Zurück in die Zukunft, Platoon. Im Regal sind die Cinema-Hefte aufgereiht, die Filmlexika und Bücher über die besten Filme aller Zeiten, in meinem Bettkasten stapeln sich Videos. Ganz sicher macht mich Hollywood glücklicher als Schnedigheim.

Michael, den Nicole nur Koffer nennt, Koffer von Trelkowski, bekommt einen Dreitagebart. Wieder verschwindet Sonja in der Jugendherberge.

»Sie hat ihre Tage«, flüstert mir Bastian ins Ohr. Als ob ich so eine Information brauche. Dieses Wissen belastet nur. Kurz darauf ist Sonja wieder da. Ich verdränge den Gedanken an blutige Binden, Tampons, Slipeinlagen, Körperflüssigkeiten. Nichts ist unerotischer. Der Verkehrslärm verebbt hinter den Bäumen. Der Joint kreist unverdächtig. Ich bin so frei, so cool. In Brüssel, mit Bastian und Michael und Nicole und Sonja und Tim. Wir sechs zusammen auf Tour, ohne Eltern und Kontrolle.

Wenn mich jemand fragen würde, wo mein Zuhause ist, würde ich immer wieder sagen: Dort, wo meine Freunde sind. Meine Mutter hat mir eine solche Aussage schon einmal übel genommen, als eine Frau vom Jugendamt bei uns war und fragte, wo ich wohne wolle:

Bei meiner Mutter oder bei meinem Vater. Ich sagte, ich würde gerne weiter in meine Schule gehen und bei meinen Freunden bleiben. Meine Mutter sah mich mürrisch an. »Und was ist mit mir?«, fragt sie. Ich grinste verlegen.

»Ja, natürlich. Und wegen dir.« Mein Blick ging zur Frau vom Jugendamt. Sie sah mich an, und ich glaubte, ein leichtes Nicken zu erkennen.

Meine Mutter sprach danach eine Woche lang nicht mehr mit mir.

Der Joint ist aufgeraucht. Michael will die Zigarette auf dem Boden ausdrücken.

»Nicht, das ist eine Parkanlage«, sage ich in einem Anfall von sozialem Bewusstsein. Oder weil ich mich wichtigmachen will? Man macht das nicht. In einem Park eine Zigarette auf den Boden werfen.

Tim spottet in Michaels Richtung »Drück sie doch auf der Hand aus.«

»Was gibst du mir, wenn ich das mache?«

»Ich mach es gratis«, sagte ich, schnappe mir die Zigarette und drücke sie auf dem Handrücken aus. Es ist ein kurzer Stich, wie mit einer Nadel, viel weniger schmerzhaft, als ich gedacht habe. Asche bleibt auf der Haut kleben, die sich sofort rot verfärbt.

»Was soll das denn?«, ruft Bastian und reißt meine Hand mit dem ausgedrückten Joint zurück.

»Hey, ist doch gar nichts passiert.«

Die Haut löst sich, vermutlich bekomme ich eine Blase. Na und? Der Schmerz ist nichts im Vergleich zu dem in meinen Fantasien. Manchmal träume ich davon, zu fallen, in der Dunkelheit. In der Luft schweben rasiermesserscharfe Metallscheiben, und anfangs falle ich knapp an ihnen vorbei. Doch immer näher rücke ich beim Fallen an die Messer, die mir Stück für Stück etwas vom Körper schneiden.

Erst Haut, dann meine Zehen und schließlich meine Arme. Doch ich spüre keinen Schmerz. Ich falle und blute nicht einmal. Die Messer schneiden mich immer weiter in Stücke, doch das Bild hört nie auf. Es ist wie eine Endlosschleife, ich falle und werde zerschnitten, doch ich sterbe nicht.

»Bis du bekloppt? Warum hast du das denn gemacht?«

Ich zucke mit den Schultern. Keine Ahnung. Ich hatte Lust dazu. Wollte sehen, wie weh es tut. »Wusstest du, dass eine Kippe einen Kubikmeter Erde verseucht?«

»Das ist doch Quatsch«, sagt Tim.

Die anderen gucken mich an. Ja, fragt mich doch nach dem Grund dafür. Versucht, ihn herauszufinden. Vielleicht verstehe ich es dann auch.

2.

Der Himmel ist klar, Schäfchenwolken leuchten rot im Sonnenuntergang. Ich lache uns zurück in die Herberge, wo die Engländer grölend durch den Flur torkeln. Mein Handrücken brennt. Die Blase ist da. Egal. Jetzt weiß ich, wie es sich anfühlt.

Auf dem Rückweg vom Waschraum kommen mir Bastian und Nicole entgegen. Hand in Hand. Mit Handtüchern über der Schulter. Nicoles Titten mit Brustwarzen wie kleine Murmeln hüpfen unter ihrem engen T-Shirt über den Speckröllchen über den breiten Hüften.

Ich habe ein paar Jahre zuvor auf dem Rückweg von einer Party ein einziges Mal mit Nicole geknutscht, da war ich 16 und sie 14, doch ergeben hat sich daraus nichts. Es war zwischen uns, als hätte der Kuss nie stattgefunden. Nicole grinst wie Meg Ryan, und mit den kurzen, blonden Haaren sieht sie auch beinahe aus wie sie, nur fünf Kilo schwerer.

Und wie Meg Ryan kann sie nicht lüstern grinsen, das geht nicht, kein Mädchen, das ich kenne, ist dazu in der Lage. In meiner Klasse ist Sex oder Erotik geschweige denn Pornografie kein Thema. Kein Junge liest Pornos, keiner beichtet, wie häufig er sich einen runterholt oder wie es ist, Sex zu haben.

Nur die große, überschlanke Melanie stellt im Biounterricht viel zu offensive Fragen, fragt nach der analen Phase bei Kleinkindern und schreibt zum Abschied einer Mitschülerin Gedichte wie: »Losgelöst vom Klassenboden knetet Koffer seine Hoden« oder »Sehr versaut ist auch Sven Koch, sagt's zwar nicht und ist es doch.« Aber Melanie ist mir zu aufdringlich, zu fordernd, zu groß und zu rothaarig.

Die Haare zu glatt, die Sommersprossen zu dicht, die Brüste zu klein, die Hemden zu weit. Außerdem weiß sie gar nicht, wie versaut ich bin, zu versaut für sie. Was ich weiß, wird sie niemals erfahren. Mehr als einmal habe ich sie erfolgreich abgewimmelt, als sie nach der Schule zu mir kommen wollte, um zu lernen oder Video zu gucken.

»Viel Spaß«, sage ich, die beiden kichern nur. Diesmal kein Wichsen im Klo. Ich brauche Sex mit mir an der frischen Luft. Das letzte Licht schwindet. Ich warte ein Auto ab und überquere die breite Straße. Der Bobel-Park liegt jetzt dunkel und still.

Nur eine Laterne auf der Straße wirft gelbes Licht. Nach ein paar Schritten scheint nur noch der Mond über mir. Eichen, Weiden und Erlen in schwarzblauen Schatten. Unter meinen Schuhen knirscht der Kies.

Mit einem großen Schritt steige ich über ein Rosenbeet und lasse mich von der Dunkelheit zwischen hohen Büschen verschlucken. Ein paar Schritte weiter sehe ich kaum noch die Hand vor Augen. Ich passiere eng beieinander stehende Eichen, taumele vor erregter Spannung. In meiner Hose pocht mein Schwanz hart und verlangend.

Nur allmählich reißt das fahle Mondlicht Konturen und Silhouetten aus der Nacht. Vor mir öffnet sich eine kleine Wiese, auf drei Seiten von hohen Hecken begrenzt, hinter mir von der Reihe Eichen.

Ich gehe nach links, hocke mich halb in eine der lichten Hecken auf den harten Boden, mache meine Hose auf und streife sie bis zu den Knien herunter. Vorsichtig hole ich mir einen runter. Im Rücken Schatten, vor mir der kleine, dunkelgrüne Streifen Rasen. Blätter streifen sanft meine Eichel.

Ich stecke mir den Mittelfinger der linken Hand in den Mund und führe ihn von hinten zwischen meine Pobacken. Langsam gleitet der Finger in die feste Öffnung. Bis über das erste Glied schiebe ich ihn in den engen Kanal und bewege ihn in meinem Arsch. Die Lust hat mehrere Potenzen. Mir wird schwarz vor Augen. Mein Körper zittert, juckt, zieht sich zusammen. Tu dir was

Gutes, Sven, wenn es sonst niemand macht. Tu dir was Gutes. Du weißt allein, wie gut das tut.

Deine Belohnung und dein Schlafmittel, dein Schlüssel, der dir das Tor zur Fantasie aufschließt. Ohne Wichsen keine Träume, und ohne Träume keine Erlösung.

In der Ferne gellt Lachen auf, Gesprächsfetzen wehen mit milder Luft heran. Schritte knirschen auf dem nahen Parkweg. Ich wichse langsamer, leiser, atme flach. Zwei verschiedene Stimmen, eine männlich, die andere weiblich. Jung, englisch, die Alkoholiker aus unserer Herberge.

Sie lachen nicht, sie streiten wie zwei Katzen. Quengelnd. Er lallt, sie auch. Plötzlich ist das Knirschen ganz dicht bei mir, Rascheln, Stimmen. Ich drücke mich tiefer in die Hecke und hoffe, dass in diesem Park Hunde nicht erlaubt sind. Die beiden Engländer stampfen an den Eichen vorbei. Er versucht, sie zu küssen. Ich versinke fast im Gebüsch.

Ein Ast federt zurück und gibt mir zusätzlich Tarnung. Sie schiebt ihn weg. Sie stehen nur drei Meter entfernt auf der anderen Seite des Rasens. Er mit dem breiten Kreuz zu mir, sie die gegenüberliegende Hecke im Rücken.

»Warum bist du so zickig?«, lallt er. Ich verstehe sein Englisch kaum. Er trägt sein Haar streichholzkurz, aus einem karierten Hemd ragt wenig Hals über die breiten Schultern. Ihr Rock ist kurz, ebenso das enge Top. Ihre Aussprache ist nur wenig deutlicher.

»Du knutschst mit Heather und fragst, warum ich zickig bin?«

»Das war ein Freundschaftskuss«, sagt er und greift wieder nach ihr. Sie weicht erneut zurück.

»Arschloch«, höre ich sie zischen. Jetzt heult sie.

»Nenn mich nicht so«, sagt er und hebt die Faust, aus der sein Zeigefinger wie ein dünner Penis ragt. Sie hat schöne Beine. Mein Steifer presst sich warm in meine Handfläche, ich schiebe meinen Finger bis zum nächsten Knöchel tiefer in meinen Arsch und bewege ihn zappelnd. Mein Schwanz wird noch steifer.

»Hau ab, du bist besoffen«, schreit sie, ballt die Fäuste an der Körpermitte. Ihr Lippenstift ist verschmiert, Wimperntusche läuft an den Wangen hinab. Der Typ wankt, hält aber noch immer seinen rechten Zeigefinger erhoben und fuchtelt dem Mädchen damit vor der Nase herum. Sie schlägt seinen Finger zur Seite, er hebt ihn wieder. Beinahe berührt er ihre Nasenspitze. Ganz dicht bringt er sein Gesicht an ihres heran.

»Rede nicht so mit mir«, sagt er. Die Worte kommen zerquetscht zwischen seinen zusammengebissenen Zähnen über die speichelfeuchten Lippen. Ich verstehe ihn kaum. Er machte einen Schritt nach vorn, drängt sie weiter in die Büsche. Wieder schlägt ihm seine Freundin den Finger zur Seite.

»Lass mich, ich hab die Schnauze voll von dir«, schreit sie erneut. Die Zweige in ihrem Rücken biegen sich, der erste bricht knackend. Wieder schlägt sie nach ihm, Zornesfalten im Gesicht. Ihr Freund fängt den Schlag ab, packt ihr Handgelenk und dreht den Arm zur Seite.

»Ich hab gesagt, du sollst nicht so mit mir reden«, bellt er und drückt sie weiter in das Gebüsch. Plötzlich verliert das Mädchen das Gleichgewicht und kippt nach hinten. Sie verschwindet im Dunkelgrün der Buchenhecke. Einem überraschten Aufschrei folgt ein klagender Ruf.

»Du Arschloch«, kreischt sie. Der Junge hat nicht losgelassen und stürzt hinterher. Die beiden landen zur Hälfte im Busch und zur anderen Hälfte auf dem taufeuchten Rasen. Ihr Rock rutscht hoch und entblößt mehr von ihren gespreizten Beinen, zwischen die sich die Knie ihres Freundes drängen.

Mit der linken Hand drückt er ihre Rechte auf den Boden, seine freie Hand schwebt auf einmal in der Luft.

»Halt die Klappe«, lallt er. »Halt endlich die Klappe. Du machst mich krank mit deiner Nörgelei.«

»Geh runter von mir«, spuckt sie aus und setzt trotzig hinterher, »du Arschloch.« Seine Hand saust herab. Klatschend treffen seine Finger ihr Gesicht. Eine Sekunde lang Stille. Nur das schwere Atmen der beiden weht in mein Versteck herüber.

Was passiert jetzt? Starrt das Mädchen ihn eine lange Sekunde lang verblüfft an, mit schmerzender Wange? Spürt er eine Sekunde lang den Schlag in der Hand, während ihn der Zorn kreischend wie Fingernägel an einer Schiefertafel durchdringt?

Mit der freien Hand schlägt sie plötzlich auf ihn ein, kreischt, spuckt, schnappt mit klackenden Zähnen nach ihm und beschimpft ihn. Fluchend hebt er den Kopf aus der Reichweite ihrer Hand und greift nach ihrem Handgelenk. Zwei, drei Mal fassen seine Finger ins Leere, während sie unter ihm zappelt und mit den Beinen strampelt, sich windet und dreht.

Plötzlich schließen sich seine Finger um ihren freien Arm. Er drückt ihn neben ihrem Kopf zu Boden. Sein Gesicht hängt dicht über ihrem Kopf. Wieder spuckt sie. Er holt aus und versetzt ihr krachend eine Kopfnuss. Sie sackt zusammen. Ihre Bewegungen stoppen sofort.

»Miststück«, flüstert er. Mit beiden Händen dreht er das betäubt vor ihm liegende Mädchen auf den Bauch. Ihr Kopf landet schutzlos in den Sträuchern. Der Typ klappt den Rock hoch. Sie stöhnt. Seine Finger krallen sich in den Gummizug und reißen ihr den Slip herunter, über die Beine, die Knie.

Ihr nackter Po ragt in die Höhe. Er greift an seine Hose. Ich höre die Schnalle klimpern und den Reißverschluss knarren. Dann schiebt er die Hose herunter. Sein weißer Hintern leuchtet im Schein des fahlen Mondes.

»Was machst du?«, höre ich sie noch murmeln, als er sich zwischen ihre Beine kniet und die Schenkel auseinander drückt. Mit beiden Händen packt er ihre Handgelenke und zieht sie nach hinten, so dass sich ihr Gesicht noch tiefer in den Dreck bohrt. Ein unterdrückter Schrei. Gleichzeitig schiebt er sie mit den Oberschenkeln nach vorne, so dass sie auf die Knie gehen muss und sich ihr Po unfreiwillig anhebt. Er bewegt die Hüften nach hinten. Jetzt sehe ich seine mächtige Erektion, ihre dunkle Scham, die gespreizten Halbmonde ihres Hinterns. Erregung flutet durch mein Hirn wie ein Tsunami.

Ich sehe nur die gespreizten Pobacken und fange an zu sabbern. Das ist wie ein Reflex. Nichts ist geiler als ein runder Hintern. Der Finger in meinem Arsch rotiert.

Mit einer kurzen Vorwärtsbewegung bohrt er sich in sie. Ihre Antwort ist ein kehliges Stöhnen, aus dem man Schmerz lesen kann, oder Lust, je nachdem, auf welcher Seite man steht. Ich stehe hinter ihr und sehe sie ficken. Ficken = Lust. Seine Hüften treffen klatschend ihre festen Pobacken. Er hält die Hände des Mädchens wie ein Cowboy sein Pferd an den Zügeln. Sie zappelt, dreht den Kopf, versucht ein Schreien. Der Junge verdreht ihr die Arme und zieht sie nach oben.

»Halt's Maul, blöde Kuh, halt's Maul. Du hast es ja nicht anders gewollt, das ist allein deine Schuld«, zischt er. Ihr Schrei verebbt in einem Jammern. Als er sich aus ihr zieht, glänzt sein Schwanz im Mondlicht. Ein letztes Mal versucht sie sich an Widerstand, schiebt sich nach vorne, um seinem harten Schwanz zu entkommen. Federnd springt sein Steifer aus ihrer Möse.

Sie macht ein Hohlkreuz, ihre Arme hängen durch, der Kopf schnellt in die Höhe. Ich sehe ihr blasses Gesicht. Zerkratzt, dreckig. Sie heult, schreit vor Schmerz auf, dann zieht er sie an den Armen zurück. Ihr Kopf landet wieder im Gesträuch.

Mit einem kurzen Blick nach unten zielt er, bringt seinen Schwanz erneut an ihr Loch und stößt wieder zu. Tief dringt er in sie ein, klatschend, ohne Gnade. Ihr Schrei versickert gurgelnd zwischen Laub, Moos und Erde. Seine Stöße werden schneller, tiefer, härter.

Ich habe keine Sekunde lang aufgehört zu erigieren. Mein Schwanz ist hart wie ein Stück Holz. Mit dem Finger noch immer in meinem Hintern und meiner Faust an meinem Steifen ahme ich die Bewegungen des Jungen vor mir nach, stelle vor, ich sei es, der das Mädchen von hinten fickt. Mein Herz schlägt zäh und schwer, mein Kopf dröhnt, die Lust macht mich atemlos.

Der Finger in meinem Po wird vom kräftigen Muskel umschlossen, stimuliert das Innere des engen Kanals. Ich schiebe ihn bis zum Anschlag hinein, ziehe ihn wieder heraus, ficke meinen Arsch mit dem Finger, bewege ihn und spüre reinste, pure Lust, während vor meinen Augen ein Mädchen vergewaltigt wird.

Die Frequenz des Klatschens von Haut auf Haut nimmt zu. Er fickt sie von hinten, das Gesicht verzerrt wie ein Tier, grunzt und ächzt, hält sie dabei an den Armen fest. Seine Pobacken spannen sich, entspannen sich, spannen sich. Die vordere Hälfte des Mädchens rutscht unter seinen Stößen immer tiefer in das Gebüsch. Als er kommt, legt er den Kopf in den Nacken, macht zwei, drei letzte Stöße in das Mädchen und lässt sich rücksichtslos nach vorne auf sie fallen. Sie bricht unter seinem Gewicht zusammen.

Mein Saft spritzt weit, meine Sinne schwinden. Ich bin nur noch Schwanz, nur Lust, ergebe mich ganz der Flut und kippe nach hinten. Sterne ergießen sich über den dunklen Himmel, der Mond schwamm darin wie ein verlorenes Markstück. Orgasmus = Glück, die Rechnung geht wieder auf.

Momente später höre ich, wie er von ihr herunter kriecht, sich die Hose hochzieht, den Gürtel schließt und seine Kleidung ordnet. Ich rappele mich auf. Das Mädchen liegt noch immer schluchzend in der Hecke. Schuldgefühl überschwemmt mich, so wie zuvor die Lust. Ich habe nicht eingegriffen, nicht geholfen, nicht verhindert, dass einem Menschen Gewalt angetan wurde.

»Steh auf«, sagt er. Seine Stimme ist nicht mehr so kalt. Sie dreht sich auf die Seite. Dunkle Flecken auf ihrer Stirn, Blätter auf den Wangen, verschmierte Augen. Äste streifen ihr Gesicht. Ihr Rock bedeckt ihre Scham. Der Mann bückt sich, nimmt den Slip und hält ihn ihr hin.

»Lass uns gehen, es wird kalt.«

Sie nimmt ihn wortlos, steht auf und schlüpft hinein, den Blick zu Boden. Sie zieht die Nase hoch. An ihren Knien klebt Gras.

»Warum machst du das?«, fragt er. »Warum provozierst du mich immer wieder? Du weißt doch, wie sehr ich es hasse, wenn du mich Arschloch nennst?«

Er geht auf sie zu, hebt die Hand. Sie weicht zurück. Eine merkwürdige Mischung aus Sorge und Triumph spielt um seine Mundwinkel. Seine Finger nähern sich ihrem Gesicht.

»Es tut mir leid, James«, sagt sie leise. Ihre Augen sind voller Angst. dann berührt er sie. Sie zuckt zusammen. Vorsichtig wischt er ihr den Dreck vom Gesicht.

»Ich lieb dich, das weißt du, oder?«, sagt er. Sie nickt. Dann zieht er sie an sich, presst sie wie eine Puppe in seine Arme. Sie verschwindet beinahe hinter seinem breiten Rücken, nur ihr Kopf ragt über seine Schulter, ihre Augen starr und klein. In meine Richtung. Und dann treffen sich unsere Blicke.

Ihre Augen starr und groß. Ihr Mund geöffnet in sprachloser Überraschung, in Schrecken und Entsetzen. Ich erschrecke. Tief presse ich mich in den Schatten der Hecke. Blätter rascheln. Zuletzt sehe ich, wie sie in einer hilflosen, bittenden Geste die Arme ausstreckt, während ihr Freund sie im Mondlicht stehend umklammert.

Leise verlasse ich meine Deckung, haste verwirrt durch den Park zurück zur Straße, überquere sie, renne atemlos durch den gelben Nebel der Straßenlaternen. Der beleuchtete Eingang der Jugendherberge wirkt wie ein Leuchtturm am Horizont.

Mir ist schlecht. Ich laufe in die Waschräume in eine Toilette, schlage die Tür zu, hocke mich über die weiße Keramik und würgte trocken, bis ich das Gefühl hatte, mir würden die Augen platzen.

Fühlst du etwas, spürst du Mitleid, kannst du die Angst des Mädchens nachvollziehen? Nein, du kannst es nicht, du weißt nur, dass du es können müsstest.

Keuchend stütze ich mich auf die Klobrille und starre in die dreckige Schüssel. Warum fühlst du nichts? Warum ist es dir egal, was mit ihr passiert ist? Bist du normal? Bist du krank? Die aufgerissenen Augen, der schreckensstarre Mund. Wie in einem Horrorfilm. Jetzt kann ich kotzen. Zweimal, dreimal. Ein schlechtes Gewissen schmeckt nach bitterer Galle. Orgasmus = Glück. Und danach ist alles wie vorher.

3.

In unserem Zimmer spielen Bastian, Tim und Michael Skat.

»Wo hast du gesteckt?«, fragt Bastian.

»Spazieren«, sage ich.

»Zeig mal deine Hand.«

Ich zeige ihm die Blase. Seine Fürsorge könnte einem die Tränen in die Augen treiben. Könnte.

Du hast nicht geholfen, du hast zugesehen. Weil es dir gefallen hat.

Und als ich später die Augen schließe, sehe ich die ausgestreckten Arme des Mädchens im Park, den atemlosen Schrecken in den Augen. Lange liege ich wach in dieser Nacht. Dann dringen plötzlich vermummte Gestalten in unser Zimmer, packen mich, legen mir Fesseln um die Handgelenke und schleppen mich in den Flur.

Ich versuche zu schreien, doch ich bekomme keinen Ton heraus. Die Angst lähmt mich wie eine Giftspritze. Die Gestalten tragen mich die Treppe hinunter. Meinen Mund verschließt ein breites Stück Klebeband.

»Du hast deinen Rucksack vergessen«, sagt mein Vater und reicht mir einen Turnbeutel. Danke, Papa, dass du dir die Mühe gemacht hast.

Die Straße vor der Herberge ist leer, die Luft lauwarm, das gelbe Licht der Laternen weich. Als mich die Gestalten fallen lassen, stürze ich weich in duftenden Rasen. Meine Angst ist verschwunden. Hände auf mir. Meinen Schrei verhindert eine Hand auf meinen Lippen. Weich und warm. Kichern und Lachen, und auf einmal ziehen mich viele Hände aus. Ich wehre mich vergeblich.

Erst gleiten meine Shorts über die Knie, anschließend mein Hemd. Es ist zu dunkel, um hinter die Masken zu blicken. Schließlich bin ich nackt, aus meiner Angst ist Erregung geworden.

Ich fühle mich frei. Die Hände sind überall. Der Park ist eine Wiese im Hochsommer, die Luft schmiegt sich an meinen Körper.

Die Gestalten lassen ihre Masken fallen. Dahinter strahlen die Gesichter von Sonja und Nicole. Als sie mir zwischen die Beine greifen, ist mir unwohl. Was zwischen meinen Beinen liegt, gehört mir alleine. Ich will es nicht teilen wir uns den Eintritt ins Atomium? Nur zu zweit können wir hinein.

»Die EU«, sagt Tim, »hat es so vorgeschrieben. Wegen Brüssel, der Verfall, hat die Spekulationsruinen in der Zugbehaart? Oder Leberflecken?«

Ich bin auf einem ABBA-Konzert, endlich wieder ABBA. Oder nicht? Freiheit über Wolken schaukelt wie ein Zug. Ach.

Fummeln in Paris

Die Schienen glänzen beruhigend, Schwellen huschen unscharf vorbei, der Schotter wie graubrauner Acker. Schilder rasen heran und passieren in wagemutigem Abstand den Zug. Ist es absurd zu denken, dass du still stehst und die Welt draußen mit hoher Geschwindigkeit an dir vorbeigleitet?

Du reist nicht, du bleibst, wo du bist, verharrst auf dieser Position. Die Welt um dich verändert sich, dir bleibt nur Stillstand. Du glaubst, du gehst voran. Irrtum. Setze bei voller Fahrt einen Fuß aus der Tür, und die Hast, mit der um dich herum alles passiert, reißt dich um. Das Problem ist in deinem Kopf. Die Lösung auch.

1.

Im Gare du Nord beäuge ich von meinem Platz auf meinem Rucksack misstrauisch jeden, der mir zu nahe kommt. Viele Araber, Obdachlose, Gauner, unsympathisch wirkende und hektische Menschen laufen von und zu den Gleisen. Wer aussieht, als habe er ein Ziel, ist mir egal.

Ich misstraue jedem, der zu viel Zeit hat. Michael dreht sich eine Zigarette, Sonja erzählt ihm von Paris, Bastian und ich schweigen uns an und fühlen uns wohl dabei.

Die Haut über der Brandwunde auf meinem Handrücken ist zu einer großen Blase geworden und hat sich mit Flüssigkeit gefüllt. Faszinierend. Das ist alles, was von Brüssel bleibt. Eine Brandwunde. Ab und zu blitzt das Gesicht des Mädchens aus dem Park vor meinen Augen auf, aber ich fühle noch immer nichts dabei.

Nur die Erinnerung an ihr nackten Hintern und den harte Schwanz des Jungen sorgen für Herzklopfen. Nicole und Tim kümmern sich inzwischen in der Touristeninfo um eine Unterkunft, was sich als schwierig erweist. Die Jugendherberge ist belegt, die

Stadt platzt aus allen Nähten. Sie finden zwei Zimmer für jeweils zwei Nächte in zwei nahe gelegenen Absteigen im Montmartre.

Diesmal kaufen wir ein Carnet. Die Metro riecht nach Gummi, nach Bremsbelägen, nach zu wenig Zeit. Die Metrostation Saint Georges protzt mit dem typischen Pariser Jugendstil und liegt am Rande des Vergnügungsviertels Montmartre. Am Ende der Straße strahlt die *Sacré Cœur* in der Sonne. Mein Rucksack wiegt fast nichts. Im Foyer des Hotel du Moulin, das mich durch Marmor beeindruckt, gibt uns ein mürrischer Araber die Schlüsse.

Die Zimmer sind dunkel und muffig. Schwere purpurne Vorhänge vor den Fenstern, strukturierte Tapeten. So muss ein Hotel in Paris sein. Wir starten aufgeregt zur *Sacré Cœur*, kauften Baguette und ein rotes Netz voller kleiner runder Käse mit roter Wachsschicht im ersten französischen Supermarkt meines Lebens, entdeckten die Seine und den Eiffelturm.

Das sonore Piepen der U-Bahn, bevor sich die Türen schließen, wird zur Musik. Nach der ersten Fahrt mit der RER singt Sonja eine Melodie und behauptete, es sei ein Kinderlied. Statt eines Refrains singt sie nur RER und betont die Buchstaben auf sehr französische Art. Die dumme Nuss ist wirklich leicht meschugge.

Am Abend holen wir uns Bier im Zehnerpack und setzten uns ins Zimmer. Billiger als jede Kneipe. *New Model Army* bollern durch das kleine Zimmer, für Sonja müsste Paris nach Akkordeon klingen, nach Jacques Brel oder Edith Piaf. Aber die hat ja auch keine Ahnung. New Model Army und Phillip Boa. Phillip Boa und New Model Army. Der Soundtrack unserer Tour. Ein Anker und Wiegenlied. Es riecht nach muffiger, ungewaschener Kleidung, Bier, Füßen und dem Staub unter dem Bett.

»Warum seid ihr eigentlich nicht mehr zusammen?«, fragt Nicole. Bastian verdreht die Augen. So sensibel, Bastian?

»Es stimmte einfach nicht mehr«, sagt Tim. »Ich will mich ja auch so früh noch nicht festlegen.«

»Dabei passt ihr so gut zusammen«, sagt Nicole grinsend.

»Können wir das Thema lassen?«, fragt Sonja und rümpft die Nase. Sie sitzt neben ihm auf einem der drei Betten und zieht gedankenverloren die rote Wachsschale von ihrem Käse. Ich bitte Michael um ein neues Bier. Ich mag das Kronenbourg. Davon bekomme ich im Gegensatz zu Warsteiner, Beck's und all den anderen norddeutschen Bieren keine Kopfschmerzen. Außerdem sind die kleinen Flaschen schneller leer als ihr Inhalt schal werden kann.

»Wenn sie darüber reden will, dann lass sie. Du kannst ihr doch nicht den Mund verbieten«, sagt Tim ruhig.

»Aber ihr redet hier über mich«, blafft Sonja zurück.

»Nein, sie hat mich gefragt, was ich denke, und ich habe ihr das gesagt.«

Als Sonja den Kopf hebt, schimmern ihre Augen feucht. Ihre linke Hand ballt sich um die rote Wachsschale zur Faust. In die Stille hinein drehe ich den Kronkorken von der Flasche. Langsam kribbelt mein Hirn. Ich, in Paris, betrunken, in einem Hotelzimmer. Wie geil ist das denn?

Tim erwidert Sonjas Blick, und ich nehme einen Schluck. Herrlich – so viel Liebe, Leid und Leidenschaft auf 12 Quadratmetern, und ich habe keine Ahnung davon.

»Wie gut, dass ich diese Probleme nicht habe«, sage ich. Jetzt musste eine Antwort von Nicole folgen. Der Hinweis darauf, dass ich doch alle haben konnte, wenn ich nur wollte.

»Sonst beschwerst du dich immer«, sagt Bastian. Moment, das ist nicht vereinbart. Natürlich beschwerte ich mich, aber aus gutem Grund, weil die, die ich wollte, mich nicht wollten. Claudia und das Mädchen aus der Tanzstunde und all die anderen, die mich nicht haben wollten. Meine Gedanken werden plötzlich schwer.

Ich möchte heulen, von meinen Plänen Absicht erzählen. Warum fragt mich niemand, wie es mir geht? Warum interessiert es keinen? Warum drehe ich das Gespräch auf mich? Doch nur weil ich will, dass sich die Welt um mich dreht und man mich fragt, wie es mir geht.

Lieber reden wir über etwas anderes. Über Tims Arroganz und Sonjas Naivität. Sonja, die schmollend und mit traurigen Augen neben Tim sitzt und Käse ist. Im Halbdunkel legt sie ihre Hand auf

Tim Oberschenkel. Er lässt es mit sich geschehen. Was für ein Pascha. Warum kann sie ihn nicht loslassen, wenn er sie doch nicht will?

»Michael, erzähl uns doch mal was über deine Freundin«, sage ich und gebe damit zu, dass ich sie noch nie gesehen habe. Keine Ahnung, wer sie ist.

Wieso eigentlich ist seine Freundin Privatsache? Und woher kennt er sie? Ich habe immer gehofft, Michael würde so etwas mit uns teilen, so, wie ich ihm erzählt hätte, in wen ich verknallt bin, wenn es denn jemanden gäbe. Ich mag Michael und doch ist er mir in manchen Momenten fremd wie der Verkäufer im Supermarkt, den man täglich sieht und über den man kaum etwas weiß.

»Was soll ich da sagen? Sie heißt Susanne und geht auf die Scholl.«

»Kennen wir die?«, fragt Nicole. Sie grinst wieder. Ob sie froh über das neue Thema ist? Sonja flüstert Tim etwas ins Ohr. Ihre Hand ist sehr weit oben auf seinem Bein. Ich lasse meine Finger leicht über die Brandblase auf meinem Handrücken streichen. Ich würde sie gerne aufkratzen.

Wir kennen sie nicht, und das findet Nicole langweilig. Sonja und Tim nutzen den Moment der Stille, um sich vom quietschenden Bett zu erheben. In der Hand hält Sonja den Zimmerschlüssel. Ich traue meinen Augen nicht, dann knallt die Tür ins Schloss.

»So, und was machen wir?«, frage ich Michael.

»Wir trinken erst mal ein Bier«, sagt er. Nicole grinst.

»Warum bist du nicht mit Sonja zusammen?«

»Was weiß ich?« Warum sollte ich. Sonja ist ein dürres, naives Dummchen. Ihre Nase zu groß, ihre Fragen zu doof. Es muss alles stimmen. Jeder Makel ist ein Ausschlusskriterium. Immer geht es um das Optimum. Keine Kompromisse. Strebst du nach Perfektion, um Zweifel auszuschließen?

Ich war schon einmal verliebt. In Claudia, die mich nicht wollte. Ihr jedoch war ich nicht cool oder nicht gutaussehend genug. Gibst du jetzt weiter, was du erfahren hast? Und welche Rolle spielt die

Scheidung deiner Eltern? »Viel zu kompliziert«, sage ich und meine die Gefühle. Kein Gedanke kann klarer sein als der an das Alleinsein.

»Und außerdem ist er nicht katholisch«, sagt Bastian.

»Richtig«, sagt Michael. »Jetzt geht eigentlich nur noch der Papst.«

»Ich bin ja nicht mal religiös.«

»Besser so. Lieber Atheist als Kathole.«

»Kann der Papst heiraten?«

»Ach Mensch, Nicole«, blafft Bastian. Großer Fehler. Sie äfft ihn nach, er haut verbal zurück, und Michael grinst zu mir herüber. Herrlich.

»Erzähl doch mal von Judith«, sagt Nicole. »Warum hast du mit ihr Schluss gemacht?« Judith. Blödes Thema.

»Also?«, fragt Nicole noch einmal. »Warum hast du Schluss gemacht?«

»Sie sah ihm nicht gut genug aus«, spottet Bastian. Weiß er nicht, wie hoch die Messlatte liegt? Sie liegt so unerreichbar hoch, dass nur die Damen in meinem Bettkasten sie überspringen können.

»Weil sie nicht das war, was ich wollte«, sage ich. Mein Zwerchfell zittert.

»So eine blöde Ausrede. Sie war nicht hübsch genug.« Wieso ist Bastian deswegen sauer auf mich? An Judith kann es nicht liegen, die ist ihm egal. Was ist es dann? Weil ich ihm weiter vorjammere, wie schwer ich es mit den Frauen habe? Weil wir nicht mehr gemeinsam einsam sind?

»Nein, ja, auch, aber sie hat mich viel zu sehr eingeschränkt. Ich war ja bis zum Stadtfest im Herbst ganz zufrieden alleine, aber der Kuppelvirus war gerade ausgebrochen, und ...«

Erzähl nichts davon, dass dir Wichsen nicht mehr gereicht hat, erzähl nichts von der nie zuvor gefühlte Zerrissenheit, die plötzlich fast körperlich wehtat, erwähne nicht den Bahnübergang hinter der Schule, auf dem du eines Nachts alleine standst.

Sie verstehen es sowieso nicht.

Diese Sehnsucht nach Nähe und das Unvermögen, einen Teil von dir aufzugeben und in einer Beziehung Kompromisse einzugehen, die zu zwei Polen auf der Kompassnadel deiner Seele geworden sind, die immer um dich herum rotiert und nie zur Ruhe kommt.

»Auf Jörgs Geburtstag hab ich total besoffen das erstbeste Mädchen umarmt, das mir nach dem Kotzen in den Weg kam. Und das war Judith. Mehr nicht. Als wir uns das erste Mal geküsst haben, weil sie mich am nächsten Tag nach der Schule unbedingt sprechen wollte, hat es sich falsch angefühlt. Judith hat mich umklammert, rief mich an, wollte mit mir ins Kino, zum Minigolf, knutschen.«

Erzähl nicht, dass du nur *Ja* gesagt hast, weil du nicht *Nein* sagen konntest, weil du von der Situation überfordert warst und das Spiel einfach mitgespielt hast.

Auf dem Sofa ihrer Eltern, nachts nach der Party, war sie die erste, der ich meine Hand unter das T-Shirt steckte und einen Finger in die Möse schob. Sag Möse, und Nicole wird dich angewidert ansehen. Ich spüre die Feuchtigkeit in meinen Handflächen. Judiths Gesicht blitzt auf. Bastian ist ganz aufgeregt, fast wütend.

»Aber wolltest du das nicht immer?«

»Es hat sich nicht richtig angefühlt. Jeder Kuss war gelebter Abstand. Die Gefühle im Fernsehen waren realer, auch wenn es nicht meine waren. Fluchtreflex statt Zuneigung. Mir war unsere Beziehung bereits nach dem ersten Treffen zu viel. Als auf Sat.1 *Spiel mir das Lied vom Tod* lief, den ich unbedingt sehen wollte, tat ich das alleine. Rumgeknutsche bei Sergio Leone ist doch Blasphemie.

Sie hat mich danach angerufen, das war total daneben. Sie wollte nicht auflegen, und ich wollte nichts sagen. In der Schule war mir ihre Anwesenheit auf dem Pausenhof peinlich, in ihrem Zimmer ihre Vorliebe für Jazzmusik. Ein paar Tage später hab ich Nicole betrunken vor McDonalds getroffen, im Regen, und sie hat mir erzählt, Judith würde mich lieben.«

»Du bist so doof«, wirft Bastian seiner Freundin vor. »Ich hab dir gesagt, dass ein Mann das nicht hören will.«

»Ach, ich bin schuld, dass Sven Schluss gemacht hat?«

Jetzt kabbeln sie wieder. Ich höre das gerne. Aber selbst erleben?

»Die Beziehung zu Judith hat plötzlich wie ein Stapel Schulbücher auf mir gelastet. Liebe? Nein. Zuneigung und Interesse, die hinter dem Wunsch nach Perfektion jedoch sehr weit zurückblieben. Ich hab sie ja noch nicht einmal als meine Freundin bezeichnet. Kurz danach holte sie mich von McDonald's ab, das hat mir gar nicht gepasst. Ich war doch mit Bastian verabredet.

Ich nahm sie mit nach Hause. Sie sah mir zu, wie ich mir im Stehen Brote schmierte. Sie hat den Fischmac als genial bezeichnet. Genial. So ein Wort hat sie vorher nie benutzt. Das klang so anbiedernd und falsch. Vor der Haustür hab ich sie stehen lassen.

Eine Woche später fing sie mich nach dem Kunstunterricht ab. Ich wusste genau, was sie wollte. Ich war echt erleichtert, als sie sagte, wir sollten die Beziehung besser abbrechen, wenn ich nicht mit Frauen umgehen könne. Ich widersprach ihr nicht, nickte nur. Sie hatte ja Recht.«

Eine kurze Pause. Vor dem Hotel keifen sich zwei Frauen an. Ich kann die Sprache nicht verstehen.

»Das finde ich ganz schön heftig«, sagt Nicole. Ihre Augen lasten auf mir, dem Teflon-Mann. Erwartet sie, dass es mir Leid tut? Nichts bleibt an mir haften. Gar nichts.

»Dass ich ihr nicht widersprochen habe?«

»Dass du so kalt bist.«

Kalt? Wieso kalt? Judith passte eben nicht zu mir.

»Er ist doch nur ehrlich«, wirft Michael ein, bevor ich antworten kann. Ehrlich. Eigentlich bin ich nur unsicher. Ich weiß nicht, wie ich mich verhalten soll in solchen Situationen, und dann sage ich, wenn überhaupt, immer nur das, was mir als erstes in den Sinn kommt. Dabei wünsche ich mir, ich könnte immer das Richtige tun.

Ich habe stets und überall das Gefühl, meine Rolle nicht ausfüllen zu können, fühle mich immer zu klein für die Fußstapfen, in die ich treten soll. Obwohl meine Eltern aus Bayern nach Niedersachsen gezogen waren, meine Oma in Bayern lebt, meine ganze Familie, spreche ich nicht ein Wort Bayrisch. Ich kann mit den Worten nichts anfangen. Oachkatzlschwoaf – ein Wort wie aus einer anderen Welt.

»Du sprichst kein Bayrisch?«, fragte mich einmal ein Bekannter meiner Großeltern, als wir wieder einmal im tiefsten Oberbayern zu Besuch waren.

»Nein«, sagte ich und wurde rot. So rot wie man nur werden kann, wenn einem die eigene Unzulänglichkeit so direkt unter die Nase gerieben wird.

Ich will aus diesem Leben ausbrechen, so wie mein Vater es getan hat, ich will neu anfangen. Es muss doch eine richtige Seite geben, eine Seite, auf der ich mich richtig verhalte, in der mir die Unsicherheit genommen wird. Eine Seite, auf der ich alles richtig mache.

Nicole und Bastian streiten. War ich so in Gedanken versunken, dass ich gar nicht mitbekommen habe, worum es geht? Nach einer Stunde werden die beiden des Streitens müde, hat Michael genug vergebens versucht, zu schlichten, und wir beschließen, Sonja und Tim zu trennen.

Was sie dort gemacht hatten, alleine, in der Dunkelheit, sagt Sonja nicht. Aber Michael kann sich die Nachfrage nicht verkneifen, kurz nach Mitternacht, von seinem Bett aus.

»Habt ihr gepoppt?«

»Ich sag dazu nichts.«

»Hast du sie gefingert?«

»Nein«, sagt Tim in der Dunkelheit. Wie auch, sie hat doch ihre Tage. Zumindest ist er ehrlich. »Und jetzt lass mich in Ruhe.«

Ich bewundere Michael dafür, dass er so frei reden kann.

»Hat sie dir einen geblasen?«

»Sie hat mir nur einen runtergeholt, okay?«

Mein Zwerchfell tanzt. Nur einen runtergeholt. So ein Arschloch. Sonja holt ihm einen runter, obwohl er nichts von ihr will, und er tut so, als sei das nicht die geilste Sache der Welt. Er erwähnt es so beiläufig wie jemand, der im Lotto gewinnt und behauptet, er habe eigentlich schon genug Geld, aber ja, die Million nähme er gerne. Wichser. Arme Sonja. Blöde Sonja. Dumme Nuss.

»Hast du sie drum gebeten?«, frage ich zurück.

»Nein. Sie wollte es. Freiwillig.«

»Die Sonja, du, die hat es faustdick hinter den Ohren«, sagt Michael noch. Dann quietscht die Matratze und das Gespräch versickert in der dunklen Porösität der Nacht. Beflügelt von sehr viel Kronenbourg erlebe ich Seltsames. Erst stehe ich in einem kleinen Zimmer, von dem ich weiß, dass es grüne Türen hat und eigentlich ein Bahnhof ist.

Eine Stimme sagt etwas von Badeanstalt und Taschendiebstahl. Aber der Zug ist längst in Koblenz. Wir haben den Scheißzug verpasst. Und jetzt? Unser Zimmer schwimmt auf einer Woge Licht, und Sonjas Hand gleitet langsam Tims seine Hose. Er lehnt sich zurück.

Unsere Wohnung. Wir sind bei uns zuhause, aber es ist ein Haus, das alte Haus. Wir sind wieder da. Unsere Rucksäcke stehen in den Ecken. Tim und Sonja höre ich reden. Sie reden über ihre gescheiterte Beziehung, über sein Versprechen sie zu heiraten und all die anderen Sachen, die sie schon tausendmal durchgekaut haben.

Bald turnen die beiden auf meinem alten Bett herum, auf dem ich früher geschlafen habe, als wir noch eine Familie waren, im Haus, weil wir die Zimmer getauscht haben und Bastian und Nicole nebenan liegen.

Michael und ich haben Tickets nach Hause, Tim hat eine Hand in Sonjas Hose. Wieso ist Phillip Boa auf einmal in den Französischen Charts? Der hatte doch im Februar seine größten Erfolge. Merkwürdig. Sonjas Hand an Tim. Ihr Becken zuckt unter seiner Hand, der Wind entblößt ihre festen Brüste. Ihre Stimmen sind kaum zu verstehen im Quietschen der Metro.

Ihre beiden Brüste sind so stramm, die Haut so makellos. Michael onaniert neben mir. Tims Schwanz in Sonjas Mund, der Kunstunterricht fängt an, und das ist mir zu viel. Ich komme sprudelnd. Der kleine Tod ereilt mich. Mein Kopf sackt nach hinten. Mir wird schwarz vor Augen. Ein lautes Grunzen weckt mich. Ich wachte auf und zucke hoch. Allein in meinem Bett. Mein Atem ist flach, mein Kopf dröhnt. Draußen vor dem Fenster rauscht der Verkehr.

Ein Traum. Nur ein Traum.

2.

Das Centre Pompidou ist Ausdruck der Kluft zwischen Anspruch und Wirklichkeit. Ich versuche vergeblich, den Sinn daran zu entdecken, durch Räume mit Bildern zu schleichen, die jemand anders gemalt hat. Warum soll ich mir ansehen, was andere geschaffen haben? Ich kann nicht einmal eine Figur aus Eicheln und Streichhölzern bauen - warum soll es mich begeistern, dass andere etwas geschaffen haben und im Museum hängt? Tim ist der Meinung, dass man diese Bilder gesehen haben muss. Dann wird das wohl so sein.

»Das gehört zur Allgemeinbildung«, sagt er mit einem Seitenblick auf Nicole. Die reagiert prompt.

»Nur weil man sich nicht für diesen Kram interessiert, ist man doch nicht ungebildet«, blafft sie so empört, dass ich Tränen erwarte, die aber nicht kommen. Zum Glück bin ich nicht mit ihr zusammen. Ich wüsste nicht, wie ich sie wieder beruhigen sollte.

»Du bist so arrogant«, sagt Bastian. Tim zuckt mit den Schultern und grinst ein wenig verlegen. Auf dem Weg auf das Dach des Centres fotografiert Bastian seine schmollende Freundin. Sonja ist ohnehin beleidigt, weil Tim nicht ihre Hand halten will. Sie singt wieder das Lied von der RER. Jetzt dreht sie völlig durch. Herrlich.

Nicole mag Paris nicht und will an den Strand. Paris ist ihr zu windig und zu dreckig und zu laut. Mir ist Paris noch viel zu vertraut. Gegen Mittag zu McDonald's. Wieso haben die Franzosen zwei verschiedene Preise für Ihre Produkte? Wenn man die Burger im Restaurant isst, sind sie teurer. Natürlich setzen wir uns vor dem Laden auf die Straße und essen dort. Jeder Franc zählt.

Tim erklärt uns in der Zwischenzeit mit vollem Mund den Grund. Warum die Franzosen jedoch eine niedrigere Mehrwertsteuer zahlen, wenn sie das Essen außer Haus servieren, weiß er auch nicht. Die spinnen, die Franzosen. Bastian meint, er habe das Gleiche sagen wollen. Glaub ich ihm.

Auf dem Père Lachaise gehen wir natürlich zum Grab von Jim Morrison, für Tim und Michael ein Idol. Der Name weckt bei mir nur die Assoziationen *Top Gun*, *Top Secret* und *Willow*, was an Val Kilmer liegen muss. Ich kenne die Doors erst seit dem Film von Oliver Stone.

»Oliver Stoned«, korrigiert mich Michael, der sich an jeder Straßenecke eine neue Zigarette dreht und einen Platz zum Barzen sucht. Ich fühle mich ganz fehl am Platz. Es muss anders sein, eine bedeutende, wichtige Situation an einem ganz wichtigen Ort. Es fühlt sich so hohl an, falsch und unecht an. Wir sollten hier etwas erleben, wovon ich später einmal erzählen kann. Aber es kann ja nicht immer Berlin sein.

In der 9. Klasse waren wir auf Klassenfahrt in Berlin. Es war im Herbst nach dem Sommer, in dem die Ungarn ihren Stacheldraht einrollten und Ostdeutsche zu Tausenden in den Westen flohen. Am 9. November reisten wir noch mit Tagesvisum nach Ost-Berlin ein, inklusive Zwangsumtausch, Passkontrolle und grimmigen Grenzern. Gaben unser Geld aus für trockene Brötchen im Konsum und schlechtes Essen im Grill am Alexanderplatz.

Die Stadt wirkte merkwürdig leer. Und dann fuhren wir zurück zur Jugendherberge nach Tegel. Wir hatten uns schon darauf eingestellt, bis zum Löschen des Lichts Schwimmen zu spielen. So wie im Pergamonmuseum oder im Bundestag. Doch kurz nach acht Uhr abends kam unser Klassenlehrer Herr Schmidt in unser Zimmer. Sein Gesicht war ernst.

»Wir haben soeben erfahren, dass die Ausreise für Bürger der DDR in die Bundesrepublik und West-Berlin auch ohne Vorliegen von Voraussetzungen möglich ist«, sagt er. Ausreise ohne Voraussetzung? Nicht nur ich starrte ihn ratlos an. Was wollte er uns denn damit sagen? Warum war er so ernst? War das was Schlimmes? Und dann begriff ich, dass seine Ernsthaftigkeit in Wahrheit der Versuch war, die Fassung zu bewahren.

»Und was soll das heißen?«, fragte Bastian.

»Die Mauer ist gefallen«, sagte Herr Schmidt. »Die Grenzen sind offen.«

Wir fuhren im Bus durch die glitzernde Stadt und wurden am Zoo rausgelassen. Einem großen Platz behafften wir es noch. Die Straßen waren voller Menschen, mit Sektflaschen in den Händen. Sie riefen, lachten und grölten, sangen die Nationalhymne und so ein Tag, so wunderschön wie heute. Menschen, die Jeansjacken mit weißem Fellkragen trugen und merkwürdig aufgeplusterte Lederjacken, Deutschlandflaggen in den Händen.

Fremde Hände zogen uns freundlich auf die Mauer, wo wir den ostdeutschen Grenzern zusahen, die nicht wussten, was sie tun sollten. Im grellen Scheinwerferlicht trank ich Sekt aus eiskalten Flaschen, die mir fremde Freunde hinhielten. Beschwipst und glücklich trafen wir unsere Mitschüler am Zoo wieder und tauschten uns aus. Am nächsten Tag fuhren wir zum Grenzübergang Bornholmer Straße. Ich klopfte dort auf die Dächer vorbeifahrender Trabbis, jubelte den DDR-Bürgern zu, die ihre ersten Schritte in den Westen taten, trank Sekt und wusste, dass ich für immer Teil eines denkwürdigen Momentes sein würde.

Kann der Besuch des Grabes eines Mannes, der starb, als wir noch nicht einmal auf der Welt waren, dagegen überhaupt eine Bedeutung haben? Was will Tim damit zum Ausdruck bringen? Verehrung? Wir machen einen Strich auf die Liste, und doch ist es so, als hätten wir uns bei dem Versuch, bei etwas wirklich Bedeutendem dabei zu sein, am Grab von Jim Morrison verlaufen.

Sonja erzählt uns auf dem Weg zur Seine von ihrem Erlebnis auf dem Weltjugendtag in Polen im vorigen Jahr, von der Rede

Johannes Paul II und dem intensiven Erlebnis der Gemeinschaft. Die Provokation kommt mir ziemlich leicht über die Lippen.

»Ah, der Papst. Der senile alte Sack soll doch den Löffel abgeben.«

»Und dann? Dann kommt ein neuer Papst.«

Tim sagt zur Abwechslung gar nichts, im schlechtesten Moment überhaupt. Er lässt mich mit dieser ziemlich pauschalen Aussage alleine, ein dahingesagter Satz, der Sonja nur aus der Reserve locken sollte. Ich sehe zu Bastian hinüber. Der zuckt mit den Schultern als wolle er sagen: Da hast du dich zu weit aus dem Fenster gelehnt, jetzt genieß den Flug alleine.

Mir fällt nichts mehr dazu ein. Gott sei Dank bin ich Atheist. Auch nur so ein geklauter Satz von Luis Bunuel. Nicht einen einzigen Film von ihm habe ich gesehen, selbst das Zitat kann ich ihm nur zuordnen, weil ich es auf einem T-Shirt gelesen habe. Vielleicht ist es gar nicht von ihm oder nicht vollständig oder bedeutet etwas ganz anderes. Wenn ich etwas vermeintlich Intelligentes sage, wiederhole ich nur das, was andere gesagt haben. Denke ich überhaupt eigene Gedanken?

Eigentlich bin ich der hohlste Mensch der Welt. Ich weiß nichts, meinen Gedanken fehlt die Tiefe. Ich habe von keiner Sache wirklich Ahnung, selbst mein Filmwissen ist nur Kulisse, oberflächlich und unwichtig. Ich kenne nur die Antworten, aber nicht, was sie bedeuten. Ohne zu verstehen plappere ich nach, was andere geschrieben haben. Bin ich Künstler? Habe ich ein Buch geschrieben, einen Film gedreht oder ein Lied komponiert?

Nichts, was ich jemals gemacht habe, hat irgendeinen Wert. Und ihr wisst es, ihr wisst genau, wie schlecht ich bin. Kein Wunder, dass kein Mädchen lange mit mir zusammen sein will. Judith hat genau gewusst, warum sie nach der Kunststunde auf mich zukam.

Meine Finger finden beinahe ohne meine Kontrolle die Blase. Ich quetsche den kleinen, fast transparenten Hügel auf meinem Handrücken, drücke ihn wie einen Klingelknopf. Was mag wohl passieren, wenn ich die Blase aufkratze? Ist darunter schon neue Haut gewachsen?

Unser Abendessen besteht aus einem Döner und versalzenen Pommes. Bastian wäre lieber wieder zu McDonald's gegangen. Wir kaufen uns noch zwei Zehnerpacks Bier in den kleinen Flaschen, bei denen man die Kronkorken mit der Hand abdrehen kann, und gehen zurück ins Hotel. Chaos empfängt uns.

Unsere Zimmer wurden in unserer Abwesenheit anscheinend nicht einmal von den Putzfrauen angesehen. Reinigung ist wohl im Preis nicht inklusive. Wenigstens raucht Michael hier nicht. Aus dem Ghettoblaster dröhnt *New Model Army*. Schnell bin ich betrunken, und der Rausch kribbelt in meinem Kopf. Worüber wollen wir reden? Über Jim Morrison. Über den Louvre. Über uns.

Nicole fängt mit dem Spielchen an: »Wie seht ihr mich?«, fragt sie.

Ich könnte Meg Ryan sagen, aber ich sage nichts. Ich könnte die Speckröllchen erwähnen, doch ich schweige.

»Hör doch auf«, sagt Bastian, und Nicole sagt, was ich fürchte, was ich hören will, was so unglaublich schwierig zu beantworten ist.

»Und wie seht ihr Sven?«

Mich? Wer bin ich? Einer der hohlsten Menschen der Welt. Wie oft soll ich das noch denken?

»Ich kann nichts, ich bin nichts. Kein Wunder, wenn mich niemand mag.«

Nicole reagiert, wie ich es mir gewünscht habe. »Dich mögen mehr als Boris Becker, also, im Verhältnis zu denen, die dich kennen.«

Wie kommt sie denn auf Boris Becker? Außerdem ist das Quatsch.

»Nein, wer soll mich mögen«, frage ich. Ich habe keine Freundin, und mein bester Freund hat kein Verständnis dafür. Er verachtet mich.

»Judith hat dich gemocht.«

»Ach«, blaffe ich. So ein Quatsch. Aus Mitleid hat sie mich angesprochen. Deshalb ist es ihr auch so leicht gefallen, sich von mir zu trennen. Sie hat ja nicht einmal widersprochen. Sie hat doch gesagt, ich sei nicht fähig, mit Frauen umzugehen.

»Du bist doch auch ein Idiot«, blafft Bastian. »Ständig jammerst du, du hättest keine Freundin, und dann machst du Schluss und jammerst wieder.«

Wieso versteht er mich nicht? Auf einmal weiß er nicht, wie ich mich fühle, dabei haben wir uns doch sonst immer verstanden. Judith war nicht perfekt, sie war zu dick, zu harmlos, zu tief, zu blond. Bastian müsste das doch wissen.

»Sie hätte gerne mit dir geschlafen. Sie hat dich wirklich gern gehabt.«

»Hat sie dir das nicht erzählt? Wir haben. Einmal. In der Nacht, bevor ich Schluss gemacht habe. Da hat sie bei mir übernachtet, weil es so geregnet hat.«

»An den Abend kann ich mich erinnern. Sie hat total empört bei mir angerufen und mir erzählt, wie du sie rausgeschmissen hast. Die war total fertig.«

»Und du glaubst, das hätte ich gemacht?«

»Warum sollte sie mir das erzählen?«

»Weil ihr das peinlich gewesen wäre?«

»Nein, ihr nicht.«

Kein Sex mit Judith? Dafür ist die Erinnerung zu klar. Ich habe mit ihr gefickt, ganz sicher. An dem Abend, bevor sie mit mir Schluss machte. Ich sehe noch die Szene genau vor mir. Warum hatte sie Nicole das nicht erzählt? Damit sie nicht für ein Senfglas gehalten wird, in das jeder sein Würstchen steckt?

Oder weil es ihr peinlich war, mit einem Idioten wie mir zu schlafen?

Vermutlich ist es das. Sie steht nicht mehr dazu, und es ist okay.

Mitleid. Sie hat aus Mitleid mit mir geschlafen.

Stell dir vor, dass du aus diesem Urlaub nicht zurück kommst, dass du die Gruppe verlässt und dich nie wieder meldest. Verlassen. Klingt perfekt. Ich kann mir das gut vorstellen.

Ich greife nach meinem Buch. Stephen Kings letztes Gefecht. Wer kämpft da gegen wen? Der Mülleimermann wird mit dem

Revolver gefickt. Vom Kid. Glau**bst du die Heiß**escheiße? Gefickt. Ficken.

Sven, ist schonschonschon. Hschh.

Gelächter auf dem Flur. Nur in Shorts und T-Shirt trete ich auf den Flur. Dort treffe ich das Mädchen aus dem Park in Brüssel. Ihre langen Haare hat sie zu einem Zopf zusammengebunden. Sie trägt enge Jeans und ein weißes T-Shirt. Und ist im Begriff, ihr Zimmer zu betreten, das genau neben unserem liegt und ein Fenster zum Louvre hat.

»Hallo«, sage ich erstaunt. Sie ist wunderschön. Erstaunlich, dass sie alleine war. Wo ist ihr Freund? Der Engländer? Oder ist sie mit Bastian zusammen? Ich wusste, dass sie irgendetwas mit dem Bau des Eiffelturms zu tun hatte und geschäftlich in der Stadt war.

»Kommst du aus Deutschland?«

»Aus Kuala Lumpur. Liegt neben Frankfurt«, sagt sie.

»Aus Hannover«, erwidere ich. »Ich würde dich gerne auf ein Bier in mein Zimmer einladen, doch die anderen spielen gerade Monopoly.«

Wir setzen uns auf ihr Bett und quatschen über Paris, grüne Bohnen und bald liegt ihre Hand auf meinem Bein. Ich stelle die Bierflasche zu Boden, beuge mich über sie und schiebe ihr meine Zunge in den Mund. Während wir uns küssen, kriecht ihre Hand in meine Hose. Sanft schließen sich ihre Finger um meinen Penis. Sie hat herrliche Brüste mit steifen Nippeln.

»Gurkenglas«, keuche ich. Ihr blondes Haar kitzelt mich herrlich, wenn ihr Kopf immer auf und nieder tanzt, bis ich ihr meinen Saft in den Mund spritze und aufwache. Atemlos, verschwitzt und mit einer mächtigen Erektion. Ein Traum. Ein geiler Traum. Die anderen schlafen. Beim Wichsen schlafe ich ein, noch bevor ich komme.

Bastian grinst mich an, und ich schlage ihm immer wieder meine Faust ins Gesicht, doch er grinst nur. Ich kann nichts machen, er grinst nur, egal wie hart ich zuschlage. Nicole, und mein

Vertrauter, doch er grinst nur. Verzweiflung perlt in mir wie Sekt in einer geschüttelten Flasche.

»Wie ist der Sex mit Nicole?«, frage ich, aber Bastian sagt nichts. Er grinst nur.

Bei Morgengrauen bin ich wieder wach. Ein Gefühl von Sehnsucht lähmt meinen Körper. In meinen Händen spüre ich einen unsichtbaren Körper, an meine Wange schmiegt sich noch ein weiches Gesicht. Und noch während ich versuche, den aufblitzenden Traumbildern einen Sinn zu geben, verblassen sie vollends.

3.

Wir wechseln am Morgen wie vorgesehen das Hotel, das nur eine Querstraße entfernt liegt. Auch hier ist der Service nicht besser. Unsere Zimmer liegen nicht einmal auf der gleichen Etage. Statt eines richtigen dritten Bettes bleibt mir nur eine Couch am Fenster. Kein Problem. Ich schlafe auch auf dem Boden. Rucksäcke ins Zimmer und ab in die Katakomben.

Wir betreten ausgelatschte Pfade. Kein Schritt, der nicht schon einmal von anderen gemacht wurde, kein Blick auf ein nie gesehenes Objekt. Nur wir sind neu, unberührt und unbekannt. Sonst nichts.

Der Sommer hat uns wieder. Paris riecht jetzt nicht mehr nach Abgasen, sondern nach dem Gummi der Metro, nach Bäckereien, die wir auf dem Weg passierten. Kann man Totenschädel fotografieren, ohne sich schlecht dabei zu fühlen und vor allem, ohne sich dabei erwischen zu lassen? Wir können. Bastian und ich vor einem Haufen Schädel, stumpf stierend, im gleichen T-Shirt, mit der gleichen Sonnenbrille im Hemdkragen und dem gleichen schwarzen Bananenbeutel vor dem Bauch.

Im Dunkeln ist gut munkeln, müssen sich Sonja und Tim denken. Hinter jeder Ecke könnten sie stehen, sich anfassen, knutschen, fummeln. Irgendwann sehe ich sie, in einer dunklen Sackgasse,

Tim in Designershorts mit Polohemd, seine Hände unter ihrem ausgefransten T-Shirt, in ihrer engen, knielangen Hose, die nur ein Gummiband auf den Hüften hält, sehe Sonja erschrecken und Tim sie festhalten, mit beiden Händen in ihrer Hose und unter dem Hemd, im schummrigen Licht der Lampe über dem Notausgang, vor einer makabren Kulisse aus Totenschädeln. Bei der nächsten Gelegenheit sind sie verschwunden.

Ratlos stehen wir eine Weile in der Mittagshitze auf der Straße. Dumme Nuss, warum kommt sie nicht? Fahren wir eben nach Versailles ohne die beiden, die sich vielleicht schon schwitzend in den Betten wälzen. Doch dann treffen wir Tim und Sonja in der RER-Station wieder. In ihrem Schoß liegt sein Kopf. Ihre Finger spielten mit seinem Haar. Sie scheint glücklich,

Die Harmonie dauert nur eine Bahnfahrt. Im gleißenden Sonnenlicht eines frühen Pariser Nachmittags streckt sich unsere Gruppe unter Platanen über zweihundert Meter Straße.

Bastian und Nicole voran, ausnahmsweise Hand in Hand, ohne Streit und ohne scharfe Worte. Ein paar Meter hinter Tim zieht Sonja ihren Pullover über das Gesicht.

»Weshalb heult sie?«, frage ich.

»Er hat einem Mädchen nachgeguckt«, sagt Michael und raucht wieder zu tief.

»Der spielt doch nur mit ihr«, flüstere ich, weil ich das Gefühl habe, Anteilnahme zeigen zu müssen. Dabei empfinde ich gar nichts bei dem Gedanken an Sonja. Warum kapiert sie nicht, was hinter Tims Verhalten steckte?

Vor uns taucht Versailles auf. Vor uns und Tausenden anderen Touristen. Sie wanken wie die Zombies in meinen Träumen aus am Straßenrand geparkten Bussen, laufen tumb über die riesigen Parkplätze, wie ferngesteuert hoch erhobenen Wanderstäben mit bunten Wimpeln folgend. Japaner, Amerikaner, Europäer und wir.

»Natürlich tut er das.«

»Er ist aber auch ein Arsch.«

Michael wirft seine Zigarette in den Rinnstein. Über dem Schloss wölbt sich ein azurblauer Himmel. Die untoten Touristen ächzen und stöhnen sich dem Eingang entgegen.

»Sie macht es ihm aber auch zu leicht.«

»Na, ich bin gespannt, wie es weiter geht.«

»Lenk sie doch ab.«

»Bin ich katholisch? Außerdem passen wir gar nicht zusammen.«

Woher nimmt Michael nur diese Idee? Was für eine Vorstellung: Sonja und ich ein Paar. So ein Quatsch.

Was von Versailles bleibt: Der Spiegelsaal und der Versuch, sich die Krönung Wilhelms I. zum Kaiser vorzustellen. Das Datum 18. Januar 1871. Marie Antoinette und die Revolution. Die Gärten. Die Kanäle. Prunk. Tim findet den Protz verachtenswert, Michael stößt ins gleiche Horn. Unsere Revoluzzer auf der Suche nach einer Welt ohne Kapital kaufen nach dem Besuch im Supermarkt um die Ecke ihren Zehnerträger Bier, und ich freue mich erneut, dass ich vom Kronenbourg keine Kopfschmerzen bekomme.

»Natürlich gewinnen wir«, sagt Michael und legt so viel Begeisterung für unsere Nationalmannschaft an den Tag, dass ich an seiner anarchistischen Einstellung zweifele.

»Die Dänen sind zu gut«, sage ich, dabei habe ich keine Ahnung. Was geht mich Fußball an? Ich will nach Südfrankreich, zu meinem Vater und diesen ganzen unnützen Ballast hinter mir lassen. Kein Fußball, keine Reizüberflutung, kein Nachdenken.

»Die sollen angeblich nur Big Mac essen und Cola trinken.«

Bastian runzelt die Stirn. Anschließend reden wir noch ein paar Stunden über das Finale in zwei Tagen, bis wir müde genug sind, um schlafen zu gehen. Ich schließe das Klo ab, als ich an der Reihe bin, und wichse im Stehen vor dem Waschbecken. Dabei sehe ich mir im Spiegel zu, bewundere meinen steifen Schwanz in meiner Hand und stelle mir vor, wie ich mir selbst einen blase, wie ich mir meinen Schwanz tief in den Mund schiebe und dann in meinen Hals spritze.

Vor der Klotür höre ich Michael und Bastian und ich frage mich, ob sie wissen, was ich hier mache. Ahnen sie, dass ich mir hier einen von der Palme wedele und mir vorstelle, von Figuren aus meinen Pornos gefickt zu werden oder sie zu ficken? Ahnen sie, dass ich ständig überlege, wo ich mir als nächstes einen runterholen kann?

Wenn sie jetzt hereinkämen und mich beim Wichsen überraschten, würden sie empört sein? Würden sie mitmachen? Niemals würden sie mitmachen, denn niemand außer mir denkt ständig nur ans Wichsen. Niemand sonst ist so besessen von Pornos. Nicht Bastian und nicht Michael.

Ich mache die Augen zu und denke an das Mädchen aus dem Park, an ihren Hintern in der Luft und wie sie von ihrem Freund gefickt wurde, stelle mir vor, ich wäre es, und komme. Mein Sperma spritzt in die Keramik, auf den Ausguss, läuft zäh zusammen und gerinnt.

Erschöpft halte ich mich am Waschbecken fest, genieße den Rausch. Wie geil, wie schön, wie gut. Besser als 15 Punkte in der Matheklausur, besser als Händchenhalten mit Judith, besser als Sonjas Lächeln.

Mühsam beseitige ich die Spuren aus dem Waschbecken. Peinlich, würde Bastian Reste meines Spermas beim Zähneputzen finden. Die beiden sind bereits in den Betten, haben die Decken bis zum Kinn hochgezogen.

Ich gleite auf die Matratze. Komm, süßer Schlaf. Ist das nicht der Titel eines Films? Draußen vor dem Hotel knattert ein Moped über das Pflaster. Ich habe nicht gewichst. Der Korridor ist lang.

Für eine Sekunde will ich hinunter ins andere Zimmer gehen, doch dann läuft sie mir über den Weg. Wieder Maike. Und wieder in unserem Hotel. Welch ein Zufall.

Das liegt daran, wie ich jetzt erfahre, dass Maike in Wahrheit Michaels Freundin ist und ihm nachreist. Ihre langen Haare fallen über ihre wunderbaren Titten, die Brustwarzen lugen durch die blonden Strähnen.

»Und jetzt will ich dich ficken«, sage ich. Ihre Antwort ist ein dumpfes Rauschen. Wieso verstehe ich sie nicht? Und wo ist Michael?

Sie zieht die Beine so weit an, dass ihre Knie die Titten berühren. Wir sind im Park in Brüssel, weil der genau vor der Tür liegt, und ich ficke das Mädchen von hinten in den Arsch, egal, ob ich will, weil ich nichts zu sagen habe.

»Fick mich, schneller«, stöhnt sie. Ich greife nach ihren festen Titten und knete die Hügel, auf denen die Sacré Coeur steht wie ein gleißend heller Stern, und ich weiß, dass dort viele andere Interrailer übernachten.

Das blonde Mädchen dreht sich auf den Bauch, zieht die Beine an und kniet sich vor mich. Meine Hände sind in Gips. Wieso kann ich sie nicht mehr am Po festhalten? Und wer trägt mein Gepäck?

»Rauschelmauschel!«, sage ich. Das Zimmer ist eine grüne Wiese.

»Horst?«, frage ich.

»Warte, noch nicht. Erst musst du mich bewusstlos schlagen«, stöhnt Maike. Ich ignoriere ihre Anweisung, spritze ab und vertröste sie auf den nächsten Fick. Sie dreht sich auf den Rücken, kuschelt sich an mich und dann wache ich auf.

4.

Sekundenlang bin ich unsicher, ob sich neben mir nicht noch der nackte Körper des Mädchens aus Frankfurt befindet. In meinem Hals ein leichtes Kratzen. Zuletzt noch eine Erkältung.

Welch ein Hohn, denn der Tag ist endlich sonnig, der Himmel blau. Noch ein Tag Paris, noch mehr Eiffelturm, Triumphbogen, Champs Elysées, Louvre und Baguette mit kleinem Käse, dessen rote Wachsschicht unter den Nägeln hängen bleibt.

Gegen Abend der nächste Zehnerträger Bier, diesmal setzen wir uns auf die Stufen unterhalb der *Sacré Cœur* und genießen die Harmonie. Kein Streit, kein Ärger. Tim und Sonja verstehen sich und wir hoffen doch alle, da bin ich mir sicher, insgeheim, dass sie sich doch noch finden. Tim und Sonja – ein perfektes Paar.

Bei einem fliegenden Händler kaufe ich eine Sonnenbrille um auszusehen wie einer der Blues Brothers, was mir doch eh nicht gelingt. Aber immerhin habe ich den Preis von 50 Francs auf 30 Francs, zehn Mark, heruntergehandelt und bin stolz auf mich. Der Stolz ist von kurzer Dauer. Die gleiche Sonnenbrille sehe es auf einem Ramschmarkt für 10 Francs. Ich ärgere mich über diesen Kauf. Ich bin zu langsam, zu doof, zu leicht um den Finger zu wickeln. Ich kann gar nichts.

»So ein Scheiß.«

»Na, jetzt bist du schlauer. Beim nächsten Mal...«

Ich kneife mit meinen abgerissenen Fingernägeln ein Loch in die Blase auf dem Handrücken. Klare Flüssigkeit läuft heraus, die Blase fällt in sich zusammen. Drei Tage hatte die Haut Zeit, nachzuwachsen. Das muss doch reichen. Das muss. Ich verstecke die Hand hinter dem Rücken und wische sie unauffällig an der Hose ab.

Auf dem Rückweg kaufen wir uns wieder einen Zehnerträger Kronenbourg. Michael öffnet das erste Bier, Tim dreht den ersten Joint, ich mache den ersten Kalauer. Draußen vor dem Fenster liegt uns Paris zu Füßen. Eine Stadt, die uns reif gemacht hat für den Strand, auch wenn Tim das nicht so gerne hört.

»Ich kann den Gips nicht abmachen«, sagt er. »Und dann schwitze ich darunter.«

Ich zucke mit den Schultern.

»Es ist ja nur für ein paar Tage. Und dann geht es weiter nach Madrid. Das wirst du schon aushalten.«

Es dauert keine zehn Minuten, bevor es an der Tür klopft. Sonja und Nicole stürzen herein, angewidert, durcheinander redend.

»So große« ruft Nicole und hält Daumen und Mittelfinger zehn Zentimeter auseinander. »Total eklig.«

»Auf den Zahnbürsten«, kreischt Sonja und schüttelt sich.

Wir finden sie auch auf den Handtüchern, in der Dusche und hinter der Kloschüssel. Die Kakerlaken sind überall. Wir holen die

Sachen der Mädchen nach oben, schieben die Betten zusammen. Sonja kuschelt sich an Tim.

Ich schiebe die schlaffe Haut über der geplatzten Haut mit dem Zeigefinger hin und her. Ob sie wieder verwächst? Oder muss ich sie abziehen, damit die neue Haut darunter Luft bekommt? Hätte ich die Blase nicht aufkratzen sollen? Bastian haut mir auf die Finger.

»Hast du das jetzt doch aufgekratzt?«

Warum macht er das? Warum tut er so, als würde ihm etwas daran liegen?

»Lass mich doch«, fauche ich. Bastian hebt verteidigend die Hände.

»Ich will doch nur helfen.«

»Und was hast du davon?«

Seine Reaktion ist authentisch. Gut gespielt. »Was?«

»Wer anderen hilft, will sich doch bloß besser fühlen.«

»Was ist das denn für ein Quatsch?«

»Auch Mutter Theresa ist nicht so selbstlos. Die macht das, weil sie sich dabei besser fühlt.«

»Meinst du, dass alles, was uns gefällt, eigentlich nicht gut ist?«

»Es ist asozial.«

»Das bedeutet aber im Umkehrschluss, dass nur derjenige selbstlos ist, der Gutes für andere tut und sich dabei schlecht fühlt.« Tim hebt spöttisch die Augenbrauen.

»Richtig«, sage ich. »Wenn du Geld spendest und es dir nicht weh tut, weil du genug Geld hast, ist das keine selbstlose Tat.«

»Aber sie ist gut.«

»Kann es Gutes im Schlechten geben?«

»Ja, kann es«, sagt Tim. »Die Motivation des Menschen ist doch völlig Wurst. Wichtig ist doch nur, dass man Gutes tut, nicht aus welchem Grund.«

»Ich will doch gar nicht sagen, dass es schlecht ist, wenn man etwas tut, bei dem man sich gut fühlt. Es ist nur nicht mehr selbstlos. Es gibt kein selbstloses Verhalten.«

»Na und?«, fragt Bastian. »Ihr macht euch Gedanken, das gibt's gar nicht.« So typisch.

»Es gibt eben jemand, der ist ein wenig tiefsinniger«, mault Nicole provozierend.

»Das sagt die Richtige.«

Der Zoff geht wieder los und ich fühle mich plötzlich leer. Die Zwiebel ist gehäutet. Aber ich habe keine Ahnung, warum ich das gemacht habe. Beim Häuten der Zwiebel muss man weinen, ich jedoch werde nur müde.

Zähne putzen, schlafen gehen, Licht aus.

Schnell werden meine Hände schwer, rasch schlafe ich ein. Mein Vater steht vor mir und Bastian flüstert mir etwas ins Ohr.

Wie kann es sein, dass er mit uns auf Tour gegangen ist und wäre es nicht besser, wir kehrten alle um, nach Hause, und dann sagt Nicole noch etwas zu mir. Sie flüstert. Flüstert. Das Flüstern weckt mich. Es klingt nach Verschwörung, nach Geheimnissen. Draußen dämmert Paris dem Tag entgegen, der Verkehr tuckert vor dem undichten Fenster.

Warum weißt du nicht, dass du träumst, wenn du träumst? Im Traum erscheint alles ganz logisch. Du kannst dich mit Steinen unterhalten und es erscheint die normalste Sache der Welt. Erst nach dem Aufwachen wird dir die Absurdität deines Traumes bewusst. Jetzt weiß ich, dass ich geträumt habe. Die Bilder der vergangenen Nacht sind so absurd, dass sie ein Traum sein müssen. Mein Vater ist nicht mit uns auf Tour.

Ich erinnere mich an Bruchstücke meines Traumes, an Gefühle, und weiß jetzt, dass ich nicht träume. Dazu sind die Gefühle zu real. Ich spüre ein Kratzen im Hals. Zitternd ziehe ich die dünne Decke bis zum Kinn und drehe mich. Jede einzelne Feder in diesem Sofa hat sich im Laufe der Nacht mindestens einmal in meinen Rücken gebohrt. Kein Traum kann diese Rückenschmerzen so echt nachbilden.

Neben mir auf dem Bett liegen Tim und Sonja. Sie haben das Laken über ihre Köpfe gezogen. Hände und Arme drücken sich gegen das Flies, geben ihm immer neue Ausbuchtungen und

Höhen. Von dort kommt das Flüstern. In der Mitte dieses weißen Kokons bewegt sich der Stoff, beult sich, entspannt sich wieder, beult sich. Feuchtes Schmatzen, wieder Flüstern. Mein Schwanz wird hart. Bastian und Nicole im zweiten Bett schlafen, auch Michael rührt sich nicht auf seiner Isomatte.

Wieder Schmatzen, die Stelle in der Körpermitte des Kokons beult sich immer schneller. Tim flüstert, Sonja flüstert zurück, Schmatzen, schließlich seufzt Tim. Die rhythmischen Bewegungen stoppen. Ich höre, wie etwas von innen gegen das Laken prallt. Wieder Schmatzen, das Laken beult sich einmal, erneut spritzt etwas gegen den Stoff, ein dunkler Fleck bildet sich, wird größer, eine letzte Bewegung.

Fasziniert blicke ich auf den feuchten Fleck, massiere meinen harten Schwanz unter meiner Decke und sehe erst spät, dass sich ein dunkler Schopf oben unter dem Laken hervor geschoben hat. Sonja sieht zu mir herüber. Erschrocken schließe ich sofort die Augen, lasse meinen Schwanz los und erwecke den Eindruck, als schliefe ich. Erst als die Tür zum Bad knallt, merke ich, dass ich tatsächlich noch einmal eingeschlafen bin.

Einer nach dem anderen rappelt sich auf, geht unter die Dusche. Beim Anziehen gibt es in der Gruppe plötzlich neue Rollen. Nicole zieht sich im Bad um, Sonja stellt sich ans Fenster. Ihre Pyjamahose gleitet zu Boden. Ein dunkler Streifen im Dreieck blitzt auf. Ihr Oberteil bedeckt gerade den Nabel. Viel zu viel Sonja. Sonja nervt, Sonja ist eine dumme Nuss, kein geiles Model. Mit leicht auseinander gestellten Beinen steigt sie aus der Pyjamahose, greift zum Höschen neben sich. Ungeniert. Ohne Scham.

Ich schlüpfe in mein T-Shirt, als sich Sonja den Slip anzieht. Ein letzter Blick. Das T-Shirt nimmt mir die Sicht. Eine Sekunde später zieht sie sich das Pyjamaoberteil über den Kopf. Ihre festen, perfekten Brüste wippen. Die Nippel rot, die Höfe dunkel. Darunter der flache Bauch. Keine Spur von Verlegenheit. Sie lächelt, ich lächele zurück, viel mehr Verlegenheit in meinem Blick als in ihrem. Meine Erektion schrumpft erst auf dem Weg nach unten.

Ein Blick auf die Uhr. Frühstück ist im Preis nicht inbegriffen. Wir wollen uns auf dem Weg ein Croissant holen. Die Zeit wird knapp. Um aus dem Zeltlager wieder ein Hotelzimmer zu machen, brauchen wir zu lange. Wir rennen, mit klappernden Rucksäcken, keuchend, fluchend, zur Metro.

Ich schimpfte auf Nicole, die viel zu langsam ist. Bastian motzt mich an, warum ich alles auf sie schiebe, Sonja weint, weil sie den Stress nicht aushält, Michael bleibt ruhig. Ich pule den schlaffen Rest der Blase vom Handrücken, die Haut darunter ist blutig-rot mit gelblichen Stellen. Mir wird schlecht.

Die ganze Eile hilft nichts, wir verpassen wir den Zug nach La Rochelle um fünf Minuten. Erst schmollend und schließlich versöhnlich suchen wir uns ein neues Ziel auf der Karte. Die Temperatur ist durch die Klimaanlage weit unter 20° geregelt, so dass ich fröstele. Wie wäre es mit Sonne?

Von Arcachon habe ich noch nie gehört. Aber laut Reiseführer gibt es dort eine der größten Wanderdünen Europas. Zeit, das Zelt aufzubauen. Zeit für den Strand. Zeit für Tagträume auf der Zugtoilette und eine schöne, intensive Selbstbefriedigung.

Titten, gesichtslos, Hintern, gespreizte Schenkel, mein Schwanz, die Frauen aus meinen Heften im Bettkasten, die geilen Szenen aus den Pornofilmen, mein steifer Schwanz in meiner Hand. Wenn jetzt jemand reinkommt, die Frau aus der Sitzreihe vor uns, das Mädchen neben mir, Nicole. Ich spritze in das Waschbecken in der Zugtoilette.

Erleichtert setze ich mich wieder. Riechen meine Hände nach Schwanz? Unauffällig schnüffele ich. Tim blättert in einem Reiseführer. Der Überdruck, der bei der Einfahrt in einen Zug entsteht, schmerzt in den Ohren. TGV - das ist eine ganz neue Erfahrung. Ein Hochgeschwindigkeitszug. Fantastisch.

Sonne, Sand und Spannen

Als Interrailer interessieren dich nicht die teuren Touristenziele. Die Promenade, das Kulturhaus, das Casino. Du interessierst dich dafür, wo du dein Zelt aufbauen, billig einkaufen und Postkartenfotos machen kannst. Nur ansehen, da sein und wieder weg. Du bist eigentlich kein richtiger Tourist.

Du bist wie ein Geist, kaum materialisiert. Du hinterlässt kein Geld, keine Spuren, nur den Geruch ungewaschener Socken und Schweiß. Kaum da, schon wieder weg. Dich sehen nur die Geister aus deiner eigenen Interrail-Welt. Für die anderen bist du unsichtbar.

1.

Wir steigen in Bordeaux vom TGV auf die Regionalbahn um und erreichen kurz darauf Arcachon. Meine Schritte sind trotz ihrer Last leicht. Ich trage meinen Rucksack gerne, atme frische Luft und Freiheit. Sonne auf graublauem Meer, weiße Gischt. Nur kurz halten wir uns im eigentlichen Zentrum von Arcachon auf, erledigen ein paar Einkäufe und essen ein Eis an der Promenade.

Ich esse die Waffel bis zum Schluss. Meine Mutter ermahnte mich früher immer, ich solle die Spitze der Eistüte nicht essen, die hätten die Eisverkäuferinnen mit ihren schmutzigen Händen angefasst.

Aus Prinzip esse ich jetzt alles auf. Ich bin nicht mehr zuhause, ich bin unterwegs. Was für ein merkwürdiger Gedanke, was für eine minimale Form des Protests. Anschließend setzen uns in den Bus die Küste hinauf zur Dune de Pyla.

Im Bus grinst Nicole unsicher. Paris war keine gute Etappe für uns zwei. Ich habe das Gefühl, mich bei ihr entschuldigen zu müssen, doch ich weiß nicht wie. Also lasse ich es lieber sein.

Nach einer knappen Stunde finden wir endlich einen Campingplatz, der noch zwei Plätze für unsere Zelte hat. Unter rauschenden Kiefern, auf sandigem Boden, zwischen anderen

Interrailern und Billigtouristen jammert Nicole über den schweren Rucksack, legt Sonja bereits wieder ihren Ich-bin-genervt-Blick auf. Bastian und ich ahnen, dass Tim und Michael zu lautstark ihre Begeisterung für ein hübsches Mädchen äußern, das mit einem knappen Bikini bekleidet vor ihrem Zelt in der Sonne liegt.

Sonja ist lächerlich in ihrer Eifersucht. Wie ein Kind, das nicht akzeptieren will, dass der Schneemann am Ende des Winters schmilzt. Er spielt mit ihr. Und sie ist nur zu gerne sein Spielzeug.

Vorerst jedoch kehrt wieder Ruhe ein. Sonja und Tim wechseln kein Wort miteinander, als wir die Zelte in einer abgelegenen Ecke des Campingplatzes aufstellen. Das Areal geht hier schon in die Ausläufer der großen Wanderdüne über, dementsprechend sandig ist der Boden. Doch da das Meer jetzt nur wenige Meter entfernt ist, nehmen wir bis auf Bastian gerne in Kauf, dass die Heringe andauernd herausrutschten. Aber mit einem lauwarmen Bier kommt auch er darüber hinweg.

Der Wind weht kühl von Westen. Dass uns etwas sehr Wichtiges fehlt, fällt uns bei der Planung des Abendessens auf. Ravioli im Shop des Campingplatzes. Kein Dosenöffner. Unter einer Kiefer am Grillplatz öffnen wir die Dose mit dem Taschenmesser.

»Wer hat den Gaskocher?«, frage ich. Und niemand weiß die Antwort. Auf einem Holzfeuer werden die Ravioli lauwarm. Asche auf Tomatensoße. Das Baguette ist alt, der Käse zu wenig, das Bier zu teuer. Kein schöner Abend. Die Luft wird schnell kalt.

Später am Abend gehen Bastian, Michael, Tim und ich in den Fernsehraum der Campingplatzkneipe, um Fußball zu gucken. Die Mädchen wollen lieber reden und hocken schlecht gelaunt auf den weißen Plastikstühlen.

Wir erleben, wie im Finale der Europameisterschaft die Deutschen von den Dänen eins auf die Mütze bekommen. Es ist mir egal. So egal wie mir der Gewinn der Weltmeisterschaft vor zwei Jahren war. Soll ich Begeisterung dafür zeigen, wie sich 22 Millionäre eine Lederkugel zuschieben? Was geht mich ihr Gewinn eines Spiels an? Habe ich etwas dazu beigetragen? Hat es für mich eine Bedeutung?

Ich konnte damals nicht nachvollziehen, warum nach dem Spiel überall in der Nachbarschaft Hupkonzerte veranstaltet wurden, und ich kann es heute nicht. Ich fühle mich so ausgebrannt, so teilnahmslos und gleichgültig.

Mir ist Fußball egal und auch, ob wir einen Gaskocher hätten mitnehmen müssen, die Heringe aus dem Boden rutschen oder sich Nicole und Bastian streiten. Was geht mich das an? Was kann ich ändern? Löst es mein Problem? In der Halbzeitpause verschwinden Sonja und Nicole, wütend, enttäuscht, einsam.

Ein Typ neben uns spricht uns an.

»Ihr seid zu sechst? Na, wenn das mal gut geht.«

»Wieso?«

»So eine große Gruppe ist schwer zu kontrollieren. So viele Interessen unter einen Hut zu bringen ist kompliziert.«

Wieso waren wir nicht zu viert gefahren? Wieso mussten wir sechs sein? Angst vor zu viel Nähe? Davor, dass wir uns nichts mehr zu sagen hatten? Ich werde den Gedanken nicht ganz los, dass es meine Idee gewesen war. Oder die von Sonja.

2.

Nach dem Spiel sitzen wir vor unseren Zelten. Bastian und Nicole versöhnen sich. Michael baut uns einen Joint, den wir jetzt kreisen lassen. Sogar Sonja nimmt einen Zug, doch ich glaube, dass sie nur Tim etwas beweisen wollte.

Zu sechst zu fahren ist schon okay.

Nicole fragt mich nach meiner Wunde an der Hand. Die wässrige, blutige Schicht ist angetrocknet, eigentlich brauche ich ein Pflaster. Andererseits ist es mir auch egal. Ein kreisrundes Loch auf meinem Handrücken. Es brennt leicht und die Haut spannt, wenn ich eine Faust mache. Aber dann mache ich eben keine Faust.

Ich weiß nicht, warum Tim auf einmal von einer entfernten Bekannten redet, die am Borderline-Syndrom krankt, aber ich denke, er spielt auf Sonja an. Tim sagt, die Person hätte ein Problem mit Nähe und Distanz, würde zwischen übertriebener Zuneigung und Ablehnung schwanken. Natürlich meint er Sonja. Borderline. Ein Name für eine dumme Nuss.

»Du meinst sowas wie Klammern, obwohl die Beziehung schon zu Ende ist?«

Tim zuckt mit den Schultern. »Das auch. Das ist die irrationale Vergötterung einer Person.«

Sonja reißt die Augen auf wie ein erschrockenes Reh im Scheinwerferlicht.

»Du hast versprochen, mich zu heiraten.«

»So was sagt man halt als Mann«, sagt Bastian.

»Wann hat er es denn gesagt?«, fragt Michael.

»Spielt das ne Rolle?«, fragt Nicole. Ich zuckte mit den Schultern. Tim grinst, unsicher zum ersten Mal, und zugleich arrogant. So jedenfalls kam es bei Sonja an.

»Als wir miteinander geschlafen haben.«

»Da sagt man eben solche Sachen«, sagte Bastian. Ob er sich da nicht ins Fettnäpfchen setzt? Er braucht Hilfe.

»Ich kenn das. Als ich mit Judith zusammen war, habe ich ihr auch gesagt, ich würde sie lieben.«

»Ach, und das stimmte nicht?«

»Ich hab sie gemocht, mehr nicht. Aber in diesem Moment hatte ich das Gefühl, sie würde erwarten, dass ich ein wenig mehr sage als nur das.«

Wind rüttelte sekundenlang ungestört am Zelt. In der Ferne ganz sicher Lachen. Vielleicht auch das Rauschen des Meeres.

»Dann sagt man eben solche Dinge«, sagt Tim. Und es war das erste Mal, dass ich ihn verstand. Sonja sah das natürlich anders.

»Aber du hast es mir doch versprochen«, ruft Sonja und springt auf. Ihre Stimme bricht sich in den ersten Tränen. Tim holte Luft. Mir ist nach Lachen zumute. Borderline. Wie geil ist das denn?

»Sonja«, sagt Nicole mit quengelnder Stimme, erreicht ihre Freundin damit jedoch nicht mehr. Sie steigt über mich hinweg. Unter ihrer Hose zeichnet sich ein schmaler Slip ab. Der

Reißverschluss des Zeltes knarrt. Hoffentlich bleiben die Mücken draußen.

»Ach Sonja«, sagt Michael matt. In seinen Augen blitzt es. »Wer heiratet denn heute noch?«

Ich lache in meinen Schoß. Draußen vor dem Zelt knirscht Sand. Das Schluchzen geht im Heulen des Windes beinahe unter und entfernt sich ebenso rasch wie die Schritte. Wind fährt zwischen die Zeltbahnen. Die Taschenlampe im Dachfirst schwankt.

»Toll«, sagt Nicole. »Und jetzt? Immer muss ich hinter ihr herlaufen.«

»Du bist eben auch ne Frau«, sagt Bastian. In seiner Stimme liegt unverhohlener Sarkasmus. Oder ist es Unsicherheit? »Du verstehst sie halt am besten.«

»Was gibt es denn da nicht zu verstehen?«

Zum Beispiel die Tatsache, wie jemand so naiv sein kann? So schwer von Begriff? So irrational? Wie kann man mit einem Jungen unter der Bedingung schlafen, dass dem Sex die Heirat folgt? In welchem Jahrhundert lebt dieses Mädchen denn?

»Los, Sven«, sagt Nicole unvermittelt. »Geh du doch.«

Das sitzt. »Nee«, entfährt es mir erschrocken. Eine Sekunde lang will ich mich in meinem Schlafsack verkriechen. Dieses Problem geht mich nichts an. Der Impuls ist stark, doch ich bin nicht mehr zehn Jahre alt. Das zieht nicht.

»Wieso ich?«, frage ich stattdessen. Bestimmt hockt sie ein paar Meter entfernt heulend in den Dünen und kommt zurück ins Zelt, sobald die ersten Tropfen fallen. »Die kommt doch eh gleich wieder.«

Ich kann mich doch überhaupt nicht in Sonja hineinversetzen. Viel zu tief das fremde Gefühl, viel zu ernsthaft. Und wo bin ich überhaupt in dieser Sache? Kann mir die Beschäftigung mit Sonja bei der Lösung meiner Probleme helfen? Bestimmt nicht. Dennoch besteht Nicole darauf. Bastian auch, und Tim und Michael ebenfalls.

Wenn ich ihr folge, ihr nachgehe und mich um sie kümmere, was dann? Was soll ich ihr sagen? Muss ich das überhaupt? Ist doch so klar. Er liebt sie nicht. Schluss. Aus. Dumme Nuss. Ächzend erhebe ich mich, theatralisch, unsicher. Ob es schon regnet?

Die Nacht ist total. Nur von den Duschen im Kiefernwald dringen ein paar Lichter auf die Düne. Nach ein paar Metern schon verschluckt die Dunkelheit jedes Sandkorn. Der Wind rüttelt an meinen Shorts, am T-Shirt, zerzaust meine Haare. Das Meer rauscht in der Ferne. Ich folge den Spuren im Sand und bin mit wenigen Schritten schon in den Sandwällen. Mir peitschen die ersten Tropfen ins Gesicht. Der Sturm hat zugenommen. Am Horizont reißen Blitze die Wolken in Scherenschnitte. Sekunden später rollt Donner.

Die Düne steigt noch leicht an und fällt dann steil ab bis zum Meer. Sand quietscht zwischen meinen nackten Zehen. Er ist bereits kalt und feucht. So ein Quatsch. Abgesehen davon, dass ich sie gar nicht finden werde in der Dunkelheit, hält sie es bestimmt nicht lange hier aus. Viel zu kalt. Viel zu stürmisch.

Spät erkenne ich den Schatten auf dem hellen Sand und stolpere beinahe über die am Boden hockende Person. Sonja hat die Hände auf die angezogenen Knie gelegt und den Kopf darin vergraben. Ihr Köper zuckt. Als der Wind urplötzlich dreht, weht mir Schluchzen entgegen. In der Dunkelheit sind ihre langen Haare schwarz statt braun.

»Sonja«, sage ich und hocke mich neben sie in den Sand. Wieder Blitz, noch schneller der Donner.

»Hau ab.« Die Hälfte der Schärfe bleibt zwischen ihren Händen kleben.

»Ich bin es doch, der Sven.« Sehr clever. Besser sind Witze. Genau die sind jetzt nötig. »Ich bin's doch nur, euer Otto«, füge ich hinzu. Ob sie das versteht? Kennt die ganzen Otto-Witze der Siebzigerjahre überhaupt jemand außer mir? Niemand versteht mich. Ich bin nur der Kasper, der Clown, der alle zum Lachen bringt. Aber niemand will wissen, wie es in mir aussieht. Alle oberflächlich, außer mir.

Obwohl dichte Regenwolken den Mond verdecken und uns kein Licht vom Campingplatz erreicht, ist es nicht mehr stockdunkel. In immer rascherer Folge blitzt es über dem Meer. Der Sturm peitscht den grauen Ozean unter uns schaumig. In der Ferne blinkt das Licht eines Leuchtturmes, rechts von der Düne schimmern die Lichter von Arcachon.

Meine Hände fühlen sich an, als hingen an ihr mindestens fünfzehn Finger, steif wie Essstäbchen und unfähig, sich auf den Rücken eines weinenden Mädchens zu legen. Immer mehr Tropfen peitschen mir ins Gesicht. Meine Füße sind kalt.

Noch immer vergräbt Sonja ihr Gesicht in den Händen. Vorsichtig strecke ich die Hand aus. Vielleicht will sie tatsächlich in Ruhe gelassen werden? Der Fluchtreflex wird groß. Wo bin ich in dieser Sache? Ich? Ich will mich umbringen, weil die Welt scheiße ist. Nicht Sonja. Ich will die Schule abbrechen und in die Kommune meines Vaters ziehen. Nicht Sonja. Ich habe wirklich existenzielle Probleme. Sonja hingegen ist einfach nur naiv. Dumme Nuss. Aber jetzt bin ich hier, und ich kann ohne eine gute Ausrede nicht zurück ins Zelt. Acht Finger legen sich auf ihren Rücken. Ihr T-Shirt ist feuchtwarm.

Sonja hebt den Kopf. Ihr Gesicht ist ein grauer Fleck in der Dunkelheit. Ein trauriger, grauer Fleck, von Tränen ausgewaschen. Ich nehme meine Hand zurück, erschrocken und unsicher. Sehr nahe zuckt ein Blitz, Donner rollt unmittelbar darauf. Dann kommt der Regen. In dicken, schweren Tropfen entlädt sich das Unwetter. Es prasselt, rauscht, peitscht auf uns herab. Von einer Sekunde auf die andere ist mein T-Shirt nass. Auch Sonja klebt das rosa Hemd am Körper.

Sie trägt nichts darunter. Die Brustwarzen bohren sich durch den nassen Stoff. Mein Herz schlägt auf einmal viel zu schnell für diese dumme Nuss. Meine Hände wissen nicht, wo sie bleiben sollen. Über uns donnert und blitzt es. Nasser Sand klebt an meinen Füßen. Meine Schulfreundin im Regen. Liebeskummer am Strand. Von mir keine Regung.

Es fühlt sich falsch an, künstlich, wie in einem fernen Traum.

Der Regen schwemmt uns zurück zu den Zelten. Wir werden beide erwartet. Nicole spricht von Sorgen, Michael macht ein paar spitze Bemerkungen über unsere schmutzigen Sachen und ein angebliches entspanntes Lächeln auf Sonjas Gesicht. Bald darauf legen wir uns schlafen und während der Sturm über dem Campingplatz tobt, bekommt Tim in unserem Zelt einen Anfall von Klaustrophobie.

Er schnauft und keucht und macht seinen Schlafsack so lange auf und zu, bis Michael und ich die Nerven verlieren und ihn aus dem Zelt werfen.

In dieser Nacht gehen wir schwimmen im Meer, ohne dabei auf die Strömung achten zu müssen. Wir tauchen zwischen den Klippen, die man von oben nicht sieht, und fragen uns, was man bei einem Haiangriff macht. Gegen Abend, als das Gewitter kommt, berühre ich Sonja im Regen, gleiten meine Hände unter das T-Shirt berühren ihre spitzen Brüste.

Statt im Regen zu den Zelten zu gehen, wälzen wir uns im nassen Sand, lutschen an unseren Lippen, streicheln und verschlingen uns beinahe. Die Regentropfen prasseln auf uns herab. In der Ferne singt ein Kinderchor das Lied vom Bruder Jakob.

»Geh ihr nach«, sagt Nicole. »Sei lieb zu ihr.«

»Ich kann nicht.«

»Warum nicht?«

Sie hat die Beine im Wasser. Der Zug fährt bestimmt ohne mich zum Eiffelturm. Der Schlafsack war viel zu teuer, die Sonnenbrille und der Schlafsack, den ich mich bei einem Straßenhändler gekauft habe.

»Ich hab nicht einmal einen Dosenöffner.«

Die Brandung donnert. Ich berühre weiche, warme Haut, so sanft und rein und glatt, dass es mich beinahe um den Verstand bringt, als ich aufwache, schwitzend und atemlos, und neben mir nur Michael liegt, der regungslos und hässlich schnarcht.

Schlafsack, ich hab vom Schlafsack geträumt. Alles in meinem Traum hat einen Sinn ergeben, er ist so nachvollziehbar. Die Haie, der Sex mit Sonja. In der Ferne rollt ein letzter Donner, der Regen lässt nach. Ich lege mich wieder hin und schlafe ein.

3.

Am nächsten Tag steht die Sonne an einem stahlblauen Himmel und es ist schon morgens heiß. Das Frühstück besteht aus Baguette aus dem Shop des Campingplatzes und schlechtem Joghurt mit künstlichem Bananengeschmack.

Tim hat den Rest der Nacht er unter einem Dach, das eine Reihe von Waschbecken überdeckt, verbracht. Seine Laune ist gehoben, obwohl wir ihn aus dem Zelt geworfen haben. Er und Michael beschließen, den Campingplatz zu erkunden und verschwinden, kurz bevor Sonja, Bastian und Nicole, über den richtigen Sonnenschutzfaktor streitend, mich zu einer Mulde in den Dünen begleiten. Ein blondes Mädchen in Bikini kommt uns entgegen. Sie lächelt. Ein Engel in haselnussbraun.

Fast sofort bekomme ich eine Erektion. Nur eine Armlänge weit geht sie an mir vorbei, Ihre Brüste wippen unter dunkelblauem Stoff. Wo kommt sie her? Wo geht sie hin? Den letzten Blick über meine Schulter fängt ihr fester Hintern auf. Bastian entgeht der Anblick, darauf achtet Nicole mit einem festen Griff um seinen Oberarm. Sein Seufzen ist nur für Männerohren hörbar.

»Die haben die ganze Nacht gesungen.«

»Wir hatten Angst«, erwidert Sonja.

Bastian verzieht den Mund. »Kinderlieder.«

»Es hat geholfen. Wir sind schnell eingeschlafen.«

Er zeigt mit einer übertrieben Geste auf sich. »Ich nicht.«

Ich breite mein Handtuch im Sand aus und lege mich darauf. Bastian holt sein Buch aus der Tasche, Nicole meckert, er solle sich lieber um sie kümmern, Bastian legt das Buch zur Seite und fragt, was er denn machen sollte, und Nicole fordert mehr Ideen von Bastian. Wie immer.

Sonja setzt sich einen Meter von mir entfernt auf ihr Handtuch, holt eine Flasche Sonnenmilch aus ihrem Stoffbeutel und cremt sich die Arme ein, rollt schließlich die Träger ihres bunten

Badeanzuges von den Schultern. Macht sie wirklich? Ist sie? Kann denn? Der Stoff rollt sich tiefer, über dunkle Brustwarzen.

Gibt es solch perfekten Brüste nicht nur im Film? Auf Fotos? In der Fantasie? Reizüberflutung. Ich muss wegsehen. Das passt nicht zusammen. Sonja und diese Freizügigkeit. Das Bild ist schief, unerträglich, wie Fingernägel auf einer Schiefertafel.

»Sonja, so offen?«, fragt Nicole, und in ihrer Stimme rollt leichte Verlegenheit.

»Ja, wieso nicht?«, fragt das katholische Kleinstadtmädchen zurück. Sie schiebt den Stoff bis zu den Hüften herunter und dreht sich auf den Bauch. Ihre perfekten Titten pressen sich in das Handtuch.

Ob der haselnussbraune Traum ebenso aussieht unter dem dunkelblauen Bikini? In einem Flashback steht plötzlich wieder ein Bild des Traumes von letzter Nacht vor meinen Augen. Der Regen, und das Gefühl von Angst vor den Haien. Blitzartig ist es da und schon wieder weg, wie eine Wolke, die von einem starken Wind getrieben an der Sonne vorbeizieht.

Ich lege mich auf den Bauch und greife nach meinem Buch. Bastian und Nicole kabbeln sich noch eine Weile, schließen Frieden und liegen bald knutschend im Sand.

Die Lektüre leidet stark unter einem Tagtraum von der haselnussbraunen Schönheit. Unter dem Traum von ihren Brüsten, ihrem perfekten Po, den glatten, schlanken Beinen. Die Zeilen verschwimmen vor meinen Augen. Nach ein paar Minuten nur fallen mir die Augen zu. Ich begrabe das Buch im Sand, lege den Kopf auf das Handtuch und döse ein.

Als ich aufwache, benommen und durstig, sind Bastian und Nicole verschwunden, ihre Handtücher leer. Sonja liegt neben mir. Sie hat sich auf den Rücken gelegt. Ihre Brüste recken sich in die Sonne. Ich nehme mein Buch, schüttele den Sand aus den Seiten und versuche, Stephen Kings Version der Apokalypse zu folgen, doch meine Gedanken schweifen immer wieder ab zum haselnussbraunen Traum, den festen Brüsten, ihrem flachen Bauch, dem obszön kleinen Stück Stoff über ihrem Schamhügel und den schlanken Beinen.

Buch, Beine, Seite, Schamhügel, Zeilensprung, Titten. In meinem Hirn juckt die Lust. Mein Schwanz ist alles, was zählt. Er hämmert im Pulsschlag. Der Wunsch nach Erlösung wird immer stärker. Ich schiele zur Seite. Sonjas Nippel sind leicht erregt. Zu viel Reize. Ich muss mir jetzt einen runterholen. Sofort. Sonst kann ich nicht mal mehr meinen Namen sagen.

»Ich geh was trinken«, sage ich. Sonja hört mich vermutlich gar nicht. Wie ein Verdurstender in der Wüste schleife ich mich die Düne hoch, bis die Zelte in Sichtweite sind. Lähmende Nachmittagshitze liegt über dem Platz.

An unseren Zelten ist von Bastian und Nicole nichts zu sehen oder zu hören. Ebenso sind Michael und Tim verschwunden. Ich tauche in meinem Zelt ab. Die Luft ist stickig und riecht nach feuchter Wäsche. Leise will ich den Reißverschluss hinter mir zuziehen, als ich aus Richtung des zweiten Zeltes Stimmen höre. Mein Schwanz pocht.

Wer ist das? Und viel wichtiger: Haben sie mich gehört? Das kann nur peinlich werden. Ich im Zelt auf dem Rücken, meinen Schwanz in der Hand, und Bastian kommt herein. Mit offenem Mund lausche ich.

Nach zwei Sekunden gehen mir die Augen auf. Trottel. Bei Bastian und Nicole kenne ich bisher nur zwei Formen der Kommunikation: Streit oder Schweigen. Jetzt kommt eine dritte hinzu. Ich robbe wieder hinaus in die Sonne, rutsche quietschend auf Knien durch den Sand zum Zelt von Bastian, Nicole und Sonja. Die dritte Form der Kommunikation ist deutlich zu hören.

Tiefes Brummen und leise, kurze Schreie von Nicole werden übertönt vom Klatschen aufeinanderprallender Körper. Sind es Bäuche, die gegeneinander reiben?

Die dritte Form der Kommunikation aus dem Zelt wird immer lauter. Flüstern, Stöhnen, Keuchen, Brummen. Meine Hand gleitet in meine Badehose und schließt sich um meinen steifen Schwanz.

So lange habe ich nicht mehr gewichst, seit gestern Morgen nicht, und die Geräusche direkt neben mir sind zu geil.

Ich blicke mich um. Die nächsten Zelte stehen hinter den Bäumen, davor hält sich niemand auf. Irgendwo lacht eine Frau hysterisch. Musik aus billigen Kassettenrecordern, betrunkenes Grölen und Hämmern. Hinter mir unser Zelt, davor offene Fläche, rechts der Weg in den Wald zu den anderen Campern, links die Düne hoch. Zu gefährlich.

Noch leiser als zuvor gleite ich zurück in unser Zelt. Wieder der dumpfe, heiße Geruch. Die Geräusche werden nur unmerklich leiser. Klingt das jetzt nach Klatschen von Hüften auf ein Hinterteil? Fickt Bastian sie von hinten? Kniet Nicole? Nein, zu verklemmt. Nicole kniet nicht, die kennt nur die Missionarsstellung.

Ich hole meinen Degen aus der Hose, fange sofort an zu wichsen und genieße das süße Kitzeln. Wenn ich wichse, denke ich auch an die Bücher, die ich im Schlafzimmer meiner Eltern gefunden hatte. Das Delta der Venus von Anais Nin, und Vierhändig, eine Sammlung mit erotischen Geschichten im Hardcover, eine Ausgabe von Josephine Mutzenbachers Memoiren, drei Bände Emmanuelle sowie die Geschichte einer Frau Namens Xaviera Hollander als Taschenbücher.

Zwei Paperbacks aus der rororo-Reihe über eine junge Frau aus Schweden, die bei einem Facharzt den Orgasmus lernte. ‚Das Liebesdorf'. mit amourösen Abenteuern in einem kleinen französischen Dorf beschrieben. Jungs mit Mädchen, Jungs mit Jungs, Mädchen mit Mädchen und die Erwachsenen untereinander. Daran denke ich beim Wichsen, und an die Schlüsselloch-Hefte aus dem Altpapiercontainer. Es gibt so viele Bilder, die ich beim Wichsen vor mein geistiges Auge projiziere, so wenige Geheimnisse. Ich kenne alles.

Auf einmal Schritte im Sand. Mein Herz setzt einen Schlag aus. Rasch verstaue ich meinen Schwanz, lege mich auf die Seite, verdrehe den Kopf und spähe vorsichtig durch eine kleine Lücke im Reißverschluss. Doch nicht Bastian oder Michael sind gekommen, sondern Sonja. Sie steht wie angewurzelt zwischen den Zelten in der Sonne. Ihren Badeanzug hat sie wieder hochgerollt.

»Oh«, höre ich sie leise sagen. Sie tritt erschrocken einen Schritt zurück. Mein steifer Schwanz beult die Badehose. Für einen Augenblick ist nur das Stöhnen von Bastian und Nicole zu hören. Meine Eichel lugt unter dem Rand der Badehose hervor. Rot pulsierend, furchtbar erregt.

Dumme Nuss, geh weg. Ich will meine Manipulation an meinem Penis fortsetzen. Will wichsen. Will abspritzen, das Jucken auskosten, den Blitz beim Orgasmus, die Mattigkeit danach. Ich kann nicht anders. Sofort greife ich wieder zu. Doch statt meine Augen zu schließen und mich ganz der Fantasie hinzugeben, starre ich weiter durch die Lücke zwischen Reißverschluss und Zeltbahn hinaus zu Sonja.

Die dumme Nuss dreht den Kopf, starrt über den Sandwall zum Campingplatz. Sie versteckt ein überraschtes Grinsen hinter ihrer Hand und sieht hinüber zum Zelt, aus dem das Stöhnen tönt. Jetzt grinst sie verschmitzt. Ist ihr das denn nicht peinlich? Sich oben ohne an den Strand zu legen und jemanden beim Ficken zu überraschen sind doch zwei verschiedene Dinge.

Meine Hand klatscht, leise, rhythmisch, gegen meinen Bauch. Ob sie es hören kann? Unsere beiden Freunde im Zelt machen eine kurze Pause, und sofort geht es weiter, ertönt wieder das Klatschen.

Ich denke an Théo und die Figuren aus meinem Buch und an die haselnussbraune Schönheit, an die perfekten Titten von Sonja. Nein, so ein Quatsch. Ich presse die Augen zusammen und genieße meine Hand. Die perfekten Titten der haselnussbraunen Sonja.

Verdammt. Als ich zum Zelt hinaus starre, durch die kleine Öffnung im Reißverschluss, steht Sonja immer noch da, mit den perfekten Titten unter dem Badeanzug. Was für Beine, wie die haselnussbraune. Bastian fickt seine Freundin härter als zuvor. Ich kann seinen dicken Schwanz förmlich sehen, wie er in Nicoles Möse ein und aus orgelt.

Nein, Théo vögelt die rothaarige Nicole, nein, nicht Nicole, wie hieß sie? Ich kann mich nicht konzentrieren, kann an nichts anderes mehr denken als an die Geräusche von nebenan. Keuchend starre ich durch die Lücke hinaus zu Sonja. Immerhin, ein Mädchen im Badeanzug. Besser als keine Wichsvorlage.

Verzweifelt versuche ich, mir das Mädchen aus den Dünen vorzustellen, und schließlich, kurz vor dem Höhepunkt, kniet sich das Mädchen in den Dünen hin, streckt mir ihren Hintern entgegen, die Knie leicht auseinander gestellt.

Nur noch ein paar Sekunden. Das Jucken ist köstlich, einzigartig, herrlich. Nicole presst Worte zu einem lustvollen Flüstern zusammen. Flüstert sie, wie sehr sie Bastian liebt, und dass er noch ein wenig so weiter machen soll? Oder kann sie auch anders, keucht sie zwischen den Zähnen hervor: ‚Ja, fick mich. Mach mich fertig'?

Mir wird schwarz vor Augen. Ich höre noch, wie Bastian und Nicole ihre Lust in einem Röcheln bündeln. Mein Sperma landet im hohen Bogen auf meinem Schlafsack. Stimmen werden laut. Jemand kommt von hinten aus dem Wald. Sonja schreckt auf. Dann sehe ich nur noch Schlieren. Weiße Ströme laufen kochend über meine Hand.

Rasch wische ich es mit meinem Schlafsack auf und hoffe, dass mein Sperma geruchlos in der Hitze trocknet. Dann genieße ich die Mattigkeit. Als ich wieder aus dem Zelt krieche, ist Sonja verschwunden. In der Ferne rauscht die Brandung. Die Zikaden scharren mit den Beinen. Benommen kehre ich zurück zu unserem Lagerplatz.

Sonja liegt auf ihrem Handtuch, als sei nichts geschehen. Ich lächele stumm und greife nach meinem Buch. Mein Kopf ist klarer, der Druck ist vorerst weg. Nur Sonjas Beine und ihre Titten gehen mir auf einmal nicht aus dem Sinn. Oder sind es die Titten der Haselnussbraunen? Schwarzbraun ist die Haselhoff. Hasselhoff. Baywatch, Titten, unter rotem Badeanzug. Zug nach Madrid.

Kalt. Ich schrecke hoch.

Michael steht in der Sonne, lacht, zieht die Hand mit der Wasserflasche zurück. Mir läuft es kalt den Rücken hinunter. Das

Wasser hinterlässt Flecken auf meinem Handtuch. Besser Wasser als Sperma.

»Ihr seid ja fies«, ruft Sonja. Bastian und Nicole lachten, Tim grinst hämisch. Ich finde seinen Arm mit dem langsam vergilbenden Verband auf einmal unfassbar arrogant. Wieso kommt er mit dem Gipsarm auf Interrailtour, wenn er nichts selber tragen kann? Der Gips wird zu einem Ausdruck seiner Überheblichkeit, statt zu einem Zeichen seiner Verwundbarkeit.

4.

Den Rest des Tages verbringen wir in den Dünen. Nicole versucht, ihrem blassen Teint etwas Farbe zu geben, doch sie wird nicht braun. Bastian und Michael beklagen sich über das warme Bier, dass auch in einer Plastiktüte im Wasser nicht kalt werden will. Nur Tim scheut den Sand, weil er Angst hat, er dringt in seinen Gipsarm ein. Zudem ist er gegen Sonne allergisch und außerdem mault er, wir seien langweilig, Strand könne man überall haben, die Kultur der Großstädte sei viel interessanter.

Also hockt er im Zelt, versucht uns beim Lesen eines Buches klar zu machen, dass ihn das nicht befriedigt und will wissen, wann wir die Zelte abbauen und nach Madrid fahren. Anders gesagt geht er uns tierisch auf die Nerven.

Ich wäre auch ohne ihn gefahren.

Gegen Abend hocken wir uns in die Düne. Das Bier ist noch immer warm, aber das macht nichts. Michael hat wieder einen Joint dabei.

»Willst du immer noch nach den Ferien von der Schule abgehen?«, fragt Nicole unvermittelt, und ich spüre ebenso plötzlich diese Dankbarkeit. Sie zeigt Interesse an mir. Niemand sonst zeigt dieses Interesse. Ich bin jedem anderen egal.

»Klar«, sage ich. Der Gedanke, von der Schule abzugehen ist doch mehr als ein Kokettieren mit der Möglichkeit. Die Kommune meines Vaters ist doch eine tolle Alternative, oder nicht? Ich habe nur die Schnauze voll von der Schule. Wenn ich doch nur wüsste, warum. Bastian sieht es eher pragmatisch.

»Mich kotzt die Schule doch auch an.«

»Dann geh doch auch ab.«

»Um dann was zu machen? Lavendel pflücken in Südfrankreich?«

Das Laken auf meinem Bett ist dreckig. Was willst du machen? Schwarze Krümel am Fußende. Was willst du machen? Stammen die von meinen Füßen? Was willst du machen? Ich dusche doch jeden Morgen. Ich weiß es nicht. Ich weiß es nicht.

»Warum nicht? Ja, Lavendel pflücken, eine Französin heiraten und ein einfaches Leben führen, ohne Entscheidungen treffen zu müssen.«

»Das ist doch totaler Quatsch«, sagt Tim. Na toll. Hat er eine Antwort? Weiß er was, was ich nicht weiß?

Jetzt merke ich wieder, dass ich mir selbst im Weg stehe, unfähig zu erkennen, was mein Problem ist, sofern es überhaupt eins gibt. Ich schwimme in dieser Welt und weiß nicht, was ich hier soll. Meine eigene Unzulänglichkeit ist mir unendlich peinlich.

»Was soll ich denn sonst machen? Professioneller Filmegucker werden? Ich kann doch nichts. Ich kann gar nichts.« Und das Dumme ist, dass sich es ernst meine und zugleich hoffe, mir würde jemand widersprechen.

Die Wunde auf meinem Handrücken ist angetrocknet. Der erste Schorf bildet sich. Ich pule meine Finger blutig, reiße mir die Haut in Fetzen. Irgendwann müssen die Finger doch perfekt sein, rein und ohne Fussel, ohne Makel.

Ich träume manchmal davon, wie ich meine Finger in eine Maschine stecke und nach einem schmerzhaften Moment wieder herausziehe, und dann sind die Nägel glatt und schön und ohne Fussel.

»Warum studierst du nichts?«

»Was soll ich denn studieren?«

»Geh doch an die Filmhochschule.«

»Ach, die nehmen mich do sowieso nicht. Ich kann doch nix, ich kann doch nur Filmegucken, ich bin doch total unkreativ.«

Ich möchte erzählen, wie verzweifelt ich bin und finde keinen klaren Gedanken.

»Na und? Ich kann auch nichts, aber ich rede nicht so einen Müll wie du.«

Meine Verzweiflung steigt. Ich soll mich um Sonja kümmern, das kann ich nicht und will es auch nicht. Die dumme Nuss ist überhaupt nicht mein Typ. Ich will nach Südfrankreich, ich will einfach nur weg.

»Es ist nicht die Schule. Ich weiß nicht, was es ist. Ich find mich einfach nur Scheiße.« Dabei denke nicht immer nur darüber nach, wie wenig wert ich bin. Aber ich kann es nicht auf den Punkt bringen. Ich will doch nur provozieren und eine Reaktion erhalten. Redet es mir aus, oder ich weiß, dass es stimmt und ich wirklich nichts wert bin, nichts kann, nichts weiß. Wo ist mein Platz in dieser Welt? Nicht einmal heulen kann ich. Mein Gott, bin ich alleine.

»Das stimmt doch gar nicht«, sagt Nicole. Bastian schaut verächtlich auf sein Bier.

»Sven will doch nur auf sich aufmerksam machen«, sagt er. Das tut weh. Nur weil er nicht alleine ist. Der hat doch überhaupt keine Ahnung, wie es in mir aussieht. Das ist Oberflächenkratzen wie Pausenlächeln und die Klausurergebnisfrage.

»Arschloch«, entfährt es mir. Von ihm habe ich mir mehr Solidarität erwartet. Soll ich ihn daran erinnern, wie wir uns jammernd in den Armen gelegen und *Friends will be Friends* gesungen haben?

»Selber Arsch. Dann geh doch ab.«

»Mach ich auch, Pisser.«

Michael mischt sich ein. »He Jungs, locker bleiben.«

Nicole sucht meinen Blick, Bastian lehnt sich auf seinem Bett zurück. *Friends will be Friends* am Arsch. Jeder ist sich selbst der Nächste. Das Bedürfnis, von den Dreiecksleuchten der Diesellok zu reden, die vor ein paar Monaten auf mich zugerast kam, wird stärker. Diesellok rast heran, Aufprall, Schluss. Keine Verwirrung mehr. Doch ich kann nichts, nicht einmal mich umbringen. Selbstmitleid kann so verletzen.

Ich sage kein Wort, Sonja hingegen zeigt ihr Gespür für unfreiwillige Situationskomik.

»Mir ist das zu hoch«, sagt sie und legt wieder eine Hand auf Tims Bein. Dumme Nuss. Ich starre vor mich hin und weiß nicht weiter. Ich will Aufmerksamkeit und ich will Antworten. Ich will, dass man mir nachläuft, wenn ich schmollend und ohne Ahnung, was mir fehlt, aus dem Zimmer renne. Dabei kommt mir kein Problem in den Sinn, das es wert gewesen ist, wegzulaufen. Dieses diffuse Gefühl, dass etwas in meinem Leben nicht stimmt und nicht herauszufinden, was es ist, macht mich wahnsinnig.

Bastian bekommt einen verbalen Nackenschlag von Nicole, ich bleibe allein auf meinem Handtuch sitzen, Michael bietet mir noch ein Bier an und am Ende spielt das alles doch keine Rolle.

Ihr kotzt mich alle an, will ich sagen und ich kann es nicht. Ich kann gar nichts sagen. Ich kann nicht einmal ficken sagen, Arschficken, ich kann nicht sagen, dass ich mir jetzt und hier einen runterholen will, weil mich das glücklich machen würde. Ich stehe auf und renne in die Waschräume, wichse und spritze in die Kloschüssel.

Die Wolken, orange im Sonnenuntergang, sehen aus wie ein Fluss in einem Tal. Nicole weiß, wovon ich redete.

»Du spinnst«, sagt Bastian nur. Wer von beiden ist mir näher? Keiner. Niemand. Ich bin allein. Mich kann ohnehin niemand verstehen. Und es macht auch nichts, dass mich niemand versteht. Selbstmitleid packt mich in Watte. Ich starre hinaus auf das Meer. Wie sähe es aus, wenn ich Anlauf nähme und spränge? Mit ausgebreiteten Armen, wie ein Fallschirmspringer, hinunter in das Tal, bis ich durch die harte Oberfläche des Flusses schlüge?

Als Sonja schon wieder Tim hinterher läuft, stupst mich Nicole mit dem Ellenbogen an. »Warum kümmerst du dich nicht um Sonja? Befrei sie aus ihrem Käfig. Mit Tim wird sie doch nie glücklich.«

»Sie ist doch gar nicht mein Typ«, sage ich und werde rot. Das passt überhaupt nicht. Perfekte Titten hin oder her – sie ist mir viel zu real, viel zu komplex. Mit ihr kann ich überhaupt nicht umgehen.

In dieser Nacht treffe ich Maike aus Frankfurt im Flur zwischen den Zelten. Gerade haben wir den Gaskocher verstaut, auf dem die Pizza nur langsam warm wurde. Maike ist das haselnussbraune Mädchen, das sich diesmal für mich auszieht. Aber sie hat die Brüste von Sonja.

»Aaah, jaaah«, keucht Sonja. »Schieb deine Post in den Briefkasten.«

Meine Stöße werden schneller und ihr Stöhnen lauter. Klatschen, mit dem sich unsere Hüften treffen, ihre Hinterbacken wackeln bei jedem Stoß. Dabei ist Maike Maike, oder nicht? Oder Sonja? Und noch während wir ficken, fliege ich mit ausgebreiteten Armen in das Tal hinab, das so grün ist und so tief, dass ich Angst bekomme, wir verpassen den Zug. Es ist so logisch. So logisch.

Und ich bin so allein mit den Katzen habe ich keine Routine. Immer wieder zwängen sie sich aus dem kleinen Stall. Tim ist dabei, um mir zu helfen, doch Nicole öffnet immer wieder den Riegel. Die Katzen miauen und ich kann nicht mehr, ich kann nicht, die Aufgabe ist zu.

Schwitzend wache ich auf. Im Zelt ist es hell und eng und warm. Der Wind rauscht. Die Morgenlatte drückt. Michael schnarcht leise. Stimmen hallten durch den Fichtenwald. Dazwischen das metallische Singen von Erdnägeln und Heringen. Die Melodie des Aufbruchs. Langsam weicht die Angst einer Vorfreude.

Es geht weiter.

Unser neues Ziel liegt im Süden.

Sexerabteil

Wie viel Zeit geht durch die Bewegung verloren? Oder ist die Bewegung das Ziel? Du verbringst fast ein Drittel der Reise damit, aus deinem Fenster auf Orte zu starren, an denen du niemals sein wirst.

Nichts ist auf Reisen so grausam wie der Stillstand. Während du auf deinen Zug wartest, sitzt du an Orten, an denen du nie sein wolltest. In schmutzigen Bahnhofshallen, deren Boden mit Zigarettenkippen bedeckt ist, auf klebrigen Schalensitzen aus gelben Plastik.

So viele Stunden Leerlauf, die du gar nicht bemerkst, weil die Zeit so langsam vergeht, dass auch nach dem Warten noch viel vom Tag übrig bleibt.

1.

Wir verlassen Arcachon mit der Regionalbahn und fahren zurück nach Bordeaux. Immerhin sind wir diesmal pünktlich, was vor allem an unserem Zeitpuffer liegt. Zu viel Zeit. Morgens los, um einen Nachtzug zu bekommen. Welch Verschwendung.

Das soll uns die Möglichkeit für einen Besuch von Bordeaux geben, doch Bordeaux reißt mich nicht vom Hocker. Vielleicht liegt es auch daran, dass wir nicht hier sind, um Bordeaux zu sehen, sondern um weiter zu fahren. Bordeaux ist keine Station, Bordeaux ist ein Zustand. Warum haben die in Bordeaux keine Schließfächer? Tim regt sich darüber auf, zu Recht.

Unser Frühstück holen wir uns aus einem Supermarktregal. Bananenjoghurt aus der Plastikflasche. So etwas kenne ich aus Deutschland nicht. Ich nehme mir vor, in jedem Land, das wir bereisen, in jeder Stadt, in die wir kommen, Bananenjoghurt aus der Plastikflasche zu kaufen und dazu eine Rangliste zu erstellen. Punkte gibt es für den Preis, Geschmack nahe an der Originalbanane und die Trinkfähigkeit. Ich werde zu einem Spezialisten für Trinkjoghurts aus der Plastikflasche. Dazu ein Stück Käse, Baguette – perfektes Interrailer-Frühstück.

Nicole, Bastian und ich bleiben als erstes bei unseren Rucksäcken in der Wartehalle des Bahnhofes, während Tim, Michael und Sonja für ein paar Stunden durch die Stadt laufen, um etwas zu essen zu finden.

Ob die beiden ahnen, dass ich ihnen gestern zugehört habe? Hoffentlich sprechen sie mich nicht darauf an. Nicole und Sex – das geht nicht. Ich wüsste auch nicht, wie ich darauf reagieren sollte. Ich sehe sie an und denke, die beiden könnten niemals zusammen Sex haben. Allein schon der Gedanke ist mir unangenehm.

Mein Handrücken juckt. Ich kratze um die Wunde herum. Der rote Kreis ist verschorft. Diesmal lasse ich die Wunde heilen. Dafür kratzt Nicole plötzlich unerwartet an der Oberfläche. Was sie schon wieder reitet. Übertrieben tiefsinnige Gespräche, die mich nerven, weil sie. Weil ich. Ach, ich weiß es nicht.

»Du und Sonja, warum eigentlich nicht«, fragt Nicole. Ich zucke mit den Schultern. Ich kann das nicht. Weil. Sie wohnt so weit weg und ich müsste immer mit dem Fahrrad zu ihr und außerdem heult sie dauernd und sie hat braunes Haar und ist sonst auch so gar nicht mein Typ. Reicht das? Wenn ich das nur sagen könnte.

»Er ist doof«, sagt Bastian. Arsch, ich bin doof, nur weil er. Weil er doch. Ich weiß es nicht. Er hat seine Traumfrau gefunden, ich will keine Kompromisse eingehen. Ich will es einfach und ich will Perfektion. Ich will. Bastian setzt nach. »So wird das nie mit einer Freundin.«

Als hätte ich noch nie eine Freundin gehabt. So ein Quatsch. Eigentlich habe ich schon immer eine Freundin. Mit ihr habe ich in langen, einsamen Nächten herausgefunden, welche Lust meine Pornofilme und Sexhefte, Bücher, Kerzen und Dildos erzeugen können. Wir sind sehr aktiv und überaus erfolgreich. Kein Mädchen ist so perfekt wie meine Freundin, keine Situation so unkompliziert wie mit ihr.

Wenn ich mit ihr zusammen bin, kenne ich keine Unsicherheit, dann bin ich Draufgänger, bin Liebhaber, bin Schwanz und Sperma, sonst nichts. Kein davor und kein danach. Sie ist immer da, wenn ich Lust habe. Sie widerspricht mir nicht, sie hat nie schlechte Laune. Meine Freundin ist nur für mich da, sie geht nie fremd, sie betrügt mich nicht. Keiner kennt meine Freundin, ich habe niemandem von ihr erzählt, nicht einmal Bastian. Sie ist mein Geheimnis, seit ich vier Jahre alt bin.

Aber die kennt Bastian nicht, von der weiß er nichts. Er meint eine andere, eine aus Fleisch und Blut. Es ist nur nicht so einfach. Ich hasse es, wenn man mir sagt, ich müsse mich um jemanden kümmern. Kümmere dich um die Kätzchen. Es ist der Traum von letzter Nacht, der mich so erschreckt hat.

Kümmere dich um die Kätzchen. Ich kann das, aber ich will es nicht, weil ich nicht weiß, wie ich das machen soll, weil sich meine Arme und Beine in Holzstöcke verwandeln und mein Kopf leer ist und ich nur noch daran denke, mich zu verstecken.

»Ihr habt doch überhaupt keine Ahnung«, sage ich und sehe Bastian etwas verschämt an. Ihm habe ich nie von ihr erzählt, das war, bevor wir Freunde wurden, damals war Alexander mein Kumpel. Es ist mir peinlich, dass Bastian es nicht weiß. Beste Freunde sollten keine Geheimnisse voreinander haben. Aber er hat mich ja auch nie gefragt. Ihn hat es doch nie interessiert.

Ich starre in die Sonne über dem Bahnhof. Es ist so warm. Ich weiß nicht, warum ich es erzähle. Eigentlich geht es die beiden doch gar nichts an. Nur bittet mich nicht mehr, mich um Sonja zu kümmern. Weil ich es schon damals nicht konnte.

Um Anja hatte ich mich kümmern sollen, weil Alexander meinte, wir würden so gut zusammen passen. Anja hatte kurze, schwarze Haare und ein viel zu freches Mundwerk. Ich war damals mit Alexander befreundet und Carmen, das Mädchen, mit dem er ging, war eine Freundin von Anja. Alexander wollte uns verkuppeln und wir gingen zusammen auf den Jahrmarkt.

Carmen kaufte ein Lebkuchenherz, auf dem ‚Ich liebe dich' stand, und hängte es Alexander um den Hals. Er grinste stolz. Um uns herum dröhnte Musik. Alles drehte sich. Es roch nach Zuckerwatte, nach Bratwurst, nach Zimt. Eurythmics sangen *Love is a stranger*. Carmen und Alexander hielten Händchen. In der

Raupe war wenig Platz. Die letzte Runde war zu viel. Mir wurde schlecht. Anja kicherte halb hysterisch. Sie wirkte sehr verletzlich. Nicht so erwachsen. Alexanders Lachen dröhnte laut. Die Realität war verwirrend komplex. Anja kaufte mir einen mit rotem Zucker überzogenen Apfel. Mir war noch immer schlecht.

Diese Herzen fände sie doof, hatte sie gesagt. Das Gefühl, als sie mir den Apfel gab, war unangenehm. Was war meine Aufgabe dabei? Ich fühlte mich fehl am Platz. Ich bedankte mich. Ich kaufte ihr keinen Apfel.

Zwischen uns wuchs mit jeder Sekunde die Distanz. Unsicherheit machte meine Bewegungen staksend. Der Knoten in meinem Bauch war wieder da. *Love is a Stranger*. Nicht einmal meinen Arm mochte ich um Anjas Schultern legen. Immer wieder suchten ihre Augen meinen Blick. Alles, was ich jetzt tun konnte, war falsch. Also tat ich nichts.

Bald war unser Jahrmarktgeld alle, und wir gingen zu Carmen nach Hause. Im Garten ihrer Eltern am Rande der Stadt stand ein alter Wohnwagen. Hinter der Grundstücksgrenze rauschte der Sommerwind über Wiesen und Kornfelder. Nichts gab mir Sicherheit. Nicht Anjas blasses Gesicht mit den schmalen Augen dahinter, nicht Alexander und Carmen, die zwischen uns lauerten.

Nervös knabberte ich an meinen Fingernägeln. Freddy Mercury sang *I was born to love you*. Minutenlang das einzige Geräusch im Wohnwagen. Anja in ihrer Ecke, ich in meiner. Wie zwei Tänzer, die darauf warteten, dass die Band wieder zu spielen begann. Komplexe Realität.

In meiner Fantasie war alles ganz einfach. Da gab es nur die Situationen, in denen mich Anja anfasste. Kein Davor und kein Danach.

In Wirklichkeit gab es nur davor und danach. Das Dazwischen musste ich mir erarbeiten, und ich wusste nicht wie. Eine unüberwindliche Aufgabe. Nach einer unangenehmen Stunde tuschelten Alexander und Carmen.

Dann kam Alexander in meine Ecke, und Carmen ging zu Anja. Ging noch etwas bei diesem Tanz? Mir fiel kein Tanzschritt für zwei ein. Ich hatte alles Gelernte vergessen, bereit, wieder alleine mit den Schatten zu tanzen.

Wenn wir zusammen seien, sollte ich mich um sie kümmern, sagte Alexander. Zusammen? Mit der spöttischen Anja, die auf einmal so traurig und gar nicht mehr spöttisch auf ihrer Seite des Wohnwagens saß, und von mir aufgefordert werden wollte. Wie Berge so groß türmten sich die Erwartungen an mich auf.

Was sollte ich machen? Mein Kopf war leer. Meine Hände zitterten. Ich wollte geknutscht werden. Nur das. Scheiß auf die Grundschritt. Stürmisch, selbstvergessen, ohne Formalitäten. So musste der Tanz aussehen. Ich wollte nicht wahrhaben, dass niemand ohne Kenntnis der Grundschritte tanzen konnte. Anspruch und Wirklichkeit klafften weit auseinander. Dazwischen lag ein lähmender Abgrund. Unfähig zu einer anderen Reaktion stand ich auf.

Ich sehe mich aufstehen, unfähig zu einer anderen Reaktion, und verächtlich *Wer sagt denn, dass wir zusammen sind?*, ausspucken und davonrennen. Weg von Anja, über eine Wiese, durch Büsche auf einen Feldweg. Was sollte ich machen? Warum kam Anja nicht zu mir und sagte es mir? Konnte sie mich nicht einfach in den Arm nehmen und mir sagen, was sie von mir erwartete?

Kümmere dich um sie, hatte Alexander gesagt, weil wir dann zwei Pärchen gewesen wären und weil Anja angeblich mit mir gehen wollte, doch das konnte ich nicht, weil ich nicht wusste, wie man das machte, weil meine Arme so steif waren, und ich so ungelenk und sprachlos.

Hinter einem bewachsenen Erdwall, einem Knick, versteckte ich mich. Ich wollte heulen. Jetzt war der Zeitpunkt für Anja, mich zu suchen. Mir hinterher zu gehen und mir zu sagen, dass alles gut würde. Sie konnte meine Gedanken ordnen, das Davor abkürzen, mir helfen. Dann konnten wir knutschen und uns anfassen und sie würde ihre Hand in meine Hose schieben und sich an mir reiben.

So inständig hoffte ich, dass sie mich suchen und finden würde, dass ich ihre Stimme hörte. Alexander und Carmen und Anja. Sie lachten, kamen näher. Unter ihren Schuhen knirschte der Sand auf dem Feldweg. Musste ich rufen, damit sie mich fanden?

Hinter dem Knick war ich gut geschützt.

Niemand konnte mich sehen.

Niemand konnte mich dahinter erahnen. Es war so wichtig, dass sie mich finden. Dass Anja mich fand und mit mir redete, mich in den Arm nah. Anfangs würde ich mich wehren und hoffen, dass sie nicht aufhörte, mich zurückzuholen.

Doch wenn sie mich nicht fanden, geschah es mir recht. Dann würde ich in meinem Versteck liegen bleiben, bis die Stimmen näher kamen und in der Ferne verstummten, und irgendwann aufstehen. Und wenn ich dann zurück in den Wohnwagen ginge, wäre alles wie zuvor.

Ich wäre alleine, Anja würde mich nie wieder ansehen und die beiden Jahre in derselben Klasse mit ihr würden zu einer schmerzhaften Erinnerung verblassen, die wie eine Murmel in meinem Kopf herumrollte, begleitet vom unheilvollen Flüstern einer Stimme, die das Wort ‚verpasst' wiederholte.

Händchenhalten auf dem Schulhof danach, knutschen und fummeln, all das hätte ich verpasst, wenn sie mich nicht gefunden hätten. Aber so wird Anja immer Teil meines Lebens bleiben. Wenn ich *Love is a Stranger* von Eurythmics höre, ist sie wieder da. Anja und ihr spöttisches Lächeln hinter der Brille. Ihr freches Mundwerk und die kurzen schwarzen Haare.

»Hat sie dich gefunden?«

Hat sie? Sie hat. Ganz sicher, ich erinnere mich an ihre Berührungen und das Herzklopfen.

»Ja«, sage ich, auch wenn die Erinnerung an die Zeit danach schon verblasst war, auch wenn ich nicht mehr wusste, wie sie mich gefunden hatte.

»Na toll«, sagt Bastian sarkastisch. »Danke, dass du mir das mal erzählt hast«,

Nicole boxt ihn auf die Schulter. »Als würdest du immer alles erzählen.«

Ich fühle mich schlecht. Aber vielleicht verstehen sie mich jetzt besser. Vielleicht wissen sie jetzt, wie wenig ich das kann. Mich um andere kümmern. Ich will das nicht, weil ich es nicht kann.

Ich will gefunden werden, ich will, dass man sich um mich kümmert.

2.

Am frühen Nachmittag kommen Sonja, Tim und Michael zurück. Sonja kann ihre Augen nicht von Tim lassen und Michael raucht Kette. Ich finde, auf seinem Gesicht liegt ein ironisches Lächeln.

Bastian, Nicole und ich gehen los. Der Bahnhof ist zu weit vom Stadtzentrum, wir haben keinen Stadtplan, keinen Plan, keine Ahnung. Nicole will nicht so weit laufen, weil sie Angst hat, wir würden nicht zurückfinden. Also gehen wir lediglich in einen Supermarkt, kaufen etwas zu essen für die Fahrt, kehren zurück zum Bahnhof und warten dort auf den Nachtzug.

Skat. Wir spielen Skat. Bier und Skat. Baguette und Skat. Verlorene Zeit. Jede Sekunde verschwendet, und nichts ist unerträglicher, als auf die Abfahrt eines Zuges zu warten. Du bist noch nicht weg, aber auch nicht mehr da. Dein Ziel rückt nicht näher. Stillstand. Atempause? Wir brauchen keinen Stopp. Wir sind nicht gerannt.

Ich denke an den Traum von letzter Nacht, der immer wieder wie ein Geisterbild vor mein geistiges Auge rutscht. Vor vielen Jahren, ich war noch in der Grundschule, hatten ein paar Freunde und ich einen Mitschüler besuchen wollen, der mit seinen Eltern ein wenig außerhalb in einem schäbigen, abseits gelegenen Einfamilienhaus wohnte.

Niemand hatte auf unser Klingeln geöffnet. Weil einer von uns auf die Idee kam, im Hof nachzusehen, gingen wir ums Haus herum. Rings um das Grundstück schirmten hohe Tannen neugierige Blicke ab. Unsere Neugier hätte vom Tor aufgehalten werden sollen, das sich quietschend öffnete.

Vor der Hintertür lagen prall gefüllte Müllbeutel, der unbefestigte Boden war noch vom letzten Regen schlammig, es roch unangenehm. Unrat überall, alte Möbel, zerbrochene Regale, halb aufgerissene Müllsäcke, aus denen Hausmüll quoll, kaputte Gartengeräte. Hinter einer brüchigen Tür in einem niedrigen Anbau hörten wir dann die Geräusche, denen wir nicht widerstehen konnten.

Als wir den Riegel zur Seite schoben und die Tür öffneten, sprangen uns sechs kleine Kätzchen entgegen, eingehüllt in eine Wolke erbärmlichen Gestanks. Im trüben Tageslicht erkannte ich schmutziges, vollgeschissenes Stroh und verdreckte, leere Schüsseln, in denen die Tiere vielleicht vor Tagen schon die letzte frische Milch oder Brekkies gefunden hatten.

Der Schreck über die Flucht der ausgehungerten, miauenden, maunzenden Kätzchen saß so tief, dass keiner von uns auf die Idee kam, sich zu fragen, warum die Katzen im Schuppen eingesperrt waren. Wir fingen die Tiere eins nach dem anderen ein und sperrten sie zurück in das stinkende Gefängnis. Und dann flohen wir vom Hof, aufgeregt und froh darüber, dass uns die Eltern des Mitschülers nicht erwischt hatten.

Ich versuche, das Gefühl der Unsicherheit noch einmal in mir hervorzurufen, die Aussage des Traums, die Überforderung mit der Situation damals, doch ich kann es nicht. Und dann kommt der Zug.

3.

Wir bekommen ein 6er-Sitzabteil. In Irun sollen wir in einen Schlafwagen wechseln. Ich höre zum ersten Mal davon, dass die Spanier eine andere Spurweite haben. Natürlich weiß Tim davon. Arroganter Sack. Ich schlafe irgendwann im Sitzen ein. Unsanft weckt mich Tim. Sein Ellenbogen ist spitz und hart.

»Die spanische Grenze. Pass beim Aussteigen auf. Da hat einer in den Gang gekotzt.«

Wahrscheinlich einer der Engländer. Alle Fahrgäste steigen aus. Mit Gepäck und fragenden Gesichtern. Die Nacht ist lau, großes Gähnen überall. Die Engländer lallen mit Bierflaschen in den Händen. Wir reihen uns ein, bereit, die Ausweise zu zeigen.

Wir sollen 100 Mark zahlen? Weil Spanien eine Möglichkeit braucht, um Expo und Olympische Spiele zu finanzieren? Dafür bekommen wir eine tolle Plastikmütze, auf der VIA'92 steht. Foto. Wir grinsen sauer. Wir sind glücklich bin zum Erbrechen. Sonja heult. Ich hasse die Spanier.

Kurz nach zehn schließlich wird der Nachtzug bereitgestellt. Wir bekommen einen Schlafwagen mit jeweils drei Betten auf jeder Seite. Wir sprechen nicht viel. Zähne putzen. Gute Nacht, dann ab unter die Decken. Die Betten sind Liegen. Durch das Geschaukel, das gleich nach Beginn der Fahrt einsetzt, ist kaum an Schlaf zu denken. Das langsame Rattern der Schienen, das Schwanken des Zuges.

Du bist in Spanien. Spanien. *Mord im Orient-Express*. Kino ist echter. Jeder Film hat mehr Atmosphäre.

Nicht das Fahrgeräusch stört, sondern das ständige Schwanken des Zuges. Links, rechts, vor und zurück. Wir schwimmen geradezu auf den Gleisen, bis keiner mehr weiß, in welche Richtung wir überhaupt fahren

Bist du wach oder schläfst du? Im Nachtzug unterwegs sein bedeutet, zwischen Tag und Nacht zu reisen, zwischen Start und Ziel, auf einer Zwischenebene. Noch nicht angekommen, und doch schon weg. Kurze Schlafphasen, kurze Träume, Blitzlichter der verschwommenen Realität.

Überall klappert und quietscht und wackelt es. Immer, wenn ich denke, gerade eingeschlafen zu sein, stoße ich mit dem Kopf an. Ab und zu knallt es, wenn ein Zug aus der Gegenrichtung passiert. Der Luftdruck ist zu spüren.

Diese Liege ist nur unbequem, das Kissen zu klein, das Abteil zu kurz. Ich starre zur Decke. Wie lange noch bis nach Madrid? Wie viel Schlaf kann ich noch bekommen? Ich wünsche mich nach Hause in mein Bett und weil ich nicht schlafen kann, tue ich das, was ich immer mache, wenn ich besoffen nach Hause komme und Karussell fahre: Ich hole heiße Bilder vor meine Augen und wichse.

Ich stelle mir vor, wie ich in weit geöffnete Mösen eindringe, in enge Arschlöcher, wie Pobacken gegen meinen Bauch klatschen und ich auf herausgestreckte Zungen spritze.

Auf der Seite liegend, mit dem Gesicht zur Wand, wichse ich, bis mein Saft in das weiße Laken spritzt. Ich bin bereit. Komm, süße Lähmung, mach meinen Körper bereit für die Traumwelt. Ich will zu Morpheus, will Erholung, will nicht mehr schaukeln und schwanken und mit dem Kopf gegen die Stirnwand des Bettes schlagen. Ich will.

Anfangs nehme ich den Ellenbogen nicht richtig wahr. Er bohrt sich in meine Seite, und ich denke nur, dass in dieser Höhe, auf meiner Liege niemand seinen Ellenbogen in meine Rippen drücken kann.

»Die spanische Grenze. Jetzt geht's in unseren Schlafwagen«, höre ich Tim sagen. Als ich die Augen öffne, sitze ich in einem normalen Abteil. Und da merke ich, dass ich geträumt haben muss. Wir sind noch nicht über die Grenze.

»Alles klar bei dir?«, fragt Nicole. Ich nicke müde. Die Erinnerung an die Grenze schwebt wie eine graue Wolke in meinem Hirn. Natürlich, ein Traum. 100 Mark dafür zahlen, dass wir die Grenze passieren. Wie absurd, doch im Traum hatte es einen Sinn ergeben. Weil. Im Traum. Ich weiß es nicht mehr.

»Hast du schon mal einen Traum gehabt, der so echt war, dass du nicht wusstest, dass du träumst?«, frage ich und nehme meinen Rucksack aus dem Gepäcknetz.

»Sind Träume das nicht immer«, fragt Nicole.

Es ist fantastisch, dass Träume immer eine innere Logik haben. Wenn man in ihnen steckt, ist alles so sinnvoll, ist die Welt, selbst wenn man fliegen kann, kommt es einem nicht unlogisch vor. Oder man denkt einfach nur nicht darüber nach.

Das 6er-Abteil im Schlafwagen ist für uns alleine reserviert. Zwischen den Liegen nur ein knapper Meter Platz. Nicht genug um zu knien, aber um sich vorzubeugen, über eine Person, die darauf liegt. Ich weiß nicht, warum ich gerade daran denken muss, aber der Gedanke erregt mich. Michael dreht einen Joint.

»Du willst jetzt noch rauchen?«

»Willst du bei dem Geschaukel schlafen?«, fragt er zurück. Will ich. Ich brauche meinen Schlaf. Ohne Schlaf bin ich unzufrieden. Dennoch ziehe ich an der Tüte und fliege wieder.

Bald fragen wir, was uns durch den Kopf geht. Wir sind entspannt, nett zueinander. Kein Streit trennt uns, kein Hass in der Gruppe. Vor unserem Fenster zieht die Nacht helle Streifen aus elektrischem Licht. Wir hocken mit angezogenen Beinen auf den unteren beiden Liegen und reichen den Joint weiter. Selbst Sonja raucht mit.

»Welches Mädchen findest du aus unserer Klasse am besten?«, fragt Nicole. Ob sie erwartet, selbst genannt zu werden?

»Sandra«, sagt Michael. Das Mädchen mit den längsten Beinen und den faszinierendsten Augen. Alle finden Sandra am geilsten. Sandra lässt niemanden kalt. Das allerdings beruht nicht auf Gegenseitigkeit. Ich habe mit ihr nur noch nie ein einziges Wort gewechselt. Sandra gehört nicht einmal im Ansatz zu uns. Sie hat ihren Kreis ganz weit außerhalb der Schule. Sie kommt zu keiner Party, steht in der Pause bei niemandem und redet nur mit uns, wenn es sich nicht vermeiden lässt.

»Und du?«, fragt mich Nicole. Mein Herz klopft. Keins, kein Mädchen kann es mit meiner Fantasie aufnehmen.

»Klar, auch Sandra«, sage ich, um meine Ruhe zu haben. Die Mädchen aus meinen Heften, die Frauen mit den gespreizten Beinen und Fantasienamen darüber. In meinen Videos haben sie nicht einmal das.

Nicole ist sich anscheinend nicht sicher, ob sie diese Antwort gelten lassen will. Ich sehe zu Boden. Niemand weiß von meinen Heften und außer mir sieht sich auch niemand Pornos an. Ich weiß es.

»Mit wem außer mit Bastian hast du aus unserem Jahrgang schon geknutscht«, fragt Michael zurück. Mein Hals wird eng. Die Antwort kenne ich.

»Mit Sven«, sagt Nicole kichernd. Ich grinse verlegen. Bastian vergräbt das Gesicht hinter seinen Händen. Ein blödes Thema, auch wenn es für Bastian keine Rolle spielen sollte.

Michael horcht auf. »Wann war das denn?«

»Auf einer Party«, erzählt sie und wir beide wissen, dass da außer zwei Minuten Knutschen nie was gewesen war. Ich hatte mich den nächsten Tag am Telefon verleugnen lassen und montags in der Schule tat ich, als kenne ich sie nicht. Damit war das Thema erledigt gewesen.

»Du hast sie nicht wieder angerufen?«, fragt Tim ungläubig, als hätte ich in der Kirche geraucht. Na und? Sie ist doch gar nicht mein Typ, will ich sagen, auch wenn sich ihr T-Shirt an den richtigen Stellen beult. Diese kurzen blonden Haare und ihr. Dieses. Ach, was weiß ich.

»Trottel«, sagt er und Michael lehnt sich neben mir auf der Liege zurück. Für Tim ist das Thema aber noch nicht zu Ende.

»Hast du mit Judith eigentlich geschlafen?«

»Nein, hat er nicht«, bölkt Bastian, als wäre es ein Verbrechen. Will er, dass ich keinen Grund mehr habe, mich zu beschweren, dass ich keine Freundin abbekomme? Vielleicht hätte ich es ihm doch sagen sollen.

»Natürlich, hat sie mir erzählt. Und danach hat er Schluss gemacht.«

Nicole weiß also mehr als er. Es geht sie eigentlich gar nichts an, aber ich erzähle, dass sie in der Nacht, in der ich sie beinahe aus der Wohnung geworfen hatte, zurückkam und wir schließlich fickten. Das mit dem Ficken überlasse ich jedoch der Fantasie.

Der Wagen schlingert, als ich fertig bin und Sonja auf der Liege gegenüber, neben Tim, sieht mich überrascht an. Hat sie mir nicht zugetraut, dass ich mal mit einem Mädchen schlafe? Judith, ihre großen Titten und ihr runder Hintern. Jetzt im Rückblick finde ich sie ziemlich geil.

»Und jetzt reicht's«, sage ich. Michael kommt mir zu Hilfe. Draußen rast ein Bahnhof vorbei. Er hat den Schalk im Nacken.

»Wie oft befriedigst du dich selbst?«, fragt er. Jetzt wird Nicole rot.

»Ihr seid doof«, sagt Sonja. Ihre Mundwinkel hängen. »Muss das sein?«

»Was schlägst du vor?«

Sonja ist anzusehen, dass sie keine Frage parat hat, die sie uns stellen will.

»Ich weiß nicht? Können wir das nicht einfach lassen und uns schlafen legen?«

»Du bist ja langweilig«, sagt Nicole.

»Ist dir das peinlich?«, fragt Michael dazwischen.

»Natürlich ist ihr das peinlich.«.

Sonja schmollt. »Na und?«

»Unsere Sonja ist verklemmt«, grinst Bastian und hält sich an seiner Flasche Kronenbourg fest. Der Zug rattert über eine Weiche. Spanien ist rau.

»Das sagt der richtige«, blafft Nicole und haut ihm den Ellenbogen in die Seite.

»Wieso?«, fragt Bastian zurück. Er tut überrascht und grinst doch verlegen.

»Du bist total verklemmt, wenn es um so was geht.«

»Bin ich gar nicht.«

Sonja scheint im Gegensatz zu Nicole das Interesse an der Unterhaltung verloren zu haben und bohrt einen Finger durch ein Loch in ihrem Pullover.

»Wenn wir über Sex reden bist du der erste, der das Thema wechselt«, sagt Nicole um eine Spur zu aufgeregt. Ich grinse auf die linke Seite der Liege, Michael grinst breit zurück. Wir verstehen uns.

»Ich möchte auch nicht über Sex reden«, sagt Sonja.

»Ist doch in Ordnung, wenn ihr verklemmt seid. Die meisten Frauen sind eben so«, sagt Tim und räuspert sich. »Und manche Männer.«

»Gar nicht«, sagt Sonja beleidigt. »Ich hab mich oben ohne an den Strand gelegt. Das ist doch nicht verklemmt.«

»Und was stört dich dann an dem Thema?«, mische ich mich ein. Vielleicht finde ich dann heraus, warum es auch mir unangenehm ist, meine Privatheit zu teilen. Niemand kann so versaut wie ich sein. Wenn wir weiter darüber reden, werden es alle erfahren und mich dann noch mehr verachten, als sie jetzt schon tun.

»Das ist doch was Anderes.«

»Genau«, sagt Tim. »Oben ohne am Strand ist was anderes als über Sex zu reden. Da geht es nämlich los mit dem Verklemmtsein.«

Sonja seufzt. Habe ich jedoch erwartet, sie würde sich jetzt ihren Pullover über den Kopf ziehen und heulen, so sehe ich mich getäuscht.

»Und worüber wollt ihr reden?«

»Ich komme da gerne noch einmal auf meine Frage von vor drei Minuten zurück«, sagt Michael im Tonfall unseres Deutschlehrers. »Also. Wie oft befriedigst du dich selbst?«

»Zweimal am Tag«, sagt Nicole wie aus der Pistole geschossen.

»Glaub ich nicht«, sagt Michael.

Bastian beugt sich vor. »Was machst du?«

»Ich mach's mir zweimal am Tag«, wiederholt sie und grinst ihr Meg-Ryan-Lächeln mit halb geschlossenen Augen. Ich kann gar nicht glauben, dass wir darüber reden. Ich will ins Bett, ich will schlafen. Wenn sie mich fragen, muss ich lügen, muss ich verheimlichen, dass ich es mir vier, fünf, sechsmal am Tag mach, wenn ich kann, das ich dabei Pornos gucke und mir den Dildo meiner Mutter in den Arsch schiebe. Sie werden alles erfahren. Bastian ist auf 180. Bastian ist mein Freund.

»Genau, und möglichst noch gleich.«

Nicole schubst ihn weg, so dass er gegen Sonja stößt, die sich weiter in ihre Ecke der Liege drückt. »Nun hör aber auf, als würdest du es nicht auch machen.«

»Kann das vielleicht meine Sache sein?«

»So viel zum Thema verklemmt«, sagt Michael.

Wir putzen unsere Zähne im Klo. Das Licht flackert. Ich bin müde. Jetzt was essen. Kiffen. Hat sie das wirklich gerade vorgeschlagen? Sollen wir uns auf unseren Liegen alle selbst befriedigen, während die anderen zuhören?

»Ich mach's mir jetzt«, sagt Nicole, als wir uns in unseren Liegen ausgebreitet haben. Sie und Bastian liegen ganz unten, in der Mitte liegen Tim und Sonja, Michael und ich haben die Liegen ganz oben. Mein T-Shirt ist durchgeschwitzt. Zum Schlafen reicht es. Immer wieder stößt mein Kopf gegen das Ende der Liege. Über mir wölbt sich der Plastikhimmel des Waggons. Zum Glück leidest du nicht unter Klaustrophobie.

»Hörst du jetzt auf?«, höre ich Bastian schimpfen. Ich starre über die Bettkante. Michael guckt ebenfalls hinunter. Nur das Notlicht über der Abteiltür leuchtet.

Im schaukelnden Zug gewöhnen sich meine Augen an die Dunkelheit, und ich erkenne unter mir die weißen Punkte in Nicoles Gesicht, die verblassen und wieder leuchten, erkenne die Bewegung eines Arms unter der dünnen Decke.

»Lass das«, faucht Bastian. Er langt über den Gang auf die Liege seiner Freundin und haut ihr dort auf die Decke, wo er ihre Hand vermutet.

»Hey«, sagt Nicole und ich höre etwas wie erregte Spannung in ihrer Stimme. »Ich mach's dir dafür morgen auch mit dem Mund.«

Bastian zieht wortlos seine Hand zurück. Ich kann mir ein Lachen nicht verkneifen und spüre doch die Erregung. Damit könnte sie mich auch ködern. Oder nicht? Sie macht es ihm mit dem Mund. Und ich? Ich habe meine Fantasie. Michael neben mir atmet laut. Ich schiele zu ihm herüber. In der Dunkelheit kann ich seine rechte Hand nicht sehen. Kniet er etwa?

»Los, Sonja, mach mit«, seufzt Nicole und jetzt sehe ich wieder ihre Hand unter der Decke, sehe ihr rechtes Knie, nackt, im gelben Licht der Lampe, unter der dünnen Decke hervorragen. Sonja unter mir starrt zu Tim hinüber. Der guckt ernster als ich erwartet habe.

Sonja erschreckt mich. »Guck weg.«

Ich lege mich auf den Rücken und starre an die Decke. Der Zug schwankt.

»Sven macht nicht mit«, meckert Michael. Jemand tritt meine Liege. Ich starre ins Dunkel. Tim zieht sein Bein zurück, ein nacktes Bein. Die Hand mit dem Gips liegt auf seiner Brust, die andere ist unter der Decke verschwunden. Warum machen sie das?

Nicole stöhnt. »Mir kommt's gleich«, flüstert sie. Das Rascheln wird lauter. Ich schiele zu Michael hinüber, zu Nicole. Bastian kann ich nicht sehen, ich sehe nur Nicole, die zu ihm hinüber starrt, sehe Augen im Dunkeln und die Bettdecke, ihr Knie, eine Hand zwischen den Schenkeln, genau da, wo sich die Beine treffen, unter der Decke, in dem Dreieck, sehe sie auf und ab tanzen, den dünnen Stoff beulen, schneller und schneller. Seufzen und Rascheln und keine Augen und am Ende ein langgestrecktes Seufzen.

Von Bastians Liege kommt ein Brummen, Quietschen und Michael, der meinen Blick auffängt, nickt mir zu, erstaunt, als wolle er sagen: Tatsächlich, er macht mit, was tut man nicht alles dafür, dass einem einer geblasen wird.

Auch Tim bewegt die Hand, ich höre Sonja flüstern, höre mehr Rascheln, sehe Tim, wie er die Augen zukneift und die Hand schneller und schneller bewegt, wie der dünne, weiße Stoff gegen seine Hand klopft, wie Timm die Beine anzieht, sich streckt und er den Kopf in den Nacken legt. Und als ich unter mich gucke, sehe ich Sonja auf dem Bauch liegen, die Beine angezogen, das Gesicht ins Kissen gedrückt, zitternd und mit einem leisen Piepsen beendet sie.

»Und jetzt du, Sven, na los, Feigling«, höre ich Nicole von der unteren Liege sagen. Mein Herz klopft und mein Schwanz ist hart. Verrückt. Die Notbeleuchtung reißt die Beule unter dem weißen Schlafsack und der Wolldecke aus der Dunkelheit. Auf der anderen Seite der Liege starrt Michael zu mir herüber.

»Boah, ist das eine Beule«, sagt er. Nein, das ist so nicht abgemacht. Niemand sieht mir dabei zu. Niemand. Ich drehe mich sofort zur Seite und starre gegen die Wand. Dann greife ich in meine Unterhose.

Das Gefühl ist wie immer, und doch ist es anders, denn es sind andere anwesend. Ich habe mir ein einziges Mal einen runtergeholt, als jemand dabei war. Im Landschulheim. Tim, Bastian und zwei andere haben damals mit mir in einem Zimmer geschlafen.

Ich hatte mich zur Wand gedreht und mir im Dunkeln einen runtergeholt, immer voller Angst, mich würde das Rascheln der Decke verraten. Diesmal ist es anders, diesmal wissen alle im Raum davon.

»Ich hör gar nichts«, meckert Nicole von unten. Michael kommt mir zu Hilfe.

»Er macht's«, höre ich ihn sagen. Thumette und Zézette und Théo und Jean-Paul aus meinem Lieblingsbuch, ihre Mösen und Titten, an die Situationen, in denen sie es miteinander machen, doch plötzlich haben die Figuren die Gesichter meiner Freunde und Thumette hat so tolle Titten wie Sonja, wie die Titten, die ich von ihr am Strand gesehen habe, und Zézette hat einen Arsch wie Nicole, hat kurze, blonde Haare, und ich denke an Michael, der neben mir liegt und sich zeitgleich mit mir einen runterholt.

Ich will nicht, ich will allein sein, und habe keine Chance. Ich seufze und kann nicht verhindern, dass man es hört, über das Rütteln der Bahn hinweg, das Rattern der Räder auf den Schienen, dass man hört, wie ich komme und in meine geöffnete Hand spritze, wie das Sperma meine Handfläche hinab läuft und auf mein Laken tropft, wie meine Augen schwer werden und das Rütteln mich in den Schlaf wiegt.

Madrid, und Picasso, und Guernica. Ist das ein Bild, hinter Glas? Jugendherber hat Waschmasch. Masch. Tim sagt etwas, das ich nicht. Versteh mich nicht. Falsch. Sonja steht neben mir.

Heulend. Ah, die Liebe.

Sie will nicht. Und ich will nicht. Und wir beide sind unglücklich im Park. Nur. Ach.

Wach auf.

Im Park gefingert

Auch eine fremde Stadt funktioniert wie eine Stadt, die du kennst. Du kommst an, suchst dir einen Platz zum Schlafen. Wenn du clever warst, hast du dir bereits von zuhause aus ein Bett in einer Jugendherberge reserviert. Sonst verbringst du den halben Tag mit der Suche.

Ankunft, Geld ziehen, Metro suchen, Zimmer beziehen, Essen kaufen, Stadt besichtigen. Ganz egal ob Madrid, Paris oder Amsterdam. Faszinierend, wie schnell du das Muster erlernst.

1.

Irgendwann wache ich auf. Ich spüre die Nässe auf dem Laken. Es ist ruhig im Abteil. Irgendwo schnarcht ganz leise jemand. Die Befriedigung ist mir durch meine Finger gelaufen wie Sandkörner. Ich fühle mich leer. Meine Freundin ist weg. Meine langjährige Freundin. Es riecht nach Socken, nach Schweiß, nach kaltem Rauch.

Ich habe keine Ahnung, wie schnell wir sind. Fährt der Zug oder steht er? Es könnte ein ruhiges Stück sein, mit neuen Gleisen, auf dem der Zug schnell fahren kann, ohne zu schwanken. Das Rattern hat aufgehört, das Schwanken. Nicht einmal die Klimaanlage zischt noch. Fahren wir noch oder hat der Zug angehalten? Oder hat er die Schienen verlassen und fliegt nach oben, zu den Sternen, in die Unendlichkeit?

Ich hänge mich über den Rand meiner Liege nach unten und schiebe den vergilbten Vorhang vor dem Fenster zur Seite. Der Zug schleicht durch hellgelb erleuchtete Vorortbahnhöfe, menschenleer, kulissenhaft, einsam. Der Himmel wird langsam grau, blau. Madrid rollt vor meine brennenden Augen. Wieder durch eine Scheibe. Mein Herz schlägt schwer.

Der Schlafwagen rattert über eine Weiche und schwankt. Das Rattern wirkt nicht mehr einschläfernd sondern störend. Habe ich das nicht schon einmal erlebt? Die Einfahrt nach Madrid?

Ich erinnere mich an einen Traum, in dem ich schon einmal in Madrid gewesen bin. Aber ich könnte nicht beschreiben, was ich geträumt habe. Es ging um Wäsche, um Kochwäsche bei 30°.

Viel präsenter hingegen ist die Erinnerung an das Wichsen. Alleine? Zu sechst? Im Traum war es so logisch. Zusammen wichsen. Ich muss lachen, während meine Mitreisenden erwachen.

Wir haben uns. Oder nicht? Gleichzeitig? Ich weiß nicht mehr.

Scheiß Nachtzug. Ich bin so oft eingenickt, aber habe nie geschlafen. Im Traum hat man Gewissheit über Dinge, an die man sich nach dem Aufwachen nicht erinnern kann. Nur das Gefühl, etwas wirklich Wichtiges geträumt zu haben, das jetzt für immer verloren ist, bleibt hängen.

Wie bei Stephen King und den Tommyknockers, als am Ende alle wieder die Erfindungen vergessen haben, die die Welt hätten verändern können. Bleibt die Verzweiflung, dass man nicht im Moment des Aufwachens den letzten, wichtigen Gedanken aufgeschrieben hat.

Der Nachtzug spuckt uns aus. Michael muss sich mal rasieren. Sein Dreitagebart gibt ihm das Aussehen eines Penners. Sonja himmelt wieder Tim an, der sich für sie überhaupt nicht interessiert.

»Wir sollten rausfinden, wann übermorgen der Zug fährt«, sagt er. Der Rucksack drückt und ich habe Hunger. Wie schmeckt wohl spanischer Trinkjoghurt?

»*Lisboa*«, sage ich zu der Frau hinter dem Kartenschalter. »*Nighttrain. Sleepingcar.*«

Sie versteht mich nicht.

Tim mischt sich ein und sagt Lisbon. Jetzt erst versteht sie. Wir reservieren Plätze. Ich finde die Spanier total bekloppt. Lisboa. Wer bei der Bahn arbeitet, sollte das doch verstehen.

Der Weg zu unserer Jugendherberge, in der wir Betten reserviert haben, ist lang. Die Stadt riecht aufregend neu. Nach warmen Abgasen, süßlichem Müll und frischer Druckerschwärze, nach unbekanntem Backwerk.

Es ist noch ganz früh, sagt dieser Geruch, weil du mit dem Nachtzug gekommen bist. Mitsamt unserem Gepäck fahren wir per U-Bahn durch die ganze Stadt und marschieren noch eine halbe Stunde zu Fuß marschieren, bis wir am späten Morgen die Jugendherberge erreichen.

Die ganze Zeit habe ich das Gefühl eines Déjà-vus, als hätte ich das in der letzten Nacht geträumt. Wir reden zum Glück nicht über die vergangene Nacht im Zug. Ist es nicht nur mir sondern uns allen peinlich? Kein Blick verrät Verlegenheit.

Nur Michael nennt mich ab und zu einen Wichser und lacht dabei. Manchmal ist mir sein Humor etwas zu schräg.

Die Herberge selbst, so abgelegen sie auch liegt, ist eine Überraschung. Sauber, die Zimmer hell, und eine Waschmaschine ist auch vorhanden. Wir stellen die Temperatur auf 100°. 100°, und die Wäsche wird sauber. Meine Gedanken sind ausgefranst. Immer wieder muss ich an letzte Nacht denken, an Nicole auf der unteren Liege, an ihre Hand im Schritt und an Sonja auf dem Bauch.

Ich spüre noch das Rütteln des Zuges und spüre, wie mein Kopf gegen die Wand stößt. Pock. Pock. Pock. Im Takt der Schwellen. Scheiß Nachtzug. Ich bin total müde.

Im Picassomuseum ist Guernica viel größer als gedacht. Legion Condor ist mir neu, oder habe ich schon einmal davon gehört? An der Plaza Mayor wird Michael von einem Typen angesprochen und schnorrt ihn um 100 Peseten an. Wie viel Mark sind 100 Peseten? Ein Witz.

Habe ich das bereits geträumt? Den Typen. Das Museum? Kann ich von etwas träumen, das ich nie zuvor gesehen habe? Zumindest glaube ich, es sei der gleiche Typ. War in meinem Traum überhaupt ein Typ?

Mittagspause in einem Park. Nicole wird wieder tiefsinnig.

»Willst du wirklich die Schule abbrechen?«

»Ich habe einen Plan.«

»Wohin willst du?«

»Zu meinem Vater, in seine Kommune.«

Bastian winkt ab. »Spinner.«

Ich will nicht zurück in die Schule, ich will etwas Anderes, ich will. Ich weiß es nicht. Ich kann nicht zurück nach Schnedigheim zu meiner Mutter. Ich muss abbrechen, Neustart. Mein Vater weiß noch nichts von seinem Glück.

Ich habe nur seine Adresse auf einem schmutzigen Zettel in einem Seitenfach meines Rucksacks. Wenn die Zeit gekommen ist, wenn wir in Nizza waren, werde ich mich verabschieden.

»Und dann? Was willst du da machen?«

»Seh ich dann. Auf dem Hof helfen, die Kommune vermarkten.«

Ohne Ahnung, wie das geht, aber vielleicht kann ich ja auch Ziegen hüten und Lavendel pflücken, oder die Bilder meines Vaters zum Markt tragen oder. Ich weiß nicht. Diese vage Aussicht macht doch den Gedanken gerade interessant. Nur nicht zurück.

»Träum weiter«, sagt Bastian und bewirft mich mit Gras. Und dann geht es weiter durch Madrid.

Marsch durch die Stadt, vorbei an Denkmälern, Galerien und historischen Plätzen, sowie einem ausgiebigen Halt bei McDonald's. Wir machen noch unsere Einkäufe und fahren gegen Abend zurück in die Herberge. Nach dem gemeinsamen Essen in unserem Männer-Viererzimmer verschwinden Nicole und Bastian diskret. Zum Poppen, wie ich vermute.

Das Klo wird wieder zu einer Option, als ich mir vorstelle, wie sich Nicole vor Bastian kniet. Tim und Michael machten sich bereit, abzusoften und um die Ecke zu ditschen. Der Gehttoblaster spuckt *New Model Army* aus. Sonja verlässt den Raum.

Ein flotter Dreier, will ich witzeln und verbeiße mir doch den Kommentar. Zwei Minuten später nur steht Sonja wieder in der Tür. Kein flotter Dreier bleibt ebenfalls unausgesprochen.

»Ich kann nicht in mein Zimmer«, sagt sie und bleibt in der Mitte des Raumes stehen, unsicher. Ihre dunklen, mittellangen Haare sind an der Stirn mit einer Spange gescheitelt. »Bastian und Nicole...«

Die letzten Worte ersetzt ihr verlegenes Lächeln.

Poppen, Mädel, sprich es aus. Poppen, ficken, vögeln, nageln, haben Sex. Jetzt auf Klo und an die Titten der haselnussbraunen

Schönheit aus Arcachon denken, oder an die Haut einer Fremden, an ihre Titten, an ihre Schenkel, das dunkle Haar, die feuchte Scham, die feste Öffnung im Po, aufgerichtete Nippel.

Sekunden später haben Michael und Tim ihre Utensilien zusammengesucht und nehmen uns mit. Keine Widerrede, absoften und um die Ecke ditschen. Sonja ist nur zu froh über Tims Hand an ihrer Schulter. Ob sie jemals aufhören wird, ihn zu lieben? Und warum sie es wohl nicht kann?

Wie das wohl ist, Liebe.

Wir gehen ein paar Schritte die Straße hinauf, bis wir in den großen Teil des Casa de Campo kommen. Die Sonne ist bereits untergegangen. In der Ferne hören wir das Rattern von Fahrgeschäften, fröhliches Kreischen und Jahrmarktmusik.

Der Joint, den Tim gedreht hat, ist leicht und aromatisch. Tim reicht ihn nach den ersten zwei Zügen weiter an Michael. Der nimmt einen tiefen Zug und übergibt die Tüte an mich. Ich inhaliere genüsslich, biete Sonja den Joint an.

Die zögert, sieht zu Tim und nimmt einen tiefen Zug. Hustend gibt sie den Joint zurück an Tim. Nächste Runde. Nach dem dritten Zug sprüht die Dämmerung plötzlich orange.

Tim sagt etwas, lacht, motzt, ich höre Liebe und verstehe Eifersucht, spüre Enttäuschung und sehe Sonja weinen.

»Hör doch auf«, ruft Michael, doch es ist bereits zu spät. Sonja springt von der Bank auf und rennt über den schmalen Weg, ihr ersticktes Heulen wie eine zerrissene, weiße Flagge hinter sich her ziehend.

Lass sie gehen, sie rückt dir zu nah. Auch Sonja ist nicht perfekt. Zu naiv, zu groß, zu katholisch. Was kommt nach einer freundschaftlichen Umarmung? Würde Sonja mich missverstehen und mehr von mir wollen? Mehr würde zwangsläufig auf tägliche Treffen hinauslaufen.

Bald umklammert sie mich so eng wie Judith. Schon sehe ich mich auf dem Rad auf dem Weg in ihr kleines Dorf. In ihrem christlichen Wahn von erster Liebe bis zum Tod, Hochzeit und

Landleben wäre ein Kuss fatal. Darauf folgen Verlobung, Hochzeit und Kinder. Ein Kuss, und ich wäre verloren.

»Idiot«, werfe ich Tim an den Kopf und renne hinterher.

»Die soll sich mal nicht so anstellen«, höre ich Tim noch murmeln. Mir peitschen Äste ins Gesicht. Sonja biegt nicht nach links ab, wo sie der Weg zurück zur Herberge führen würde, sondern nach rechts, weiter in den Park hinein.

Die Musik wird lauter. Ihr Vorsprung schrumpft rasch. Hinter der dritten Eberesche habe ich sie eingeholt. Am Ärmel halte ich sie fest, stoppe ich sie, ziehe sie zu mir heran. Sonja fällt mir fast in die Arme, presst ihren Kopf in die Lücke zwischen Kinn und Schulter. Und dann heult sie laut und anhaltend.

Nur keinen Kuss.

Fest hält sie mich dabei umklammert, mit beiden Händen auf meinem Rücken. Ihre Brüste pressen sich an mich. In meiner Hose schwillt mein Schwanz an. Was ich sage, sollte beruhigen und wird doch nur zu belanglosem Flüstern. Heulsuse. Heulsuse, die ich gerne festhalte. Die Erektion in meiner Hose löscht den Gedanken an Selbstlosigkeit aus.

Das Schluchzen an meiner Schulter ebbt ab.

»Geht's wieder?«, frage ich. Sie nickt tränenblind.

»Ich will noch nicht zurück.«

Der Vergnügungspark liegt viel weiter weg als es sich anhört. Der Wind steht günstig. Schreie hallen durch die Luft, das Rattern von Rädern auf Schienen, Musikfetzen. Sonja schwankt. Sie sieht zu mir hoch.

»Gehen wir ein Stück«, sage ich. Wie zufällig finden sich unsere Hände.

»Und jetzt?«, fragt sie nach ein paar Metern. »Was soll ich denn jetzt machen?«

»Was machen?«, frage ich zurück. Ich muss mir ein Lachen verkneifen. Hat sie das nicht gerade schon einmal gesagt? Sonja ist so witzig.

»Damit er zu mir zurück kommt«, sagt sie trotzig. Wieder schwankt sie. Hat sie nicht auch ordentlich am Joint gezogen?

»Ich mach alles. Ich geh mit ihm zu McDonalds, ich hab sogar euern doofen Joint geraucht, und trotzdem behandelt er mich so.« Sie schmollt wie ein kleines Kind. In ihren Augen glitzern neue Tränen.

»Vielleicht reicht das noch nicht?« Ich denke da an ihren runden Hintern und die Titten, die vom Strand, die meine Fantasien ergänzen.

»Was denn noch? Ich hab sogar mit ihm geschlafen.«

Kann sie Gedanken lesen? Oder liegt diese Vermutung zu nahe. Ich bin so durchschaubar. Warum legen die, die Sex haben können, so wenig Wert darauf? Ich würde alles ausprobieren, den ganzen Tag lang, würde nicht mehr aus dem Bett kommen. Aber bei Sonja hört es sich an, als gehe es darum, zwischen der Pest und der Cholera zu wählen.

»War das ein so großes Opfer?«

Sie zögert. Ihre Füße tanzen auf dem Asphalt des Parkweges, um das Schwanken ihres Oberkörpers auszugleichen.

»Der blöde Tim«, sagt sie und fängt auf einmal an zu kichern. Das kann ich verstehen, weil sie doch. Ja, der Tim. Zu komisch, wie er.

»Was ist mit dem blöden Tim.« In meinem Bauch kitzelt es und bricht als Lachen hervor, rollt über meine Schultern und juckt auf dem Rücken.

»Was soll mit ihm sein?« Sonja verbirgt ihr Kichern hinter zehn Fingern. Dabei bemühen sich ihre Füße noch stärker um die Balance.

»Du hast doch angefangen.« Ich muss zwischen meinen Lachanfällen Luft holen. Das ist so komisch, wie sie, und wie ich dann, und wie wir beide, weil Tim. Kichern plätschert wie ein Rinnsal, wie ein Bach, wie ein Wasserfall. Zu komisch.

Tränen glänzen auf unseren Wangen, und als ich mich umsehe, ist der Park dunkel und die Laternen am Weg brennen, und um uns herum sind kaum noch andere Menschen. Sonja zieht die Nase hoch, kichert noch einmal vor dem Versuch, ernst zu bleiben.

»Also, der Tim hat...« Wieder unterbricht sie ein Lachanfall. Ich kichere. Mein Kopf ist mit Helium gefüllt. Sonjas Hand in meiner fühlt sich wie Zuckerwatte an.

»Also, der Tim hat einen ganz langen...«, sagt sie und lacht wieder schrill, und mein Schwanz wird auf einmal ganz hart.

»Schhhh...«, sage ich mit dem Zeigefinger an meinen Lippen, über die hysterisches Kichern quillt. Das ist so komisch.

»Schhhh...« Sonja legt ebenfalls den Zeigefinger ihrer freien Hand auf die Lippen. Auch ihr sickert Kichern aus dem Mund. Wir krümmen uns, weil das Lachen die Muskeln im Bauch verkürzt. Und sie wieder, und dann ich, und dann wir beide.

Der Park dreht sich um uns, aus den Hecken sprudelt Kichern, über die Wiese huscht Gelächter, von den Bäumen plätschert Schmunzeln. In der Ferne wieder Schreie, das Rattern von Achterbahnen, Musik.

»Wie lang?« Wir taumeln über die Wiese. Sonjas Titten hüpfen unter ihrem grauen Strickpullover. Sie schwankt über den Rasen und setzt sich auf eine Parkbank, die mitten auf der Wiese steht.

»So lang«, sagte Sonja. Ihre Hände gehen weit auseinander, weit, weit, weit.

»Das ist doch gar nix. Meiner ist sooo lang«, sage ich und nehme meine Hände noch viel, viel, viel weiter auseinander. Wieder schießt jemand eine Lachsalve ab. Das ist aber auch zu komisch, wie sie erst, und dann ich. Was ist es eigentlich? Was ist die Wiese doch grün und voller Stöckchen und leerer Getränkedosen.

»Nein.« Sonja reißt erschrocken die Augen auf, eine Hand vor dem Mund, der vor Erstaunen offen steht. Das ist vielleicht komisch. Ich habe doch total übertrieben.

»Doch«, sage ich und kichere. Das Bedürfnis, ihn herauszuholen und ihr zu zeigen, wird plötzlich ziemlich groß. »Willst du mal sehen?«

Ups, da ist es. Rausgerutscht. Konnte nicht widerstehen. Im selben Atemzug ist es mir total peinlich. Wieso habe ich das gesagt?

»Sven«, sagt Sonja empört und löst ihre Hand von meiner.

»Entschuldigung.« Mein Kichern fällt auf einmal ziemlich matt aus. Ein pelziger Geschmack breitet sich in meinem Mund aus. Ich habe Hunger. In der Dunkelheit leuchtet ihr Gesicht geisterhaft. Mit einem Schlag bin ich wieder nüchtern.

»Wieso sagst du so was?«

»Ich weiß es nicht«, sage ich. Doch das ist nur die halbe Wahrheit. Pornos, erotische Geschichten, Bilder von nackten Frauen, die Wölbungen unter T-Shirts und der Spalt zwischen Pobacken - ich kann einfach nicht widerstehen. Ich bin so konditioniert.

»Ich denk nicht immer nur an das eine. So toll fand ich das mit Tim nicht.«

»Hat dir das nicht gefallen?«

»Erst hat es weh getan, und dann ging es.«

»Und jetzt? Nie wieder?«

»Ich hab doch nur ja gesagt, weil er mich heiraten wollte.«

»Als Jungfrau kannst du jetzt nicht mehr in die Ehe.«

»Ja, und?«

»War es so schlimm?«

»Das war aber alles ziemlich kurz.«

»Ich denke, das war lang?« Sonja kichert, doch auch dieses Kichern ist nicht mehr frei wie vor fünf Minuten.

»Sooo lang«, sagt sie und nimmt wieder ihre Hände auseinander. Ich lege mit meinen erneut ein paar Zentimeter drauf.

»Aber nicht rausholen.«

»Schade.« So gerne hätte ich jetzt die Hose geöffnet. »Hast du nicht auch mal ab und zu Lust?«

»Sven, müssen wir darüber reden?«

»Nee.« Zu weit, du bist zu weit gegangen. Kein Thema für ein katholisches Kleinstadtmädchen. Doch ich kann noch nicht aufhören. Wie das Lachen, das aus mir gesprudelt ist, wie der Vorschlag, ihn ihr zu zeigen.

»Weißt du was? Du verbindest dein erstes Mal jetzt immer mit Tim. Aber der will dich nicht mehr. Es ist aus. Vielleicht hilft es dir, wenn du einfach mal einen Schritt weiter gehst und deine Lust mal rauslässt, ohne an ihn zu denken.«

»Sven, bitte.«

»Du hast so einen tollen Körper. Das ist doch Verschwendung, wenn du den versteckst.«

Was erzähle ich hier eigentlich? Ich kann doch von ihr nicht reden, ich meine doch eigentlich den Körper der Haselnussbraunen. Nicht den Körper der doofen Sonja. Ihre Verlegenheit wechselt zu Wut.

»Ich verstecke ihn doch gar nicht. Ich leg mich doch auch an den Strand. Ich will nur nicht mit jedem erstbesten Mann schlafen.«

Ich will noch etwas erwidern, öffne den Mund und bleibe doch stumm. Nicht mit dem erstbesten. Das kenne ich. So viele Gelegenheiten, die ich nicht genutzt habe.

Die dicke Freundin von Alexander, die Brillenschlange aus dem Tanzkurs, und Judith nur ein einziges Mal, bevor ich sie wieder loswurde. Sie haben alle nicht in mein Raster gepasst. Nicht mit der erstbesten.

»Du hast recht«, sage ich, stecke die Hände in die Hosentaschen und sehe an Sonja vorbei in einen dunklen Busch. Jetzt dahinter hocken und ordentlich wichsen. Sonja sieht mich stumm an. Ihr Gesicht ist blass.

»Und du befriedigst dich nicht mal selbst?«, hakte ich noch nach, obwohl ich keine Hoffnung habe, dass dieses Gespräch eine befriedigende Wendung nimmt, von der ich noch nichts ahne.

»Hab ich doch«, sagt sie. Ihre Augen sind auf einmal schmal, ihre Stimme sehr leise. »Gestern im Zug.«

Wie ein Blitz durchzuckt mich die Erkenntnis, dass das gemeinsame Wichsen kein Traum gewesen ist, sondern Realität.

»Ich dachte, das war nur gestellt.«

»Nee«, flüstert sie. Inzwischen ist es stockdunkel im Park. Nur auf dem Weg schimmern die gelben Straßenlaternen. Sonja atmet tief durch und seufzt.

»Geht es dir gut?«

»Ich weiß nicht«, nuschelt Sonja. Ihr Blick ist trüb. »Ich bin plötzlich so müde.«

»Wollen wir zurück?«

»Noch nicht«, flüstert sie. Ihr Oberkörper schwankt von links nach rechts. Aus dem Schwanken wird ein Taumeln. Gerade noch rechtzeitig stütze ich sie.

Sanft gleitet sie zur Seite und rollt sich augenblicklich, den Kopf von mir abgewandt, wie eine Katze auf der Parkbank zusammen. Sie zieht die Beine an den Körper und legt den Kopf auf den ausgestreckten Arm.

»Einen kleinen Augenblick nur«, murmelt sie.

»Ist dir schlecht?«, frage ich und beuge mich über sie. Vorsichtig lege ich ihr eine Hand auf den Rücken. Ihr Nein ist kaum zu verstehen. Ihr Hintern zieht meine Blicke magisch an. Die dunkle Hose schneidet tief in die Furche zwischen den Halbmonden ihres Pos.

Der Pullover ist ein wenig hochgerutscht und enthüllt einen hellen Streifen Haut, kurz über dem Saum der elastischen Hose. Die Bilder von Arcachon flitzen durch mein Hirn. Dieser Hintern, diese Titten. Sie seufzt, flüstert.

»Nur kurz... «

»Ganz ruhig«, flüstere ich zurück, nehme die Hand von ihrem Rücken und lege sie auf ihren Hintern. Kein Protest. Die verbotene Berührung bringt meiner Erektion noch ein paar zusätzliche Härtegrade. Meine andere Hand ist längst in meiner Hosentasche und knetet durch den dünnen Stoff hindurch meinen Steifen.

Jetzt wichsen, jetzt, sofort. Ob man uns vom Weg aus sehen kann? Hier in der Dunkelheit? Meine Hand gleitet höher. Mit den Fingerspitzen berühre ich nackte Haut. Ich sehe mich noch einmal um. Auf dem Weg läuft ein Pärchen, eng umschlungen, ohne uns zu beachten.

Vielleicht sieht man uns wirklich nicht. In der Dunkelheit erkenne ich Sonjas geschlossene Augen. Sonja, die mit dem Kopf auf dem Arm noch so liegt, wie sie hingesunken ist, ihre Knie dicht an den Oberkörper gezogen. Ich hole meinen Schwanz heraus.

Die Berührung mit Sonjas nackter Haut über dem Hosenbund elektrisiert. Meine Fingerspitzen jubeln über diese ungewohnte Nähe, dann mein Daumen und schließlich die Handfläche. Die Haut ist seidenweich.

Keine Reaktion von Sonja.

Diese köstliche Nähe, diese Haut, dieser Rücken, diese Schultern, dieser Graben über der Wirbelsäule, diese Lenden.

Ungewohnt, mit der linken Hand zu wichsen. Vorsichtig schiebe ich meine Hand unter den Hosenbund auf die obere Pohälfte. Die Haut ist so fest, so warm, so seidig. Ob ich tiefer komme? Ich winkele mein Handgelenk so weit wie möglich an und schiebe die Hand tiefer.

Meine Fingerspitzen erreichen die Unterseite ihres Pos, und noch bevor ich meine Hand stoppen kann, weil ich Angst davor habe, zu weit gegangen zu sein, spüre ich das erste Schamhaar.

»Sonja, alles klar?«, flüstere ich. Keine Antwort. Ihr Atem geht gleichmäßig und tief.

Noch weiter, noch einen Zentimeter. Meine Fingerspitzen ertasten Hautfalte um Hautfalte, elastisch und fest.

Mein Schwanz in meiner linken Hand platzt beinahe. Ein Zentimeter weiter nach hinten. Ein enger Muskel. Und wieder weicher Flaum über einem Spalt. Millimeter für Millimeter schiebt sich meine Fingerkuppe dazwischen.

Der enge Stoff behindert mich. Ich schiebe ihn weiter herunter, bis die obere Hälfte von Sonjas Hintern frei liegt und ein großer Flecken gebräunte Haut sichtbar wird. Noch immer keine Reaktion. Ich nehme die andere Hand und schiebe sie, jetzt in einem besseren Winkel und ohne den Stoff als Bremse, tief in Sonjas Hose.

Mein Mittelfinger gleitet zwischen die beiden Hälften ihres Hinterns, über das feste Loch ihres Afters und die behaarte Spalte.

Sonja jammert ein bisschen, als sei ihr schlecht.

Mein Herz bleibt beinahe stehen.

Sekunden vergehen. Meine Finger ruhen an ihren privatesten Orten. Keine Regung. Die Panik ebbt ab, lässt Geilheit zurück wie Muscheln im Watt.

»Ach, Tim«, murmelt sie, und dann bin ich sicher, dass sie schläft und träumt.

Ich greife nach meinem Schwanz. Mein Finger dringt bis über das erste Glied in ihre Möse, bis über das zweite. Ihr Loch ist eng, heiß und feucht. Zu viel für mich.

Sonja bewegt sich, seufzt, die Augen noch immer geschlossen. Mein Sperma jagt mit Überschall aus meinem Schwanz, in zwei, drei, vier Schüben, spritzt in die Dunkelheit. Das ist die Erlösung. Endlich. Und sie zählt doppelt.

Jeder Spritzer ist ein Geschenk, ist ein Streicheln der Seele, ein Schuss Adrenalin und Dopamin zugleich. So geil, so geil. Vorsichtig gleitet meine Hand aus Sonjas Hose, bevor mich die postorgasmische Lähmung in einen Sekundenschlaf versetzt.

Geistesabwesend ziehe ich Sonja die Hose wieder hoch. Mein Schwanz schrumpft nur langsam. Mit dem Mittelfinger, der noch eben in Sonja gesteckt hat, wische ich den letzten Tropfen Sperma von der Eichel und schiebe ihn mir auf die Zunge. Im selben Atemzug überrollte mich die Reue.

Zum Glück sitze ich. Was habe ich gemacht? Sonja vergewaltigt, sie ohne ihr Wissen für die Befriedigung meiner Lust benutzt. Diesmal habe ich nicht zugesehen, wie in Brüssel, diesmal habe ich es selbst gemacht. Wie viel hat sie davon mitbekommen?

Mit zitternden Händen verstaue ich meinen Schwanz. Warte, warte ein paar Minuten. Sonja liegt ruhig und regungslos auf der Bank. Sie ist nicht aufgewacht, hat nichts gesagt, sondern nur gestöhnt. Ein gutes Zeichen.

Meine Nervosität hat sich bereits gelegt, als ich sie schließlich wecke. Benommen schleppe sie sich durch den Park, auf meine Schulter gestützt, sprachlos. Ich liefere sie bei Nicole ab, die sich bereits Sorgen gemacht hat, und gehe wie benommen in unser Zimmer.

»Wo hast du gesteckt?«, fragt Michael. Mit der rechten oder der linken Hand?

»Ich habe Sonja getröstet.«.

Michael versucht sich an einem bewundernden Pfeifen, doch da er nicht Pfeifen kann, rutscht ihm sein schlechter Atem nur keuchend über die Zunge. In Tims Blick liegt mehr als nur Neugier. Kann er nicht ertragen, dass sich Sonja von ihm löst? Eifersucht, obwohl er sie mit beiden Händen von sich stößt?

Ich werde den Teufel tun ihm zu sagen, wie klein die Schritte waren, mit denen Sonja auf mich zugekommen ist. Zugekommen? Sie hat sich eher von mir entfernt.

»Details bitte«, sagt Tim. Ich zucke mit den Schultern. »Wir haben nur geredet.«

Mit der Scham über das, was ich getan und jetzt als Reden bezeichnet hatte, beginnt mein Gesicht zu glühen.

»Wir werden sehen«, sagt Bastian. Wann werden wir es sehen? Wenn wir nach El Escorial fahren? So, wie wir es geplant haben? Wird Sonja sich an das erinnern, was ich gemacht habe, als sie sich mir anvertraut hat?

Im Bett lese ich wieder Stephen King. Darüber werden meine Augen schwer. Sekundenlang kämpfe ich gegen den Schlaf. Ich versuche, mich auf das Buch vor mir zu konzentrieren. Die Buchstaben wirken wie gestanzt.

Bilder und Gedanken huschen hektisch durch mein Hirn, mein Kopf sinkt nach vorn. Mein Hirn juckt träge wie gelähmt. Schlaf, diese kleinen Scheiben des Todes. Wieder reiße ich die Augen auf. Ich sehe mich um. Sechserzimmer. Bastian. Tim. Michael. Zwei Amerikaner.

Mein Buch. Stephen King. Das letzte Gefecht. In El Escorial warten wir. Verpassen? Nicht verpassen. Dumme Nuss. Harold Lauder beim Rasenmähen. Rasen. Schaf. Fell. Wolf. Werwolf. Grauen. Wer? Schlaf. Ameisen auf dem Fußboden im Frühstücksraum. Sonja ist nicht dabei. Warten auf Sonja, die nicht kommt, in letzter Minute erreichen wir den Zug. Endlich verpassen wir nicht den Zug.

»Sie haben mich gebissen«, sagt sie und ich denke, dass ich das gerne gesehen hätte. So wie die Parkbank, nach dem Kiffen. Natürlich. Dunkelheit.

2.

»Also, du und Sonja?«, fragt Bastian auf dem Weg zur Dusche.
»Quatsch. Jetzt hör aber auf. Ich find sie total doof.«
»Du bist doof.«
Ich bin wählerisch, na und?

Beim Tee im Frühstücksraum sehe immer wieder heimlich zu Sonja hinüber, doch sie lächelt nur unverbindlich, plappert mit Nicole über Madrid, das Wetter, die anderen Gäste in der schmuddeligen Dusche, das Frühstück und den Sonnenschein.

Nichts, keine Anzeichen, dass sie irgendetwas von dem mitbekommen hat, was ich letzte Nacht im Park mit ihr gemacht habe.

Schließlich nehmen wir die Regionalbahn nach El Escorial. El Escorial. Woher kenne ich das? Bilder von einem Schloss jagen mir durch das Hirn. Hab ich letzte Nacht davon geträumt? Von Sonja?

Manchmal glaube ich, dass mir Träume etwas sagen wollen, dass sie ein Spiegel meiner Seele sind und nicht einfach nur elektrische Echos gespeicherter Informationen.

Wir in der Regionalbahn auf dem Weg nach El Escorial. Im Traum ist Sonja nicht in den Palast mitgekommen, ich fand es schade. Oder? Ist das ein Wink meines Unterbewusstseins? So weit bin ich also schon, dass ich Angst davor habe, dass Sonja nicht in meiner Nähe ist. Ohne sie fehlte etwas im Schloss.

Die Erinnerung an den Traum konzentriert sich auf dieses eine Gefühl. Ohne Sonja fehlt etwas. Ich klammere mich an die Erkenntnis, dass der Stress zwischen Tim und Sonja unsere Gruppe zusammenkittet. Ohne die beiden wäre es ziemlich langweilig. Ohne Sonja wäre es ein ereignisarmer Urlaub.

Wenn mein Traum mir etwas sagen will, dann das.

Über uns wölbt sich ein blauer Himmel. El Escorial erscheint mir viel zu komplex, die Geschichte viel zu tiefgründig, das nötige Wissen zu umfangreich.

Palast, Bibliothek und Gruft. Bastian und ich können uns nicht einigen, was an dem Gebäude so besonders ist. Die Ausrichtung nach Osten, der Sonneneinfall zur Sommersonnenwende? Dass in jeden Raum Sonnenlicht fällt?

Bei Indiana Jones ist es einfacher. Da fällt zur Mittagszeit im Kartenraum ein Lichtstrahl durch einen Diamanten und zeigt die Halle der Seelen. Das ist das Geheimnis. Am Nachmittag treffen wir uns wieder vor dem Eingang an der Straße, die hinunter zum Bahnhof führt. Nur Sonja fehlt.

»Vielleicht ist sie noch in der Kirche«, sagt Nicole.

»Vielleicht ist sie im Park«, sagt Michael.

»Vielleicht auf Klo«, sagt Bastian. Tim stöhnt genervt. Wir warten noch fünf Minuten, unruhig, wortlos, in denen sich unsere Ungeduld addiert. Schließlich drängt Tim zum Aufbruch.

Nicole zögert. »Und Sonja?«. Niemand rührt sich. Bastian sieht auf seine Schuhe, Michael starrt in die Sonne und Tim hebt spöttisch die Augenbrauen. Wir sind eine super Gruppe.

»Ich geh sie suchen«, sage ich zähneknirschend. Zum zweiten Mal muss ich ihr hinterherlaufen. Wieder liegt es an mir. Dabei will ich höchstens zusehen, wie sich die beiden streiten, aber nicht eingreifen, geschweige denn moderieren.

»Wann fährt die Bahn?«

»In zwanzig Minuten«, sagt Tim. Sein Grinsen kann nicht einmal eine Faust zerbrechen. Ich sage, ich käme zum Bahnhof, kurz vor der Abfahrt, und mir solle niemand entgegen kommen, falls Sonja dort bereits warte.

Im Königshof schwitzt die Nachmittagssonne. Meine Schritte hallen von den hellen, sandfarbenen Steinwänden wider. Ein paar Touristen schleichen herum, machen Fotos, unterhalten sich leise. Zwei alte Frauen, eine Familie, vier Jungs, keine Sonja. Im Kartenshop - keine Sonja. Bei den Toiletten - keine Sonja.

Die Zeit versickert zwischen den Fugen der großen Steinquader, auf denen meine Turnschuhe im Laufschritt scharren. In der dunklen, nach Weihrauch riechenden Basilika - keine Sonja. Wieder die breiten Stufen hinab, quer durch den Königshof, dabei läuft mir der Schweiß die Achseln hinab.

Hinter dem Ausgang links führt ein Weg durch den Klostergarten den Hang hinunter zu den weitläufigen Prinzengärten zu Füßen des Klosters. Auch in der Ferne keine Sonja.

Soll sie doch bleiben, wo der Pfeffer wächst, die dumme Nuss. Warum ist sie nicht mit uns durch die Anlage gelaufen? Schnauze voll. Wütend nehme ich einen schmalen Weg hinunter zum Bahnhof, wieso registriere ich in der Hektik noch den Namen des Weges, Paseo del Alamo?

Ich renne, bis meine Bronchien brennen, weil der Weg auf einmal viel länger ist als am Morgen. Atemlos über die Straße, Autos hupen, die Treppen im kühlen Gebäude hoch. Zwei Züge stehen am Bahnsteig, eine Durchsage hallt, Menschen hasten an mir vorbei.

Welcher Zug? In welcher Richtung liegt Madrid? Ich suche nach einem Richtungsanzeiger, höre die Schreie zu spät, dann ein Pfiff, wo sind meine Freunde? Ich drehe mich hektisch und sehe plötzlich Bastian in der Tür des rechten Zuges und Sonja, die neben ihm steht und noch winkt, bevor sie aus dem Zug springt und mir entgegen läuft. Ich starte.

»Ich war schon hier, komm schnell«, ruft sie mir zu, dreht sich um, da schließen sich mit einem satten Knall die Türen zum Zug, und noch bevor wir Bastians erschrockenes Gesicht hinter der Glasscheibe und den feixenden Tim daneben sehen, setzt sich der Zug in Bewegung. Sonja bleibt neben mir stehen. Wut keimt auf. Ärger.

»Wo warst du?«, fauche ich. Sonja sieht dem Zug erschrocken nach.

»Ich hab doch gesagt, dass ich am Bahnhof warte.«

»Wem hast du das gesagt?«

»Das weiß ich nicht mehr. Euch allen, dachte ich.« Sie ist den Tränen nahe. Bei meinem nächsten Fluch brechen die Dämme, und Sonja heult verzweifelt. Ich sage, es täte mir leid und sie solle aufhören.

»Was machen wir jetzt?«, fragt sie und wischt sich die Tränen aus dem Gesicht.

»Wir setzen uns in den Park und nehmen den nächsten Zug.«

Die Prinzengärten beginnen gleich gegenüber vom Bahnhof. Wir wechseln die Straßenseite, treten durch ein hohes Tor und schlendern schließlich über den knirschenden Sand gepflegter Parkwege.

Nach der dritten Entschuldigung fasse ich ihren Arm am Handgelenk und bitte sie, die Sache zu vergessen.

Wir verlassen den Weg, gehen querfeldein, lassen die Menschen hinter uns und setzen uns in die Sonne, zwischen hohe Ginsterbüsche auf eine trockene Wiese, die sanft den Hang hinabgleitet und vor einem kleinen Wäldchen ausläuft. In unserem Rücken thront der Königspalast. Ein paar Touristen lassen weit entfernt ihre Fotoapparate klicken. Der Boden ist sandig.

»Wie hat dir El Escorial gefallen?«, will sie wissen.

»Toll.«

»Fand ich auch, aber einmal reicht.«

»Vielleicht kann ich mit meiner Schrankwand einziehen«, sage ich. Zitat aus *Beverly Hills Cop*. Perlen vor die Säue. Sonja lacht und lässt sich nach hinten fallen. Ich bleibe sitzen. Die harten Grashalme pieken. Eine Ameise krabbelt über meinen Turnschuh. Ziemlich rot und groß. Ich schnippe sie mit dem Zeigefinger eine Ameisenmeile weit weg.

»Und wie gefällt dir der Urlaub?«

Sie schweigt viel zu lange. »Ich hab es mir anders vorgestellt«, sagt sie schließlich.

»Mit Tim?«

Sie nickt. Diesmal finde ich eine Ameise auf der Tennissocke. Ich schnippe sie über den bisherigen Rekord hinaus in die Botanik.

»Du musst vielleicht akzeptieren, dass es vorbei ist«, sage ich. Zu meinen Füßen verläuft anscheinend eine Ameisenstraße. Große, feuerrote Herdentiere stampfen in Reih' und Glied über den sandigen Boden. Sonja kratzt sich am Bein.

»Es kann nicht vorbei sein«, antwortet sie, da sehe ich sie auf ihrem Bauch, auf ihren Beinen, ihren Armen. Den ersten Biss spüre ich an meinem Hintern.

»Ameisen«, rufe ich, bereits auf den Füßen. Sonja hebt den Kopf, blinzelt in die Sonne, sieht an sich herunter, springt kreischend auf. Ich klopfe die ersten Ameisen von mir ab, fluche, springe im Kreis, schlage die Insekten von mir herunter.

Sonja kommt zu spät auf die Beine, schüttelt sich vor Abscheu, fährt mit den Händen über ihre Hose, kreischt. »Die sind überall. In meinem Oberteil.«

»Zieh es aus«, rufe ich lachend. Was auch immer die Ameisen dazu gebracht hat, sich in ihrem Top einzunisten, es sind keine voyeuristischen Absichten. Sonja zerrt ihr Oberteil über den Kopf. Kein BH, natürlich nicht. Ihre Brüste wippen.

Darauf Dutzende ziemlich großer Punkte, die sich hektisch über Wölbungen und Rundungen, über Höfe und Nippel bewegten. Angewidert klatschen ihre Hände auf ihren Körper.

»Die sind auch in meiner Hose«, kreischt sie, und während ich noch versuche, ihr die Ameisen vom Rücken zu schlagen, zieht sie bereits ihre Hosen herunter.

Plötzlich steht sie nackt vor mir, mitten auf der Wiese, im prallen Sonnenlicht, tanzt auf einem Bein, dreht sich im Kreis, kreischt und weint und lacht, und meine Hände sind überall auf ihrem Körper, zwischen ihren Brüsten, auf dem Rücken, dem Bauch und ihrem Hintern, zwischen ihren Schenkeln.

Meine Finger gleiten durch dunkles Schamhaar ebenso wie über dunkle Brustwarzen, streifen hektisch schwarze, krabbelnde Insekten von gewölbten Pobacken und verweilen viel zu lange auf einem glatten, weichen, warmen Bein.

Und dann sind die Ameisen verschwunden, und Sonja steht nackt vor mir, das braune Haar noch immer durch eine Spange gescheitelt, geordnet. Ein krasser Gegensatz zum restlichen Chaos.

Ob es hier Parkwächter gibt, die nackte Interrailer verhaften? Links die Büsche, unter uns das Ende der Wiese, dahinter Bäume. Niemand schenkt uns Beachtung.

Sonja, mit gesenktem Kopf, hebt ihre rechte Brust an, wischt mit der flachen Hand prüfend die Wölbung entlang, tut dasselbe mit der linken Brust, wühlt dann im schwarzen Schamhaar, zieht ihre Finger durch die Pospalte und klopft sich ein letztes Mal die Innenseiten ihrer Schenkel ab. Ich schüttele derweil ihr Top aus.

»Erst die Hose«, sagt sie. Den Slip aus rosa Baumwolle überlasse ich ihrem prüfenden Blick. In der langen Hose finde ich noch zweiundzwanzig Ameisen, die zwischen Daumen und Mittelfinger verenden.

Aus den Augenwinkeln beobachte ich, wie Sonja ins Höschen steigt, wie der Gummibund über ihre Schenkel gleitet, wie der Stoff die beiden festen Halbmonde bedeckt, wie ein schwarzer Punkt über den Rand des Höschens krabbelt.

»Halt, da ist noch eine«, rufe ich, werfe Top und Hose über meine Schulter, bücke mich und ziehe, ohne weiter darüber nachzudenken, mit dem Zeigefinger den Gummibund nach hinten.

»Wo?« Sonja krampft die Hände vor der Brust zusammen. Unfähig, selbst tätig zu werden. Gelähmt vor Schreck. Ich hätte nicht schreien sollen.

Die Ameise zuckt hektisch über die obere Hälfte ihrer linken Pobacke, verweigert sich meinem Griff, kriecht zu schnell nach unten. Schnell ziehe ich den Slip weiter herab, und noch bevor sich meine Finger um das Insekt schließen können, um es zu zerquetschen, verschwindet die Ameise im dunklen Spalt von Sonjas Hintern.

»Hast du sie?«, ruft Sonja und dreht ihren Kopf, und ich sage nein, noch nicht, und sie sagt, nein: sie fleht, ich solle sie töten. Ihre Hände sind noch immer untätig zu einer Faust des Ekels geballt. Ein einziges Insekt schockt sie, während sie zuvor noch Dutzende von ihrem Körper geschlagen hat.

»Aber sie ist da an einer Stelle...«, rufe ich. Kann sie nicht selbst? Mit ihrer Hand?

»Mach was!«, kreischt sie, und so ziehe ich ohne weiteres Zögern ihre Pobacken auseinander. Mein Atem stockt. Plötzliche Nähe, unvermutet und intensiv, wie ein Stein, der aus dem Schutz der Dunkelheit geworfen die Stirn trifft. Noch nie hat diese so intime Stelle eines fremden Körpers so offen vor meinen Augen gelegen. Mein Herz trommelt. Aus Vermutungen wird in Sekundenbruchteilen echtes Wissen, als Fantasie erregende Realität.

Faltenlos, glatt, winzig und so geheimnisvoll liegt die erste Pforte vor mir, und darunter dunkle Haare über dem zweiten Tor, das faltig, lang und viel dunkler ist als gedacht. In diesem Moment läuft die Ameise über die kleine, feste Öffnung in der Tiefe des Tals. Sonja kreischt auf, zuckt nach vorne.

Ich greife mit der freien Hand zu, einmal, zweimal, stupse mit Fingern und Knöcheln gegen intimste Stellen, bevor ich das Insekt in dem Moment erwische, als es über den Damm hastet, mit einer Zangenbewegung von Daumen und Zeigefinger. Meine Finger pressen sich in die Spalte, legen sich der Länge nach hinein, über die feste Muffe, nur eine Sekunde und doch beinahe ewig.

Mein Daumen berührt festes Schamhaar, ahnt feuchte Wärme. Meine Erektion ist so hart, dass ich Angst um meine Hose bekomme. Und dann nehme ich meine Hand zurück, lasse die Pobacke los und zerquetsche die rote Ameise. Sonja zieht ihr Höschen hoch und dreht sich um. Ich zeige ihr den traurigen Rest des Insekts, das zuckend auf meinem Daumen verendet.

»Die sind so eklig«, sagt sie. Ich reiche ihr das Top von meiner Schulter. Ein letzter prüfender Blick von ihr in den Stoff und von mir auf ihre festen, runden Brüste. Keine Chance für meine Körpertemperatur, unter den Siedepunkt zu sinken. Wie kommt diese dumme Nuss an einen solchen Körper? Ich schäme mich sofort für diesen Gedanken. Mache ich sie dadurch kleiner? Und warum will ich sie kleiner machen?

Sonja, die mich verlegen anlächelt, das Top überzieht, in die Hose steigt und ihren Stoffbeutel vom Boden aufnimmt. Warum will ich Sonja klein halten? Nur weil sie nicht meinem Ideal entspricht? Verdient sie nicht dennoch genauso viel Respekt wie das Mädchen meiner Träume? Ich grinse zurück.

»Das war knapp«, sage ich. »Die hätten dich beinahe gefressen.«
»So groß war die aber nicht.«
»Ich hab auch von Größe nichts gesagt.«
»Vielen Dank, Sven«, sagt sie, streicht mir über den Arm.

Nach einer letzten schweigsamen Runde machen wir uns auf den Rückweg. Kein Wort über die unerhörte Intimität.

Nur ein Witz über Ameisen, die einen Elefanten angreifen und erwürgen wollen. Die Berührungen ihres Körpers. Meine Erektion hält bis nach Madrid.

Niemand wartet auf dem Bahnhof. In der Jugendherberge hingegen werden wir mit offenen Armen empfangen. Wo wir gesteckt haben und was da zwischen uns lief, will Nicole wissen, und ich muss an die Kätzchen denken und fange an zu schwitzen. Die große Sonja mit der großen Nase und der Nähe zum Wasser.

Nichts sei passiert, sage ich, nur die Sache mit den Ameisen

Am Ende des Tages essen wir Käse und Baguette und trinken spanisches Bier in der Jugendherberge, bis wir gesprächig genug sind, um Intimitäten preis zu geben.

Ich erzähle wieder von den Ameisen, jedenfalls ein paar Details, aber nicht alle, und Sonja streicht mir noch einmal sanft über den Arm. Doch Nicole will mehr wissen.

»Und wo waren die Ameisen?«

Ich trinke von meinem Bier. Aus dem Ghettoblaster dröhnt wieder *Fury*. »Na, überall.«

Bastian winkt ab. »So genau wollen wir das gar nicht wissen.«
»Auch im Po«, gibt Sonja zu. Ich grinse verlegen.

Nicole kann es gar nicht glauben. »Im Po?«

»Eine«, sage ich. »Also davor, na, an der engsten Stelle.«

Auf Nicoles Hals zeigen sich rote, hektische Flecken.

»Und du hast die für sie weggemacht?«

»Reiner Freundschaftsdienst.«

Ein Freundschaftsdienst, der mir jetzt noch die Erektion schwellen lässt. Nicole rutscht unruhig auf ihrem Stuhl.

Michael dreht sich eine Zigarette. »Soso, der Po.«

Sonja schiebt verlegen eine Locke hinter ihr rechtes Ohr. »Ach, Koffer, hör auf.«

Nicole holt Luft. Setzt an, macht Pause, schweigt, und platzt dann heraus. »Habt ihr es schon mal in den Po gemacht?«

Oh, mein Gott, jetzt auch das noch. Bastian, in der rechten Hand ein Bier, schlägt ihr auf die Schulter.

»Oh, hör doch mal auf damit.«

Nicole schubst ihn weg, offensichtlich froh, ihre nervös knetenden Hände mit etwas beschäftigen zu können. »Bist du nicht auch neugierig?«

»Nein«, sagt Bastian. »Ich will das nicht. Das ist doch eklig, oder nicht? Ich stell mir das ganz unangenehm vor. Und tut das nicht weh?«

»In den Filmen sieht das immer ziemlich sauber aus«, sage ich. »Und schmerzfrei.«

»Welche Filme«, fragte Tim. Die Filme in der Holzkiste am Fußende meines Bettes, die Filme in der schlechten Qualität auf den unbeschrifteten Videokassetten, die Filme für eine Mark.

»Genau«, sagt Nicole. »So stell ich mir das jedenfalls vor.«

»Es tut auch nicht weh.«

»Na, dass mir das nicht weh tut, ist schon klar.«

»Man muss viel Gleitgel nehmen, dann geht das«, sagt Michael. Wieso weiß er darüber Bescheid? Weil seine Freundin natürlich viel aufgeschlossener ist, als alle Mädchen in unserer Klasse zusammen.

»Ihr spinnt.« Sonja steht auf, um auf Toilette zu gehen und Bastian will nicht weiter darüber reden. »Da hat sie mal ausnahmsweise recht.«

Wir gehen schlafen. Ist es okay, an Sonja im Park zu denken? An ihre Brüste und Schenkel? An die Ameise in ihrem privaten Ort? An die enge Öffnung und ihr Schamhaar an meiner Hand? Und ist es okay, dabei eine Erektion zu bekommen? Weil Sonja doch. Sie ist.

Der Mann im Kiosk fragt nicht einmal nach meinem Ausweis. Das Pornoheft ist in Plastikfolie eingewickelt. Im Bahnhofsklo wichsen. In der riesigen Wartehalle vor den Fahrkartenschaltern mit Tausenden anderer Reisenden, Rucksacktouristen, Rastlosen. Erschöpfung macht sich breit. Meine Augen brennen. Zu viel Stadt und zu wenig Zwischentöne.

Wir spielen auf unseren Rucksäcken Skat, die Mädchen langweilen sich. Kein Miteinander. Schlafwagen ist zu teuer, wir beschließen, im Sitzen zu schlafen. Im Achterabteil. Acht Plätze in einem Abteil kurz nach zehn Uhr abends im Nachtzug nach Lissabon. So etwas gibt es doch gar nicht.

Ein dickes spanisches Ehepaar. Der dicke Spanier schnarcht. Da helfen auch die Finger in den Ohren nichts. Vor der portugiesischen Grenze steigen sie aus. Die Tür geht zu. Ich ziehe den Vorhang wieder vor die Abteilscheibe. Das bedeutet wenigstens ein paar Stunden ungestörten Schlaf.

Die Tür wird unsanft aufgerissen, der Grenzer greift über die Tür und macht das Licht im Abteil an. Wir sind sofort hellwach, zeigen unsere Pässe, bedanken uns. Scheiß 8er-Abteile. Hoffentlich steigt niemand mehr zu.

Schlafen. Endlich schlafen. Sonjas rosa Hemd ist verrutscht. Der Hauch ihrer linken Brustwarze. Reizüberflutung. Zu viel Terminator 2, zu perfekt, zu viele Informationen und keine Ahnung, wie ich damit umgehen soll.

Sonja bemerkt meinen Blick, kichert verschämt und zieht das Hemd zurecht. Dann mache ich das Licht aus. Das Schild über der Abteiltür zeigt einen flüchtenden Menschen, der aus dem Bahnhof rennt.

Wie über der Tür zu den Toiletten.

Verlust der Privatsphäre

Interrail ist kein Luxusurlaub. Du hast bereits für ein Ticket 500 Mark ausgegeben. 500 Mark, die du dir in deinem Nebenjob bei McDonald's verdient hast. Ein Monatsgehalt. Und dann sparst du, wo es geht. 30 Mark für ein Zimmer in einer Jugendherberge? 25 Mark für eine Liege? Oder lieber 3 Mark für die Reservierung eines Platzes im Nachtzug, der dich morgens am Ziel ausspuckt?

Keine Frage. Nicht bequem und nicht dafür gemacht, ausgeschlafen anzukommen, sind Nachtzüge die Hotels der Rastlosen. Nicht stehen bleiben, nicht einmal nachts, nicht einmal im Schlaf. Immer weiter, immer schneller, immer auf Achse.

1.

Der Morgen kommt plötzlich. Als ich aufwache, sehe ich noch immer Sonjas Brustwarze, ihre Schenkel, ihre Möse und das enge Poloch und ich bin in Madrid in der Jugendherberge. Achterabteile. Muss grinsen. Wer langsam wach.

So ein Quatsch.

Wo in der Welt gibt es Achterabteile? In meinem Traum, nur dort, und da hat es einen Sinn ergeben.

»Hast du noch Ameisen gefunden?«, frage ich vor dem Prado. Meine Augen brennen. Mir schwirrt noch der Kopf vom Traum der letzten Nacht, einem Traum, in dem ich bereits im Nachtzug saß. In dem ich Sonjas Nippel gesehen habe, als Flashback des Erlebnisses im Park.

Warum träume ich davon? Warum von einem Notausgang? Weil ich das nicht kann, ich kann mich nicht um das Kätzchen kümmern.

Ich hatte meine Finger an ihrem intimsten Ort, und Sonja lacht nur. Weiß sie eigentlich, was für einen geilen Körper sie hat? Ich muss jetzt eine zweideutige Anspielung darauf machen, sie auf die Ameisen ansprechen. Sonja lächelt, bevor sie in ihren Ausschnitt greift und das Dekolleté bis knapp über die Brustwarze vergrößert.

»Hier, siehst du? Hat mich gebissen« Ein kleiner roter Fleck prangt auf tief gebräunter Haut, die in einer sanften Rundung mit Perfektion protzt. Das ist der nächste Kick. Wo ist das Klo? Ich muss wichsen, muss dabei an Sonjas Arsch denken und ihre perfekten Titten.

Wir stehen im Prado und gucken uns nach einem Frühstück, das aus Bananenjoghurt bestand, Bilder von Hieronymus Bosch an. Warum sind die nicht größer? Sie sehen aus wie ein Alptraum. Diesmal nutzen wir die Zeit bis zur Abfahrt, diesmal bleiben wir in den Straßen und den Parks und den Cafés und Museen der Stadt.

Madrid ist eine geile Stadt. Ich weiß nicht, warum, aber sie ist toll, sie ist.

Groß. Laut. Fremd. Aufregend.

Wie im Film.

Es ist wie im Film. Plötzlich verstehe ich die Spanier.

Sonja geht weit voraus oder weit hinter mir, und wenn ich hinsehe, blickt sie offen und unschuldig, um mir eine weitere Stelle ihres Körpers zu zeigen, die mit Ameisenbissen übersät ist.

»Die haben mich sogar am Po gebissen«, sagt sie. »Und hier.« Sie hebt ihr Top an. Auf der Unterseite ihrer Brüste kleine rote Punkte und darüber ein Hauch der Brustwarze.

Ich hätte Lust, sie in den Mund zu nehmen. Kümmer dich ums Kätzchen. Hochzeit und Dorf, katholische Kirche und große Verantwortung. So weit darf ich es nicht kommen lassen.

»Die hätten dich fast aufgefressen.«

Die Zeit verfliegt. Kurz nach zehn Uhr abends besteigen wir den Zug. Wir machen uns breit, die Füße auf dem Sitz des Nachbarn. Jetzt bin ich wirklich wach und mein Kopf ist wieder klar.

Die Tür wird unsanft aufgerissen, der Grenzer macht den Vorhang auf. Wir zeigen unsere Pässe, bedanken uns. Endlich ein paar Stunden ungestörte Privatheit. Ob es schon nach Mitternacht ist?

Wir machen uns zum Schlafen bereit, ziehen Überflüssiges aus, bis wir fast nackt sind. Sonjas rosa Hemd ist verrutscht. Der Hauch ihrer linken Brustwarze. Sonja bemerkt meinen Blick, lächelt und zieht das Hemd noch tiefer, um auf die roten Punkte zu zeigen.

»Das juckt ganz schön.« Diesmal ist ihre Brustwarze nicht Ahnung sondern Wissen.

Michael beugt sich vor. »Kann ich das mal genauer sehen?«

Sonja lacht verschämt und zieht ihr Hemd sittsam glatt. Michaels Grinsen ist zu offensiv, sein Blick zu direkt.

»Das ist aber auch bequem hier«, sagt Tim und streckt sich. Seine vor Sarkasmus triefenden Worte werden nie trocknen.

»Wir sitzen schon wieder in einem Nachtzug.« Ich stelle mir vor, wie der Zug wie eine von innen beleuchtete, löchrige Stahlschlange durch trockene Landschaft rast, über uns ein heller Mond am Himmel und unzählige funkelnde Sterne.

Nicole grinst wieder wie Meg Ryan, in einer Mischung aus Verlegenheit und Unschuld, und ruft mir ins Bewusstsein, dass wir vielleicht mehr als die Grenze nach Portugal überschreiten werden.

Wir sind Schüler, keine Pornodarsteller.

Bislang habe ich gedacht, ich sei mit meinen Fantasien alleine, pervers und viel zu weit. Jetzt sehe ich, dass zumindest Nicole mir folgen kann.

»Das hast du ja gut bemerkt, Nicole«, spottet Tim.

»Na und?«, frage ich.

»Wisst ihr noch, was im letzten Nachtzug passiert ist?«

Das sitzt. Worte wie pures Adrenalin. Ich muss die Beine unter meinem Schlafsack leicht öffnen, um Platz zu schaffen.

»Ach, Nicole«, ruft Sonja empört. Doch diese Empörung ist nicht sehr überzeugend. Zu weit steht ihr T-Shirt offen, zu nackt ist ihr Bauchnabel.

»Und jetzt?«

»Los. Wir holen uns alle einen runter. Kommt.«

Bastian runzelt die Stirn. »Jetzt hör doch mal auf mit dem Quatsch. Ich will das nicht hören.«

»Man redet so beim Sex«, sage ich. Warum weiß er das nicht? Doch Bastian ist nicht überzeugt.

»Ich will das nicht und ich will auch nicht so reden.«

Michael lässt das nicht gelten und bewirft ihn mit einem Kissen. Bastian wirft das Kissen zurück, wütend.

»Was ist denn mit dir los?«, fragte Bastian aufgeregt. »Wieso bist du auf einmal so ...«

»Findet ihr das nicht aufregend? Im Zug? Vor anderen?«

Ich spüre die Aufregung bis in den Hals. Was jetzt? Meint sie das ernst? Das kann ich nicht. Meine Sexualität gehört mir, mir ganz allein. Ich habe sie noch mit keinem geteilt, weil niemand in mein Raster gepasst hatte. Das ist doch hier nicht anders. Nicht Sonja, nicht Nicole waren mein Spiegelbild einer Traumfrau.

Und vor meinen Freunden zu wichsen habe ich mir höchstens in meinen Träumen vorgestellt. Nie im Leben bin ich auf die Idee gekommen, das in Wirklichkeit zu machen.

Meine Fantasie ist mir viel zu wertvoll, um sie mit jemandem teilen zu können, der nicht zu einhundert Prozent mein Ideal erfüllte. Jetzt muss ich etwas sagen, muss einschreiten, das verhindern. Oder nicht? Oder ist es noch geiler?

»Dann fang an, Nicole«, sagt Michael und nimmt mir die Entscheidung ab. Längst hat die Lust die Regie übernommen. Hat er zuhause nicht eine Freundin?

»Nee, fang du an.«

»Es war doch deine Idee.«

»Okay«, sagt sie und schlägt den Schlafsack zurück. Sofort schiebt sie eine Hand unter den elastischen Bund ihrer Hose in ihr Höschen, falls sie eines trägt.

»Ich fass es nicht«, schimpfte Bastian. » Ihr spinnt doch. Das ist etwas so Privates. Das könnt ihr doch nicht einfach so teilen.«

»Wir sind so eng zusammen«, sagt Nicole, »Wie privat hättest du es denn noch.«

Bastian hat ein weiteres Argument auf der Zunge, doch er schluckt es herunter.

»Kommt, macht mit«, sagt sie und bewegt ihre Hand. Unter dem Stoff umschließt sie mit den Fingern den Schamhügel. Meine Erektion wächst. Ich werfe einen Blick zur Seite. Sonja neben mir sieht nicht so unglücklich aus, wie ich erwartet hatte. Tim hebt skeptisch die Augenbrauen und rollt dann den Schlafsack herunter. In seinen Shorts ist die Beule unübersehbar. Es raschelt im gesamten Abteil, als die Decken und Schlafsäcke fallen.

Michael legt eine Hand auf die Beule, nur Bastian wehrt sich noch. Nicole grinst breit, die Hand in der Hose. »Los, Koffer, mehr.«

Mein Herz klopft.

»Sicher?«

Sie nickt, und niemand protestiert. Nicht, lasst es, es ist meine Privatsphäre, nur meine. Mein Schwanz gehört mir.

Michael macht den nächsten Schritt. Ich kann es nicht glauben, aber er greift in seine Hose und zieht die Shorts hinunter. Ein Zentimeter. Schamhaar wird sichtbar, dann Haut, fest, ich kann nicht hinsehen. Mein Herz rast. Nicole mit der Hand im Schritt bekommt große Augen. Michael hält inne.

»Ganz sicher?«

Nicole nickt eifrig und ihre Hand bewegt sich weiter. »Mach.«

Ein Zentimeter mehr. Der Gummibund rutscht tiefer, spannt sich, die Beule wird größer, ich rutsche unruhig auf meinem Sitz hin und her, die Hand im Schritt, in meinem Schritt, und spüre, wie meine Hände zu kribbeln beginnen.

Eine Sekunde später zieht Michael die Shorts über seine Erektion. Der steife Schwanz schnellt in die Höhe. Stille. Der Zug schwankt. Niemand rührt sich. Sonja hat den Mund offen stehen. Bastian guckt in einer Mischung aus Faszination und Abscheu.

»Da staunt ihr, was?«, sagt Michael und packt seinen Steifen. Mein Gott, hat er viele Haare zwischen den Beinen. Affe. Seine Lunte zieht sich bis zum Bauchnabel. Er sieht mich an.

»Na los, du Wichser.«

Widerstand. Wider. Zwecklos. Ich hebe den Hintern vom Sitz und ziehe die Shorts herunter. Nicht schön, aber groß.

»Der ist ja riesig«, sagt Nicole mit großen Augen.

Das lässt Bastian nicht auf sich sitzen. »Blöde Kuh.« Mit zwei Handgriffen ist auch er von der Hüfte abwärts nackt. Sein

Schwengel schnellt hervor. Auch nicht schlecht, aber kleiner als meiner.

Tim zu meiner Linken zögert ebenfalls nicht mehr lange. Sein Schwanz ist lang und dünn und unheimlich steif. Und dann richten sich alle Augen auf Sonja, die von einem zum anderen sieht.

»Sonja macht eh nicht mit. Die ist viel zu prüde«, provoziert Tim, und Sonja lässt sich provozieren. Ich habe fast das Gefühl, als würde sie es wollen. Sie will vor allem Tim, und um ihn zurück zu gewinnen, macht sie alles.

»Bin ich nicht.«

»Natürlich bist du das.«

Gleich fängt sie an zu weinen, noch eine Provokation mehr. Ihr Blick wandert von einer Erektion zu anderen. Was würde sie machen? Sich den Schlafsack bis über beide Ohren ziehen und sich aus allem heraushalten? Zwei Atemzüge später hat sie sich entschieden.

»Aber nur, wenn du auch mitmachst.«

»Wonach sieht das hier aus?« Nicole bewegt die Hand in ihrem Höschen und zuckt dabei zusammen.

Sonja schiebt sich die Hand in den Slip. Ihre Finger wölben den Stoff über ihrer Scham. Ihre Augen verengen sich zu schmalen Schlitzen. Mit der ganzen Hand, so kann ich es erkennen, reibt sie sich ihre Muschi. Doch Nicole reicht es noch nicht.

»So wie die anderen.«

»Nackt?«

Tim wichst seinen Schwanz langsam und gemächlich. »Zu prüde«

Sonja sieht ihn giftig an. »Eins.«

Sonja greift in den Gummizug. »Zwei.«

Nicole hebt den Po an. »Drei.«

Die beiden Mädchen ziehen ihre Slips herunter. Schamhaar. Echtes Schamhaar. Nicht auf dem Fernseher, nicht auf Papier, und hier rattert nicht der Videorecorder sondern der Zug.

Mein Schwanz wird noch härter. Sonja wirft ihren Slip auf den Boden zwischen die Schlafsäcke. »Zufrieden?«

Tim lacht, lacht verlegen, bloßgestellt. Sonjas Offenheit überrascht ihn doch. Schweigen. Peinlich? Wir haben unsere Hände an uns, stumm, sehen uns an, aneinander vorbei, in einem intimen, privaten Moment.

Wir schaukeln im Rhythmus des Zuges. Jeder berührt sich zwischen den Beinen, packt hartes, pulsierendes Fleisch mit festem Griff, schüttelt, massiert, steckt Finger in enge Öffnungen, reibt und streichelt.

Mein Blick macht die Runde, immer auf Höhe des Schoßes, der Hände. Wie geil es aussieht, wie neu. Immerhin, nackte Mädchen. Besser als keine Wichsvorlage. Denk nicht an die dumme Nuss im Abteil, denk nur an ihre Beine, perfekte Brüste, Pobacken, gespreizte Schenkel, glatte Haut, dunkles Haar.

Sonja ist das Mädchen in den Dünen, in meinen Heften, und auch Bastian, Tim, Michael und Nicole werden zu den Figuren aus meinen Büchern, nehmen die Gestalt von Théo und Zézette an, aus dem Buch aus dem Schrank meiner Eltern.

Die fünf werden zu Pierre und Thumette, wie sie sich ein französischer Autor ausgedacht hat, und ich bin in meinem Bett, knie davor, lese und stelle mir nur vor, wie es wäre, dabei zu sein, bis zum Höhepunkt. Um danach mein Buch zuzuklappen und entspannt und glücklich die Nachwirkungen des Orgasmus zu genießen.

Ich kann meinen Blick nicht von der blonden, etwas zu moppeligen Nicole abwenden, die mir nur ein paar Zentimeter entfernt gegenübersitzt. Ihre Augen sind weit aufgerissen. Sie hat die Beine angezogen.

Mit langen Fingern ertastet sie die Feuchtigkeit zwischen ihren Beinen, steckt einen Finger in die Öffnung, berührt mit den anderen den empfindlichen Punkt oberhalb des Einganges, knetet und reibt, spannt die Muskeln an und keucht.

»Wie oft macht ihr es euch?«, fragt sie keuchend, als könne sie das Schweigen nicht ertragen. sie sieht von einem zum anderen, immer zwischen die Beine, schamlos, mit leicht geöffneten Lippen.

»Am Tag?«, fragt Tim keuchend zurück. Er wichst mit links. Ist er überhaupt Linkshänder?

Mich reitet es. »Oder meinst du in der Stunde?«

Doch sie will keine Antwort. Niemand will eine Antwort, wir willen jetzt nur noch den Höhepunkt, während wir uns mit den Augen abtasten.

Wie lange kann man in einer Gruppe von sechs jungen Menschen den Orgasmus zurückhalten? Wie nah kann man sich beim Onanieren sein? Sechs Hände an jugendlichen Geschlechtsteilen, knetend, reibend, erforschend, während draußen Portugal einem neuen Tag entgegen schaukelt. Wie viel gemeinsame Lust ist möglich?

Sonja zieht die Füße auf den mit grünem Stoff bezogenen Sessel, reibt sich mit zwei Fingern immer schneller die feuchte Möse. Die andere Hand hat sie unter ihrem T-Shirt, das mehr als nur einmal einen steifen Nippel blitzen lässt. Nicole schiebt sich einen Finger rein. Nein, zwei, drei. Ich spüre meinen Saft hochsteigen und mache eine Pause.

Wir keuchen und schnaufen und Haut klatscht auf Haut. Was, wenn Nicole plötzlich Bastian an den Schwanz fasst oder Tim nach Sonjas Titten greift? Was dann? Sind wir nicht viel zu prüde? Ist das nicht nur eine Phantasie? Meine Fantasie, die mir nur alleine gehört?

Eine verschüttete Erinnerung kehrt zurück, mit allen Details. Du warst 15. Ist es wirklich schon fünf Jahre her? Fünf Jahre, seit du im Ferienlager mit Stefan mehr gemacht hast, als du dir hättest träumen lassen. Als du einen anderen Jungen gefickt hast.

Und dann komme ich. Ich hebe den Hintern vom Sitz, reiße mich noch einmal am Riemen und jage eine gewaltige Ladung heraus. Lust rauschte durch meinen Köpf wie ein Nachtzug durch die portugiesische Extremadura. Das bringt Michael zum Abschuss. Sonja zuckt neben Nicole, Bastian spritzt im hohen Bogen, Tim kommt kurz darauf.

Sein Sperma quillt aus dem kleinen Loch an der Spitze der Eichel wie zähflüssige Lava aus einem Vulkan. Nicole fingert sich hechelnd zum Höhepunkt, die Hand klatscht dabei gegen ihre feuchte Möse.

Sie verdreht die Augen.

Ihre Titten unter dem T-Shirt wippen auf und ab. Ich befinde mich in einer Welt der Lust, ohne falsche Scham, ohne Barrieren, und sie fühlt sich erstaunlich echt an.

Zuckende Unterkörper, spritzende Penisse, hüpfende Brüste, feuchte Finger und geöffnete Schenkel. Und dann hängen wir in den Sesseln, peinlich berührt, schweigend. Rasch in die Höschen schlüpfen, die Schlafsäcke über die Beine legen, das Kissen im Kopf zurechtrücken und kichern. Ab und zu gähnen. Wir löschen das Licht bis auf die Notbeleuchtung

»Ihr seid bekloppt«, höre ich Bastian noch sagen und spüre seinen Fuß auf meinem Sitz. Nicoles Hand ist unter dem Schlafsack verschwunden. Ich bin müde.

Ich bin.

Am Ende.

2.

Ist jeder Bahnhof gleich schmutzig, selbst im Traum? Viele Menschen, Gedränge und Drogendealer. Kein Plan von Lissabon. Ich laufe durch die Stadt und fühle mich wie im falschen Film. Ich habe keine Ahnung, was ich hier soll. Lissabon ist eine alte Nachricht aus dem Fernsehen.

Ein brennendes Viertel, eine durch Feuer zerstörte Altstadt. Haschisch. Aus dem Joint tropft Öl, und Tim wirft Sonja vor, viel zu verklemmt zu sein.

Sonja kifft, bis sie kotzt und ich mich neben sie hocken muss, um ihr den Kopf zu halten. Sie würgt.

Keine Schiffe im Hafen, die sich mit der Dünung sanft auf und ab bewegen, keine Schiffer, die mit ihren Fängen einlaufen, Tausende hungriger Möwen im Schlepptau, sich gierig auf alles stürzend, was über Bord geht. Keine Seefahrerromantik, nur Industrie, grau und hässlich.

Was Schönes ist woanders. Schön. Mauchelschnauf- Kopfkissen sind weich ist der Gedanke und das Haschisch. Es dreht sich alles ist zu müde.

Der Wagen schlingert. Schweißgebadet wache ich auf. Ich taste mich ab. Wo bin ich? Im Zug. In meinem Kopf schwirren die Bilder des Traumes.

Schläfst du und träumst du davon, aufzuwachen, oder bist du wach und denkst du zurück an den Traum von letzter Nacht? Ich kneife mich und spüre den Schmerz.

Ich habe von Lissabon geträumt und Erinnerungen der vergangenen Tage wie Bausteine neu kombiniert. Und jetzt hängen die Bilder vor meinen Augen. Was ist zuletzt passiert?

Meine Hand klebt und mein Schlafsack ist feucht.

Wir haben gewichst, zusammen.

Oh, fuck. Wir sind längst hinter der Grenze.

Draußen schleichen Industriegebiete im Morgengrauen vorbei. Sind das schon die Vororte von Lissabon? Ich gucke auf meine Uhr. Wir müssen aufstehen.

Die Hand Gottes

Wenn du morgens, ungewaschen und müde, in einer fremden Stadt aufwachst, ist der einzige Trost der, unterwegs zu sein in einem Land, in dem dich niemand kennt. Interrailer kennen keine Eitelkeiten. Fettige Haare, Schlaffalten und schlechter Atem sind kein Ausschlusskriterium für einen souveränen Auftritt.

Mit dem Rucksack auf dem Rücken kannst du ohnehin keinen mehr beeindrucken. Der Beutel vor deinem Bauch, das verschwitzte T-Shirt, der Drei-Tage-Bart sind Zeichen deiner Unabhängigkeit. Dich interessiert nicht, wie die Menschen am Ziel dich sehen. Dich interessieren nur der nächste Strand, die Jugendherberge und McDonald's.

1.

Schon beim Aussteigen auf Gleis 3 werden wir abgefangen. Ein schäbig aussehender, älterer Mann mit schlechten Zähnen bietet uns Haschisch in ganzen Platten an.

»*Hashish, wanna buy hash. Cheap, cheap, good quality.*«

Tim und Michael gehen die Augen über, hingen am Haken. Pawlow hieß der Hund? Oder ist es der Hund von Pawlow? Scheiß Halbwissen. Die Aussicht auf billigen Stoff ist zu verlockend für die beiden.

Doch verzerrt nicht bereits die tägliche Dosis Dopamin jede Wahrnehmung? Sind wir nicht schon weit genug entfernt von unserem normalen Leben? Ist es Gewohnheit oder die Suche nach dem vertrauten Kick? Und bestimmt ist es auch der Reiz der Verbotenen. Ich freue mich auf den Joint am Abend.

»*It's legal to own here in Portugal*«, sagte der Mann mit vom portugiesischen Akzent so verhunztem Englisch, dass ich ihn kaum verstand, doch selbst dem coolen Michael ist nicht wohl dabei, auf einem belebten Bahnsteig zwischen Hunderten von Menschen Haschisch zu kaufen.

Ich kann mich derweil kaum auf die Bahnhofsarchitektur konzentrieren, nicht die Hinweisschilder zur Vorortbahn suchen oder nach einem Geldautomaten Ausschau halten. Meine Verwirrung ist zu groß.

Bilder der letzten Nacht hängen vor meinen Augen wie verwackelte, überbelichtete Schnappschüsse eines Wohnungseinbruchs. Man sieht die aufgerissenen Schubladen, verstreut auf dem Fußboden liegende Kleidungsstücke, die Schäden an der Wohnungstür. Eine zerbrochene Vase, ein umgestürzter Stuhl. In das ganz private Wohnzimmer ist jemand eingedrungen und hat den eigenen vier Wänden die Unschuld genommen.

Jetzt gleiche ich ab. Wie es war und wie es ist.

Momentaufnahme am Morgen danach. Der Tatort ist geräumt, die Scherben der Vase beseitigt, die Klamotten wieder in die Schubladen geräumt. Doch ist es so wie zuvor? Kann es das überhaupt sein? Es wird immer der Ort sein, in den jemand eingedrungen ist, an dem jemand die Unverletzlichkeit des Eigenheimes missachtet hat.

Wer macht vergessen, was war?

Tim steht auf dem Bahnsteig neben Michael und verhandelt mit dem Dealer. Der Gips an Tims rechter Hand ist nicht mehr Ausdruck der Hilflosigkeit oder Arroganz, sondern des Umstandes, dass er jetzt mit links wichsen muss.

Tims verkniffenes Gesicht beim Verhandeln und beim Abspritzen - irgendwie gleich. Daneben, vor einer Tafel mit einer Werbung für ein Konzert in der Stadt, stehen Bastian und Nicole. Nicoles Finger, die den Griff einer Plastiktüte voller angebrochener Lebensmittel umklammert halten, drängten sich vor ein paar Stunden noch zwischen ihre Beine.

Bastian sieht konzentriert zu, wie im Moment des Höhepunkts zeigt er kaum eine Regung. Die Flecken auf seinem T-Shirt rühren nicht vom Fruchtjoghurt her.

Sonja wartet ratlos, weiß nicht wohin, sieht zu mir. Ihre blaue Hose lässt sich mit einem schnellen Handgriff herunterziehen. Ihre

Unsicherheit, die Zurückhaltung, die weit geöffneten Augen, als sie sich mit ihren kleinen Fingern zum Orgasmus streichelt.

Diese Augen werden sich immer genau so weiten wie beim Höhepunkt im Zug.

Die Momentaufnahme am Morgen danach, verglichen mit den Szenenfotos vom Vorabend.

Nie wieder wird es so sein wie zuvor. Ich würde jetzt immer hinter den Hosen die Schwänze meiner Freunde sehen, auch in den unschuldigsten Situationen, so wie die Einbruchsspuren an der Tür, dort wo der Einbrecher den Kuhfuß angesetzt hatte. Freunde gleich Schwanz.

Tims dünner, langer Schwanz in seinen schwarz gefärbten Bundeswehrhosen. Bastians kleiner, dicker Schwanz unter der abgeschnittenen Jeans. Michaels perfekter Schwanz mit der nach oben gebogenen Spitze unter den Basketballshorts.

Ich sehe unter den Hosen, den Jeans, dem dünnen Stoff die Haare auf Nicoles dunklem Schlitz, sehe die Schenkel von Sonja, das feuchte Glitzern, ihr Hecheln, mein Abspritzen.

Die überbelichteten Aufnahmen vom Tatort würden immer da sein, vor meinen Augen, und es würde nie wieder so sein wie zuvor. Wir haben ohne Scham voreinander unsere Geschlechtsteile entblößt und masturbiert.

Tim, Sonja, Nicole, Bastian und Michael sind jetzt Wichsfreunde und werden es bleiben. Nachtzug hat jetzt die gleiche Bedeutung wie Wichsen.

So wie nach meine ersten Kondomkauf das Wort *Plaisir*, das auf die kleine Packung über das Foto mit der barbusigen Frau gedruckt war, später immer diese Assoziation weckte. *Plaisir* = Kondome. Wohnzimmer = Einbruch. Nachtzug = wichsen.

Und dann bewegen sie sich wieder.

Momentaufnahme verwackelt. Der Film geht weiter. Michael lehnt das Angebot des ersten portugiesischen Dealers ab. Doch es wird bestimmt nicht das letzte sein. Der Geldautomat spuckt Escudos aus. Wie ist der Kurs im Verhältnis zur Mark? Durch 30 teilen? Wo befindet sich der Bahnhof für die Vorortbahnen?

Michael und Tim laufen noch einem weiteren Dealer in die Hände. Der Konsum sei straffrei, der Besitz von zehn Gramm auch. Er hält sein Feuerzeug unter eine große Platte Haschisch. Tim und Michael geben ihr erstes Geld in Lissabon für Bobel aus.

»Jetzt eine Runde barzen«, schwärmt Tim. Sonja starrt verächtlich über den großen Platz vor einem kleinen Triumphbogen, der in der Morgensonne glänzt.

Die Jugendherberge Catalazete liegt ein paar Kilometer vom Zentrum entfernt in Oreios. Mit der Regionalbahn brauchen wir eine halbe Stunde. Tim und Bastian nicken nach dem ersten Kilometer ein. Die Nacht im Zug war zu kurz. Wieder sehe ich den beiden in den Schritt. Michael grinst mich an.

»Na, Long Dong Silver«, sagt er provokant. Ich höre neben Neid auch Bewunderung. Als käme es auf die Länge an. Ein blöder Gedanke kommt mir in den Sinn. Mein Herz wummert peinlich berührt. Wenn ich das nur sagen könnte. Jetzt, in dieser Situation. Aber das sagt man nicht.

Ich kann es nicht aussprechen, kann nicht zu Michael sagen: Du, dein Schwanz sieht viel besser aus, viel mehr wie in den Pornos. Warum nicht? Warum kannst du es nicht sagen? Nicole starrt mich ebenfalls an, ihr Meg-Ryan-Grinsen treibt die Augen zu schmalen Schlitzen, auch darin viel Unsicherheit.

»Ich hab nicht gedacht, dass wir das machen.«

Sag es. Sag: Dein Schwanz sieht viel besser aus als meiner.

»Ich auch nicht«, sage ich. Gelegenheit vorbei. Sonja nestelt nervös an ihrem Rucksack, hinter dem sie beinahe verschwindet. Ihre Augen wischen fahrig von einem zum anderen. Auf der anderen Seite des Ganges sinkt Bastians Kopf auf Tims Schulter.

»Und jetzt?«

Nicoles T-Shirt spannt über ihren Titten und dem BH. Durch den Stoff bohren sich auch die Nippel. Ihre Nase bläht sich aufgeregt. Was jetzt? Überbelichtete Schnappschüsse eines Wohnungseinbruchs. Feuchte Finger, gespreizte Schenkel, spritzendes Sperma. Ich zucke mit den Schultern. Keine Ahnung. Mir zittern die Finger.

Mehr Nähe? Ist es das, was du willst?

Sonja starrt stumm über ihren Rucksack. Die Wohnung ist kein unberührter Ort mehr. Einmal entweiht, für immer befleckt.

Was gibt es jetzt noch zu verbergen? Wir wichsen weiter und ficken wild untereinander. Nicoles dicke Titten anfassen, Michaels tollen Schwanz lutschen, Sonjas Arsch ficken, auf ihr Gesicht spritzen.

Sag es, sag es.

Einen Moment lang fühle ich mich, als würde ich fliegen.

Ficken kann ich jetzt sagen, ficken rollt mir beinahe über die Lippen. Doch plötzlich wird der Zug langsamer, die Bremsen quietschen. Auf der anderen Seite des Ganges wacht Bastian auf, hebt müde die Augenbrauen und starrt zu uns herüber.

2.

Ein restauriertes Fort direkt an der Tejo-Mündung ist Oase für rastlose Interrailer aus allen Ländern der Welt. Neben uns checken drei Engländer aus, hinter uns stehen Holländerinnen, und im Foyer lümmeln sich Amerikaner oder Australier oder Israelis oder Schweden.

Ich kann sie nicht auseinander halten. Sehen alle gleich aus mit ihren blonden Haaren, großen Rucksäcken, Wanderstiefeln, braungebrannten Gesichtern.

Wir Jungs teilen uns ein 4er-Zimmer. Die Mädchen müssen zu zwei unbekannten Damen ins Zimmer. Das passt Sonja gar nicht. Ist es wegen Tim? Damit sie mit ihm in einem Zimmer sein kann? Nachdem wir das Gepäck abgestellt und uns frisch gemacht haben, brechen wir wieder auf. Zurück nach Lissabon. Der Himmel ist blau, die Möwen kreischen.

Mit der Electrico 28 rasen wir durch die Altstadt, doch ich habe statt für die Alfama nur Augen für Nicoles Titten unter ihrem engen Oberteil. Geht Sonja vor mir, starre ich auf ihren Hintern. Vom Kastell über der Stadt haben wir einen guten Blick auf eine

Stadt, die mir nichts bedeutet. Die Sprache verstehe, die Geschichte kenne, die Kultur begreife ich nicht. Ich denke nicht an Kulturdenkmäler. Ich atme ein, ich atme aus, ich denke an Sex.

Am Abend, nach mehr Kultur, als ich aufnehmen kann, setzen wir uns ans Wasser. Der Sonnenuntergang ist viel zu romantisch, um ihn ernst zu nehmen.

Weit hinter der Jugendherberge versinkt der Ball zwischen den Häusern, und wir haben nur Spott übrig.

»Wenn sie wenigstens ins Meer tauchen würde«, sagt Bastian.

»Jeden Tag das gleiche«, sage ich. Das Bier ist schal. Vier weitere portugiesische Biere kribbeln hinter meiner Stirn.

Michael fummelt nach seinem Tabak in der Lederjacke. »Ich bau jetzt einen, und dann können wir ein wenig um die Ecke ditschen.«

»Und 'ne Runde absoften«, sagt Tim. Er ist sehr cool. Nicole verdreht die Augen. Ihre Hand zappelt unruhig unter Bastians T-Shirt. Spielverderberin. Sonja lächelt über unsere Köpfe hinweg. Ihre Wangen leuchten orange.

Ich würde sie jetzt gerne anfassen. Brandung peitscht an die Felsen der Mole. Wir sitzen fast am Ende, dort wo tagsüber die Fischer hocken und mit blutigen Ködern nach Doraden angeln. Jetzt sind wir die einzigen Interrailer, Touristen, Kiffer.

Links von uns erstreckt sich halbmondförmig der schmutzige Strand, vor uns die breite Mündung des Tejo und rechts das offene Meer. Auf dem Strand ist bestimmt mehr los.

Sonja zieht nervös ihr enges Oberteil glatt. Ihre Tasche, die sie immer bei sich trägt, liegt zwischen ihren Beinen. Warum ist sie hier? Ihre Blicke suchen immer wieder Tim. Jede seiner Bewegung löst eine sichtbare Reaktion bei ihr aus. Sie lacht ihn an und hofft auf eine Gegenreaktion.

Warum vergisst sie ihn nicht einfach? Es gibt so viele andere Typen, sogar in unserer Klasse. Unter meinen Armen trocknet der Schweiß. Das T-Shirt drückt sich kühl an meinen Rücken.

»Mit wem hattet ihr zum ersten Mal Sex?«

Nicole kann nicht einfach mal so dasitzen und nichts sagen. Immer muss sie reden. Das schätze ich so an Bastian. Neben ihm kann man auch schweigen.

»Mann, Nicole, muss das sein?«

»Lass mich doch fragen. Ich fang an«, sagt Nicole rasch. »Mit Bastian.«

Bastian seufzt resigniert, Sonja bringt mit ein paar Stirnfalten dieses Gefühl zum lautlosen Ausdruck. »Ich mit Nicole.«

»Kennt ihr nicht«, sagt Michael. Er klebt zwei Blätter seines Zigarettenpapiers zusammen, das er immer in den Tabakbeutel steckt. Bewundernswert, wie er die Sache auf den Punkt bringen kann. Das nenne ich effizient.

»Wisst ihr ja«, sagt Sonja und sieht verliebt zu Tim. Verliebt, verletzt, verzweifelt.

»Und du?«, fragt Nicole. Alle Augen auf mich. Plötzlich bin ich aufgeregt. Das habe ich noch niemandem erzählt, nicht einmal Bastian. Der erste Einbruch lag so weit zurück, dass er auch ein Traum hätte sein können. Ein schöner Traum, über den man nicht spricht, weil er bei Tag betrachtet keinen Sinn mehr ergibt.

»Mit meiner Nachbarin.«

»Mit deiner Nachbarin?«

»Frau Döring. Sie hat mich verführt.«

»Wie das? Erzähl.«

»Sie hat mich mal beim Zeitungsaustragen angesprochen und mich auf ein Gespräch eingeladen. Ich hab dann bei ihr an der Tür geklingelt. Eine Woche später nach dem Austragen.«

»Wie alt warst du da?«

»14 ungefähr, ich weiß es nicht mehr genau. Ich war gerade zum zweiten Mal sitzen geblieben. Ja, 14. Hab die Quarta wiederholt.«

Nach meiner 6 in Französisch, der 5 in Mathe und meiner 4 in Deutsch. Nicole hebt die Hand vor den Mund, ihre Augen weiten sich vor Überraschung.

»Das war, als du zu uns in die Klasse gekommen bist.«

»Nicht in deine Klasse«, motzt Bastian. »In die Parallelklasse. Der ist zu uns gekommen.«

Nicole stößt ihren Freund empört vor die Brust. »Meine ich doch.«

»Dann sag das auch, Mensch.«

Tim kehrt zum Thema zurück. »Und wie alt war sie?«

»Anfang dreißig. Für mich total alt. Hatte schon zwei Kinder und war verheiratet. Blond, tolle Figur, sehr nett. Die wollte eigentlich nur reden, und ich hab mich auch anfangs nur bei ihr ausgeheult. Dann durfte ich ihr Fragen über Sex stellen.

Na ja, und eines Abends hab ich wohl die Gelegenheit genutzt und sie angefasst. Und sie mich. Das ging den ganzen Herbst über. Irgendwann stand ein Möbelwagen vor der Tür. Die wohnen jetzt irgendwo in Belgien.«

»Das ist ja heftig«, sagt Tim. Michael zupft ungerührt Tabak aus seinem Beutel. Anschließend fummelt er den Klumpen Haschisch hervor, der in einer durchsichtigen Tüte in seiner Hosentasche schlummert.

Bastian bekommt den Mund nicht zu. »Das hast du mir noch nie erzählt. Du hast immer gejammert, du hättest noch nie eine Freundin...«

Er ist wirklich sauer. Warum habe ich ihm das nie erzählt? Weil ich mich schäme? Weil Frau Döring keine Freundin war?

»Hatte er doch auch nicht«, mischt sich Sonja empört ein. »Das ist doch nicht das Gleiche.«

»Es ging doch nur um Sex«, sagt Nicole und ihre Augen blitzen dabei.

»Ja und? Als hätte ihn das mal irgendwann gestört.«

Tim sieht Bastian spöttisch an. »Das war doch viel zu früh für ihn. Die hat ihn doch total ausgenutzt.«

Zu früh? Ausgenutzt? Mir egal. Im Rückblick bin ich nur froh, dass ich den Augenblick nicht verpasst habe, den Augenblick, in dem ich klingeln oder mich in meinem Zimmer hätte verstecken können.

»Es war ja auch nicht so, als hätte sie mir das Leben leichter gemacht. Die Mädchen, in die ich verliebt war, haben ja trotzdem nichts von mir gewollt.«

Sonja nickt, Michael ist da skeptischer. »Das hat sich Long Dong Silver doch ausgedacht. Die Nachbarin hätte sich doch strafbar gemacht.«

Das musste kommen, gerade von Michael. Der glaubt ja nur, was er sieht.

»Hab ich nicht«, sage ich. Die Erinnerung daran ist zu detailliert, die Gefühle zu echt. Außerdem weiß ich, dass ich es mir nicht ausgedacht habe. Doch auch Bastian sieht mich skeptisch an. »Ich weiß nicht.«

Ich zucke mit den Schultern. Macht es einen Unterschied, ob er mir glaubt oder nicht? Ändert es etwas an den Bildern vom Tatort, die vielleicht schon etwas angestaubt und verblichen wie ein unvollständiges Puzzle vor Augen stehen, wenn ich zu Hause vor meinem Bett knie?

Frau Döring gehört wie Anja und Stefan aus dem Ferienlager zu meinen wertvollsten Erinnerungen, ob glaubwürdig oder nicht.

Michael krümelt Haschisch in die Zigarette, dreht sie zu einem Joint und zündet sie an. Nicole steht in diesem Moment auf, zieht Bastian mit sich.

»He, was ist denn?«

»Ich muss mit dir reden.«

»Wollt ihr nicht?«, fragt Michael mit dem Joint in der Hand. Die beiden verschwinden über den Damm.

»Von wegen reden«, sagt Tim. Sturmfreie Bude, das trifft es wohl eher. Sonja starrt den beiden enttäuscht hinterher. Dann bleibt ihr Blick auf dem Joint haften. Los, Sonja, trau dich. Der Rausch ist schnell und zappelig. Ich kichere, Tim lacht meckernd, Michael grinst schweigend.

Und Sonja hustet, schwankt auf dem Stein, wedelt sich den Rauch aus der Nase, grinst und nimmt noch einen Zug. Die Mole kippt leicht nach hinten, die Sterne schälen sich quietschend aus dem dunkelblauen Abendhimmel.

Über der Jugendherberge schräg rechts von der Mole, auf der anderen Seite der kleinen felsigen Bucht, leuchtete der Himmel wie ein Batik-T-Shirt. Wie mein T-Shirt. Wieso habe ich so ein T-Shirt?

»Das ist total out«, sagt Michael nicht ohne Bewunderung. Er ist nur neidisch darauf, dass mir egal ist, ob etwas out ist oder nicht.

Sonja setzt sich auf ihren Hintern, auf den Stein, auf einmal. Gibt den Joint weiter. Michael legt die Hände zusammen, als wolle er in der hohlen Hand pfeifen, klemmt die Zigarette zwischen Zeige- und Mittelfinger der einen Hand und saugt die Luft durch die Lücke zwischen Daumen und Zeigefinger.

Tabak brennt sich knisternd in das Rauschen des Meeres. Sonja reißt die Augen weit auf. Braune Strähnen hängen ihr ins Gesicht. Sie brütet etwas aus.

Ich nehme Michael den Joint aus der Hand.

Einmal noch.

Das Kribbeln hinter der Stirn wird drei Meter groß und zieht Schlieren. Die Brandung wippt meinen Rücken hinauf. Tim zupft den Joint aus meinen Fingern, die sich bewegen müssen.

»Warum liebst du mich nicht?«, fragt Sonja unvermittelt. Ich starre Tim an, Tim starrt zurück und bricht, den rauchenden Joint in der Hand, in prustendes Lachen aus.

Oh Sonja.

Jetzt kann ich lachen, kichern, grölen. Dazwischen Sonja, verblüfft.

»Ich mein das ernst«, nuschelt sie und scheint zu glauben, es dadurch besser zu machen. Tim lächelt gönnerhaft.

»Tja, Sonja, vielleicht bist du auch einfach nicht offen genug.« In einer dramatischen Pause sog er am Joint, atmete den Rauch tief ein, bis er vor seinen Lippen waberte, um ihn seiner Ex-Freundin ins Gesicht zu blasen. »Du bist zu verklemmt.«

»Bin ich nicht«, sagt sie, reißt ihm den Joint aus den Händen und setzt ihn an ihre Lippen. Sie kneift die Augen zusammen. Die Wangen wölben sich nach innen.

»Ich habe mich zusammen mit euch im Zug selbst befriedigt, und ich ... «

»Du hast mir nie einen geblasen«, sagt Tim unvermittelt. »Und du hast mich dich nicht lecken lassen.«

Sonja hustet. Erschrocken? Überrascht? Empört? Bekifft? Ein herzliches Lachen bahnt sich den Weg durch meinen Hals über die Zunge aus meinem Mund. Perlend, prickelnd. So geil. Mein Schwanz ist hart.

Sonja, wie sie ihm einen bläst? Sich lecken lässt?

Niemals. Die doch nicht.

»Wir haben einmal miteinander geschlafen«, presst Sonja hervor. Ihre Augen werden ganz klein. Sie unterdrückt ein Husten. Muss sie nicht heulen, bis ihr das Wasser über die Wangen läuft? »Was hätte ich denn alles machen sollen in dieser Nacht.«

Ich kann mir einiges vorstellen. Vielleicht nicht gerade bei Sonja. Wenn diese Nase nicht wäre und das braune Haar. Ich bin gespannt, wohin die Reise geht. Tim grinst wieder. Michael entwindet ihr den Joint. Bevor er einen nächsten Zug nimmt, rotzt er den geilsten Spruch des Abends raus.

»Meine Freundin hat sich beim ersten Mal in den Arsch ficken lassen.«

Sonja hält sich stumm vor Überraschung erschrocken eine Hand vor den Mund. Ihre braunen Haare flattern in der steten Brise, die vom Meer herüberweht. Die Spange kann sie nicht mehr halten. Es riecht nach Fisch, Seetang, Salzwasser und schwerem Motorenöl.

»Es geht ja nicht nur um diese eine Nacht. Es geht um Lust«, sagt Tim. Den Arschfick lässt er im Raum stehen. »Du bist total lustfeindlich. Das ist die Religion. Die Katholiken sind so. Deshalb glauben die auch daran, dass so was wie Zölibat funktioniert.«

So ein blöder Sack. Gestern im Zug, das sah nicht lustfeindlich aus. Erkennt er das nicht? Meine Wut auf ihn wächst, und ich weiß nicht warum. Weshalb ergreife ich für die dumme Nuss Partei? Weil Sonja blind verliebt ist, und deshalb die Sympathien auf ihrer Seite haben muss? Oder weil ich sie darum beneide, dass sie kompromisslos liebt?

Und vielleicht hasse ich Tim auch dafür, dass er diese Liebe ausschlägt. Meine Gedanken drehen sich matt. Kein Kichern mehr.

Kein buntes Kitzeln in meinem Kopf. Auf der Kaistraße donnert ein LKW durch Schlaglöcher. Immer mehr Lichter gehen an. Die Mole bekommt Umrisse wie ein Scherenschnitt.

»Und was soll ich jetzt machen?«

»Nichts. Du bist zu verklemmt. Und Schluss.«

»Bin ich nicht.«

»Bist du nicht?«

»Nein.«

Sonja trotzt zu Tim hinüber. »Soll ich dir hier etwa einen runterholen, damit du mir glaubst?«

Mein Herz bleibt beinah stehen. Diese dumme Nuss würde das sogar machen. Hier und jetzt. Ganz bestimmt.

Sonja hat schöne Hände. Ihre Hände an einem Schwanz? Das kann ich mir auf einmal vorstellen. Wie die schlanken Finger hartes Fleisch umfassen, die Vorhaut zurückschieben, die Eichel freilegen. Wie im Film.

Ich muss aufstehen, in mein Zimmer, in die Dusche und wichsen. Jetzt.

Mein Schwanz ist viel zu hart. Tim grinst, doch sein Grinsen ist flackernd, unsicher.

»Du hast es erfasst, und die anderen sehen uns dabei zu.«

»Ich kann euch auch gleich allen einen runterholen.«

»Klar, warum nicht, noch besser.«

»Tim, lass das«, sage ich und stehe auf. Ich muss in die Herberge, auf Klo, jetzt.

Sonja sitzt noch immer, die Lippen zusammengepresst, vor uns auf den Felsen. Hinter ihren Fäusten geballter Trotz. »Es kann dir doch egal sein, wie Tim seine Traumfrau haben will. Du musst doch nicht seine Erwartungen erfüllen«.

»Ich zwing sie zu nichts, sie kann machen, was sie will.« Tim hebt die Hände. Dieser Gips um seine Hand, dieser blöde Gips, dieser arrogante Gips.

»Es ist mir aber nicht egal«, entgegnet Sonja trotzig. Merkt sie, wie quengelnd ihre Stimme klingt? Wie sie einem schmollenden Kind ähnelt statt einer selbstbewussten Frau? Geh schon, fordere ich sie stumm auf, steh auf und geh zu Bastian und Nicole ins Zimmer. Lass dich nicht provozieren.

Ich nehme meine leere Bierflasche und will über sie hinweg auf den nächsten Felsen steigen. Doch plötzlich ist ihre Hand an meinen Shorts. Links und rechts krallen sich ihre Finger in den Bund. Mit einem Ruck zieht sie die Shorts bis zu den Knien herunter. Mein Herz bleibt vor Schreck fast stehen. Wenn das jemand sieht?

»Sonja, das ist doch Quatsch, das musst du nicht machen«, bettle ich beinahe und ziehe mit der freien Hand die Hose hastig wieder hinauf. Doch Sonjas Hände hängen weiter im elastischen Bund. Sie blickt entschlossen zu mir hinauf, über die Beule in meiner Unterhose hinweg.

»Ich will aber«, sagt sie und zerrt wieder an der Hose. Das ist mir zu nah, zu viel. Diese dumme Nuss, warum macht sie das? Als ich ihr das halb im Scherz im Park in Madrid vorgeschlagen habe, hat sich mich noch für einen obszönen Spinner gehalten. Und hier? Nur weil es Tim ist? Die dumme Nuss kann mich mal.

»Nicht, Sonja, lass das«, versuche ich ein letztes Mal. Von oben kann ich in Sonjas Ausschnitt sehen. Bohren sich etwa ihre Nippel durch den Stoff?

Mein Protest ist zu schwach, mein Herz klopft viel zu schnell, die Beule in meiner Unterhose viel zu groß. Mit einem letzten Zerren entreißt sie den Stoff meinem viel zu nachlässigen Griff. Michael grinst so breit wie Tim, als Sonja auch die Unterhose mit einer Selbstverständlichkeit in der Vertikalen bewegt. Aus der Beule wird im Handumdrehen eine Gerade, hart und pulsierend.

Die Luft an meinem harten Schwanz. Wie früher, wenn ich beim Zeitungsaustragen im Schutz der Dunkelheit gewichst hatte, oder beim Joggen, oder noch vor ein paar Tagen in Madrid, neben Sonja, neben ihrem geilen Arsch, mit dem Finger in ihrer Möse. Schaudernd spüre ich die Lust durch mein Hirn schwemmen.

»Und jetzt du«, sagt Tim aufgeregt und zeigt auf Michael.

Der stellt sich auf die Zehenspitzen und starrt die Mole hinunter bis zur Straße. Zwanzig Meter Einsamkeit. Lichter funkeln schwach. Es ist schnell dunkel geworden und ich kann keine Bewegung um uns herum erkennen. Es ist wie im Theater. Die Bühne der Welt herum ist hell erleuchtet, und uns im Zuschauerraum sieht man nicht.

Noch während er sich wieder umdreht, hat er bereits seine Hände am Hosenbund. Mit einer kurzen Bewegung streift er die Hose herunter. Sein Penis hängt schlaff zu Boden. Viel zu nah. Kaum einen Meter entfernt, in Reichweite, wächst langsam eine Erektion. Viel zu nah. So nah war mir Michaels Schwanz noch nicht einmal im Zug.

Vor uns sitzt Sonja regungslos auf den Felsen. Eine Hand noch immer in den Stoff meiner Shorts verkrallt, die zwischen meinen Beinen liegen wie Strandgut. Ihre Blicke wandern von einem zum anderen. Die Brandung peitscht. Der kühle Abendwind presst mein T-Shirt an meinen Rücken.

Mein erregter Schwanz ragt unter dem Hemd hervor. Jetzt wichsen. Sie hat tolle Finger.

»Ich seh' schon, du packst das nicht«, sagt Tim.

Sie zieht die Nase hoch. In der Ferne rattert ein Vorortzug. Lachen hallt über das Meer zu uns herüber. Möwen kreischen. Ein Ruck geht durch ihren Körper und fünf Finger, flink, warm und weich, schließen sich um meine Stange.

Ein Blitzschlag direkt ins Hirn, wie ich ihn sonst nur vom Orgasmus kannte, ist ihre Berührung. Die Hand so weich, der Griff so fest, die Nähe so groß. Ein stilles Gebet von einem Atheisten an den Gott der Wollust.

Der Kontakt ist da. Sonja hat ihre Hand um meinen Schwanz geschlossen und wichst ihn. Ich kann es kaum glauben. Sonja massiert tatsächlich meinen Schwanz. Was ich mir vor ein paar Tagen in Madrid nur im Traum vorstellen konnte, ist plötzlich Wirklichkeit.

Selbst das Wichsen mit der ungewohnten linken Hand ist, wie mir in diesem Moment wieder bewusst wird, auch nicht annähernd zu vergleichen mit dem Gefühl, das eine fremde Hand am Schwanz auslöst. Sonjas Griff ist vorsichtiger, fremder.

Sie dreht den Kopf. Michaels Penis ist längst nicht mehr schlaff. Mit der rechten Hand packt sie die halbaufgerichtete Nudel. Michael schließt die Augen. Und mit zwei, drei schnellen Bewegungen wichst sie Leben in die Schwellkörper.

Ich rolle mein T-Shirt hoch.

Unter meinem Bauch bewegt Sonja ihre Hand in der Horizontalen besser, als ich es jemals selbst gekonnt hätte. Der Rhythmus ist perfekt, die Stärke ihres Griffs genau richtig. Vorsichtig schiebt sie die Vorhaut über die Eichel und wieder zurück, so als hätte sie es im Bordell gelernt.

Wie oft hat sie Tim wohl einen runtergeholt, wenn sie zuhause bei ihm waren oder in ihrem Zimmer zwischen Teddybären und Postern aus der Bravo? Hat sie überhaupt Poster an den Wänden? Ich war ja nie bei ihr.

Das nächste Stoßgebet. Aus Michaels Richtung kommt ein leises Knurren. Er starrt mit offenem Mund, als wolle er es nicht glauben, auf Sonjas Hand. Ich starre ihr in den Ausschnitt. Diese Titten. Fantastisch.

Während sie uns einen herunterholt, sieht sie zu ihrem Freund, ihrer großen Liebe, zu ihrem Tim auf, mit großen Augen, hoffungsvoll.

»Gut so?«, fragt sie leise. Ihre Hand klatscht an meinem Schwanz.

»Ja, hör auf, das reicht«, flüstere ich, obwohl ich es nicht so meine. Noch nicht aufhören. Mach weiter bis zum Ende. Das geht nicht. Das ist nicht korrekt.

»Tim, sag ihr, sie soll aufhören.«

Tim starrt zu Sonja herunter, macht sich ganz lang, geht auf Zehenspitzen und blickt nach links und rechts über die Felsen. Sein blondes Haar weht in der sanften Brise.

Nichts, niemand, der uns stört. Tim öffnet mit zitternden Fingern den Reißverschluss seiner Jeans und streift hektisch die gefärbten Bundeswehrhosen mitsamt der Unterhose herunter. Sein harter Schwanz wippt zitternd vor Sonjas Gesicht. Auch der viel zu nah. Drei steife Schwänze, zwei Hände, was jetzt?

Sonja lässt meinen Schwanz plötzlich los, packt Tims und wichst ihn. Ihr Ex-Freund zittert vor Lust. Er löst ihre Finger von seinem Rohr.

»Nein, mach bei Sven weiter.«

Wieder ihre Finger. Ihre Hand ist weich und warm, der Griff genau richtig.

»Du musst was Anderes für mich tun«, sagt Tim, legt ihr eine Hand auf den Kopf und schiebt die Hüften vor. Sein Schwanz prallt gegen ihren Mund. Sie dreht den Kopf.

»Nicht«, sagt sie. Ihr Blick klebt flehend an mir. Wie in Brüssel. Ich erschrecke. Damit habe ich nicht gerechnet.

Tim dreht ihren Kopf wieder nach vorne. »Mach schon.«

»Ich will das nicht.«.

»Genau das meine ich«, sagt Tim spöttisch und nimmt die Hand von Sonjas Kopf. »Das wird nichts mehr. Die ist durch ihre Kirche total versaut.«

Er bückt sich und zieht die Hose hoch. »Vergiss es.«

»Warte.« Über das Rauschen der Wellen und das Schreien der Möwen hinweg höre ich Resignation und Angst zugleich in diesem Wort.

Michael und ich bewegen uns nicht, tauschen atemlos Blicke aus. Sonja hält unsere steifen Schwänze fest umklammert, ohne sie zu massieren. So kurz vor dem Höhepunkt. Momentaufnahme der Lust mit Blitzlicht. Wie weiter?

»Wenn ich das mache? Was dann?«

»*Free your mind*«, grinst Tim, »*And your ass will follow*.«

»Was soll das denn heißen«, frage ich.

»Wenn du deinen Geist öffnest, befreist auch du deinen Körper.«

Scheiß Christen. Noch immer zittere ich vor Erregung. Aber vielleicht meint er es ja auch ganz anders.

»Und was ist mit uns?«

»Das sehen wir danach«, sagt Tim, und Sonja öffnet den Mund.

Ich bin nicht darauf vorbereitet, ich bin nicht einverstanden, doch Sonja ist erwachsen und niemand zwingt sie. Die paar Züge am Joint haben damit doch nichts zu tun.

So obszön habe ich es mir nicht vorgestellt. Sonja, mit weit geöffnetem Mund und geschlossenen Augen. Tim, der seinen harten Schwanz langsam über ihre Zunge in den Mund schiebt. Vorsichtig schließt Sonja die Lippen um das Fleisch.

Ich packte ihre Hand und bewegte sie. Wenn sie es schon tut, muss sie es richtig machen. Ich brauche bei diesem Anblick in dieser Situation nicht lange, um das Ende zu erreichen. Schmatzen, Keuchen, Stöhnen wird zu einer Sinfonie der Geilheit.

Wir treffen jeden Ton und Sonja schwingt meisterhaft den Dirigentenstab. Dass es noch einen anderen Höhepunkt geben muss, ist Tim vermutlich von Anfang an klargewesen. Sonja hingegen nicht.

Inzwischen lutscht Sonjas weniger an Tims Schwanz, vielmehr fickt er ihren Mund. Mit beiden Händen hält er ihren Kopf fest und bewegt die Hüften vor und zurück. Der lange, dünne Schwanz mit der dicken Eichel verschwindet bis zur Hälfte zwischen ihren Lippen.

Die Adern treten stark hervor. Zweimal würgt sie den Schwanz aus, wird rot im Gesicht, spuckt, beschwert sich.

»Nicht motzen, schlucken«, zischt Tim. Michael kichert und stöhnt.

Ihre Hände arbeiten unermüdlich an uns beiden. Vorhaut vor, zurück, die Eichel bis zum Platzen gespannt. Macht sie die Pausen bewusst? Die Pausen vor dem Orgasmus, in denen mein Saft wieder zurück in die Hoden kriecht und die Geilheit steigt? Meine Knie zittern. Mir gegenüber starrt Michael auf seinen Schwanz in Sonjas Hand. Ungläubig.

Als er den Kopf hebt und mich ansieht, senke ich den Blick. Sein Schwanz ist in einem Winkel aufgerichtet, den meiner niemals erreicht. Meiner ist lang und dick und krumm. Michaels ist kürzer aber nach oben gebogen, wie bei den Typen in den Pornos. So ein geiler Schwanz.

Plötzlich zieht Tim seinen Penis aus Sonjas Mund. Er glänzt, Speichel tropft herab. Sonja schnappt nach Luft. Mit festem Griff tut er noch ein paar Streiche.

»Streck die Zunge heraus«, stöhnt er. Sonja schüttelt den Kopf. Entschlossen. Sie wichst. Ich spritze beinahe ab, nur noch ein paar Sekunden. So geil. Diese Titten. Ihre Nippel bohren sich durch das enge T-Shirt. Sind sie etwa hart? Erregt?

»Mach es.« Seine Hand klatschte gegen seinen Bauch. Das Tempo der drei Hände ist atemberaubend, unser Stöhnen übertönte die Brandung.

»Ich komme auch«, knirschte Michael. Seine Knie zittern. Er reißt Sonjas Hände von seinem Riemen und wichst selber weiter.

»Ich will nicht, das ist mir zu viel«, fleht Sonja. Sie macht eine Pause. Nur noch mich wichst sie, nur noch mich, genau richtig diese Pause. Tims Blick flackert vor Lust.

»Verklemmte Landpomeranze«, presst er noch hervor. In diesem Moment macht sie weiter, packt meinen Schwanz, und nur meinen, fester, greift ihn wie einen Rettungsanker, wichst ihn. Gleich komme ich, gleich. Lust auf Kosten meines Verstands. Sie wichst langsam, abgelenkt, ich schüttelte mich und zitterte.

Plötzlich steht ihr Mund offen, die Zunge herausgestreckt, die Augen geschlossen. Der erste fette Tropfen trifft Sonja auf der Oberlippe. Sie dreht erschrocken den Kopf zur Seite. Von dort kommt Michael. Sein Sperma spritzt ihr quer über das Gesicht. Ein weiterer Spritzer aus Tims Rohr landet in Sonjas Haar.

»Aufmachen«, ruft Tim mit vor Geilheit offenem Mund. Sonja dreht den Kopf wieder nach vorne, gehorsam. Seine letzte Ladung schießt Tim genau in ihren geöffneten Mund. Das Würgen macht sie hässlich, die krausen Falten am Kinn, die vorgewölbten Lippen.

Ich spüre meinen eigenen Höhepunkt ins Hirn branden. Von der Seite spritze ich gegen ihre Wange. Das Mädchen zuckt angewidert zurück, hält die Hand still, ich umschließe von oben ihre Finger und wichse mit ihrer Hand, ihrer sanften, warmen, weichen Hand mein Rohr.

Ein, zwei Mal spritze ich auf Sonjas Gesicht. Jeden weißen Tropfen, der auf ihre geschlossenen Augen, die Nase, die Stirn klatscht, nimmt sie erschrocken wie einen Schlag ins Gesicht. Ihre

Hand entzieht sich meinem Griff, gleitet unter meiner Hand von meinem Schwanz.

Mir ist schwindelig, meine Knie werden weich und ich hocke mich in die Felsen. Der noch lauwarme Stein berührt meinen Hintern. Mein Schwanz tropft ab, die Eichel glänzt.

Wieder klingelt die Gürtelschnalle, als Tim seine Hose hochzieht. Sonja wischt sich unser Sperma aus dem Gesicht, angeekelt, benommen. Mit abgespreizten Armen, wie nach einer unfreiwilligen kalten Dusche, steht sie zwischen uns. Ich fische aus meiner Hose ein Taschentuch und reiche es ihr.

Sonja spuckt aus. Nach schnellen, kräftigen Wischbewegungen über Stirn, Wange und Mund ist das Taschentuch nass. Sie fährt sich mit der Hand über den Mund und greift sich angewidert ins braune Haar, wo Michaels Sperma sie in dicken Tropfen getroffen hatte. Jetzt ein Scherz, jetzt eine lustige Bemerkung, damit die Stimmung nicht kippte.

»Ist gut für die Haare«, sagt Michael lässig, lässt abtropfen und packt ein.

»Ihr seid so eklig«, erwidert sie so leise, als spreche sie nur zu sich selbst und ohne uns anzusehen. Als sie den Kopf hebt, grinst sie.

»Ich hätte nicht gedacht, dass du das machst«, sagt Michael. In seiner Stimme ist keine Häme, sondern beinahe so etwas wie schüchterne Bewunderung. Seine Shorts hingen wieder schief auf seinen Hüften.

»Ich auch nicht«, sagt Sonja tapfer. »Aber war jetzt nicht so schlimm.« Das Taschentuch fest umklammert sieht sie zu Tim auf. Hoffnungsvoll, erwartungsvoll. In unser Schweigen brandete der Atlantik. Mein Blick gleitet an Sonja vorbei aufs Meer. Meine Shorts sind längst wieder an ihrem Platz. Ich räuspere mich.

»So, ich brauch ein Bier«, sagt Tim, als sei er aus einem Tagtraum erwacht. »Wer kommt mit?«

»Bin dabei«, sagt Michael erleichtert und beginnt, die Felsen hinaufzuklettern. Sonja dreht sich zu Tim, zu mir, ich hebe die

Schultern und bleibe neben Sonja sitzen. Sie seufzt und knetet das nasse Taschentuch.

Gemeinsam schweigen wir von den Felsen ins Meer. Der letzten roter Schimmer am Horizont wird schwächer und schwächer. Mein Magen knurrt.

»Das hättest du nicht machen müssen. Tim ist total bekloppt«, sage ich schließlich.

»Du hast mich aber gelassen. Ihr habt mich beide gelassen«

»Und du bist nicht gegangen.«

»Ich wollte es ja auch.«

»Tim wollte es.«

»Das meine ich doch.«

»Und du? Was wolltest du?«

»Was soll ich denn nur machen, damit er mich wieder liebt?«

»Wie sehr liebst du ihn wirklich, dass du alles machen würdest?«

Jetzt schweigt sie wieder, sieht auf das Meer hinaus.

Auf ihrem Shirt trocknet unser Sperma. Diese Titten. Diese dumme Nuss. Diese Hände. Nicht verklemmt, aber einfach zu blöd.

»Halt mich«, sagt sie. Wie ein Eichhörnchen einen Baum umklammert sie mich. Ich lege ihr eine Hand auf den Rücken. Der nussige Geruch des Spermas steigt von ihr auf. Warum vergisst sie ihn nicht einfach? Es gibt so viele andere Typen, sogar in unserer Klasse.

Sie fühlt sich gut an in meinen Armen. Viel zu gut. Vor unseren Füßen rauscht der Atlantik. Langsam wird mir kalt. Mein Magen knurrt wieder.

3.

In dieser Nacht träume ich von einer unbekannten Gruppe Menschen. Wir stehen am Meer und sehen nichts als Wasser. Der Blick geht ins Leere. Ich spüre nicht einmal den Sand unter den Füßen.

Ich atme ein, ich atme aus.

Der Himmel ist blau, die Möwen kreischen. Kein Plan von Lissabon. Ich laufe durch die Stadt und fühle mich wie im falschen Film. Ich habe keine Ahnung, was ich in dieser Stadt soll. Lissabon - das ist für mich eine alte Nachricht aus dem Fernsehen.

Ein brennendes Viertel, eine zerstörte Altstadt.

Nichts davon finde ich wieder. Vom Kastell über der Stadt haben wir einen guten Blick auf eine Stadt, die mir nichts bedeutet. Die Sprache verstehe, die Geschichte kenne, die Kultur begreife ich nicht. McDonalds ist vertrauter, die Unterschiede im Geschmack der Fanta interessanter als Stockfisch und Wein.

Sonja im Klo nebenan. Müssen Frauen pinkeln. Ich halte mir die Ohren zu. Kein Geld für gegrillte Dorade, keine Mehrheit für ein Museum. Der Traum. Ist es einer? Weißt du, dass du träumst?

Es wirkt so echt, wie sich Michael an den Kai setzt, um mit Schweden kiffen, und mich Nicole und Bastian zu einem Gespräch einladen. Ich weiß, was sie sagen.

Es macht Sinn, über unsere Gruppe zu sprechen, weil wir uns voneinander entfernen. Alles fühlt sich nach Krise an. Müssen wir uns trennen? Einkaufstüten aus Plastik, die ich nicht als Müllbeutel verwenden würde, voller Bier, Brot, Käse und Taschentücher, in den Händen von Sonja und Tim bei ihrer Rückkehr.

»Keine Entscheidung«, sagt Tim. Das einzige gesprochene Wort. Sonja heult sich bei Nicole aus. Und als ich mich im Traum in einer Jugendherberge in ein Bett lege, weiß ich, dass es nicht mein Zelt ist. Natürlich ist es kein Zelt. Aber es schaukelt und ruckelt wie ein Eisenbahnwaggon. In dem Moment, wo ich im Traum die Augen schließe, wache ich auf.

Aber nicht anfassen

Eine Stadt zu besichtigen heißt nicht, sie zu kennen. Sehenswürdigkeiten sind etwas für den Kopf, nicht für das Herz, sind wie Sex ohne Liebe. Wenn du mit deinem Gepäck auf dem Rücken und dem Zelt in der Hand auf dem Bahnhof ankommst, siehst du aus wie ein Freier auf dem Straßenstrich, der nach der Nutte Ausschau hält. Viele Wünsche, viele Bedürfnisse, aber kein Interesse für die Seele. Grenzgänger.

1.

Ein zweiter Tag Lissabon steht auf unserem Programm, bevor wir am nächsten Morgen mit dem ersten Zug nach Faro an der Algarve fahren wollen. Lissabon – das wird jetzt für mich die Stadt sein, in der uns Sonja einen runtergeholt hat. Am Meer.

Die Stadt, in der ich ihr ins Gesicht gespritzt habe.

Beim Frühstück starre ich Sonja offensiv an, suche an ihrer rechten Hand nach Spermaspuren, erwarte, in ihren Mundwinkeln weiße Tropfen zu sehen.

Du betrachtest einen Menschen mit anderen Augen, wenn du ihn in Verbindung mit Sex bringst. Sonja ist jetzt nicht nur eine Mitschülerin mit Liebeskummer, Sonja ist ein Mädchen, dass uns einen runtergeholt hat.

»Na, was macht die Hand?«, fragt Michael. »Tennisarm?«

»Du bist blöd«, sagt Sonja verlegen und senkt den Kopf. Nicole stellt ihr Tablett ab.

»Hab ich was verpasst«, sagt sie neugierig und Sonja zischt, Michael lacht, Tim schmiert sich wortlos aber grinsend ein Brötchen und ich zucke mit den Schultern, damit Bastian nicht denkt, ich würde ihm was verheimlichen. Wenn Sonja es nicht erzählt, finde ich es unfair, dieses doch recht freizügige Geheimnis auszuplaudern.

»Sonja hat gestern bewiesen, dass sie doch nicht so verklemmt ist«, sagt Tim ohne aufzusehen.

Sonja hebt den Kopf, und ich sehe Hoffnung in ihren Augen.

»Mehr Details, bitte.«

»Das kann sie dir selber sagen.«

Doch Sonja sagt nichts und zur Hoffnung kommt Dankbarkeit. Ich fühle mich erleichtert. Kein Kätzchen, das meine Hilfe benötigt. Tim hat sie selbst wieder in den Schuppen gesperrt. Die Kätzchen sind alle wieder beisammen. Ich kann mich zurücklehnen.

Eine Fahrt mit der Straßenbahn fühlt sich wie eine Fahrt mit der Vorortbahn an. Enge Gassen weiten sich und das Meer ist blau. Was macht Lissabon aus? Ich weiß es nicht. Aber Sonja geht neben Tim und hält seine Hand. Und Tim triumphiert.

Wir essen gegrillte Dorade in einem Restaurant am Meer, in der Nähe eines Turms. Heißt Belem wirklich Bethlehem auf Portugiesisch?

Meine Augen haften auf Sonjas Beine, auf jedem Schritt, mit dem sie über den Asphalt schwebt, auf Nicoles unter dem T-Shirt wippende Titten, auf der Beule in Michaels Schritt. Sie sind so lange geil, wie ich nur nicht ihre Gesichter, das ganze Bild sehen muss.

Noch vor der Bestellung muss ich aufs Klo. Sonja und Tim sind seit ein paar Minuten verschwunden. Nicole und Bastian streiten sich über etwas, das sie jemanden fragen will und Bastian doof findet. Was auch immer. Michael dreht sich eine. Ich verabschiedete mich wortkarg, was Michael mit einem Nicken quittierte. Die Männertoilette ist blockiert, dreckig, kaputt.

Ich schleiche mich aufs Frauenklo, auf die freie von zwei Kabinen, öffne meine Hose. Die Bilder des Wohnungseinbruchs, des Tatorts, der Entweihung vor Augen wichse ich meinen längst harten Schwanz, als in der Kabine neben mir Flüstern ertönte.

Ich halte die Luft an und wichse lautlos. Die Kabinen sind von der Decke bis zum Boden geschlossen, die Wände jedoch nicht besonders dick. Das Flüstern ist nicht portugiesisch, weder spanisch noch englisch sondern deutsch. Sonja und Tim.

»Nicht«, flüstert Sonja in der Nebenkabine. »Da ist jemand neben uns.« Klatschen von Haut auf Haut.

»Egal, die stört nicht. Komm, einmal nur.«

»Nicht hier. In der Jugendherberge, aber nicht hier.«

»Aber ich will jetzt.«

»Nein, ich bin da zu trocken, das tut weh, nicht so.«

Ich höre, wie Tim spuckt. Kleidung raschelte. Sonja stöhnt auf.

»Jetzt besser?«

»Tim, nicht, ich...« Den Rest des Satzes spült ein kehliges Gurgeln weg. Ein kleiner Schmerzensschrei folgt. Irgendetwas stößt gegen die Kabine der Toilette.

»Warte, entspann dich, nicht zukneifen.«

Erneut ein feuchtes Spucken. Tim klingt angestrengt, als zöge er mit bloßen der Hand einen Nagel aus der Wand. Sonja stöhnt wieder auf.

»Gleich bin ich drin.«

»Nicht, du tust mir weh.«

»Nur noch ein bisschen.«

»Nicht tiefer, nicht, bitte, nein...«

»Fuck!« Pause. Keuchen. »Dann eben nicht. Vergessen wir es. Ganz. Das ist mir zu blöd mit dir.« Kleidung raschelt. Eine Gürtelschnalle klingelt. Ich spritze auf die dreckige Klobrille.

»Nein, nicht, bitte, ich mach es, aber nicht hier, bitte.« Sonjas Stimme zittert vor Angst. »In der Jugendherberge, okay? In der Jugendherberge.«

Stille. »Okay.«

Jetzt klickt das Schloss der Kabine, die Tür öffnet sich. Schritte. Sonja schluchzt.

Als ich die Kabine verlasse, komme ich an der offenen Tür vorbei. Sonja sitzt auf dem Toilettendeckel, das Gesicht in die Hände vergraben, ihre Schultern zucken.

Ich könnte Sonja ansprechen, doch ich sehe zu, dass ich rauskomme.

Auf dem Weg zurück in der Jugendherberge. Die Bahn rumpelt. Barzen, absoften und um die Ecke ditschen.

»Wir gehen einkaufen«, sagt Sonja und zieht Tim zur Tür. Er grinst. Ich frage ihn, ob er mir was aus dem Supermarkt mitbringen kann. Die Bahn rollt in Oreias ein und wir steigen aus. Sonja und Tim biegen nach rechts ab, um zum Supermarkt zu gehen. Michael schlägt den direkten Weg zur Mole ein.

»Ich dreh mir mal einen.«

Nicole zieht Bastian mit sich, geradeaus zur Jugendherberge. »Wir kommen nach.«

Bastian wehrt sich irritiert. »He, was ist denn? Wollten wir nicht mitrauchen?

»Nicht jetzt. Komm.«

Mein Freund blickt grimmig. Das klingt nach sturmfreier Bude, und dennoch ist er nicht glücklich darüber. Trantüte. Mich trifft Nicoles Blick ganz unerwartet.

»Sven? Kommst du kurz mit?«

Oha, das klingt nach Krisengespräch. Sonja, Tim und Michael sind bereits außer Hörweite. Kiffen oder Probleme wälzen? Oder geht es um mehr? Hat es etwas mit mir zu tun? Ich wünsche, es wäre so und fürchte zugleich, von der Situation überfordert zu sein. Bastian macht einen Buckel. Das macht er immer, wenn er sich unsicher fühlt. »Nicole!«

Sie funkelt ihn an. Er resigniert. Mein Herz trommelt überraschend nervös.

»Wieso?«

Michael verschwindet hinter einer Mauer. Nur ein paar Möwen kreischen, die Brandung rauscht. Die Luft ist mild.

»Wir wollten dich was fragen.«

»Mann, Nicole, hör auf.«

»Dann frag du doch«, mault sie zurück. Mir pocht das Herz bis zum Hals. Es hat auf jeden Fall etwas mit mir zu tun, hoffentlich hat es etwas mit mir zu tun, hoffentlich nicht.

Bastian macht wieder den Buckel der Unsicherheit. Seine Handbewegung wirkt hilflos. »Ich will überhaupt nicht fragen.«

»Ich aber.« Nicoles Stimme ist wie eine knarrende Tür, quengelnd und quakend.

Ich zucke mit den Schultern. Was auch immer sie fragen will - es kann peinlich werden. Sonja? Wollen sie, dass ich etwas über meine Zuneigung zu Sonja sagte? Nicht Sonja. Nicht Händchenhalten. Nicht ewig mit dem Fahrrad zu ihr fahren. Sie ist katholisch und hat diese zu große Nase. Mein Fluchtreflex wird ganz stark. In meinem leeren Kopf rauschten die Gedanken. Nicole atmete tief durch.

»Komm mit. Dauert auch nicht lange.«

2.

Hinter Bastian betrete ich in den Raum, Nicole schließt nach mir die Tür.

»Wo sind eure Mitbewohnerinnen?«

»Die wollten heute Morgen schon nach Lissabon fahren und dann in die Disco.«

Nicole ist sehr aufgeregt. Ihre Augen flackern nervös. Nicht einmal zu einem Grinsen reicht es. Unter dem ausgewaschenen, bunten T-Shirt wippen ihre großen Brüste. Könntest du jetzt sagen: Tolle Titten? Nachdem du vor 24 Stunden noch wichsend mit ihr in einem Zugabteil gesessen hast? Sag es: Tolle Titten. Nein, du kannst es nicht. In Pornos sagt man das, nicht in Wirklichkeit.

In Wirklichkeit steht Sonja mit dem geilen Arsch auf mich, traut sich aber nicht, mir es direkt zu sagen und lässt jetzt über Nicole fragen, ob ich mit ihr gehen wolle. Was nicht geht, denn zugleich würde zu diesem traumhaften Arsch wieder ein Gesicht mit einer viel zu großen Nase gehören und die klare Geilheit im trüben Teich der Wirklichkeit versinken.

»Es geht um Sonja, oder?«

»Nicht ganz«, sagt sie, dreht den Schlüssel im Schloss und lehnt sich gegen die Tür, wie um mir den Weg zu versperren. Was auch immer jetzt kommt: ich muss zuvor indiskret werden.

»Wusstet ihr, dass sie uns gestern einen runtergeholt hat? Tim, Michael und mir? An der Mole?«

»Nein«, sagt Bastian und Nicole schlägt sich die Hand vor den Mund. Hätte ich das lieber für mich behalten sollen? Und wenn schon. Vielleicht überlegt sich Sonja das dann mit mir noch.

»Siehst du, das meine ich. Die ist nämlich doch ganz anders«, wirft Nicole ihrem Freund vor.

»Das ist nicht sie, das ist Tim. Du glaubst doch nicht, dass sie das von alleine gemacht hat, oder?«

Wie fordernd er auf einmal gucken kann. Von mir bekommt er nur ein Kopfschütteln. Wir beide wissen, was Tim bei Sonja alles erreichen kann.

»Siehst du?«

Doch Nicole lässt sich nicht beirren. Sie räuspert sich, setzt ihr Meg-Ryan-Lächeln auf. Ihr T-Shirt ist wieder eine Spur zu eng. Moppelig ist sie, sehr rund. Irgendwie nett.

»Wegen gestern.«

»Es war nicht meine Idee!«, ruft Bastian müde.

»Soll ich lieber gehen?«.

»Nein«, sagt Nicole wie aus der Pistole geschossen. Sie atmet schwer. Unter dem T-Shirt prangten die aufgerichteten Nippel.

»Doch, Sven, lassen wir das, die spinnt«, sagt Bastian und kommt auf mich zu, den Kopf gesenkt. Mein Blick wandert zu seinen Shorts. Shorts = Schwanz. So offensichtlich unsicher habe ich ihn noch nie gesehen. In meinem Bauch kreist der Hubschrauber.

Ich bin nervös wie seit meiner Fahrprüfung nicht mehr. Das ganze Thema stresst mich. Ich drehe mich zur Tür. Doch diesen Weg versperrt Nicole.

Frag mich nach Sonja. Nein, frag besser nicht. Sonja steht auf mich. Ein tolles Gefühl. Sie will etwas von mir. Dieser Erwartung kann ich nicht standhalten.

»Hast du Lust, mal mit uns...«

»Nicole!«, ruft Bastian wieder, doch statt mich aus dem Zimmer zu werfen und die Unterhaltung abzubrechen, vergräbt er das Gesicht in der rechten Hand, als schäme er sich für seine Freundin. Oder ist da noch etwas anderes als Scham im Spiel? Was wollen sie mich fragen? Mit uns? Nicht mit Sonja? Was ist mit Nicole, Bastian und mir? Die Verwirrung steigt, die Neugier auch.

»Na los, frag«, sage ich. Meine Stimme zittert vor Aufregung. Verrückt.

»Nicole will wissen, ob du mit uns, mit ihr, ob wir zusammen ...«, beginnt Bastian aufgeregt, als sei er wütend »Na, du weißt schon.«

»Wie im Zug«, sagt sie atemlos. Ihre Augen glänzen. Sie sieht ziemlich geil aus. Wie im Zug. Zug, das steht für Erlösung, Befriedigung, Geilheit, Obszönität und Pornographie. Für Nicoles Hand an ihrer Möse und Bastians Schwanz, für gemeinsames Wichsen, für Abspritzen, für den Kick im Kopf.

Das stand aber auch für zu viel Nähe, zu viel Wirklichkeit, für einen Einbruch in meine Privatsphäre. Ich bin so aufgeregt, dass ich fürchte, ohnmächtig zu werden. Meine Hände zittern.

»Ihr wollt was?«, frage ich und drehe mich um. Ich weiß, was sie meinen. Die Wohnung. Jemand war bereits eingebrochen, hatte das Schloss zerstört, die Schubladen durchsucht. Nicoles behaarte Möse, Bastians spritzender Schwanz, sein stoischer Blick dabei, Sonjas weit aufgerissene Augen, Michaels perfekter Penis, Tims linke Hand. Ich wusste.

»Jetzt tu doch nicht so«, meckert Bastian.

»Ich glaub, ihr spinnt.«

Die Tür ist noch immer versperrt, Nicole noch immer aufgeregt, ihr Grinsen schräg. Jetzt wichsen und ihr dabei zusehen, wie sie sich fingert, wie sich Bastian einen runterholt. Warum nicht? Mein Schwanz ist längst hart. Warum nicht?

»Du fandst es doch auch geil, oder?«

Nicoles Augen sind Meg-Ryan-schmal. Ob ich es geil fand? Und ob ich es geil fand. Anscheinend stellt sich hier jedoch die ganz andere Frage, ob Bastian es ebenso erregte, mir beim Masturbieren zuzusehen, wie sie.

Ob er es auch geil finden würde, zusammen mit mir und seiner Freundin im Bett zu liegen. Ich tauge doch so wenig als

Wichsvorlage wie Bastian. Ich bin hetero, ich finde Frauenkörper geil, Titten, Mösen. Nun, nicht ausschließlich.

Auch steife Schwänze finde ich toll, die Vorstellung, davon einen zu blasen, ihn zu wichsen. Aber was ist mit Bastian? Ich kann mir seinen Kopf nicht in meiner Fantasie vorstellen. Wir haben nie einen Porno alleine zusammen gesehen, auch nicht, als wir beide keine Freundin hatten.

Indiana Jones und Batman, nicht Tracy Lords oder Theresa Orlowski. Bastian hat sich nie für meine Pornohefte interessiert. Es ist immer so, als spiele das für ihn gar keine Rolle.

»Willst du es denn?«

»Ich weiß nicht. Es war nicht meine Idee« Ist er so einer? Bastian, der nie gefragt hat, ob in der Kiste am Fußende meines Bettes Pornos liegen. Seine Resignation ist mit ein wenig Erregung vermischt.

Ich fummele an meinen Fingern, pule unter den Nägeln, pumpe Blut in meinem Schwanz. Jetzt wichsen, jetzt. Nicoles Titten. Widerstand ist zwecklos.

»Okay«, sage ich und könnte vor Erleichterung heulen, weil mir das Wort endlich über die Lippen gegangen ist. Nicole klatscht überrascht in die Hände. Ich zeige auf meinen Freund. »Aber du zuerst.«

»Was? Wieso ich? Die soll sich erst ausziehen. Es war doch ihre Idee.«

»Du bist blöd.« Nicole greift ihm an die Hose. Er schlägt ihr auf die Finger und sieht sie übertrieben böse an.

»Lässt du das?«

»Mann. Stell dich doch nicht so an.«

Erst äfft er sie nach, anschließend öffnet er seufzend den Knopf seiner zerrissenen Jeans, die er entgegen meiner Einschätzung, dass kurze Jeans out seien, so gerne trägt, und zieht den Reißverschluss herunter. Ich bin gestresst. Aber es ist positiver Stress, voller Energie, voller Leben. »Und jetzt?«

Nicole greift in den Gummizug ihrer Hose. »Jetzt du. Aber mach, bevor Sonja kommt.«

Diese Titten, diese Nippel. Bastian starrt mit der Hand an seinen Jeans, stoisch, regungslos, und zuckt ein letztes Mal mit den Schultern. Und dann ziehe ich Shorts mitsamt der Unterhose herunter. Der nächste Einbruch in meine Privatsphäre, und ich finde ihn sehr offensiv, sehr angenehm, einfach geil.

Meine Erregung ist nicht zu übersehen. Nicoles Augen werden groß. Bastian starrt auf meinen Steifen. Ich nehme die Hand vor meinem Schwanz, um die Blöße etwas zu verdecken.

Wieder schüttelt er resigniert den Kopf und zieht die Hose bis zu den Knien herunter. Sein Schwanz ist noch nicht so steif wie ich ihn im Zug erlebt habe, im Zug, als plötzlich alles anders wurde. Nicole macht es ihm nach.

Dunkel lockt ihre Scham.

Das einzige Kleidungsstück ist jetzt ihr Batik-T-Shirt. In ihrem Grinsen hat Lust jede Unsicherheit verdrängt. Unsere kleine Runde ist jetzt halbnackt.

Entblößte Geschlechter in Griffweite. Kaum noch Distanz, keine Privatsphäre. Ich habe die Einbrecher wieder in meine Wohnung gelassen, sie haben mich erneut dazu überredet. Und jetzt sind sie kurz davor, ein noch größeres Chaos als zuvor zu hinterlassen.

»Wer fängt an?«

Nicole zieht ihr T-Shirt am Saum straff und lüftet es bis zum Bauchnabel. Blut strömt. Wieder dieses resigniert Seufzen von Bastian. Sein Schwanz richtet sich langsam auf. Kommentarlos hantiert er, rollt die Vorhaut zurück und wichst. Auch ich packe an. Wie lange ist es her? Zwei Stunden, drei Stunden? Mein Hirn ist längst auf Entzug. Schnell haben wir beide hammerharte Erektionen.

Nicoles Hand ist ebenfalls zwischen ihren Beinen. Sie krümmt sich, windet sich, beugt sich vor. Wie im Zug, wie in den Filmen, wie in den Büchern. Ich knete meine Hoden, meine Eichel. So geil wie in meiner Fantasie.

Nicoles Möse schimmert durch ihr dunkles Schamhaar. Bastians Augen werden klein. Sie seufzt, ich atme flach. Drei Freunde beim

Wichsen, so normal und so selbstverständlich, so ohne Scham und Distanz.

Wieso habe ich immer gedacht, dass ich Bastian nicht gerne beim Masturbieren zusehe, seinen Schwanz abstoßend finde, dass mich Nicoles leichtes Übergewicht stören würde? Es ist nicht unangenehm, es ist geil.

»Los, aufs Bett«, sagt Nicole und schiebt mich mit der Hand, die gerade eben noch zwischen ihren Beinen war und an den Fingerspitzen feucht schimmerte, wie ein Möbelstück zu den beiden Etagenbetten, bis an die Bettkante, mit ihrer Hand an meinem Rücken. Sie fasst mich sonst nie an.

Bastian schubst sie bereits auf das Kopfende der Liege. Er protestiert schwach. Mit einer raschen Bewegung, die für das moppelige Mädchen ganz untypisch ist, gleitet sie neben Bastian.

Ihre Füße baumeln über die Bettkante, die rechte Hand landet sofort wieder in ihrem Schoß, mit der anderen Hand klopft sie auf das freie Fußende. Ich bücke mich und klettere in den Schneidersitz zu den beiden auf die Matratze. Peinliches Schweigen. Bastians Schwanz krümmt sich längst wieder schlaffer werdend zwischen seinen Beinen. Wie es wohl ist, ihn zu blasen?

Nicole in unserer Mitte reibt sich jetzt mit zwei Fingern. Als sie die Beine anzieht, stockt mir der Atem. Einen Finger in die Möse geschoben, zwei am Kitzler. Ist das da unter dem dunklen Haar der Kitzler?

»Geil, oder?«, flüstert sie. Bastian legt den Kopf in den Nacken. Er blinzelt herüber. »Aber nicht anfassen.«

Er wichst mit der ganzen Faust, ich nur mit Daumen und zwei Fingern. So frei, so selbstverständlich. Unerwartet plötzlich zieht sich Nicole das Batikshirt über den Kopf. Nicoles Titten sind schwer und groß, mit dunklen Höfen um die aufgerichteten Nippel. Unglaublich.

Endlich Titten. Ich spritze fast ab. Bastians Shirt folgt. Die Sekunde, in der ich meinen Schwanz loslassen muss, um mein Hemd auszuziehen, ist beinahe schmerzhaft. Nackt sitzen wir nebeneinander wir auf dem Bett und berühren uns zwischen den

Beinen. Nicole lehnt sich mit dem Rücken gegen die Wand, die Beine angewinkelt. Ich kann alles sehen. Ihr runder Po presst sich in das weiße Laken. Die Schenkel fallen nach links und rechts zur Seite.

So viel Haar, so viel Möse, so geil. Ich wünsche mir, sie lecken zu können. Wünsche mir, ihr meine Zunge tief in die feuchte Möse zu schieben und bis zum Orgasmus zu lecken. Wie sie wohl schmeckt? Ob sie es mag? Frag sie, frag sie doch. Frag sie. Ich kann nicht.

Sie reibt und streichelt, ich rubbele und fingere, Bastian knetet und quetscht. Wie es wohl aussieht, wenn sie ficken? Frag doch. Frag, ob sie in deinem Beisein ficken wollen.

»Wenn ihr...« Ficken, ficken, vögeln, poppen. ».. miteinander, ich meine, nur zu.«

Mein Gott, wieso geht mir das nicht über die Lippen? Weil es Pornosprache ist, weil es nicht passt, weil man so nicht miteinander redet. Scheiß Wirklichkeit. Nicole, mit zwei Fingern an ihrer Möse, bekommt große Augen. »Echt?«

Bastian bleibt überraschend stumm. Sie boxte ihn gegen die Schulter.

»Na los.« Bastian sieht mich an, ich nicke, Nicole beugt sich vor, geht zwischen meinen ausgestreckten Beinen auf alle Viere und streckt Bastian ihren Hintern entgegen. Von hinten. Der Mann ist so ein Glückspilz.

Was hätte ich darum gegeben, sie so zu ficken. Von hinten, wie in den Filmen, von hinten, in die Möse, in den Arsch.

Bastian kniet sich hinter sie, fummelt zwischen ihren Beinen herum, Nicoles Kopf ist plötzlich ganz nah, schwebt über meinem Schwanz, nur Zentimeter entfernt. Als er in sie eindringt, weiten sich ihre Augen. Seine Hände landen auf ihrem Hintern. Wie obszön, wie geil.

Bastian fickt seine Freundin vor meinen Augen am anderen Ende des Bettes und schämt sich nicht dafür. Noch ein paar Augenblicke dieses Anblicks, dieses Bildes, dieses wackelnden Titten, und ich kann abspritzen. Doch dann tut Nicole, was ich nicht erwartet habe.

Ohnehin nur eine Handbreit entfernt, will sie plötzlich die letzte Distanz mit fünf Fingern überwinden und mich zum Objekt ihrer Begierde machen. Bastian stoppt sie mit einem Wort.

»Ich will ihn doch nur mal anfassen.«

»Das war aber nicht abgemacht.«

»Ich sag doch auch nichts, dass Sonja im Zug mit dabei war.«

»Hab ich sie etwa befummelt?«

»Nein, aber du hast nie gesagt, dass du das willst.«

»Weil du sonst total eifersüchtig wirst, ich kenn dich doch.«

»Also würdest du Sonja befummeln?«

»Wenn es dir nichts ausmacht?«

»Also ja.«

»Ja, aber eben nur, wenn es dir nichts ausmacht.«

»Na toll. Sollen wir Sonja dazu holen? Damit du auch deinen Spaß hast?«

»Siehst du? Du bist eben auch total eifersüchtig.«

»Ja, wenn du auf Sonja stehst?«

Wahnsinn, das ist ja wie bei Loriot. Männer und Frauen und Missverständnisse und ich mit einer Mördererektion live dabei. Ich wichse vorsichtig weiter.

»Ich steh nicht auf Sonja. Ich hab nur gesagt, dass es das Gleiche wäre wie jetzt mit Sven. Stehst du auf Sven?«

»Aber das geht doch um was Anderes. Das hier ist Sven, dein bester Freund.«

»Na und? Ich will dich nicht teilen. Auch nicht mit Sven. Was soll das? Du bist meine Freundin.« Spießer. Kameradenschwein. Wenn ich mit einer zusammen wäre, die Sex zu dritt haben wollte – ich wäre großzügiger. »Und außerdem: Ist Sonja nicht deine beste Freundin? Dann können wir sie doch dazu holen. Macht dir doch auch nichts aus, oder?«

Ein tolles Argument. Das habe ich Bastian gar nicht zugetraut. So wie es aussieht, kann ich jetzt einpacken und das Zimmer verlassen. Schade drum, gerade habe ich Spaß daran gefunden. Die Nervosität ist vor langem schon der Geilheit gewichen. Nicole sieht mich an, sieht zu Bastian.

»Ich glaube, es war eine blöde Idee«, sage ich und will aufstehen, doch Nicole hält mich mit einer Hand auf meinem ausgestreckten Bein zurück. Ihre Hand an meiner Haut. Die ungewohnte Berührung lässt meinen Schwanz pulsieren.

»Nur ein einziges Mal«, säuselt Nicole, und sie säuselt das so kindlich wie alles andere. Ob es nun um Sex geht, ums Kiffen oder den Besuch im Wachsfigurenkabinett.

Und schließlich sagt sie den entscheidenden Satz.

»Findest du das nicht auch geil?«

Was soll ihn erregen? Dass seine Freundin einem anderen einen runterholt? Und wenn es ihn nicht erregt, was wir hier tun, geht es um die Frage, ob er es akzeptiert, dass seine Freundin mich anfasst, weil es sie erregt.

Eifersucht gegen Erregung, ist es das? Mein Schulterzucken soll Ratlosigkeit zum Ausdruck bringen. Hoffentlich versteht er es nicht als Gleichgültigkeit. Durch Bastian geht ein Ruck. Bastian seufzt resigniert, legt seine Hände auf Nicoles Hintern und vergräbt seinen Schwanz klatschend zwischen ihren Pobacken. »Dann mach doch.«

Nicole grinst mich an, reißt die Augen auf, erschaudert, machte die Augen klein und greift zu. Ich spanne den Körper an wie in der Achterbahn, bevor die Wagen von der Spitze des Hügels ins Tal stürzen. Letzte Gelegenheit zu fliehen? Nein, die ist längst verpasst.

Fasziniert starrt sie auf den geäderten Schaft, rollt die Vorhaut vor und zurück. Ein Schauder läuft durch meinen Körper. Nur langsam entspanne ich. Ihr Griff wird fester. Oben aus der Faust lugt die dunkelrote Eichel. Mit dem Handballen berührt sie meine Hoden.

Sie quetscht, massiert leicht, verdreht die Augen, als Bastian bei seinem letzten Stoß anscheinend einen ganz besonderen Punkt trifft, und tut dann, was ich hoffe und Bastian befürchtet.

Sie stülpt ihren Mund mit einem Mal über meine Eichel.

Mein Hirn explodiert.

Bastian, mit seinen Händen auf Nicoles Pobacken, reißt die Augen auf. »Ich glaub es hackt! Lass das!«

Nicole macht ungehemmt weiter. Ich schwimme im Pool der Lust. Mir ist alles egal. Nicoles Lippen an meinem Schwanz. Heiß ihre Mund, zappelnd diese Zunge. Oh, mein Gott. Dass ich das noch erleben darf.

Auf ihrer Stirn entdecke ich eine kleine Unreinheit, auf ihren Unterarmen kleine, dunkelblonde Härchen, und in meinem Rücken drückt das Bettgestell. Das kann kein Traum sein. Dafür ist er zu unvollkommen.

Und Bastian? Fickt sie weiter. Bastian, der seine Freundin, die ich vor einer Woche noch für den verklemmtesten Menschen auf diesem Planeten gehalten habe, von hinten fickt, stiert zu mir herüber, als könne er nicht glauben, was er sieht. Ob es seine Art ist, beim Sex so zu starren?

Nicole lutscht meinen Schwanz immer schneller. Die harte Stange verschwindet zur Hälfte in ihrem Mund, über die Hälfte, und bevor sie hustet und meinen Steifen beinahe auswürgt, ist er noch bis zur Wurzel in ihrem Hals verschwunden.

»Was machst du?«, ruft Bastian. Seine Hüften klatschen gegen Nicoles Hintern. Ihre Titten wackeln saftig im Takt. Sie wichst meine sehr nasse Stange, räuspert sich, hüstelt und wischt sich Speichelfäden aus den Mundwinkeln.

»Ich wollte ihn ganz in den Mund nehmen.« In Nicoles Stimme, die von Bastians Stößen unterbrochen wird wie eine schlechte Tonbandaufnahme, liegt genau das schüchtern dahingesäuselte Gegenstück zum Vorwurf in Bastians Frage. »Deinen bekomme ich doch auch ganz rein.«

Ich habe, mit zusammengekniffenen Augen und dem Wunsch, es möge ewig so weitergehen, nur eine Erklärung parat: »Vielleicht ist meiner einfach nur länger.«

Nicole sieht mich mit meinem Schwanz in der Hand an, verzieht vorahnend den Mund und grinst.

»Also, das reicht mir jetzt langsam mit euch«, motzt Bastian, ohne auch nur eine Sekunde damit aufzuhören, seinen Schwanz von hinten in Nicole zu rammen. Unser Lachen perlt durch das Zimmer. Herrlich. Mehr miteinander geht nicht.

Was auch immer sie macht, es ist zu gut, um mich einzumischen und sie davon abzubringen. Ihre Hand massiert meinen Harten der ganzen Länge nach, dann stülpt sie wieder ihren heißen Mund darüber und ich tauche ein in eine Welt der Lust, wie ich sie noch nicht kannte.

Bastian bohrt sich tief in seine Freundin, zieht sich zurück und stößt wieder zu. Schneller und schneller. Im gleichen Takt bläst mir Nicole den Schwanz. Plötzlich eine kleine Unterbrechung, ein überraschter Aufschrei, ein Brummen von Bastian, der Rhythmus unterbrochen.

»'tschuldigung, ich bin rausgerutscht«, sagt Bastian, nimmt erneut seine Hand zu Hilfe, fummelt, stößt, bis seine Hüften so schnell wie zuvor an Nicoles Arsch klatschten. Ihr Stöhnen ist wie das im Porno. Rausrutschen. Darüber, dass man beim Ficken rausrutschen kann, habe ich noch nie nachgedacht.

Ich starre auf Nicoles Kopf, der über meinem Schwanz auf und nieder geht. Tiefer und immer tiefer schluckt sie das Rohr. Ihr Kopf, ihr Haar, der Rücken, der Po, Bastians Bauch. Bastian hinter ihr starrt ebenfalls dorthin. Unsere Blicke treffen sich. Nein, das geht nicht.

Mein Blick schnalzt wie am Gummiband gezogen zurück zu Nicoles Lippen, ihrer Hand an meinem Schwanz.

»Ich komme gleich«, knurrt Bastian. Seine Stöße werden schneller. Schmatzend rutscht mein Schwanz aus Nicoles Mund.

»Ich bin aber noch nicht so weit«, ächzt sie. Das feuchte Klatschen wird noch schneller. Ihre Titten kreisen in einem noch kleineren Radius, aufgerichtet die Nippel, hell die Höfe.

Bastian knurrte verzweifelt. »Ich kann aber nicht mehr lange.«

»Fass meine Titten an«, bettelt sie. Die Dinger wackeln ohnehin so einladend, dass ich keine Sekunde zögere. Dass ich gar nicht gemeint bin, habe ich ausgeschlossen. Ich beuge mich vor und packe sie an den Brüsten. Die Nippel sind hart, die Haut ist seidig. Endlich.

Noch nie zuvor habe ich solche Titten in den Händen gehalten. Nicht einmal die von Frau Döring waren so. Sie sind fest und weich zugleich. Um die hellen Warzenhöfe erkenne ich dunkelblonde Härchen. Wie die auf ihren Armen. Wie egal. Mensch, ist das geil.

»Hee, Finger weg, ich mach das.« Bastian beugt sich ächzend und ohne mich anzusehen über seine Freundin, bis er beinahe auf ihr zu liegen kommt, während er sie weiter von hinten fickt. Widerwillig nehme ich meine Finger weg. Seine Hände nahmen den Platz an ihren Titten ein. Sieht ganz schön unbequem aus.

»Du kannst deine Finger ja auch woanders hintun.«

Bastian verzieht das Gesicht. »Jetzt hör aber auf. Ich find das nicht so toll.«

Nicole verdreht die Augen. Sekunden später gleiten seine Hände zurück auf ihren Hintern. Sofort bin ich an Nicoles Titten, zwirbele die Nippel.

»Sven, lass das.« Ist er wirklich empört? Oder spielt er das nur?

»Lass ihn doch«, keucht Nicole, grinst mir verlegen zu. Wie kann sie jetzt noch verlegen sein? Mit meinem Schwanz in ihrer Hand? Ich knete ihre Titten und kann nicht mehr. Nicole wichst meine Stange, Nicole lutscht, Nicole leckt. Bastian kneift plötzlich die Augen zusammen, öffnet den Mund und presst ein tiefes Knurren hervor.

»Scheiße, ich...«

»Oh Mann, ich bin doch noch nicht... Finger«, presst Nicole hervor.

Bastian spannt den Körper an. »Nicht jetzt, ich....«

Auch mein Höhepunkt kommt so überraschend wie ein Raubüberfall in einer dunklen Straße, und ich denke, scheiß drauf, ob sie noch nicht so weit ist, denn ihre Hand an meinem Schwanz ist zu geil, und anscheinend ist es für Nicole auch nicht das erste Mal, dass Bastian mit kehligem Grunzen und noch immer dem selben stoischen Gesichtsausdruck zu früh abspritzt.

Ich kralle mich in die Bettdecke. Der erste Spritzer schießt milchigweiß in die Höhe, klatscht zurück auf Nicoles wichsende Hand. Sie schreit überrascht auf.

Der zweite trifft sie an der Oberlippe, gerade als sich ihre Lippen um meine Eichel schließen. Die dritte und vierte Ladung pumpe ich in ihren Mund.

Bastian, der keuchend auf sie gefallen ist und quer über ihr liegt, packt mit der freien Hand ihre Titten, um sich wie ein Ertrinkender daran festzuhalten.

Mein Schwanz taucht aus der Wärme ihres Mundes, gerade als es unangenehm wird, wie wichsen, nachdem ich bereits gekommen bin. Sie schluckt, drehte dabei verärgert den Kopf. Auf ihrem Gesicht glitzert es feucht. Wieso ist sie nicht zur gleichen Zeit gekommen?

»He, Bastian, mach was. Dein Finger, los!«
»Ich mag das nicht da.«
»Ich bin noch nicht gekommen.«

Er motzt. Nicole wiederholt das Kommando. Keine Sekunde später hat er den Mittelfinger der rechten Hand im Mund, eine weitere Sekunde danach teilt dieser die Pobacken seiner Freundin, die diese Penetration mit einem hohen Quieken quittiert und die Augen ganz weit aufreißt.

Ich falle erschöpft nach hinten auf die Matratze und stoße mir den Kopf am Bettgestell. Vor mir, in einem unglaublich obszönen Knoten, fummelt Bastian von vorne und von hinten seiner Freundin zwischen den Beinen herum, das Gesicht rot vor Anstrengung.

Nicole, noch immer meine schlaff werdende Stange umklammernd, vibriert, hechelt, presst, jammert und bettelt, wie ich es noch in keinem Porno gesehen habe.

Scheiß Bett. In meinem Hinterkopf brennt der Schmerz. Gerade als ich Angst um meinen Schwanz bekomme, spannt sie ein letztes Mal den Körper an, holt tief Luft und presst diese mit einem leisen Wimmern hervor.

Dabei kippt sie zuckend zur Seite. Ihre spermaverklebten Finger lösen sich. Bastian zieht die Hand zwischen ihren Pobacken hervor, während er ihren Kitzler ein letztes Mal rubbelt, wirft einen schnellen, leicht angewiderten Blick auf seinen sauberen Mittelfinger, und lässt sich neben seine Freundin fallen.

Auf seiner Stirn glänzt der Schweiß. Nicole schließt erschöpft die Augen und findet doch genug Kraft, um zu mäkeln. »Das war ja typisch. Nicht mal fünf Minuten.«

»Und wieso hast du so lange gebraucht, hä? Ich denke, du fandst das so geil? Mit Sven, zu dritt?«

»Mann, ich bin eben keine Maschine.«

»Ja und, ich auch nicht.«

Na toll. Das hat mir jetzt noch gefehlt. Der Drang, alleine zu sein, mich zurückzuziehen, wird groß. Nicole sieht mit ihren Kilos zu viel nicht mehr geil aus, Bastian ist zu viel Kopf und zu wenig anonymer Schwanz. Keine Lust auf mehr. Wieder ist in meine Wohnung eingebrochen worden.

Langsam wird es zur Gewohnheit, banal, gewöhnlich, mit Pickeln auf der Stirn, mit Schweißgeruch und verwirrtem Schweigen. Gefällt dir das, frage ich mich. Ist es so, wie du es aus den Büchern kennst? Nein, es ist ganz anders. Und ich bin nicht sicher, ob es mir wirklich gefällt.

»Ich geh besser.« Ich schlüpfe in die Shorts und streife mein T-Shirt über. Gerade rechtzeitig, denn es klopft an der Tür. Nicole gleitet unter die Decke, nackt wie sie ist, und Bastian, etwas schneller als ich, lässt Sonja herein.

Sonja steht vor der Tür, ihren Stoffbeutel fest umklammert in beiden Armen, mit ernstem Blick und Augen, unter denen es feucht glänzt. Geräuschvoll zieht sie die Nase hoch.

»Oha«, sagt Bastian nur. Sonja wischt sich über das Gesicht und huscht an ihm vorbei ins Zimmer, wo Nicole sich gerade ein T-Shirt überzieht. Sonjas Stimme ist weinerlich. »Kann ich mit dir reden? Alleine?«

Nicole wirkt einen Moment lang wie ein aufgeschrecktes Huhn. Ob sie weiß, dass sie noch Sperma im Gesicht hat?

»Wir wollten gerade gehen«, wirft Bastian beiläufig ein. Ich mache absichtlich ein blödes Gesicht, wozu bei mir ohnehin nicht viel gehört. »Wir?«

Wortlos zieht mich Bastian zur Tür, die hinter uns ins Schloss fällt. Der Flur riecht nach Bier. Zwei Gestalten torkeln in Richtung Lobby. Wir folgen ihnen wortlos. Wer zuerst redet hat verloren. Was soll man auch sagen nach einem solchen Schäferstündchen? Wieso heißt das eigentlich Schäferstündchen?

Michael hätte jetzt gesagt: War doch ohnehin nur eine halbe Stunde. Und ich könnte tausend Dinge sagen, wenn ich nur welche wüsste. Scheiß Otto verhindert, dass ich eigene Witze mache. Wissen belastet ja doch nur.

»Äh«, beginne ich. Ein guter Anfang. Bastian starrt auf seine Füße, als denke er nach, aber das täuscht. Bastian denkt nie nach. Unvermittelt bleibt er stehen und starrt mich an. Wütend vielleicht, aufgeregt bestimmt. Der rechte Zeigefinger zeigt auf mich. Im Western hätte er eine Knarre in der Hand.

»Das eins klar ist. Sie ist meine Freundin, okay?«

John Wayne, mit der Kippe im Mund, spricht mit dem fiesen Rancher, der die niedliche Rancherin tyrannisiert, um an ihre Farm zu kommen.

Fass sie nicht an, sonst knall ich dich über den Haufen.

»Es war nicht meine Idee, okay?«

»Aber du hast sie angefasst.«

»Sie hat mich doch zuerst angefasst. Ich hab nur zurückgegriffen.«

Ab 5 Uhr 45 wird zurückgegriffen. Ein hysterisches Lachen will unterdrückt werden. Ist ihm entfallen, wie sehr ich mich gewehrt habe? Nicole ist doch gar nicht mein Typ.

»Ganz locker bleiben.« Beinahe hätte ich ihm auf die Schulter geklopft, doch körperliche Nähe wäre jetzt missverständlich. Bastian macht wieder seinen Unsicherheitsbuckel. »Ich wollte doch gar nichts von ihr.«

»Aber sie von dir.«

»Was?«

»Sie hat nicht Tim oder Koffer gefragt, sondern dich.«

Bastian ist nicht mehr wütend, er ist verzweifelt. Und das alles wegen Nicole. Fast will ich ihm sagen, was ich an ihr nicht mag und weswegen er keine Angst haben muss, dass ich sie ihm wegnehme. Wegnehmen, so ein Quatsch. Als könnte ich das, ich, der größte Schwachmat unter der Sonne. Doch dann sage ich nichts. Ich will ihm seine Freundin nicht schlecht machen, und immerhin habe ich ja auch einmal mit ihr geknutscht.

»Komm Bastian, das war eine einmalige Sache. Vergessen wir es, okay?«

Er sieht mich stumpf an, die Augen weit aufgerissen, so ernst und zugleich verzweifelt, wie ich ihn nicht kenne. Erst als er die Schultern sichtbar sinken lässt, merke ich, wie angespannt er ist.

Zieh, sagt John Wayne, und dann knall ich dich ab.

Ohne ein weiteres Wort dreht er sich um und geht den Flur hinunter.

3.

Tim packt seine Einkaufstüte aus. Er hat an meinen Trinkjoghurt gedacht. Michael dreht sich eine. »Was war los?«

Bastian kratzt sich im Schritt. »Hast du wieder einer fremden Frau hinterher gesehen?«

Tim verstaut seine Einkäufe unter dem Etagenbett. »Viel besser, aber das erzähl ich euch draußen. Ich muss erst mal einen barzen.«

Die Luft ist kaum kühler geworden. Der Fels an meinem Hintern ist noch warm. Michaels Feuerzeug klickt. Umständlich nimmt Tim einen Zug, stellt den Kopf schräg und bläst den Rauch in die schwache Brise, die nicht salzig schmeckt oder fischig, sondern einfach nur frisch. Dann reicht er den Joint weiter an Bastian.

»Die war so unglaublich. Die wollte das, und jetzt heult sie«, sagt er und schüttelt verächtlich den Kopf.

»Was? Wo?«

»Auf dem Weg vom Supermarkt hierher. In einem Rohbau.«

In meinem Bauch kribbelt es plötzlich. »Und was habt ihr gemacht?«

Michael lässt sein Feuerzeug auf und zu schnappen. »Du hast dir wieder einen runterholen lassen.«

Tim sieht ihn ernst an. Seine Augenbrauen zucken ironisch. »Ich hab sie in den Arsch gefickt.«

Von Michael und Bastian kommt ein ungläubiger Ausruf des Staunens. Ich spüre, wie mich der Neid packt.

»Wir haben Gleitgel gekauft. Ohne wollte sie's nicht. Ist doch 'n Sensibelchen. Vorher hat sie mir noch einen geblasen, so wie gestern. Und dann hat sie sich die Hose runtergezogen, hingekniet, die Beine breit gemacht, und ich kann loslegen. Erst war ihr Loch ein bisschen eng, aber mit ordentlich Gel ging das. Hab sie dabei gefingert. Zum Schluss ist sie richtig abgegangen. Von wegen Frauen stehen nicht darauf. War ziemlich geil.«

Ein Gefühl explodiert dunkel in meinem Kopf. Welches Gefühl? Neid? Eher Hass. Diese Selbstverständlichkeit. Mein Kopf vibriert, mein Zwerchfell zittert. Aber nicht wie sonst, wenn ich Angst hatte oder mir eine Situation unangenehm ist. Es ist ein forderndes, unzufriedenes Zittern, wie Lecken an einer Batterie, wenn der schwache Strom in die Zunge fährt. So ein Wichser.

»Hast du ihr in den Arsch gespritzt?«, fragt Michael ungeniert. Bastians Blick kreuzt sich mit meinem. Ob er über diese Schamlosigkeit das Gleiche denkt?

»Natürlich. Da brauchten wir auch kein Kondom. Sie nimmt ja die Pille nicht.«

»Die hat der Papst doch auch verboten«, sagt Michael mit unterdrückter Stimme und reicht, bevor er den Rauch ausatmet, den Joint zurück an Tim. Als ob die Pille eine Rolle spielt. Es geht um das Zittern in meinem Zwerchfell, um die Tatsache, dass bei Tim alles so selbstverständlich passiert, wonach ich mich vergeblich sehne, wenn ich alleine mit mir bin.

Träume ich nicht sogar inzwischen von Sonjas Hintern? Stelle ich mir nicht vor, wie ich sie berühre? Wenn nur der Rest nicht wäre. Sonjas Heulerei, ihre Religion, ihre Anhänglichkeit, ihre

Naivität. Das Kribbeln im Kopf lässt nach. Ihr Hintern. Nur der spielt eine Rolle.

Diesmal schüttelt Bastian fassungslos den Kopf. »Ihr seid schon geil, Jungs.«

»Steht Nicole nicht so auf anal?«

Ist da eine Spur von Spott in Tims Stimme?

»Ich glaube nicht, dass Sonja das freiwillig gemacht hat.«

»Sondern?«

»Aus Liebe. So wie gestern. Die hätte uns doch sonst nie einen runtergeholt.«

Tim winkt ab. »So ein Quatsch. Ich hab ihr gesagt, dass ich mich nicht entscheiden kann. Nicht jetzt. Nach dem Urlaub. Sie wollte das trotzdem.«

»Eben, weil sie noch immer in dich verknallt ist.«

»Na und?«

Bastian erwartet Unterstützung von mir, doch ich zucke nur mit den Schultern. Des Menschen Wille ist sein Himmelreich. Soll sie sich doch in den Arsch ficken lassen, soll sie doch Sex haben, von dem ich nur träumte. Was war so schlimm daran? Wen interessierten die Gründe, wenn nur das Gefühl zählt.

Sonja auf allen Vieren, den Hintern in die Luft gestreckt.

Tim kann all das haben, Bastian könnte, wenn er wollte, Michael hat es bestimmt – nur ich nicht. Wissen sie nicht, wie weit sie mir voraus sind, wie sehr ich sie beneide, wie dringend ich all das haben will, was sie haben?

Bastian zeigt seine Unzufriedenheit mit schmalen Lippen. Tim wischt sich ganz cool und ohne sichtbare Gefühlsregung eine Locke aus dem Gesicht und zieht arrogant am Joint. Wir starren noch eine Weile auf die blinkenden Lichter am Horizont, wo die Sonne nur noch einen dünnen orangeroten Streifen hinterlassen hat. Die Brandung rauscht. Vom Meer weht ein öliger Geruch herüber.

Wir rauchen den Joint auf und gehen zurück in die Herberge. Beim Einschlafen denke ich an Nicoles Hand, an ihre Lippen, an den Moment, in dem ich ihr in den Mund spritze. Und immer wieder stelle ich mir vor, wie sich Sonja vor mich kniet.

4.

Wir fahren ans Meer. Um uns der ruckelnde Zug, darüber der blaue Himmel.

»Es ist ein IC«, sagt Tim und ich lache. Kein IC ist so langsam und schaukelt dermaßen.

»Was ist ein IC«, fragt Nicole und ich fasse mir an den Kopf. Der Schaffner spricht deutsch und kommt aus Bochum oder Bielefeld oder Beisheim. Ist das eine Stadt oder ein Familienname? Der Zug fährt beim Supermarkt vorbei, die an der Algarve immer in der Nähe der Bahnhöfe liegen. Sonja will mit mir einkaufen gehen. Sie ist sauer, weil sie für alle anderen einkaufen muss.

Natürlich ist sie sauer, weil Tim nichts tragen will mit seinem Arm, der ohnehin nicht gebrochen ist, das weiß ich. Und mit wem fange ich die Kätzchen, die aus dem Schuppen entkommen sind, weil wir die Tür geöffnet haben.

Über uns der blaue Himmel.

Ich suche die Kätzchen und mein Zelt und finde in der Dunkelheit meine Taschenlampe nicht, weil wir keine dabei haben. Keine Taschenlampe?

»Penner«, sagt Bastian, noch während ich suche. Und plötzlich bin ich wach. Die Augen verklebt. Eine Sekunde lang weiß ich nicht, ob ich unter mir den harten Boden des Zeltplatzes spüre oder die Matratze in der Jugendherberge.

Mein Kopf dröhnt.

Ein Traum, ich habe bis eben von der Algarve geträumt, jetzt bin ich wach.

Der letzte Traum schwebt im Raum wie ein doppeltes Bild bei einem schlecht eingestellten Fernsehsender. Ich sehe zwei Sendungen auf einmal.

Das Gefühl der Enge im Zelt ist spürbar. Ich fühle mich erschöpft von zu vielen Träumen. Zu intensiv, zu lebensnah. Muss ich im Traum verarbeiten, was in diesem Urlaub passierte? Und wenn ja, wieso fehlen dann die entscheidenden Szenen von Penetration und Perversion? Wieso fühlt sich der Traum so echt an und ist doch so leer, so gefühllos, so hohl? Und warum träume ich wieder von den Kätzchen, einer Erinnerung aus der Kindheit? Die Katzen im Hof. So lange habe ich nicht mehr daran gedacht.

Bastian steht vor unserem Etagenbett.

»Penner, aufstehen«, sagt er und kratzt sich verschlafen am Kopf. So freundlich. Ich fingere nach meiner Armbanduhr unter meinem Kopfkissen. Es ist kurz vor acht. Unser Zug geht gegen elf. Genug Zeit.

»Warum heißt ein Kulturbeutel überhaupt Kulturbeutel? In der Hand von Interrailern ist das doch ein Widerspruch in sich.«

Bastian schlurft neben mir zu den Waschräumen. »Damit wir wenigstens etwas Kultur mitnehmen können.«

»Ich weiß nicht. Geht es um die Körperkultur?«

»Und was soll das sein? Körperkultur?«

»Vielleicht hat das was mit Körperkult zu tun.«

Waschräume in Jugendherbergen haben etwas von Ferienlager. Ich erwarte immer noch, die grauen Waschtröge vorzufinden, in denen immer der Schaum vom Nebenmann an einem vorüber fließt, während man sich selbst mit Colgate für Kinder, die nach Kirsche oder Kaugummi schmeckt, die Zähne putzt.

In Waschräumen bin ich immer zehn Jahre alt und entdecke die Intimsphäre, weil ich mich nicht vor anderen Jungs ausziehen will. Zehn Jahre später habe ich die Intimsphäre wieder verloren, oder besser: hat man sie mir wieder abgenommen.

Statt grauer Waschtröge finden wir Tim an einem der fünf Waschbecken stehen. Er wickelt konzentriert eine Plastiktüte von Carrefour um seinen Gips. In seinem Kulturbeutel liegt neben der Zahnpasta eine Tube mit Gleitgel.

Nicht eine: die Tube.

Ob er sich die Mühe gemacht hat, seine Hose aufzuknöpfen? Ob er sich über sie gebückt oder hinter sie gekniet hat? Ob er sich danach hat waschen müssen?

Ob ich ihn das fragen kann? Wer soll sich daran stören. Keine Intimsphäre, für niemanden. Ich blicke in den Spiegel. Unrasiert, braun gebrannt, aber ohne sichtbare Verlegenheit. Was ist Intimsphäre anderes als anerzogene Abscheu vor der Körperlichkeit. Körperkult in einer Tasche. Vielleicht war der Kulturbeutel Ausdruck genau dieser Abscheu, dieser aberzogenen Körperlichkeit.

Ich rufe während wir auf den Zug warten nach zwei Wochen auf Tour zum ersten Mal zuhause an. Meine Mutter, statt sich zu freuen, fragt mich vorwurfsvoll, warum ich nicht früher angerufen habe.

Blöde Kuh.

Ich wollte ihr lediglich sagen, dass es mir gut geht, wir uns alle noch verstehen und ich in zwei Wochen wieder daheim bin.

Doch plötzlich und unmittelbar sage ich ihr, dass ich diesen Urlaub hier viel besser finde als jeden, den ich mit ihr in den letzten Jahren gemacht habe, dass ich Eis aus der Waffel esse, ohne den letzten Rest, da wo die Eisverkäuferin die Finger dran hatte, in den Mülleimer zu werfen. Am anderen Ende Sprachlosigkeit.

Wer ist am anderen Ende? Meine Mutter? Sie ist mir so fern wie ein Mensch aus einem bösen Traum, und das unangenehme Gefühl, dass mich jemand mit Erwartungen konfrontiert und kontrolliert, verblasst in wie eine Erinnerung aus einer unruhigen Nacht in dem Moment, in dem ich den Hörer in die Gabel knalle.

Noch eine halbe Stunde bis zur Abfahrt. Der Zug nennt sich IC, und ich bin gespannt, ob es nicht eher ein Regionalexpress ist. Habe ich davon geträumt? Vom Zugfahren? Kein Wunder, ich habe permanent das Gefühl, dahinzugleiten, auf Rädern oder in der Luft. Immer wieder gleiten meine Gedanken hin zu Sonja, Nicole und den Katzen im Hof.

Wir sitzen auf einer Bank auf dem Bahnsteig, die Rucksäcke zwischen den Beinen, und Sonja kniet zur Abwechslung mal nicht, die blöde Nuss, die Heuchlerin, die bigotte Katholikin.

Spiel mit dem Kätzchen

Zwei Wochen lang in Europa unterwegs, auf eigene Faust die Wege finden, Entscheidungen treffen. Und dann kommt einer und will dir alles abnehmen, dich zum Strand fahren, dich zum Supermarkt bringen. Was hat er davon? Das macht keiner umsonst.

Du bist misstrauisch, weil du in der Fremde bist, Tourist und potenzielles Opfer. Und weil du Gefallen daran gefunden hast, alles selbst zu organisieren. Selbstständigkeit statt Fremdbestimmung ist der Schlüssel, denn du bist auf keinem Pauschalurlaub, sondern auf Interrail.

1.

Die Hitze schlägt uns um die Ohren wie ein feuchtes Handtuch, das mit 90° gewaschen zu früh aus der Maschine kommt. Der Bahnhof von Faro ist klein und laut und sehr sauber. Ein kleines, ehemals weiß getünchtes Gebäude, ein unbesetzter Fahrkartenschalter in einer winzigen Eingangshalle. Das also ist die Algarve. Und wo ist jetzt unser Campingplatz?

Mein Rucksack drückt. Hinter uns liegen mehr als vier Stunden im Regionalzug, den die Portugiesische Staatsbahn frecherweise IC nennt, und weiß Gott wie viele Kilometer Hinterland. Wir haben während der Fahrt Karten gespielt, gelesen oder einfach aus dem Fenster in die trockene, verdorrt wirkende Landschaft gestarrt. Ohne Worte, dafür mit Hintergedanken und verlegenen Blicken, die besonders bei Bastian besagten: Bis hierhin, und nicht weiter.

Nicole grinste von Zeit zu Zeit herüber, wenn Bastian einen Stich machte und sich darüber freute, als habe er statt wertloser Punkte auf einem zerknitterten Zettel den Jackpot gewonnen. Und in diesen Sekunden des Lächelns sah ich wieder das Sperma auf ihren Lippen.

Kaum zu glauben, dass wir vor nicht einmal 12 Stunden noch voreinander gewichst haben, Bastian seine Freundin vor meinen Augen gefickt und sie mir einen geblasen hat. Hinter uns liegen vier Stunden Zugfahrt, in denen ich immer wieder zu Sonja hinübergesehen und mir vorgestellt habe, wie sie ihre Shorts heruntergezogen und sich vor Tim gekniet hat.

»*Hey, you guys, where are you from?*«, fragt uns ein junger Typ, nur wenig alter als wir, kaum dass wir einen Fuß auf den Bahnsteig gesetzt haben. Schon wieder so ein scheiß Drogendealer.

»*Germany*«, antworten Nicole, Bastian und Sonja im Chor. Die drei sind einfach zu gutgläubig, oder sind sie es nicht? Der Typ kommt aus Bielefeld und stellt sich als Animateur eines großen Campingplatzes in der Nähe vor. Toll, wie man so akzentfrei Englisch reden kann. Er macht uns ein Angebot, das wir seiner Meinung nach nicht ausschlagen können.

Nicht ausschlagen sollen wir den Pendelbus zum Campingplatz und vom Campingplatz zum Strand, Animation, viele junge Leute, Tennisplatz und gemeinschaftliches Saufen am Abend. Wir stecken die Köpfe zusammen, um zu beraten. Nicole sieht skeptisch zu Bastian. »Ich weiß nicht.«

Natürlich weiß sie nichts. Wie üblich. Traut sie dem Typen nicht, hat sie Angst, überfallen zu werden, will sie selber suchen. »Wer weiß, wo der uns hinfährt.«

Na also. Bastian verdreht die Augen. Das ist meine geringste Sorge.

»Klingt nach Ballermann«, sagt Tim. Das ist meine Sorge. Sonja zeigt durch ihr ausdrucksloses Gesicht, wie sehr diese Situation sie überfordert. Dabei soll sie froh sein, dass wir jetzt nicht noch nach einem Campingplatz suchen müssen. So kann sie viel eher die Hose herunter ziehen, auf alle Viere gehen und den Hintern in die Luft strecken.

Unangenehm rollt der Groll vom Hals in den Magen. Unter Sonjas Shorts kann man die Nähte ihres Slips erkennen. Mich wundert, dass sie überhaupt noch einen trägt.

Es ist schon halb sechs Uhr abends und uns steckt die Zugfahrt in den Knochen. Bastian versuchte sich an Pragmatismus. »Wir wissen doch sowieso nicht, wo wir zelten können.«

Sonja will den Preis wissen, der Animateur nennt die Summe in D-Mark, als könnten wir nicht selbst umrechnen. Fünf Mark pro Person und Nacht sind okay. Auch Sonja hat nichts einzuwenden. Michaels getuschelte Frage ist kaum zu überhören. Der Animateur setzt ein gönnerhaftes Lächeln auf.

»Einkaufen könnt ihr nachher. Da fährt ein Bus vom Campingplatz zum Supermarkt.«

Wir haben keine Kraft zu widerstehen. Auf dem Weg zum Bus auf dem Vorplatz des Bahnhofs grinst Nicole verunsichert. »Das ist bestimmt total überteuert und schäbig und ganz weit weg vom Strand.«

Bastian faucht sie an, ob sie das nicht fünf Minuten vorher hätte sagen können, und Nicole bellt, sie hätte, aber keiner habe es hören wollen. Tim steigt gelassen in den Bus. Ich bin beruhigt, denn seine Entschlossenheit hat mehr Gewicht als Nicoles Zögern.

2.

Auf der Fahrt huschen Neubaugebiete, Pulks aus Touristen und Kreisverkehre an uns vorbei. Bald werden die Häuser seltener. Der Bus fährt parallel zur Küste. Das Meer liegt auf einmal tiefblau in der Nachmittagssonne zu unserer Linken. Langsam entspanne ich mich. Hinter uns sitzen noch vier andere Interrailer, ihre abgeranzten Rucksäcke zwischen den Füßen. Das beruhigt mich. Wir sind nicht die einzigen, die ihre Selbstständigkeit aufgegeben haben.

Knapp 15 Minuten später und viel zu weit vom Meer entfernt erreichen wir unser Interrailer-Resort. Groß, sauber, mit viel Platz für unsere Zelte, einer kleinen Essensausgabe, vielen Menschen und einem Boden, in den ich keinen Hering bekomme.

Bastian flucht, ich schwitze.

Hart wie Beton verweigert sich die dunkelrote trockene Erde den Metallstiften, die unbedingt nötig sind, weil sie das Außenzelt spannen sollen.

Als über Lautsprecher die Ansage kommt, der Pendelbus fahre jetzt in die nächste Ortschaft, schieben wir noch die Zelte ohne Außenhaut nach links und rechts zwischen den Bäumen hin und her, auf der Suche nach einer weicheren Stelle im Boden. Zelt aufbauen oder Einkaufen?

Kurzentschlossen werden Sonja und ich losgeschickt, mit rasch zugeworfenen Bestellungen für Milch, Wasser, Baguette und Cornflakes, Käse, Salami und Keksen, Pasta und Steaks.

Wortlos schaukeln wir durch die Hitze. Sonja. Die Hände in ihrem Schoß haben meinen Schwanz gehalten, die Lippen mein Sperma berührt. So lange her. Ist es wirklich wahr oder nur ein Traum? Es ging auf der Mole nicht um mich oder Michael, sondern nur um Tim. Tim, immer wieder Tim. Sie macht alles nur für ihn, nicht zum Spaß.

Oder hat es ihr vielleicht doch gefallen, mit Tim im Rohbau, auf den Knien, in den Arsch? Kann ich sie so etwas fragen, jetzt, wo wir alleine sind? Zu privat, zu intim, zu direkt. Wenn sie darüber reden will, muss sie das Thema selbst ansprechen.

Der Bus spuckt uns an einer offiziellen Bushaltestelle aus, ein Jumbo-Supermarkt gibt uns kühles Asyl. Rasch und ohne viele Worte greifen wir unsere Grundnahrungsmittel, bis die kleinen Drahtkörbe überquellen.

Meine verstohlenen Blicke auf fehlende Nähte eines BHs und in ihren Ausschnitt bemerkt sie nicht.

Kurze Zeit später stehen wir wieder an der Haltestelle, diesmal auf der anderen Seite, in den Händen dünne Plastiktüten am Rande der Bruchbelastung. Hoffentlich habe ich den Busfahrer richtig verstanden.

In den nächsten fünf Minuten ist das Meer viel zu weit weg, steht die Sonne zu tief, schweigt Sonja zu lange.

Sag was, sprich sie auf gestern Abend an. Oder besser: Sag nichts und tu so, als gehe dich das alles gar nichts an. Im selben Moment, in dem ich anhebe, sagt sie meinen Namen.

Wir lachen. Meine Geduld reicht für eine längere Pause, dann räuspert sie sich.

»Die Sache auf der Mole. Du denkst jetzt bestimmt, ich bin eine Schlampe, oder?«

Ich schüttele den Kopf. Die Mole? Das ist doch Kinderkram, verglichen mit dem Rohbau. »Du hättest es nicht machen müssen. Nicht für Tim.«

»Wieso nicht?«

»Weil Tim ein blöder Sack ist. Der nutzt dich doch nur aus.«

Sonja schmollt kurz und sichtbar. »Und wenn es mir gefallen hat? Dir hat es doch auch gefallen, oder? Ist das bei Männern was Anderes?«

»Also machst du es aus Spaß? Das finde ich überraschend, weil ich dich nicht so eingeschätzt habe.«

Eingeschätzt, auf allen Vieren, den Hintern in die Luft, offen für alles. Ihr Ausschnitt ist ziemlich tief. Nicht so eingeschätzt oder überhaupt nicht gesehen? Welche Tür hat sie aufgemacht, oder war es Tim, der den Riegel zurückgeschoben hat? Was macht man mit Kätzchen, die aus einem Schuppen flüchten und miauen?

»Ihr redet die ganze Zeit nur über Sex. Dabei ist das doch gar nicht so wichtig. Viel wichtiger ist doch, dass man sich mag, oder?«

»Also, noch mal langsam zum mitschreiben: Du hast mir gestern an der Mole gerne einen runtergeholt, deswegen ist es für dich okay. Und ich mag dich, und deswegen ist es für mich okay.«

Mögen, ja, so wie du Nicole erträgst und Bananenjoghurt trinkst und dir Städte ansiehst. Mögen heißt nicht Lieben, was ich ohnehin nicht verstehe.

»Und wenn du Lust hättest, würdest du mir jetzt auch wieder einen runterholen.« Sonja seufzt auf, unverstanden und genervt. »Nein, so einfach ist es nicht. Das macht man doch nicht einfach so miteinander, nur weil man sich mag.«

Merkt sie nicht, wie sie sich widerspricht? Oder will sie sich die Wahrheit nur nicht eingestehen?

»Also, warum hast du mir und Michael einen runtergeholt. Und warum hast du Tim vor unseren Augen einen geblasen?«

»Ich hab gemacht, weil, ich meine, es geht doch um Liebe, oder? Ich liebe ihn, und da macht man so was.«

»Und Tim liebt dich?«

»Ja, er mag mich. Er braucht bloß ein bisschen Zeit.«

»Und in der Zwischenzeit machst du, was er will, aus Liebe, für ihn.«

»Mach ich nicht. Ich mach, was ich will.«

Was sie also wirklich will ist, auf allen Vieren, Tims Schwanz in den Arsch.

Das will ich hören: »Gestern im Rohbau, als ihr vom Einkaufen zurückgekommen seid. Wolltest du das auch?«

Es ist mir so rausgerutscht. Sonja hebt die Hand vor den Mund, erschrocken, entsetzt, fassungslos. Mir bricht der Schweiß aus.

»Wer hat dir das erzählt? Nicole? Oder Tim?«

»Wir müssen nicht, Entschuldigung, ich hab kein Recht, du musst nicht....«

Warum stotterst du? Und warum hast du das Gefühl, vor Schamesröte zu glühen? Weil du etwas gefragt hast, ohne über die Folgen nachzudenken. Sonja starrt auf die andere Straßenseite. Ein LKW donnert vorbei, hinterlässt eine lilafarbene Dunstwolke.

»Das war falsch«, sagt sie leise. Ihr enges T-Shirt mit den Titten darunter ist in den Achseln dunkel geschwitzt. Zu uns stellen sich ein paar andere Fahrgäste, die ich von der Hinfahrt kenne.

»Was war falsch.«

»Ich dachte...« Plötzlich glitzert es feucht in ihren Augen. Ihre Mundwinkel zucken. »Ich dachte, wenn ich ihn das machen lasse, liebt er mich wieder.«

»Hat's dir nicht gefallen?«

»Das ist doch egal. Darum geht es doch gar nicht.«

»Entschuldigung.«

Mensch, bist du doof. Natürlich geht es nicht um den Orgasmus, sondern um. Es geht um. Ihre größte Sorge ist. Ihr Problem heißt. Sie belastet. Was? Was ist mit ihr? Warum waren die Kätzchen im Schuppen? Keine Ahnung.

Und plötzlich bricht sie in Tränen aus, der Kopf sinkt auf die Brust, die Tüten hängen ihr in den Händen wie ein Symbol, das ich nicht lesen kann. Hilflos sieht sie auf einmal aus, zerbrechlich. Ich spüre, wie ich mich innerlich versteife. Tränen, Tränen wie bei meiner Mutter, ein leises Wimmern, wie bei meiner Mutter, Schluchzen, tiefes Trauern.

»Nicht«, sage ich. »Nicht weinen.«

Erwartet sie eine Umarmung und Trost aus meinen Händen, in denen ich meine Einkäufe halte? Sollte sie ihre Tüten abstellen, könnte ich es tun. Vielleicht halte ich einfach meine Klappe und ignoriere ihre Tränen. Sonja hebt den Kopf.

»Ach Sven, je mehr ich gebe, umso mehr nimmt er sich.«

»Aber wenn es ihm so wichtig ist?«

»Aber er will immer mehr.«

»Und?«

»Wie, und?«

»Was ist daran so schlimm?«

»Ich hab doch noch gar nicht gesagt, was er will.«

Zwei junge Männer knattern mit ihrem Moped über den Fußgängerweg. Ich muss einen Schritt zurück machen, damit sie mich nicht überfahren. Vorsichtig drücke ich Sonja an der Schulter nach hinten. Ihre Haut ist von der Abendsonne warm. Und bevor ich nachhaken kann, rollt der Bus vom Strand zurück in den Kreisverkehr.

Die Luft im Inneren ist stickig und glühend heiß. Für die Klimaanlage hat der Fahrer wohl kein Geld bekommen. Lachen von Strandrückkehrern dröhnt über die Rückenlehnen. Was kommt jetzt? Sie setzt sich weit von den anderen Fahrgästen entfernt auf einen staubigen Sitz, druckst herum, starrt aus dem Fenster, schweigt, zögert, atmet tief ein und aus, starrt mich an.

»Das kannst du dir nicht vorstellen.«

Ich versuche mich an einem überraschten Gesicht. Dumm geht immer, aber überrascht? Es scheint zu funktionieren.

»Ich kann mir einiges vorstellen.« Meine Fantasie ist grenzenlos. Ob es Tims auch ist? Mein Herz trommelt, in meinem Bauch zittert das Zwerchfell. Sonja zupfte an den zerknitterten Griffen der weißen Plastiktüten. Der rote Elefant darauf wirkte irgendwie deplatziert.

Was sagt man jetzt? Etwas zu Tims Phantasie? Zu meiner Fantasie? Dass ich mir vorstellen kann, wie sie vor mir kniet? Sie sieht mich unvermittelt an, was ich als unangenehm empfinde, denn sonst sieht mir niemand so direkt in die Augen, und ich starre an ihr vorbei aus dem Fenster.

»Du machst doch nur, was du willst, oder?«

»Aber ich bin doch kein, ich meine, so was schlägt man doch nicht vor?«

»Was schlägt man nicht vor?«

Will er sie in der Öffentlichkeit in den Po ficken? Oder will er, dass sie ihm einen Finger in den Hintern steckt? Oder ihn auspeitscht, sich schlagen lässt, es mit einem Hund macht, mit der ganzen Hand, mit einem Fremden, zu dritt, mit einer Frau, mit einem Dildo oder einer Flasche, am Strand, im Wasser oder im Supermarkt?

»Sven, denk es dir einfach. Aber das sagt man doch nicht einfach so, oder? Warum macht er das?«

Warum? Ich habe keine Ahnung. Warum kann sich Sonja nicht von ihm lösen? Warum finde ich ihre Titten und ihren Arsch geil, den Rest aber nicht? Warum steht Bastian auf Nicole? Wer, wie, was, warum sind die Katzen im Schuppen, warum lässt sie keiner raus? Hat hier jemand die Antwort? Bitte meldet euch, statt eurem Nachbarn die Lösung zuzuflüstern. Denk nach, McFly, denk nach.

»Weil er wissen will, ob du alles für ihn machst? Aus Liebe? Ob ihr wirklich zusammenpasst? Ich meine, es scheint ihm doch wirklich wichtig zu sein, der Sex und so. Wenn er danach wieder mit dir zusammen ist, ich meine...«

»Und dann sagt er okay, wir sind wieder zusammen, und ich mach es, und danach macht er wieder Schluss.«

»Dann mach es nicht.«

»Dann macht er aber sofort Schluss.«

»Hast du nicht gemeint, er macht sowieso Schluss?«

Sonja schweigt. Der Bus dreht eine halbe Runde in einem Kreisverkehr. Warum haben die Portugiesen so viele Kreisverkehre? Kein Geld für Ampeln? Oder weil sich ohnehin niemand an Rot- und Grünphasen hält?

»Eigentlich liebt er mich auch. Er ist sich aber so verdammt sicher, dass ich immer wieder zu ihm zurück komme, dass er mich immer wieder rumkriegt.«

Was erwartet sie von mir? Ich weiß es nicht, ich weiß gar nichts. Meine Handflächen werden plötzlich feucht, was bestimmt an den Plastiktüten liegt. Der Bus rumpelt über einen Bordstein und biegt auf den Campingplatz ein.

Sonja sieht mich an. Diese Nase, viel zu groß, aber diese Titten, diese Möpse, die Brüste.

Wenn ich die nur einmal anfassen könnte. Was holen Drehbuchautoren in schlechten Liebesfilmen mit einer Dreiecksbeziehung aus dem Hut wie der Zauberer das allseits bekannte Kaninchen. Sie liebt ihn, er ist sich zu sicher und braucht eine Lektion. Und dann ist da der gute Freund, der Single, der Außenstehende.

Wir steigen aus dem Bus. Die frische Luft tut gut, doch sie ordnet meine wirren Gedanken nicht. Der rötliche Sand knirscht unter meinen Turnschuhen, in den Händen knistern die Plastiktüten. Sonja bleibt stehen, dreht sich zu mir um, guckt mich mit großen Augen an. »Und jetzt?«

Jetzt machen wir weiter, als sei nichts geschehen. Jetzt vergessen wir, dass wir darüber geredet haben. Jetzt kochen wir Ravioli, braten uns ein Steak und trinken Bier. Was sagt man im Film, damit die Handlung weiter geht? Mein Kopf ist leer, bis auf diesen Kniff im Drehbuch, aus dem sich ganz viele komische, dramatische und entscheidende Verwirrungen ergeben.

»Du hast gesagt, du machst, was du willst, oder?«

Sonja nickt.

»Und was willst du?«

»Tim.«

Ich seufze. »Warum vergisst du ihn nicht einfach?«

»Weil ich ihn liebe.«

»Ach ja. Liebe.« Was ist das, Liebe?

Zwei, drei, vier sprachlose Sekunden vergehen. Die Griffe der Tüten schneiden in die Finger. Sonja verlagert das Gewicht von einem Bein auf das andere. Plastik knistert.

Hinter uns rauscht der Bus in einer roten Staubwolke vom Hof. Ravioli, Steak, Pasta, Bier, Sonja hingegen scheint etwas anderes zu denken.

»Sven? Wir sind doch Freunde, oder?« Ich nicke. »Können wir ihn nicht eifersüchtig machen?«

Überraschend wie ein Schlag in den Magen kennt sie den Kniff, den Dreh- und Angelpunkt des Films. Bin ich nicht der einzige Filmexperte hier? Eifersüchtig machen bedeutet: flirten. Es bedeutet nicht: Sex. Es bedeutet: Sie bekommt, was sie will, und ich bekomme nichts.

»Und wie soll das gehen?«

»Ich weiß nicht, aber wäre das überhaupt fair dir gegenüber?«

Gleichgültig zucke ich mit den Schultern. Anfassen ist immerhin nicht vollkommen ausgeschlossen. Warum nicht. »Was soll ich denn machen?«

Ihr Blick bringt Zufriedenheit zum Ausdruck. »Ich denk mal drüber nach.«

Schnitt.

3.

Hinter dem Tor erwartet uns erneut die Welt der Neugier, der für einen Moment unterbrochenen Rastlosigkeit, der oberflächlichen Zerstreuung. Vorbei an der Essensausgabe, an der Interrailer Schlange stehen, über den Basketballplatz, auf dem Interrailer Körbe werfen.

Dahinter die flachen Bauten mit den Zweibettzimmern. Rechts die beiden Tennisplätze. Kein Sandplatz, sondern Beton. Ob man hier Schläger leihen kann? Bestimmt, denn wer geht schon mit seinem Schläger auf Interrail-Tour.

Schließlich, hinter einer niedrigen Mauer, öffnet sich die Freifläche für die Camper. Ganz hinten, in größtmöglicher Entfernung zur Disco, sitzen Bastian und Tim mit nacktem Oberkörper vor den fertig errichteten Zelten und lesen. Dazwischen stehen Gaskocher, Geschirr, der Topf und die kleine Pfanne bereits fertig zum Kochen.

Michael dreht sich im Stehen einen Joint. Nicole hängt Wäsche auf eine zwischen zwei Pinien gespannte Leine. Die Zikaden lärmen, die Hitze steht. Tim blickt auf. »Ah, Bier.«

Ungetrübte Harmonie ist den Abend über der siebte Mann. Er rührt in der kochenden Pasta, legt die Grillspieße in die Pfanne und öffnete von Zeit zu Zeit ein Bier. Kochen als verbindendes Element. Wir setzen uns vor unsere Zelte.

Die untergehende Sonne sickert orange durch die Pinien. In der Ferne grölen betrunkene Interrailer. Laut aber harmlos. Aus Michaels Ghettoblaster dröhnt *Philip Boa* und singt davon, dass sich zwei Frauen küssen..

Weißt du, was ich geträumt habe? Wir hätten keinen Gaskocher mitgenommen.«

Wann habe ich das geträumt? Vor wie vielen Nächten? Kurz nach Arcachon? Ich habe das Bild vor Augen, wie wir über ein paar Ästen eine Dose Ravioli aufwärmten. Ich kann mich sogar an den Streit und das Bedauern darüber erinnern, oder eher an das Gefühl. Traumerinnerungen sind mehr Gefühl, eher Ahnung, Stimmung.

»So ein Quatsch«, brummt Bastian. »Und worauf hätten wir kochen sollen?«

Das frage ich mich auch. Arcachon in den Dünen ohne Kocher. Wir hätten ja nur Baguette und Käse essen können. So ein Mumpitz. Tim spielt mit einem Geschirrhandtuch über dem Gipsarm Kellner.

»Man träumt von den Dingen, die einen tagsüber beschäftigen.«

Das kann ich nur bestätigen. Und mich scheinen viele Dinge zu beschäftigen, so intensiv wie meine Träume sind.

»Ich hab mal gehört, man träumt selten von Menschen, die einem nahe stehen.«

»Halte ich für Quatsch.«

»Ich auch.« Nicole bricht ein Stück Baguette ab. »Ich träume ja ständig von euch.«

»Oh, Madame träumt von uns. Von mir auch?«, fragt Michael.

»Du nimmst ihr im Traum wahrscheinlich ständig den Joint weg.«

»Das ist doch unfair. Ich gebe ihr ja erst den Joint.«

Tim holt eine Nudel aus dem Wasser, pustet auf die Gabel und sagt, bevor er sie in den Mund schiebt: »Ich träume ja von was ganz anderem.«

Ungerührt beißt Sonja in einen Käse. Nicole hingegen hustet ihr Brot aus. Bastian klopft ihr auf den Rücken. Michael zieht seinen perfekt gedrehten Joint genießerisch unter der Nase durch.

»Nur die Ruhe. Erst essen, dann absoften.«

»Das meine ich nicht. Ich träume …«

Sonjas Reaktion kommt unerwartet heftig. »Oh, hör auf. Muss das sein?«

Tim legt die Gabel zur Seite. »Locker bleiben. Ich träume von Nudeln mit Tomatensoße. Und woran denkst du?«

So lobe ich mir das. Filmreife Dialoge, nicht so hohl und leer wie sonst. Sonja schmollt, nimmt Blickkontakt zu mir auf.

»Was sagt uns das? Dass du nicht ganz dicht bist, oder? Wer träumt denn vom Essen?«

»Ich«, sagt Bastian. »Jede Nacht. Und, Achtung, Sven, wo ist dein Einsatz?«

»Ich habe mal geträumt, ich sei ein Pferd und würde einen großen Haufen Heu essen. Als ich morgens aufwachte, war mein Kopfkissen verschwunden.«

Tim schüttelt den Kopf. »Kann es sein, dass ihr zu viel Zeit miteinander verbringt?«

Zu viel Zeit? In den letzten Wochen war er doch nur noch mit Nicole beschäftigt gewesen. Keine Zeit mehr für Kino, für gemeinsames Heulen zu R.E.M., kein Jammern darüber, dass wir beide solo sind. Zu wenig Zeit.

»Können wir jetzt bitte essen?«

»Und dann absoften und um die Ecke ditschen.«

Michael sieht von einem zum anderen und ich bin mir sicher, dass er am besten weiß, worum es bei uns allen geht. Manchmal frage ich mich, ob nicht er statt meiner derjenige ist, der uns von außen betrachtet.

Und dann nimmt die Geschichte zwischen Tim und Sonja ihre vorausgeplante Wendung. Sonja setzt sich beim Essen neben mich, legt beim Lachen ihre Hand auf meinen Arm, sieht mich an, redet mit mir über meine Vorliebe zu Queen und gesteht mir, dass sie die alten LPs zuhause im Regal stehen hat.

In den ersten Minuten muss ich mich zusammenreißen, um nicht scheu auszuweichen. Doch schließlich lass ich sie machen, lege meinen Kopf schief, wenn sie von *A day at the race* erzählt und wie wenig sie die neuen Alben mag, weil sie natürlich auch Highlander nicht gesehen hat, von dem ich im Anschluss etwas erzähle, ob sie es hören will oder nicht.

Dabei stelle ich mir vor, wie uns Tim beobachtet. Überaus geschickt ignoriert Sonja ihn nicht gänzlich sondern geht nur nicht weiter auf ihn ein, hat nur Augen für mich und hängt mir förmlich an den Lippen. Ob sie meiner Schilderung der Schnitte in Highlander überhaupt folgen kann, etwas von der Faszination aufnimmt, die Begeisterung für Kino spürt, spielt dabei keine Rolle.

Sie fragt mich, wie häufig Bastian und ich im Kino sind und ob ich mir die Filme in meiner VHS-Sammlung auch ein zweites oder drittes Mal ansehe. Ein Bier nach dem anderen verschwindet, die Portugiesen haben da nichts falsch gemacht. Langsam spüre ich den angenehmen Schwindel.

»So, du kümmerst dich also um Sonja«, fragt Nicole flüsternd in einer späten Minute beim Schein der Taschenlampe. Hinter uns ist längst die Party losgegangen, vor der ich mich gefürchtet habe. Biersaufen aus dem Eimer, wummernde Bässe, Disco, Ballermann. Tim, Bastian und Michael diskutieren über die Stunden, die wir morgen am Strand verbringen wollen. Sonja ist in Richtung Toiletten verschwunden.

»Wir machen ihn nur eifersüchtig«, beschwichtige ich leise. Nicole lächelt ihr Meg-Ryan-Grinsen.

»Jaja. Warum nicht? Du und Sonja?«

Weil sie nicht mein Ideal verkörpert, nicht ist, was ich mir immer vorgestellt habe. Oberflächlich gesehen ist sie nur Titten und Beine und Hintern. Aber bevor ich das bekomme, wird sie mir den Rest von ihr auch aufzwingen. Nach Dabbergost fahren, reden, nachdenken. Dass es so käme ist selbstverständlich, so wie Schokolade und Kaugummi sich im Mund nicht vertragen. Wenn ich das wollte, wäre ich bei Judith geblieben.

Sie ist mir zu nahe. Das ist wie damals mit Judith. Jetzt kann ich das gleiche machen: Die Situation ausnutzen. Und dann, am Ende, nach der Tour, kann ich Schluss machen. Wie mit Judith. Die Gelegenheit nutzen, nicht an morgen denken und einfach genießen.

»Das hast du doch auch bei Judith gemacht. Hat sie mir erzählt. Sie ist am Abend, bevor du mit ihr Schluss gemacht hast, bei dir vorbeigekommen. Du hast sie erst überhaupt nicht angefasst und nach dem Video, das ihr euch angesehen habt, hast du sie rausgeworfen.«

»Richtig. Und dann ist sie wiedergekommen. Ich hab sie nicht gebeten, mit mir zu schlafen.«

»Aber wenn du sowieso Schluss machen wolltest, wieso hast du dann mit ihr noch geschlafen?«

»Um die Gelegenheit zu nutzen. Sonst hätte ich mir das doch ewig vorgeworfen. So eine Gelegenheit kommt so schnell nicht wieder. Ich will doch nur Sex. Na ja, nicht nur. Aber hauptsächlich.«

Ist es das? Nein, es ist die Angst vor der Leere, die nach dem Orgasmus kommt, die Gedanken und Gespräche. Was sagst du, nachdem du gekommen bist? Wollen wir heiraten?

»Na und?«, sagt Nicole. »Glaubst du, sie nicht?«

»Nö, das scheint für sie doch der größte Horror zu sein.«

»Ach was. Die tut nur so. In Wirklichkeit steht sie total drauf. Als sie mir davon erzählt hat, was gestern mit Tim war, hat sie gar nicht darüber geredet, dass es eklig war oder ihr weh getan hat, sondern nur, wie sie das ihrem Pfarrer beichten soll.«

»Du meinst, sie will das nicht zugeben, weil sie dann Probleme mit ihrer Religion bekommt?«

Plötzlich fühle ich mich nicht nur scharfsinnig sondern auch überlegen. Bevor ich den Triumph auskosten kann, haben sich die anderen geeinigt und Nicole und ich sind nicht mehr unter uns.

»Kümmer dich um sie«, flüstert Nicole noch ein letztes Mal, bevor Sonja zurückkommt, sich wieder neben mich setzt und das Gespräch von vorhin weiter führt. Nicole schweigt.

Sonja sieht mich neugierig an. Kümmere dich um die Katzen. Es gibt doch einen Grund, dass sie im Schuppen eingesperrt sind, einen Grund, den ich nicht verstehe. Zurück in den Schuppen mit den Katzen und nicht weiter drüber nachdenken.

Später im Zelt liegen Michael und Tim neben mir. Das letzte Bier tanzt mit den Joints Pogo in Kopf und Bauch. Sonja, Sonjas Hintern, Sonjas Augen, Sonjas Titten. Mir geht eine Frage die ganze Zeit schon im Kopf herum. Michael ist schneller.

»Was war denn mit dir und Sonja? Die hat dich ja gar nicht mehr losgelassen.«

Mit geschlossenen Augen fische ich eine Antwort aus dem Gewimmel an Gedanken.

»Wir haben uns nur unterhalten. Wieso?«

Tim putzt sich die Nase. »Hat sie dir was erzählt?«

»Worüber?«

»Über Michael und mich?«

»Nö, kein Wort. Wieso? Was habt ihr vor?«

»Ficken, Mann.«

Von vorne, von hinten, zugleich, Sandwich, Sonja auf den Knien. Im gleichen Maße wie mir ein Steifer wächst nimmt das Drücken im Magen zu. »Zu dritt?«

»Ja, Mann. Das wird total geil.«

Sonja, die dumme Nuss, hat sich. Von Tim. Auf allen Vieren. Sonja, die dumme Nuss, will sich nicht. Von Tim und Michael. Gleichzeitig. »Und wenn sie nicht will?«

»Ach, die will. Die gibt es bloß nicht zu.«

Religion, es dreht sich nur um Religion, nicht um Schamgrenzen. Religion, eigentlich will sie.

»Und was machst du, wenn sie nein sagt?«

»Frag ich halt noch mal. Irgendwann sagt sie schon ja.«

Aber nicht mit mir. Ich zähle gar nicht, ich bin nur Mittel zum Zweck und werde benutzt. Geschieht dir recht, du bist auch nichts wert.

Irgendwann sagt sie ja, irgendwann zeigt er, wie wichtig sie ihm ist. Spätestens mit diesem Zugeständnis, dem Liebesschwur, bin ich abgemeldet und werde wieder nur meine Hand zur Freundin haben. Mehr willst doch auch gar nicht, oder? Ich will Liebe, ich will Sex, ich will alleine sein, ich will, was ich will, was will ich. Ich.

Die Grillen werden wieder laut. Im Zelt nebenan rollt ein Rülpser, lacht jemand schäbig. In der Ferne Musik. Mir fallen die Augen zu. Aufstehen, aufwachen, sagt jemand, ab zum Strand. Und was willst du?, fragt Tim.

»Und was willst du?«

Tim. Es ist Nacht, die Grillen zirpen. Eingenickt.

»Ich weiß es nicht«, murmele ich. Das Zelt schwankt wie ein Bus auf einer Schotterpiste. Alle Mann raus. Sonnenbad am Strand. Das Wasser ist angenehm kühl. Zufrieden? Nicole sagt Sonja. Sonja. Sonjammer.

»So'n Jammer, dass du nicht katholisch bist.«

»Schade«, sage ich, blicke ein letztes Mal in die flirrende Dunkelheit des Zeltdaches und ignoriere die Grillen.

4.

Müll im Wasser. Tim versteckt sich im Schatten. Sonja erzählt mir, wie sehr sie die alten Lieder von *Queen* mag, ganz im Gegensatz zu den neuen. Die Sonne brennt, es riecht nach angebrannter Paella. Schweiß tropft von meiner Stirn auf mein Buch. Sand rieselt über mein Handtuch. Von Nicole weht ein leichter Duft nach Sonnenmilch herüber. Ihre Flasche rotzt die letzten Tropfen heraus.

»Zufrieden?«, höre ich mich sagen, und die Antwort geht im Rauschen des Meeres unter. Meine Augen fallen zu. Über mir das Zelt. Ich liege im Schlafsack. Es ist dunkel. Hab ich vom Strand geträumt? Neben mir schnarcht Michael. Ich drehe mich und schließe die Augen.

Beim Spaziergang die Steilküste entlang ist der Himmel blau. Irgendwo hinter dem Horizont, am Ende des dunkelblauen Meeres, das gleißend in der Sonne schwappt, liegt Afrika. Sonja greift die ganze Zeit nicht meiner Hand.

Warum lässt sie mich los? Warum geht sie nicht dichter bei mir? Sonja ist gar nicht da. Meine Beine baumeln über die Kante, trockenes, kurzes Gras kratzt über meine Haut. Unter uns, in einer einsamen Bucht, reibt eine Frau ihren Mann mit Sonnencreme ein.

Wie sind sie dahin gekommen? Erst den Rücken, die Schultern, den Bauch, den Schwanz. Ihr Mann freut sich sichtlich. Bastians Grinsen ist breit. Nicole verzieht angewidert das Gesicht. Der Bus rattert über den staubigen Parkplatz und riecht muffig. Das schwarze Plastik der Fenstereinfassung ist heiß. Tim motzt über Sand im Gips und zieht die Nase hoch. »Ich nehme mir ein Zimmer.«

Weil er erkältet ist? So ein Quatsch. Es ist doch nicht kalt draußen. Der will nur mit Sonja alleine sein.

Kein Gaskocher und stattdessen im Imbiss des Campingplatzes schlechte, teure Nudeln essen. Papier knistert in der Toilette. Arschfickbilder und Sperma in der Toilettenschüssel. Aus Joints tropft Flüssigkeit, schwarz und schmierig. Ich nehme eine Probe und zerreibe sie zwischen den Fingern. Es fühlt sich an wie flüssiges Gummi.

»Das ist das Harz, Mann, das muss so sein«, sagt Michael.

Tim zieht die Nase hoch und jammert über das Jucken in seinem Gips. Sonja sagt in einer Runde vor den Zelten, bevor wir schlafen gehen, bevor wir uns alleine zurückziehen, jeder für sich, sagt Sonja, sie wolle jetzt alleine sein und keinen Freund mehr haben. Weder Tim noch irgendjemanden sonst. Gaskocher, schmieriger Joint. So ein Quatsch. Sonja schläft in unserem Zelt, weil Nicole und Bastian alleine sein wollen und Tim übernachtet in einem Gästezimmer des Campingplatzes. Weil er erkältet ist. Weichei. Idiot. Zelt. Schnarchen. Ein Schrei.

Grelles Licht. Das Dach strahlt fleckig. Ich bin wach. Ein Depp mit englischen Wurzeln begrüßt betrunken den neuen Morgen. Es ist warm im Zelt, der Wind rauscht über die Planen. Ich habe geträumt. Ächzend stütze ich mich auf die Ellenbogen. Mein Schlafsack ist total verrutscht und verschwitzt. Mein T-Shirt klebt. Rechts liegt Tim, links niemand.

Die Träume der Nacht fühlen sich so echt an und sind zugleich vollkommen absurd. Es ist komisch: Im Traum ergeben die Dinge einen ganz speziellen Sinn. Wie in den Träumen zuvor, erinnere ich mich, hatten wir keinen Gaskocher und es erschien logisch, dass wir ihn vergessen haben, weil es eben so war, niemand dran gedacht hat. Schon wieder der Gaskocher. Ich träume mit einer merkwürdigen Kontinuität.

Rascheln, Füße im Staub, der Reißverschluss knarrt, und Michael steckt seinen Kopf ins Zelt. »Morgen, ihr Schlafsäcke.«

»Maul«, brummt Tim. Die anderen sind schon auf. Ich fühle mich wie gerädert. Die letzten Fetzen des Traumes hängen wie Rauch nach einem Waldbrand zwischen den Ästen meiner Synapsen. Die Busfahrt. Ich hab vom Meer geträumt. Wieder hin, wieder zurück. Und ich habe erneut davon geträumt, dass wir keinen Gaskocher haben. So ein Quatsch. Ameisen auf meinem Trinkjoghurt. Es schmeckt trotzdem.

Wir halten uns nicht lange auf sondern kapern den ersten Bus zum Strand. Die ockerfarbene Steilküste ist das Ende von Europa.

In einem Halbkreis darunter der goldgelbe Sand an einem smaragdfarbenen Meer.

Weiß gekrönte Wellen branden an Beine von Backpackern, englischen Familien und deutschen Campern. Die Bucht ist wie im Film, wie im Traum, möchte ich beinahe sagen, doch die Erinnerungen an die letzte Nacht sind bereits so verblasst, dass lediglich ein merkwürdig dünnes Gefühl eines Déjà-vus bleibt.

Wir sind vom Strand begeistert. Nur Tim motzt. Er legt sich in den Schatten und motzt weiter. Er kommt nicht mal mit den Füßen ins Wasser und motzt stattdessen. Er kotzt mich an. Vielleicht schwitzt er tatsächlich unter seinem Gips, kann sein, dass es kratzt und juckt. Aber wir sind zu sechst, und einer wird immer leiden. Allen kann man es nicht recht machen. Egoistisches Arschloch. Sonja hofft nur, dass unser Plan aufgeht.

Die Brandung wirft mich zurück ans Ufer. Salzwasser geschluckt, Sand zwischen den Zähnen. Ich japse, nehme neuen Anlauf und tauche in den warmen Atlantik. Sonja kommt hinterher. Wir balgen.

Ihr Badeanzug in meinen Händen, meine Hände auf ihren Hüften, ihr Hintern rund und fest und ihre Augen immer in Richtung Strand, wo Tim sitzt und flucht. Michael mit der haarigen Brust wirft die Frisbeescheibe, wir stürzen uns gleichzeitig hinterher, prallen im Wasser aufeinander und kämpften um die Scheibe.

Sie anzufassen, ihre Haut an meiner zu spüren, mich an ihr zu reiben, während wir scheinbar schwerelos im Meer treiben – und gleichzeitig spüre ich die irrationale und unbegründete Angst davor, dass sie mehr von mir will. Was macht man mit Katzen, die hinter der Tür eines Schuppen miauen, jammern, kratzen und wimmern?

Was machst du, wenn du die Tür geöffnet hast, sich die kleinen Körper ins Freie drängen. Sind sie nicht von dir abhängig, auf dich angewiesen?

Was machst du? Füttern? Streicheln? Mitnehmen? Wie erklärst du es deinen Eltern und den Besitzern der Kätzchen, wenn die zurückkommen? Es hat doch seinen Sinn, dass sie im Schuppen waren.

Salz in meinen Augen, ihr Lachen, Übermut, Lust und über uns eine pralle Sonne am azurblauen Himmel. Manchmal tauche ich durch das kristallklare Wasser bis hinunter zu den schimmerten Steine im hellen Sand, von der Strömung in kleine Rippen aufgeworfen, bis die Luft knapp wird und das Wasser in meinen Ohren gluckert.

Beim Auftauchen bewundere ich Sonjas schlanke Beine, ihren Po im engen Badeanzug, das fleckige Sonnenlicht auf ihrer Haut. Dann schieße ich so nah wie möglich bei Sonja durch die Oberfläche, pruste, schnaube, wische mir das Haar aus den Augen und strahle sie an.

»Sonnyboy«, sagt sie. Kümmere dich um sie. Kümmere dich. Spiel mit den Katzen, spiel mit ihnen. Frag nicht nach dem Warum, das interessiert niemanden, genieß die Zeit.

»Sunshine«, sage ich. Wir lachen und schwimmen weit hinaus. Die Dünung hebt uns sanft auf und ab. Keine Spur mehr von der Brandung am Strand. Tim ist anhand seines Gipsarms gut zu erkennen.

»Meinst du, es funktioniert?«

»Ich glaube schon. Tim guckt jedenfalls sehr argwöhnisch.«

Argwöhnisch. Was für ein Wort aus meinem Mund.

»Kannst du mal meine Hand halten? Und mich umarmen, so dass er es sieht?«

Wird es Tim eifersüchtig machen, wenn ich sie anfasse? Oder hat er nur eine Sorge weniger und ich Sonja am Hals? Kümmere dich um sie. Nutz es aus.

»Okay.«

Sie dreht sich noch einmal um. Der Strand schwankt von links nach rechts, hebt sich, senkt sich. Kinder kreischen. Rufen hallt über das Wasser. Plötzlich spüre ich ihre Hand an meiner. Ich greife zu. Sie zieht sich heran. Unsere Beine berühren sich.

Bei der Umarmung liegt ihr Kopf auf meiner Schulter, ihr Haar streift meine Wange. Ihre Haut ist warm im kalten Wasser. Ich weiß, dass es genau umgekehrt sein wird, wenn wir wieder am Strand sind. Ihre Titten pressen sich gegen meine Brust. So viel Nähe, so viel Körper, so viel Sonja.

»Danke«, flüstert sie in mein Ohr.

»Schon okay«, brumme ich zurück. Ob sie gerade zum Strand sieht, an dem sich Tim über den Sand in seinem Gips ärgert?

Skat im Schatten. Tim, Michael und Bastian. Sonja rollt ihre Titten frei, ungeniert, beiläufig und mit gerunzelter Stirn. Wie kann man nur so perfekte Brüste haben? Am Strand musst du dich auf den Bauch drehen – nur so sieht keiner, wie erregt du bist. Jetzt wichsen. Jetzt in den heißen Sand spritzen.

Als sie sich mit dem Gesicht nach unten auf ihr Handtuch legt, creme ich ihren Rücken ein. Guckt Tim? Ich wage nicht, nachzusehen. Die glitschige, Nivea geschuldete Berührung elektrisiert meine Finger.

Sonja erzählt von Queen und wie sehr sie die neuen Lieder den alten aus den 70ern vorzieht. Die Sonne brennt, es riecht nach Paella.

»Zufrieden?«, höre ich mich sagen, und ihre Antwort geht im Rauschen des Meeres unter. Schweiß tropft auf mein Buch. Sand rieselt über mein Handtuch. Unser Mittagessen besteht aus Baguette, geschmolzenem Käse, Wasser, Obst. Strandessen.

Nicole packt ihre Tasche. »Ich will mir mal die Beine vertreten. Wer kommt mit?«

Bastian und ich und Sonja. Das gehört zu unserem Plan. Sonja greift nach meinen Fingern. Mein Herz klopft. Händchenhalten. Sie wirft Tim noch einen langen Blick zu, und der starrt verblüfft zurück. Eifersucht muss so aussehen.

Keine Ahnung, wie sie sich anfühlt.

Michael, der neben Tim im Schatten liegt, blinzelt schläfrig. Die Treppe vom Strand hinauf zum Parkplatz knarrt bei jedem Schritt. Beim Spaziergang die Steilküste entlang ist der Himmel blau. In der Ferne verschmilzt der Horizont mit dem Meer, das gleißend in der Sonne schwappt. Irgendwo dahinter liegt Afrika. Afrika, das kann gar nicht sein. Das ist Dschungel. Mein Horizont reicht nicht so weit.

Außer Blau, Staubgrün und Ocker keine Farbe. Zu unserer Rechten die Steilküste, zu unserer Linken der dichter werdende Pinienwald. Nicole und Bastian Hand in Hand. Sonjas Finger sind noch immer in meiner Hand, dabei sind wir längst außer Sichtweite.

Die Hitze ist unglaublich. Vom Meer weht nur eine leichte, kühle Brise. Unter meinen Turnschuhen knirscht roter, grobkörniger Sand. Die Haut an meinen Armen glüht. Im Rücken klebt das T-Shirt.

Meine Beine baumeln über die Kante, trockenes, kurzes Gras kratzt über meine Haut. Ich schwitze. Unter uns eine einsame Bucht. Wie zum Teufel kommt man dahin?

»Hier lang«, sagt Nicole und tänzelt zwischen Strandhafer und staubigen Disteln über einen Trampelpfad. Kein offizieller Weg. Scheiß auf den Küstenschutz. Bastian denkt offensichtlich das Gleiche. Sonja schwitzt ebenfalls unter ihrem bunten Stoffsack, der locker über den Rücken geworfen bei jedem Schritt wippt.

Ihre Hose spannt sich.

Zwischen Hemd und Hose blitzt der Badeanzug. Der Trampelpfad wird zum Hürdenlauf, führt stetig nach unten und viel zu weit nach links. Fette Gewächse bedecken den Boden.

Sie sehen aus wie die scharfkantigen Verwandten meines Geldbaumes zu Hause vor dem Fenster, den ich mit der Soft-Air-Pistole meines Bruders in Fetzen schieße. Trockene Sträucher, Gräser, Blumen zerkratzen meine Knöchel.

Wir rutschen den steilen Hang hinab, reißen Steine und Sand mit uns, schwanken und fallen beinahe. Bastian flucht und will zurück. Nicole schiebt sich durch die dornigen Äste eines gelbblühenden Ginsters, der einen engen Durchgang blockiert.

Plötzlich stehen wir auf einem schmalen Streifen Strand, sehr schattig und nicht die einsame Bucht, die wir von oben gesehen haben. Mein Blick nach oben geht nicht über die Kante des Steilhanges hinaus.

Wellen branden sanft auf gelben Sand. Keine Menschenseele. Weit ins Meer reichende, zackige Felsen schirmen links und rechts den Strand ab. In der Ferne pflügt eine weiße Motorjacht durch das grüne Wasser.

»Textilfrei«, ruft Nicole und springt aus T-Shirt und abgeschnittener Jeans. Die Sonne glänzt auf ihrem nackten Körper. Mit langen Schritten rennt sie auf eins über den kurzen Strand. Bastian zuckt mit den Schultern. Bei zwei ist er ebenfalls soweit.

Sonja rollt langsam die Träger ihres Badeanzugs herunter. Ich tauche Sekunden später auf drei ins kalte Wasser. Der Schock raubt mir den Atem. Baden ohne Hose fühlt sich an wie früher, wie am FKK-Strand auf Juist. So wenig fehlender Stoff macht einen so großen Unterschied. Meine Erregung verbirgt nur der Atlantik.

Als ich auftauche, spritzt Nicole ihrem Freund Wasser ins Gesicht. Der beschwert sich und jagt sie durch die Wellen. Woher hat sie diese nahtlose Bräune? Sonja sieht skeptisch den Abhang hinauf.

Niemand zu sehen.

Jetzt rollt sie den Badeanzug ganz herunter. Nicole kreischt, als Bastian sie von hinten packt, aus dem Wasser hebt und in einer riesigen Fontäne nach hinten mit sich reißt.

Vorsichtig geht Sonja die wenigen Schritte zum Ufer. Ihre Beine sind traumhaft gerade, ihre Hüften rund, ihre Taille schmal und die wippenden Brüste perfekt. Ihre Scham bedeckt ein breiter Streifen dunklen Haares. Sie taucht einen Zeh ins Wasser.

Neben mir fährt Bastian prustend in die Höhe. Er hat viel mehr Haare auf der Brust als ich. Na und? Nicoles Titten wippen. Ihre Nippel sind hart. Wasser läuft bis zum Bauchnabel. Unscharf darunter das dunkle Dreieck zwischen ihren Beinen. Oder ist es eine Reflexion?

Sonja watet über die kleinen Steine, die kleine natürliche Stufe hinunter, bis das Wasser ihr bis zum Schritt reicht. Die Hände erhoben, die Arme angewinkelt, Augen weit aufgerissen. So kalt ist es doch gar nicht. Nicoles nächster Angriff gilt mir. Salzwasser spritzt und brennt in den Augen.

Ich drehe den Kopf. Die Sonne blendet auf dem Wasser. Kopf unter Wasser gleitet Sonja ganz in den Atlantik. Nach ein paar Schwimmzügen ist sie neben mir. Schultern, Rücken, Taille, Hüfte, Po, Beine. Mein Herz pocht im Mund.

»Na«, grinse ich. »Schon was anderes, so ganz ohne zu baden, oder?«

Jetzt lächelt sie nur. Trotz der Kälte spüre ich, wie meine Erektion noch härter wird. Von hinten drückt mich plötzlich etwas nach unten. Wasser schlägt über mir zusammen. Panik packt mich.

Wasser in meiner Nase, ich drehe mich in einer Rolle, spüre Luft auf meiner Haut und beruhige mich, weil ich merke, wie dicht ich an der Oberfläche schwimme. Mein Kopf bricht durch die Oberfläche. Bastian feixt, an meinen Füßen spüre ich den feinsandigen Meeresboden.

»Dir gefällt Nacktbaden ja wirklich«, sagt Nicole. Sie kann also doch lüstern grinsen. Die Rückwärtsrolle hat mich verraten. Sonja schwimmt mit langen Zügen weiter hinaus. Die Wellen werden höher. Hinter den Felsen, die die Bucht säumen, taucht die orangerote, staubgrün gekrönte Küstenlinie auf. Sonja dreht um, Nicole schwimmt ihr entgegen.

Ich lasse die Beine baumeln. Die Dünung hebt mich auf und ab. Nicole tuschelt. Sonja nimmt die Hand vor den Mund, um ihr Grinsen zu verbergen. Reden sie über mich? Bastian treibt neben mir auf dem Rücken. Sein Schwanz räkelt sich wie ein Tier zwischen seinen Beinen, ebenfalls nicht ganz unbeeindruckt von der Situation.

»Was ist jetzt mit dir und Sonja?«

»Wir machen doch nur Tim eifersüchtig.«

»Das hat mir Nicole schon gesagt. Und sonst?«

»Ich weiß nicht«, sage ich und sage die Wahrheit.

»Sieht sie dir wieder nicht gut genug aus?«

»Das ist es nicht. Sie steht doch auf Tim, nicht auf mich.«

»Und das Händchenhalten?«

»Sie will ihn eifersüchtig machen.«

»Und warum hält sie dich fest, wenn er nicht hinsieht?«

»Weiß ich nicht. Sag du es mir.«

»Woher soll ich das wissen. Du bist doch der große Frauenheld.«

»Bin ich das?«

Bastian verdreht die Augen als hätte ich etwas ganz dummes gesagt. Jeder weiß, wie wenig Erfolg ich bei den Frauen habe, jeder weiß, dass mich die Mädchen, die ich toll finde, abblitzen lassen und nur diejenigen mögen, von denen ich nichts will.

Schritt für Schritt sinkt der Wasserspiegel. Jetzt keinen Blick zur Seite. Gerade rechtzeitig fällt meine Erektion im kalten Wasser in sich zusammen. Erster am Handtuch. Nicole wischt sich die nassen, vom Wasser dunkelblond gefärbten Haare nach hinten. Auf ihren Brüsten glitzert das Wasser.

Die Sonne kommt um die Felsen herum. Wo eben noch Schatten war, gleißt jetzt Licht. Sonja trocknet sich ab, und ich kann nicht wegsehen.

In einer einsamen Bucht reibt Nicole ihren Freund mit Sonnencreme ein. Riecht eigentlich jede Sonnenmilch gleich? Erst den Rücken, dann Schultern und Bauch. Bastian dreht sich um.

Ihre Hände packen zwischen seine Beine, was ihn sichtlich freut. Vor und zurück, mit duftender Sonnenmilch, so lange, bis jeder Tropfen eingezogen und sein Grinsen breit ist. Ihre Flasche rotzt die letzten Tropfen heraus. Nicole verzieht angewidert das Gesicht.

»Ich hab noch was«, sagt Sonja, geht an ihren Beutel und beugt sich vorne über. Ich kann mich kaum noch beherrschen. Jetzt wichsen, jetzt entspannen. Nicole nimmt die volle Flasche Sonnenmilch entgegen und reibt sich ebenfalls ein, die Brüste, den Bauch, die Schenkel.

Bastian kümmert sich um den Rücken. Als sie sich offensiv und fordernd vorbeugt, gibt er ihr verärgert einen Klaps auf den Po. Noch immer ist er sichtbar begeistert von ihrer Massage zwischen den Beinen.

Während Sonja mich eincremt, ihre Hände auf meinen Schultern, meinem Rücken, meinen Hüften tanzen, greift Nicole wieder zu. Viel zu schnell ist Sonja fertig und dreht mir den Rücken zu. Fremde Berührungen sind ungewohnt.

Meine Mutter hat mich lange nicht mehr in den Arm genommen, und hätte sie es versucht, wäre ich vermutlich zurückgewichen.

In unserem Rücken Seufzen. Über die Schulter sehe ich, wie Bastian und Nicole im Schutz des Überhangs zwischen Schatten und Sonne ihre Hände nicht voneinander lassen können, Öffnungen penetrieren und Fleisch kneten, lang und dick, rund, elastisch und aufgerichtet.

»Muss das sein?«, seufzt Sonja, und ich hoffe, Nicole fragt, ob ich Lust habe, mitzumachen, doch Bastians Blick über ihre Schulter, beim Knutschen und Fummeln, zeigt die Entschlossenheit von John Wayne. Diese Stadt ist zu klein für uns beide. Ein falscher Schritt, Fremder, und ich knall dich ab. Setz dich um zwölf Uhr mittags in den Zug und verschwinde.

Er steht, Nicole kniet, Sonja verdreht mit ernster Miene die Augen. »Ich wusste es.«

Nicole macht mit der Hand weiter. Bastian legt den Kopf in den Nacken. Feuchtes Klatschen, Schmatzen und viel steifes Fleisch. Nicoles Po spreizt sich knapp über dem Sand, dazwischen gleiten ihre Finger immer wieder hinein und heraus, ebenfalls feucht. Ihre Augen sind geweitet.

»Wollt ihr zusehen?«

Ich sehe Sonja an. Sag ja, wie im Zug, wie auf der Mole, wieso nicht? Sie kneift die Augen zusammen und schüttelt den Kopf. Schade.

»Wir gehen ans Wasser«, sagt sie. Zehn Meter entfernt setzen wir uns an den Spülsaum, wo die Brandung immer wieder unsere Füße umspielt. Der Sand ist heiß am Hintern. Mein Blick sucht in der Ferne einen festen Punkt. Da drüben ist Afrika, staubtrocken. Da drüben ist eher ein Öltanker auf dem Weg nach Gibraltar. Da drüben ist viel zu viel unbekanntes Land, zu viel Weite.

»Wieso hat es mit Judith nicht geklappt? Warst du nicht verliebt?«

Nach einem kurzen Moment der Überraschung, in dem ich mich frage, woher Sonjas plötzliches Interesse rührt, schüttele ich den Kopf. Liebe war nichts, was ich gespürt habe.

»Du wartest auf die Perfektion, oder?«

»Ich warte auf meine Traumfrau, ja.«

»Das ist bei Tim und mir ja auch nicht das Entscheidende. Ich hab meinen Traummann gefunden, weil er wie ich katholisch ist, das ist mir wichtig, weil er weiß, in welcher Situation ich mich befinde, weil wir uns so lange kennen. Ich weiß einfach, dass er der richtige ist, deshalb will ich ihn ja auch nicht aufgeben. Aber Liebe hat nichts mit Aussehen zu tun.«

»Es ist nicht das Aussehen, es ist die...«, ich mache eine Pause, weil ich gar nicht weiß, was ich überhaupt sagen will. Doch dann kommen mir Worte in den Sinn, Zusammenhänge, Hintergründe, und ich habe das Gefühl, zu verstehen.

So wie mir bei einer Matheklausur die Herleitung plötzlich wie ein helles Licht vor Augen steht.

»...es ist die Einfachheit. Ich wünsche mir, es wäre so einfach wie in den Büchern und Heften, so selbstverständlich. Ich habe eine, wie soll man das nennen, niedrige Frusttoleranz. Ich weiß einfach nicht, wie ich bei Problemen reagieren soll, wie ich sie auflöse und reagiere.«

»Und wenn du verliebt bist, denkst du dann auch noch daran, wie du dich verhalten sollst?«

»Ich weiß nicht, ich war noch nicht verliebt. Nicht so richtig.«

Die Brandung rauscht. Auf meinem Rücken brennt die Sonne. Hoffentlich bekommen wir keinen Sonnenstich. Darum müssen sich Bastian und Nicole keine Gedanken machen.

Die bewegen sich genug zwischen Schatten und Sonne hin und her, quietschend, brummend, ächzend und stöhnend. Ein Schulterblick zeigt: Nicole mag es von hinten. Mein Schwanz richtet sich auf. Auch Sonja hat geguckt. Danach bleiben ihre Augen zwischen meinen Beinen haften. Sie zeigt mit einem verschmitzten Lächeln, dass es ihr nichts ausmacht.

»Da ist nicht mehr viel Zurückhaltung, oder? Mein Vater würde das als schamlos bezeichnen, als Sünde, als Sodom und Gomorrha, als die Hölle auf Erden.«

Gleich steht sie auf und geht und beschimpft uns oder sagt, sie hätte ihrem Vater alles gebeichtet. »Aber der übertreibt auch manchmal.«

»Hat dir Nicole erzählt, was vorgestern gelaufen ist, während dich Tim, ich meine während du mit Tim...«

Sonja schüttelt den Kopf, ernst kurz, als täte ihr die Erinnerung weh. Ich erzähle ihr die Geschichte, schildere ihr meine Überraschung und Bastians Empörung, von dem Gefühl und der Nähe. Jedes Wort wird von Sonja mit aufgerissenen Augen kommentiert, mit einer Hand vor dem Mund, mit einem leisen Nein und ungläubigem Staunen.

Und ich erzähle ihr von dem Reflex, der immer noch da ist, dem Reflex zu fliehen und mich zu verstecken. Hinter uns peitscht ein Wortwechsel über die Brandung. Mehr als einmal fällt das Wort Arsch, Nicoles liebstes Wort. Wann gibt er nur endlich nach? Ich hätte es schon längst getan. Wenn Nicole es in den Arsch will, soll sie es bekommen.

Der Gedanke gibt meiner Erektion neuen Auftrieb. Jetzt steht er mir in voller Größe. Ich hätte Lust, Sonja anzufassen. Jetzt und hier. Frag mich, frag nach Sex.

»Ob Tim schon eifersüchtig ist?«

»Bestimmt. So, wie er uns hinterher geguckt hat.«

Bastian und Nicole sind längst nicht fertig. Bastians Tenor und Nicoles Sopran trällern die Arie der jugendlichen Lust. Was für eine Schande. Und ich sitze hier mit einer unglücklich verliebten Katholikin, die sich nicht eingesteht, dass Sex auch Spaß machen kann.

Meine Augen tasteten über die Rundungen ihrer Schultern, die Nippel ihrer runden Brüste, die hinter den angewinkelten Schenkeln verborgene, schwarzbehaarte Scham.

Mein Herz rast, mein Schwanz giert nach Berührung. Als meine Augen wieder nach oben wandern, bemerke ich ihren Blick. Peinlich berührt wende ich ihn ab. Soll ich ins Wasser laufen und mir einen runterholen?

»Würdest du dir jetzt gerne einen, ich meine, dich selbst befriedigen?«

Ich nicke stumm. Jetzt würde ich nicht nur wichsen sondern ihr gerne auf die Titten spritzen, jetzt und hier, ohne daran zu denken, was danach kommt.

»Du machst es dir sehr häufig selbst, oder?«

Mein Nicken fällt wieder sehr schwach aus.

»Warum?«

»Macht mich glücklich, glaube ich. Andere essen Schokolade.«

»Und warum isst du keine Schokolade?«

»Ich weiß nicht, vielleicht, weil mir Körperlichkeit immer schon wichtig war. Und durch meinen Kontakt zur Pornografie?«

Ich bin froh, dass sie mit mir darüber redet. Zum ersten Mal kann ich mich austauschen, interessiert sich jemand dafür.

Mit Bastian habe ich nie ein Wort zum Thema Pornos und Wichsen gewechselt. Ich erzähle von den Büchern, die ich im Schrank meines Vaters gefunden habe, zu früh und zu häufig. Und wieder werden mir Zusammenhänge klar, die ich vorher nie gesehen oder gedacht habe.

»Und was heißt das?«

Bastian und Nicole prallen immer häufiger aufeinander, so dass ich meine Erektion kaum noch unter Kontrolle habe. Frag mich noch einmal, ob ich mir gerne einen runterholen würde, und ich mache es.

Knie dich hin, streck mir deinen Hintern entgegen und ich spritz drauf.

»Ich habe so ein Ideal vor Augen, dass ich gar nicht mehr mit den Schwächen umgehen kann.«

»Würde es dir helfen, wenn du einfach mal ohne nachzudenken und abzuwägen mit einer Frau zusammen bist? Vielleicht holt es den Sex von diesem hohen Ross, auf das du ihn gesetzt hast. Und ich dachte ohnehin, du hättest mit Judith geschlafen.«

Judith. Viel zu brav und harmlos, viel zu schüchtern. Beim Küssen klickten unsere Zähne immer wieder gegeneinander. Sie kniete sich nicht hin und sagte statt ficken, wie gern sie mich hatte. Und in der Nacht, als ich sie rauswarf, war alles zu anstrengend.

Ihre Hand an meinem Schwanz, viel zu unsicher, nicht so, wie ich das immer machte. Sonja kann das, das weiß ich jetzt. Macht sie es noch einmal, wenn ich sie frage?

»Ja, die Nacht war sehr ernüchternd. Zu viel Küssen, Erwartungshaltung, Unsicherheit und zu wenig Lust. Aber so kann Sex ja nicht sein. Sex muss sprudelnd sein und ekstatisch, hemmungslos und ohne davor oder danach.«

»Aber so ist er nicht. Sex ist kompliziert und persönlich, vor allem beim ersten Mal ist er nicht wie in den Filmen und Büchern.«

Mein steifer Schwanz ist nur zwei Zentimeter von meiner rechten Hand entfernt. Frag sie, ob du dir einen runterholen darfst, frag sie einfach, vielleicht hat sie Spaß am Zusehen.

»Vielleicht hast du ihn nur nicht so erlebt. Im Rohbau? Und auf der Mole? Hat dir das keinen Spaß gemacht?«

Nur ihre Religion steht ihr im Weg. Die tut nur so. In Wirklichkeit steht sie total drauf, mir beim Wichsen zuzusehen. Sonja starrt auf das Meer hinaus.

»Sven, versuch doch auch mal das Vorher und das Nachher zu sehen. Erst hatte ich Angst, dass es weh tun könnte. Und ich fand es schmutzig auf dieser Baustelle. Als ich mich hingekniet habe mit runtergelassenen Hosen war ich so entblößt, so ausgeliefert und für dich mag die Vorstellung ja ganz nett sein, aber da dringt jemand in dich ein, in deinen Körper, mit Fingern und anderen Dingen.

Und ganz viel später erst kommt der Moment, wo Tim seine Finger dahin gelegt hat, wo es mir Lust bereitet, und ich gebe zu: Ja, dann hat es mir gefallen, sogar sehr. Aber kannst du dir vorstellen, wie das ist, wenn du mit einem gefühlten halben Liter... mit, na, mit Tims Körperflüssigkeiten und Gleitgel im Po noch einen Kilometer lang gehen musst, bevor du ein Klo findest, und du die ganze Zeit das Gefühl hast, auszulaufen?«

Wieder kratzt sie sich an der gerunzelten Stirn. Diese ungeschminkte Schilderung überrascht mich. Daran habe ich noch nie gedacht. Sperma und Gleitgel auf dem Weg zum Klo. Ein unangenehmer Gedanke.

Sex hat ein Vorher und ein Nachher. Das ist der Grund, warum ich meine Fantasien mag. Weil sie keinen Tempus haben, weil sie zu Ende sind, wenn ich komme. So wie Bastian und Nicole hinter uns.

»Würdest du dir gerne jetzt einen runterholen? Würde dich das glücklich machen?«

»Ja. Macht es dir was aus?«

Meine Finger im Schoß berühren mit den Spitzen den harten Prügel. Das köstliche Jucken, das warme Gefühl, der Moment der Ekstase. Nachher. Was für ein beschissenes Wort.

»Kannst du überhaupt widerstehen?«

»Klar. Ich muss nicht ständig wichsen.«

So gelogen, so falsch, so nötig. Ist es nicht egal, was sie denkt, wenn du dir vor ihren Augen einfach an den Schwanz greifst? Bevor ich meine Lust kontrolliert ein Ventil gebe, räuspert sie sich.

»Ich muss dir was gestehen. Als wir in Madrid waren, auf der Parkbank, als mir so schlecht war...«

In diesem Moment fühle ich mich, als würde mir jemand den Stuhl unter dem Hintern wegziehen. Mein Kopf ist plötzlich heiß, mein Hirn vibriert.

»Du hast es mitbekommen.«

»Alles. Aber ich konnte mich nicht bewegen. Ich war zu betrunken.«

Die Welt schwankt und ich falle. Mich hält nichts mehr auf meinem Platz. Ich falle nach vorne, falle ins Wasser, tauche tief ein. Der Ozean schlägt über mir zusammen. Ich greife nach einigen Zügen an meinen Schwanz, doch die Erektion ist längst zusammengefallen. Sie hat es gewusst, die ganze Zeit, sie weiß, dass ich ein perverser Spinner bin.

Ich habe sie benutzt und sie hat es bereits den anderen erzählt. Nie wieder werde ich ihr in die Augen sehen können, nie wieder werde ich mit ihr reden können, nie wieder darf ich an diesen Strand zurückkehren.

Sind das Rufe hinter mir? Ignorier sie, ignorier sie. Immer weiter schwimme ich hinaus, bis das Wasser unter mir nicht mehr hellgrün sondern dunkelblau ist und ich keinen Grund mehr sehen kann, nur noch Tiefe. Die Wellen sind höher, rauer, härter, die Klippen links und rechts verschwunden.

Wie ertrinkt man absichtlich?

Untertauchen, Luft ausatmen und die Scham namens Leben ein für alle Mal vergessen. Eine Welle schlägt über mir zusammen. Ich bekomme Salzwasser in den Mund.

Ob es hier Haie gibt? Auf der Stelle paddelnd spüre ich Angst die Beine hinaufkriechen. Willst du den Tod? Oder willst du dich nur nicht mit dem auseinandersetzen, was du nicht begreifst, mit deinen Fehlern und Schwächen, mit deinen Fehltritten. Untertauchen, ausatmen, Schluss.

Plötzlich höre ich hinter mir Prusten, Plätschern, Keuchen. Ich will mich gerade umdrehen, da berührt mich etwas an der Schulter. Der Schreck fährt mir in die Glieder, ich stoppe meine Schwimmbewegungen und tauche unter. Hände greifen mir unter die Arme und ziehen mich zurück an die Oberfläche.

Über das Gluckern hinweg mault Bastian: »Jetzt hör auf, dich wichtig zu machen und komm zurück an den Strand.«

Die letzten Meter, bevor meine Füße den Boden berühren. Sonja und Nicole stehen nebeneinander am Ufer, die Arme vor der Brust verschränkt. Ein Bild für die Götter. Sofort steht er mir wieder wie eine Eins. Bastian spuckt und prustet neben mir.

»Was hast du ihr denn erzählt, dass sie denkt, du bringst dich um?«

»Hat sie nichts gesagt?«

»Was soll sie denn sagen?«

Ich ziehe ein letztes Mal voll durch und lasse mich dann sacken. Das Wasser geht mir nur noch bis zur Brust. Wie weich der Sand ist und wie wenig Muscheln oder Steine hier sind.

Auf den letzten Metern fällt meine Erektion zusammen. Die Luft ist raus, oder im Falle von Nicole und Bastian: die Lust. Wir ziehen uns an und klettern den Hang wieder hinauf.

5.

Der Bus rattert über den staubigen Parkplatz und riecht muffig. Das schwarze Plastik der Fenstereinfassung ist heiß. Sonja sitzt neben mir. Wir flüstern, die Köpfe zusammengesteckt, ganz nah.

»Es tut mir so leid.«

»Schon gut, du hast mir ja nicht weh getan. Ich habe es auch keinem gesagt. Aber benutz mich nicht noch einmal. Bitte.«

Sagt sie, und ich denke: Tim benutzt dich, er missbraucht dich noch viel mehr, weil er dich emotional ausbeutet. Aber ich sage es nicht. Noch nicht.

Bastian und Nicole sitzen schweigend nebeneinander, Michael grinst von vorne nach hinten, wirft uns aufmunternde Blicke zu und zeigt schadenfreudig auf Tim, der seine Geste nicht mitbekommt.

Tim motzt über Sand im Gips. »Ich nehme mir ein Zimmer.«

Bastian fragt nach dem Grund und Tim sagt: »Ich will mal in Ruhe schlafen. Sven schnarcht mir zu laut.«

Sonja flüstert mir ins Ohr, bis es kitzelt. »Er will doch nur mit Michael und mir...«

»Und du?«

»Nein, ich will nicht.«

»Was willst du?«

»Ich will, dass er mich liebt.«

Wir machen uns zwei Konservendosen auf dem Gaskocher warm. Der Joint ist ziemlich stark. Und dennoch muss ich nicht husten. Meine Hände werden wieder schwerelos. Michael starrt einer dunkelhaarigen Schönheit hinterher. Im Interrailer-Resort hat die Animation bereits begonnen, die Party ist im vollen Gange.

Wir saufen einen Eimer.

Tim, Bastian, Michael und ich trinken portugiesisches Bier durch Strohhalme von mindestens einem Meter Länge und ich wundere mich, dass ich davon nicht kotzen muss. Diesen Job übernimmt beinahe Tim, setzt ab, macht Pause, würgt trocken, und wir verlieren das Duell gegen Australier.

Welch eine Schande.

Sonja fällt mir in den Arm, lacht breit, zeigt ihre blendend weißen Zähne, ruft mich Sunnyboy und hat für Tim kaum einen Blick übrig. Schließlich rauchen wir noch einen hinter der Disco, aus der Dancefloor-Beats wummern.

Überall um uns herum angetrunkene, gut gelaunte Interrailer, mit Rastas und Surferlocken, mit abgeschnittenen T-Shirts und Jeans, engen Hemden und Tops. Italienisch und Spanisch, Englisch und Deutsch wird gesprochen, und wir mitten drin, ebenfalls gut gelaunt und drauf und dran, Tim so richtig eifersüchtig zu machen.

Er muss nur noch aus seiner letzten Reserve gelockt werden, sich jetzt entscheiden, ihr seine Liebe gestehen. Dann habe ich keine Sonja mehr im Arm, sind die Kätzchen zurück im Schuppen, ist der Besitzer wieder da, ist alles gut, kann ich gehen, habe ich meine Schuldigkeit getan.

Bis dahin halte ich Sonja fest und genieße die Nähe, die Wärme, die weiche Haut an meiner Haut, die mich so merkwürdig elektrisiert. Wie im Buch, wie im Film. Sonja liebt Tim. Keine Verpflichtung für mich, kein Danach.

Michael plaudert mit einem muskulösen Typen, der gut ein Norweger sein könnte. Vielleicht lernt er einen neuen Fischerwitz. Die dunkelhaarige Schönheit hat er links liegen lassen, vermutlich erinnert er sich an seine zuhause auf ihn wartende Freundin. Die Freundin, die niemand kennt. Nicole und Bastian tanzen eng umschlungen irgendwo im grellroten Gewitter der Lichtorgel

»Was machst du da eigentlich, Sonja«, fragt Tim plötzlich. Bier schwappt aus seiner Flasche, so heftig bewegt er die Hand in ihre Richtung. Sein Gipsarm hängt wie ein abgestorbener Ast an seiner Seite. Sonja umklammert meine Taille und trinkt von meinem Bier.

»Wir unterhalten uns.«

»Das meine ich nicht.«

Er packt sie am Arm und zieht sie von mir weg. Sie wehrt sich und dennoch bringt Tim zwei Meter zwischen uns. Nennt er das

Privatsphäre? Ihr Streit ist wie das zischen aggressiver Schlangen, und ich komme mir vor wie die Bisamratte, um die sie sich streiten.

Zum Glück für mich machen sie das unter sich aus. Eigentlich ist Sonja die Bisamratte, die gerade mit der Schlange darüber diskutiert, warum sie nicht gefressen werden will, und ich bin der Mungo, der die Schlange, nein, ich bin, was bin ich?

Noch ein Schluck. Das portugiesische Bier ist wirklich nicht schlecht. Die Musik wummert im Bauch. Ist das der Moment, in dem sie ihm um den Hals fällt, sie knutschen und alles gut wird. Gleich löst sich die Spannung, und wir haben weiterhin ein Traumpaar in der Klasse und die Gruppe fällt nicht auseinander. Tim wirkt ratlos.

»Wir haben doch abgemacht, dass wir heute zusammen im Zimmer schlafen.«

Noch kein Happy End, du Depp, erst der Höhepunkt des Dramas. Er will sie ins Zimmer bekommen, und sie muss widerstehen.

»Du willst das, aber ich nicht.«

»Vorgestern warst du noch ganz wild darauf, mit mir alleine zu sein.«

»Jetzt aber nicht mehr.«

Plötzlich starrt mich Tim an und ich fühle mich wirklich wie der Mungo, der mit der Schlange um die Beute streitet. Essen Mungos Bisamratten oder Schlangen? »Ist es Sven?«

Sonja starrt wortlos zurück. Was macht sie jetzt? Tim glüht förmlich vor Ungeduld. Ist es noch gekränkter Stolz oder fürchtet er bereits, dass ihm Sonja auch emotional entgleiten könnte? Muss ich was sagen? Bastian und Nicole tanzen atemlos zu dumpfen Beats. Michael könnte mir bestimmt einen Tipp geben, aber der lässt sich vom Norweger weiter in die Geheimnisse der Schärenfischerei einweihen.

Neben mir grölt ein Engländer so laut, dass ich nicht verstehe, was Sonja erwidert. Tim jedoch ist dazu fähig, in seiner Wut noch einen Gang höher zu schalten. Sein Gipsarm mit dem Bier fährt wild gestikulierend durch die Luft. Sonja kommt auf mich zu. Ihre Gesichtszüge sind erstarrt und drohen zu entgleisen, was nur in Tränen enden kann.

»Dann blas ihm doch gleich einen«, zischt er ihr hinterher.

»Mach ich auch«, zischt Sonja zurück, packt mich bei der Hand und reißt mich mit sich. Tim zieht an mir vorbei wie ein Freund, der am Bahnhof zurückbleibt. Seine Kinnlade klappt herunter, Michael sieht auf, sieht zum Norweger und dann springt sein Blick wie vom Gummiband gezogen zu Sonja und mir zurück, die mich an der Hand hält und zu den Toiletten zieht.

Sonja schiebt den Riegel vor. Das Licht ist reine Behauptung. Es riecht streng nach Duftsteinen und Desinfektionsmittel. Das Klo hat keine Toilettenbrille. Sonja hält noch immer meine Hand umklammert. Wir lauschen.

Die Musik wird leiser, dann fällt die Tür nach draußen ins Schloss, und der Lärm wird gedämpft. Ein paar Kabinen weiter rauscht die Spülung, raschelt Kleidung, wird ein Riegel geschoben. Quietschend öffnet sich die Tür nach draußen, die Musik wird wieder lauter. Schritte auf den Fliesen. Lachen, ein Kommen und Gehen.

»Und jetzt?«

»Warten wir einen Augenblick und gehen dann wieder zurück«, sagte ich. Mehr kann ich mir vorstellen, aber nicht erwarten. Sonja presst sich an mich und sieht zu mir hinauf.

»Nicht sehr romantisch«, flüstert sie und kichert. Viel zu lange blicke ich ihr in die Augen. Viel zu nah ist sie mir. Viel zu eng spannt sich meine Hose. An den Urinalen plätschert es, als stünde dort ein Pferd.

Wieder knallt die Tür, um nur wenige Sekunden später erneut aufgerissen zu werden. Der Bass pulst ohrenbetäubend. Ist Techno nicht längst wieder out? Sonja lässt meine Hand nicht los, ganz im Gegenteil, und presst ihren Körper noch enger an mich.

»Soll ich?«

»Was?«

»Soll ich dir einen, ich meine, soll ich dich mit dem Mund...?«

Sonja nickt mit dem Kopf, ihre Augen blicken den Bruchteil einer Sekunde nach unten, lange genug, um eindeutig zu sein. Mein Herz schlägt im Hals. Sie kann das bestimmt nicht. Das ist nicht wie in deiner Fantasie. Das wird eine Enttäuschung. Und danach? Hochzeit.

»Ja, aber wieso...«
»Willst du? Ich mach es gerne.«
»Ich dachte, wir machen ihn nur eifersüchtig.«
»Machen wir doch auch.«
»Nein, lass es, wirklich.«

Noch ehe ich widersprechen kann, ist ihre Hand am Gummibund meiner Hose und zieht die Shorts herunter. Wie elastisch steifes Fleisch doch ist. Das Rascheln von Stoff begleitet ihren Kniefall. Ihre Hand ist warm und weich und sehr entschlossen. Wortlos öffnet sie den Mund, zögert, sieht zu mir auf, ich verziehe skeptisch den Mund, sie grinst und schließt die Augen.

Meine Eichel badet in Wärme. Es ist besser als gedacht, viel besser, es ist wie in meinen Träumen. Ihre Augen blicken zu mir auf, ihr Mund weit geöffnet, die Lippen gespannt, der Kopf geht vor und zurück.

Genug Fleisch, um es dabei noch mit der Hand zu bearbeiten. Die andere Hand krallt sich in meine Hüfte. Nur die Religion hindert sie, sonst nichts. Ich rolle mein T-Shirt bis zum Bauchnabel hoch um mehr zu sehen, mehr von ihrem Kopf im Halbdunkel der Kabine.

Sie schnauft, schmatzt. Irgendwo rauscht eine Klospülung. Zu geil. Meine Knie werden weich. Das geht aber schnell. In den Filmen dauert so etwas doch immer viel länger, viel länger, viel.

»Ich komme«, keuche ich noch. Sonja lutscht ungerührt weiter, die Wangen nach innen gewölbt.

Ich spritze ihr die erste Ladung in den Mund, sie blinzelt irritiert, ich spritze weiter.

Mit beiden Händen stemme ich mich gegen die Kabinenwände. Irgendwann kommt nichts mehr, und Sonja nimmt meinen Schwanz aus dem Mund, richtet sich auf, die Lippen geschlossen.

Sie versucht sich an einem Lächeln, dreht sich zur Toilettenschüssel und spuckt mein Sperma aus wie einen Kirschkern, den sie zufällig im Kompott gefunden hat. Muss ich jetzt angewidert gucken?

»Entschuldigung«, lächelt sie verlegen.

»Fandst du das eklig?«

»Nein, nur zu viel.« Was sich so an zwei Tagen eben ansammelt. Sie umarmt mich, ganz knapp befürchte ich, sie wolle mich küssen, doch ihr Kopf landet an meiner Brust, ihre Hände auf meinem Rücken. Sie schmatzt und summt dabei eine beruhigende Melodie. Mir fallen die Augen zu. Jetzt nur kein Wort von Liebe.

»Und? Wie war es?« In Tims Stimme überwiegt der Ärger. Seine Augen verengen sich zu Schlitzen. Wieso ist er so aggressiv? Liebt er sie doch noch? Oder kränke ich ihn nur in seiner Eitelkeit. Bitte, lieber Gott, lass es Eifersucht sein. Sonja lässt meine Hand los.

»Danke, sehr gut«, sage ich und wage es nicht, Sonja anzusehen. Sie schnappt sich Michaels Bier und trinkt. Habe ich einen schlechten Geschmack in ihrem Mund hinterlassen? Seltsam sieht das in dieser Situation aus und passend zugleich.

»Das hat die niemals gemacht«, höre ich Michael flüstern. Bastian steht mit seinem Bier in der Hand neben Nicole und grinst. Sie sind außer Atem, schweißgebadet und sehen glücklich aus, was bei Bastian so selten vorkommt, dass es mir besonders auffällt. Ihre Hände haben sich ineinander verkrallt.

»Na also, ist doch gar nicht so schwer. Kümmer dich um sie«, flüstert Nicole mir ins Ohr. Falsch, ganz falsch. Tim kümmert sich um sie. Ich spiele nur mit den Kätzchen und sperre sie anschließend zurück in den Schuppen.

Betäubt liege ich im Schlafsack. Die Musik ist leiser geworden, die Lagerleitung hat alles im Griff, ich habe alles im Griff, Sonja hat alles im Griff. Neben mir Leere. Ich kann mir die beiden vorstellen, wie sie mit Sonja im Zimmer sitzen, unsicher, ob das eine gute Idee ist und ratlos, was danach kommt.

Danach.

Was kommt nach einem Dreier, der nur im Porno real sein kann? Eine Dreiecksbeziehung? Das Schwarz vor meinen Augen zieht Schlieren. In der Ferne hallt immer wieder Lachen auf, doch es ist verdammt ruhig geworden. Mein Schlafsack steht offen, die Zikaden lärmen, ich schwitze.

Immer wieder versuche ich, die Augen aufzureißen, um nicht Achterbahn fahren zu müssen, was unweigerlich passiert, wenn ich die Lider schließe. Scheiß Alkohol. Ich greife an meinen Schwanz, der in meiner Unterhose in einem Zustand zwischen Erwartung und Ermattung lauert. Schritte nähern sich, scharren vor dem Zelt. Mein Körper spannt sich.

»Sven?«

Die Frage ist nur ein Flüstern, doch ich erkenne sofort, wer vor dem Zelt hockt und bereits nach dem Reißverschluss tastet. Mein Zwerchfell zieht sich zusammen, meine Hände rutschen aus der Unterhose.

»Komm rein«, sage ich und decke mich mit dem Schlafsack zu. Der Reißverschluss knarrt, ein Kopf streckt sich herein. Eine Haarspange blinkt. Gelbe Lichter blitzen hinter ihr im Wald wie Sternschnuppen.

»Wo sind Tim und Michael?«, fragt Sonja. Ihr Gesicht ist voller Kontraste wie ein Linoleumschnitt. Nur Nase, Augenhöhlen, Wangenknochen.

»Ich frag dich.«

»Dann ist er in seinem Zimmer. Da kann er warten, bis er schwarz wird.«

Ihre Stimme klingt von Zorn und Tränen erstickt. Sie klettert zu mir herein, dreht sich auf den Knien und zieht den Reißverschluss herunter. Dabei streckt sie mir ihren in Baumwolle verpackten Hintern entgegen.

Für Details ist es zu dunkel.

Sie hockt sich im Schneidersitz an das Fußende. Ich stütze mich auf die Ellenbogen. Sonja wedelt mit der Hand vor ihrer Nase. Ein Haar?

»Bastian und Nicole haben, sie machen gerade, sie haben mich nicht mal gefragt, ob es mich stört.«

»Vielleicht haben sie gedacht, nach dem Tag am Strand wäre das nicht mehr nötig.«

»Wir sind ganz schön hemmungslos geworden, was?«

Ich bin nicht sicher, ob sie mein Nicken in der Dunkelheit erkennt. Meine Gedanken sind immer noch benebelt. Wenn sie mich fragt, ob ich mit ihr schlafe, lehne ich nicht ab. Scheiß auf danach.

»Kann ich bei dir bleiben? Nur ein bisschen, bis Nicole und Bastian, ich meine, bis sie fertig sind?«

»Klar.«

Sie geht auf alle Viere und streckt sich auf dem leeren Schlafsack neben mir aus. Ihre Haare kitzeln mich im Gesicht, so nah ist sie mir. Ich höre sie atmen.

»Wessen Seite ist das?«

»Michaels.«

Schweigen. Hoffentlich kommt jetzt niemand. Als ich den Kopf drehe, sehe ich das Weiße in ihren Augen leuchten. Nur zehn Zentimeter entfernt liegt Sonja. Ob sie spielen will? Ob sie sich ein zweites Mal in den Arsch ficken ließe? Ob sie sich überhaupt von mir ficken ließe, ohne dabei an Hochzeit zu denken?

»Meinst du, es klappt noch mit Tim?«

»Ich weiß nicht. Er ist so stur.«

»Ich hab gedacht, du gehst am Ende doch noch mit ihm aufs Zimmer.«

Sie schnieft. »Ich kann das nicht. Ich kann nicht mehr.«

Wimmern in der Dunkelheit, ihre Hände wischen Tränen fort, der Atem geht stoßweise zwischen tiefen Schluchzern. »Ach Sven, was soll ich denn machen?«

Ich drehe mich auf die Seite und lege ihr eine Hand auf die Schulter. Ihre Körperwärme erzeugt Spannung, schwach nur doch deutlich Funken sprühend. Plötzlich spüre ich ihre Arme um mich, ihr Kopf drängt gegen meine Schulter. Tief atmet sie ein und heult. Ihre Haare an meiner Wange.

»Halt mich«, schluchzt sie, hält mich eng umschlungen, klammert sich fest, und es fühlt sich gut an, so wie es ist. Keine Chance, jetzt noch Sex zu haben, blitzt es mir kurz durch den Kopf, und ich bin eigentlich froh darüber. Mein Schwanz bleibt ganz cool hängen.

»Warum hast du das gemacht. Vorhin in den Toiletten?«

»Weil ich es wollte.«

Natürlich. Wie kann ich das vergessen. Sie schnieft und hebt den Kopf. Ihre Augen leuchten. Weil sie es wollte, nicht ich, nicht Tim.

»Wenn er kommt, will ich nicht gehen.«

»Ich lass dich nicht gehen«, sage ich und halte sie fest.

Ficken = Eifersucht

Wenn du heute hier bist und morgen dort, kannst du niemals wirkliche Nähe zu einem Ort herstellen. Spürst du etwas wie Neid, dass andere dort leben, wo du Urlaub machst? Oder weißt du, dass Arbeit an einem Urlaubsort immer Arbeit bleiben wird. Und was die Nähe angeht, so bleiben dir wenigstens deine Mitreisenden.

1.

Eine Bewegung neben mir. Ist es Sonja? Nein, Michael liegt neben mir, mit einem neuen Fischerwitz. Auf der anderen Seite ist Tim mit einem Tennisschläger in der Hand. Der Platz ist hart und Sonja woanders. Natürlich gewinnt er, Tim gewinnt immer, weil er der Sohn eines Autohändlers ist und Golf fährt.

Warum habe ich eigentlich mit dem Tennis aufgehört? Kümmere dich um Sonja. Ich spiele mit Nicole, lieber mit Nicole, die Bastian liebt. Warum will sie unbedingt mit mir spielen, statt mit Bastian? Geht es wirklich um Tennis oder um mehr? Ich habe das Gefühl, einen Gedanken nicht mehr zu finden, mich an etwas nicht erinnern zu können. Und plötzlich merke ich, dass ich träume.

Müde öffne ich die Augen und starre auf Michael, der neben mir aufrecht auf seinem Schlafsack sitzt, wo bis spät in die Nacht noch Sonja gelegen hat. Habe ich gerade vom Tennis geträumt und davon, keinen Ball mehr zu treffen, weil ich nicht mehr im Verein spiele? So ein Quatsch, ich gehe doch jedes Wochenende auf den Platz.

Ich habe gestern Abend Interrailer spielen gesehen, das muss der Grund sein. Aber im Traum hat es einen Sinn ergeben, dass ich nicht spielen kann. Wie man etwas im Traum weiß, das einen Sinn ergibt, obwohl es total absurd ist. Und was will mir der Traum sagen? Dass ich heute Tennis spielen muss, weil ich seit fast drei Wochen keinen Schläger mehr in der Hand gehalten habe.

Der Tag beginnt stickig. Die Sonne knallt bereits seit einer Stunde auf das Zelt. Michael dreht sich eine. Wann ist er ins Zelt gekommen? Bevor Sonja gegangen ist oder danach? Es riecht nach alten Socken.

Bastian, Sonja und Nicole sitzen längst im Gras vor den Zelten. Unser Frühstück besteht aus Cornflakes mit lauwarmer Milch, in der ich wieder einmal eine Ameise finde. Michael nennt die Pampe vergnügt einen karibischen Sommertraum. Woher er das wieder hat? Kiefernnadeln in meinen Handflächen, *New Model Army* als Soundtrack.

Irgendwann setzt sich Tim dazu, sichtlich verpennt und vermutlich mehr als das, da er die Nacht wider Willen alleine verbracht hat. Auf eine solch bekloppte Idee kommt man auch nur im Suff, oder wenn man sich besonders überlegen fühlt. Die nächste Nacht will er wieder im Zelt schlafen. Ich habe nichts dagegen.

»Und? Was war jetzt wirklich im Klo los?«

»Interessiert dich das wirklich?«

»Was soll das heißen?«

»Ich dachte, das Kapitel Sonja ist abgeschlossen?«

»Hat sie nun oder hat sie nicht?«

»Natürlich hat sie.«

Mein Zwerchfell zappelt bei dem Gedanken daran. Ihre Augen, meine harte Stange zwischen ihren Lippen, ihre Hand, ihr Schlucken. Zu geil.

»Ich fass es nicht«, sagt Tim zerknirscht. Von wegen Kapitel abgeschlossen. Sonja ist bald am Ziel. Toller Plan.

Wir fahren mit dem ersten Shuttlebus an den Strand. Tim sucht nicht einmal ein Gespräch. Er hockt sich schmollend in die letzte Sitzreihe. Michael setzt sich neben ihn und ich spüre, wie sehr er befürchtet, dass die Gruppe auseinander bricht. Michael, unser Kitt, unser Diplomat. Wenn Tim nur nicht so stur wäre, könnten er und Sonja längst Hand in Hand den Strand entlang laufen.

Dann, so fällt mir sofort ein, hätte mich Sonja aber nie auf die Toilette begleitet. Für mich hat sich die Sache also bereits gelohnt.

Und die Befürchtung, sie wolle ihn noch weiter provozieren, treibt mir längst nicht mehr den Schweiß auf die Stirn.

2.

Noch vor dem Mittag, nach zwei Runden im Atlantik, steht Sonja, die in den vergangenen zwei Stunden kein einziges Wort mit Tim gewechselt hat, vor meinem Handtuch.

»Kommst du mit?« Tim sieht schläfrig auf. Und wieder nimmt sie mich bei der Hand, wieder folgen ihr meine Füße und die Augen aller anderen. Nur diesmal bleiben Nicole und Bastian zurück.

»Wohin?«

»Spazieren.«

Auf dem Weg nach oben geht sie vor mir. Jede Stufe der Stiege genieße ich. Auf der letzten Stufe werfe ich einen Blick zurück. Tim liegt nicht mehr auf seinem Handtuch. Er ist verschwunden.

Langsam schlendern wir die Steilküste entlang. Kaum haben wir den Parkplatz hinter uns gelassen, sind kaum noch Menschen da. Sonja hat meine Hand nicht eine Sekunde lang losgelassen.

»Willst du immer noch nach Südfrankreich, statt mit uns zurück zu kommen?«

»Weiß nicht.«

»Warum willst du nach Südfrankreich?«

Warum träume ich davon, auf dem Rückweg in einen anderen Zug zu steigen und zu meinem Vater auf den Hof zu fahren? Ich lerne Französisch, wohne in seiner Kommune, helfe bei der Ernte und mache mir über Abitur, Studium und den ganzen Rest keine Gedanken mehr.

»Ich fühle mich überfordert. Ich weiß nicht, was ich studieren, welchen Weg ich einschlagen soll. Vielleicht ist Südfrankreich auch einfach nur der Wunsch nach einfachen Lösungen.«

»Ist es so einfach? Ich stell mir das eher schwer vor. Kommune, Erntehelfer. Wolltest du nicht zum Film?«

»Zum Film. Nur weil ich jeden Film sehe, der in unser Provinzkino kommt, habe ich doch keine Zukunft beim Film. Das ist ein Hirngespinst, eine Schimäre, ein Wunschtraum. Aber was kommt danach, wenn der Traum geplatzt ist?«

»Du machst dir also doch Gedanken darüber, was danach kommt.«

»Ich mache mir immer Gedanken über das, was danach kommt. Das ist ja mein Problem. Im Kleinen wie im Großen. Weil ich nicht weiß, was kommt, wie ich mich verhalten soll, was von mir erwartet wird. Nennt man das im großen Maßstab Zukunftsangst? Vielleicht ist die normal für junge Menschen wie uns. Was willst du denn nach dem Abitur machen?«

»Weißt du, dass du mich das noch nie gefragt hast?«

»Was du machen willst? Ich glaube, das habe ich noch keinen gefragt. Es weiß doch auch noch keiner, oder? Bastian nicht, Nicole nicht, Michael nicht. Sonst hätten die doch längst mal drüber gesprochen.«

Sonja kratzt im Augenwinkel und runzelt dabei die Stirn. Das macht sie nicht zum ersten Mal. »Du So kenne ich dich gar nicht. Du reflektierst ja plötzlich.«

»Ist eigentlich nichts, was ich öfter mache. Aber ich habe das Gefühl, seit wir unterwegs sind, werden meine Gedanken klarer.«

»Gefällt mir«, sagt sie und lächelt mich an. Ihre Augen halten meinen Blick einen Moment lang und huschen dann in den Höhlen wie zwei aufgeschreckte Kaninchen, um auf dem Weg ein Ziel zu finden, dass uns wie ein Schatten folgt.

»Kommt er uns nach?«

»Ich bin mir ziemlich sicher.«

»Was machen wir jetzt?«

Unsere Schritte knirschen auf dem roten Sand. Im Kiefernwald links von uns lärmen die Zikaden wie eine Hochspannungsleitung im Nebel. Sonja vermeidet den Blick nach rechts, wo ich Tim vermute. »Knutschen.«

Hast du ein Springmesser in der Hose oder freust du dich nur darüber, sie zu küssen? »Mit oder ohne Zunge?«

Sie bleibt stehen, beugt sich unvermittelt vor und presst mir ihre Lippen auf den Mund. Es ist wie ein Schlag mit einem Rührbesen in den Magen. Der Kuss ist weich und hart zugleich, komplett, und ohne es verhindern zu können, dringt ihre Zunge katzengleich zappelnd und fordernd ein. Sie schmeckt gut, unsere Zähne berühren sich nicht. Stocksteif stehe ich da, weiß nicht, wohin mit meinen Händen.

Sonja atmet durch die Nase, ihre freie Hand krallt sich in mein T-Shirt. Sie schließt die Lippen, öffnet sie wieder, meine Zunge taucht in ihren Mund, über ihren Gaumen, ihre Zähne. Es ist so gut, so intensiv, so echt, so richtig. Wenn der Herzschlag beim Kuss der Gradmesser für Zuneigung ist, bin ich ihr viel zu nahe.

Endlich löst sie sich von mir. Ihr Blick senkt sich verlegen, meiner gleitet wie Seife an ihr vorbei in den Wald. Auf meinen Lippen spüre ich noch den Druck des Kusses.

»Sven?«, flüstert Sonja. Sie sieht mich an. Mein Hals wird eng vor Aufregung. »Tust du mir einen Gefallen?«

Ich nicke. Was soll ich auch sonst machen. Ich stecke so tief drin und würde alles tun, damit die Kätzchen wieder in den Schuppen verschwinden. Alleine schaffe ich das nicht mehr.

»Du musst nicht, wenn du nicht willst, aber ich glaube, das würde Tim den Rest geben.«

»Was denn?«

Wir flüstern, dabei wissen wir noch nicht einmal, ob Tim wirklich in der Nähe ist.

»Können wir in die Bucht gehen?«

»Und da?«

»Würdest du bitte mit mir schlafen?«

Sie sagt das mit einer Selbstverständlichkeit, wie sie mich nach meinem Rasierer für ihre Beine gefragt hat. Nur für die Beine? Mit Sonja schlafen hieße, ihre Titten anfassen zu dürfen, ihren Hintern, ihre Möse, ganz offiziell. Kümmere dich um Sonja. Verdammt, kümmere dich um sie. Was macht man mit den Kätzchen? Spielen, und dann zurück in den Schuppen. Ich wäre bekloppt, wenn ich nur eine Sekunde zögerte.

»Ist es wirklich, was du willst?«

Okay, ich bin bekloppt.

»Findest du mich attraktiv?«

»Klar, aber was ...«

»Dann schlaf mit mir. Lass ihn dabei zusehen, ich weiß nicht weiter. Wenn er dann nichts sagt, ist ihm nicht mehr zu helfen.«

Sie muss sehr verzweifelt sein, wenn sie Sex mit mir nicht mehr ausschließt. Sex mit jemandem, der sie nicht heiraten wird. Das ist zu absurd, um wirklich zu sein.

Mich packt eine seltsame Furcht, die den Boden unter meinen Füßen zum Vibrieren bringt. Träume ich vielleicht, und all das hier spielt sich nur in meinem Kopf ab? Liege ich in Wahrheit in meinem Zelt und schlafe?

Nur um mein Gewissen zu beruhigen kneife ich mich in den Arm, und dann ist das Gefühl der Unsicherheit auch schon vorbei, denn der Schmerz ist real und unmittelbar. Ich bin wach, ich träume nicht, der Stein in meinem Schuh ist echt, die Hand von Sonja in meiner auch.

»Wie ist das, du und Sex. Vor ein paar Tagen noch war dir alles zuwider. Und jetzt gehst du damit so selbstverständlich um.«

»Du hast gesagt, du würdest klarer denken können, seitdem wir unterwegs sind. Mir geht es ebenfalls so. Vielleicht auf eine andere Art und Weise.

Mein Vater ist nicht das Maß aller Dinge, vor allem nicht seine Vorstellungen von Anstand und Moral.«

Ein Schatten tanzt über ihr Gesicht. Ich bemerke den Fleck auf meiner Sonnenbrille, nehme sie ab, putze sie und schiebe sie zurück auf die Nase.

»Und jetzt?«

»Du hältst mich aber nicht für eine Schlampe, oder?«

»Und was bin ich dann? Ein... ein... Gigolo? Wenn du dir diese Gedanken machst, sollten wir vielleicht doch nicht so weit gehen.«

Wie oft willst du ihr noch widersprechen um zu beweisen, dass du tatsächlich bekloppt bist?

»Was kommt danach?«

»Wir tun so, als sei nichts passiert, Tim wird mich schlagen, dich zur Seite nehmen und dir sagen, wie sehr er dich liebt. Und dann werdet ihr glücklich bis an euer Lebensende.«

»Und du? Macht dir das gar nichts aus?«

»Dass für mich kein danach kommt? Das bin ich doch gewohnt.«

Ich schiele über den Rand meiner Sonnenbrille und grinse verlegen. Ich kann gar nicht anders, als verlegen zu grinsen, so unangenehm ist mir die Situation. Immerhin bin ich ehrlich und rede nicht von Liebe, wenn es mir nur um Sex geht. Hoffentlich sieht sie das auch so.

Sonja packt mich an der Hand, dreht sich um und läuft den Weg hinunter. Dabei zieht sie mich hinter sich her. Wir rennen, lassen eine Wolke aus rotem Staub hinter uns und finden den verborgenen Trampelpfad. Trockene Sträucher peitschen gegen meine Haut. Geht es jetzt tatsächlich zum Ficken? Ohne ein Danach? Und das Vorher gab es bereits? Ich betrachte im Laufen die Schrammen auf meiner Haut. Es ist echt. Kein Traum.

Eine halbe Ewigkeit stehen wir am Traumstrand herum wie Schiffbrüchige, die nicht wissen, ob sie eine Hütte oder ein Floß bauen sollen.

Sand unter den Füßen, über uns die Sonne an einem makellos blauen Himmel. Sonja atmet tief ein, macht den ersten Schritt, zieht mich am T-Shirt zu sich und küsst mich.

Mit geschlossenen Augen erwidere ich den Kuss. Ist die Brandung nur in meinem Rücken oder auch in meinem Kopf? Ihre Zunge tänzelt in meinem Mund, viel zu stürmisch. Wir wollen doch nur Tim etwas vorspielen. Abstand, ansehen, wieder Kontakt, Knutschen, im Rücken rauschen Wellen.

»Ich glaub, ich hab ihn gesehen«, flüstert sie. Auf ihren Lippen glänzt es feucht, ihre Wangen sind gerötet.

Ist er uns bis nach unten gefolgt und steht jetzt hinter dem Busch? Sekundenlang male ich mir aus, wie Tim wutentbrannt durch das Gebüsch bricht, auf uns zustürmt und mich mit seinem Gipsarm schlägt.

Den Wunsch, sich auszuziehen, haucht sie mir zwischen zwei Küssen ins Ohr. Ihr T-Shirt flattert in den Sand. Die Träger des Badeanzugs rolle ich ihr über die Schultern, den Rest macht sie. Meine Finger, zitternd und fahrig, sind bereits am Gummibund ihrer Shorts.

Als ich mich vorbeuge, um den Stoff nach unten zu schieben, schält sie sich aus dem Badeanzug und ich kann die kleinen Härchen rund um die aufgerichteten Brustwarzen erkennen.

Sonja spielt ihre Rolle perfekt, strahlt mich an, und nur ab und zu kann ich erkennen, dass ihre Augen einen Punkt fixieren, der hinter mir liegt und nur Tim im Gebüsch sein kann.

Zwei Handgriffe später steht Sonja nackt vor mir, und auch ich bin, ehe ich mich über ihre Initiative wundern kann, entblößt. Ihre Arme schließen mich ein, pressen mehr Sonja gegen mich, als ich halten kann. Schultern, Rücken, Brüste, Hintern, Schenkel.

Wieder knutschen wir, und zum ersten Mal greife ich nach ihren Titten. So etwas habe ich noch nie gefühlt. Sie legen sich voll und schwer in meine Hände, sind weich und fest zugleich. Die Nippel haben sich aufgerichtet. Wir sind ein Mund, sind ein paar Lippen, keuchen und schnaufen und brummen.

Ihr Körper ist warm, die nackte Haut an meiner glatt. Ich bin nicht mehr nur Geist, bin materialisiert wie die Mitglieder der Enterprise. Es gilt das Prinzip der Nichteinmischung. Phaser auf Betäubung.

Meine Beine zittern, meine Hände kneten ihre Brüste, Daumen schnippen über die Warzen, bald legt sich eine Hand auf den Rücken, ihren Hintern. An meinem harten Schwanz sind längst ihre Finger.

Wie gut sie das macht, aber darin hat sie ja mittlerweile Übung. Mit schnellen, selbstverständlichen Bewegungen holt sie mir einen runter. Die Knie geben nach und ich begrabe sie beinahe unter meiner Lust im heißen Sand. Sonja drückt mich an den Schultern weg.

»Weißt du, was ihn noch mehr auf die Palme bringt?«

»Wir singen dabei die amerikanische Nationalhymne?«

Sie legt beim Lachen den Kopf in den Nacken. Macht sie das häufiger?

»Kannst du mich vorher mit der Zunge, du weißt schon...«

»Warum?«

»Weil ich es will.«

»Oder will Tim es vorher wollte und du nicht?«

Sie nickt. Ich nicke. Erst beschäftige ich mich jedoch noch mit ihren Brüsten, sauge an den aufgerichteten Nippeln, knete die beiden Hügel mit beiden Händen, bis sie vor Schweiß und Sonnencreme glitschig geworden sind, und küsse mich schließlich hinunter zu ihrem Bauchnabel.

Das Schamhaar ist viel kratziger als gedacht, die Falten dazwischen viel sanfter. Mit den Händen drücke ich die Schenkel auseinander, bis ihre Möse weit geöffnet vor mir liegt.

Tief vergrabe ich mein Gesicht zwischen ihren Schenkeln. Meine Zunge dringt in das feuchte Loch, der vielmehr ein Schlitz ist. Sie ist nicht feucht, sondern nass. Ihre Schenkel an meiner Wange, an meinen Ohren. Das Blut rauscht. Ein Schamhaar auf der Zunge.

Sie schmeckt nach Salz, nicht nach Fisch wie in den Witzen, das überrascht mich. Sie schmeckt herrlich. Die Scham ist rot und feucht und mit jedem Streich, den meine Zunge ausführt, öffnet sie sich wie eine Blume.

Das jedenfalls ist wie in den Büchern. Ansonsten hat mich nichts auf dieses Erlebnis vorbereiten können. Ich lutsche, sauge an den Hautfalten, lecke über den Schlitz, finde ein weiteres Haar auf meiner Zunge.

Mein Gesicht ist nass bis zur Nasenspitze. Jetzt mehr als meine Zunge. Doch meine Hände sind voller Sand. Ich kann ihr doch keinen sandigen Finger in die Möse schieben.

Wo mache ich die sauber? Ablecken? Also kein Finger. Ich ziehe meine Zunge von unten nach oben und zurück durch ihre haarige Möse, und dem ansteigenden Wimmern nach zu urteilen mag sie es. Sonja zuckt unter meinen Küssen, seufzt, stöhnt und bettelt. Ihre Schenkel schließen sich um meinen Kopf und pressen ihn wie ein Schraubstock zusammen.

Ein letztes Mal hechelt sie und liegt plötzlich ganz still.

»Was war das?«, frage ich und sehe zu ihr auf. Sie schnappt nach Luft, hebt den Kopf und lächelt. »Oh, mein Gott.«

»Bist du gekommen?«

»Zum ersten Mal, ja.«

»Ich dachte, mit Tim….«

»Der hat doch nur an sich gedacht.«

Im Busch erkenne ich eine Bewegung. Ob von Tim oder Bastian oder irgendeinem Fremden ist mir egal. Ich habe Sonja geleckt, und das ist alles, was zählt.

»Und jetzt?«

»Mach ich alles, was du willst.«

Sonja kniet sich hin. Ihre Brüste fallen spitz nach unten, der Hintern wölbt sich perfekt. Ihr Anus ist ein kleines, dunkles Loch. Darunter die leicht geöffnete Scham. Wie ein Blitz rast das Signal durch mein Hirn. Jetzt gibt es für mich kein Halten mehr.

»Nimm die Knie auseinander«, sage ich. Meine Stimme zittert, mein Herz rast. So geil, so geil. Vorsichtig spreizt sie die Beine, langsam, Zentimeter für Zentimeter hinterlassen die Knie breite Spuren im Sand.

»Du darfst aber nicht in mir kommen.«

»Und wo dann?«

»Auf den Rücken, oder so.«

Sie sieht über die Schulter und lächelt verlegen. Ich kann mir einiges vorstellen. Sie sich auch? Der Sand ist heiß, die Körner pieksen in den Knien. Rasch bringe ich mich näher.

Ihre Möse ist nur etwas zu weit oben. Vorsichtig drücke ich die Knie zusammen und schiebe mich unter sie, damit ich mit dem Schwanz höher komme. Es reicht.

Wie es wohl sein, sich anfühlen, ob sie es mögen und mich bis zum Ende bringen wird? Ihr Hintern an meiner Hand, die Feuchtigkeit an meiner Eichel, das Kitzeln ihrer Schamhaare, die Poren auf der Haut, die Bräune, die kleinen weißen Härchen über dem Steißbein, der Schweiß, die Perlen, die Schulterblätter, die Haare, der gesenkte Kopf, die hängenden Titten.

So kristallklar ist das Bild, so echt und so intensiv.

Vorsichtig setze ich meine Eichel an ihre Möse, nur zwei Finger breit unter dem Artisteneingang. Jetzt zwei Schwänze, jetzt gleichzeitig das andere Loch ausfüllen.

Später.

Meine Hände auf ihren Pobacken, ziehen die beiden Halbmonde weiter auseinander und dann verschwindet die Eichel.

Zentimeter für Zentimeter dringe ich in Sonja ein. Ihre Möse schließt sich wie ein Futteral um meinen harten Schwanz. Keine Hand konnte mich auf dieses Gefühl vorbereiten. Nichts zuvor war so schön, so echt und so lustvoll.

Sonja stöhnt auf. Ihre zarte Haut an meinen Händen, die Rinne über der Wirbelsäule, die Wölbung ihres Hinterns, die beiden geteilten Hälften und mein Schwanz, der von hinten in sie eindringt.

Jeder Millimeter mehr ist ein weiterer Schritt ins Paradies. Ihr schwarzes Schamhaar vereinigt sich mit meinen Haaren am Sack, der sanft gegen ihre Möse stupst. Jetzt bin ganz drin.

»Gott, ist das geil«, zische ich.

»Vorsichtig, du bist so groß«, seufzt Sonja und beugt sich noch weiter nach vorne. Ihre Schenkel an meinen Schenkeln, die Pobacken spreizen sich weiter, verleihen der zweiten Öffnung noch mehr Bedeutung. Mein Schwanz rutscht beinahe aus ihrem Loch.

Ich habe nicht die volle Bewegungsfreiheit. Bei jedem Stoß fürchte ich, aus ihr zu rutschen. Ich stelle mich von den Knien auf die Füße. Viel zu hoch. Mein Schwanz rutscht heraus, Sonja reagiert mit einem überraschten Aufschrei.

Langsam gehe ich in die Hocke, bis meine Oberschenkel zittern und mein Schwanz wieder auf der Höhe ihrer Möse ist. So geht das nicht. Ich könnte eindringen, aber das ist viel zu unbequem.

Wieder hocke ich mich hinter sie. Was muss sie machen, damit ihr Hintern auf der richtigen Höhe ist?

»Was ist?«, fragt Sonja.

»Ich glaube, du musst die Knie weiter auseinander nehmen.«

Sie tut es, mein Schwanz dringt im optimalen Winkel ein, und ich bin im siebten Himmel. So muss ich weitermachen, ewig, nie wieder aufhören. Vorsichtig ziehe ich mich zurück.

Die Reibung ist unerträglich. Meine Eichel erscheint zwischen den dunkelrosa Falten, die Rundung glitzert. Ihr festes Poloch öffnet sich etwas, dunkel, verlockend, verboten. Ich bin so erregt.

Mit beiden Händen umklammere ich ihr Becken und bohre mich tief in sie. Jeder Stoß ein Zugeständnis an die Geilheit, jede Bewegung ein Schritt mehr hin zur Abhängigkeit. Was soll ich ohne fremde Körper nur machen? Wo wäre ich ohne Berührungen, ohne Kontakt, auf Distanz?

Ich könnte stundenlang so weitermachen. Oder, vielleicht doch nur Sekunden? Eine Bewegung mehr bedeutet den Orgasmus. Und da ist die Bewegung. So ein Mist!

»Ich komme«, keuche ich. Der Sand scheuert an meinen Knien.

»Nicht in mir«, fleht sie noch rechtzeitig. Ihre Stimme ist flach. Im letzten Augenblick ziehe ich meinen Schwanz aus ihrer Möse, wichse weiter, was sich seltsam anfühlt, nicht so intensiv, nicht mehr so gut wie früher, als ich nichts Anderes kannte, und spritze ihr einmal der Länge nach über ihren Rücken.

Mein Schwanz ist klebrig, der Sand von meiner rechten Hand bleibt an ihm hängen. Der erste Spritzer landet zwischen ihren Schulterblättern, der Rest auf ihrem Hintern.

Ein paar Tropfen laufen die Rinne hinab über die enge Muffe. Ich falle nach hinten in den Sand, Sonja nach vorne. Sie hatte bestimmt keinen Orgasmus, dazu bin ich zu schnell. Ich Arsch bin viel zu früh gekommen. Der erste Sex mit ihr und ich komme nach drei Minuten.

Wir bleiben noch eine Weile nebeneinander im Sand liegen. Der Busch am Hang, in dem ich Bewegungen ahnte, wird vom Wind zerzaust. Ist Tim noch da? Oder schon wieder weg? Vorsichtig wische ich Sonja einzelne Sandkörner von den Schenkeln, vom Bauch, von den Brüsten.

Ihre Haut ist seidenweich. Was machen eigentlich die Pornodarstellerinnen? Haben die Orgasmen oder spielen die den nur? Und nehmen die alle die Pille? Oder gerade nicht und spritzen die Männer ihnen deshalb überall hin?

»Hattest du einen Orgasmus?«

»Ja, als du mich mit der Zunge, ich meine, als du mich geleckt hast, aber nicht danach, das ging ein bisschen schnell. Aber das macht nichts.«

Sie zupft in meinen Haaren. Ihr hat es nicht gefallen, ich habe es falsch gemacht, zu schnell, gefühllos. Ich spüre plötzlich eine große Traurigkeit und Leere. Ich bin so oberflächlich, so opportunistisch, so asozial. Spiel mit den Kätzchen. Kätzchen werden nie selbstständig, sie werden nur Katzen und bleiben doch immer Haustiere.

Ein paar Minuten später ziehen wir uns an. Dort, wo ich ihr auf den Rücken gespritzt habe, klebt noch besonders viel Sand. Schweigend steigen wir den schmalen Pfad hinauf.

Dem Stand der Sonne nach zu urteilen ist es früher Nachmittag. Oben auf dem Weg greift sie meine Hand und lächelt mich von der Seite an. Es stört mich.

Am liebsten wäre ich jetzt für mich allein. Ich bin ein Arschloch. Bald erreichen wir den großen Busparkplatz, der wie ausgestorben liegt.

Die schmale Treppe hinunter zum Strand ist ausgeblichen. Alles wirkt viel blasser, der Sand ist nicht so rot, der Himmel nicht so blau, das Wasser nicht so grün.

Die anderen liegen faul in der Sonne. Michael raucht, Tim sieht kurz zu uns herauf und spielt eine Karte aus, Bastian beachtet uns gar nicht. Nur Nicole begrüßt uns überschwänglich.

Wir setzen uns auf unsere Handtücher und erzählen von einem langen Spaziergang die Steilküste entlang, von Gesprächen über die Scheidung meiner Eltern, über die Kommune meines Vaters in Südfrankreich, über Interrail im Allgemeinen und die letzten zwei Wochen im Speziellen.

Ob uns das jemand abnimmt ist mir egal. Ich lege mich auf mein Handtuch und greife mir mein Buch.

3.

Das Wasser schlägt kühl über mir zusammen. Als ich auftauche, schwimmt Sonja auf mich zu. Bastian jagt der Frisbeescheibe hinterher. Ich trete auf der Stelle. Ihr Gesicht ist ernst. Tim hat nichts gesagt, Tim ist genauso kühl wie zuvor, Tim ist genau so ein Arsch wie ich, doch immerhin ist Sonja nicht emotional von mir abhängig.

»Kein Wort«, erwidert Sonja auf meine Frage, doch sie klingt nicht, als störe sie das. »Und wie geht es dir?«

Ich zucke mit den Schultern. Soll ich ihr sagen, dass ich noch ihren Geschmack auf der Zunge spüre, dass ich ihre Möse noch an meinem Schwanz fühlen kann und weiß, wie weich ihre Haut ist?

»Wie geht es jetzt weiter?«

»Ich weiß es nicht. Wir warten ab, oder? Tim wird sich schon bei dir melden.«

»Was ist mit mir?«, fragt sie plötzlich. Die Spange hat versagt. Zwei Strähnen hängen ins blaue Mittelmeer und färben sich von dunkelbraun zu schwarz. Die Frisbeescheibe klatscht neben mir ins Wasser. Ein genervter Ruf von Bastian veranlasst mich, die Scheibe in die Richtung zurück zu werfen, aus der sie gekommen ist.

»Was soll mit dir sein?«, frage ich zurück, spucke Wasser aus und ziehe die Arme durch. Das Salzwasser brennt auf meinen Lippen. Unter mir wellt der sandige Meeresboden in hektischen Sonnenflecken. Sonja hört mit den Schwimmbewegungen auf und tritt Wasser. Ich tue es ihr gleich. Irgendetwas berührt immer wieder mein Bein. Erst denke ich an einen Fisch, dann erkenne ich ihre Füße.

»Mach ich irgendetwas falsch oder bin ich so anstrengend? Warum muss Tim so lange überlegen?«

»Ich weiß es nicht. Vielleicht ist er einfach zu doof.«

»Wärst du Tim, ich meine, würdest du mich mögen?«, fragt sie schließlich ganz direkt. Die Sonne blendet mit zuckenden

Reflexen. Blinzelnd sehe ich sie an, das dunkelhaarige Mädchen mit der viel zu großen Nase und der ausufernden Naivität. Das Mädchen, das nach dem ersten Sex an Heirat denkt. Ich mag sie, doch auch wenn ich sie nicht mehr als die dumme Nuss aus Paris sehe, ist sie noch weit entfernt von meinem Ideal. Uns trennen mehr als eine Handbreit Wasser. Doch das kann ich ihr niemals sagen.

»Klar«, sage ich. »Du bist intelligent, siehst gut aus, bist offen und ehrlich. Ich sag doch, er ist ein Idiot.«

Was ich nicht betone ist ihr Körper, die perfekten Rundungen, die Beine, die Brüste, den Hintern - etwas, an das ich in den Jahren zuvor nicht einmal gedacht habe. Das spricht alles für sie. Was spricht für Tim?

Tiefe unter Sonjas Wasser tretenden Beinen. Die Muscheln auf dem gewellten Grund bewegen sich. Sind es optische Täuschungen oder doch Krebse? Sonja lächelt entspannt. Unter der glitzernden Oberfläche wölben sich ihre Titten. Perlweiße Zähne in einem unsicheren Lächeln. Die Haut gebräunt und makellos. Ihr Haar, zu einem Dutt gedreht, glitzert feucht.

»Können wir ein letztes Mal etwas versuchen?«

Ich nicke betont gleichgültig. »Was immer du willst.«

Die Wellen rollen flach in Richtung Strand. Wir schwimmen wie zwei Korken auf der Dünung, vom Kamm ins Tal. Am fernen Ufer hüpfen kreischende, bunte Punkte über den grellgelben Sand. Das kühle Wasser schwappt mir bis über die Lippen.

»Würdest du mich hier noch mal küssen, so wie vorhin auf dem Weg. Aber so, dass jeder es sieht?« Erst halte ich ihre ausgestreckte Hand für eine Schwimmbewegung. Ihre Finger an meiner Schulter hingegen sind unmissverständlich.

Streck die Finger aus. Greif zu. Lass dir die Gelegenheit nicht entgehen. Auch wenn du plötzlich ein ganz komisches Gefühl im Bauch hast.

»Na los.«

Sie schwimmt auf mich zu und umarmt mich. Ihre Lippen auf meinen. Ihre Zunge in meinem Mund. Sie schmeckt salzig. Ihre

Hand auf meinem Rücken. Wir vergessen, die Schwimmbewegungen auszuführen.

Sie küsst so wunderbar, so eng, so intensiv. Ihr Atem streift meine Wange. Wir gehen beinahe unter. Wenn das nicht funktioniert, ist Tim für Sonja ein für alle Male verloren.

In der Warteschlange steht Nicole neben mir. Der Duft der Paella ist viel zu stark. Mein Magen knurrt. Ich will nur ein Eis, eins, das ich mir leisten kann, also das kleinste auf der Liste der überteuerten Speiseeisprodukte, die hier Olá statt Langnese heißen, aber das gleiche Logo tragen.

»Und? Wie läuft es?«, fragt sie mit ihrem Meg-Ryan-Lächeln, als könne sie kein Wässerchen trüben.

»Alles klar. Und selbst?«

»Was ist denn mit dir uns Sonja? Die Sache gestern in den Toiletten und jetzt wildes Knutschen im Wasser?«

Ficken am Strand nicht zu vergessen, aber wenn Sonja ihr nichts davon erzählt, werde ich den Teufel tun, das anzusprechen.

»Es ist alles nicht so, wie es aussieht.«

Nicole reißt die Augen auf, als habe sie die Lösung für das Welternährungsproblem gefunden. »Sie will Tim eifersüchtig machen.«

Ich nicke und erzähle ihr kurz den Plan. Vor uns bekommen zwei englische Kinder viel zu große und fettig aussehende Portionen Pommes über den Tresen der Bretterbude gereicht, in der sich der Imbiss vor dem Gesundheitsamt versteckt. Wenn die hier überhaupt so etwas haben.

Schweiß läuft mir kitzelnd aus der Achsel. Ich bin erstaunlich braun geworden. Da fällt nicht mehr ins Gewicht, wie wenig mein Körper den Idealmaßen entspricht.

»Sie taut also langsam auf? Tim wird sich freuen.«

»Wenn er sich denn endlich mal entscheiden kann, ob er auch noch Liebe statt nur Sex von ihr will.«

»Tja, ich hätte nichts dagegen, wenn Bastian auch ein wenig mehr Sex statt Liebe von mir wollte. Aber der ist so verklemmt.«

Ich bin an der Reihe und bestelle mein Eis auf Englisch, da ich nicht davon ausgehe, dass der braungebrannte Portugiese hinter dem Brett, das als Tresen dient, deutsch versteht.

Meine Frage flüstere ich sicherheitshalber dennoch: »Aber ich dachte, ihr poppt die ganze Zeit?«

»Ach, was. Und außerdem will er mich nicht...« Sie zögert, ich zahle, sie wählt, ich kratze Eiskristalle von der Verpackung, sie erhält ihr Eis, ich wickle aus, sie steckt das Wechselgeld ein, ich werfe mein Papier in den Mülleimer, sie fummelt an der Lasche. Wir machen uns auf den Rückweg. Der Sand brennt an den Füßen. Bevor wir in Hörweite der anderen kommen, beugt sie sich noch einmal zu mir herüber.

»Ich würde ihn so gerne mal in meinem Hintern haben, aber er will nicht. Er will mir ja nicht mal einen Finger reinstecken, weil er das eklig findet.«

Diese Explosion von intimen Informationen überrascht mich weniger als erwartet. Was sind wir in den letzten Tagen geworden: abgestumpft, hemmungslos oder einfach nur offen? Jedenfalls weiß ich jetzt, dass Bastian, nicht Nicole, die Frau in der Beziehung ist.

Ich grinse nur noch und hoffe, dass die Verlegenheit darin moderat ausfällt.

4.

»Seh' ich so aus, als würde ich Sport treiben?« Michael bleibt stehen, hebt seine Hände, in denen Tabakbeutel und Papier stecken, und wirkt wie ein zu Unrecht des Drogenhandels beschuldigter Passant bei einer Polizeikontrolle.

»Es macht dir also nichts aus?«

»Wir sind euer Publikum. Sonja und ich machen uns das am Spielfeldrand so richtig gemütlich, nicht wahr, mein Schatz?«, sagt Michael und zieht Sonja wie eine Kleiderpuppe an der Schulter zu sich heran. Sie lacht.

»Und wir applaudieren bei jedem erfolgreichen Ballwechsel, also wenn der Ball über mehr als eine Station geht. Das heißt, wir werden am Ende des Spiels wohl nicht über Schwielen an den Händen klagen.«

Damit ist die Sache trotz eines empörten Einwurfs von Bastian erledigt. Rasch teilen wir die zerschrammten, billigen Aluschläger unter uns auf. Nicole hat bislang nur auf der Auffahrt zum Haus ihrer Eltern gespielt. Griffstärke ist für sie ein Fremdwort, sie bekommt den Schläger mit dem größten Kopf. Die Luft ist kühler geworden, als wir den Platz betreten

Und plötzlich habe ich wieder das starke Gefühl eines Déja-vus. Habe ich nicht vergangene Nacht geträumt, ich hätte vor drei Jahren dem Tennis aufgehört? Was für ein Alptraum. Ich liebe Tennis. Mein Vater nahm mich immer mit auf den Tennisplatz. Beim ersten Mal kann ich den Schläger kaum halten.

An der Wand, so nannten wir die grasgrün angestrichene Rückseite der Tennishalle, auf die mit weißer Farbe eine das Netz simulierende Linie gemalt worden war, machte ich meine ersten Schläge. Im letzten Jahr wurde ich bei der Junioren-Clubmeisterschaft sogar zweiter.

»Ich will mit Sven spielen«, sagt Nicole. Es ist eine rasche Entscheidung, ohne lange nachzudenken. Bastian ist nicht glücklich damit, weil Tim seinen Gipsarm an der linken Körperseite schwingen lässt und dennoch den Ball trifft. Da kann Bastian nur schlecht aussehen.

Nicole greift nach dem Ball, ich stelle mich auf meine Position am Netz und warte auf ihren Aufschlag. Bastian tut es auf der anderen Seite des Platzes. Hinter mir das Ploppen von Filz auf Kunstdarm. Eine halbe Sekunde später explodiert in der Schulter ein dumpfer Schmerz.

Bastian und Tim lachen laut auf.

Der Ball hüpft über meinen Kopf ins Netz und rollt mir vor die Füße. Vorgewarnt bin ich, dennoch drehe ich mich grimmig blickend um. Nicole ist schon auf dem halben Weg zu mir, reibt mir entschuldigend die Schulter, übertrieben lange und sehr sanft.

»Jetzt reicht's aber!«, bellt Bastian von der anderen Seite des Tennisplatzes.

Nicole eilt zurück an die Grundlinie, wirft ungelenk den Ball in die Höhe und schlägt wie beim Badminton den Ball. Der Schläger liegt einer Bratpfanne gleich in ihrer Hand. Die Filzkugel fliegt im hohen Bogen über das Netz, und damit beginnt ein Spiel voller Frustration, unerwarteter Begeisterung und Triumphe.

Meine Vorhand wird zum Matchwinner, meine Rückhand zur Geheimwaffe. Nicole entdeckt ihre Reaktionsschnelle am Netz und schmettert jeden zweiten Ball unerreichbar in genau die Ecke, in der weder Tim noch Bastian warten. Vom Platzrand applaudieren Michael und Sonja, mit Joint und Bierflaschen in den Händen, übertrieben begeistert bei jedem guten Punkt.

Nicole blinzelt mir beim Seitenwechsel zu, Tim tritt verärgert einen Ball quer über den Platz und Bastian schielt argwöhnisch zu uns herüber. Mein Aufschlag wird von Spiel zu Spiel präziser, und bald knallen unseren Gegnern die Bälle nur so um die Ohren. Tim nimmt unsere Überlegenheit von Minute zu Minute ungehaltener hin. 15:0, 30:0, 40:0, Spiel, 3:2, 4:2, 5:2, Satz. Nicole und ich klatschen uns ab.

Ihr T-Shirt ist durchgeschwitzt, ihre Wangen sind feucht, als wir nach der einen uns zustehenden Stunde auch den zweiten Satz gewinnen und sie mir um den Hals fällt. Ihre Titten pressen sich gegen meinen Brustkorb.

Überrascht von diesem Gefühlsausbruch vermeide ich, ihr die Hände auf den Rücken zu legen. Und dann, als ich erwarte, dass sie ihren Griff um mich lockert, während Tim und Bastian sich resigniert die Hand geben, mit hängenden Köpfen, flüstert sie mir etwas ins Ohr. Einen Satz, eine Frage, ein paar Worte nur, die es in sich haben.

Mir steht der Schweiß auf der Stirn, ich bin außer Atem und total erledigt, und vielleicht bekommt Bastian deshalb nicht mit, wie die Schamesröte unter den Scheitel steigt. Mein Gesicht glüht auf einmal. Nicole löst sich von mir, ihre Augen suchen meinen Blick, eine Antwort auf ihre unerwartet direkte Frage, auf das

Angebot, das sie mir nicht machen darf, nicht dem besten Freund ihres Freundes.

Mein Körper fühlt sich auf einmal starr an, unbeweglich. So muss sich ein Reh fühlen, das nachts auf der Landstraße in den Lichtkegel zweier Scheinwerfer gelangt. Im Wegdrehen legt sie den Finger an den Mund, jetzt ebenfalls mit deutlich mehr Farbe im Gesicht. Mir bricht am ganzen Körper der Schweiß aus, mein Herz wummert.

Bastian springt über das Netz. Ist ihr klar, was sie gerade gesagt hat? Ihr Lächeln, im Wegdrehen, wirkt unsicher. Ein Nicken würde sie beruhigen, ein Nicken, das Verständnis zum Ausdruck bringt, keine Zustimmung. Es fällt kaum merklich aus.

Bastians Pranke schlägt mir auf die Schulter. »Tolles Spiel«, sagt er neidlos. Ob ich ihm erzähle, was mir Nicole gerade ins Ohr geflüstert habe? Tim klatscht sie gerade ab. Gib mir fünf, sagt er, und sein Gesicht drückt Missachtung aus und zu viel Ehrgeiz.

»Du warst ja gehandicapt«, sage ich und schlage ein. Sonja und Michael stehen längst neben uns und jubeln übertrieben. Michael will ständig bei Boris Becker anrufen, Wimbledon klarmachen und den Pokal holen.

5.

Pasta vom Gaskocher, Bier und Joints verschwimmen zu einem flirrenden Rauschen. Hochsommer auf einem Campingplatz mit Menschen aus der ganzen Welt. Die Disco hat wieder geöffnet. Michael wippt mit dem Fuß, ich schwanke neben ihm. Bumm, bumm, bumm. Ist der Bass mein Herzschlag?

Bastian diskutiert mit Tim über dieses ganz wichtige Thema, über, ich weiß es nicht, weil er nicht mit Nicole reden will, die nach einer Kabbelei mit verschränkten Armen auf ihrer Isomatte hockt. Ich wage es kaum, sie anzusehen, weil ich an das denken muss, was sie mir am Netz ins Ohr geflüstert hat.

»Du und Sonja?«, fragt Michael. Ich grinse. Sonja küsst mich später mit einem Bier in der Hand auf die Wange. So klappt das nicht mit Tim, der wieder schweigt. Wie viel kann ein Mann aushalten? Der Rausch erfasst das ganze Lager. Vom Zelt zur Disco sind es zwei Züge am Joint. Meine Füße kribbeln und Bastian winkt immer wieder ab.

»Du spielst ja auch Tennis«, nuschelt er. Ein Prosit auf die Niederlage. Am Tennisplatz hält mich Sonja zurück, wirft sich in meine Arme, küsst mich stürmisch. Sie schmeckt nach Joint und Alkohol. Tim, ein paar Meter voraus, muss es sehen. Sie taumelt und zieht mich zur Seite. Der Tennisplatz ist dunkel und leer. Die Party tobt nur zwanzig Meter entfernt. Eine Million Kilometer entfernt.

»Mach noch mal, was du heute Mittag am Strand gemach' hast«, lallt sie mir am Maschendrahtzaun ins Ohr. »Ich hol dir auch einen runter.« Die Lampen auf dem Platz vor der Disco reichen nicht so weit.

»Sieht Tim zu?«, flüstere ich zurück und schiebe ihr meine Hand unter das T-Shirt. Ihre Zunge zappelt in meinem Mund. Wie elektrisiert ist ihre Hand in meinen Shorts. Über uns nur der volle Mond. Sie schnauft. Ihre Nippel sind hart, das Schamhaar seidenweich an meinen Fingerspitzen. Fordernd rollt sie die Vorhaut zurück. Der Maschendrahtzaun klappert metallisch. In unserem Rücken wummert die Musik. Stimmen, Rufe, Grölen. Mein Mittelfinger taucht in die klebrige, heiße Enge.

»Mir doch egal«, nuschelt Sonja. Sie schwankt. Lockerer Griff, feuchte Möse, harte Nippel. Ihre enge und heiße Haut an meiner Hand erregt mich so sehr, dass ich, wenn sie so weiter macht, in einer Sekunde komme. Sie krümmt sich unter meiner Berührung, stöhnt, schwankt und wichst meinen Schwanz. Doch plötzlich dreht sie den Kopf zur Seite, holt tief Luft und presst sich eine Hand vor den Mund.

»Ich glaub, ich muss...«, beginnt sie, wendet sich ab und lässt der Drohung Taten folgen. Zweimal, dreimal entlässt sie Bier und Pasta am Zaun in die Freiheit. Vor der Disco Bewegung. Aus dem

Scherenschnitt der Masse löst sich eine Person und kommt auf den Tennisplatz zu. Angewidert stütze ich Sonja und hoffe, dass sie mir nicht auf die Füße kotzt und mir nicht auch schlecht wird, und plötzlich ist Nicole da, besorgt und mit beruhigenden Worten. Nicole.

Kein Wort vom Angebot, bitte nicht. Nach einigen Minuten hat Sonja all das ausgesprochen, was ihr auf der Zunge gelegen hat und ist kaum noch in der Lage, sich aus eigener Kraft zu bewegen. Nicole greift ihr links unter die Arme, ich rechts. Das leichte Zucken der Welt. Lichter ziehen Schlieren.

Wir taumeln mit Sonja zwischen uns durch den Wald. Die Lichter im Hintergrund werden dunkler. Unter den Stimmen in der Ferne höre ich den nölenden Tenor von Bastian heraus. Hat er Nicole gerufen? Sonja kann sich kaum noch auf den Beinen halten, ihre Finger klammern sich fest in meinen Hals. Sie stöhnt. Unter den Turnschuhen spüre ich größere Äste. Zusammen schleppen wir sie zum Zelt. Bastian und Tim und Michael sind nirgendwo und tanzen und saufen und kiffen, während Nicole und ich Sonja vor dem Eingang ablegen.

Es ist stockdunkel. Sonja murmelt müde etwas von zu viel Pasta. Immerhin kotzt sie nicht mehr. Vom Eingang sehe ich zu, wie Nicole auf allen Vieren in das Zelt kriecht. Unter den abgeschnittenen Jeans wölbt sich ein runder Hintern. War der immer so rund? Würde Bastian aufgeschlossener sein, gäbe es kein Angebot, das ich ausschlagen muss. So ein Depp, so ein Idiot. Mir zittert das Hirn. Ist das vom Alkohol oder vom Joint? Mir egal, Hauptsache ich muss nicht kotzen.

Nicole dreht sich um und packt Sonja unter den Armen, um sie auf ihren Schlafsack zu ziehen. Sonja verschwindet wie von einem Wolf gepackt durch den Eingang. Nur die Füße ragen heraus. Ich ziehe ihr noch die Schuhe aus.

Das Zelt ist eng. Nicole kniet neben Sonja, streicht ihr das Haar aus dem Gesicht. Beide Gesichter sind blass. Der Bass ist durch die Entfernung zu einem leisen Pochen gedämpft. Sonjas T-Shirt ist so weit heruntergerutscht, dass im Ausschnitt der dunkle Schatten einer Brustwarze auftaucht. Auch der andere Nippel droht, das Shirt zu sprengen.

Ich würde jetzt gerne meinen Schwanz rausholen und wichsen. Hier, jetzt, und meinetwegen auch Nicole anspritzen. Vielleicht hat Bastian ja gar nichts dagegen. Nicole grinst, greift mit dem Zeigefinger in das Rund des Ausschnitts und lässt das T-Shirt zurück in Position springen.

Der Nippel verschwindet.

Dann legt sie den aufgeschlagenen Schlafsack über die murmelnde Sonja und starrt mich an.

»Hast du darüber nachgedacht?« Auch ihre Artikulation ist nicht mehr ganz sauber. Zu viel *Sagres* und zu viel schwarzer Afghane. »Jetzt ist die Gelegenheit.«

»Nicole, das geht nicht«, flüstere ich zurück.

»Warum nicht.«

»Er ist mein bester Freund.«

»Na und? Ich hab es dir schon mit dem Mund gemacht. Wo ist der Unterschied?«

Meg-Ryan-Grinsen, breit und ohne Augen, zwischen Verlegenheit und Geilheit.

»Der Unterschied ist, dass er dabei war. Und schon das fand er nicht gut. Können wir ihm nicht einen Dreier vorschlagen? Dann sieht er vielleicht, dass es nur um Sex und nicht um Liebe geht?«

»Ach, was glaubst du, wie eifersüchtig er ist. Komm, nur einmal. Er muss es nie erfahren. Willst du nicht auch wissen, wie sich das anfühlt? Oder hast du Sonja schon...«

Mein Blick geht zur schlafenden Sonja. Ihr Mund steht offen. Die ist total weggetreten, ihr Atem geht flach aber gleichmäßig. »Nein, wir haben heute ganz normal am Strand. In der Bucht von gestern, du weißt schon. Aber nur, weil Tim zugesehen hat.«

»Hat er?« Sie grinst verlegen. »Ich hab ihn gar nicht weggehen sehen. Na, dann komm, jetzt, hier. Bastian kommt nie darauf, nachzusehen, weil er gar keinen Bock hat, sich um Sonja zu kümmern.«

Ja, nein, das geht nicht. Ich muss in meinem Zelt wichsen, zu Verstand kommen. Sie lallt, sie ist besoffen, sie weiß nicht, was sie sagt. Mein Kopf summt. Ah, dieser geile Rausch. Nicole hebt ihr Shirt. Warum haben sich meine Augen nur an das Dunkel gewöhnt?

»Du kannst dann auch in mir kommen.«

Sagt sie. So einfach. Einfach so. Ohne danach, weil sie mich nicht liebt und nichts von mir will.

»Und Sonja?«

»Die kriegt doch gar nichts mit.« Sonja liegt wie tot auf ihrem Schlafsack. Ihr Brustkorb senkt und hebt sich unter tiefen Atemzügen. Wir flüstern dennoch. »Jetzt oder nie.«

Wortlos schwanke ich. Sie hat noch immer ihr T-Shirt hochgehoben.

»Denk mal dran, wie geil das sein muss. Wie in den Pornos.«

Und ehe ich mich versehe, greift sie mir in den Schritt. Ich zucke zurück zum Eingang des Zeltes. Ihre Augen sind weit offen, ihre linke Brust liegt noch immer frei, die dunkle Warze sticht erregt aus dem hellen Hügel hervor.

»Sag Bastian einfach, dass ich mich um Sonja kümmere und komm schnell wieder her. Das merkt niemand. Ich war auch schon auf dem Klo.«

Eine Information, auf die ich gerne verzichtet hätte. Toilette. Niemand in meinen Filmen oder Büchern war je vorher auf die Toilette gegangen. Und dennoch greife ich nach ihren Titten. Mit beiden Händen. Die Haut ist weicher als die von Sonja. Kein Wunder, ihre Titten sind viel größer.

Nicole zieht die Luft ein, zitternd, erregt. Ihre Stimme ist ein Hauch. »Komm, nur einmal.«

Nein, ich will nicht. Ich will nur in mein Zelt und wichsen, mehr nicht. Ich will nicht, dass sie sich vor mich kniet. Meine Hände vermissen schon am Ausgang des Zeltes ihre Haut.

»Bringst du Tims Gleitgel mit?«, flüstert sie mir hinterher.

Wohin läufst du? Zum Wichsen oder zur Tube? Zur Disco, der Musik entgegen, nicht zum Zelt. In der Ferne lachen die Schatten.

Ich erkenne Tims Stimme. Wenn ich wollte, könnte ich Sonja ohne ein Danach in den Arsch ficken. Dazu brauche ich Nicole nicht. Bei Sonja gibt es keinen Ärger, solange sie noch nicht wieder mit Tim zusammen ist.

»Sven?«, ruft Bastian. Er steht mit Tim und Michael vor der Disco, inmitten einer Traube von anderen jungen Menschen, die bestimmt ebenso bekifft, besoffen oder sonst wie betäubt sind. Sie amüsieren sich köstlich. Ich habe das Bedürfnis, ihm von Sonja und mir zu erzählen. Er muss mich ja nicht schlagen, aber wenigstens beschimpfen, und dann sage ich ihm, er solle einfach mit Sonja reden und ihr seine Liebe gestehen.

»Wo ist Sonja?« fragt er. Bastian fragt nach Nicole. Ich erkläre den Status Quo in wenigen Worten. Michael zieht sein Mitleid für Sonja ins Lächerliche, Bastian schlägt die Hände vor dem Gesicht zusammen.

»Aber nicht, dass sie auch noch ins Zelt kotzt.«

Tim pult lässig das Etikett von seinem Sagres. »Warum kümmerst du dich nicht um sie?«

»Wieso sollte ich?«

»Ich hab euch gesehen, wie ihr im Wasser geknutscht habt.«

Das war ja nicht zu übersehen. »Und den Rest hast du nicht gesehen?«

»Welchen Rest? Hat sie dir im Wasser einen runtergeholt?«

»Bist du uns nicht gefolgt, als wir spazieren gegangen sind?«

»Ich bin in den Schatten gegangen, weil es mir in der Sonne zu heiß war. Wieso, was habt ihr noch gemacht? Wie wollte sie mich denn noch eifersüchtig machen?«

Mein Kopf zittert plötzlich. Das passt nicht zusammen. Sonja hat doch Tim im Busch gesehen, auf dem Weg, beim Zusehen. Oder etwa nicht? Und wieso weiß er, dass sie ihn eifersüchtig machen wollte?

»Habt ihr gefickt?«, wirft Michael ein. Das spielt doch jetzt keine Rolle mehr.

»Und wenn?«

»Viel Spaß, kann ich nur sagen.«

»Was meinst du?«

»Ihr passt doch super zusammen. Und sie ist in dich verknallt.«

Mir bricht der Schweiß aus. Wieso überrascht dich das noch, nach alldem, was sie im Wasser gefragt hat? Bastian grinst. Ob er an unser Gespräch von gestern in den Wellen denkt?

»Aber, ich dachte, du und Sonja, ich dachte, ihr seid, du bist in sie...«

»Nee, das hab ich ihr schon beim letzten Mal gesagt. Es ist aus. Ich hätte sie gerne noch mal mit Michael zusammen gefickt, aber wenn sie jetzt auf dich steht.«

Oh, mein Gott. Tim war nie für danach vorgesehen. Ich bin es. Kümmer' dich um sie, kümmer' dich um die Katzen. Du bist jetzt der Besitzer. Du wirst sie nie wieder los, du kannst sie nicht einfach zurück in den Schuppen sperren. Oder doch?

»Tja, Sven, dann kümmer dich mal um Sonja. Kannst ja Nicole wieder herschicken. Oder auch nicht. Die geht mir gerade sowieso auf den Geist. Und sag ihr, wenn sie kommt, soll sie noch Bier mitbringen.«

»Und wer säuft jetzt mit uns? Wir wollten wieder Eimer saufen.«

Michael nimmt einen letzten Zug vom Joint und tritt die Kippe auf den brüchigen Platten aus. »Der Australier wollte doch.«

»Allerbest«, sagt Tim und ich spüre eine seltsame Demütigung. So leicht, wie mich die drei abschreiben, kann ich nicht besonders wichtig sein. Ob sie mit mir saufen oder mit dem Australier ist ihnen gleich. Sie wissen auch, dass ich ein Arschloch bin.

Ich laufe, renne zu unserem Zelt. Mein Puls schmeckt bitter im Hals. Sonja ist in mich verknallt. Deshalb ihre Fragen nach meiner Meinung über sie. Tim im Busch, der Wunsch, ihn eifersüchtig zu machen, ihre Gespräche mit ihm – alles gelogen. Ich krieche über die Schlafsäcke. Trotz der Dunkelheit finde ich Tims Kulturbeutel. Die Tube liegt obenauf. Jeder Schritt weiter zu Sonja hin ist ein Schritt weiter nach Dabbergost, zur Heirat.

Die Dunkelheit ist schmierig, das Kitzeln im Kopf sehr angenehm. Ich hole meinen Schwanz aus der Hose und führe ein paar Streiche aus.

Nicoles Arsch. Dieses kleine Loch zwischen den Backen.

Das kannst du nicht machen, das musst du machen, denn es gibt mit Nicole kein Danach, und das Davor habe ich bereits. Davor war Tennis, war Bastians Weigerung. Es gibt kein Danach. Nicole liebt ihn, nicht mich. Das ist nicht wie bei Sonja. Sonja ist doof, Nicole ist einfach nur geil.

Ich hole die Tube aus Tims Kulturbeutel und lege sie wieder zurück, um gleich darauf das Zelt zu verlassen. Es geht nicht. Dann verzichte ich eben darauf, Nicole in den Arsch zu ficken wie in den Pornos, und dabei ihre Titten zu umfassen.

Arschfick.

Dieses Wort allein hat für mich eine Bedeutung wie Weihnachten für einen Sechsjährigen. Es ist das ultimative Wort für Körperlichkeit, für Erlösung, für Ekstase. Auf dem Absatz drehe ich um, beuge mich in das muffige Zelt, stecke die Tube in meine Hosentasche und knie im Handumdrehen vor Bastians, Nicoles und Sonjas Zelt. Ein Zweig bohrt sich in meine Haut. Es ist so falsch, was ich hier mache, so falsch.

»Bastian?«, flüstert Nicole. Ich krieche wortlos in das Zelt. Mein Herz wummert. Nicoles Gesicht leuchtet im schwachen Restlicht. Sekundenlang starren wir uns an.

»Und jetzt?« Meine Lieblingsworte. Ich glaube, ich habe noch nie so häufig wie in diesem Urlaub ‚und jetzt?' gefragt. Ein Zeichen meiner mangelnden Initiative und meines fehlenden Selbstbewusstseins?

Sie legt die Hand auf die Lippen, zerrt mich am T-Shirt neben Sonja auf den Schlafsack in der Mitte des Zeltes. Sonja sieht aus, als habe sie sich in den letzten Minuten nicht einen Zentimeter bewegt.

»Mach, schnell. Ich knie mich hin, und du kommst von hinten.«

Nicole dreht sich um, Gesicht zum Eingang, und geht auf alle Viere, während sie durch einen schmalen Spalt im Vorhang hinaus starrt. Funkelnde Lichter blitzen im Dunkeln, bestimmt gehören sie zur Disco. Mit einer Hand fummelt sie an ihrer Hose.

Es ist falsch und es ist egal. So geil. In den Arsch, die will in den Arsch gefickt werden. Ich robbe auf den Knien hinter sie und greife in den Bund ihrer abgeschnittenen Jeans, um sie mit einem Ruck nach hinten und zugleich herunter zu ziehen. Ihren Slip nehme ich gleich mit.

Die Halbmonde sind rund und fest und leicht gespreizt. Mein Mittelfinger findet sofort sein Ziel. Sie ist mehr als feucht, streckt mir zuckend ihren Hintern noch weiter entgegen, presst den Oberkörper zu Boden und hebt scheinbar unbewusst erst das linke Knie und dann das rechte über den Stoff.

Die Hose landet neben mir auf dem Schlafsack. Sie spreizt die Beine. Meine Hand ist klitschnass. Ich ziehe meine Hose herunter und hole meinen Schwanz heraus. Was hinter dem Eingang passiert, verschwimmt in Alkohol. Ich sehe nur ihren Hintern.

Keine Sekunde später dringe ich in sie ein. Ich erschrecke sie damit. Ein überraschtes Stöhnen entgleitet ihr in die Nacht. »Das ist nicht mein Hintern.«

»Nur kurz«, flüstere ich zurück und schiebe ihr meine Hände unter das T-Shirt. Sie stöhnt auf. Ihre Möse ist ganz anders als Sonjas, nicht so eng. Ich presse die beiden Hügel in meinen Händen, reibe mit den Daumen über die Warzen.

Nicole sieht nach vorne zum Zelt hinaus. Die Musik in der Ferne mischt sich mit Gelächter. Zufall, dass meine Stöße im gleichen Rhythmus wie die Endlosschleife des Dancefloorbeats sind? Mit dem Kopf stoße ich ans Zeltdach.

Das hast du dir so gedacht, was? Von hinten in den Arsch. Mensch, ist das unbequem. Mit jedem Stoß schlage ich eine Beule in das tief hängende Nylon. Wer das von außen sieht, weiß sofort Bescheid. Ich nehme den Kopf nach vorne. Nicoles Hintern schmiegt sich an meinen Bauch. Geil, aber unbequem. Ich beuge mich wieder weit zurück. Sonja seufzt, dreht sich auf ihrem Schlafsack, scheint noch immer zu schlafen.

»Mach«, flüstert Nicole. »Wir haben nicht so viel Zeit.«

»Siehst du jemanden?«

»Nein, ich kann nix erkennen.«, flüstert Nicole. Ihr Hintern ist so rund und das kleine Loch zwischen den Backen so eng, so glatt, so verlockend.

Ich löse meine Hände von ihren Titten. Jetzt schnell. Ich hole die Tube mit zitternden Fingern aus der Hose, die um meinen rechten Knöchel hängt wie eine Fahne auf Halbmast. Der Stoff verhakt sich am Falz, meine Hand zittert vor Erregung.

Ich wichse meinen Schwanz, weil ich diesen Reiz nicht vermissen möchte, diesen intensiven, glücklich machenden Reiz. Nicole dreht den Kopf vom Eingang weg. Ihre Augen funkeln. »Nimm ruhig ordentlich Creme. Bei deinem Ding.«

Ein Kompliment oder ein Vorwurf? Ich schraube den Deckel von der Tube und drücke hastig etwas Gel auf den Finger. Im Restlicht funkelt es. Soll ich ihr wirklich meinen Finger in den Hintern schieben, dorthin, wo normalerweise das rauskommt, was man nicht mal ansehen, geschweige denn anfassen will? Mir selbst habe ich schon viele Male einen Finger in den Po geschoben, aber einem anderen Menschen?

Muss ja nicht. Ich drücke eine weitere großzügige Portion des Gels auf meine Eichel, verreibe das Gleitmittel auf meinem Schwanz und setze ihn Schwanz an Nicoles After.

Es passt nicht, der Winkel ist zu steil. Ächzend versuche ich, mich hinzuhocken, zu stehen, zu knien. Mir schmerzen die Oberschenkel. Ist das der Muskelkater von der Fickerei heute Mittag?

Nicole dreht sich um. »Leg dich auf den Rücken, ist eh besser.«

Ich gleite neben Sonja auf den Schlafsack. Sie hat den Kopf zur Seite gedreht. Ihr Mund steht offen, ihr Atem ist flach.

Mit der rechten Hand wichse ich meinen Schwanz und verteile das Gleitgel bis zur Wurzel. Nicole spreizt ihre Beine und hockt sich rückwärts über mich, das Gesicht noch immer zum Eingang. Ich sehe nur ihren Rücken, die feinen Wirbel ihres Rückgrats, die geteilten Pobacken.

Was ich zuerst spüre, ist bestimmt nicht ihr Arsch. Sie hat sich meinen Schwanz erneut in die Möse geschoben, hebt ein paar Mal seufzend ihren Hintern, bis ich aus ihr rutsche. Sie greift zwischen ihren Beinen hindurch und führt meinen Schwanz an ihr hinteres Loch. Ohne Zögern drückt sie ihn mit ihrem gesamten Gewicht in sich hinein. Widerstandslos überwindet die gefettete Eichel den Schließmuskel. Nicole gurgelt ihre Lust hervor.

»Oh, mein Gott«, entfährt es ihr. Dem kann ich mich nur anschließen. Gott sei Dank bin ich Atheist. Die Enge ist unglaublich intensiv. Vor allem das Wissen, dass ich im Begriff bin, meinen Schwanz bis zum Anschlag in Nicoles Hintern zur treiben, lässt mich steifer werden, als ich jemals zu glauben hoffte.

Millimeter um Millimeter senkt sich Nicole herab.

Ihr Stöhnen klingt, als sitze sie mit Verstopfung auf dem Klo. Und vielleicht hat sie genau daran gedacht, denn plötzlich gleitet mein glitzernder Schwanz so tief in ihren Arsch, dass mein Bauch die festen Pobacken berührt. Das war es. Endstation. Nicole keucht, flüstert erneut »Oh, mein Gott« und verharrt, leicht vorne über gebeugt, in der Reiterstellung. Und auf einmal höre ich neben mir eine schwache Stimme.

»Nicole, mir ist schlecht«, seufzt Sonja nur ein paar Zentimeter von mir entfernt. Mein Herz bleibt beinahe stehen. Nicole über die Schulter hinweg zu mir, ich drehe den Kopf zu Sonja. Sie hat die Augen immer noch geschlossen. Ihre Finger tasten nach mir, und ehe ich es verhindern kann, hat sie meine Hand gepackt und sich auf ihren nackten Bauch gelegt. Das hochgerutschte T-Shirt entblößt ihren Nabel.

»Ich bin ja da«, sagt Nicole laut und beugt sich nach vorne. Mein Schwanz erscheint wieder Zentimeter für Zentimeter aus ihrem Arsch. Ich bin erleichtert – er ist sauber. Kurz vor dem Ende stoppt sie. Ob sie die Position meiner Eichel im Hintern spürt? Nicole zuckt und zappelt vor mir.

Ihr Kopf bewegt sich vor und zurück, die kurzen Haare wippen. Allmählich senkt sie ihr Becken. Was für ein Gefühl! Während sich Nicole wieder ihren Arsch mit meinem Schwanz pfählt, presst Sonja meine Hand auf ihren Bauch, der sich flach und weich und glatt, unter ihren Atemzügen hebt und senkt.

Mach jetzt bloß kein Scheiß, schlaf weiter, lass die Augen zu. Mein Herz trommelt. Ich bin ganz Schwanz, ganz Körper. Nur Lust. Ich ficke Nicole in den Arsch, in Sonjas Anwesenheit, Sonja, die in mich verknallt ist, nein, Nicole fickt sich mit meinem Schwanz den Arsch, und Sonja ist noch immer in mich verknallt. Oder hat mich Tim nur gefoppt, weil er zu cool ist und sich nicht eingestehen will, wie sehr er sie noch liebt?

»Scheiße, ist das geil!«, zischt sie. Langsam ficke ich sie, in den engen Kanal, in den Arsch. Die ganzen 20 Zentimeter stecken in Nicoles Hintern, in ihrem Darm, sag es, wie es ist, du hast ihr deinen Schwanz in den Darm geschoben, in den Arsch. Hintern klingt beschönigend, genauso wie Arschficken. Ein Arsch ist nicht mehr Ausscheidungsorgan, sondern Teil der Pornoästhetik. Niemand würde Darmfick sagen. Darmzotten.

Nein, falscher Gedanke.

Arschfick.

Ich ficke sie in den Arsch.

Nicole hebt und senkt ihren Hintern in immer schnellerer Folge. Ihr Hintern klatscht gegen meine Haut, der Stoff des Schlafsacks raschelt. Keine zehn Sekunden halte ich es mehr aus. Keine Ahnung, wie die das in den Pornos immer machen. Sie stöhnt.

»Ist dir auch schlecht?«, jammert Sonja und drückt ganz leicht meine Finger.

»Ein bisschen«, seufzt Nicole, löst eine Hand vom Boden, führt sie zwischen ihre Beine und wichst sich. Ich spüre ihre Bewegungen an meinen Hoden. Auch bei ihr geht es schnell. Erst zuckt sie mit dem Becken, dann komme ich und spritze ihr die erste Ladung in den Hintern.

Würde ich wichsen, hielte ich jetzt die Hand still. Doch sie bewegt sich. Es sind zu viele Reize, zu intensiv. Ich kann nicht mehr, will raus, drücke sie nach vorne.

Sie stöhnt: »Warte, zieh ihn noch nicht raus, er ist noch zu dick...« Sie darf sich nicht bewegen. Es ist wie wichsen, nachdem ich schon gekommen bin. Ein Gefühl wie Fingernägel an einer Tafel, wie Metall auf Metall, in meinem Schwanz.

Ich spritze ein zweites Mal ab, mit weniger Genuss als zuvor. Nicole kommt ebenfalls, hechelt, hält still, ich spritze weiter, alles in ihren Arsch, Ladung um Ladung.

Zu viele Reize. Ich muss raus aus ihrem Hintern. Sie geht auf alle Viere, mein Schwanz rutscht heraus. Ihr After zieht sich zusammen wie eine Pupille, in die Licht fällt, doch zuvor tropft Sperma aus ihr auf meinen Bauch. Wie eklig.

»Ist Bastian auch da?«, höre ich Sonja neben mir murmeln. Wenn sie mich erkennt, ist es aus mit Bastian. Es fällt mir siedend heiß ein. Bastian kommt danach, nicht Nicole. Ich beuge mich vor, meine Hand entgleitet ihrem Griff. Nicole lässt sich zwischen mich und Sonja zur Seite fallen, bevor diese die Augen öffnet.

»Fickt ihr?«, seufzt Sonja. Ächzend drehe ich mich im engen, dunklen Zelt, finde meine Hose und ziehe rasch die Shorts über den halbsteifen Schwanz. Was hast du gemacht? Ich erkenne nicht, ob etwas von ihr an meinem Schwanz hängt. Es gibt ein Danach. Danach ist schmutzig. Nicole dreht sich auf den Rücken und schlüpft in ihre Hose. Ich bin bereits am Ausgang. Was hast du gemacht?

»Nein, hier fickt niemand«, höre ich Nicole sagen. Nein, jetzt nicht mehr, hier hat jemand gefickt, aber er hätte es nie tun sollen. Weg, nur weg. Nach ein paar Metern verschwinde ich im Dunkeln. Ich höre noch, wie Sonja etwas fragt, aber Nicoles Antwort wird bereits von der Distanz geschluckt.

Keuchend haste ich durch den Wald, zwischen zwei abseits stehenden Zelten hindurch, und schlage einen großen Bogen zu den Waschräumen.

6.

Nachher. Die Dusche ist heiß, viel zu heiß. Jemand hat sein Duschgel vergessen. Die Flasche rotzt blaugrüne Tropfen in meine Handfläche. Mein Schwanz ist sauber, er war es nicht, oder? Kein Schwanz kann sauber sein, der im Arsch der Freundin des besten

Freundes gesteckt hat. Danach ist alles schmutzig. Wasser prasselt mir ins Gesicht. Das Neonlicht ist grell, der Duschvorhang vergilbt, die Fugen zwischen den Fliesen sind schwarz vor Schimmel.

Warum hast du das gemacht? Es wird immer ein Nachher geben. Danach hast du Bastian hintergangen, deinen besten Freund. Er wird mich hassen. Noch nie zuvor war mir bewusst, dass ich keine Ahnung habe, was Bastian in so einem Moment wirklich tun würde. Mir eins in die Fresse hauen? Mich anschreien? Gar nichts?

Ich kenne Bastian eigentlich gar nicht. Wir leben so vor uns hin, nur verbunden durch Kino. Und wenn der Film aus ist, gibt es keine Diskussionen über den Film. Wir unterhalten uns nie über die Filme. Schweigen ist unser Plauderton. Ist er überhaupt mein Freund oder nur jemand, mit dem ich viel Zeit verbringe?

Was ist das Danach? Erkenntnis? So wie Adam und Eva sich ihrer Nacktheit schämen? Scheiß Bibel. Scheiß Danach.

Du kannst diese Situation nicht einfach wie ein Buch ins Regal stellen, wie deine Wichsvorlagen unter den Schrank schieben oder wie ein Pornovideo in der Kiste am Fußende deines Bettes verstecken.

Nichts gibt es ohne Folgen, auch Südfrankreich nicht das Ende, der Einzug in die Kommune meines Vaters ist nur der Anfang eines Lebens, das ich mir noch überhaupt nicht vorstellen kann. Macht das den Reiz des Lebens aus?

Dass du nicht weißt, was kommt? Dass du dich auch einfach treiben lassen kannst?

Der Gedanke beruhigt mich. Und wenn Bastian davon erfährt, ist es auch egal. Du hast Nicole gerade in den Arsch gefickt. Passiert. Sei gespannt, was noch kommt. Wohin soll dieser Urlaub führen? Ich kann mir einiges vorstellen.

Können die anderen das auch?

Die schöne Welt der Pornografie

In den Reiseführern sieht es immer ganz anders aus. Aber wenn man selbst vor Ort gewesen ist, dann weiß man, dass die Reiseführer und Prospekte nur einen Ausschnitt zeigen. In Wirklichkeit steht das Hotel an einer Straße und das Wasser ist voller Mülltüten. Und den Strand trennt eine vierspurige Straße von der Promenade.

Du bist entweder enttäuscht. Oder du beginnst, die raue Wirklichkeit zu lieben, die fernab der Postkartenidylle auch ihren Reiz hat.

1.

Unter meinen Schuhen knirscht der Sand. Bastian mault, wie heiß es sei. Sonja liest und ich schwitze. Ihre Stimmen sind seltsam gedämpft. Es fühlt sich fremd an, hier zu sitzen. Sind wir noch an der Algarve oder bereits aufgebrochen? Warum haben wir nach drei Tagen das Bedürfnis, wieder zu gehen?

»Ich will noch bleiben«, meckert Nicole. So absurd, mir vorzustellen, sie in den Arsch zu ficken. Nicole, die noch nicht einmal oben ohne am Strand liegt. Sie ist so prüde, dass Bastians Vorschlag, das Oberteil abzulegen, eine Beziehungskrise auslöst. Er starrt verzweifelt zu mir herüber. Wir sind eine Gruppe, die zusammen halten muss. Ich lege mich auf mein Handtuch und lese Stephen King. Keine Ahnung, was diese Gruppe noch zusammen hält.

Plötzlich bin ich wach. Unter mir, statt Sand und Handtuch, nur mein Schlafsack. Neben mir Tim und Michael. Schnarchend. Michael kratzt sich geräuschvoll das Salz von den Armen. Ich spüre seine Kopfdrehung ein paar Zentimeter neben mir.

»Moin«, sagt er. Er hat Sabberspuren im Mundwinkel. Außerdem könnte er sich mal wieder rasieren. Ich habe erneut vom Strand geträumt und von Tim, der unter seinem Gips schwitzt, von Nicole, die bleiben will. Träume – spiegeln sie wieder, was in deinem Unterbewusstsein vor sich geht? Oder sind sie nur eine willkürliche Aneinanderreihung von Informationen, die bei dem Beschuss deines Hirns entstehen, mit Weißgottwas. Halbwissen. Trivial-Pursuit-Wissen.

Sonja kommt verschlafen aus ihrem Zelt, als Michael und ich schon beim Frühstück sitzen, und verschwindet mit Nicole in Richtung Dusche. Meine Fingerspitzen kribbeln bei ihrem Anblick. Auf einmal denke ich an meine Führerscheinprüfung und muss ich ganz dringend auf die Toilette.

Aus dem Kassettenrecorder dröhnt Philip Boa.

Wieder *Container Love*, wieder *Live on Valetta Street*. Meine Gedanken werden zäh. Nicole auf allen Vieren, Sonja an meiner Hand, Bastians Hass auf mich. Das Baguette ist weich, der letzte Käse viel zu warm.

Trotz der frühen Stunde ist es im Schatten unter den Pinien bereits so heiß, dass mir die Milch sauer wird. Michael kann das nicht erschüttern. Er schubst eine Ameise vom Löffel und schiebt sich Cornflakes in den Mund, um anschließend noch einen norwegischen Fischerwitz zum Besten zu geben.

»... was noch komischer ist: der hat ja noch Schlittschuhe an.«

Bastian kotzt beinahe sein trockenes Baguette wieder aus. Ich habe den Verdacht, dass Michaels norwegische Fischerwitze nichts weiter als normale Anglerwitze sind. Sie haben absolut kein Lokalkolorit.

Bastian auf allen Vieren, Nicole an meiner Hand, Sonjas Hass auf mich. Jetzt spüre ich auch einen leichten Brechreiz im Hals. Ich schaffe das nicht.

Nach und nach verlassen die anderen Interrailer ihre Höhlen. Auf der anderen Seite des Platzes, am Ende des Waldes noch hinter dem Tennisplatz, dort wo die Biertische und Bänke aufgestellt sind, schaufeln sich die Unorganisierten das teure Frühstück der Lagerleitung rein.

Nicole kommt vom Duschen. Ihre blonden Haare kleben am Kopf. Sie grinst schief. Ob sie Bastian etwas von letzter Nacht verraten hat? Bestimmt nicht, das hätte bereits ein riesiges Drama gegeben.

Meine Finger zittern wieder, die Spannung in meinem Bauch ist kaum auszuhalten. Ich stelle sie mir wieder vor, im Dunkel des Zeltes, auf allen Vieren. Ich habe sie gefickt, und neben mir sitzt Bastian, der davon nichts weiß. Langsam entgleitet mir die Gelassenheit. Schreien möchte ich, oder wenigstens aufstehen und weglaufen.

Rasch sehe ich zu Sonja, die etwas zerknautscht hinterdrein trottet. Ihre Haare sind trocken. Sie gibt Bastian Rasierschaum und Rasierer zurück. Er löst die Wechselklinge vom Griff.

»Hier. Kannst behalten«, mault er. Sonja nimmt irritiert das kleine, schwarze Stück Plastik entgegen, um es schließlich in eine Jumbo-Plastiktüte am Zelteingang zu werfen, die wir als Mülleimer benutzen.

Viel zu schnell nimmt sie neben mir auf der Isomatte Platz. Mein Herz macht einen noch viel größeren Sprung. Der Knoten im Bauch ist unerträglich. Unbewältigte Probleme sind wie das Zählen von Sandkörnern an einem Strand, während die Brandung rauscht und dir der Schweiß über das Gesicht läuft.

Erwartungen, die du nicht erfüllen kannst, sind unüberwindbar wie schroffe Felsen aus rotem Gestein, das beim Klettern deine Haut aufschrammt.

»Guten Morgen«, sagt sie. Ich hauche ein Hallo und fühle mich wie bei Judith und ihrem Übergewicht, das nur mir aufgefallen ist. Kann nicht alles perfekt sein wie Sonjas Körper? Warum ist da noch diese Nase, diese Religion, diese Naivität? Wie sie da so uncool neben mir sitzt, wirkt sie zu verletzlich und fordernd.

Ich kann ihr nicht helfen, an Tim heran zu kommen. Wenn sie mich heute fragt, ob ich mit ihr gehen will, muss ich sie fragen, was sie wirklich von mir will. Ihr Ziel ist doch nicht, mit mir Händchen haltend durch die Straßen von Dabbergost zu laufen. Hochzeit, Kinder, Job, aus. Mir schmeckt meine saure Milch nicht mehr.

»Geht's dir wieder gut?«

Sonja nickt. »Ich habe gar nicht so viel getrunken.«

»Unsere Sonja hat ein wenig zu wild gemischt, was?«, blökt Michael von seinem Platz vor dem Zelt. Sie ignoriert ihn lächelnd. Bastian zofft sich mit Nicole über die Frage, ob es wirklich nötig war, vor dem Schwimmen zu duschen, oder ob es nicht besser sei, das auf den Abend zu verschieben. Eine müßige Diskussion, deren Zweck sich mir nicht ganz erschließt.

»Ich habe heute Nacht einen komischen Traum gehabt«, sagt sie so leise, dass nur ich es hören kann. »Ich habe geträumt, Nicole und Bastian hätten miteinander geschlafen, und ich hätte dabei deine Hand gehalten und sie mir auf den Bauch gelegt.«

Mir ist, als ob mich ein portugiesischer Stockfischlaster in einem Kreisverkehr rammt und in den Straßengraben schubst. Kleine, konzentrische Kreise bilden sich in meiner Cornflakesschale. Bastian hat nichts gehört.

»Ich habe deine Hand gehalten, nachdem wir dich ins Zelt gebracht haben. Vielleicht haben die beiden ja danach, neben dir. Und du hast das im Traum einfach vermischt.«

Sonja runzelt die Stirn. »Aber das war so echt, so real.«

»Ich würde nichts davon erzählen. Das ist Bastian bestimmt peinlich.«

»Meinst du? Dem ist doch gar nichts mehr peinlich.«

Bastians nölender Bariton erschreckt mich beinahe zu Tode. »Was ist mir peinlich?«

»Nichts, nicht einmal deine T-Shirts«, nöle ich zurück. Woher diese Schlagfertigkeit?

»Das sagt der Richtige«, mischt sich Tim ein. Ich ziehe mein Batik-T-Shirt straff und verfolge den Themenwechsel bis zur Abfahrt zum Strand. Das war knapp.

2.

»Und? Hat sie es dir schon gesagt?« Tim fummelt gedankenverloren an seinem Gips. Sonja ist auf der Toilette und der Busfahrer hat noch nicht einmal den Motor angelassen. Kein

Schatten, nirgends. Der Asphalt in der Wendeschleife glüht ockerfarben. Ich will ins Wasser.

»Was soll sie gesagt haben?«

»Dass sie eigentlich auf dich steht?«

So ein Quatsch. Sie bläst mir einen, fickt mit mir und jetzt sind wir zusammen. Das ist doch gar nicht der Plan. Es geht doch um Tim, er kommt danach, nicht ich.

»Tut sie das wirklich?«

»Sieht ganz danach aus.«

»Ich weiß ja gar nicht, ob ich was von ihr will.«

»Ihr scheint doch gut miteinander auszukommen. Was hält dich ab?«

Ihre Nase, ihre Naivität, Dabbergost, Ihre Religion, die schroffen Felsen, die gezählten Sandkörner. Noch Fragen?

»Und du? Du willst also wirklich nichts mehr von ihr?«

Im Hintergrund schlendern Michael, Nicole und Bastian durch das Campingplatztor auf uns zu. Sonjas Anwesenheit quittiert mein Magen mit einer prompten Reaktion. Scheiße. Tim guckt in die Ferne, als würde er überlegen, mit welcher Maßnahme er die Welt vor dem Untergang bewahren kann.

Dann zuckt er mit den Schultern. Zu betont gleichgültig für meinen Geschmack. Da ist noch etwas in Tim, und das ist mehr als gekränkte Eitelkeit. Noch haben die Kätzchen keinen neuen Besitzer.

»Was würdest du denn von ihr wollen? Was müsste sie tun, damit du wieder mit ihr zusammen sein willst?«

»Glaubst du, es ginge darum, was sie macht? Bist du in sie verliebt, nur weil ihr gepoppt habt? Darum geht es nicht, Sven. Es geht darum«, sagt er und zeigt auf sein Herz. Mein Gott, ist das theatralisch. Liebe also, von der ich noch immer nichts verstehe. Darauf läuft es also wieder hinaus. Plötzlich lacht Tim spöttisch.

»Verarscht«, ruft er und zeigt auf seinen Schritt. »Nur darum geht es.«

»Also, wenn du deinen Wunsch bekämest, mal zu dritt mit ihr…, dann würdest du wieder mit ihr zusammen sein wollen?«

»Wenn sie es will, ja. Sie muss einfach so aufgeschlossen sein, dass sie es von alleine macht, und nicht, um mir zu gefallen. Wenn sie also mich nur benutzt, weil sie geil ist und Bock auf Sex hat.«

»Und wenn sie dich dann gar nicht mehr will?«

Tim zuckt mit den Schultern, die anderen erreichen den Bus, der Motor springt an, und der Fahrer öffnet die Türen.

Kümmere dich um Sonja, wiederholt Nicole plötzlich in meinem Kopf und sie klingt wie eine Schallplatte, bei der die Nadel hängt. Kümmere dich um die Katzen. Nutz die Gelegenheit, denk nicht an morgen und genieß einfach. Nicht wegrennen. Kümmern. Als wäre das so einfach. Wenn du vor der Wahl stehst, die ganzen Sandkörner am Strand von Portugal zählen zu müssen oder die Aufgabe an einen anderen zu übertragen, der das mit Vergnügen macht, was tust du dann? Was tust du? Ich habe mit den Kätzchen gespielt. Jetzt geht's zurück in den Schuppen.

Sonja sitzt im Bus neben mir. Ihr weites T-Shirt fällt bis über die enge blaue Hose. Bei jedem Schlagloch wippen ihre Brüste darunter, die Nippel pressen sich gegen den Stoff. Der Faltenwurf macht mich ganz nervös.

Falten im Hemd können so viel versprechen, weil sie von Rundungen verursacht werden. Hoffentlich fragt sie nicht. Hoffentlich hat sich Tim geirrt.

»Danke für gestern«, sagt sie schließlich. »Dass du mich ins Zelt gebracht hast, meine ich. Das andere auch, ich meine, du weißt schon.«

»Gern geschehen.«

»Ich wollte eigentlich was ganz anderes machen, aber dann ist mir plötzlich so schlecht gewesen.«

»Ich weiß.«

Der Busfahrer biegt waghalsig in eine viel zu enge Kurve. In der Reihe vor uns verlangen zwei Engländer lautstark nach Meer und Strand. Ihre Kopfhaut unter den kurzrasierten Haaren ist krebsrot. Auf den Ohren schält sich ihre Haut. Gibt es in England keine Sonnenmilch?

»Ich muss dich was fragen.«

Mein Hals wird eng. Tim hat Recht gehabt. Jetzt bin ich am Arsch. Ich weiß, was sie fragen wird, und ich kenne meine Antwort. Wie bei Judith. Und in zwei Wochen kann ich die Last nicht mehr ertragen.

»Magst du mich?«

»Hab ich doch schon gesagt«, erwidere ich und spüre die Verlegenheit auf meiner heißen Stirn. Mir ist plötzlich kalt und mein Magen ballt sich wie eine Faust. Wenn ich ja sage, sind wir zusammen. Und dann muss ich immer nach Dabbergost mit dem Rad fahren, um sie zu besuchen. Oder hat sie ein Auto?

»Nein, nicht so, ich meine, magst du mich wirklich?«

Mein Zwerchfell vibriert, um meine Brust spannt sich ein enger Ring. Kaum traue ich mich, sie anzusehen. Ihr Blick ist ernst.

»Ich denke, du willst Tim wieder zurück.«

»Ach Sven, du bist so anders, du reflektierst, du bist sensibel, das ist Tim nicht. Aber du hast mir nicht auf meine Frage geantwortet.«

»Welche?«

»Ob du mich magst.«

»Natürlich mag ich dich. Aber ich bin doch gar nicht katholisch, ich glaube noch nicht einmal an Gott.«

Sie greift nach meiner Hand. Unwillkürlich zucke ich zurück, erst im Nachfassen kann sie mich festhalten. Was ist jetzt? Jetzt bekomme ich Angst. Dabbergost macht mir Angst und alles andere, was sie von mir erwartet.

Die schroffen Felsen, die Sandkörner am Strand. Sie will mich und nicht mehr Tim. Genau das ist der Grund, warum ich mich nie darauf hätte einlassen dürfen. Renn weg, verschwinde, mach dich frei.

»Meinst du, dass es mir darauf ankommt?«

»Worauf dann? Was willst du?«

In ihr Schweigen dröhnt der hochtourige Motor. In Portugal gibt es anscheinend auch keine Gangschaltungen. Wir schwanken von links nach rechts, gegeneinander. Haut an Haut. Sonja atmet ein, atmet aus, krallt sich in meine Hand. »Ich will dich.«

Falsch. Sie will mehr als nur mich – sie will in den Arm genommen werden, möchte etwas Schlaues von mir hören, erwartet von mir die Lösung ihrer Probleme. Und ich kann das nicht. Ich will höchstens ihren Körper, der so verlockend perfekt ist, dass ich mich kaum zurückhalten kann.

»Ich, du, wir«, stammele ich. Mir bricht der Schweiß aus. Ich spüre die Starre in meinem Körper und fühle mich wie damals in der Kleinstadtdisco, unbeweglich, steif und unbeholfen. Was kommt danach? Wie kann ich ihrem Anspruch jemals gerecht werden?

»Machst du dir Gedanken über das, was danach kommt?«

Ich nicke. Kann sie Gedanken lesen? Dabei ist mein Kopf leer. Soll ich sie jetzt umarmen und mir anhören, wie sehr sie mich liebt und ihr im Anschluss das Gleiche sagen? Redet sie von Liebe, von Hochzeit, von Dabbergost? Ich will Lösungen von ihr, keine Fragen, ich will Antworten und Wege, keine Ratlosigkeit.

»Lass es uns einfach machen. Denken wir nicht weiter darüber nach, okay?«

Ich nicke. »Küss mich«, sagt sie, beugt sich vor und ich bin verloren.

3.

Sind wir nun zusammen? Muss ich ab jetzt von Liebe reden? Als wir Hand in Hand ins Wasser laufen, wirkt es wie gestellt. Im Film laufen frisch verliebte Paare am Strand entlang, in Zeitlupe, genau wie wir. Es fehlt nur die romantische Musik. Wir sehen uns an, das Wasser spritzt, und ich sehe die einzelnen Tropfen in der Luft. Doch ich gehöre nicht hier her, Sonja gehört nicht in dieses Bild.

Ich fühle mich wie ein Komparse, der seine vom Regieassistenten bestimmte Position im Bildhintergrund verlassen hat und sich in die Hauptrolle drängt, während die echten Schauspieler und der Regisseur noch gar nicht begriffen haben, was passiert. Cut, muss jetzt jemand rufen, Schnitt, halt, Stopp, so geht das nicht.

Doch niemand ruft das magische Wort, der Dreh läuft weiter, wir landen im Wasser.

Salzwasser schwappt mir ins Gesicht. Aus Sand werden kleine Kiesel werden zu großen Steinen auf sandigen Rippen im smaragdgrünen Atlantik. Mit langen Zügen schwimmen wir hinaus, bis das Wasser sich wieder dunkelblau färbt und die Wellentäler breiter werden. Sonja dreht sich auf den Rücken und blinzelt. Ihr Badeanzug sitzt verdammt knapp und spannt sich über ihren Brüsten.

Der runde Ausschnitt enthüllt viel braune Haut. Bei weit auslandenden Schwimmzügen zeigt sie glatt rasierte Achseln. Ihre Beine schlagen das Wasser schaumig.

»Ich habe gedacht, dieser Urlaub würde in einer Katastrophe enden. Und jetzt merke ich, wie sich meine Welt total verändert hat.«

»Gefällt dir das?«

»Sehr. Ich bin über Tim hinweg, und das habe ich auch dir zu verdanken.«

»Hat uns Tim gestern überhaupt zugesehen? Am Strand?«

Sonja stoppt die Schwimmzüge. Ihre Beine versinken im Dunkelblau. Fahrig wischt sie sich etwas, das nur sie spürt und für mich unsichtbar ist, von der Wange.

»Wäre es schlimm, wenn nicht?«

Wenn sie nicht von Liebe redet? Wenn sie nicht mehr von mir erwartet, als ich erfüllen kann?

»Seit wann geht es nicht mehr um Tim?«

»Ich weiß es nicht. In Lissabon hab ich gemerkt, dass er ja doch ein Arsch ist. Und du, du bist so anders.«

»Jeder ist anders als Tim. Auch Michael oder Bastian.«

»Aber was du machst, gefällt mir am besten.«

Wir treiben wortlos auf den Wellen wie Posen eines Hochseefischers. Kindergeschrei weht vom Ufer zu uns herüber. Die Sonne brennt mir auf den Kopf. Ich versinke im Wellental. Der

Strand kippt zur Seite ins Meer und kommt Sekunden später wie Treibgut zurück an die Oberfläche.

»Wie geht es jetzt weiter?«, frage ich.

»War dir das, was danach kommt, nicht immer ganz unwichtig?«

»Es ist mir viel zu wichtig. Ich will nur nicht daran denken müssen.«

»Dann machen wir das doch einfach nicht.« Sie lächelt. Schüchtern gar nicht, anzüglich schon eher. »Du bist mir übrigens noch was schuldig.«

»Was denn?«

Ihre Antwort geht im Plätschern unter. Ich bitte sie um Wiederholung. Ihr scheuer Blick, ihre verdrehten Augen bilden einen harten optischen Kontrast zu zwei deutlichen Worten.

Zuerst küssen wir uns mit kalten Lippen, umarmen uns mit klammen Händen, berühren kühle Haut unter nassem Polyester. Mein Herz klopft.

Es hat eine andere Bedeutung, jetzt, da nicht Tim der Grund für ihre Nähe ist, sondern ich es bin. Dabei schmeckt sie so frisch, fühlt sich so gut an in meinen Armen, ist ihr Körper so erregend perfekt. Und wenn ich meine Augen schließe, sehe ich nicht einmal ihre Nase. Schamlos greift sie mir in die Hose, freizügig spreizt sie die Beine und lässt sich in den Schritt greifen, zitternd vor Erregung vergrößert sie den Ausschnitt ihres Badeanzugs, um die aufgerichteten Nippel zu entblößen.

Doch wir saufen bei dem Versuch, uns den verdienten Höhepunkt zu verschaffen, beinahe ab. Salzwasser ist stumpf und viel zu kalt. Bald treibt uns die Kälte zurück an den Strand.

Wir belauern uns auf unseren Handtüchern zwischen unseren Freunden, die nicht ahnen, was in mir vorgeht. Im Bauch nur ein Grummeln. Meine Haut spannt sich unter dem trocknenden Salz. Unsicherheit löst sich in Erregung auf.

Wir rennen den Küstenweg an der Steilkante entlang. Sie zieht mich, ich schiebe sie. Das Hin und Her ihres Hinterns, die festen Waden. Schier unerträglich.

Heute sind viel mehr Menschen unterwegs, und kaum brechen wir durch den Busch am Fuße des Hanges, bewahrheiten sich meine Befürchtungen. Unser Strand ist belegt. Eine Großfamilie hat sich mitsamt Picknickkorb, großen Handtüchern und Wasserbällen in unserem Paradies niedergelassen.

Enttäuscht treten wir den Rückweg an. Auf halber Strecke nach oben, als wir uns inmitten von Ginsterbüschen und vertrockneter Sträuchern, die wie riesiges Heidekraut aussehen, schon die Hosen heruntergezogen und hingekniet haben, kommen uns weitere Badewillige entgegen.

Gerade noch rechtzeitig finden wir in unsere Shorts. Hoch erregt und mit roten Köpfen schleichen wir zurück auf den Hochweg. Und jetzt fällt mir ein, woran es liegen könnte, dass unsere Intimität gestört wird: es ist Samstag. Wochenende. Familientag.

»Und jetzt?«, fragt Sonja auf der wackeligen Holztreppe zum Hauptstrand. Das ist doch mein Spruch. Ich habe seit mehr als einer halben Stunde nicht aufgehört zu erigieren.

»Auf die Toiletten?«

Sonja verzieht das Gesicht. Auch mir behagt die Vorstellung nicht, dazu sind die Klos viel zu schmuddelig und eng. Ich schlage vor, den ersten Bus zurück zum Campingplatz zu nehmen, auch wenn der, wie wir schnell feststellen, erst um 15 Uhr fährt.

Bei unserer Rückkehr fallen spitze Bemerkungen über unser Fernbleiben. Michael hält es für viel zu kurz, Nicole für zu lang, Tim spart sich einen Kommentar. Ich lege mich auf mein Handtuch und beginne zu lesen.

Dazwischen viele Blicke zu Sonja. Bei jedem zweiten fällt mir ihre Nase auf. Harold Lauder und die Captain Trips. Gedanken wir Traumgummi. Der Mülleimermann. Schöne neue Weltenbummler. Spürst du die Grumbatzhofen? Algarvencolorado.

Sand fällt mir ins Gesicht.

»Komm, wir nehmen den nächsten Bus«, sagt Bastian. Sein Handtuch faltet sich in der Luft zusammen. Ich habe einen Traum von mir und Sonja. Nur welchen, weiß ich nicht mehr. Es geht um uns, um Sex und Eifersucht.

»Wohin?«

»Zum Campingplatz. Tim will zurück.«

Der erste Shuttlebus um 15 Uhr ist Selbstbestrafung, damit wir nicht zu viel gute Laune bekommen. Leerlauf auf dem Campingplatz, wie in einem Zug, der nicht fährt. Atempause, dabei ist niemand gerannt. Über uns der blaue Himmel, um uns der Platz wie Gefängnismauern.

Ein Hohn.

Wir sollten am Meer sitzen, am Strand. Sonja heult, Tim triumphiert, Nicole ist unzufrieden und Bastian fragt mich immer wieder, warum wir nicht am Meer sitzen. Am Meer. Am Meer. Ich rauche einen mit Michael. Aus dem Joint tropft Gummi.

»Der hat euch ja was angedreht. Da ist Autoreifen mit drin«, sagt der Australier mit der Surferfrisur und zerreibt die Probe zwischen den Fingern zu langen Krümeln. Der muss es ja wissen.

»Harz, Michael?«, frage ich.

»Das ist ja eklig. Wir haben Gummi geraucht?«, ruft Nicole.

Ich spüre auf einmal beim Einatmen ein Reißen in der Lunge. Den Rest des Nachmittags versucht Michael herauszufinden, mit welchem Trick ihm der Dealer in Lissabon den falschen Stoff angedreht hat.

Zwei verschiedene Tüten, nehme ich an. Warum sind wir nicht am Meer? Sonja hält mich auf Distanz und ich bin froh darüber.

»Der Urlaub hat mir die Augen geöffnet«, sagt sie und bringt mir eine Rolle Toilettenpapier für meine laufende Nase, kein Taschentuch. Toilettenpapier? Sie hält mir ihre Hand nicht hin. Ist Gleichgültigkeit ein Gefühl? Sie ist so naiv, so sehr kleines Mädchen, so unselbstbewusst.

Mit dem Toilettenpapier in der Hand stehe ich im Klo und wichse ohne Sonja. Alleine. In den Händen ein Pornoheft mit fickenden Menschen. Wie kommt das in meine Hand? Ein seltsames Gefühl, unbewusst, wie Geisterbilder auf dem Fernseher.

Hatten wir etwa Sex? War das was mit Nicole?

Im Schatten eines Baumes setze ich mich auf eine Isomatte. Ich schwitze, der Joint wirkt, oder ist es der Autoreifen, sind es die lauwarmen Biere? Schließe die Augen. Lege mich hin. Meine Gedanken sind zäh. Harz im Schlafsack macht den Dingdong schlumi.

Kalte Wasserspritzer im Gesicht. Bastian schüttelt sich. Es ist heiß. Die Brandung donnert. Über uns kreisen Möwen an einem azurblauen Himmel. Die Steilküste protzt rot-orange.

Ich hatte einen Alptraum.

Bastian setzt sich neben mich, wischt sich mit dem Handtuch über die Arme. Er hat endlich Farbe bekommen. Ächzend richte ich mich auf. Mein Nickerchen hat Sabberflecken auf meinem Buch hinterlassen.

»Bastian, ich habe geträumt, wir wären schon wieder auf dem Campingplatz.«

»Du träumst Sachen.«

Ja. Du träumst Sachen. Warum träumst du davon, ohne Sonja zu sein? Ist es die Angst vor der Nähe? Warum träumst du, vor deinem Zelt auf dem Zeltplatz zu liegen, dessen Boden so hart ist, dass man keine Heringe einschlagen kann? Selbstbestrafung.

Das Meer rauscht. Kinder rennen kreischend über den Strand. Über den blauen Himmel ziehen kleine Schäfchenwolken. Schweiß läuft mir kitzelnd aus der Armhöhle den Körper hinab. Das Wasser in der Einwegflasche ist warm.

Träume ergeben im Traum immer einen Sinn, sie haben ihre eigene Logik. Warum sollten wir am frühen Nachmittag bereits mit dem Bus zurück fahren. Wegen Tim?

Die letzten Erinnerungen an den Traum, das Gefühl der Leere, hält mich seltsam intensiv gefangen. Ich greife in den Sand. Er ist heiß in meiner Hand und kitzelt, als ich ihn aus der geschlossenen Faust rieseln lasse. Tim ist nicht mehr der Grund.

Tim sitzt in der Sonne auf seinem Handtuch, neben ihm Michael mit einer Schere in der Hand. Vorsichtig schneidet Michael den Gips an der Seite auf.

Die Schere knirscht. Tim sieht gespannt zu und zieht seine Hand schließlich aus der offenen Schale aus vergilbtem Kunststoff.

Zum Vorschein kommt gelblichweiße Haut mit ein paar roten Striemen, wo ihn der Gips gedrückt hat. Wo sind die Nähte? Keine Nähte, ein glatter Bruch, der nur geschient werden musste. Tim ballt die Hand zur Faust. Es ist soweit: Tim wird wieder zu einem vollständigen Mitglied unserer Gesellschaft.

Die Vorstellung, dass wir den letzten Tag am Strand haben sausen lassen, nur um dem motzenden Tim einen Gefallen zu tun, kommt mir absurd vor. Langsam verblasst das Bild. Der Traum wird zu einer unscharfen Erinnerung. Tim rennt ins Wasser. Das Gefühl der Leere schwindet.

4.

Kurz vor drei packen Sonja und ich unsere Handtücher zusammen. Ein Blick und zustimmendem Nicken gingen dem vorweg. Nicole sieht von ihrem Buch auf.

»Wo wollt ihr hin?«

»Wir nehmen schon mal den Bus«, sage ich, nachdem ich mich umständlich geräuspert habe. Erstaunlich, wie sich ein Knoten im Bauch und eine Erektion gegenseitig mehr als neutralisieren können. Übrig bleiben die zitternde Hand und der Wunsch, so schnell wie möglich in das Zelt zu kommen.

Michael höhnt, Tim staunt, Bastian schüttelt fassungslos den Kopf. Kümmere dich um sie, scheint Nicole zu flüstern. Dabei gehören die Katzen noch immer einem Anderen. Meine Aufgabe ist eine ganz andere.

Auf dem Weg nach oben geht Sonja vor mir. Ihr Hintern unter den engen, blauen Shorts ist unerträglich, wenn ich ihn nicht anfassen darf. Der Bus hat Verspätung. Unruhig trete ich auf der Stelle.

»Hoffentlich kommen die anderen nicht schon mit dem nächsten«, sagt Sonja. Ihre Hand hält meine Finger fest umklammert. Im Arm hält sie ihr Handtuch, über dem Rücken hängt der bunte Stoffbeutel. Kann es noch heißer sein? Alles um uns herum glüht. Roter Sand, morscher Holzzaun, überfüllter Mülleimer, trockene Korkeichen, staubig und ausgeblichen. Mein T-Shirt klebt auf der Haut.

»Ich kann es gar nicht mehr erwarten«, sagt sie. Das Gefühl ist mir sehr vertraut. Es ist das Gefühl, wenn ich in der Videothek stehe, durch die Cover der Videokassetten blättere und noch dort meine Hose öffnen möchte.

Die Erregung, wenn ich an der Ausleihe darauf warte, dass mir die Videothekarin den Porno mit dem unverfänglichsten Titel, den ich finden konnte, in die knarrende Plastikbox steckt und über den Tresen reicht.

Die Vorfreude auf dem Fahrrad zurück nach Hause. Die Freude darüber, alleine zu sein, weil meine Mutter wieder unterwegs ist. Der finale Moment, in dem ich die Kassette in den Recorder schiebe und mich ausziehen kann.

»Ich auch nicht«, sage ich und dann rollt der Bus über den staubigen Parkplatz. Viele Interrailer, manche kenne ich vom Vorabend, steigen aus dem Bus. Sie sehen verpennt aus, verkatert. Wir sind die einzigen, die jetzt schon zurück fahren. Im Bus sitzen wir in der letzten Reihe.

Sonja greift in meine Shorts. Ich fasse ihr in das Oberteil. Kurz vor dem Höhepunkt erreichen wir das Lager. Vor Erregung kann ich kaum laufen.

Auf dem Campingplatz ist kaum jemand zu sehen. Vor einem Zelt dudelt ein Radio. Davor pennen drei blonde Surfertypen auf Luftmatratzen. Von der Dusche kommen zwei junge Frauen. Sie haben offensichtlich Wäsche gewaschen. Die Luft steht. Die Zikaden schnarren.

Als wir die Toiletten passieren, lässt Sonja meine Hand los.

»Bin gleich wieder da.«

Die beiden Zelte stehen einsam und leer unter den hohen Pinien. Unsere Nachbarn sind heute abgereist. Auf dem Sand zeichnen sich noch die Umrisse der Bodenplanen ab.

Ich krieche in unser Zelt und schleppe Piniennadeln und roten Staub auf meinen Schlafsack. Die Isomatten liegen wild durcheinander. Am Kopfende stapeln sich die Rucksäcke. Viel zu eng. Das helle Dach sorgt für ein gleichmäßiges Licht, fast wie in einem Atelier.

Aufblende. Soll ich mich ausziehen? Soll ich mich hinlegen? Ich greife in meine Shorts und wichse. Erste Einstellung: die Exposition. Ein Ort, an dem zwei Menschen alleine sind. Der Videorecorder rattert. Grelles Licht. Alle Details sichtbar. Billige Kulisse.

Mehr als das Zelt spielt in dieser Art Filmen keine Rolle. Ein paar Minuten später höre ich sie vor dem Eingang. Sie zwängt sich durch die Öffnung, in der Hand ihren zusammengeknüllten Badeanzug. Der fliegt in die Ecke auf meinen Rucksack. Sie zieht den Reißverschluss zu und springt mich geradezu an.

Jetzt geht es nur ums ficken. Die Kamera läuft. Und Action bitte: Ihre Zunge ist forsch, ihre Hände sind fordernd, zwängen sich in Sekundenschnelle unter T-Shirts und in enge Hosen. Schweißnasse Titten kleben an fremder Haut.

»Mach noch mal, was du gestern am Strand gemacht hast«, stöhnt sie zwischen unseren Küssen. So ist es richtig. Damit fangen Pornos immer an. Und da sag noch einer, Pornos seien frauenverachtend.

Ich lecke ihre Nippel, ihren Bauchnabel, ziehe die Shorts über die perfekten Schenkel, die herrlichen Knie, bis zu den Füßen. Zitternd vor Erregung liegt sie vor mir, in einem Chaos aus T-Shirts, Hemden, Hosen, zerwühlten Schlafsäcken, Rucksäcken und Isomatten. Ich packe ihre Füße an den Knöcheln, ziehe sie auseinander und knie mich dazwischen.

Sie spreizt die Beine, soweit sie nur kann. Alles liegt offen vor mir, bestens ausgeleuchtet. So faltig, so dunkel, so echt. Die dichten Haare bedecken einen glitschigen Schlitz. Ich versenke mein Gesicht tief in ihrem Schoß, stülpe meinen Mund über ihr Geschlecht, als würde ich ein Eis essen.

Das ist nichts für die Kamera, das ist nur für sie und mich.

Meine Zunge dringt tiefer ein als gestern, spielt mit dem, was ich für ihren Kitzler halte. Sonja schmeckt säuerlich und salzig zugleich. Ist das der Atlantik oder sie? Der besondere Geschmack gefällt mir. Ihre Knie fallen rechts und links zur Seite, die Fußsohlen berühren sich, irgendwo in der Spalte ihres Pos liegt die zweite, engere Öffnung verborgen.

Mein Gesicht ist nass.

Zwischen meinen Beinen ragt die härteste Erektion hervor, die ich jemals hatte. Ich darf noch nicht kommen. Erst in der zweiten Einstellung der Szene.

Die Temperatur im Zelt ist unglaublich. Uns läuft der Schweiß nur so den Körper herab. Ihre Schenkel und Titten bedeckt ein rutschiger Film. Neben uns gelegentlich Schritte, Stimmen, die näher kommen und sich wieder entfernen.

Lachen und Musik. Und wir, nur ein paar Zentimeter entfernt, beim Oralverkehr. Nur die dünne Wand des Zeltes trennt uns von den anderen Menschen auf dem Zeltplatz. Es ist wie Sex im Freien.

Ihre Haare auf der Zunge und ihren Saft im Gesicht kann ich ihr jetzt meinen Finger reinschieben. Kein Sand bremst mich. Ob sie es mag? Sie beißt sich auf die Hand, um nicht laut zu stöhnen. Sonjas Möse in Großaufnahme, Close-up, gespreizt, glitzernd, feucht.

Darunter treffen sich in einem senkrechten Strich ihr Halbmonde. Schweiß läuft mir brennend in die Augen. Das feuchte Klatschen, das leichte Knistern, kenne ich aus den Filmen gar nicht.

Sind die Mikrofone nicht so gut oder wird es sonst einfach wegsynchronisiert? Ich wichse sie mit der Hand, lecke sie dort, wo ihr Bein aufhört und das dunkle Haar beginnt, schmecke sie, wühle mich in sie, und bald zuckt und keucht und wimmert und ächzt sie im stickigen, grell erleuchteten Zelt.

In meinen Ohren rauscht das Blut. Mehr, mehr Sonja, mehr Großaufnahme, mehr Nähe, mehr Sex, mehr für die Augen.

Mein Penis ist so hart, dass er fast weh tut. Sonja atmet schwer und zieht mich auf sie. Mit einer Hand greift sie nach meinem Glied und massiert es, die andere legt sie auf meinen Kopf und zieht ihn zu einem Kuss heran.

Stört sie gar nicht, dass mein Gesicht über und über mit ihrem Mösensaft bedeckt ist?

Wer wischt den Männern eigentlich in der Drehpause die Körperflüssigkeiten ab? Sie hält das Skript nicht ein und dirigiert mich zielstrebig zwischen ihre gespreizten Schenkel. Muss sie mir nicht erst einen blasen? Mindestens fünf Minuten, in denen jeder normale Mann längst abgespritzt hätte?

Pornos haben immer die gleiche Dramaturgie, aber woher sollte Sonja die kennen.

»Sei nett zu mir!«, stöhnt sie. Ihr Gesicht ist traurig, flehend, voller Erwartung. Ich höre das Rauschen der Brandung, sehe die Felsen, muss Sandkörner zählen.

»Ich mache alles, was du willst«, schwöre ich und hoffe, dass sie wie ich nur den Sex meint. Langsam schiebe ich mich vorwärts. Es ziept an meiner Eichel. Wie kommt das, wenn sie so feucht ist? Aber kannst du wirklich an Schmerz denken, wenn es ums ficken geht? Ich spüre ihre Hand am Schwanz, sie spreizt ihre Schamlippen.

Ich kann es kaum erwarten und blicke zwischen uns herab nach unten, um es zu sehen, um es zu glauben, um das Gefühl zu bebildern. Ob sie diesmal kommt? Das stumpfe Kratzen ihres Schamhaars verschwindet, und meine Eichel badet in heißer Feuchtigkeit.

Kein Ziehen, kein trockener Widerstand. Wie ein Turmspringer ins Sprungbecken, so gleitet mein Schwanz in sie. Ihre Möse nimmt mich in voller Länge heiß und eng auf. Stöhnen rollt durch ihre Kehle. Bis zum Anschlag dringe ich in sie ein.

Jetzt müsste die Musik ertönen, im lächerlich fröhlichen Discobeat der Achtziger, mit einem Rhythmus, der meinen Stößen entspricht. Die Kamera zeigt mich in verschiedenen Perspektiven, von hinten zwischen unseren Beinen hindurch. Man sieht ihre gespreizten Schenkel und meinen harten Schwanz, der ihre Möse durchpflügt, und vielleicht sieht man auch meinen Hintern, der das Bild irgendwie stört.

Schnitt.

Kamera von oben.

Man sieht mein hartes Rohr, das wie ein Kolben, eine Pleuelstange in ihre Möse eindringt. Mechanisch, immer im gleichen Rhythmus.

»Mach langsamer«, flüstert sie plötzlich. Wieso das? Bis die tiefrote, feucht glitzernde Eichel zwischen ihren Schenkeln erscheint, ziehe ich mich zurück, um mich langsam wieder in Sonja zu versenken.

Fick sie, fick Sonja. Meinetwegen auch langsamer, selbst wenn du den Grund nicht verstehst.

Und plötzlich, noch viel zu früh und vor der dritten Einstellung, bevor sie die Stellung wechselt und sich hinkniet, wie sich das von einem richtigen Porno gehört, bin ich am Ende.

»Ich komme«, seufze ich, kurz bevor das Ziehen in den Lenden unkontrollierbare Spasmen auslöst.

»Vorsicht«, stöhnt sie mit geschlossenen Augen. »Komm nicht in mir.«

Ich ziehe meinen Schwanz in letzter Sekunde heraus, wichse ein Mal und spritze ihr mein Sperma in langen Bahnen auf den Bauch bis hoch zu den Titten. Das Zelt kocht, mein Kopf platzt gleich. Ich verliere beinahe die Besinnung.

Ich spritze Sonja auf den Bauch, und es muss so sein, weil sie die Pille nicht nimmt. Aber welchen Grund hat es eigentlich in den Pornos?

Bevor ich zur Seite falle, greift sie meine Hand und führt sie an das, was ich für ihren Kitzler halte. Was soll das? Ich will mich entspannen, will mich der süßen Mattigkeit hingeben. Sie reibt die Stelle hastig, zitternd, keuchend mit meiner Hand. Widerwillig führe ich die Bewegungen aus.

Sie hechelt und seufzt und plötzlich spannt sie ihren Körper an, macht sich ganz lang, hält die Luft an und sackt wimmernd zusammen. Endlich kann ich entspannen. Sie kennt das Drehbuch wirklich nicht.

Erschöpft liegen wir nebeneinander. Sonja hebt den Kopf und zieht ihre Finger durch mein Sperma zwischen den spitzen Brüsten.

Ihr Hals wirft Falten. Ein Tropfen läuft vom Bauchnabel in Richtung Schlafsack und hinterlässt eine glitzernde Spur.

»Merk dir mal diese Stelle.«

»Mach ich.«

Für später. Denkste. Die Müdigkeit ist verschwunden. Ich stütze meinen Kopf in die linke Hand, meine rechte gleitet ihr Bein hinauf, vom Knie bis zur Hüfte. Ihre Haut ist so weich und glatt und warm. Fingerspitzen berühren Schamhaar. Höher, über die Hüfte, den Bauch, auf dem mein Sperma in der Hitze trocknet, über ihre Titten, die dunkle Warze, den steifen Nippel, die köstliche Wölbung.

Mein Schwanz hebt sich. Sonja blinzelt mir zu. Auf ihrer Stirn kleben Haare in zwei dunklen Strähnen.

»Was würdest du jetzt gerne machen?«

»Kniest du dich für mich hin?«

»Und dann?«

Ich zucke mit den Schultern. Kennt sie die Videos wirklich nicht? Was man da eben so macht.

»Würdest du gerne das machen, was ich mit Tim in Lissabon gemacht habe?«

»In den Po? Echt?«

Sie hält die Dramaturgie nicht in allen Details ein, aber sie kennt die wesentlichen Elemente der Videos ja doch. Sonja blickt verlegen an mir vorbei, räuspert sich, grinst verschmitzt, kratzt sich an der Nase.

»Ich fand das ja gar nicht so unangenehm. Nur der Ort und die Zeit passten nicht. Vielleicht wird es ja beim zweiten Mal besser.«

Ich nicke. Ist das der Höhepunkt? Anal ist immer der Höhepunkt. Nein, eigentlich nicht. Anal ist nur ein Teil. Der Höhepunkt ist Gruppensex mit allen Darstellern, und das hübscheste aller Models bekommt es in alle Löcher.

Gruppensex mit allen Darstellern. Mit Tim. Mit dem Besitzer der Katzen. Mit dem Spezialisten für danach.

5.

Die Tube liegt ganz oben in Tims Kulturbeutel, zwei Handgriffe entfernt. Sie ist fast leer. Sonja starrt mich an, ich blicke fragend zurück. Ohne weiteren Zögern dreht sie sich um und geht auf alle Viere.

Die Knie weit auseinander, den Kopf nach unten streckt sie ihren Po steil in die Luft. Ihre Titten hängen spitz nach unten. Ich hocke mich hinter sie. Mit dem Kopf stoße ich an die Zeltdecke.

Es ist ein traumhafter Anblick. Die Pobacken wölben sich perfekt, darunter zeigt sich in Aussparung der Oberschenkel ihre leicht behaarte Scham. In der dunklen Spalte zwischen den Pobacken kann ich ihren festen After erahnen. Der durchgebogene Rücken weisen die Grube über der Wirbelsäule auf, die mich so geil macht.

Warum eigentlich von hinten? Weil du Sonja so nicht ansehen musst. Dann geht es nur um Sex, nicht ums Küssen, nicht um Nasen, Ohren, sehnsüchtige Blicke, Erwartungen. Von hinten, das kann jede sein.

Ich drücke Gleitgel aus der Tube über die Länge meines Schwanzes, von der Eichel bis zur Wurzel, in einem langen, glitzernden, durchsichtigen Streifen. Die dicke Eichel, das Gel, und unscharf die enge Öffnung zwischen den Halbmonden ihres Hinterns. Eine weitere Portion landet auf dem glatten Muskel.

Mit der Fingerspitze nehme ich etwas Gel auf, das auf die feste, glatte Haut getropft ist, setze den Finger an die enge Öffnung. In den Pornofilmen sieht man nie, wie das Gel benutzt wird.

Oder machen die es immer ohne?

Das kann nicht sein. Vielleicht wollen es die Zuschauer nicht sehen? So wenig, wie eine der Darstellerin vorher auf Klo geht. Zu viel Davor ist einfach nicht geil genug.

Langsam schiebe ich die Fingerkuppe in Sonjas Hintern. Der Widerstand des Muskels ist nicht der Rede wert. Dann ist das erste Glied drin. Ihr Arsch ist heiß.

»Geht es?«

»Ja, langsam«, flüstert Sonja zurück und senkt den Kopf, bis sie mit der Stirn beinahe den Schlafsack berührt. In ihrem Hohlkreuz liegt die Wirbelsäule in einer tiefen Rinne.

Was spüre ich mit meinem Finger? Sollte ich darüber nachdenken? Ich muss an Robocop denken, an die Szene, in der Robocop seinen Datenstachel in den Computer rammt und dreht, um an wichtige Informationen zu gelangen.

Vorsichtig drehe ich meinen Datenstachel in Sonjas Anschluss. Die Infos spuckt sie in Form von leisen Seufzern aus. Als ich den Finger aus ihr herausziehe, ist er sauber. Was für ein Glück.

»Bis du bereit für mehr?«

Sonja nickt, senkt den Kopf und streckt mir ihren Po entgegen. »Aber mach langsam.«

Vorsichtig verreibe ich das Gel über die ganze Länge des Schaftes. Es ist klebriger und zäher als gedacht. Meine Hände fächern auf den festen Halbmonden, die Daumen lauern links und rechts vom Hintereingang in der tiefen Kerbe.

Und dann setze ich die Eichel an ihren rosa Schließmuskel. So klar wie jetzt habe ich es gestern bei Nicole nicht sehen können.

Die Eichel bohrt sich in die Öffnung. Dann rutscht der enge Ring um den Kranz und ich bin drin. Die ersten zwei Zentimeter von Sonjas Arsch. Diesen Moment sehe ich in den Filmen selten. Die sind immer schon drin.

Liegt es daran, dass es immer etwas länger dauert und aus dramaturgischen Gründen der Schere zum Opfer fällt? Oder weil dafür das Gel nötig ist, was nie gezeigt wird. Ich entscheide mich für Letzteres. Dramaturgie spielt keine Rolle.

»Vorsicht, warte, bitte«, presst Sonja hervor und hebt die Hand, als wolle sie mich zurückweisen. Ich halte inne. Der Widerstand ist groß, viel größer als bei Nicole gestern. Habe ich genug Gel? Oder ist es die Position?

»Ich bin fast drin. Nur noch paar Zentimeter.«

Sonja dreht den Kopf. »Ich merk das.« Ihr Mund steht offen. Die letzten Zentimeter. Kaum zu glauben, dass ich so weit in sie eindringen kann. Mit dem Dildo meiner Eltern bin ich bei mir nicht so tief gekommen.

»Aufhören?«

»Nein«, keucht sie. »Es geht schon, aber bitte mach langsam. Du bist um einiges größer als Tim.«

Das habe ich doch schon einmal gehört Gestern, von Nicole.

»Na, dann ist doch bei Tim nicht alles schlecht gewesen.«

»So war das nicht gemeint.«

Schade.

»Aber Tims Schwanz war eigentlich genau richtig dafür, oder? Nicht zu groß.«

In diesem Moment rutsche ich plötzlich bis zum Anschlag hinein. Sonja schreit überrascht auf. Ist Schmerz dabei? Sie zieht mich beinahe auf sich. Kaum kann ich die Balance halten. Ihre Pobacken an meinem Bauch, die Enge ihres Hinterns, die Hitze. Unglaublich. Ich könnte sofort abspritzen.

»Oh, mein Gott«, zische ich.

»Das wollte ich auch gerade sagen«, stöhnt Sonja. Wir kichern.

Ihr Atem geht schnell. Kaum zu glauben. Mein Schwanz steckt in Sonjas Hintern. Sekundenlang verharre verharren wir in dieser Position. Sonja auf allen Vieren, den Hintern weit in die Luft gestreckt, ich halb über ihr. Meine Beine zittern. In den Filmen sieht das nicht so anstrengend aus.

Ich spüre Sonjas Rippen an meinen Fingern. Sie kommt mir so schmal vor. Einen Griff tiefer erwische ich ihre Titten. Oh mein Gott. Spitz und fest, die Nippel erregt. Ich quetsche, drücke und glaube mich im siebten Himmel. Gott sei Dank bin ich immer noch Atheist.

Langsam ziehe ich meinen Schwanz bis zur Eichel wieder aus Sonjas Arsch heraus. Sie quittiert die Bewegung mit einem weiteren, sehr tiefen Stöhnen. Mit der gleichen Geschwindigkeit schiebe ich mich wieder tief in sie hinein.

Ich hocke wie ein Schimpanse über ihr, reiße die Augen auf, um alles in mich aufzunehmen. Ihre gespreizten Pobacken, die schmale

Taille, die Rinne zwischen den Schulterblättern. Mit den Händen streiche ich ihr über die Hüften.

Diese Haut, diese weiche, glatte Haut. Ich spüre die Hitze des Mädchens, sehe die kleinen Härchen auf ihrem Steißbein, die in einem Porno gar nicht zu sehen sind, weil das Bild in der schlechten VHS-Kopie viel zu unscharf ist.

Wie lange hältst du einen Arschfick aus? Länger als gestern mit Nicole? Länger als auf Video? Unmöglich, viel zu geil, zu intensiv. Meine Oberschenkel zittern.

Es sieht absurd aus, mein Fleisch in ihrem Fleisch, glitzernd, geil, raus und rein. Unglaublich, wie tief ich eindringen kann. Sonja stöhnt guttural. Hab ich auch so gestöhnt, wenn ich mit dem Dildo meiner Eltern masturbierte?

Jetzt fehlt nur der Ton, der Wortwechsel zwischen den Darstellern. Erst der Dialog macht den Film komplett. Ich muss ihn hören, so wie in den Filmen aus der Kiste am Fußende meines Bettes. Worte, die ich nur in meinem Kopf laut ausgesprochen habe.

Sag es, sag die Worte, direkt und unzensiert.

Sag, was du noch nie gesagt hast, weil es zu obszön ist, verboten und aus der Welt deiner Fantasien, aus deinen Büchern.

»Ich fick dich«, keuche ich und wundere mich, wie leicht mir das von der Zunge geht. Ich muss es sagen, ich will es sagen, es gehört dazu. »Spürst du meinen Schwanz in deinem Hintern?«

»Ja«, keucht sie. »Ich spür dich.«

Meine Hüften klatschen gegen ihren Hintern, mit jedem Stoß heftiger. Mein Schwanz geht jedes Mal bis zum Anschlag rein. Wie gut, dass sie noch vorher auf Toilette war.

Zwischen ihren gespreizten Pobacken nur mein Schwanz. Der Gedanke daran, wie tief ich in ihrem Hintern, in ihrem Arsch, sag es laut, in ihrem Darm bin, macht mich wahnsinnig geil. Zwanzig Zentimeter tief steckt mein Fleisch in ihr, penetriert sie wie ein medizinisches Instrument.

»Ich fick dich in den Arsch.«

»Ja, ja, fick mich«, keucht Sonja. Es klingt falsch. So etwas sagt kein Mädchen. Das sagt nur eine Pornodarstellerin mit rasierter Möse und überschminktem Gesicht. Dennoch will ich es hören, will ich alles, was dazu gehört.

»In den Arsch...«, fordere ich. »Ich fick dich in den Arsch. Ich fick deinen Arsch, Sonja. Sag es.«

»Fick meinen Arsch«, wiederholt sie zwischen meinen Stößen meine Worte. Zurückspulen. Noch einmal. Hör genau hin. »Fick meinen Arsch.«

Nein, es klingt nicht richtig. Wie Sean Connery mit einer anderen Synchronstimme in Dr. No. Die Stimme passt nicht zum Bild.

»Oh, mein Gott, Sven, ich kann nicht mehr. Du musst kommen«, röchelt sie, löst meine rechte Hand von ihren Titten und führt sie zwischen ihre Beine. Sofort erwische ich wieder den Punkt, den sie mir gerade gezeigt hat.

Sonja entfährt ein langgezogenes Wimmern, als ich ihr einen Finger in das glitschige Loch schiebe. Die Muskeln schmerzen. Lange halte ich das nicht aus.

Ich kauere beinahe auf ihr, vergrabe mein Gesicht zwischen ihren Schulterblättern, spüre ihren Hintern, ihren Rücken an meinem Bauch, habe kaum Platz zum Stoßen. Unser Sex besteht aus Großaufnahmen. Aus Schnittsequenzen.

Ein Hoch auf die Pornografie. Nur die Musik fehlt. Diese Copyright-free-Musik, diese ewig gleiche Schleife, die sich nicht einmal zu einem Höhepunkt steigert, weil dafür Geld an den Komponisten gezahlt werden müsste. Doch es reicht. Der Overkill ist da.

»Mir kommt's!«, zische ich. »Ich spritz dir alles rein.«

»Ja, fick mich in den Arsch! Fick mich!«, wiederholt Sonja noch einmal. Diesmal klingt sie professioneller, nicht mehr wie eine schlechte Schauspielerin in einem Schülertheater.

Kraftvoll spritze ich ab. Ich bestehe nur aus Sperma, nur aus Lust. Schöner als wichsen. Mein Sperma sprudelt heraus. Ich spüre, wie sie zuckt und die Muskeln anspannt, wie sie mit ihrem

Hintern meinen Schwanz melkt. Ein langgestrecktes Wimmern erfüllt das Zelt.

Ich spanne meine Beckenmuskeln an, spüre die Reizüberflutung, höre das Quietschen der Nägel auf der Schiefertafel, das trockene Kreischen meiner Eichel in Sonjas Hintern. Keine Bewegung.

Stattdessen massiere ich weiter wie ein Berserker ihre Möse.

Sonja zuckt, verleiht ihrer Lust viel zu laut Ausdruck und sackt zusammen. Mein Schwanz gleitet aus ihrem Hintern. Sonja erschaudert. Ich lande auf ihr, schnaufend, schweißnass, erschöpft, mit weichen Knien.

»Oh, mein Gott!«, flüstere ich ihr atemlos ins Ohr. Meine Augen sind schwer. Busmotor. Der Hamster ist gelandet. Jetzt schlafen.

»Danke«, schnauft Sonja schwach. »Das war schön.«

Geben Sie alles. Geben Sie die Isomatte her. Gerbstoffacetat.

Ich schwitze. An meiner Schulter drückt ein Fuß. Bastian und der Baum. Bin total fertig. Schlafen in der Hitze macht schlapp. Es ist dunkel.

»Los, Penner, aufwachen«, sagt Bastian. Ich bin nicht ganz sicher, was passiert ist.

»Wo ist Sonja?«

Wieso Sonja? Und wo ist der Strand?

»Keine Ahnung. Im Zelt wahrscheinlich.«

Mein Blick geht zu unserem Zelt.

»Nein, nicht in deinem. Was soll sie da?«

Was? War da nicht etwas mit Sex und Gleitcreme und vielen Details?

»Und Nicole?«

»Schmollt, weil wir schon früher vom Strand zurückgekommen sind.«

Mein Hirn ist weich wie aufgeweichtes Baguette. Wieso früher? Ich lag doch eben noch im Zelt?

»Warum sind wir das?«

»Sach ma, bist du besoffen?«, faucht Bastian. »Weil Tim keinen Bock auf Strand hatte.«

Ich erinnere mich. Lesen im Schatten, und das Rauschen im Hintergrund ist die Landstraße, nicht die Brandung. Kiffen. Autoreifen. Tim mit Gips. Leerlauf vor den Zelten. Wieder einmal Disco. Sonja und ich. So ein Quatsch.

Ich glaube nicht einmal, dass Sonja sich jemals in den Arsch ficken lässt. Kopfschmerzen kündigen sich an. Mein Mund ist trocken. Jetzt ein Bier und ich kotze.

»Ich geh auch pennen.« Zähneputzen im schmutzigen Waschraum. Ich krieche in mein Zelt und lege mich hin. Komm, süßer Schlaf. Woher kommen die?

Stimmen vor unserem Zelt. Ich erkenne Tim. Es ist hell und heiß lauert der späte Nachmittag hinter dem Reißverschluss. Ich habe geträumt. Sonja schreckt hoch und greift nach ihren Shorts, erschrocken und hektisch.

Mein Herz rast.

Wieder ein intensiver Traum. Aber diesmal am Tag. Kein Nickerchen, kein oberflächlicher Schlummer, sondern ein handfester, tiefer Traum von Autoreifen. Richtig, Autoreifen. So ein Quatsch. Autoreifen im Joint und alle sind weg, haben mich verlassen.

Das Gefühl der Leere bleibt so intensiv, dass ich heulen möchte. Bastians traurige Stimme. Nur wir zwei, und die anderen waren woanders. Eine Gemeinschaft zerbricht an ihren Unterschieden.

»Sie sind da«, flüstert Sonja, und da knarrt auch schon der Reißverschluss. Michael steckt seinen Kopf herein und kann noch sehen, wie ich meinen Schwanz in den Shorts verstaue. Sonja zieht ihr Shirt über. Sein Blick ist amüsiert.

»Ah, fickificki«, sagt er und fügt ironisch hinzu: »Es ist so schön, dass ihr euch gefunden habt.«

Die vier waren einkaufen. Im Gepäck neues Bier, frische Milch und mein geliebter Trinkjoghurt. Nicole winkt lächelnd ab. Bastian hält die Hand auf, um meinen Anteil zu kassieren. In der Luft hängt der Geruch von Marihuana.

»War klar, dass ihr nicht zum Einkaufen gefahren seid.«

»Davon war auch nie die Rede.«

»Und? War es schön?«

Kann mein Grinsen lügen? Michael klettert aus dem Zelt. »Es riecht sogar noch nach Sex.«

Sonja wird rot. Sie fasst sich von hinten zwischen die Pobacken und scheint erleichtert.

»Was habt ihr gemacht?«

Bastian will Nicole für diese Frage auf die Schulter schlagen, dabei ist sie doch nur rhetorisch. Tim betrachtet seinen nackten Arm, als könne er immer noch nicht glauben, dass er den Gips los ist. Ohne ihn wirkt er irgendwie sympathischer.

»Freiheit«, sagt er lächelnd, winkt mit der ehemals geschienten Hand, und ich bin nicht sicher, ob er seinen Arm meint oder Sonja, die neben mir steht und mich in den Arm nimmt.

6.

Dosenravioli und Baguette und Bier und Haschisch. THC ist seltsam. Wenn du kiffst, verändert sich nicht die Welt - nur du wirst ein anderer.

Du denkst Dinge, die verschüttet bleiben sollten und sprichst Gedanken aus, die nicht für andere Ohren sind. Wenn du kiffst, lachst du über Witze, die keine sind und ignorierst Barrieren, die nur in deinem Kopf existieren.

Der Tag verabschiedet sich mit einem purpurnen Streifen am Horizont. Die Disco ist wieder geöffnet. Biere lösen die Zunge, der Joint lockert den Körper. Im Schritt juckt es. Bei der ersten Pinkelpause stelle ich mich kurz unter die Dusche und wasche meinen Schwanz, ohne genauer hinzusehen.

Danach geht es mir besser. Obwohl bestimmt schon nach neun Uhr, ist die Luft mehr als warm. Die Zikaden singen ohrenbetäubend. In der Ferne wummert wieder der Bass der Dancefloorklassiker. Tim und Bastian verschwinden viel zu früh zur Disco, um wieder die beiden Miezen aufzureißen, die ihnen am Vorabend so viel Freude bereitet haben. Bastian ist skeptisch und sagt, er habe die beiden nur mit dem Australier reden sehen, der mich beim Eimersaufen ersetzt hat.

Der letzte Joint kreist. Meine Gedanken fransen aus und werden assozoi, assioz, assozitiv, assoziativer. Ein geiles Wort. Auch Sonja greift wieder zu, sagt, sie halte sich dafür beim Alkohol zurück.

Was kommt danach?

Nichts.

Wie bei Judith. Nichts. Es gibt nur den Augenblick, nur das heute, kein Morgen. Es gibt nur die nächste Nacht im Zelt und nicht die Ankunft in Schnedigheim. Kein Dabbergost, keine Hochzeit, nichts.

Ich lache. An meinen nackten Füßen der abkühlende Sand. Piniennadeln pieken. Meine Hände sind leicht. Sonja, im letzten Tageslicht, greift meine Hand. Ihr T-Shirt wirft über den Brüsten die schönsten Falten, lila und schwarz.

Meine Hand liegt in Sonjas Schoß. Sie drückt meine Finger, streichelt mit ihren Daumen meinen Handrücken und strahlt. Ihre Haut ist warm. Ihre Beine, ausgestreckt zwischen den Isomatten, leuchten bronzefarben. Rauch sickert zwischen ihren Lippen hervor.

Beim Kichern legt sie den Kopf in den Nacken. Albernes Huhn. Nicole gackert, und Bastian hat seine Hand ganz oben auf ihrem Schenkel. Nicole erzählt uns, was wir bereits wissen.

Dabbergost hat seinen Schrecken verloren, das Danach zählt nicht mehr, Sonja ist die geilste Frau der Welt und ich habe einen dritten Arm. Das ist Sonjas Arm. Wir sind eins. Zusammen sind wir natürlich. Wer ist denn heute alleine? Selbst Tim und Michael nicht.

»Also, wie habt ihr euch denn die Zeit vertrieben?«

Wir haben gepoppt, haben gefickt. Ich hab sie erst geleckt und anschließend haben wir gefickt, bis ich ihr auf den Bauch gespritzt habe.

Sonja legt den Kopf in den Nacken und kichert. Ihr Griff an meiner Hand wird fester. Nicole setzt ihr Meg-Ryan-Grinsen auf.

Wieso? Was ist? Was habe ich? Viel zu spät merke ich, dass ich nicht gedacht sondern laut gesprochen habe.

»Oh, Scheiße!« Ich schlage die Hände vor das Gesicht. Mir ist heiß. »Das ist mir nur so rausgerutscht.«

Kopfschüttelnd fasst sich Bastian an die Stirn. »Sach ma, Sven, du bist ja total bekifft.«

Nicole boxt ihn auf die Schulter. »Lass ihn doch. Und dann?«

»Wie, und dann?«

»Ihr hattet eine Stunde Zeit.

»Wie genau willst du es hören?«

»Alles.«

»Nee, lass mal«, sagt Bastian. Bababastian. Ich möchte gerne auf die Pinie klettern und von oben herunter sehen. Kann man meinen Herzschlag hören? Sonja ist ein Pinienzapfen in den Ausschnitt gefallen. Oder warum zieht sie das T-Shirt am Hals nach vorne und starrt auf ihre Titten?

Ob ich die mal anfassen darf? Ist doch viel zu dunkel zum Anfassen. Nein, zu dunkel zum Sehen. Anfassen geht auch bei Dunkelheit. Ich kichere prustend. Lachen mischt sich prickelnd unter die Zikaden. Sind wir nicht alle Zikaden?

Sonja schwankt, hebt den Zeigefinger und kichert, schmunzelt. »Wir haben...« Der Rest versickert in albernem Gegacker. Huhn. Es ist ansteckend. »Wir haben Tims...«, versucht sie es aufs Neue. Mein Lachen unterbricht sie. Tim. So komisch. Tim und seine Katzen.

»Tim hat gar keine Katzen. Er hat Kater.«

Ich gröle. Kater. So was Geiles. Sonja schwankt, den Zeigefinger immer noch erhoben, prustend, kichernd. Bastian guckt von einem zum anderen. »Was hat Tim für Kater?«

Er ist ein wahrer Komiker. Wie er so, und dann Nicole, und ich so, aber da hat Sonja schon wieder. Ich lach mich weg. Sonja bringt es auf den Punkt.

»Wir haben Tims Gleitcreme fast aufgebraucht.«

Ich werfe mich weg. Tims Gleitcreme. Die braucht er doch für die Kater. Sonja liegt mir im Arm. Ich bekomme kaum noch Luft. Mein Bauch tut weh vor Lachen. Hysterisch?

»Du hast sie in den Po gef...«, platzt es aus Nicole heraus. Ich unterbreche sie zischend und muss wieder lachen. In den Po, so ein Quatsch. Da kann man sich doch gar nicht fortpflanzen. Wer die Pille nicht nimmt, muss sich eben in den Hintern ficken lassen. Hat Michael nicht von seiner türkischen Freundin erzählt, die es von ihm, um ihr Jungfernhäutchen zu schonen, nur in den Arsch wollte?

»Weil wir beide es wollten«, wirft Sonja ernst hinterher, wie zur Rechtfertigung. Ich schnappe keuchend nach Luft. Vor Hysterie glüht mein Gesicht. Warum hab ich gelacht?

»Wie war es?«

Sonjas Haare kitzeln mich im Gesicht. Ob sie lächelt? »Viel besser als mit Tim.«

Mist. Beim nächsten Mal darf ich mir nicht so viel Mühe geben. Mein Unterbewusstsein zwingt mich zu einer näheren Beschreibung: »So tief war ich in ihr.«

Mit beiden Händen demonstriere ich die Länge, so wie ein Angler seinen Fang beschreibt. So tief in ihrem Hintern, in ihrem Bauch, ihrem Körper.

Sie beugt sich zu mir und flüstert mir ins Ohr: »Und du bist nicht zu groß, glaub mir.«

Was nicht zu groß ist, richtet sich gerade in meiner Hose auf.

Ob ich ihre Titten jetzt anfassen darf? Hier, vor den Augen der Anderen? Meine Hand schleicht sich unter ihr Shirt. Seidige Haut spannt sich über erregend echten Rippen.

»Siehst du? Die sind nicht einmal zwei Tage zusammen und machen das.«

»Na und? Das ist doch ihre Sache. Warum muss ich mitmachen?«

»Weil ich das auch mal machen will.« Hat sie doch schon. Mit mir. Gestern Abend. Hoffentlich habe ich das nur gedacht. Keine

Reaktion ist eine Reaktion ist ein Zeichen für Gedankenstille. Gibt es das Wort?

»Ich will darüber jetzt nicht reden. Nicht, wenn Sonja und Sven dabei sind.«

»Du bist doch sonst nicht so. Vorgestern am Strand? Und ich hab geträumt…«, beginnt Sonja und ich drücke ihre Hand einmal ganz fest, weil mir der Schweiß ausbricht und mein Zwerchfell flattert wie eine Fahne bei Sturm. Sie versteht sofort. »…dass Sven und ich in der Öffentlichkeit nackt herumlaufen.«

»Oh, das ist ja auch immer noch meine Fantasie. Aber Bastian ist ja so prüde.«

»Ich bin überhaupt nicht prüde.«

»Natürlich bist du das. Oder würdest du dir jetzt und hier einen runterholen lassen?«

»Ach Nicole, das hatten wir doch schon.«

»Komm, es ist dunkel.«

Tatsächlich ist es nicht nur dunkel, wir sind auch unter uns. Die nächsten Zelte sind weit weg, und Licht haben wir auch keines. Nur der volle Mond lugt durch die Pinien, die ihre blauen Schatten kreuz und quer über die Zelte werfen.

Von den Lampions und Lichtern vor der Disco, am Tennisplatz und über dem großen Platz sickert Streulicht. Ohne Vorwarnung greift Nicole ihrem Freund an die Hose. Sonjas Hand ist ebenso schnell in meinem Schritt. Wir sehen uns um. Niemand in der Nähe.

»Warst du danach noch mal unter der Dusche?«, flüstert Sonja verschämt. Ich nicke. Sie benutzt beide Hände, unterdrückt einen Schluckauf und kichert, als ich den Bund ihrer Hose überwinde. Wir beißen uns in die Köpfe. Sie schmeckt nach Bier und Rauch.

Ungewohnt, mit der linken Hand in Sonjas Hose zu agieren. Doch da sie den Schneidersitz eingenommen hat, fällt mir die Penetration besonders leicht.

Uns gegenüber sitzen Nicole und Bastian wie ein Spiegelbild. Ihre Hand an seinem Schwanz, seine Finger in ihrer Hose. Ob Bastian glasige Augen hat, kann ich in der Dunkelheit nicht erkennen. Eindeutige, rhythmische Bewegungen in seinem Schoß. Nicole seufzt.

Es ist wie im Nachtzug von Madrid nach Lissabon. Nicht einmal eine Woche her und doch so fern. Nur diesmal haben wir unsere Hände an unserem Nachbarn, diesmal ist die Scham viel geringer, der Widerstand kleiner. Weder Sonjas Nähe stört mich, noch die von Bastian oder Nicole.

Halbnackt unter knarrenden Pinien ist kaum etwas von der Intimsphäre bei der Selbstbefriedigung geblieben, die mir zuvor so wichtig war. Teilen wir die Lust oder vergrößern wir sie durch das Zusehen?

Ist die Folge dieser Grenzüberschreitung eine neue Freiheit oder die Abwesenheit jeglicher Vernunft? Wie in der erotischen Kurzgeschichte, die ich als Wichsvorlage nahm, seitdem ich das Buch mit den erotischen Geschichten bei meinem Vater im Schrank gefunden habe.

Die fiktive Geschichte über ein Land im Himalaya namens Coithà, in dem öffentlicher Sex nicht nur erlaubt sondern vorgeschrieben, Kleidung verpönt und sexuelle Zurückhaltung unbekannt waren. Sonja presst ihre Lust aus den Lungen, so dass sie sich ein wenig anhört wie eine weinende Katze.

Natürlich, das liegt nahe.

Nicole und Bastian streiten sich über die richtige Technik beim Wichsen. Zu viele Finger, zu harter Griff, zu schnelle Bewegungen, zu wenig Sensibilität. Die machen sich das Leben auch schwer.

Sonja macht ihre Sache gut, doch ich habe Lust auf mehr. Ob ich ihr das sagen kann? Knie dich hin, hier draußen, damit ich dich von hinten ficken kann. Ihre Nippel sind aufgerichtet, ihr Stöhnen wird heftiger. Auch von gegenüber höre ich mehr.

»Heb doch mal dein T-Shirt hoch, Sonja«, presst Nicole hervor. Sonja, mit offenem Mund und einer wippenden Haarsträhne vor den Augen, sagt atemlos: »Wer, ich?«

»Ja, mach mal«, sagt Nicole. Sonja sieht sich um und schüttelt den Kopf. Das erledige ich für sie. Ich lupfe das Shirt. Der rechte

Nippel blitzt auf perfektem Rund. Sonja kreischt auf, lacht, Nicoles Augen weiten sich, Bastian knurrt: »Oha.«

»Idiot«, faucht Nicole und beugt sich schnell über seinen Schoß.

»Los, ins Zelt«, flüstere ich, löse Sonjas Hände von meinem Schwanz, ziehe die Shorts hoch und stehe auf. In weniger als einer halben Minute haben wir den fluchenden Bastian und die schluckende Nicole hinter uns gelassen, den Reißverschluss knarrend zu- und uns ausgezogen.

Schlingen die Arme umeinander. Flüstern zärtliche Worte. Geben unseren Händen und Fingern alle Freiheiten. Spreizt die Beine. Strecke meine Zunge in glitschige Feuchtigkeit. Drehe mich um. Spüre ihren Mund an meinem Schwanz. 69. Eine Zahl bekommt ein Gesicht. Wie auf Video. Wie im Buch. Zuckend und schmatzend, keuchend und forschend.

Sie zieht die Beine dennoch an und kniet sich vor mich. Mit ein bisschen Spucke überwindet mein Mittelfinger den Widerstand. Sonja quiekt wie ein Ferkel, ihre Titten wackeln. Ihr Hintern klatscht an meinen Bauch.

»Noch mal in den Po?«, keucht Sonja hinter mir, unter mir. Natürlich. Es klingt nicht wie eine Frage, eher wie eine Aufforderung. Doch ich kann die Tube in Tims Kulturbeutel nicht mehr finden. Mein Schwanz baumelt hart und geil und wie selbstverständlich vor meinem Bauch.

»Wer weiß, was er vorhat«, sage ich enttäuscht.

»Ich weiß es. Aber nicht mit mir.«

Ich lege mich auf sie und dringe in sie ein. Sie reißt die Augen auf. Ihre Lippen sind weich und fest zugleich, ihre Zunge flink. Wenn ich sie küsse, vergesse ich zu stoßen.

»Du hast mich ja heute schon in den Po, ist doch nicht schlimm, oder?«

»Stört dich das gar nicht, dass Tim so beliebig ist?«

»Ich hab doch jetzt dich«, sagt sie. Hat mich. Für danach. Für Dabbergost. Meine Stöße werden mechanisch, nüchtern. Ich muss nicht an das denken, was danach kommt, weil sie es bereits getan hat.

Unerträglich niedlich lächelt sie mich an, strahlt sie zu mir hoch. Ich bin nicht der nette Sven, der Retter von Witwen und Waisen, der Freund aller katholischen Kleinstadtmädchen. Ich bin nichts. Die schroffen Felsen, die gezählten Sandkörner sind wieder da.

Wie am Ende des Pornos auf der VHS-Kassette, wenn der zuvor aufgezeichnete Film mit dem Logo des Fernsehsenders in der rechten, oberen Ecke wieder zum Vorschein kommt. Mit Halbbildern, buntem Rauschen und schwarzweißen Streifen.

Sie kommt vor mir. Plötzlich und mit ihrem Katzenjammern. Ich ziehe mich zurück, klettere auf sie und hocke mich auf ihre Brust. Danach. Scheiß auf danach.

Ich stecke meinen Schwanz zwischen ihre Titten. Sie presst sie zusammen. Zwei, drei Bewegungen. Dabbergost ist rauer als Felsen. Sie macht den Mund auf, schnappt nach der Eichel. Ich beuge mich über sie und schiebe ihr den harten Schaft zwischen die Lippen. Die glatte Zeltwand bietet keinen Halt.

Wie viele Sandkörner liegen am Strand der Algarve? Wie viele in meinem Schlafsack? Meine Knie neben ihrem Kopf. Ich rutsche, sie lutscht meine Hoden ohne Protest, ohne Zögern macht sie, was ich will. Nimmt den Schwanz tief in den Mund, tiefer, so tief es geht.

Ich will nicht zählen.

Davon wird man wahnsinnig. Und dann lutscht sie nicht mehr, dann ficke ich ihren Mund wie eine Möse. Ich will diesen zu hübschen, kleinen Körper besitzen, dieses niedliche Gesicht ficken. Sie ist zu süß, zu niedlich, zu brav, zu nett.

Ich hasse und liebe sie zugleich für diese Niedlichkeit, so wie man einen kleinen Hund aus Niedlichkeit fast erdrücken möchte.

Ihr Röcheln ist überraschend klar.

»Vorsicht«, keucht sie um Atem ringend und lächelt arglos. Viel zu arglos. Ich ficke sie wie in den Pornos, und sie denkt, ich würde sie lieben.

Bist du ein Arschloch, Sven? Bist du ein Arschloch?

Sie wichst mein hartes Rohr, lutscht und bläst und nach wenigen Sekunden ist es so weit. Der erste Spritzer landet direkt in ihrem offenen Mund und schlägt an ihren Gaumen.

Für den zweiten Treffer drücke ich die harte Stange nicht weit genug nach unten, und die Ladung jagt Sonja quer über das Gesicht, um am Ende der Stirn in ihrem Haar zu landen. Danach quillt mein Sperma nur noch auf ihre Zunge.

Sonja leckt, schluckt und freut sich darüber. Ich hebe mein Bein über ihren Kopf und rolle mich neben ihr auf Michaels speckigen Schlafsack, in dem bestimmt ein Kilogramm Sand verteilt ist. Stört ihn das nicht?

Ihre klebrige, verschwitzte Haut an meinem Körper. Ihr Atmen. Ihre streichelnde Hand auf meiner Brust. Ihre Küsse. Sie riecht nach Sperma. Es ist kein Porno, es ist Wirklichkeit. Und was du machst, lieber Sven, ist falsch, ist so dreckig und unerträglich, dass es dich um den Verstand bringt, wenn du nicht aufhörst.

Bring die Sache mit Sonja zu einem Ende. Zählen macht wahnsinnig und Sex ohne Gefühl ist dreckig. Sex ohne Gefühl ist für Menschen ohne Gewissen, für Triebgesteuerte, für jemanden wie deinen Vater. Oh Gott, ich bin wie mein Vater. Ich rolle mich zusammen.

Was ist deine Fantasie?

Nach Norden in Richtung Heimat zu fahren, dieselbe Strecke wie eine Woche zuvor zu nehmen, ist wie das vorweggenommene Ende. Jetzt geht es nur noch zurück. Knapp mehr als die Hälfte des Urlaubs ist um und du hast das Gefühl, dass es bereits vorbei ist. Du hast nicht mehr zwei Wochen vor dir – du hast zwei Wochen hinter dir. Der Schluss ist alles, woran du denken kannst. Ab jetzt ist es immer kurz vor Schluss.

1.

Rückfahrt ist ein zerknitterter Zettel in Tims Hosentasche mit den Abfahrtszeiten des lächerlichen Bummelzugs nach Lissabon, der IC genannt wird. Ich spüre Erleichterung, dass er daran gedacht hat. Wenigstens einer.

Auf Sonja ist kein Verlass, Nicole hat den Überblick total verloren. Rückfahrt, sagt sie und hä, über Lissabon? Mit ihr über die Planung zu reden ist wie der Versuch, einer Kuh das Fliegen beizubringen.

Im Shuttle der sehnsüchtige Blick auf das dunkelblaue Meer. Warum bleiben wir nicht? Sonja sitzt weit weg. Ich bin allein, obwohl Bastian neben mir kauert. Allein. Ich beiße mir die Haut von den Fingern, kaue mir die Nägel blutig.

Der IC ist voll besetzt. Sonja fängt an zu heulen, weil Portugiesen mit dem Reservierungssystem nicht zurechtkommen und auf unseren Plätzen sitzen. Sie wird immer dünnhäutiger.

Warum kann sie Tim nicht vergessen? Warum entfernt sie sich? Waren wir uns nicht schon viel näher? Gel auf einem steifen Schwanz, über die ganze Länge, der gefühllos penetriert.

Vor dem Fenster rauscht trockenes Portugal vorbei. In Lissabon kein Schlafwagen nach Madrid, stattdessen Sitze in einem Achterabteil. Ich versuche, mit dem Mann hinter dem Schalter Englisch zu sprechen, aber ich finde nicht die passenden Worte. Es ist, als habe ich alles vergessen, als sei Englisch eine fremde Sprache geworden.

Tim trägt seinen Gips mit Trotz. Natürlich. Träumte ich, er habe ihn abgemacht? Er muss ihn noch einen Monat tragen. Kartenspiel auf dem Bahnhof. Sonja zieht ihren Pullover über den Kopf.

Der Zug schwankt, und ich bin allein. Madrid. Wir waren schon in Madrid. Danach Barcelona. Tim will nach Sevilla. Wir nicht. Michael könnte es sich vorstellen. Im Sitzen schläft es sich schlecht. Sevilla. Sonja. Gleitgel und steifer Schwanz. Warum passt es nicht? Mir fehlt ihre Bratkartoffel. Am Ende muss sich jeder **ohne**, dass ma*cht kein ab*er. Hier sind doch, nicht wahr? Zuber.

Senkrecht sitze ich im Schlafsack. Mein Herz klopft. Ich schmecke Panik auf der Zunge. Aus der Nacht nehme ich ein hohles Gefühl mit in die Wirklichkeit. Es ist hell im Zelt. Die Sonne brennt gelbe Flecken in das Dach. Unter meiner Brust sehe ich das Herz schlagen, spüre zwischen meinen Beinen eine harte Erektion.

Hart ist der Zahn der Bisamratte, doch schärfer ist die Morgenlatte. Habe ich von Erektionen geträumt? Von harten Schwänzen mit Gleitgel darauf? Oder war das die Erinnerung an einen Traum aus einer früheren Nacht? Morgenlatte.

Langsam hasse ich diese intensiven Träume, in denen ich vergesse, dass ich schlafe. Aber tut man das nicht immer? Ist jeder Traum eine Einheit, aus der das Bewusstsein nicht entkommen kann? Klartraum, oder wie heißen die Träume, in denen man sich bewusst wird, dass man sich nicht in der Realität befindet?

2.

Hart ist der Zahn der Bisamratte. An diesen Spruch habe ich lange nicht mehr gedacht. Seltsam, wie manche Nächte verschüttete Erinnerung freilegen können.

Neben mir liegt Sonja, Kopf auf die Seite gedreht, bäuchlings in Michaels weit geöffnetem Schlafsack, der eine nackte Schulter entblößt, einen Arm, viel Rücken und ihren Po mit den beiden Grübchen links und rechts vom Steißbein.

Ihr Mund steht offen. Im Gesicht braunes Haar, das knapp über der Stirn verklebt ist. Schlaffalten. Sie schmatzt, wischt sich eine Strähne von der Nase.

Auf meinem Kinn kratzen Stoppel. Was war gestern mein letzter Gedanke? Sex? Kätzchen. Nein. Anal, Pornos, von hinten, in den Mund spritzen, Distanz, Vater. Aus dem Nebel der Gedanken schält sich die Erinnerung. Ich bin wie mein Vater. Sex ohne Liebe.

Mein Schlafsack wird mir zu warm. Beim Öffnen knarrt der Verschluss. Hart ist der Zahn der Bisamratte und was härter ist, sieht gut aus. Ich greife zu. Ob es am Traum von letzter Nacht liegt, an der Reibung des Stoffes im Schlafsack oder daran, dass ich pinkeln muss, ist mir egal.

Es fühlt sich gut an. Bin ich eben wie mein Vater. Erst die Lust, dann die Liebe. Meine Mutter war nicht die Frau für ihn, und Sonja ist nicht die Frau für mich.

Das Kribbeln im Körper wird stärker, das Jucken breitet sich über die Lenden aus. Im Takt raschelt der Schlafsack. Sonjas Po, Rücken, Schulter, Arm, Brüste, Lippen, die offenen Augen. Oh, Fuck.

»Guten Morgen«, sagt sie leise. Mir schießt das Blut in den Kopf, ich werfe den Schlafsack über nackte Tatsachen. Scham ist ein noch nicht abtrainierter Instinkt. Sonja sieht das anders und streckt die Hand aus.

»Ist okay.« Ihre Finger berühren meinen Ellenbogen. Mit einer raschen Bewegung klappt sie den Schlafsack auf. Zieh was an, Mädchen, zum Beispiel die Beine. Hart ist der Zahn der Bisamratte.

»Lass mich das machen«, sagt sie, beugt sich vor und greift zu. Doch härter ist die Morgenlatte. Ihre Finger sind fest und traumhaft sicher.

Zeitgleich drängt sie mir ihre Lippen auf den Mund. Sie schmeckt nach einer langen Nacht. Meine linke Hand gleitet ihren Rücken hinab auf ihren Hintern, der Mittelfinger findet den Spalt zwischen den Hälften. Sie seufzt zitternd in meinen Mund.

Jetzt ficken.

Jetzt Erlösung zwischen ihren Schenkeln finden.

Die andere Hand zwängt sich über ihre Titten zwischen uns nach unten und entdeckt glitschige Feuchtigkeit. Sonja erschauert, stöhnt auf, nicht lustvoll, sondern wie in einer Notsituation. Schmatzend lösen sich unsere Lippen. Sag kein Wort von Liebe, bitte nicht. Fick einfach nur mit mir.

»Warte. Ich muss nur rasch Pipi machen, die Blase drückt.«

Das ist in etwa so aufregend wie ihr Kotzen vor zwei Tagen. Sonja macht eine letzte rasche Bewegung mit ihrer Hand. Wieso kann sie das so gut? Dann schlüpft sie in ihr T-Shirt. Mein Schwanz vermisst ihre Finger sofort. Als sie ihre Hose sucht wirkt sie besonders verschlafen. Ist die Erregung am Morgen typisch Mann?

»Bin gleich wieder da«, sagt sie verschwindet wie ein Geist aus dem Zelt.

Ich sinke zurück auf die harte Isomatte und greife nach meiner Morgenlatte. Wie geil ist das denn? Ob sie sich wieder hinkniet? Die Vorfreude macht mich härter. Sähe mein Schwanz nur ein wenig mehr wie der von Michael aus, verzichtete ich gerne auf zwei Zentimeter.

Ich wichse mich an den Höhepunkt heran, was mir nicht schwer fällt, wenn ich an Sonjas Hintern denke, als es vor dem Zelt raschelt. Geht aber schnell. Ob sie es doof findet, mich hier mit der Hand am Schwanz vorzufinden? Und wenn schon. Sie kann ja jederzeit wieder zu Tim zurück.

Der Reißverschluss knarrt. Vielleicht bläst sie mir ja auch erst einen. Ich rolle die Vorhaut mit drei Fingern zurück. Und dann steckt Michael den Kopf in das Zelt.

»Oh, Scheiße«, zische ich und greife nach dem Schlafsack. Leider liege ich drauf. Ich zerre und ziehe. Michael erstarrt für den

Bruchteil einer Sekunde. Seine Augen bleiben haften. »Ah, Herr Long Dong Silver bereitet sich aufs Poppen vor.«

»Tschuldigung«, sage ich und finde ein Stück Schlafsack, mit dem ich das meiste verdecke. Michael zwängt sich ins Zelt. Wir grinsen uns an.

»Hast Sonja erwartet, was?«

»Nein, Michael, ich habe gehofft, dass du es bist.«

»Svenni, das ist lieb, aber ich will nur mein Duschzeug holen.«

Er greift in eine Ecke des Zeltes und bringt seinen Beutel zum Vorschein. Was er wohl gemacht hat in der letzten Nacht? Frag doch.

»Und? Gefällt Sonja dein langes Ding? Davon hat sie doch geträumt, als sie mit Tim zusammen war.«

Zwei Zentimeter weniger wären auch okay. Zwei Zentimeter für eine perfekte Form.

»Michael. Als käme es auf die Länge an.«

»Ach nein?«

Mein Herz schlägt bis zum Hals. Ich winde mich auf dem Schlafsack. Kannst du ihm das sagen, was du schon vor Tagen loswerden wolltest? Kannst du es sagen? Du kannst es.

»Ich finde deinen Schwanz viel besser. Der zeigt nach oben.«

Michael hockt sich vor den Eingang. Er trägt nur ein T-Shirt und seine Boxershorts. Besonders gut sieht er heute aus. Unrasiert, dunkle Bartschatten im Gesicht, so wie ich mir die französischen Jungen in meinem Buch vorstelle, zu dem ich immer wichse.

»Und deiner nicht?«

»Meiner nicht.«

»Zeig mal.«

»Hast du doch schon gesehen.«

»Ist mir nicht aufgefallen.«

Er greift nach dem Schlafsack. Viel Widerstand leiste ich nicht. Allerdings ist die Erektion nicht mehr vollständig.

»Ich weiß nicht, was du meinst. Der ist viel zu schlaff, um das zu beurteilen.«

Was ist schon dabei? Wir haben schon voreinander gewichst. Wir haben schon alles gesehen. Das macht jetzt auch keinen Unterschied mehr. Ich greife zu und mache ein paar Streiche. Es dauert nicht lange, und mir steht er wieder wie eine Eins.

Oder besser, wie eine krumme Zwei. Beim Hinknien stößt mein Kopf gegen das Zeltdach. Michael starrt mir auf den Schwanz.

»Siehst du? Der ist nach unten gebogen. Und wenn ich ihn loslasse, bleibt er in der Waagerechten. Bei dir steht der perfekt.«

»Quatsch.«

Jetzt kniet auch er sich hin, zieht die Hose herunter und befreit seinen Penis. Ich bin verblüfft. Zum Vorschein kommt keine schlaffe Nudel, sondern ein harter Knochen. Wie sehen die Jungs im Buch aus?

Die sehen nicht aus, die sind nur Schwanz, nur Lust, nur lecken und ficken. Die haben kein Gesicht. Nur einen Schwanz, der fast im 45°-Winkel nach oben gebogen ist, mit hervorstehenden Adern, die Vorhaut so glatt zurückgerollt, dass sie keine Wulst unter der Eichel bildet wie bei mir.

Mein Steifer wird noch härter. »Verstehst du, was ich meine?«

Michael starrt auf das Ding in meiner Hand und greift ebenfalls zu. Lust und Scham schließen sich nicht aus. Scham ist nur der Riegel an der Tür, hinter der sich alles verbirgt, was glücklich macht.

»Und? Was hast du gemacht gestern Nacht?«

»Nur Lutschi-Lutschi und ficki-ficki in den Hintern«, sagt er mit einem Ton, der knapp an der Ironie vorbeischrammt. Soll ich ihm das glauben?

»Ehrlich? Und mit wem?«

Er übergeht meine Frage mit einem Grinsen. »Und du? Hast du sie auch schon in den Arsch gefickt?«

Wieder überrascht mich, wie direkt er das fragt. »Klar.«

»Ich hab doch gesagt, die hat es faustdick hinter den Ohren. Gefällt es ihr?«

»Total.«

»Und dir?«

»Ich kann mich nicht beschweren.«

»Ich finde es bloß ein wenig abtörnend, dass sie immer vorher auf Klo muss.«

Michael winkt ab. »Ist ja gar nicht immer nötig. Wenn sie nicht gerade wirklich muss, reicht ordentlich Gleitgel, und dann passt das. Anal ist einfach cool. Ich hoffe, du hast ihr auch in den Arsch gespritzt.«

Es raschelt vor dem Zelt. Wie aus einer Trance erwacht merke ich, dass wir gewichst haben - ich meinen krummen Schwanz und er seinen perfekten. Wie damals, mit Stefan im Ferienlager, auf der Lichtung. Sonja steckt den Kopf ins Zelt. Ihr entfährt ein erschrockener Aufschrei, kurz, trocken. Michael zuckt erst jetzt zusammen.

»Was macht ihr denn da?«

»Wir warten auf dich«, sagt Michael trocken und zieht die Hose hoch, um mir nach einem raschen Griff zu seinem Kulturbeutel zuzuzwinkern und aus dem Zelt zu verschwinden. Sonja lächelt hinter vorgehaltener Hand. »Was war das denn?«

»Wir haben nur verglichen?«

»Und was ist das Ergebnis?«

Sonja schließt den Eingang. Ich zucke mit den Schultern. »Er hat einen viel schöneren Schwanz.«

Sie zieht den Schlafsack von meinen Hüften. »Na und?«, fragt sie ernst. Na und? Sie sieht es auch so. Dann blas mir wenigstens einen, fass ihn an, lass uns ficken. Jetzt.

Doch sie guckt mich nur noch ernster an.

»Wie geht es jetzt weiter? Ich meine mit uns.«

»Also stellen wir uns doch die Frage nach dem Danach?«

»Wäre es dir lieber, wenn es keines gäbe?«

Fangfrage. Sand knirscht zwischen meinen Zähnen. Mir ist heiß.

»Nein, das nicht. Lass uns sehen, was kommt, wenn es da ist, okay?«

Sonja blickt mich noch immer ernst an.

»Und bis dahin?«

»Worauf hast du Lust?«

Sag Sex, sag ficken, sagen Hemmungslosigkeit, nur sag eines nicht: Liebe.

»Mir hat es gefallen, was wir bislang gemacht haben.«

»Alles?«

»Alles. Und ich finde, wir können da weiter machen. Was uns einfällt.«

»Ich kann mir vieles vorstellen.«

»Ich mach alles, was du willst.«

Kein Wort von Liebe. Halleluja. Die Sonne strahlt mir ins Gesicht. Keine Liebe, kein Dabbergost, keine Hochzeit, nur Sex. Ich bin im Paradies. Sandkörner sind wieder zum Liegen da, Felsen zum ansehen. Es gibt kein Danach, kein Hinterher, kein Übermorgen.

Was auch immer mit den Kätzchen passiert – es kann mir egal sein. Ich könnte heulen, könnte jubeln, könnte mir vor Erleichterung das Gesicht zerkratzen.

»Aber du darfst mich nicht verachten, okay?«

Ich schüttele erleichtert den Kopf. »Warum sollte ich dich verachten? Geht doch nur um Sex, nicht um Diebstahl, Betrug oder Raubmord, um nur einige Sachen zu nennen, die schlimmer wären.«

Wir küssen uns, und sie schmeckt nicht mehr nach der letzten Nacht, und ihre Hände sind an mir, und meine Finger sind in ihren Shorts, in ihr, glitschig, zwei, drei, und sie flüstert mir etwas ins Ohr, das ich nicht ganz verstehe. War es »Fick mich.« oder »Ich lieb dich.«

Sie drückt mich nach hinten, zieht sich keuchend das T-Shirt über den Kopf, schlüpft aus ihren Shorts, wichst meinen Schwanz und pfählt sich. Meine Hände greifen ihre Titten, sie reitet mich, stöhnt. Ihr Schamhaar reibt an meinem Bauch, meine Hände flattern über ihren Rücken, hin zu den Pobacken, packen sie und heben sie.

Ihre Titten hängen vor meinen Augen. Dahinter ihr flacher Bauch, der Nabel, das dunkle Schamhaar und mein harter Schwanz, den ihr Rhythmus wie einen Schattenriss zwischen ihren

Schenkeln freilegt. Wortlos befeuchte ich einen Finger. Widerstand zwecklos. Sie zuckt nicht einmal zusammen.

»Oh, mein Gott«, flüstert sie zwischen meinen Stößen. »Ich hab mich nicht getraut, zu fragen.«

Ihr Hintern ist fest. Bis über den zweiten Knöchel schiebe ich den Finger in die enge Öffnung.

Sie jammert, seufzt, beißt mir in die Unterlippe, stöhnt abgehackt. Ihre harten Nippel bohren sich in meine Brust.

»Gefällt dir das?«, keuche ich. Ein Speichelfaden spannt sich zwischen unseren Lippen. Sonja verdreht die halb geöffneten Augen. »Ja, beweg ihn mal, bitte.«

Ich lasse den Finger zappeln. Sonja röchelt. Nicole kichert, Bastian nölt verlegen und Tim sagt spöttisch: »Sag Bescheid, wenn dir der Finger nicht mehr reicht.«

Aufgeschreckt wie ein Reh auf der Wiese greift Sonja, die sich schneller von mir herunterrollt als ich Coitus Interruptus keuchen kann, noch in der Drehung nach Michaels Schlafsack. Für meine Blöße gibt es keinen Schutz. Egal. Mein Blick fällt auf meine Freunde im Eingang, auf Tims und Nicoles Grinsen und Bastians Schulter. Der Reißverschluss hat nicht geknarrt, oder haben wir ihn nur nicht gehört?

»Arschlöcher«, ruft Sonja schrill. »Raus mit euch.« Tim lacht, Nicole beugt sich ins Zelt und greift nach Sonjas Beinen unter dem Schlafsack. »Och, Sonja, ist doch nicht schlimm. Sah echt gut aus.«

»Haut ab. Ihr seid so, so... ihr habt mich erschreckt.«

Bastians Stimme kommt aus dem Off. »Tut mir leid, aber das war Nicoles Idee.«

Noch immer spöttisch lässt Tim seine Augen von Sonja zu mir und zurück wandern. »Lasst euch nicht weiter stören.«

»Verpisst euch«, faucht Sonja, noch immer mit dem Schlafsack vor der Brust. Mein Schwanz fällt wippend auf halbe Größe zusammen.

»Komm, gehen wir«, brummt Bastian, und Nicole, halb im Zelt, halb davor, lässt sich nur widerwillig davon überzeugen, uns alleine zu lassen. Ritsch, ratsch, der Reißverschluss.

»Wir müssen los«, ruft Tim noch von draußen. »Der Zug geht in zwei Stunden.«

Zurück bleiben ungestillte Lust und eine schmollende Sonja, die mich eng umschlungen hält und mir etwas ins Ohr flüstert, das ich nicht verstehe. Etwas, das sich viel zu sehr nach Sandkörnern und schroffen Felsen anhört.

3.

Tim freut sich sichtlich darüber, seinen rechten Arm benutzen zu können, während wir das Zelt zusammenrollen und in der Hülle verstauen. Sein langes Haar, das ihm immer wieder ins Gesicht hängt, wischt er beinahe lustvoll hinters Ohr. Michael sollte uns eigentlich die Heringe reichen, aber der liegt längst rauchend unter einer Pinie.

»So, ihr seid also zusammen?«

»Du wolltest ja nicht.«

»Bist du also nur zweite Wahl?«

Ich starre ihn an. So habe ich das noch nicht gesehen. »Wohl eher die bessere Wahl, was?«

Tim lächelt süffisant. »Hast du dich mal gefragt, warum sie erst so tut, als sei sie nicht an Sex interessiert und schließlich alle Hemmungen verliert?«

»Aus Liebe?«

»Meinst du? Dann liebt sie dich also?«

Liebe. Hochzeit. Dabbergost. Soll sie sich doch aus Liebe von mir ficken lassen. In den Schuppen kommt sie trotzdem. Ich klopfe den letzten rötlichen Staub vom Zeltboden. »Und was ist daran so schlimm?«

Außer dem Fakt, dass ich mit Liebe nicht umgehen kann? Außer dem Gespräch nach der Tour, in dem ich Sonja sagen muss, wie sehr diese Beziehung auf mir lastet, wie wenig wir zusammen passen, dass wir uns leider trennen müssen?

»Wenn sie alles aus Liebe machen würde, hätte ich leichtes Spiel gehabt. Aber Frauen ticken nicht so. Das ist nicht nur Liebe. Sonst wäre sie zu Michael und mir ins Zimmer gekommen und hätte sich von uns beiden Mal so richtig durchficken lassen.«

»Tja, dann liebt sie dich eben nicht mehr.«

»Davon kannst du ausgehen, die hasst mich jetzt, die hasst mich abgrundtief.«

»Na und?«

Tim schürzt die Lippen. Die Haut an seinem Unterarm leuchtet weiß. Ob es ihn dort juckt? Sonja war der Gips, und den ist er jetzt los. Jetzt kann er sich kratzen. Er weiß mehr, als er bisher erzählt hat.

»Ich tippe auf Borderline-Syndrom.«

Borderline hab ich schon mal gehört. Hat Tim nicht in Paris über sie gesagt? Aber ritzen die sich nicht die Arme auf?

»Das heißt?«

»Sie ist emotional instabil, neigt zu Extremen, hat ihre Emotionen nicht wirklich unter Kontrolle und große Angst davor, verlassen zu werden. Kannst du dich an den Film ‚Eine verhängnisvolle Affäre' erinnern?«

»Mit Glenn Close und Michael Douglas?«

»Die Frau hat sich verliebt und konnte nicht ertragen, dass der Mann nichts von ihr wollte.«

»Na und?«

»Denk an den Hasen im Kochtopf.«

Der Strand ist 100 Kilometer lang, und du hast zwei Tage Zeit, die Sandkörner zu zählen. Um mich herum verschwinden die Geräusche. Ich höre nur noch meinen eigenen Herzschlag. Der Hase im Kochtopf, doch nicht Sonja ist der Hase – ich bin es.

Es hat also einen Grund, warum sie im Schuppen war, einen Grund dafür, warum Sonja so ist. Ich bin der Hase im Kochtopf. Liebe. Dabbergost, Heirat, Schluss. Ich bin verloren. »Das ist nicht wahr, oder?«

Tim verknotet das Band um die Zeltbahnen. Vorsichtig schiele ich zu Bastian, Nicole und Sonja hinüber, die mit dem Abbau ebenfalls fast fertig sind. Nur wir fahren, so kommt es mir zumindest vor, nur wir brechen beim besten Wetter auf, lassen Meer und Strand und Sonne hinter uns. Die anderen Interrailer bleiben.

»Du darfst nur nicht Schluss machen nach der Tour. Dann hast du nichts zu befürchten.«

Ich lach mich weg. Dabbergost. Heirat. Schluss. Sonja bis an mein Lebensende. Die dumme Nuss lächelt unschuldig zu mir herüber wie ein kleines Mädchen. Borderline. Alle scharfen Gegenstände müssen weg, zu ihrem und zu meinem Schutz.

Ich halte den Sack für das Zelt auf, Bastian stopft es hinein und zieht den Reißverschluss zu. Wo sind die Heringe? Michael blinzelt zufrieden durch die Bäume in den blauen Himmel, einen Arm hinter dem Kopf, in der anderen Hand die Zigarette.

»Das heißt aber auch, dass sie alles macht, was du von ihr verlangst, aus Angst, dich zu verlieren. Aber nur, solange sie dich liebt.«

»Na toll. Ich kann mit ihr meine Sexfantasien ausleben. Für den Rest meines Lebens.«

»Ich glaube, dass sie trotzdem Grenzen hat. Du musst sie so sehr abschrecken, dass sie dich freiwillig verlässt. Bei mir hat es auch geklappt.«

»Und wie soll ich das machen?«

Das zweite Zelt ist ebenfalls verpackt. Wie ein Sandsturm am Horizont löst sich Sonja aus der Gruppe und nähert sich mit wiegenden Hüften.

»Was mag sie anscheinend überhaupt nicht?«

»Du meinst beim Sex?«

»Vielleicht sollte ich eher fragen ‚Wen mag sie überhaupt nicht?'.«

Sonja ist in Hörweite. Ich könnte sie fragen, doch ihr Blick auf Tim gibt mir die Antwort. Ist das die Lösung? Es ist meine einzige Chance.

4.

Keine Abteile in der Regionalbahn, und auf unseren Plätzen sitzen vier Portugiesen ohne Englischkenntnisse. Ein kleines Mädchen, ein kleiner Junge und ein altes Ehepaar. Sie weigern sich, die Plätze freizugeben.

Woher kommt diese Ignoranz? Irgendwann sehen sie auf ihre Platzkarten. Bauern, die noch nie mit dem Zug gefahren sind. Sie entschuldigen sich lächelnd und zeigen dabei hässlich braune Zähne.

Das kleine Mädchen, das anscheinend mit ihren Großeltern unterwegs ist, bricht beim Ortswechsel ans andere Ende des Wagens in Tränen aus. Der Junge guckt erschrocken und versteht noch weniger.

Uns egal. Jetzt haben wir alle Platz. Vier auf der einen Seite des Ganges, zwei auf der anderen. Sonja hält meine Hand in ihrer wie in einem Schraubstock, reibt meine Finger, sieht mich ständig von der Seite an, will knutschen.

Der Zug ist beinahe voll besetzt, doch ich sehe keine anderen Interrailer. An offenen Fenstern knattert die Luft, Klimaanlage unbekannt. Ab und zu tobt ein Kind durch den Mittelgang zwischen den Sitzreihen, im Schlepptau eine gelassene, zeternde oder lachende Mutter.

Auf dem Weg zurück zum Bahnhof haben wir alle sehnsüchtig aufs Meer geblickt, auf den blassblauen Streifen am Horizont, die ockerfarbenen Felsen, das staubige Grün an der Steilküste hinter den Fensterscheiben.

Vorbei, keine Algarve mehr, keine Abkühlung von der überhitzten Großstadt, kein Rauschen der Brandung. Ab sofort nur noch Abgase, Straßenlärm, Häuserschluchten und Menschenmassen auf glühendem Asphalt.

Wir reden über Lissabon, Madrid und Arcachon, über Paris und Brüssel. Die Dünen, Manneken Pis, das Grab von Jim Morrison, Versailles, Hieronymous Bosch im Prado.

Ziehen wir nostalgisch Bilanz oder knüpfen wir die Bande fester? Immer wieder wirft mir Sonja einen Blick zu, der besagt: Wir haben noch mehr Erlebnisse, von denen niemand weiß. Ameisen und die Parkbank, Geständnisse und Intimitäten. Zwischen den Blicken ein Gebirge aus schroffen Felsen und kilometerlanger Strand hinter Grenzen, die ich nie hätte überschreiten sollen.

Tim ist meine einzige Hoffnung. Hase im Kochtopf. Häuser, verdorrte Bäume und kahle Hügel verwischen zu waagerechten, weiß-beige-grünen Strichen. Loulé, Albufeira, Tunes sind Orte vor den Fenstern, von denen wir nie mehr als die Bahnsteige sehen werden.

Warum steigen wir nicht aus und unterbrechen die Fahrt? Weil der Weg das Ziel ist, nur so wird die Fahrt zur Reise. Es geht zurück nach Lissabon, und ich habe das Gefühl, als läge vor uns eine Nacht, die sich keiner von uns so erträumt hätte. Woher kommt diese Vorahnung? Von Nicoles Themenwechsel?

»Viel wichtiger ist - was habt ihr letzte Nacht gemacht?«

»Wir haben zwei hübsche Damen kennen gelernt, die froh waren, nicht im heißen Zelt übernachten zu müssen.«

»Quatsch«, sagt Bastian.

»Also, bei mir im Zelt waren sie nicht.«

»Wir haben die ganze Nacht nur gepoppt.« Michael fingert seinen Tabakbeutel aus der Tasche. Darin steckt ein frischer Joint. Wo will er den denn rauchen? In der Zugtoilette?

»Koffer, du bist einfach cool.«

Ich hasse es, wenn Nicole ihn Koffer nennt. Seinen Nachnamen Trelkowski zu Koffer zu verballhornen, klingt primitiv und weit hergeholt.

»Trelkowski ist einfach eklig.« Aber immer noch besser als Bastian, der ihn gerne beim Nachnamen nennt.

»Und du bist verklemmt.«

Tim hat wie immer für alles die Patentlösung. »Sollen wir jetzt einfach alle mal ficken sagen, als Gruppentherapie? Damit wir endlich nicht mehr so verklemmt sind?«

Wieso ist der Sohn eines Autohändlers nur so ein Klugscheißer?

»Nur Bastian nicht, der muss Arschficken sagen«, entfährt es Nicole, die sich die Hand vor den Mund hält, die Schultern einzieht und kichert.

»Hört doch auf«, zischt Bastian und sieht sich erschrocken um. »Wenn das jemand hört.«

»Wer soll das hören? Die Portugiesen verstehen doch noch nicht mal Englisch.«

Sonja sieht mich an, ich grinse, und sie grinst auch und presst mir wieder ihre Lippen auf den Mund. Grenzgänger. An welcher Grenze bewegt sie sich? An der Grenze zum Wahnsinn? Ich habe keinen Hasen. Was kommt stattdessen in den Kochtopf?

»Ficken«, sage ich mutig, und jeder wiederholt es, bis Bastian an der Reihe ist und blöd in die Runde sieht.

»Na los. Ist doch nicht so schwer.«

»Arschficken«, schreit er beinahe, verkriecht sich mit hochrotem Gesicht in seiner Ecke am Fenster, und wir lachen alle.

»Apropos, habt ihr mein Gel benutzt?«

Tims Blick ist weniger vorwurfsvoll als neugierig.

»Ein bisschen«, sage ich. Sonja drückt meine Hand, als wolle sie mir ein Zeichen geben. Nur welches, weiß ich nicht. Ich küsse sie stattdessen und sehe Sandkörner. Meine Finger unter ihrem T-Shirt berühren den Bauchnabel. Die Haut ist so seidenweich.

»Wir sind ganz schön versaut«, sagt Nicole unvermittelt. Sie nestelt aufgeregt an ihrem Hemd. »Stört es jemanden, was wir in den letzten Tagen gemacht haben?«

»Ich weiß nicht, was du gemacht hast, aber von dem, was ich gemacht habe, habt ihr doch gar nichts mitbekommen«, sagt Tim.

Nicole reagiert mit der Gelassenheit, die mich so aufregt. »Sonja hat dir, Sven und Koffer auf der Mole in Lissabon einen runtergeholt. Sie hat Sven im Klo einen geblasen, und du hast ihr dein Ding in den Hintern gesteckt.«

Ziemlich gelassen ergänzt auch Sonja, meine Fingerspitzen unter dem Hosenbund: »Und du hast Sven mit dem Mund befriedigt, während du mit Bastian geschlafen hast.«

Irgendwie kommt mir der Gedanke, wir seien infiziert, mit einem Virus, der hemmungslos macht, angesteckt mit einer Krankheit, die alle moralischen Vorbehalte nimmt. Ein seltsamer Gedanke.

»Und du hast zugesehen, als ich mit Bastian am Strand gevögelt habe.«

»He, was soll das?« Bastian reißt mit Mühe die Augen auf. »Könntet ihr das mal lassen?«

»Das sagt der, der sich gestern vor Sonja und mir einen runterholen gelassen hat, runtergeholt hat, hat runterholen lassen«, nuschele ich. Nervosität nimmt mir immer die Souveränität im Umgang mit der Sprache. Hatte ich die überhaupt jemals? Bis über die Knöchel bin ich in ihrer Hose und spüre bereits den Slip. Sonjas Hand rutscht weit zwischen meinen Beinen hinauf in meinen Schritt.

»Okay, aber müssen wir drüber reden?«

»Mich stört das nicht.«

»Koffer, dich stört ja nie irgendetwas. Das ist doch nicht normal, dass wir so offen mit Sex umgehen.«

»Warum nicht? Ich finde es gut. Sex ist doch normal.«

»Auch unter uns?«

»Natürlich. Wir sind jung.«

Wenn es einer wissen muss, dann Tim. Ein Schaffner öffnet die Tür zum Waggon und beginnt, die Tickets zu kontrollieren. Meine Hände sind blitzschnell in meinem Schoß. Dem Portugiesen steht der Schweiß auf der Stirn. Sein hellblaues Hemd verzieren riesige Flecken unter den Armen.

Hellblaue Baumwolle – perfekte Bühne für Schweiß. Denkt bei der Auswahl der Uniformen eigentlich jemand an so ein Detail? Bis er unsere Interrail-Tickets abgenickt hat, schweigen wir. Wortlos geht der Schaffner weiter.

Michael holt den Joint hinter dem Rücken hervor. »Ihr macht euch viel zu viele Gedanken. Es geht doch nur ums ficken, ob zu zweit oder zu dritt ist doch egal.«

»Aber was ist mit der Intimität? Mit der Zweisamkeit. Ich meine...«, wirft Bastian hilflos ein, weil ihm noch schneller als mir die richtigen Worte fehlen.

»Ich glaube, die Zweisamkeit brichst du in dem Moment auf, wo du nicht mehr alleine mit dir bist«, sagt Tim. »Und dann ist es egal, ob du zu zweit oder zu dritt oder zu viert bist.«

»Dann reduzierst du Sex auf das Körperliche, nicht auf den Ausdruck der Liebe.«

»Mein Gott, bist du romantisch. Das ist Sex doch nie. Sex ist Lust.«

Was sind wir, wenn wir uns gegenseitig anfassen und alle Emotionen ausblenden? Zu was macht uns das? Zu emotionslosen Monstern? Zu dem, was mein Vater ist?

»Warum sollte ich nicht meine Hose herunter ziehen und vor euch wichsen? Das ist doch nur eine willkürlich festgelegte Schamgrenze?«

»Ja, aber sie ist festgelegt. So wie man keinen Mord begeht. Das sind Regeln, die man nicht überschreitet.«

»Das ist doch Quatsch. Mord und Sex sind doch zwei unterschiedliche Dinge. Sonja kann uns doch bestimmt sagen, ob es ein Gebot gibt, das uns öffentliches Wichsen untersagt.«

Ihre Reaktion ist überraschend trotzig, aber ich glaube, dass es eher an Tim liegt.

»Es gibt auch kein Gebot, das besagt: ‚Du sollst deine Mitmenschen nicht ausnutzen', aber dennoch halten sich die meisten dran.«

Hätte Nicole gefragt, wäre Sonja weniger zurückhaltend. Fühlt sie sich von Tim ausgenutzt? Der Stachel sitzt auf jeden Fall tief und Sonja verschränkt die Arme vor der Brust.

»Sind denn die zehn Gebote der ultimative Gradmesser für Moral? Dann können wir doch alles Übrige flexibel handhaben«, sagt Michael und fummelt nach einem Feuerzeug.

Sonja zählt die zehn Gebote auf und wir sind bis auf Sonja alle der Meinung, dass Mord und Diebstahl ausgenommen kaum noch als ultimativer Maßstab gelten. Es müsste das Grundgesetz her, das leider niemand zur Hand hat. Aber wir sind sicher, dass auch dort keine Vorschriften das Sexualverhalten regeln, außer vielleicht einen Paragrafen mit dem Hinweis auf die Erregung öffentlichen Ärgernisses.

»Also, alles ist hier drin«, sagt Tim und tippt sich an die Schläfe.

»Was heißt das?«, fragt Nicole. »Sollen wir uns ein Abteil reservieren?«

»Und dann?«, fragt Bastian.

»Hat nicht jeder von euch eine Fantasie, die er gerne mal ausleben will?«

»Klar«, sagt Michael und lässt das Feuerzeug schnappen.

5.

Durch das kleine Toilettenfenster zieht der Rauch kaum ab. Unter uns spült die Kippe auf die Schienen. Seit wann verlegt man in einer Regionalbahn unsichtbaren Teppich? Viel zu teuer. Michael öffnet die Tür und streckt den Kopf in den Gang.

Sonjas Hände an Michaels Schultern. Das ist die Polonäse von Blankenese bis hinter Lissabon. Und Sven fasst der Sonja von hinten an die Titten. Quiekend greift sie nach meiner Hand.

So ungestüm presse ich mich an Sonja, dass sie meinen harten Schwanz am Po spüren muss. Michael verschwindet im Gang, mit ihm sein Protest, als Sonja mich zurück ins Klo drückt, die Tür verschließt und mir ihre Zunge in den Mund schiebt.

Ihre Titten unter dem T-Shirt fallen mir wie Kriegsbeute in die Hände. Shorts und Höschen sinken auf Knöchel. Gesicht presst sich zwischen Schenkel. Zunge teilt feuchtes Schamhaar, bohrt sich in glitschige Möse. Im Stehen ficken, ein Bein auf der schmalen Nische mit dem winzigen Handwaschbecken.

Ficken, bis der Schaffner kommt. Der Spiegel reflektiert unsere Lust. Mein Bauch klatscht gegen ihren Hintern. Was für ein Arsch. Meine Hände unter ihrem T-Shirt, von hinten an den Titten, zwirbeln die Nippel.

»Dein Finger, schieb ihn mir in den Po«, bettelt sie, und mit ein bisschen Spucke im vom Kiffen trockenen Mund taucht mein Mittelfinger tief in den engen Kanal. Kaum noch Platz zum Stoßen. Mein Schwanz rutscht aus ihr, dringt mühelos erneut in die nasse Möse.

Der Wagen schwankt.

Mein Mittelfinger zappelt.

Sonja zuckt, hechelt und presst ein Stöhnen durch die kleine Toilettenkabine.

Meine Zunge schmeckt weiß, nach Milch, nach Würze, nach Teppich. Ich bin ganz Schwanz, mein Kopf ist die Eichel, und wenn ich jetzt den Mund öffne, ejakuliere ich.

»Ich komme gleich«, höre ich mich sagen. Wie von Sinnen drückt mich Sonja rückwärts gegen die Wand, dass ich beinahe über die schmutzige Toilettenschüssel falle, geht in die Knie, stülpt ihren heißen, engen Mund über meine Eichel und schiebt sich meinen Schwanz tief in den Hals, bis ihre Nase in meinem Schamhaar versinkt.

Ich lege den Kopf in den Nacken. Es ist das Paradies. Was auch immer sie jetzt will, sie kann es haben. Jederzeit. Und alles andere auch. Immer schneller bewegt sie ihren Kopf vor und zurück, immer tiefer nimmt sie meinen Schwanz in den Mund, immer lauter atmet sie durch die Nase.

Ich spüre ihre Zunge, ihre Finger, ihre Lippen. Von oben greife ich an ihre festen Brüste, an die steifen Warzen, lege ihr eine Hand auf den Kopf und spüre den Höhepunkt nahen wie einen Güterzug auf dem Nachbargleis.

In einer wahren Explosion spritze ich zähneknirschend ab.

Wo gibt es in Sonjas Rachen eine Verbindung zwischen Hals und Nase? Genau da, wo meine Eichel ist? Sperma schießt aus ihrer Nase in weißen, dicken Tropfen. Sonja schluckt, zieht die

Nase hoch, schluckt erneut, schnappt nach Luft, mein Schwanz ist frei. Ich spanne die Lendenmuskeln ein letztes Mal an und spritze ihr die letzte Ladung in den offenen Mund.

Bastian lümmelt sich grinsend auf seinem Sitz, Tim versucht ein Kichern in seiner Jackentasche zu verstecken. Meg Ryan starrt fasziniert ihre Hände an. Blick zurück. Kein Rauch. Die offenen Fenster sorgen für ordentlichen Zug. Paradox ist, wenn ein Schaffner keinen Zug verträgt. Tim holt das Kichern aus der Tasche.

»Du hast doch gar keine Fantasien, Bastian.«

»Hat er, hat er.«

»Schnauze! Das geht euch gar nichts an.«

Ich fließe mit Sonja auf unsere Sitze, Füße in den Gang, Rücken zum knatternden Fenster und einem leichten Quietschen im Kopf.

Ich möchte alle meine Freunde umarmen und ihnen sagen, wie froh ich bin, dass wir zusammen auf dieser Reise sind. Ich will Sonja küssen und Nicole und Michael und Bastian und sogar Tim, damit sie wissen, wie gut es mir geht, wie leicht das Leben ist und ohne Probleme.

»Wahrscheinlich stellt er sich vor, wie es wäre, Frauenkleider zu tragen. Oder er steht auf Leder.«

»Auf Leder?«, flüstert Sonja irritiert? Da kann ich ihr auch nicht helfen. Leder ist kein Fetisch, den ich kenne. Nicole will wissen, woher die Fantasien kommen, Tim nennt das Unterbewusstsein als Ursprung, und sagt Freud, und ich finde uns alle super tiefsinnig. Nicht so oberflächlich wie, weil, so ist ja jeder, aber nach dem Rauchen haben wir mehr, sind lockerer, sind näher dran.

»Fantasien sind pervers. Weil sie falsch sind, weil sie Grenzen überschreiten.«

»Bastian, du machst eine Fantasie erst pervers, indem du sie abwertest. Die Moral, die machst du, die macht die Gesellschaft, die ist nicht einmal festgelegt und dann immer gültig. In der Mafia ist es unmoralisch, einen anderen Mafiosi an die Polizei zu verraten. Und früher war es unschick, dass Frauen rauchen. Und es gab eine Zeit, in der war es Mode, dass Frauen ihre Brüste freilegen. Es gehörte sich um die Jahrhundertwende nicht, sein Kind in der Öffentlichkeit zu stillen. Und...«

»Okay, okay, ich hab es verstanden.«

»Nehmen wir mal an, wir legen jetzt für uns, für diese Gruppe neue Werte fest, und du kannst deine Fantasien ausleben, ohne dafür verurteilt zu werden, weil sie in dieser Gruppe bleiben. Was wäre es dann? Was stellst du dir vor, Bastian? Du hast doch keine Pornos gesehen, oder?«

»Nein, ich find die doof.«

Tim ist so beneidenswert locker und cool und souverän und ich spüre seine Worte wie Wellen auf der Haut. Schallwellen. Ich spüre tatsächlich die Schallwellen, und sie kribbeln. Ist das geil. Im vorderen Teil des Wagens schreit ein Kind.

»Also - hast du dir zum Beispiel mal beim Wichsen einen Finger in den Hintern geschoben und stellst dir vor, wie es wäre, von einem anderen Jungen gefickt zu werden?«

Bastian läuft rot an. Tim lacht.

»Das ist doch ganz normal«, sagt Michael. »Jeder Mann ist doch latent schwul.«

»Ich bin doch nicht schwul.«

»Aber du hast dir schon mal einen Finger reingeschoben.«

Bastian windet sich, und jeder weiß, dass Tim richtig liegt. Meine Zunge ist so locker und will reden, will alles sagen, will mich frei machen, weil wir unter uns sind und ich alle liebe.

»Na und? Mache ich auch. Wenn ich alleine bin, also, wenn ich mich selbst befriedige, dann hab ich ganz andere Fantasien als in Wirklichkeit.«

»Welche denn?«

»Na, dann stelle ich mir vor, ich wäre eine Person aus den Büchern, die ich lese.«

Wie aus der Pistole geschossen kommt Nicoles Frage. Ich fühle mich langsam in diesem Moment. »Hast du schon mal davon geträumt, es mit einem Jungen zu machen?«

Geträumt? Ich kenne das Gefühl. Damals, im Ferienlager, als ich nicht zurück gezuckt bin. Worte, so summend wie Hummeln, tanzen auf meiner Zunge. Keine Barriere, keine Grenze, keine Schranken.

Jedes Wort gleitet wie auf Schienen zu den Ohren der anderen. Erzähl, erzähl, vom Ferienlager, von deiner Fantasie, mach alle zu Mitwissern.

»Ich war mit 13 in einem Ferienlager. Da gab es einen Jungen, der mich an einem heißen Nachmittag fragte, ob er mir was zeigen dürfe. Wir waren die einzigen Menschen auf unserem Flur, die anderen waren schon am See, und ich sollte mich mit so wenigen Klamotten aufs Bett legen, wie es geht.

Ich hatte keine Ahnung, was er von mir wollte, aber ich hab mich bis auf die Badehose ausgezogen. Plötzlich hat er mit seinen Fingerspitzen über meine Beine gestrichen. Ich bin total erschrocken, aber nicht zurückgezuckt. Erst hat er mir auf dem Bett einen runtergeholt, dann in der Dusche einen geblasen und den Rest der Ferien hab ich ihn immer in einem Wald hinter dem Ferienlager gefickt.

‚Ich bin nicht schwul', hab ich immer gesagt.

‚Ich weiß, dass du nicht schwul bist. Ich erzähle es auch keinem', hat er gesagt. Hätte ich zurückgezuckt, als er mich das erste Mal berührte, wäre ich nichts gewesen. Nicht einmal schwul. Er wollte mich immer wieder ficken, aber er durfte mir höchstens einen Finger in den Po stecken.

Ich war ja eigentlich verknallt in ein Mädchen. Aber das war eine totale Pleite. Sie hat mich nicht angesprochen, ich hab mich auch nicht getraut, und am Ende wollte der Junge dann auch nichts mehr von mir.«

Tim hebt die Augenbrauen und atmet aus. Michael haut mir auf die Schulter.

»Sven, alter Windhund. Das wusste ich ja gar nicht.«

Bastian schweigt, und Sonja spricht mich von der Seite an. »Hast du ihn nie wieder gesehen?«

»Nein. Er lebte in einer anderen Stadt.«

»Was würdest du heute anders machen?«

»Ich würde mich ficken lassen«, rollt es mir über die Lippen. Keine Grenze mehr zu spüren, erleichtert das Leben. Dennoch laufe ich bestimmt rot an, jedenfalls glüht mein Gesicht. Oder leuchtet es? Leuchten meine Lippen? Tim und Michael werfen sich verschwörerische Blicke zu. Ob ich jetzt bei den beiden unten durch bin? Hoffentlich lästern sie in der Schule über mich. Geschähe mir recht.

»Und ihr? Was habt ihr für Fantasien?«

»Ich will es mal…«

»…anal und Bastian will nicht. Wissen wir, Nicole«, grinst Michael. Nicole verschränkt gespielt schmollend die Arme vor der Brust.

»Müssen wir das hier diskutieren?«, mault Bastian.

»Wenn du nicht mit mir darüber reden willst?«

»Dann reden wir eben gar nicht darüber.«

»Nö, so nicht. Und er muss ja nicht mal selbst. Ich würde es ja auch mit Koffer, Tim oder Sven machen.«

»Was? Und ich steh daneben und guck zu, wie du dich von einem anderen bumsen lässt?«

»Dann leg ich mich eben auf dich und der andere kommt von hinten.«

»Was? Zwei zur gleichen Zeit? Du bist doch bekloppt. Dann mach doch Schluss und frag Sven und Trelkowski, ob sie wollen. Mir doch egal.«

»Ich will aber nicht Schluss machen, ich will das nur mal erleben.«

»Ich nicht. Das ist wie fremdgehen.«

»Wenn du dabei bist? Ich hab Sven einen geblasen, als du dabei warst, na und? Wir sind immer noch zusammen. Das ist doch was ganz Anderes. Das ist doch nur körperlich. Stell dich doch nicht so an.«

»Was hat denn meine Schamgrenze mit sich anstellen zu tun?«

»Welche Schamgrenze?«, wirft Tim dazwischen und tippt sich wieder an die Stirn.

Schamgrenze. Ein seltsames Wort. Wir wissen noch immer viel zu wenig über einander, aber wir reden über Sex, als könnten wir dadurch das Glück, Freunde zu haben, zum Ausdruck bringen. Körperliche Nähe, das Ende der Distanz, doch im Kopf sind wir uns noch nicht näher gekommen.

»Aber ich will dich nicht teilen. Sonja will es doch auch nicht, oder?«

»Die hat ja auch jemanden gefunden, der es ihr in den Po macht.«

Nicht nur das. Sie hat auch jemanden gefunden, den sie in den Kochtopf packt, wenn er sie verlässt. Falls sie ihn nicht vorher genug hasst, um ihn zu verlassen.

»Aber vielleicht ist es ihre Fantasie, mal zwei zur gleichen Zeit zu nehmen?«, hakt Nicole nach. »Immerhin haben wir sie beim Sex mit Sven und seinem Finger im Po erwischt.«

Michael bekommt große Augen. »Was, wann?«

»Du warst in der Dusche.«

Nicole lässt nicht locker: »Also? Was ist? Das ist doch deine Fantasie, oder?«

Alle Augen auf Sonja. Diese sieht zu mir herüber, ich mache ein neutrales Warum-nicht-Gesicht, und vergräbt das Gesicht in den Händen. Heult sie? Zwischen den Fingern lugt sie fast unmerklich nickend hervor. Nein, sie ist schamesrot. Bastian lässt sich nach hinten in den Sitz fallen und verschränkt stöhnend die Arme vor der Brust. »Das gibt's ja gar nicht.«

Nicole beugt sich zu Sonja vor. »Ehrlich? Du würdest das auch mal machen wollen? Von vorne und hinten zur gleichen Zeit? Das will ich sehen. Sollen wir heute im Nachtzug wirklich ein Abteil reservieren?«

Sonja guckt irritiert von einem zum anderen, räuspert sich und fummelt an ihrem Pullover. »Ich stelle es mir vor, das heißt aber nicht, dass ich es mache würde.«

Bremsen quietschen, die negative Beschleunigung presst mich in meinen Sitz. Auf den Schildern vor dem Fenster steht Linha 3 und

Lisboa Barreiro und ich glaube, wir sind da. Endstation Realität oder Abfahrt in die Fantasie?

Wehe, wenn sie losgelassen

Zu sechst auf eine Interrail-Tour zu gehen ist Irrsinn. Zu viele kollidierende Interessen, die man nicht auf einen Nenner bringen kann. Am Ende wird die Fahrt zweitrangig – du kreist nur noch um dich selbst. Die Gruppendynamik ist wichtiger als die Sehenswürdigkeit. Oder ist das genau das Ziel einer Reise? Man findet sich selbst?

1.

Auf der Fähre vom Bahnhof Barreiro nach Lissabon sorgen Michaels Joints für einen anhaltend hohen Rauschpegel. Das Klo hat sogar ein Bullauge. Sonja bückt sich über das Handwaschbecken. Es riecht nach Desinfektionsmittel.

»In den Po«, jammert sie. Reicht ihr der Finger? Ficken, ficken bis der Kapitän kommt. Wir schweben über das Wasser. Sonja schiebt ihre Hand zwischen die Beine. Finger an meinem Schwanz, an meinen Hoden, an meinem Hintern. Ein Finger drin. Ich spüre ihn ganz tief in mir. Wie damals, wie im Ferienlager, wie geil.

»Nur eine Fantasie?«, jammere ich. Mein Finger zappelt. Gegenseitig fingern wir uns den Arsch.

»Geht das?«

»Warum nicht?«

Lange vor dem Hafen bekommen wir beide, was uns zusteht.

Am Praça do Comércio kommt neuer Bobel dazu. Ich gehe wie auf dickem Teppich und springe einem nach dem anderen um den Hals. Bastian knutsche ich auf den Hals, Michael auf das stoppelige Kinn, Nicole auf die Wange, Tim auf die Stirn und Sonja auf den Mund. Freunde, mit denen man alles teilen kann, sind mehr wert als alles Gold der Welt.

Der Bahnhof Santa Apolonia ist rustikaler, als ich ihn in Erinnerung habe. Vor den Fahrkartenschaltern lange Schlangen. Nachtzug – das hat inzwischen etwas Anrüchiges. Die letzte Fahrt von Madrid nach Lissabon bedeutete den Anfang vom Ende der Distanz.

Vor uns liegen nun zehn Stunden, in denen wir weitere Grenzen überschreiten können. Ob mir das als einzigem bewusst ist? Ein ganzes Abteil kostet uns pro Person umgerechnet 15 Mark mehr – billiger als ein Bett in der Jugendherberge, aber teurer als ein normaler Sitzplatz.

Das ist der Moment, in dem die Weiche gestellt wird. Wohin fährt der Nachtzug? Die Entscheidung treffen Tim und Nicole. Wie schön, dass es sie gibt.

Der Protest von Bastian fällt schwach aus, und Sonja runzelt nur die Stirn. Barzen in der Bahnhofstoilette. Bastian ist Trumpf. Kann mir die Karten nicht merken. Haben wir das letzte Spiel schon beendet, oder muss ich erst reizen?

Skat ist so ein lustiges Spiel.

Kurz vor der Abfahrt knurrt der Magen vergebens. Der Wagen ist eng, die Betten niedrig. Nur die Liege in der Mitte lässt sich hochklappen, so dass man wenigstens sitzen kann. Viel Raum zum Agieren ist nicht. Die Tür zum Gang hat keine Glasscheiben und einen Riegel, den von außen nur der Zugbegleiter mit einem Vierkantschlüssel betätigen kann.

Unser Gepäck verstauen wir unter den Betten und auf den oberen Liegen, die bereits mit einem dünnen, weißen Laken bezogen sind. In einem nadelfeingestreiften Bezug steckt eine kratzige Wolldecke, auf der ein taschenbuchgroßes Kopfkissen lauert.

Die Klimaanlage rauscht, im Waggon herrschen arktische Temperaturen. Kein Problem für Tim, der mit schnellem Blick den Regler über der Tür findet und für Wärme sorgt. In der Dämmerung rumpeln die Vororte von Lissabon vorbei.

Wir sitzen uns gegenüber. Nicole zwischen Bastian und Michael, ich zwischen Tim und Sonja. Atempause. Nicole grinst ihr Meg-Ryan-Lächeln von einem Ohr zum anderen mit viel Zahn und ganz wenig Auge. Unsere Beine berühren sich zwangsläufig in der Mitte des Ganges.

»Also, wir tun so, als hätte jeder einen Wunsch frei, den die anderen erfüllen müssten.«

»Ihr seid so doof mit euren Fantasien. Können wir das nicht einfach lassen?«, knurrt Bastian ungehalten. »Du kommst doch eh wieder mit dem gleichen Mist.«

»Was ist denn deine Fantasie?«

»Ich habe keine. Na und? Es muss doch nicht jeder diese Fantasien haben. Ich will das mit dem Popo nicht«

Tim beugt sich vor und haut ihm mit der flachen Hand auf den Oberschenkel. »Oh Bastian, entspann dich mal. Lass sie erzählen. Die hat sicher noch ein paar andere Fantasien.«

Hat Nicole bestimmt. Erst räuspert sie sich, zieht ein paar Vokale in die Länge, kratzt sich am Ohr und sagt zu Sonja. »Ich würde gerne…«

Bastian hebt wie zum Einspruch die Hand. »Es geht hier aber weiter um Fantasien, oder? Für den Kopf, nicht die Realität.«

Nicole blickt in die Runde, Meg Ryan grinst. Überzeugender können fünf Menschen nicht nicken und »Jaja, natürlich« murmeln. Zehn Stunden, in denen wir weitere Grenzen überschreiten. Nicht nur mir ist das bewusst.

Sonja krallt ihre Hand in meine Hand. Zehn Stunden für die letzte Chance, um zu verhindern, dass ich den Rest meines Lebens Sandkörner zähle. Langsam schwindet die arktische Kälte aus dem Abteil.

Vor der Tür poltern andere Fahrgäste lautstark diskutierend durch den Gang. Portugiesisch hört sich immer noch an wie falsches Spanisch.

Räuspernd richtet sich Nicole auf.

»Aber ehrlich«, unterbricht sie Michael bei der ersten Silbe. Mit einem Feuerzeug erhitzt er einen Klumpen Haschisch und reibt Krümel davon in seinen in der Mitte gefalteten Personalausweis, in dem der Tabak einer aufgebrochenen Zigarette liegt.

»Natürlich«, motzt Nicole zurück, beginnt wieder mit vielen langgezogenen Vokalen und kann vor lauter Grinsen nicht aus den Augen blicken.

»Ich wünsche mir, ich könnte Sonja mal mit dem Mund. Ihr wisst schon, ich würde sie gerne lecken.«

Bamm. Die Beschleunigung presst uns in die Polster. Moral entsteht im Kopf. Barrieren schaffen wir. Warum nicht das Gleis wechseln, dem Zug eine andere Richtung geben? Während Sonja rot wird, hebt Bastian jammernd die Hände über den Kopf. »Ist das peinlich.«

Zwischen den Zähnen die Blättchen, in den Fingern ein Filter aus gedrehter Pappe, schüttelt Michael den Kopf. »Du hist ho verknennt.«

Bastian lässt resigniert die Arme sinken. Sonja zuckt schüchtern mit den Schultern. »Ist doch nur eine Fantasie, oder?«

Der Zug rattert über eine von fünfhunderttausend Schwellen auf dem Weg nach Madrid. In das Portugiesisch auf dem Gang mischt sich empörtes Englisch.

Von zehn Stunden vergehen wertvolle Sekunden. Sonjas Hand wird warm und feucht.

»Und wenn niemand außer uns erfährt, dass daraus Realität geworden ist?«

»Nicole«, motzt Bastian und schlägt seine Freundin locker auf die Schulter.

»Warum denn nicht? Du kannst deine Fantasie doch auch ausleben.«

»Ich hab keine Fantasien, hör doch auf.«

»Doch, hast du. Hast du mir gestern selbst gesagt.«

»Nicole! Das war unter uns.«

»Er hat dir seine Fantasie erzählt?«

»Nein, er hat gesagt, er hätte eine, aber die würde er nicht ausleben, weil man das nicht macht.«

Innerhalb einer Sekunde bricht der Sturm los und wir springen auf, bestürmen ihn mit der Frage nach seiner Fantasie, knuffen ihn gegen die Schulter, zerzausen ihm das Haar. Michael stopft seelenruhig weiter Tabak in eine Tüte aus Zigarettenpapier, als gehe ihn das alles gar nichts an.

Sonja drängt sich an mich, Nicole greift Bastian in den Schritt und Tim kitzelt Bastian in den Kniekehlen, während ich mich wundere, dass Bastian überhaupt eine Fantasie hat. Dabei werden wir immer lauter, offensiver und unnachgiebiger, bis Bastian endlich einlenkt.

Wie ein gerupftes Huhn hockt er auf seinem Sitz, außer Atem und das Gesicht hochrot. Ich lehne mich zurück. Sonja kichert. Ihr T-Shirt ist verrutscht und gibt den Blick frei auf einen erregten Nippel.

Bastian seufzt. »Okay, okay.«

»Komm, Basti«, drängt Sonja. »Ich hab euch auch alles erzählt.«

Er druckst noch herum, doch sein Widerstand ist gebrochen.

»Ich hab nur gesagt, ich würde gerne mal wissen, wie das ist, einen, ich meine, ihr wisst ja, wie das ist, wenn man sieht, wie einem, also, wenn Nicole mir das mit dem Mund macht, dann frage ich mich natürlich, wie das für sie so ist. Mehr hab ich nicht gesagt.«

Konkrete Hilfe kommt von Gegenüber. »Du willst mal einen Schwanz lutschen.«

Bastian errötet wie ein Schulmädchen. Seine Hände knetet er im Schoß.

»Ist doch nicht schlimm«, sagt Nicole tröstend, als hätte sich Bastian bei dem Versuch, das Radfahren zu lernen, das Knie aufgeschrammt. Michael schüttet aus seinem gefalteten Personalausweis die letzte Mischung von Tabak und Bobel in die Tüte und sagt trocken: »Das sollte sich doch machen lassen. Ich würde mich zur Verfügung stellen.«

Sonja lacht, kaum dass die Röte verschwunden ist, erstaunlich hysterisch, mit weit aufgerissenem Mund und blitzenden Zähnen.

Jetzt hat er unsere Aufmerksamkeit. Sollte ich Michael jetzt sagen, dass ich bei ihm auch gerne mitfahren würde? Nein, ich habe meinen Wunsch geäußert. Mehr wäre unverschämt.

Zu welchen Fantasien fährt uns dieser Nachtzug, die wir bislang nicht mal unserem besten Freund sagen können?

Was passiert mit mir, dass ich sämtliche Einwände vergessen habe? Was hat mich früher davon abgehalten? Ich habe meine Freunde nie in meine Fantasien eingebunden, nur auf dieser Tour ist es anders.

Hier überdeckt ein geiler Schleier sämtliche Makel. Ihre Körper sind alle perfekt, sie sind so rund und lang, so geil und erregend, dass ich immer nur zugreifen will. So muss das Paradies aussehen. Doch Bastian ist noch nicht fertig.

»Nein, nicht den von Trelkowski«, sagt er und sieht scheu zu mir herüber.

Damit habe ich nicht gerechnet, und jetzt winde ich mich vor Verlegenheit auf meinem Sitz. Nicole hebt die Hand vor den Mund. Von Sonja kommt nur ein leises Kichern und Michael, der gerade so etwas wie einen Korb bekommen hat, zuckt lächelnd mit den Schultern.

»Oha«, sage ich und spüre, wie meine Stimme bricht. Jetzt kommt Bastian in Fahrt.

»Als deine Mutter mal reinkam, während wir bei dir Video geguckt haben, und sagte, sie will nur mal gucken, was wir so treiben, was glaubst du, woran ich die ganze Zeit gedacht habe?«

»Daran, dass wir den Film zum Glück nicht im Kino gesehen haben, weil er so langweilig war?«

Schweigend senkt Bastian die Augen und kratzt einen Fleck von seinen Shorts. Vermutlich wissen nur wir beide, dass Bastian noch nicht mit Nicole zusammen war, als wir bei mir den Film gesehen haben.

Die letzten Industriegebäude verschwinden vor dem Fenster, der Zug nimmt Fahrt auf, das Rattern der Räder auf den Schienen wird lauter. Vor der Tür wieder Stimmen. Gleich kommt bestimmt der Schaffner.

»Und du?«, richtet Nicole das Wort an Tim. »Was ist deine Fantasie?«

»Abgesehen vom Dreier mit Sonja?«

Sonja winkt ab. Tim grinst breit. »Ich hätte einen ganz einfachen Wunsch: Wenn Sven so scharf darauf ist, mal seine verpasste Chance nachzuholen, dann muss ich sagen: Gerne doch.«

»He, das wollte ich sagen«, mischt sich Michael ein. Mein Herz bleibt fast stehen. Ich habe das seltsame Gefühl, als sei das Ganze hier nur ein Scherz, als würde gleich der Schaffner mit einer Karnevalströte durch die Tür springen, Konfetti werfen und ‚April, April' rufen, bevor wir alle ins Bett gehen und jeder für sich Madrid entgegenschaukelt.

Und tatsächlich öffnet sich nach einem raschen Klopfen die Tür und der Kontrolleur betritt unser Abteil. Wir zeigen ihm die Tickets, die Reservierung und die Pässe, die er mit dem Versprechen einkassiert, sie dem Zoll zu zeigen und uns am Morgen vor der Ankunft in Madrid wieder auszuhändigen.

»Und jetzt?«, fragt Nicole, als der Schaffner das Abteil verlässt. Tim schließt den Riegel, Sonja den Vorhang vor dem Fenster. »Jetzt was?«

Michael lässt sein Feuerzeug klicken. »Jetzt barzen wir erst mal.«

»Und dann?«

»Spielen wir Strip-Schwimmen.«

»Jetzt reicht es aber«, blökt Bastian. »Das war doch nur dummes Gequatsche, oder nicht?«

Zögern, Kichern, verlegenes Grinsen. Er blickt zu mir, zu Tim, zu Sonja, und keiner stimmt ihm zu.

»Oder nicht?«

Schweigen ist auch eine Antwort.

2.

Der Joint wandert von Michael über Nicole, die tief inhaliert, zu Bastian. Tim zieht mit einem befeuchteten Mittelfinger eine Sabberspur knapp unterhalb der Glut einmal rund um die Zigarette über das Papier. Dann klemmt er die Zigarette zwischen Zeige- und

Mittelfinger, macht eine hohle Faust und zieht die Luft zwischen den Daumen in den Mund.

Grinsend lehnt er sich zurück und studiert sein Blatt. Michael kichert, Bastian runzelt die Stirn, brummt und kratzt sich am Kopf.

Endlich gibt mir Tim die Tüte. Die Spielkarten in meiner Hand fühlen sich viel glatter an als sonst. Ich ziehe den Rauch tief ein und behalte ihn in der Lunge, bis meine Augen sich anfühlen, als wollten sie von innen verglühen.

Die Wirkung setzt unmittelbar ein. Meine Hände verlieren an Gewicht, mein Kopf kribbelt, auf meiner Zunge spüre ich ein Kichern. Ausziehen, alles ausziehen und nackt sein.

Sonja barzt mit geschlossenen Augen, weil ihr der Rauch ins Gesicht steigt, hüstelt, wedelt sich vor der Nase und reicht die Tüte weiter an Michael. Ich stehe auf und drehe die Temperatur der Klimaanlage weiter hoch. Mein Blatt ist leider viel zu gut, um mich ausziehen zu müssen.

Nicole legt zwei Asse und eine 7 auf die aufgedeckten Karten, darunter ein drittes Ass, und ruft triumphierend: »Blitz! Alle haben verloren!«

Ungläubiges Staunen, Protest, Motzen, Lachen. Nicole schwankt, kichert und gluckst. »Okay, erst das T-Shirt. Wer fängt an?«

»Bastian.«

»Ich? Wieso ich? Trelkowski soll anfangen.«

»Hömma, hömma, ich hab's«, sagt Michael, starrt in die Runde. Alle starren zurück. Quietschend bricht er in Lachen aus und windet sich auf seinem Sitz.

»Oh, Koffer, hör auf und zieh dein Hemd aus.«

Nicole ist wieder am Zug. Sie schwankt, hält die Luft an und bläst Bastian den Rauch in den geöffneten Mund. Bastian ist so ein Witzbold, so lustig, so, ach ja.

»Mach du doch«, erwidert Tim, krallt sich den Joint und schwebt auf seinem Platz an der Tür.

Sonja kichert bekifft und albern, als wüsste sie nicht genau, was da gerade mit uns passiert.

»Tim ist am Zug«, sage ich und kichere. Ob die anderen das auch merken? Wie komisch das ist? Im Zug am Zug zu sein?

»Feiglinge«, flüstert Nicole undeutlich und zieht sich das T-Shirt in einer schnellen Bewegung über den Kopf. Sie trägt natürlich keinen BH. Die Nippel auf den perfekten Titten sind aufgerichtet.

»Oh, du doch nicht, du hast doch gewonnen«, dröhnt Bastian.

»Egal.« Ich springe förmlich aus meinem T-Shirt, die anderen zögern ebenfalls nicht länger.

Nicole fragt: »Sonja?«

Nicole fragt erneut, oder hat sie noch gar nicht gefragt? Hat Sonja schon geantwortet? Mit einem Nicken genehmige ich diese Reise.

Sonja kichert wieder, wischt sich eine Strähne aus den Augen, und zieht das T-Shirt über den Kopf. Ihre Titten purzeln ebenfalls nackt heraus, die Nippel rosa, die Haut seidig. Der Nachtzug schwankt. Klackklackrumms, klacklackrumms.

Auf dem Weg nach Madrid zu Dritt, nein zu Sechst. Sex zu Sechst. Vorsicht, Bahnübergang.

Beim Mischen wackeln ihre Titten. Sie kichert albern, schwankt von einer Seite zur anderen. Warum dauert das so lange? Sie schläft ja gleich ein. Ich habe zwei magere 17 Punkte, tausche gegen 27, und diesmal ruft Tim Blitz, legt zwei Asse auf die zwei Neuner und das dritte Ass. Unglaublich.

»Jetzt die Hose«, sagt Nicole. »Wer fängt an?«

»Hömma, hömma, ich hab's«, sagt Michael, starrt in die Runde. Alle starren zurück. Quietschend bricht er in Lachen aus und windet sich auf seinem Sitz. Hat er das nicht eben schon gemacht?

»Oh, Koffer, hör auf und zieh deine Hose aus.«

»Mach du doch«, erwidert Tim, krallt sich den Joint und schwebt auf seinem Platz an der Tür. Seine Worte jucken herrlich subtil in meinem Hirn.

Sie hebt den Hintern an, greift in den Bund und zieht sich die Dreiviertelhose herunter. Ihr Höschen ist fliederfarben. Das von Sonja ist blau. Unsere Klamotten fliegen durch das Abteil. Der Zug fährt rumpelnd über eine Weiche. Die Notbeleuchtung über dem Ausgang wird zum Weichzeichner.

Im Vorhang vor dem Fenster zeigt sich nicht die kleinste Lücke. Bastian kontrolliert noch einmal den Riegel an der Tür. Jetzt sind alle bis auf die Slips nackt. Bei uns Jungs sind die Beulen zwischen den Beinen unübersehbar. Michael ist dran.

»Hat sich schon mal einer motgetisch«, sagt Bastian. Ich habe die 10, Dame und König in Pik. Das ist mein Spiel. Wir schaffen es eine Runde ohne Blitz, bis Michael an der Reihe ist.

»Hömma, hömma, ich hab's«, sagt er, starrt in die Runde. Alle starren zurück. Und dann legt er drei Asse auf den Rucksack, der uns als Tisch dient.

Proteststürme wehen durch das Abteil.

»Ausziehen«, ruft Nicole, und niemand zögert. Spielkarten flattern durch das Abteil, Boxershorts hinterher. Springmesser sind nichts dagegen. Plötzlich bin auch ich nackt. Das dünne, weiße Laken auf der Liege ist kalt am Hintern. Mein juckendes Hirn schwillt an.

»Da ist er ja wieder, Herr Long-Dong-Silver«, bölkt er. Du stehst am Bahnübergang. Der Zug rast vorbei. Spring auf, fahr mit, genieß den Trip. Die letzte Schranke hebt sich. Freie Fahrt. Wir stehen alle unter Dampf und kennen keine Grenzen mehr.

Sonjas Blick flackert. Sie trägt ihren Slip noch.

»Soll ich wirklich«, fragt Sonja undeutlich, noch langsamer, aber mit einem benommenen Lächeln, das um ihre Lippen spielt. Sie wirkt abwesend, in Trance. Ist sie total zu?

Ich nicke heftig. Der Joint kommt wieder zu mir. Ich höre das brennende Papier knistern, presse Sonja meine Lippen auf den Mund und blase ihr den Rauch in die Lunge. Ihre Lippen sind so zuckersüß. Ich möchte ihr auf die Zunge spritzen.

Bedenken lösen sich in Rausch auf. Lust auf Kupplungen, auf gerade Schienen und auf krumme, auf Puffer und heiße Kessel. Nicole springt auf, ruft Halt und ruft, ich will dich ausziehen, und ruft knie dich hin, und wirft ihr Höschen auf den Sitz. Habe ich vier Hände?

»Ich weiß nicht«, sagt Sonja langsam und kichert schräg. Sie schwebt, ihre Stimme ist Seidenpapier aus China, mit dem Fell eines Pandas. »Es ist doch nur eine Fantasie.«

Michael seufzt und lehnt sich zurück, hat Tims Hände an seinem Ticket. Es überrascht mich nicht. Er ist einfach zu geil. Ich muss wieder kichern. Sonjas rechter Fuß rutscht vom Sitz, als sie sich umdreht und auf die Bank kniet.

Meine Hände an ihren Puffern, ihre Finger an meinem Triebfahrzeug. Über ihren Po spannt sich der weiße Slip, die Knie leicht auseinander, der Rücken durchgedrückt. Wichsen, bis der Schaffner kommt.

Nicole, mit offenem Mund und beiden Händen über Sonjas Titten, an der Taille, auf dem Po, am Gummibund. Sonja hat ihre Finger im Höschen, lächelt mich mit offenem Mund und halbwachen Augen an, die Stirn gegen die Rückenlehne, die Beine über dem kalten Linoleum, den Hintern in der Luft. Sie kichert benommen.

Lokführerin Nicole gibt Vollgas. Die Beschleunigung reißt sie vom Sitz in die Knie. Im letzten Moment kann sie sich an den Resten von Sonjas Uniform festhalten und sie über den Hintern bis zu den Knien herunterziehen.

Seufzend akzeptiert Sonja ihre Rolle als Auszubildende bei der Bundesbahn. Mit der linken Hand überprüfe ich die Auswirkungen ihres Verstoßes gegen die Kleiderordnung.

Der Waggon schwankt, im Hintergrund das Klickerdiklack der Schwellen wie eine Filmspule, die ratternd im Projektor rotiert. Auf allen Vieren lässt sich Sonja von Nicole, die ihre Zunge rasch, für die Mitreisenden jedoch unhörbar, bewegt, in den neuen Job einweisen.

Plötzlich spüre ich eine Hand eines Mitreisenden an meiner Schulter. Sitze ich auf seinem Platz? Demütig knie ich mich hin und gestehe, dass ich keine Ahnung habe, wohin die Reise geht. Bastian heißt auf einmal Théo und sucht unter mir nach dem Zettel mit den Zugverbindungen.

Mit dem Mund.

Holzklasse habe ich gebucht, erste Klasse darf ich fahren. Hin- und Rückfahrt, Hin- und Rückfahrt, Hin- und Rückfahrt. Vor Freude schwinden mir beinahe die Sinne.

Zézette, die aussieht wie Sonja, erhält die Anweisung, ihre Position zu verändern und kommt der Aufforderung nach. Denn Sitze, sagt Thumette, seien zum Sitzen da, aber ohne Schuhe dürfe sie die Füße auch auf das Laken stellen, die Beine anziehen, bis die Knie nach links und rechts zur Seite fallen.

Zunge und Finger sind anerkannte Lehrmittel auf der Fahrt nach Fantasien. Thumette ist auch hier – jetzt wird mir alles klar.

Als Zézette den Mund öffnet, klingt es wie das Klicken eines Deckels auf einer Tube mit glitzerndem Gel. Sie zeigt mir die rote Zunge und das Weiße in den Augen. Camille, bester Freund von Jean-Pierre, bereitet die Kupplung vor, ich spüre seinen Druckluftschlauch.

Notbremse ziehen oder hoffen, dass der Schaffner berücksichtigt, dass es sich um meine Jungfernfahrt handelt? Voll das falsche Gleis. Meinen Bauch trifft Atem, und ich beuge mich vor, um Jean-Pierres Pleuelstange an meinem Gaumen zu spüren. Mach die Tür auf, nimm den Mund zu voll, schluck die Stange, tiefer, tiefer.

Der Zug schwankt, wir alle sind Passagiere auf dem falschen Gleis, wir schwitzen, stöhnen und machen die Fahrt zur Reise. Hinter mir Camille, unter mir Théo, vor mir Jean-Pierre, neben mir Sonjas weit gespreizte Schenkel.

Thumette Gesicht glänzt vom Prüfungsstress. Sie schiebt Zézette einen Finger in die engere Passage. Zézette wirft den Kopf zur Seite, hechelt, seufzt, presst Stöhnen heraus wie das Warnsignal eines Zuges vor dem Tunnel.

Achtung, Tunnel.

Das kalte Gel auf meinem Hintern ist unmittelbar, der Finger sehr beweglich, der Druck überraschend. Kupplungsvorgang abgeschlossen.

Mir springen die Augen aus dem Kopf. Camilles Zug beschleunigt und verlässt den Bahnhof, fährt in den Tunnel und wieder heraus, und ich platze vor Lust, vor Gier nach mehr Gefühl im Mund. Lutschen, saugen, schlucken, nach Luft schnappen. Die Rangierarbeiten werden unübersichtlich. Wir fahren alle zweigleisig und kommen zur selben Zeit an, pünktlich, nach Plan.

Salzige Wellen branden gegen meinen Gaumen, ich komme mit dem Schlucken nicht nach, spritze selbst in Théos erste Klasse, spüre Camilles Spasmen in meinem brennenden Tunnel wie das Flackern eines lodernden Feuers, doch die Sprinkleranlage ist defekt, der Brand wird nicht gelöscht.

Der Zug schwankt, ich zittere am ganzen Körper und sacke zusammen.

Schmerzhaft grelles Licht. Auf der Sitzbank gegenüber blinzeln Bastian, Nicole und Michael verschlafen. Der Zug steht. In die Tür pressen sich Zollbeamte. *El pasaporte, por favor*, sagen sie, und *Passports* für alle Doofen. Ich hatte einen erotischen Traum, einen Traum wie ein Drogenrausch. Darin habe ich jemandem in den Mund gespritzt. Sonja? Oder war es Bastian? Verrückt.

Ich habe die verwaschenen Gesichter der Akteure in meinem Traum nie wirklich erkannt, aber ich wusste, dass es sich um Michael handelt, der eigentlich Jean-Pierre heißt.

Alle Figuren stammen aus einem meiner Bücher, in dem ich immer lese, wenn ich alleine bin. Théo hat mir einen geblasen. Und zur gleichen Zeit habe ich einen Schwanz im Arsch. Ich spüre sogar noch den leichten Druck im Hintern. Verrückt. Mein Schwanz steht. Hoffentlich merkt es keiner. Der Schlafsack bedeckt alles.

Ich fingere nach meinem Brustbeutel, in dem Reisepass und Ticket stecken und den ich von oben in meine Shorts geschoben habe. Der Kunststoff klebt an der Haut, der Klettverschluss ratscht. Die Männer gehen die Dokumente durch.

Ich zupfe nervös an meinen Fingern. Die Bilder der Orgie aus meinem Traum sind zum Greifen nah, hektische Momente der Lust, der Ekstase, trunken vor Hemmungslosigkeit und ohne Scham. Sonja mit Nicole und alle anderen untereinander.

Ich hatte einen Schwanz im Mund und schiele zu Michael, der sich die haarigen Arme reibt. Sein Dreitagebart ist dunkel. Affe.

Wie komme ich nur darauf? Nie würde ich ihm einen blasen. Niemals.

Bastian kratzt sich am Kopf, nimmt den Pass entgegen, sein Ticket. Sonjas T-Shirt ist verrutscht. Mein Herz klopft plötzlich. Sie ist wunderschön, selbst um zwei Uhr nachts an der Grenze zwischen Portugal und Spanien.

Als sie den Grenzer anlächelt, möchte ich sie küssen. Was ist hier los? Sekunden später löscht der Schaffner das Licht, knallt die Tür.

Murmeln, Nicole flüstert etwas, Tim hebt seinen Gips über den Schlafsack. Wessen Füße sind das an meiner Hüfte? Bastians? Nicoles? Die Augen brennen. Nur schlafen. Noch zweihundertfünfundneunzigtausend Schwellen bis Madrid. Mein Nacken ist steif. Nur noch schlafen.

Ich schließe die Augen auf und erwache aus einem Sekundenschlaf mit vielen Bildern, hektischen Gefühlen und einer ganzen Geschichte, die man nicht wiedergeben kann. Sekundenschlaf mit einer Fülle von Informationen, als hätte jemand meinen Schädel aufgebohrt und einen Film in Zeitraffer direkt auf das Hirn projiziert.

Pasaporte, Abteil, ich hatte doch, deshalb konnte ich nicht, mehr Erinnerung ist nicht da. Mein Kopf an Sonjas Schulter ist klarer als noch vor ein paar Augenblicken.

Michael hat einen seltsam metallischen, kratzigen Nachgeschmack auf meiner Zunge und in meiner Kehle hinterlassen. Nach einem Räuspern bleibt das Kratzen. Meine Muskeln entspannen sich.

Was hat Sonja gesagt? Wenn ich mal weiß, wie es ist, mit einem gefühlten halben Liter Sperma und Gleitgel im Arsch durch die Gegend zu laufen, würde ich anders über Arschficken denken.

Nun, ich muss mich jetzt ja nicht bewegen. Ich muss nur genießen. Wie genau hat sich Tims Fahrt in mir angefühlt? Der Rausch ist weg, aber nicht die Lust. Es muss kurz vor der Grenze sein, und keiner gähnt. Kurz vor, wie spät ist es eigentlich?

Die Fahrt ist nie zu Ende und Grenzen sind nur in unseren Köpfen. Mehr, schneller, weiter. Aus den Augenwinkeln sehe ich, wie Tim sich setzt. Bastian hockt mit dicken Backen auf dem Boden, meinen halbsteifen Schwanz noch immer in der Hand.

Quer über das Linoleum vor ihm zieht sich eine feuchte, milchigweiße Spur. Seine Hand fühlt sich gut an, selbstverständlich, normal.

»Ausspucken gilt nicht«, sagt Nicole. »Dann weißt du mal, wie das ist.«

Erst jetzt lässt er mich los. Anschließend verlangt er nach Wasser. Auch ich nehme einen Schluck. Nicole setzt sich, wischt sich über das Gesicht.

»Und? Wie war es?«

»Gut«, sagen Bastian und ich im gleichen Atemzug. Verlegenheit folgt, Blicke zu Boden, zu Sonja, die erschöpft neben mir noch immer mit gespreizten Beinen auf ihrer Koje hängt, die Hände im Schoß, die Finger dort, wo bis eben noch Nicole erfahren hat, wie die Fahrt auf dem anderen Gleis schmeckt.

»Ihr verbringt einfach zu viel Zeit zusammen«, sagt Tim, und wichst seinen Schwanz. Ob er auch schon wieder kann? Michael hat seinen Platz an der Tür wieder eingenommen und dreht die Klimaanlage ganz aus. Die Luft im Abteil ist stickig, und das gefällt mir.

Es riecht nach Sex, nach Lust, nach Orgie, nach Exzess. Bastian setzt sich neben Nicole. Sie zieht die Beine an und stellt die Füße auf die Bettkante. Ein Zug aus der Gegenrichtung rauscht knallend vorbei. Sonja erschrickt.

Kurzes Schweigen bei der Grenzkontrolle. Der Zug zischt und dampft und stampft und pufft. Hat er Verspätung? Und plötzlich wieder die Durchsage über die Lautsprecher, mit Nicoles Stimme: »Also, ich bin immer noch geil.«

3.

Sonja spielt ohne auch nur die Spur einer Verlegenheit mit ihren Fingern zwischen den Schenkeln. Sie hebt entrückt das Becken an wie zu einer Brücke und schiebt sich den Mittelfinger von hinten in ihren Po. Nicole auf der anderen Seite des Abteils, die Beine ebenfalls gespreizt, macht es ihr nach.

Finger um Finger taucht ein, wird feucht, gesellt sich zu den anderen. Beide Öffnungen werden penetriert, gefolgt von hohem, atemlosem Seufzen. Tim hält sich die leere Hand an die Lippen und imitiert einen Zug vom Joint.

Michael flüstert ihm etwas zu, sie kichern. Der Zug nimmt nach der Grenze wieder Tempo auf. Jetzt wird die Fahrt wirklich schnell. Nächster Halt: Fantasialand.

Sonja holt Luft, sieht mich an, ich lasse ihre linke Brustwarze aus dem Mund rutschen.

»Bitte, macht's mir, jetzt. Du und Koffer, nicht Tim.«

»Wieso nicht ich?«

»Weil ich dich hasse!«, keift sie. Speichel glänzt auf ihren Lippen. »Weil du ein Arsch bist und mich nur ausnutzt.«

Meine Hand an Sonjas Schulter soll beruhigend wirken. Ihr Körper ist zum Zerreißen gespannt, ihre Arme und Hände klatschen unaufhörlich an Po, Schenkel und Bauch. Sonjas Stimme wird augenblicklich sanft und beinahe kindlich.

»Du bist so anders, so viel ehrlicher«, seufzt sie und ich hoffe, dass mein Schwanz an dieser Grenze nicht stehen bleibt.

Tim grinst, halb verlegen und betont gleichgültig. Nicole zuckt hechelnd, Bastian greift nach ihren Titten. Michael, der wieder erigierend an einem neuen Joint arbeitet, sieht gar nicht auf, als er sich einmischt. »Und wer hat mich gefragt?«

»Als bräuchtest du eine Aufforderung«, säuselt Nicole atemlos. Sie hat zwei Finger im Hintern und zwei in der Möse. Feuchtes Klatschen übertönt das Rattern der nächsten hunderttausend Schwellen. Ihren Blick löst sie nicht eine Sekunde von Sonja. »Dann los, macht, ich will zusehen, worauf wartet ihr?«

»Aber Koffer will ja gar nicht«, sagt Sonja fast zaghaft. Grenzfall. Michael hebt den Blick und grinst. »Nicht weinen, mein Schätzelchen. War doch nur ein Scherz.«

Mein Blick geht zur Seite. Nicole wichst Bastian, der jetzt seine Finger an ihrer Möse hat. Sie sehen uns zu, als seien wir zwei Comicfiguren, die vom Fernsehbildschirm in die Realität geflüchtet sind.

»Schnell«, drängt Sonja mit zuckendem Becken. Noch immer spielt sie mit den Fingern an ihrer Möse und in ihrem Hintern. Michael nickt Tim zu und greift nach der Tube mit dem Gleitgel.

Sonja hebt ein Bein auf die Liege. Ihre Knie finden links und rechts von meiner Brust auf der schmalen Sitzbank Platz. Dunkelbraune Haare fallen ihr ins Gesicht.

Jetzt wäre eine Spange gut, damit die Kamera die Lippen beim Blowjob besser zeigen kann. Sie fixiert zwischen ihren Titten hindurch meine Erektion. Langsam senkt sie den Hintern und setzt sich auf mich. Mein Schwanz gleitet mühelos bis zum Anschlag in ihre Möse. Was für ein Gefühl.

Sonja schließt die Augen und seufzt. Ich greife nach ihren Titten. Dann beugt sie sich vor. Jetzt ist ihr Gesicht ganz nah an meinem. Wenn ihre Augen sprechen könnten, können sie aber nicht, sie ist wie die kleinen Katzen, die ich eingefangen und zurück in den Schuppen gesperrt habe.

Ich weiß nicht, was ich mit ihr machen soll, außer sie zurückzustecken, weil es nicht meine Aufgabe ist, mich um die verzogenen, neurotischen Viecher zu kümmern. Fehlt nur noch der Riegel.

»Und? Aufgeregt?«

»Ein bisschen«, flüstert sie. »Ich habe Angst, dass es weh tut.«

»Er macht das schon richtig. Der hat doch Erfahrung.« Sie kichert. Auf welcher Seite der Grenze ist sie?

»Viel hilft viel«, sagt Michael und hockt sich hinter sie. Wie gerne wäre ich jetzt an seiner Stelle. In Sonjas Blick wechseln sich Spannung und Erregung. Der Tubendeckel klickt, Michael starrt konzentriert auf Sonjas Hintern.

Fehlt nur seine Zunge im Mundwinkel. Etwas Kühles läuft auf meine Hoden. Michael fummelt herum, ich spüre seine Finger an meinem Schwanz. Sonja zuckt zusammen.

»Huch«, sagt sie. Ihre Augen reißt sie wieder auf. Huch. Als sei ihr der Kaffee beim Umrühren übergeschwappt. Wieder klickt der Deckel. Bastian nimmt die Tube entgegen und legt sie neben sich auf die Liege. Sonja reitet mich mit geschlossenen Augen, bis sich ihre Gesichtszüge entspannen und der Ritt an Schärfe zunimmt. Michael bewegt seine Hand schneller vor und zurück, Sonja wird lauter.

Nicole und Bastian genießen fasziniert das ihnen gebotene Schauspiel und spielt dabei aneinander herum. Ich muss den Kopf ganz drehen, um die Details zu erkennen. Der Wagen schwankt. Bewegung hinter Sonja. Michael zieht seine Hand zurück. »Achtung, es geht los.«

Was ich von der Penetration nicht sehen kann, entdecke ich auf Sonjas Gesicht. Jeder Moment spiegelt sich in ihren Augen, auf ihrer Stirn, ihren Lippen. So gerne stünde ich jetzt hinten ihr, um es zu betrachten und gleichzeitig zu spüren.

Ungewohnt, nur zu vermuten, was sich da abspielt. Sie wartet zunächst entspannt mit geschlossenen Augen und offenem Mund. Dann kneift sie ihre Augen zusammen, bleckt die Zähne und presst ein Stöhnen hervor.

»Warte, nicht, du tust mir...«, beginnt sie.

»Wir müssen ja nicht«, sagt Michael von hinten, und sie scheint es falsch zu verstehen, denn ihre Antwort kommt viel zu schnell, ängstlich und beinahe unterwürfig. »Bitte nicht aufhören, ich ...«

Die nächsten Worte gehen in einem gutturalen Stöhnen unter. Michael schiebt sich weiter vor.

»Oh, Gott«, ruft sie, hechelt und stöhnt und presst ihren Kopf in die Grube zwischen meinem Hals und meiner Schulter. Ihr Haar kitzelt.

Ich drücke meinen Hintern in die dünne Auflage der Liege und probiere mich an einem Stoß. Michael zieht sich spürbar zurück.

Jeder Zentimeter ist ein Ton höher. Vor dem eingestrichenen C stößt er ein zweites Mal zu. Sonja röchelt. Auf ihrem Gesicht zeigt sich höchste Konzentration.

»Nicht so tief, nicht so tief.«

»Entspann dich«, knirscht er. Bei seiner nächsten Bewegung verschwinden die Falten auf ihrer Stirn.

Ich lutsche an Sonjas Titten und bewege mich vorsichtig. Noch mehr Reize, und ich spritze sofort ab. Neben uns hat sich Nicole für Bastian längst hingekniet. Tim steht wichsend neben Michael und hat eine Hand zwischen dessen Pobacken.

»Gefällt dir das?«, flüstere ich. Sonja öffnet die Augen. Ihre Stimme klingt gepresst. »Ich weiß noch nicht.«

»Soll ich ihm sagen, dass er aufhören soll?«

Sie schüttelt den Kopf, reißt die Augen auf und stöhnt. »Jetzt ist besser. Er ist ganz drin.«

Sie küsst mich hart, nass und fordernd, bohrt mir ihre Zunge in den Mund und reibt sich an meinem Schwanz, der so gut wie keine Fahrt aufnimmt. Dafür spüre ich Michael.

Haut klatscht auf Haut. Sonjas Titten an meiner Brust, ihre harten Nippel, ihre Knie pressen sich in meine Seite, ihre Haare fallen ihr im Takt seiner Stöße in die Stirn. Die Stimme vibriert. Wohin spritze ich eigentlich?

»Oh, Gott, ist das geil.«

»Gefällt dir das?«

»Das ist so.« Luftholen. »Unglaublich.«

Das ist der Höhepunkt. Sie weiß, wie man Pornos dreht. Sie kennt es. Diese Grenze überschreiten wir gemeinsam. Und jetzt, zum Höhepunkt, kommt meine einzige Chance, und dann ist dieser Film mit Sonja abgedreht, im Kasten, wie die Kätzchen. Schluss, aus, vorbei.

Flüstern. Sonja scheint es in dem Moment zu ahnen, als sich Michael weiter als zuvor zurückzieht und Tim die Tube in die Hand nimmt.

»Was macht ihr da?«

Sie stöhnt auf, und Sekunden später steht Michael an der Tür. Sonjas Blick wird groß vor Schreck.

»Nicht Tim, nicht er, ich will das nicht, nicht mit ihm.«

Sie richtet sich auf, entschlossen. Lass die Kätzchen frei, lass sie laufen, sie finden ihren Weg, sperr sie nicht zurück, hastet ein Gedanke plötzlich durch meinen Kopf, und doch halte ich sie fest umklammert. Diesen süßen Körper, dieses niedliche Gesicht.

Nicole hört nichts, wird von Bastian besinnungslos gefickt. Sonja starrt mich entsetzt an, die Augen weit offen. Tür zu. Wieso muss ich so viel Kraft aufwenden? Ob Tim oder Michael spielt doch keinen Unterschied.

Dumme Nuss, sie hat ihre Emotionen wirklich nicht unter Kontrolle. Vor ein paar Tagen noch konnte sie von Tim nicht genug bekommen, jetzt hasst sie ihn. Meine Chance.

»Ich fänd' es gut, wenn du es machst.«

Ich halte sie fest, verhindere, dass sie von mir herunter klettern kann. Ich möchte sie zerquetschen in meinen Armen, möchte sehen, wie sich ihr Gesicht vor Schmerz verzieht, vor Abscheu und Widerwillen gegen das, was Tim mit ihr macht, wegen Tim. Vielleicht hasst sie mich dann auch und ich bin wieder frei.

Mein Herz klopft, mein Schwanz steckt in ihr. Er macht das schon. Zurück in den Schuppen, nicht nachdenken, nur ficken. Wenn sie sich nur einen Zentimeter bewegt, spritze ich ab

Ihr Blick ist tiefer als ich es jemals sein werde. Ihr Körper entspannt sich. Der letzte Moment, bevor sich die Tür schließt. Tim schiebt sich vorwärts und brummt zufrieden: »Der geht ja rein wie Butter.«

Riegel vor. Sonja reißt überrascht die Augen auf, schmerzerfüllt und voller Angst. Sie versucht vergeblich, nach vorne auszuweichen. Hass mich dafür, hass mich, ich habe es nicht besser verdient.

Tims Stöße kommen überraschend schnell. Und wieder glättet sich Sonjas gerunzelte Stirn. Ihr Mund öffnet sich, ihre Zunge schnellt hervor, bohrt sich zwischen meine Lippen.

»Gefällt es dir?«, keucht sie.

»Spielt das eine Rolle?«

»Ja. Soll ich wieder was sagen?« Ihre Haare werden von keiner Spange mehr gehalten. Sie sieht anders aus. Durchgefickt.

»Sag was Geiles.«

»Was soll ich denn sagen?«

Tim packt sie von hinten an den Titten. Sein Kopf schwebt über ihrer Schulter, viel zu dicht vor mir. In seinen Augen steht die blanke Gier. Er hockt über ihr und bohrt sich von hinten in sie, als wolle er zum Mund wieder herauskommen.

»Jajajaja«, jammert Sonja im Takt seiner Stöße. »Fickt mich richtig durch, fickt mich in meine beiden Löcher. Ich will, dass ich mir es so richtig besorgt. Fickt mich, fickt mich mit euren dicken Schwänzen.«

»Sag es, sag, wie gut es dir gefällt:«

»Es gefällt mir mit Schwänzen in meinen beiden Löchern.«

»In welchen Löchern.«

»Im Arsch und in der Möse. Ich liebe es, doppelt gefickt zu werden.«

»Wer fickt dich?«

»Tim fickt mich in den Arsch, Tim. Und du fickst mich in die Möse.«

Ich knirsche mit den Zähnen. Tim schließt die Augen und dröhnt seinen Orgasmus durch das Abteil. Sonja zuckt auf mir.

Gerade noch rechtzeitig rutsche ich unter ihrem schweißnassen Körper nach hinten, mein Schwanz gleitet aus ihr. Lippen schließen sich darum. Ich spritze ab. Wo ist Michael? Tim sackt auf Sonja zusammen. Unglaublich.

Die Berührung am Arm erschreckt mich. Sonja liegt schwer auf meiner Brust. Ihr Haar kitzelt. Bastian, dessen Bein meinen über die Liege hängenden Arm gestreift hat, lässt seinen halbsteifen Schwanz abtropfen. Nicole bewegt sich von der knienden Position in die sitzende.

Die Liege quietscht und Sonja hebt den Kopf, ein überraschtes Seufzen löst sich von ihren Lippen. Auf ihrer Wange glitzert es feucht. Tim stellt sich in den Gang. Sein Sperma läuft aus ihrem

Arsch über meinen Schwanz, den keine Lippen mehr umschließen. Sonjas Blick ist wieder viel zu tief.

»Warum hast du das zugelassen?«

»Weil es mir gefällt.«

»Musst du mich so wegstoßen?«

Wegstoßen? In den Schuppen sperren. Sorry, Sonja, aber ich kann mit deinem Problem nicht umgehen. Und irgendwie weiß ich, sehe ich an Tims Grinsen, dass er es auch nicht kann. Niemand kann es. Wir sind alle alleine. Das Kätzchen ist wieder im Schuppen. Oder nicht? Ich bin müde. Ich bin. Ich.

Ich schließe die Augen auf.

Ich sitze aufrecht, die Beine in den Gang gestreckt. Mein linker Arm ist eingeschlafen und kribbelt leicht, als das Blut zurück strömt. Ich habe wieder geträumt. Über der Abteiltür leuchtet gelborange das Nachtlicht.

Ich habe keine Ahnung, wie schnell wir sind. Fährt der Zug oder steht er? Es könnte ein ruhiges Stück sein, mit neuen Gleisen, auf dem der Zug schnell fahren kann, ohne zu schwanken.

Das Rattern hat aufgehört, das Schwanken.

Nicht einmal die Klimaanlage zischt noch. Fahren wir noch oder hat der Zug angehalten? Oder hat er die Schienen verlassen und fliegt nach oben, zu den Sternen, in die Unendlichkeit?

Tim neben mir steht der Mund offen. Sein Gipsarm liegt auf seinem Bauch, die langen Beine ragen quer über den Gang auf Bastians Sitz. Bastian schnarcht leicht, Nicole hat den Schlafsack bis zum Kinn gezogen. Ihr kurzes blondes Haar steht in alle Richtungen. Michaels Kinn berührt seine Brust.

Neben mir hängt Sonja auf ihrem Platz, der Kopf zur Seite gefallen. Hat sie nicht gerade noch auf mir gelegen? Haben wir nicht gerade gefickt? Ein Traum, wieder ein feuchter Traum.

Wir haben gar keinen Schlafwagen genommen, weil alle Plätze belegt waren. Oder lag es am Preis? Was hat mir Tim in Paris gesagt? Ich habe meine Emotionen nicht unter Kontrolle? Meine Finger brennen, unter den Nägeln ist Blut.

Scheiß Träume. So viele Träume von Sex mit meinen Mitreisenden. Woher kommen die nur? Noch zweihundertdreizehntausend Schwellen bis Madrid. Mein Nacken ist steif. Nur noch schlafen.

Sind wir schon hinter der Grenze?

Zwischenhalt

Interrail, das ist die große Oberflächlichkeit auf Rädern. Immer unterwegs, nie ankommen, und nichts begreifen. Wir sind nicht zuhause, wir sind nicht einmal richtig im Urlaub. Kaum da schon wieder weg. Nur die Sehenswürdigkeiten abhaken und dann weiter. Und manchmal sogar nicht mehr als der Campingplatz, die Jugendherberge, das Hotelzimmer. Interrail erlaubt keine Tiefe und verlangt sie auf jedem Kilometer. Zerrissen zwischen zwei Polen.

1.

Langsam rollt der Zug. Die letzten Bilder meines Traums huschen noch vor meinem geistigen Auge. Ich weiß nicht genau, was ich geträumt habe, aber es hatte mit Sex zu tun, mit einer Orgie in einem Schlafwagen. Ich habe eine mächtige Erektion.

Meine Beine sind eingeschlafen und mein Nacken ist steif. Die anderen schlafen noch. Nicole sieht fertig aus, Sonja versteckt sich hinter ihrer Jacke. Tim schnarcht, Michael fallen die schwarzen Haare ins Gesicht.

Mit dem Dreitagebart sieht er wirklich aus wie ein Affe. Ich mag nicht mehr. Ich finde diese Momente, in denen ich vor Müdigkeit kaum zwischen Traum und Wirklichkeit unterscheiden kann, immer unerträglicher.

Wir sind ruhelos, rastlos. Unsere Reise ist zum Selbstzweck verkommen. Unsere Gruppe fällt auseinander. Ich kann Nicole nicht mehr ertragen, ihr herrisches Auftreten, ihr Anspruchsdenken.

Bastian, mein letzter Verbündeter, mein ehemals letzter Verbündeter, hat mich bitter enttäuscht. Er versucht lieber, Nicole alles Recht zu machen, sich ihr unterzuordnen, ihren Ansprüchen gerecht zu werden und sich unterzuordnen, statt Schluss zu machen und mit mir wieder einsam durch die Prärie zu streifen und den Mond anzuheulen.

Was ist an dieser Situation so erstrebenswert?

Meine Augen brennen. Ein Blick auf meine Uhr. Wann soll der Zug ankommen? Kurz vor acht? Dann haben wir noch fast zwei Stunden. Sonja bewegt im Schlaf die Lippen. Lippen, die in meinem Traum.

Was? Was habe ich geträumt? War es wirklich ein Traum? Ihr Schlafsack ist heruntergerutscht und gibt eine Schulter frei. Nur die Schulter und den Hals, den Ansatz ihres dunklen Haars. Meine Hände zittern. Der Zug rumpelt.

Ich muss. Ich.

Vorsichtig stehe ich auf, hebe ein Bein vom Sitz gegenüber. Ich trage meine Shorts, in denen mein Brustbeutel steckt. Gib Dieben keine Chance. Liebe Diebe. Liebe.

Mein Rucksack liegt oben im Gepäcknetz. Ich muss an die Fronttasche. Vorsichtig steige ich auf den Sitz. Hoffentlich wacht niemand auf. Mit einer Hand mache ich leise den Reißverschluss auf, mit der anderen halte ich mich am Gitter der Ablage fest.

Das Knarren des Verschlusses kommt mir ohrenbetäubend laut vor. Der Wagen schwankt. Fast falle ich, stürze auf Tim auf dem Sitz neben mir. Blind taste ich in der Tasche, bis meine Fingerspitzen das Papier berühren. Mein Herz rast. Die Bilder aus dem Traum sind wieder da. Die Bilder von. Von Sonja, von Tim und Bastian, von Nicole und Michael.

Langsam nur rutschten die Magazine aus der engen Tasche. Von draußen dringt blaues Dämmerlicht in unser Abteil. Mit einem Mal rutschen die Hefte und ich habe, was ich brauche, was ich dringend brauche.

Leise steige ich von meinem Sitz herunter, stopfe die Magazine unter mein T-Shirt, öffne die Abteiltür und betrete den Gang. Vor den Fenstern huscht eine karge Landschaft vorbei, Olivenbäume, Schuppen. Bevor ich die Tür wieder zuziehe, bücke ich mich, greife unter meinen Sitz und hole meine Turnschuhe hervor.

Wer weiß, in welchem Zustand die Toilette ist.

Es riecht streng und auf dem Boden liegt ein Blatt Toilettenpapier. Ich schließe die Klotür ab und hole mit zitternden

Händen die Hefte hervor. Ich breite sie auf dem schmalen Waschbecken aus und blättere durch das erste Heft. Auf den ersten Seiten eine Blondine, die sich hinkniet und die Beine spreizt, den Hintern in die Kamera hält und die Pobacken auseinander zieht.

Mein Schwanz in meiner Hand fühlt sich so gut an, ist so steif, so geil. Jede Bewegung meiner rechten Hand schickt ein Glücksgefühl in mein Hirn. Ich starre auf die Bilder und meinen Schwanz, auf die Vorhaut und die Hochglanzmöse.

Wichs, wichs dich glücklich.

Wie gut, dass ich hier ohne Papier hantieren kann. Wichsen in Zugtoiletten ist spitze. Hier kann ich einfach ins Waschbecken spritzen.

Mit der Linken blättere ich weiter. Eine Brünette, die aussieht wie Sonja, wird von einem Typen in den Arsch gefickt. Im Knien, er von hinten, den Schwanz tief in ihrem Po.

Wie geil, wie gut, wie unglaublich perfekt.

Ich blättere noch ein bisschen. Mein Herz schlägt hart. Stundenlang kann ich so weitermachen, noch zwei Orgasmen bis Madrid.

Werbung, Texte auf Spanisch, die ich nicht verstehe, und endlich die nächste Bilderserie. Diesmal wird eine Brünette von zwei Männern gefickt. Einer vorne rein, einer hinten. Ich wichse langsamer, sonst kommt's mir gleich. Großaufnahme von hinten, die beiden Schwänze in ihrem Arsch und der Möse. Perfekt, so perfekt.

Die Fotos zeigen, wie das Sperma aus den Schwänzen schießt, auf Gesicht und Arsch der Brünetten klatscht. Ich reiße die Hefte hoch und spritze in das kleine Waschbecken. Mein Sperma landet auf fleckigem Edelstahl, sammelt sich im Ausguss, durchsichtig und weiß.

Meine Knie sind weich, mein Herz rast und mein Kopf kitzelt in einer weichen Explosion. Wie gut, wie schön, wie wichtig.

Ich setze mich auf den Klodeckel, lehne mich an die Wand und atme durch. Neben dem Waschbecken liegen die Hefte. Auf dem

Titel des oberen Heftes ist eine Frau mit herrlichen Titten abgebildet.

Tolle Titten. Mein Schwanz bleibt hart. Ich sehe auf meine Armbanduhr. Noch eine Stunde. Ich habe noch Zeit für ein zweites Mal, diesmal mit dem anderen Heft, in dem der Frau das Sperma aus der Nase läuft, nachdem sie einem gut gebauten Mann einen geblasen hat.

Bei meiner Rückkehr ins Abteil sind die anderen wach. Der Vorhang ist zurückgezogen und Bastian starrt in den Gang. Er sieht müde aus. Nur Michael pennt noch. Mist. Sieht man die Hefte unter meinem T-Shirt? Das Hochglanzpapier ist kalt am Bauch und klebt an der Haut.

»Wo warst du denn?«, fragt Bastian. Blöde Frage.

»Auf Klo«, antworte ich wahrheitsgemäß. Vorsichtig schiele ich nach unten. Der Gummibund der Shorts kann die Hefte kaum halten. Die Nervosität wächst. Beim Hinsetzen beult mein T-Shirt in Brusthöhe in einer geraden Kante aus. Nicole lächelt mir zu, aufmunternd.

»Morgen«, sage ich und überlege, wie ich die Hefte zurück in den Rucksack schmuggeln kann, ohne dass mich jemand dabei beobachtet. Industrieanlagen, schmuddelige Vororte, Bahnhöfe, Pendler. Madrid. Eine Woche ist es her. Es hat sich nichts geändert. Was soll sich auch ändern?

Die Luft auf dem Bahnsteig ist frisch, die Sonne steht schon über den Häusern, der Himmel ist blau. Madrid. El Escorial. Ameisen. Das ist ein echtes Déjà-vu. Wir waren schon einmal hier, haben in dieser Wartehalle die Zeit totgeschlagen. Was sollen wir hier?

Madrid Chamartin erinnert mich an Paris. Sind die Bahnhöfe deshalb alle so ähnlich, weil es Kopfbahnhöfe sind oder weil sie in der gleichen Zeit gebaut wurden? Wir laufen den Bahnsteig bis zum Eingangsgebäude hinunter. Was jetzt? Was ist unser Plan?

Minuten später stehen wir am Fahrkartenschalter, in einer Schlange, der Angestellte sechs Fahrgäste weiter, hinter einer riesigen Glasscheibe mit einem winzigen Loch darin, durch das er mit uns sprechen wird wie ein Arzt zu seinem Patienten in der Quarantänestation.

Aussätzige, die ihr mit dem Zug fahren müsst.

Normale Menschen nehmen das Auto oder das Flugzeug. Ich habe nicht zum ersten Mal das Gefühl, dass Bahnfahren in Südeuropa nur etwas für die Armen ist. Und für Heranwachsende aus der Überflussgesellschaft.

»Wollt ihr noch einmal in die Stadt?«, fragt Tim. Ich zucke mit den Schultern. Was soll ich da? Noch einmal sehen, was ich nicht verstehe?

»Wichtiger ist doch, wie wir jetzt weiter machen?«

Ich habe das Gefühl, irgendetwas verpasst zu haben. Wie wir weitermachen?

»Wollten wir nicht nach Barcelona?«

»Du bist so verpeilt, Sven«, zischt Bastian. Ich spüre, dass ich wieder einmal nicht zugehört habe, fühle die Ablehnung, weil ich mit meinen Gedanken immer woanders bin. Sagt es mir doch noch einmal. Sagt mir, was ich wieder vergessen habe.

»Fahren wir nach Sevilla und gucken uns die Weltausstellung an oder nicht?«

Bastian schüttelt den Kopf. »Ist mir immer noch zu teuer.«

Ich verstehe die ganze Diskussion nicht. Hatten wir jemals über Sevilla gesprochen, vorher, als wir die Tour planten? Wir stehen vor den Fahrkartenschaltern. Neonlicht am helllichten Tage. Ich fühle mich wie in einem Käfig, wie in einer Wohnung im Sommer, mit heruntergelassenen Jalousien.

»Und wie ist dann dein Plan?«

Mein Plan ist, die Hefte endlich wieder in meinen Rucksack zu stopfen. Sollen sie doch was ausmachen, ich muss kurz weg. Ich muss. Sonja guckt irritiert.

»Wir wollten doch über Barcelona, Nizza und Straßburg nach Hause.«

»Das können wir immer noch. Wir fahren mit dem AVE nach Sevilla und von dort nach Barcelona. Und dafür streichen wir *fucking* Nizza. Das bringt's doch eh nicht. Nizza, was willst du denn da? Einen Millionär finden?«

»Und was kostet das?«, fragt Nicole.

Bastian stemmt die Hände in die Hüften. »Ist mir egal, was das kostet, es kostet mir zu viel.«

»Dir geht's also gar nicht um das Geld?«

»Mann, halt dich doch einfach mal an Abmachungen.«

Tim sieht aus, als würde er gleich schreien, vor Wut oder vor Enttäuschung. Doch weit gefehlt. Er hat eine Entscheidung getroffen.

»Okay, Koffer, du kommst mit?«

»Klar«, sagt Michael nur und zieht seinen Rucksack höher.

Plötzlich sind wir an der Reihe. Nachtzug nach Barcelona. Oder AVE nach Sevilla. Viel zu schnell müssen wir eine Entscheidung fällen. Was ist in Sevilla? Weltausstellung. Na und?

Der Angestellte der RENFE starrt uns an. Er raucht tatsächlich bei der Arbeit. Zwischen Kursplänen und Tickets steht ein voller Aschenbecher. Was wir wollen, fragt er erst auf Spanisch und dann Englisch. Sitzplätze im Nachtzug nach Barcelona, will ich antworten.

Wie viele es sein sollen, fragt er gelangweilt.

»Kriegen wir bei Ihnen Tickets für den Zug nach Sevilla?«, mischt sich Tim ein. Der Angestellte guckt irritiert.

»*No night train?*«

»Vielleicht sollten wir das erst einmal zu Ende diskutieren.«

Ich seufze. Was? Diskutieren? Was gibt es da noch zu besprechen?

»Was kostet das denn?«, fragt Nicole etwas gestresst. Tim seufzt.

»Also doch eine Geldfrage?«

Ich frage nach dem Preis. Der Angestellte schüttelt den Kopf.

»*Tickets to Sevilla at the AVE desk.*«

»Gibt's denn noch Plätze?«

Wieder hebt der Mann die Schultern.

»*You want a reservation for the night train?*«

»Sven?«

»Ich...« Ich sehe zu Bastian hinüber, zu Nicole und zu Sonja. Mir egal, am liebsten wäre ich alleine, ganz für mich, auf meinem Bett. Ich will eigentlich nur nach Hause. Sag was. Was machst du? Was?

»Also, für mich ist Sevilla nichts«, sagt sie und guckt trotzig. Mein Blick wandert über ihren Körper, über die Wölbungen. Schon ganz geil. Wenn nur diese Nase nicht wäre, und ein bisschen mehr Brust. Nur ein wenig größere Titten. Und diese Heulerei. Und Dabbergost.

Mein Herz klopft. Dieses Gefühl macht mich ganz kribbelig. Kätzchen. Was? Seltsamer Gedanke.

Ach, was denke ich überhaupt darüber nach.

»Für mich auch nicht«, sage ich, weil mir der Gedanke, so spontan einen festen Plan zu ändern, nicht behagt.

»Sicher?«, fragt Tim und ich weiß nicht, wen von uns beiden er meint.

»Ja«, sagt sie.

Tim lacht spöttisch auf. Sein Gips ist vergilbt, schmutzig, an den Rändern eingerissen. Michael macht einen zerknirschten Eindruck. Bastian sagt: »Du weißt doch nicht mal, wann einer fährt.«

Michael beugt sich zum Fahrkartenschalter vor »Was kostet eine Reservierung?«

Der Angestellte seufzt. Pfennigbeträge.

»Sechs Reservierungen für den Nachtzug«, sagt Michael und nickt aufmunternd. »Wenn es zu teuer ist oder ausgebucht, fahren wir mit nach Barcelona.« So viel Pragmatismus ist wieder typisch für ihn. Michael werde ich vielleicht vermissen, Tim bestimmt nicht.

Ein Bild taucht auf, ein Bild von Sonja, keifend. Wie sie sagt, sie hasse ihn, oder so. Ich kann es nicht ganz einordnen.

»Wenn nicht im Nachtzug, dann sehen wir uns vielleicht in Barcelona?«

»In der Jugendherberge?«

»Sind wir denn so lange da?«

»Straßburg?«

»Vielleicht. Wir hinterlassen Nachrichten.«

Tim winkt ab. »Ah, komm, geschenkt.«

Er dreht sich um und dampft ab. Michael drückt uns rasch. Sein Dreitagebart kratzt. Das geht mir jetzt alles zu schnell. Dann sind sie weg. Sonja fängt an zu heulen. Hoffentlich will sie nicht von mir getröstet werden.

Das war es, denke ich so klar, dass man es fast hören kann. Unsere Gruppe hat sich aufgelöst. Wir waren sechs. Und was haben wir daraus gemacht? Uns gestritten. Wegen Sonja, und weil Tim so ein Arsch ist. Oder nicht? Oder war da noch was Anderes?

»Was jetzt?«

Wir stehen herum wie Reinhold Messner vor dem Aufstieg auf den Feldberg. Sinnlos. Herausforderung gleich Null. Wir waren schon einmal hier. Keiner hat anscheinend Lust, sich noch einmal in der größten Sommerhitze die Stadt anzutun.

»Ich muss kurz raus.« Sonja wischt sich eine Träne aus dem Gesicht.

»Soll ich mitkommen?«, fragt Nicole, doch Sonja winkt ab. Sie lässt ihren Rucksack da. Was so viel heiß wie: Egal, ob ihr auch noch einmal weg wolltet, jetzt bleibt ihr hier und passt auf meinen Rucksack auf. Ich starre ihr hinterher. Sie hat einen tollen Hintern, einen Hintern. In Arcachon hab ich ihn gesehen, vor dem Zelt.

Mein Herzschlag setzt einmal aus. Welch ein Anblick. Und ich kann mich kaum noch daran erinnern.

Ich muss meine Hefte verstauen. Nein, vorher muss ich. Ich muss. Wo sind die Toiletten?

»Bin auch gleich wieder da.«

Ich irre herum, die Hände auf dem Bauch, auf der Suche nach den öffentlichen Toiletten, und komme an einem Kiosk vorbei. Eine riesige Auswahl von Pornos, von Heften, die in Deutschland nur in einem Sexshop verkauft werden durften oder überhaupt nicht.

Ich betrete den Laden. Wenn ich jetzt noch was kaufe, wird es unter meinem T-Shirt eng, aber ich muss die anderen Magazine ohnehin noch verstauen, auf zwei oder drei Hefte mehr kommt es nicht an.

Im Laden stehen nur drei andere Kunden herum. Ich finde die Hefte sehr schnell in einem Drehständer. Nackte Frauen, ein wenig Sex, eher harmlos. Aber geil. Mein Puls beschleunigt sich. Rasch ziehe ich zwei Hefte hervor und will bezahlen

Der Verkäufer hinter dem Tresen mustert mich. Sein Gesicht ist unrasiert. Er ist Anfang vierzig. Er sagt etwas auf Spanisch.

»*No capito*«, sag ich und denke, dass es irgendwie die falsche Sprache sein muss.

»*Mas fuerte*?«, sagt er, und dann »*Something harder*?«

Ich weiß nicht. Ich. Er fasst mein Zögern als Zustimmung auf, nickt mit dem Kopf. Hinter seinem Tresen gähnt die Tür zu einem Lager, in dem ich gebündelte Zeitungen erkenne und Reinigungsutensilien. Mein Herz rast und meine Knie zittern. Mehr, härter. Ich.

Noch einmal nickt er und geht vor. Ich folge ihm unsicher. Niemand nimmt von uns Notiz, zwei andere Kunden blättern vergessen in irgendwelchen Zeitschriften, Büchern, Zeitungen. Ich betrete das Kabuff. Es riecht nach Zigarettenrauch. In einem Regal steht ein halbvoller Aschenbecher. Der Spanier geht voran, schielt zurück durch die offene Tür in den Verkaufsraum. Die Neonröhre an der Decke flackert.

Was mache ich hier? Was will er mir zeigen? Was ist härter als Fotos einer Frau, die von drei Männern gleichzeitig gefickt wird?

Mehr. Härter. In Spanien verkaufen sie am Kiosk Pornohefte, in denen Sex mit Tieren das Thema ist. Willst du das sehen? Dein Schwanz in der Hose will. Dein Schwanz will mehr. Dein Schwanz sprengt gleich die Hose.

Der Spanier blickt noch einmal zurück. Er holt einen Karton aus dem Regal, darin mehr als zwanzig Magazine. Er stellt ihn auf einen Stuhl mit zerschlissener Kunststofflehne. Mit einem Kopfnicken ermuntert er mich. Er dreht sich um und ist mit zwei Schritten wieder hinter seinem Tresen, um ein paar Zigaretten zu verkaufen.

Ich bekomme gleich einen Herzinfarkt. Auf den Titeln des ersten Magazin, ganz vorne in der Reihe, sind nackte Frauen abgebildet. Hardcore. *Fisting Games*, steht darüber, und die Frauen haben sich ihre Fäuste in die Mösen geschoben. Ich nehme das Magazin heraus und schlage es auf.

Nein, nicht nur in die Mösen, sie schieben sich die Hände auch die Ärsche, tief hinein. Vorne und hinten gleichzeitig. Oh, mein Gott. Meine Augen wollen aus den Höhlen springen.

Mehr.

Ich gucke auf den Titel dahinter. *Triple Penetration 3*. Ich traue meinen Augen nicht, als ich das Heft aufschlage. Ein Schwanz in der Möse, zwei im Arsch.

Wenn ich doch nur wichsen könnte. Die muss ich haben, die muss ich. Was kosten die? Ein Aufkleber vorne verrät es. 850 Pesetas. Fuck, das ist doch, wie viel ist das noch in Mark? Ich muss.

Das nächste in der Reihe. Gay. Männer, muskulös. Ja, warum nicht. Teens dahinter. Ich schlage es in der Mitte auf. Männer, die anderen Männer einen blasen. Jungs mit einem Schwanz im Arsch. Wie Théo, wie in meinen Büchern, nur viel härter, unromantischer, direkter. So deutlich, so unverschämt direkt.

Das Licht flackert. Spanische Wortfetzen wehen herein. Ich spüre meinen Körper wie elektrisiert. Mein Herzschlag hallt in meinem Schädel. Ich lege das Heft zur Seite. Auf dem Titel dahinter schwarzes Leder, weiße Fesseln. Nicht mein Ding.

Ich klappe es nach vorne. Frauen mit roten Kugeln im Mund, angekettet, die Mösen weit offen. Sie tragen Masken. Schläuche, Plastikhandschuhe. Nein, nicht, ich will.

Ich höre ihn plötzlich hinter mir, spüre seinen Atem im Nacken. Und plötzlich fühle ich eine Hand an meinem Po, Finger drängen sich von hinten in meinen Schritt.

Nein, nicht. Ich drehe mich um. Er starrt mich an, sein Mund steht offen. Die Tür zum Lager ist angelehnt. Sein dunkles Haar klebt ihm an der Stirn. Sein Atem geht rasch. »*Te gustan los hombres*?«

Was soll das denn heißen? Ich mache einen Schritt zurück. Zum Glück bleibt er stehen. Er zeigt auf die drei Pornos, die ich zur Seite gelegt habe. Ganz oben ist der mit den Jungs.

»*You like men*?«

Ich, nein, ich. Vielleicht. Männer, Frauen, Finger. Was auch immer, aber mir gefällt der Spanier ganz und gar nicht. Mir gefällt das Heft, mir gefällt die Distanz. Ich will das nicht.

»*No*«, entfährt es mir. Die Erregung ist mit einem Schlag verschwunden. Ich hebe die Hände, wie um ihn abzuwehren.

Er lacht heiser. Macht Platz. Gibt mir Raum. Ich gehe langsam an ihm vorbei. Hinaus in den Verkaufsraum. Ein letzter Blick. Er steht an der Tür, grinst.

Raus, raus aus dem Laden. An der Tür stoße ich gegen ein Drehregal mit Taschenbüchern. Ein paar Bücher fallen herunter, das Regal dreht scheppernd nach. Nicht anhalten, nicht stehen bleiben, kein Blick zurück.

Was hat er gedacht? Dass ich ihm? Dass wir?

Zu nah, viel zu nah. Nicht nur das.

Scheiß Pornos. Das wollte ich nicht sehen, das war zu viel, zu dunkel, zu abgründig. Rote Bälle. Fesseln. Schläuche. Handschuhe. Das mag ich nicht, das finde ich nicht erregend.

Schnell zurück. Sonnenlicht strahlt durch die Türen, draußen lauert das Leben, die Sonne. Ich ecke an, remple, haste an Menschen vorbei, die nicht wissen, wie finster die Seele sein kann, die nicht wissen, wie schmutzig die Fantasie ist.

Bastian und Nicole warten auf ihrem Gepäck. Sonja ist noch nicht zurück. Weiterhin trage ich die Hefte unter dem T-Shirt. Das am Bauch klebende Papier spannt bei jeder Bewegung.

»Alles klar?«, fragt Nicole und sie gibt vor, ehrlich interessiert zu sein. Nein, nichts ist klar, nichts. Soll ich dir von Frauen erzählen, die sich Fäuste in Möse und Arsch schieben? Soll ich von den Schläuchen berichten und den roten Kugeln? Von den Männern?

Und, viel schlimmer, soll ich von der Erektion in meiner Hose erzählen, dem Zittern in meinem Bauch und der Geilheit? Dunkel ist die Seele, schmutzig die Fantasie.

»Alles klar«, antworte ich beiläufig und überlege, wie ich die Hefte unauffällig in den Rucksack schieben kann. Offensiv, selbstverständlich. Ich drehe den beiden meinen Rücken zu, beuge mich über meinen Rucksack und öffne die Verschlüsse zum Hauptfach. Vielleicht beachten sie mich ja gar nicht. Vielleicht.

»Wir wollen was essen gehen, wenn Sonja wieder da ist.«

Endlich. Nicole denkt zum Glück auch immer ans Essen. Ich ziehe die Hefte hervor. Meine Hände zittern.

»Super«, sage ich und stopfe die Pornos rasch zwischen feuchte Handtücher und getragene T-Shirts. Geschafft. Klappe zu. Affe tot.

Keine Ahnung, wo Sonja steckt. Sie wird doch nicht etwa einen Stadtbummel machen? Zuzutrauen wäre es ihr.

Also hocken wir im Bahnhof, in der Wartehalle, auf unseren Rucksäcken. So eine vertane Zeit. Statt hier herum zu sitzen, sollten wir besser durch Madrid schlendern. Oder nicht? Ich will schlafen, bin müde, möchte nach Hause und mich auf mein Bett vor den Fernseher legen.

Nicole und Bastian halten sich an den Händen. Mich macht das ganz nervös. Madrid schwitzt vor dem Bahnhof. Durch die Drehtüren weht heiße Luft, gemischt mit Abgasen und Staub.

»Irgendwie doof, oder?«

Bastian nimmt Nicoles Kommentar persönlich.

»Vielleicht hätte sich Tim einfach mal an das halten können, was wir abgemacht haben?«

Ich will etwas Schlaues hinzufügen, aber mir fällt nichts ein. Nicole trinkt aus einer Wasserflasche. Wie spät es wohl sein mag? Meine Armbanduhr zeigt kurz vor zwölf. Mein Magen knurrt. Wo steckt Sonja?

»Wir sind ein bisschen zu kompromisslos geworden, oder?«

Kompromisslos. Was meint sie? Dass wir nur machen, worauf wir Lust haben? Wenn Tim Lust auf Sevilla hat, soll er doch fahren. Warum müssen wir alles zusammen machen? Manchmal muss man sich eben trennen, wenn sich die Interessen nicht mehr decken.

Ich zucke mit den Schultern. »Ist mir egal.«

Fehlt nur der eine, der die Sache ein wenig vorantreibt. Jetzt sind wir zu viert. Vier Freunde, denen es egal ist. Na und?

Schließlich kommt Sonja zurück. Sie sieht verheult aus. Vielleicht geht es ihr jetzt besser. Nicole lässt Bastians Hand los.

»Wo hast du gesteckt?«

»Nachgedacht.«

Über Tim, oder nicht? Und wie sie ihn vergessen kann, weil die Interessen nicht deckungsgleich sind. Kongruent. Wie in der letzten Matheklausur. Oder nicht? Ah, Scheiße. Schule.

»Wollen wir etwas essen?«

Essen. Madrid ist heiß und laut. Wir waren schon einmal hier, haben uns die Stadt angesehen und schon damals nicht begriffen. Damals. Eine Woche her. Ich will weiter. Wir können doch nicht ein zweites Mal in die gleiche Stadt.

McDonald's liegt gleich um die Ecke. Vorher hole ich noch am Automaten frische Peseten. Können wir in Barcelona ohnehin gebrauchen. Man wird von dem Fraß bei McDonald's einfach nicht satt. In meiner Mittagspause, wenn ich am Wochenende Schicht bei unserem McDonald's habe, nehme ich mir immer zwei BigMacs, zwei Cheeseburger und einen Sechser McNuggets mit. Die große Pommes ist dann nur noch Sättigungsbeilage.

Hier zahle ich nicht die Hälfte, hier zahle ich gefühlt das Doppelte. Egal. Ich habe Hunger. Wir setzen uns noch ein paar Stunden in den nächsten Park, die Beine auf den Rucksäcken, und es kommt für einen Moment so etwas wie Harmonie auf. Sonja erzählt nicht, wo sie gewesen ist. Ich starre ihr dabei ständig auf die Titten. Staunend bewundere ich dabei die Nippel, die sich durch den Stoff bohren.

Ob sie einen BH trägt?

Weiß sie, dass sie wie die Frau auf dem Porno aussieht, der in meinem Rucksack steckt und zu dem ich heute Morgen in der Bahn abgespritzt habe? Sie hat ihre glatten braunen Haare wieder mit einer Spange gescheitelt. Weiß sie, wie gut ihr das steht?

Ich zupfe ein paar Grashalme aus dem Rasen. Um uns tost der Verkehr. Ein ganz toller Park. Da kann ich auch gleich auf der Mittelinsel hocken.

»Wenn ihr wollt, könnt ihr zwei auch noch mal alleine los, wir passen auf das Gepäck auf«, sagt Nicole und tritt mich im Schutz des Rucksacks. Was soll das? Warum soll ich mit Sonja weg?

Und dann? Was soll ich ihr erzählen? Was soll ich mit ihr anfangen? Dieser Gedanke ist mit einem Bild verknüpft, ein schreckliches Bild von einem Monster, das mich verschlingt.

Kätzchen. Schon wieder dieser Gedanke.

Hab ich davon geträumt? Mein Magen verknotet sich. Vermutlich liegt mir der letzte Cheeseburger quer.

Am späten Nachmittag holen wir uns im Supermarkt Verpflegung für die Fahrt, Wasser und Käse und Brot und Bananenjoghurt.

Schließlich kehren wir in den Wartesaal zurück.

Viele Proleten mit großen Rucksäcken auf dem Bahnhof. Sie trinken Bier aus großen Flaschen. Einer von ihnen rempelt Bastian an.

»He«, sagt Bastian nur, und der Typ baut sich wie eine schnell wachsende Eiche vor ihm auf.

»*What*?«, blafft er zurück. Eine Eiche, die in einem schweren Sturm schwankt.

»Nichts, nichts«, winkt Bastian ab. Das Gesicht des Typen glüht hochrot. Zwei geballte Fäuste hängen schwer an seiner Seite. Seine Freunde donnern die Wartehalle hinunter zu den Bahnsteigen. Mir pocht auf einmal das Herz bis zum Hals. Ich bin wie gelähmt. Diese rohe, sinnlose Brutalität, diese Aggression, dieser Hass, ich kann damit, ich weiß nicht, was, ich würde gerne.

Ich spanne meinen Körper, spüre meinen Magen rumoren, mein Herz rasen, den Schwindel im Kopf. Und dann schubst ihn der Typ zur Seite, schlägt Bastian mit seiner riesigen Pranke gegen die

Brust, so dass er taumelt, fällt, über die glatten Fliesen rutscht, aufschreit.

Ein Mann lässt seine Zeitung sinken. Eine Frau zieht ihr Kind zu sich heran. Und du? Was machst du? Mach was. Mach. Was?

Ohne den am Boden liegenden Bastian weiter zu beachten, schiebt sich der Schläger an ihm vorbei und folgt seinem Kumpel.

Mein Herz rast und meine Beine können keinen Schritt machen.

Die Scham, als Nicole und Sonja bei ihm sind und ihm auf die Füße hilft, die Scham darüber, ihm nicht zur Seite gestanden zu haben, ja nicht einmal der erste bei ihm zu sein, um ihm auf die Füße zu helfen, ist groß.

»Was wollte der denn?«, fragt Nicole. Hilflosigkeit in Bastians Augen und etwas, das mir wie ein Vorwurf vorkommt.

»Einfach nur Ärger.« Bastian schüttelt seinen Lockenkopf und rappelt sich auf.

Die Schalensitze aus rotem Plastik lassen dem Schlaf keine Chance. Überall drückt es, egal welche Position ich einnehme. Hätte man die Rückenlehnen höher gemacht, könnte man auch den Kopf abstützen, doch die Plastikwanne endet auf halber Höhe des Rückens. Kaum spüre ich die Lähmung in den Beinen, kippt mein Kopf nach hinten ins Leere und ich bin wieder hellwach.

Warum hast du nichts getan? Mein Handrücken juckt und ich kratze, ohne hinzusehen. Du hättest ihm helfen sollen, hättest hingehen und dich einmischen müssen.

Hätte, hätte, Fahrradkette.

Der Streit, den Nicole und Bastian führen, seitdem wir uns wieder gesetzt haben und dessen Grund ich wieder einmal nicht mitbekommen habe, dringt nur manchmal und kaum hörbar über die Ansagen, die vermutlich in Spanisch auf verspätete Züge, verlorenes Gepäck oder was weiß ich hinweisen sollen.

Mein Gepäck ruht zwischen meinen Beinen. Sonja sitzt auf der anderen Seite des Ganges zwischen den schier endlosen Sitzreihen. Ich bin so verdammt müde. Was jetzt? Was kommt jetzt, da wir nur noch zu viert sind? Was will ich noch auf der Reise erleben, was ich nicht schon erlebt habe?

Will ich immer noch nach Südfrankreich in die Kommune meines Vaters? Kann ich den zerknitterten Zettel lesen, die Adresse finden? Wird er überhaupt begeistert sein, mich zu sehen? Es hört sich so lächerlich an. Vielleicht sollte ich noch einmal mit den anderen darüber reden und mir der Absurdität dieses Gedanken bewusst werden.

Bewusst. Denken macht so müde.

Um sich selbst zu kreisen kann so anstrengend sein. Sonja liest in ihrem blöden Buch über einen tschechischen Schriftsteller. Sie könnte mir doch genauso gut einen runterholen.

Runterholen, soll ich dir einen Schlumpf runterholen, vom Regal heißt Lager rückwärts. Du bist ein **Rübezahl**. Ihre .... marsch.....Pässe bitte, die Ansage ist auf Spanisch, Madrid hat im nächsten Jahr die Olympischen Spiele.

2.

Rumpeln weckt mich. Mein Kopf kippt ins Leere. Ich liege auf dem Bauch. Im Sessel. Im Bahnhof. Im Nachtzug. Bastian und Tim, nein Michael und Nicole, weg. Im Nachtzug nach Sevilla. Nach Madrid. Nach Prag. Mein Kopf ist schwer wie Blei. Wo ist der Bahnhof? Wo der harte Schalensitz der Wartehalle? Ich schwitze, mein Hals ist trocken.

Ich habe von Madrid geträumt, so intensiv und echt, dass ich selbst im Rückblick, jetzt wo ich wach bin, keine logischen Löcher entdecken kann. Madrid. Pornos in meinem Rucksack. Pornohefte.

Kein Wunder. Den vielen Sex der vergangenen Nacht muss ich ja irgendwie verarbeiten. Aus Sex werden Pornos, und aus den Konflikten in der Gruppe, aus Sonjas Anhänglichkeit, wird im Traum der Fluchtgedanke.

Träume. Verrückt, wie sie die Realität widerspiegeln. Sie greifen ein Thema auf und spielen es durch, verdrehen es bis ins Absurde.

Der Schaffner steht in der Tür. In der Hand hält er einen Stapel grüne Pappen.

»Ihre Pässe«, sagt er auf Spanisch. Ich kämpfe mich aus meinem Schlafsack. Die ganze Nacht nur gefickt und kaum geschlafen. Von der obersten Liege beuge ich mich herab zur Tür. Der Schaffner lässt seine Augen über den Kleiderhaufen auf dem Boden wandern. Ich meine, etwas wie Verachtung in seinem Gesicht zu erkennen.

Als ich die Hand ausstrecke und die Pässe vom Schaffner übernehme, entdecke ich Sperma an meinem Unterarm. Überall klebt getrocknetes Sperma, und die letzten Fetzen des vergangenen Traumes huschen durch mein Hirn. Der Schaffner schlägt die Tür unsanft zu. Die Pässe landen auf dem verschwitzten, längst nicht mehr weißen Schlafsack. Sonja auf der Liege mir gegenüber.

Die Sitzplätze auf der Hinfahrt, die Abreise aus Madrid nach Lissabon vor einer Woche. Ist es wirklich erst eine Woche her? Mir kommt es wie zwei Wochen vor. Lissabon, die Algarve.

Sonja liegt mir gegenüber in ihrer Koje, nur wenige Zentimeter entfernt, doch als sie mich ansieht, wirkt es wie ein Kilometer. Sie lächelt nicht.

»Morgen«, sage ich. Jetzt lächelt sie doch, mit Schlaffalten an der Wange und einem verrutschten T-Shirt. Nackte Haut blitzt. Ihr Jugendherbergsschlafsack ist vollkommen verdreht. Der Zug schwankt. Mit dem Kopf stoße ich an. Meine Augen brennen. Ausgeschlafen fühlt sich anders an. Unter uns hustet Michael trocken.

»Morgen«, erwidert Sonja schließlich.

»Ficken irgendwer?«, ruft Michael.

Nicole schreit erbost auf. »Ich schlafe noch!«

»Schnauze, Trelkowski!«, motzt Bastian. Es klingt, als habe er sein Gesicht ganz tief in den Kissen. Ich mag es nicht, wenn Bastian ihn Trelkowski ruft. Das hat etwas sehr Unpersönliches. Dann lieber Koffer.

»Ficken«, brüllt er wieder, diesmal mit tiefer gelegter Stimme. »Ficken.«

»Oh, Koffer«, seufzt Sonja. Ihr Gesicht ist ernst. Hat sie ihren Sinn für Humor jetzt völlig verloren? Oder wird sie an die letzte Nacht erinnert, als sie zwischen mir und Tim lag? Macht sie traurig, dass auch ich sie nicht aus dem Käfig befreien kann?

Michaels Kopf taucht auf.

»Na, Svenni, ausgeschlafen?«, fragt er und strubbelt mir durch das Haar. Sein Dreitagebart ist beinahe ein Vollbart. Komm, will ich sagen, rasier dich mal. Aber irgendwie passt es zu seiner behaarten Brust. Haariger Affe.

Der Zug schwankt heftig. Michael fällt beinahe um und kann sich nur im letzten Moment am Gitter, das vor meiner Koje angebracht ist, festhalten.

»Ach nein, du heißt ja Long Dong Silver.«

»Hau ab«, sage ich und grinse, weil mein Tonfall härter als beabsichtigt klang. Wie macht nach einer solchen Nacht weiter? Als wäre nichts geschehen. Alle sind wir halbnackt, tragen wir höchstens ein T-Shirt wie Sonja. Ihr offener Schlafsack zeigt nackte Hüften und Bein.

»Wie viel Zeit haben wir noch?«, fragt sie.

»Wofür?«, fragt Nicole breit grinsend zurück. Als sie aufsteht, macht sie sich nicht einmal die Mühe, die Blöße mit ihrem Laken oder dem Jugendherbergsschlafsack zu bedecken. Dann steht sie neben Michael und sieht in Sonjas Koje.

»Eine tolle Aussicht«, höre ich Tim unter mir sagen.

»Finger weg«, ruft Bastian von ganz unten. Michael zuckt zusammen. Seine blauen Augen weiten sich. Er holt tief Luft.

»Keine Panik, Bastimausi. Das galt mir allein.«

»Schade«, sagt Nicole enttäuscht. Sie schielt auf das, was Tim unter mir mit Michael macht, ich schiele über den Rand der Liege auf ihren Brustansatz. Tims Hand habe ich erwartet. Seinen Kopf zu sehen, seinen Mund an Michaels perfektem Schwanz, ist doch eine Überraschung.

»Ich will mir die Zähne putzen«, sagt Sonja beinahe entschuldigend. Nicole dreht sich zu Sonja. Sie schlägt den Schlafsack zurück und enthüllt Sonjas nackten Po, den Traumpo, in dem gestern Tim steckte. Ich auch? Nein, ich nicht, aber ich hätte Lust dazu, sie jetzt in den Arsch zu ficken.

»Wir haben noch eine Stunde bis Madrid«, sagt Michael mit Blick auf seine Armbanduhr. Seine Augen sind Schlitze, er krümmt sich und krallt sich in die Absturzsicherung an meiner Koje. »Die Zeit sollten wir nutzen.«

»Bastian«, ruft Nicole und ich gucke wieder nach unten. Sie streckt den Po nach hinten. »Mach was.«

Plötzlich sind Michaels Hände unter meiner Decke und suchen nach etwas. Ich starre an ihm vorbei, an Michael mit der haarigen Brust und dem Dreitagebart, der sich vor meiner Liege windet und ächzt.

»He«, sage ich noch, dann haben seine Hände gefunden, wonach sie suchten. Sein Griff ist forsch. Und gut. Ich starre an ihm vorbei zu Sonja. Sie hält die Hand vor den Mund, schmunzelnd.

Michael bewegt seine Hand.

»Na, Long Dong Silver. Hast du was dagegen?«

Wogegen? Dass er mir? Mit dem Mund? Seine Hand geht auf und ab. Nichts dagegen, wieso sollte ich? Nach der letzten Nacht gibt es keine Tabus mehr.

»Nur zu«, sage ich und rücke mit den Hüften näher an die Bettkante. Michael beugt sich über die Absturzsicherung und nimmt meinen Steifen zwischen die Lippen.

Meine Eichel badet in feuchter Hitze. Erst lutscht er mir die Eichel. Ich spüre seine Zunge. Er schnauft. Vorsichtig rutschen seine Lippen tiefer, nehmen meine Stange zur Hälfte auf.

Unter uns klatschen Körper zusammen, ruft Nicole nach Bastian und seinem Finger und seiner Zunge, seinem Schwanz.

»Stoß mich«, bellt sie, die Liegen quietschen.

Ich schiele zu Sonja hinüber, sehe ihre Finger zwischen ihren Schenkeln verschwinden, ihren Blick über die Bettkante nach unten, mehr aber nicht, denn da ist Michael mit seinem breiten Kreuz und seiner Hand und seinem Kopf, der auf und nieder hüpft, und plötzlich kann ich nicht länger, komme überraschend schnell.

»Achtung«, zische ich noch, bevor ich meinem Freund alles in den Mund spritze. Ich höre ihn schnaufen und schlucken.

Meine Lanze rutscht aus seinem Mund. Er wichst weiter und dann merke ich, dass auch er gerade abspritzt.

Wir stehen im Flur. Der Wagen schwankt und wir stoßen mit unseren Rucksäcken aneinander. Nicole kichert und Michael schmatzt.

»Eben wollte ich noch was Geiles sagen«, sagt er und schmatzt. »Ich komm nicht drauf, aber es liegt mir auf der Zunge.«

Tim lacht spröde auf. »Geht mir genauso.«

Auf dem Bahnsteig stehen wir herum wie Falschgeld. Die Luft ist frisch, es ist noch früh. Ich habe Lust auf Frühstück.

»Was machen wir denn jetzt, bis der Nachtzug nach Barcelona fährt?«

»Wir mieten uns ein Zimmer und ficken den ganzen Tag«, schlägt Michael vor.

»Wer soll das machen?«

»Na, wir drei vielleicht?«, sagt Tim und zieht Sonja an der Schulter zu sich heran. Die stößt ihn weg.

»Vergiss es«, zischt sie, ohne ihn anzusehen.

»Was denn?« Tims gespielte Ahnungslosigkeit ist kaum zu ertragen, jedenfalls nicht für Sonja. Sie will nicht zurück in den Schuppen. Und ob sie bei mir bleiben will, ist noch nicht raus. »Hat dir der Dreier nicht gefallen?«

Wortlos dreht sich Sonja um und sieht einem Zug nach, der gerade aus dem Bahnhof fährt. Eine Ansage auf Spanisch.

»Warum nicht?«, fragt Nicole. »Warum machen wir es nicht alle zusammen?«

Sonjas Blick ist tödlich.

»Ist viel zu teuer«, sagt Bastian. Zu teuer? Er hat doch höchstens Angst, dass er Nicole teilen muss, mit mir oder Tim oder, was vielleicht gar nicht so schlimm wäre, mit Sonja. Tim guckt mich an.

»Sven?«

Ich sehe zu Sonja. Noch einmal ein Dreier? Damit sie kapiert, dass sie zurück in den Stall muss? Zu Tim? Irgendwie spüre ich, dass sie ablehnen wird.

»Also, für mich ist das nichts«, sagt Sonja kurz, als hätten wir ihr Schweigen nicht schon verstanden. Kein Zimmer für den Sex zu dritt, bis der Nachtzug fährt. Ich spüre Erleichterung. Seltsam, dabei habe ich wieder Lust.

»Dann gehen Michael und ich alleine. Wir sehen uns am Zug.«

Wir kaufen noch die Platzkarten, dann drehen sich die beiden um und gehen. Wollen sie tatsächlich den ganzen Tag ficken? Zu geil.

»Was ist mit uns?«, fragt Sonja schließlich, als wir zum Ausgang gehen. Nicole wirft Bastian vor, eine tolle Gelegenheit nicht genutzt zu haben. In der Bahnhofshalle reges Treiben. Ein kleiner Junge spielt mit roten Bällen, wirft sie einem Mann in Lederjacke zu.

Ich bekomme Lust auf ihren Arsch.

»Wollen wir ficken?«

»Nein.« Sonja dreht mir den Rücken zu.

Ich bin enttäuschter als erwartet. Aber vor allem bin ich geil.

»Warum nicht?«

Ihre Stimme höre ich, ihr Gesicht sehe ich nicht.

»Warum hast du nicht verhindert, dass Tim seinen Willen bekommt?«

»Aber du hättest es doch einfach sagen können. Du hättest nein sagen müssen, nicht ich.«

»Aber ich denke, du magst mich?«

»Ja, aber ich kann doch nicht über dich bestimmen. Du musst selbst entscheiden, was gut für dich ist. Und wenn du etwas nicht willst, dann musst du es sagen.«

Mit funkelnden Augen wirbelt sie herum. »Ich weiß nicht, was gut für mich ist. Ich kann es nicht entscheiden. Immer wenn ich glaube, dass ich etwas tun muss, stellt es sich am Ende als das Falsche heraus. Ich habe gehofft, du könntest mir dabei helfen.«

Ich. Helfen. Ich kann doch nicht einmal mein eigenes Leben so leben, dass ich nicht jeden Schritt bereue und mir wünsche, ich hätte ihn nicht getan. Wie kann ich da einem anderen Menschen sagen, was er tun soll?

»Sonja, ich...«, beginne ich. Sie heult wieder, steht mit hängenden Armen vor mir, die Tränen laufen über ihre Wangen, sie schluchzt und zittert.

Sperr das Kätzchen wieder zurück. Sperr es in den Käfig, sag ihr, wie gut sie es bei Tim hatte.

Sonja beugt sich vor, will mich umarmen, ich weiche zurück. Sie rückt nach. Ich bleibe passiv.

»Was ist?«

Dabbergost. Das ist.

Sonja dreht sich um und verschwindet. Ein toller Arsch.

Ich spüre nichts. Mister Teflon, an dem alle Emotionen abprallen.

»Was machst du?«, fragt Nicole. Ich zucke mit den Schultern.

»Das Kätzchen gehört doch zurück in den Stall.«

Bastian starrt Sonja mit offenem Mund hinterher.

»Bist du bekloppt?«

»Ich nicht, aber vielleicht sie.«

Wir verlassen zu dritt den Bahnhof. Die Temperaturen sind weiter gestiegen, der Himmel ist wolkenlos. Verkehr dröhnt. Ein paar Straßen weiter finden wir einen kleinen Park mit schattigen Bäumen. Wir legen unsere Rucksäcke so zurecht, dass sie einen kleinen Wall zur Straße bilden, und setzen uns ins Gras.

»Wir könnten doch ein eigenes Zimmer nehmen«, schimpft Nicole. Bastian winkt ab.

»Was soll das? Ich geb doch dafür jetzt nicht auch noch Geld aus.«

»Was heißt denn dafür? Dafür. Das klingt ja, als ob es für dich eine Folter ist, mit mir zu schlafen.«

»Nein, natürlich nicht, aber wir haben doch gerade miteinander geschlafen, du kannst doch nicht schon wieder wollen.«

»Doch, will ich aber.«

Ich sehe mich um. Niemand außer Bastian und Nicole, nur Zentimeter entfernt. Dann die Rucksackbarriere. Erst zwanzig

Meter weiter die Straße mit dem brodelnden Verkehr und hastenden Passanten, die keine Notiz von uns nehmen.

»Mein Gott, fickt doch einfach hier«, schlage ich vor. Bastian dreht den Kopf wie ein Uhu.

»Was?«

Vor uns die Straße, in unserem Rücken eine Hecke, dahinter wieder Straße. Ich hole meinen Schwanz aus der Hose.

»Es sieht uns doch niemand hier.«

»Guck mal«, sagt Nicole neidisch mit einem prüfenden Blick über die Rucksackbarriere. »So muss man das machen.«

Worauf wartet er nur? Er hat eine notgeile Freundin, die immer und überall ficken will, und er schafft es nicht, mal über seinen eigenen Schatten zu springen, es sei denn, wir sitzen bekifft im Zug.

Noch einmal sieht Bastian wie ein Uhu über den Rucksack. Seine dunklen Locken wippen mit.

»Aber nicht anfassen.«

»Ganz cool, Basti«, sage ich, »Ich genieße den Anblick.«

Genieße den Anblick von Hüften, die schnell aus dem Gras gehoben, und von Shorts, die heruntergezogen werden.

Zentimeter entfernt.

»Fick mich«, flüstert sie. Bastian zieht seine Hand aus seiner Hose und greift in den Bund. Sie hebt den Po an. Mit einer raschen Bewegung zieht er ihr Hose und Höschen herunter, bis halb über die Oberschenkel. Jetzt sitzt sie mit dem nackten Po auf seinem Schoß.

Nicole stützt sich mit den Händen auf und spreizt die Beine. Bastians Schwanz springt vor ihrer Möse in die Höhe. Sie hebt die Hüften etwas höher. Er bringt die harte Lanze in Position. Langsam senkt sie sich herab. Tief dringt ihr Freund in sie ein. Nicole senkt sich bis zum Anschlag auf seinen Harten.

»Oh, Gott«, stöhnt sie, zieht die Beine unter den Po und beginnt, auf ihm zu reiten. Bastian stützt sich auf die Ellenbogen, als genieße er entspannt den Tag. Nicole, den Rücken ihm zugewandt, hebt den Körper an. Ich kann von vorne alles sehen: Bastians

Hoden, Nicoles haarige Möse mit den weit gedehnten Schamlippen und jeden Zentimeter seines harten Fleisches.

Kurz bevor seine Eichel aus ihr rutscht, senkt sie die Hüften wieder.

Ich prüfe mit einem Blick über die Rucksackbarriere, ob auch wirklich niemand von uns Notiz nimmt.

Nicoles dicke Titten wippen unter dem T-Shirt, ihre Augen sind abwechselnd geschlossen und weit aufgerissen. Ich genieße den Anblick mit der rechten Hand.

Mehr. Härter.

Keuchend starrt Nicole auf den Schwanz in meiner Faust. Ihre Worte sind von den Stößen zerhackt.

»Ich möchte so gerne auch mal, wie Sonja, wisst ihr, vorne und hinten gleichzeitig.«

Bastian schüttelt atemlos den Kopf. »Ich mag das aber nicht, hinten drin.«

»Ach, du musst doch nicht hinten rein, Sven macht da bestimmt mit.«

Sie löst eine Hand vom Boden, auf ihrer Handfläche kleben Grashalme, greift nach meinem Schwanz. Ich gestatte es ihr, wider besseres Wissen.

»He, lasst das«, motzt Bastian und versucht, ihr auf die Finger zu schlagen, aber er kommt nicht ganz hin. Ich denke an Nicole hinter Sonja, im Zug, bei der Einweisung in ihren Job.

»Ach, und dass Nicole Sonja geleckt hat, stört dich nicht?«

»Sonja ist kein Mann.«

Ich seufze, doch ich lasse Nicole machen, und Bastian sagt nichts mehr, ergibt sich Nicoles Ritt. Sie wichst meinen Schwanz immer schneller, grinst, wissend.

Es sollte mir noch peinlicher sein, als es ist, in Erinnerung an die Nacht im Zelt.

»Einmal nur. Bitte.«

»Mensch, hör auf damit«, bellt Bastian und kommt. Der Anblick ist zu geil, und ich komme auch, spritze ab, ehe Nicole ihren Mund über meinen Schwanz stülpen und den Rest schlucken kann.

Wartehalle, überfüllt, Aschenbecher, Kinderschreien, Leerlauf, weißes Neonlicht, Wiedersehen mit Sonja. Das Kätzchen ist von seiner Runde zurück. Wie fühlt es sich an? Wie schmeckt die Freiheit?

Ohne ein Wort setzt sie sich auf einen harten Stuhl und holt ein Buch heraus.

Noch eine Stunde bis zur Abfahrt. Sonja liest, ich fühle mich schlecht, Nicole schmunzelt und Basti ist sauer.

Einmal nur. Als käme es darauf an. Warum ist er so eigen? Ich will doch gar nichts von Nicole, und sie nichts von mir. Nur Sex, mehr nicht. Sie will nur unsere Schwänze zur gleichen Zeit spüren, das hat doch nichts mit Liebe zu tun.

Die große Uhr an der Wand blättert um. Noch 59 Minuten. Wir warten. Im Wartesaal. Sitzen auf den Stühlen. Ich lese. Was lese ich da eigentlich? Eine deutsche Zeitung, die neben mir auf dem Sitz lag. Wo sind die nackten Frauen. In Deutschland geht ein Virus um, der nur **die Frau**en. Rau.

Ich komme schon, Mama, ich habe. Ja, das ist es, das ist. ***Fchh***...

Das andere Gleis

Was kostet der Zuschlag? Was kostet die Jugendherberge? Wie viel Geld bleibt mir noch? Du denkst langsam nur noch in Zahlen. Gleisnummern, Zugnummern, Abteilnummern, Sitznummern. Es geht ständig um Nummern.

1.

Erschrocken reiße ich den Kopf hoch. Meine Augen brennen. Der rote Kunststoff des Schalensitzes drückt in den Rücken. Neonhelle Betriebsamkeit. Die Tafel mit den Zügen rattert. Lautsprecherdurchsagen, Kindergeschrei, Frauenlachen, Männerhusten.

Es ist kurz vor zehn. Wann fährt der Zug?

Bastian sitzt neben mir, ein Buch in der Hand.

»Na, Penner? Ich dachte, du wachst gar nicht mehr auf.«

Mein Mund ist trocken, die Zunge klebt am Gaumen. Geschlafen? Ich fühle mich, als habe mich jemand betäubt. Das war ein intensiver Traum. Zu intensiv. Und ich erinnere mich vor allem an viel mehr Details als sonst. Ich erinnere mich an das Aufstehen im Zug, spermaverklebt. Ich erinnere mich an Nicole und Bastian auf der Wiese.

Mein Herz klopft. Ich habe geschlafen. Ich habe geträumt. Oder? Mein Handrücken juckt und ich kratze.

»Wo ist Sonja?«

Bastian löst den Blick von Seite 95. »Was heißt das? Wo soll sie sein?«

Im Käfig, wo sie hingehört. Nein, sie ist frei und streunt herum.

»Ach, nee«, höre ich Nicole nölen. Und dann stehen sie vor uns. Michael und Tim, die Rucksäcke geschultert, lächelnd, ohne Spur von Verlegenheit.

»Was macht ihr denn hier?«

»Wir fahren nach Barcelona, und ihr?«

Wir verschwenden Zeit mit warten und wirren Träumen, denke ich und will es sagen, aber ich bin wieder viel zu langsam.

»Die AVEs sind alle ausgebucht«, sagt Tim zerknirscht. Irre ich mich oder lächelt Michael leise hinter seinem Rücken? »Der nächste fährt erst wieder morgen früh.«

»Nehmt euch doch ein Hotelzimmer«, witzelt Bastian

Nicole stupst ihn in die Seite. Sonja sieht Tim distanziert an. Kein Arschfick mehr. Ich erschrecke über den Gedanken. War da nicht was im Klo in Lissabon, in der Bauruine bei der Jugendherberge? Die Erinnerung daran ist so unscharf.

»Und wo wart ihr?«

»Noch ein bisschen unterwegs. Was essen. Ein bisschen durch die Stadt gelaufen. Und ihr?«

Hätten wir das nicht zusammen machen sollen? Zusammen als Freunde. Auf Nicoles Gesicht lese ich etwas wie. Überraschung? Bedauern? Ich weiß es nicht. Ich weiß nur, dass wir jetzt doch zu sechst sind, in einem Abteil. In einem Sechserabteil. Sex. Ficken. Ob noch Zeit ist, die Hefte aus meinem Rucksack zu holen und auf Klo zu verschwinden?

Nicole erzählt von dem Typen, der Bastian geschubst hat, von dumpfer Aggression, und ich stelle mir vor, wie ich Bastian zur Hilfe hätte kommen, wie ich dem Typen von hinten ins Kreuz hätte springen sollen, und mein Herzschlag beschleunigt sich wieder alleine bei dem Gedanken daran.

Der Anblick von Sonja, die so auf ihrem Sitz kauert, entrückt, in sich gekehrt, als sei sie in Gedanken noch unterwegs, versetzt mir einen Stich. Vielleicht empfinde ich endlich so etwas wie Mitleid für sie, statt Häme und Verachtung.

Dumme Nuss. Wie falsch, so zu denken.

Tim und Michael stellen den Ghettoblaster auf. Ich greife nach den Chips und stopfe mir eine Handvoll davon in den Mund. Bastians Blick ist seltsam.

»Wir haben neue Batterien gekauft. Macht 500 Peseten pro Nase.«

Bevor mir überhaupt einfällt, was das bedeutet, explodiert Bastian schon neben mir.

»Das ist doch eure Musik. Ich zahl da keinen Pfennig.«

Tim scheint den Widerspruch nicht erwartet zu haben, stutzt, stemmt die Hände in die Hüften.

»Moment. Du hörst, also beteiligst du dich.«

»Ich würde was Anderes hören, wenn ich könnte. Eure Musik, euer Geld. Basta«

Das ruft einen beinahe angewidert wirkenden Ausdruck auf Tims Gesicht. Er guckt zu Michael, der zuckt mit den Schultern. Sie setzen sich spöttisch lächelnd ein paar Reihen weiter auf ihre Sessel.

Ich wette, die beiden ärgern sich jetzt ein Loch in den Bauch. Aber hat Bastian nicht Recht? Haben die beiden nicht die Musikauswahl getroffen? Geht es darum? Ich hör die Musik ja auch ganz gerne. Aber diese Selbstverständlichkeit, mit der Tim sein Geld einfordert, ärgert mich.

Sonja blättert gedankenverloren in einem Faltblatt. Ich kann ein Gebäude darauf erkennen. Sie bemerkt meinen Blick und steckt das Faltblatt verschämt in ihren Rucksack.

Ich weiß von den Pornoheften in meinem Rucksack, und dieses Wissen macht mich unruhig. Ich würde so gerne, so gerne. Ob ich es noch einmal wagen kann? Auf dem Bahnhofsklo? Reicht die Zeit?

Die Chips sind lecker. Die Marke muss ich mir merken.

Ich spüle sie mit einem halben Liter Fanta herunter. Ob noch Zeit ist für einen Besuch bei McDonald's?

Schließlich ist es so weit. Wir strömen mit den anderen Passagieren auf den Bahnsteig, quetschen uns in den Zug, suchen verloren unser Abteil, sprachlos, witzlos.

Wieder unbequeme Sitze, wieder die Beine ausgestreckt auf der Sitzfläche des Gegenüber. Wieder eins dieser seltsamen Achterabteile. Zwei Plätze bleiben leer. Kein anderer Fahrgast wird uns stören, der Zug ist nicht so voll wie der nach Portugal.

Und als ich denke, wir könnten einfach nur schlafen, öffnet sich die Tür. Der Schaffner? Die Typen aus dem Wartesaal? Nein, ein junger Typ mit Poposcheitel und großem Rucksack.

Ob noch ein Platz frei sei. Ein Deutscher. Seltsamerweise bin ich erleichtert, dass ich meine Vorurteile pflegen kann.

»Ich bin Folke. Mit F. Der Standesbeamte meinte erst, das sei kein Name, doch mein Vater konnte ihn überzeugen. Er ist ein großer Schwedenfan.«

»Oder ein überzeugter Demokrat«, sagt Koffer. Könnte ich doch auch nur so schlagfertig sein. Nicole zuckt mit den Schultern.

»Das versteh ich nicht.«

»Und da ist sie wieder, die Bildungslücke«, ätzt Tim. »Die Macht geht vom Folke aus.«

Jetzt lacht sie und auch ich verstehe erst jetzt das Wortspiel. Mensch, bin ich doof.

Folke wuchtet seinen Rucksack nicht in das Gepäcknetz, sondern schiebt ihn unter einen Sitz an der Tür. Zurückhaltend, oder unkompliziert?

Irgendwie traue ich ihm nicht. Folke. So heißt doch kein Mensch, so heißen Wichtigtuer, die damit prahlen, auf Pilgerreise zu sein und den Jakobsweg hinter sich gebracht zu haben, Wichtigtuer, die alleine unterwegs sind und vor Kontaktfreude und Charme nur so sprühen. Wichtigtuer, die unschuldige katholische Kleinstadtmädchen um den Finger wickeln.

Der Kontrolleur kommt. Folke hat nur eine einfache Fahrt gelöst. Kein Interrailer, keiner von uns. Ein Eindringling. Ich stecke mein Ticket zurück in meinen Brustbeutel und schiebe diesen tief in meine Shorts über meinen dicken Bauch. Die raue Kante berührt meinen halbsteifen Penis an der Eichel. Keine Chance, an meine Hefte im Rucksack zu kommen, jedenfalls nicht unbemerkt.

Wir tauschen und noch aus, versuchen uns an einem unverbindlichen Gespräch, aber Folke richtet seine Aufmerksamkeit nur auf Sonja. Jakobsweg, der hat es ihr angetan, ebenso Pilger, Kloster, innere Ruhe und Einkehr, Meditation und Gott, das Streben nach Höherem.

»Ich habe den richtigen Weg gefunden«, sagt er und Sonja hängt an seinen Lippen. »Es gibt viel mehr, mehr, als sich andere vorstellen können. Manchmal muss man sich erst verlaufen, um den richtigen Weg zu finden.«

Wir löschen das Licht, und Sonja breitet sich unter den Sitzen aus. Warum bin ich nicht auf die Idee gekommen? Folke legt sich neben sie, und es wird bis auf das Rattern der Schienen still im Abteil. Das gelegentliche Aufblitzen der Laternen vor dem Fenster reißt Gepäck, Gesichter und Schlafsäcke aus der Dunkelheit.

Der Waggon schwankt. Wir fahren nach Barcelona. Freddie Mercury singt von Barcelona. Zusammen mit. Ach, könnte ich mir doch nur solche Dinge merken.

Bevor ich einschlafe, höre ich Sonja mit dem falschen Volker flüstern. Ich spüre eine schmerzhafte Eifersucht.

Was flüstern sie? Wieso ist sie, im Dunkeln, ihm so nah?

Das Universum hat nicht so viele Sterne am Himmel wie ich Zweifel an allem bekomme in dieser Nacht. Zweifel daran, dass alles richtig ist, an meinem Leben, an uns, an Sonja.

Über meinem Kopf befindet sich nicht mehr das Dach des Waggons, sondern das Firmament mit Myriaden kalt funkelnder Sterne, die in einem eisigen Raum, ohne einander zu berühren, mit ihrem Licht protzen. Schön und doch alleine.

Ich fühle mich wie einer dieser einsamen Sterne, die vielleicht von Planeten umkreist werden, auf denen Menschen leben, die lieben, lachen und Hoffnung haben. Auf meinem Stern brennt nur ein kaltes Feuer.

Ich müsste noch einmal wichsen gehen.

Es schaukelt, der Zug rüttelt.

Ich. Folke. Ihre Karten, bitte. In der Schule gibt es keine Tickets. Wann hat sich Sonja für eines meiner Hefte ausgezogen? **Rüttel.** Der Zug schüttelt mich durch den Himmel zu den Sternen. Ich **hätte**, margel. Achmeinbubsagtemeinemutterimmer. Der Zug. rüttelt.

2.

»Rüttel ihn mal fester«, höre ich Bastian blaffen. Die Traumfäden sind stabil, doch dann bin ich wach. Wessen Hände sind das? Nicole steht vor mir, vorneüber gebeugt, so dass ich in ihren Ausschnitt glotzen kann. Geile Titten. Darf ich die mal anfassen? Wie in Lissabon. Ich hätte Lust, sie jetzt zu ficken.

»Komm«, sagt sie. »Wir müssen zum Zug.«

Mein Kopf ist schwer. Ich hatte einen seltsamen Traum.

Einen Traum, in dem ich die Nähe suchte, und Sonja, ohne Tim im Kopf, ganz neue Wege ging. Da war nicht ich, da war nicht Sex, da waren Gesprächsfetzen über Religion, Beichte und Weihrauch, da waren in einem verwirrend intensiven Potpourri an Gedanken nur zwei Katholiken auf dem Boden eines Zugabteils, das durch die Extremadura raste wie eine von innen beleuchtete Schlange, ratternd und schaukelnd, und ich saß alleine auf meinem Sitz, ohne dass mich jemand berührte, fest hielt und mit mir redete, so wie Sonja mit Alf aus der Sesamstraße, oder so, ich kann mich nicht mehr erinnern, mit einem Namen, der so falsch war wie dieser Traum.

Ich atme tief durch.

Auf der Tafel wird unser Zug angezeigt.

»Wo sind Tim und Michael?«

»Schon vorgegangen.«

Auf dem Weg zu den Gleisen werde ich nicht wacher. Noch immer fühle ich mich, als säße ich in einem schwankenden Zug. Sonja ignoriert mich sehr bewusst. Nicole geht neben mir. Ihre Titten wippen unter dem Hemd.

»Haben die sich wirklich ein Hotelzimmer genommen?«

»Ja, die haben es gut.«

Wir sehen uns verschwörerisch an. Ich weiß, was sie jetzt denkt. Eine Orgie im Hotelzimmer, mit meinem Schwanz in ihrem Arsch, weil Bastian nicht drauf steht. Eine Orgie, wie sie Schnedigheim noch nie gesehen hat.

Wenn nur diese Traumfäden nicht wären, in denen ich mich verheddere und die meine Gedanken fesseln. Der richtige Weg und ein Prospekt. Eine Fahrt im Zug, in einem Nachtzug.

Zu viel Bewegung, zu viele Nächte mit zu wenig Schlaf.

Auf dem Bahnsteig zuckt das Neonlicht. Über uns ist der Abendhimmel lichtverschmutzt. Der Zug riecht nach Weihrauch. Unser Abteil ist nicht leer. Eine junge Dame sitzt bereits auf einem Fensterplatz.

»Hallo«, säuselt sie. Ihr großer Rucksack belegt den Sitz neben ihr. Ich finde sie sehr hübsch. Ihr mittellanges, strohblondes Haar hat sie zu einem Zopf gebunden. Unter einem weißen Hemd stecken zwei sehr große Brüste.

»Hallo«, säuselt Sonja zurück. Tim und Michael feixen. Was sie wohl über ihren Tag im Hotel erzählen werden?

Wir zwängen uns ins Abteil, verstauen Füße und Gepäck, holen Wasserflaschen hervor und machen es uns bequem. Tim, Michael und Sonja auf der einen Seite, die unbekannte Schöne ihr gegenüber am Fenster, zwischen uns ihr Rucksack, und neben mir Nicole und Bastian.

Der Nachtzug rollt los. Langsam ziehen die Neonröhren am Fenster vorbei, der Bahnsteig wird aus dem Bild geschoben und dahinter blinzeln die Lichter der Stadt in die beginnende Nacht.

»Ich bin Folke.« Sie lächelt.

»Welch exquisiter Name«, säuselt Michael zurück und feixt wieder. Hat er schon gekifft?

»Du willst mich verarschen.«

»Nah, wir sind echt begeistert«, sagt Tim und dann stellen wir uns vor.

»Wie hat euch Madrid gefallen?«

Michael grinst. »Madrid war geil.«

Tim grinst. »Sehr geil.«

Sonja zieht eine Schnute. »Enttäuschend.«

Der Zug wackelt. Ich spüre das Zwerchfell zittern. Ich habe sie enttäuscht, nein, ich habe sie freigelassen und mich dazu.

Nicole boxt mir den Ellenbogen in die Seite.

»Ich weiß.«

»Oha, Stunk zwischen euch?«

»Also, wir hatten einen sehr coolen Nachmittag. Was zwischen den Vieren abgegangen ist, keine Ahnung.«

»Ich habe rausgefunden, dass am Ende alle Männer Schweine sind.«

Wieder ein Ellenbogen in die Seite. Ich weiß, Nicole, will ich sagen, aber ich bin fasziniert von Sonjas trotzigem Schmollmund. Mir egal, was sie von mir hält. Ich fühle mich neben Nicole wohl, im Wissen, dass sie nur meinen Schwanz will und nichts weiter.

Ich beuge mich vor und drehe den Kopf, damit ich Folke angucken kann. Sie beugt sich ebenfalls vor. Tolle Augen.

»Hauptsache, mein Schwanz ringelt sich nicht.«

Folke hebt nur die Augenbrauen und nickt langsam, fast arrogant, bevor sie wieder hinter ihrem Rucksack verschwindet.

Gott, wie peinlich bin ich denn. Bastian schüttelt den Kopf.

»Du bist so ein Depp, Sven.«

»Das wollen wir doch mal sehen«, sagt Tim.

»Was?«

»Dass sich sein Schwanz nicht ringelt.«

Michael grinst. »Hab ich heute Morgen schon gesehen.«

Tim hebt ein Heulen an, als sei er im Fußballstadion. »Da spricht der Mann mit dem Stehvermögen eines Sonnenschirms.«

»Jawoll.«

Die beiden klatschen sich ab.

»Was geht denn hier ab?«, fragt Folke. Sonja verdreht die Augen.

»Ich sag doch, Männer.«

Nicole lacht meckernd neben mir. »Bis vor ein paar Stunden konntest du doch nicht genug von Sven bekommen.«

Sonja zuckt mit den Schultern. »Manchmal muss man sich erst verlaufen, bevor man den richtigen Weg findet.«

»Und den hast du jetzt gefunden?«, fragt Folke.

Sonja hebt selbstbewusst den Blick. »Ja, ich glaube schon.«

Tim winkt ab. »Heute so und morgen so, einen Weg kann ich da nicht erkennen. Das sieht eher nach einem Irrgarten aus.«

Sonja verschränkt die Arme vor der Brust. Folke beugt sich vor und fasst Sonja ans Knie.

»Ich weiß, was du meinst. Mein Freund, er hieß Jakob, hat mich geschlagen und betrogen, und ich hab so an ihm gehangen, konnte nicht von ihm lassen. Auf dieser Tour habe mich endlich von ihm lösen können. Und ich habe herausgefunden, dass Männer nicht der Schlüssel zu allem sind.«

Was für ein Quatsch. Folke hakt nach.

»Was ist denn dein Weg?«

Sonja zuckt mit den Schultern.

»Ich will mehr. Mehr, als sich andere vorstellen können.«

Ich werde hellhörig.

»Mehr? Mehr wovon? Vom Leben, von der Freiheit, vom Sex, von der Liebe?«

Sonja hat nur noch Augen für Folke. Folke ignoriert uns, die beiden scheinen sich auf Anhieb zu verstehen, wie zwei Puzzleteile.

»Alles, ich will von allem mehr. Mehr in meiner Möse, ich will nicht diese mickerigen Dinger, die deutsche Männer für so groß halten. Ich will es härter. Vielleicht bin ich jetzt endlich frei, frei zu tun, was ich vorher nicht tun durfte.«

Deutliche Worte. Sonja sieht in die Runde, sieht Tim triumphierend an und auch mich, als wolle sie mir meine Distanz heimzahlen.

»Würdest du denn auch gerne mal eine Muschi lecken?«

Sonja wird auf einmal verlegen, sieht nach unten. Der Zug rattert über eine Weiche. Ich kann meinen Herzschlag spüren.

Nicken.

Folke beugt sich vor, hebt Sonjas Gesicht am Kinn an und sieht ihr in die Augen.

»Darf ich dich küssen?«

Der Zug rüttelt, die Lichter flackern, die beiden beugen sich vor und küssen sich. Mein Schwanz wird hart. Küssende Frauen. Das hat was Verbotenes, etwas Erniedrigendes. Es sagt, dass ich überflüssig bin.

Neben mir raschelt es. Bastian und Nicole fummeln, haben sich gegenseitig die Hände in die Hosen geschoben, von oben, ganz tief, und küssen sich, so dass kein Blatt mehr zwischen sie passt. Nicole schiebt ihrem Freund die Zunge tief in den Mund und ich möchte mich am liebsten zu ihnen gesellen.

Mir wird warm.

Michael wirft mir einen Blick zu, der seine ganze Überraschung zum Ausdruck bringt, die Augenbrauen gehoben, die Mundwinkel nach unten gezogen. Ich antworte mit einem Schulterzucken.

Sonja und Folke küssen sich noch immer, mit Zunge, Sonja krallt ihre Hände in das T-Shirt der neuen Freundin, als wolle sie eine Flucht verhindern. Sie schnaufen, schmatzen, lösen sich voneinander, küssen sich erneut.

Auf den Lippen glänzt es, zwischen den Mündern spannt sich ein feiner Faden, den eine Zungenspitze keck wegwischt. Sie sind atemlos, sehen sich an. Ich habe längst meine Hand in der Hose und reibe meinen steifen Schwanz.

Sonja ist kaum zu verstehen. »Und jetzt?«

Schweigen. Folke lächelt.

»Leck mich«, fordert sie Sonja auf.

Sonja wird erst rot, dann geil. Folke knöpft ihre Hose auf, hebt sich aus dem Sitz und streift die Jeans herab.

Sie trägt einen roten Slip, der als nächstes fällt. Sie ist rasiert.

Folke steigt aus der Hose und setzt sich wieder, zieht die Füße auf die Sitzfläche und bietet Sonja ihre Möse auf dem Silbertablett.

Sonja lässt sich nicht lange bitten, steckt ihren Kopf zwischen Folkes Beine und presst das Gesicht auf ihre Möse. Ob ihre Zunge tief eindringt? Ob sie sich das traut?

Die unbekannte Schönheit wirft den Kopf in den Nacken und schließt die Augen, ganz leise ohne ein Wort. Im schwankenden Waggon beuge ich mich vor, um mir das Schauspiel aus der Nähe anzusehen.

Sonja kniet auf dem Boden vor dem Sitz, drückt mit den Händen die Schenkel weiter auseinander und fickt Folke mit der Zunge.

Wie geil, wie obszön.

Sie hat den Weg gefunden? Einen Weg, der an der Möse von Folke endet? Oder ist das erst der Anfang? Der Grund für Sonjas Exzesse war bislang doch jeden Tag ein anderer. Mal wollte sie Tim eifersüchtig machen, mal weiter gehen, dann wieder sich öffnen oder einfach nur Spaß haben.

Die Gründe sind schwammig. Ich kann sie nicht greifen. Was will sie? Bin ich wirklich der Richtige gewesen? Wieso ändert sie so schnell ihre Meinungen, wieso kämpft sie nicht um mich, wie sie um Tim gekämpft hat?

Die Sinneswandel sind sicher nur Teil ihrer extrem schwankenden Persönlichkeit. Was hat Tim über Borderline erzählt? Sexuelle Ausschweifungen als Teil der Symptome? Paranoide Wahnzustände? Gab es da nicht einen Film mit Kim Basinger – Final Analysis?

Nicole lehnt sich an Bastian, seine Hände landen in ihrem Schoß. Sie zieht die Knie an. Rasch schlüpft seine rechte Hand unter den Gummizug ihrer Hose.

Ich schiebe meine rechte Hand ebenfalls in meine Shorts.

Mit der anderen Hand greift Bastian unter Nicoles T-Shirt an ihre linke Brust. Sie dreht den Kopf und fordert einen Kuss.

Tim seufzt genervt. »Was macht ihr denn da?«

Bastian schiebt seine Finger tiefer.

»Fummeln«, sagt er mit einer Hand in Nicoles Hose. Nicole lässt die Knie nach links und rechts kippen. Seine andere Hand knetet ihre rechte Brust. Nicole stöhnt in seinen Mund.

»Gefällt es dir?«, flüstert Folke. Sonja löst ihren Mund von ihrer Muschi und nickt. »Dann zeig ich dir noch mehr. Steck deine Finger in mich.«

Sonja bekommt große Augen, aber sie tut, was Folke verlangt. Finger um Finger schiebt sie ihr in die Fotze, bewegt die Hand hin und her, als sei sie ein Schwanz. Ich höre es feucht schmatzen. Folke seufzt.

»Du machst das gut. Mehr.«

Sonja lächelt. Ich steige aus meinen Shorts und wichse. Ein geiler Anblick. Bastian und Nicole neben mir sind schon weiter. Nicole kniet auf dem Sitz und Bastian fickt sie von hinten. Tim und Michael holen sich gegenseitig einen runter.

Sonja schiebt ihre Hand mit jedem Mal tiefer in Folkes Möse und legt schließlich den Daumen in die Handfläche. Folke reibt sich die Titten. »Jetzt, mach, die ganze Faust.«

Sonjas Hand verschwindet bis über das Handgelenk in Folke. Einmal nicht penetriert werden, das ist, was Sonja gefällt. Einmal selbst die Macht haben.

Folke reißt die Augen weit auf und seufzt.

»Du machst das gut«, flüstert sie. Das Notlicht über den Sitzen macht ihre Gesichtszüge noch weicher.

Ich wichse schneller, beuge mich vor und gehe ganz dicht heran, verpasse kein Detail von Sonjas Hand in Folke, in der Möse, die sich spannt. Folke, die Augen weit offen, und Sonja, und ihr Hintern, und ich kann mich nicht beherrschen, hocke mich hinter sie und schiebe ihr meinen Schwanz in die Möse.

Sonja dreht den Kopf. Gleich wird sie mich beschimpfen, wird mich verfluchen und mir sagen, ich solle mich zum Teufel scheren, aber weit gefehlt.

Wortlos schenkt sie wieder ihre ganze Aufmerksamkeit der Faust in der Möse ihrer neuen Freundin.

Ich ficke Sonja langsam von hinten.

Ihre gespreizten Pobacken sind ein toller Anblick. Ich befeuchte Mittel- und Zeigefinger, und als Sonja das nächste Mal lustvoll stöhnend ins Hohlkreuz geht, reibe ich ihr meinen Speichel auf das enge Loch ihres Hinterns. Noch bevor sie die Hüften nach hinten stößt, sich wieder aufspießt und meine Lanze in ihre Tiefen bohrt, gleitet mein Mittelfinger in den engen Kanal.

»Nicht, was, oh, nein, Gott, ist das…aaah«, stottert Sonja kehlig.

Mein Mittelfinger gleitet bis über das dritte Fingerglied in ihren Hintern, und es ist, was sie gewollt hat.

»Mehr, ich will mehr Finger, gib mir die ganze Hand«, stöhnt sie, und weil ich nicht glauben kann, was sie gerade gesagt hat, frage ich nach.

»Was?«

»Ich will deine Faust im Arsch.«

Und das ist der Moment, in dem ich es nicht mehr aufhalten kann. Ich spritze ab. In ihr. Jetzt. Scheißegal.

Sonja kreischt auf.

»Was machst du?«

»Ich, ich... oh, fuck«, entfährt es mir. Ich bewege mich leicht, gerade so, dass es noch geil ist, komme noch immer. Sie lässt sich nach vorne fallen, auf den Sitz, auf dem Folke hockt, ich rutsche aus ihr. Mein spritzender Schwanz springt nach oben. Ich muss Hand anlegen, einmal noch. Es fühlt sich seltsam an. Ich wichse und spritze Sonja auf den Arsch. Sie dreht sich um, die Augen aufgerissen, die andere Hand noch immer in Folkes Möse.

»Sven. Ich nehm doch nicht die Pille.«

Mein Kopf wird schwer. Sie sieht an sich herunter, fasst sich an die Möse und zieht die Hand hervor. Sie ist nass. Ist das mein Sperma? Was hab ich getan? Schwanger. Hochzeit, Kind. Dabbergost. Ich bin am Arsch.

»Ein Liebesbeweis«, jubelt Bastian hinter Nicole und schlägt die Hand vor dem Mund, als würde er es bereuen. Was für ein Arsch. Nicole, noch immer vorwärts rückwärts in Bewegung, sieht es anders, sieht es wie ich, sieht es, wie man es sehen muss.

»Quatsch, ein Beweis seiner Geilheit.«

Sonja setzt sich auf den Boden des Abteils, die Hand zwischen den Schenkeln, mein Sperma an den Fingern. »Sven?«

Ich schnappe nach Luft. »Hör zu, es tut mir leid, ich...«

Ich? Ich hab keine Ahnung. Mir schießt das Blut ins Gesicht. Mein Gott, ist das peinlich. Was jetzt? Ich sacke in meinen Sitz, auf den Schlafsack, der meine Decke ist. Der Waggon schlingert.

Faust. . .. **Uh**

Über <u>mir</u> der Himmel mit Myriaden **von Sternen**.

Krieg der Sterne. Ah, das hab ich doch. Genial, es ist. Ja, haben wir. Tickets *please*, lange hat die Jugendherberge nicht. Hotel.

3.

»Wo ist mein Brustbeutel?«

Schlagartig bin ich wach. Ich schnappe nach Luft. Sonnenlicht sickert an den Rändern der Jalousie vorbei in unser Abteil. Die Luft ist stickig.

Was für ein Alptraum. So echt, so intensiv und so detailliert.

Mein Herz rast.

Auf dem Boden liegt Sonja. Alleine. Folke ist weg. Und auch sein Rucksack. Sein? Ihr? Folke. Hat sie mit Sonja? Oder hat er?

Was ist passiert auf der Fahrt? Flüstern oder Fisten? Ich hab im Traum in Sonja gespritzt, hab sie von hinten gefickt und bin in ihrer Möse gekommen. Schwanger. Oh, fuck, was für ein Alptraum.

Meine Hände zittern. Ich reibe mit den Händen mein Gesicht, als würde ich mich trocken waschen. Die Berührung meiner warmen Handflächen tut gut. Sie ist echt, sie ist real. Ich träume nicht.

»Nochmal. Wo ist mein Brustbeutel?«

Bastian steht an der Tür und wühlt in seinem Rucksack. Michael reibt sich die Augen und gähnt.

»Vielleicht um deinen Hals?«

»Du bist so witzig. Nein, ich hab ihn in den Rucksack gestopft.«

Sonja hebt den Kopf, sieht sich irritiert um. Ja, Folke ist weg. Sie. Er. Ganz sicher er. Poposcheitel. Jakobsweg. Tim springt von seinem Sitz auf.

Ihr distanzierter Blick stört mich. Wie nah hat sie Folke an sich herangelassen? Der Gedanke macht mich nervös und unruhig. Mein Hals wird eng. Sonja auf dem Boden, die dunkelbraunen Haare im Gesicht.

»Mein Ticket ist weg.«

Tim starrt uns an, reglos, als erwarte er einen Tusch, den Trommelwirbel. Seine Hand greift in die Tasche seiner Jacke. Es ist nicht seine Art, solche Witze zu machen. Michael schon, aber nicht Tim, nicht.

Tim gerät nicht in Panik, Tim wird wütend. Er schimpft und zetert und flucht. So hasserfüllt habe ich ihn noch nie gesehen.

»Folke, dein feiner Kumpel Folke hat uns beklaut.«

Sonja hingegen lässt die Panik durch die Hintertür. Ihre Stirn, die Wangen und das Kinn bekommen vor Aufregung rote Flecken. Sie richtet sich auf, klettert auf ihren Sitz und holt ihren Rucksack aus dem Gepäcknetz.

»Das kann nicht sein.«

Was für ein schöner Hintern. Ein Hintern zum ficken und Fingern. Wie in meinem. Traum?

Ich taste nach meinem Brustbeutel und atme erleichtert aus, als sich das harte Rechteck an meinen Bauch drückt. Nicole scheint langsam zu realisieren, was passiert ist.

»Was war drin?«

»Meine EC-Karte, mein Bargeld, mein Ausweis, alles...« Bastian ist fassungslos. Erneut flucht Tim, diesmal so laut, dass es mich stört. »Und mein Ticket.«

Bastian greift in seine Gesäßtasche und holt sein Ticket hervor. »Das hab ich nach der Kontrolle gestern nicht in den Brustbeutel zurück gelegt.«

Glück im Unglück, ein schwacher Trost. Tims Ticket jedoch bleibt zusammen mit seinem Portemonnaie verschwunden. Michael, Nicole und Sonja wurden wie ich verschont. Wir rätseln darüber, was passiert ist. Am Ende kommen wir immer nur auf unseren Mitreisenden zurück, der längst nicht mehr im Zug sein wird.

Kurz vor Barcelona kommt der Schaffner. In den Händen Bastians Brustbeutel und Tims Portemonnaie. Beides hat er im Klo gefunden. EC-Karten, Bargeld, Tims Kreditkarte und sein Ticket fehlen, die Ausweise hat der Dieb nicht angerührt.

»Wenn ich den erwische«, sage ich in einem Anflug von Wut, obwohl die Erleichterung überwiegt, dass es mich nicht getroffen hat. »Der wäre dran.«

Bastian spottet.

»Ja so, wie du den Engländer gestern Abend drangekriegt hast. Der hat mich fast verprügelt und Sven hat sich schön zurückgehalten, weil er zu feige war.«

Die Schamesröte steigt mir ins Gesicht. Ich bin ein schlechter Freund, ich bin feige, ich bin schwach.

»Da hätte Sven doch auch nichts ausrichten können.«

Nicoles Versuch, mir beizuspringen, ist so, als würde man ein Auto vor dem Verschrotten noch einmal auftanken.

»Dann soll er nicht so dumm rumquatschen und das Maul aufreißen.«

Vor meinem geistigen Auge schlage ich dem Engländer in die Fresse, mein Herzschlag beschleunigt sich. Zu spät.

Ich läge gerne zuhause auf meinem Bett, die Fernbedienung in der Hand, um in fremde Welten zu entkommen, in die Galaxien von Krieg der Sterne, in die Agentenwelt von James Bond. Ich will mich nicht mit Diebstählen auseinandersetzen, mit Emotionen und Wut. Ich kann das nicht.

Auch Nicole und Sonja stören mich mit ihren Tränen und ihrer sinnlosen Verzweiflung. Was bringt es jetzt, sich zu ärgern? Nichts.

Ich frage mich, warum ich in meinen Träumen mit den beiden Sex hatte. Nicole mit ihrem Meg-Ryan-Lächeln und den viel zu kurzen Haaren, Sonjas große Nase, die kleinen Titten, Dabbergost. Ich will so nah nicht an Tim und seinem breiten Kinn sein, an Michael mit seiner haarigen Armen. Ich spüre kein Verlangen,

Was teilen wir? Die gleichen Interessen? Die gleichen Ansichten? Was haben wir uns zu sagen? Sie nerven mich, und sie sind mir egal, alles ist mir egal.

Michael schiebt die Blende vor dem Fenster hoch, der Himmel ist blau.

Barcelona rückt näher, die ersten traurigen Müllkippen, schmutzigen Industriegebiete und schäbigen Vororte ziehen am Fenster vorbei, dann werden die Häuser höher, die Gleise verdoppeln, verdreifachen, vervielfachen sich.

Die Stimmen um mich herum werden lauter, aber ich will sie nicht hören. Ich will nur die vielen Oberleitungen ansehen, wie sie sich treffen und wieder teilen, wie die Strommasten das Bild zerhacken, wie die Schienen glänzen, die Schwellen ein flirrendes Muster ergeben, einen Moiréeffekt erzeugen, dahinter die schwarzen Fensterhöhlen in den Sozialbauten, oder wer wohnt so dicht an der Bahnstrecke?

Sie streiten, doch ich will nichts hören. Warum soll ich mich aufregen? Was weg ist, ist weg.

Zwei Pole

Eine Nacht später und immer noch dieselben. Planlos. In jeder Stadt, die du auf deiner Reise erreichst, bist du fremd und niemals heimisch. Kein Eindringling, bestenfalls Besucher, der sich ansieht, was Einheimische als Alltag bezeichnen. Warum gehst du in eine andere Stadt, in der die Häuser einfach nur anders stehen?

Warum machst du Fotos von Gebäuden und Türmen Mauerresten und Brücken, die zu Hause nicht einmal einen Blick wert wären? In Schnedigheim gibt es ein Textilmuseum. In den vergangenen zehn Jahren hast du keinen Fuß dort hineingesetzt. Wärst du dort zu Besuch – du hättest es dir am ersten Tag angesehen.

1.

Mein Schwanz zuckt in der rechten Hand. Rasch noch ein Bild. Ich blättere um. So geile Titten. Und sie sieht aus wie Sonja. Endlich komme ich, spritze in das Waschbecken, Ladung für Ladung. Meine Knie werden weich und ich falle beinahe.

Das habe ich gebraucht. Ich falte den Porno zusammen, stopfe mir das Heft tief in den Hosenbund, ziehe das T-Shirt glatt, nehme Zahnbürste und Zahnpasta und verlasse die winzige Zugtoilette.

Der Nachtzug spuckt uns aus, und so fühlen wir uns auch. Putz bröckelt, Sonja heult und Tim fuchtelt, während er sich über Folke aufregt, wild mit seinem Gipsarm. Bastian scheint sich damit abgefunden zu haben, dass ich ihm Geld für den Rest unserer Tour leihe. Auf meinem Girokonto ist genug.

In der Empfangshalle protzt zwischen Travertin, Marmor und überquellenden Mülleimern ein American-Express-Schalter. Während Tim sich eine neue Kreditkarte bestellt und die alte sperren lässt, sehe ich mich nach einem Zeitungskiosk um. So viele nackte Frauen hinter Glas, so viele Versprechungen. Meine Handflächen nässen die Gurte meines Rucksacks.

Die ganze Hand in der Möse, so wie in meinen Träumen, wie in den Heften. Jungs mit Jungs. Sonja starrt in die hastenden Beine, die zwischen Bahnsteig und Ausgang tanzen. Ob sie Folke sucht? Wann hat er den Zug verlassen. Ich hab geträumt, er sei eine Frau. Verrückt, wie man Dinge aus der Realität in den Traum nimmt. Aus ihrer Tuschelei habe ich Sex gemacht. Ich bin total erotisiert.

Endlich können wir gehen.

Wieder die Frage, warum wir den Typen in unserem Abteil haben schlafen lassen. Sonja ist außer sich.

»Er war nicht der Dieb. Der Dieb hat Betäubungsgas in den Zug geleitet und uns alle ausgeraubt.«

»Und Folke ist dann vor uns allen aufgewacht, hat sich geärgert und ist aus Rücksicht leise aufgestanden und hat sich verpisst?«

Darauf weiß Sonja auch keine Antwort.

Es bringt doch nichts, will ich immer wieder einwerfen, doch ich finde nicht den richtigen Moment. Wir quetschen uns auf die Straße. Über uns ein blauer Himmel. Ich zücke den Fotoapparat und versuche, unter dem Himmel etwas Sonja blitzen zu lassen, ihre dunklen Haare im Wind, aber sie dreht sich im falschen Moment zur Seite.

Ich will nur gerecht sein, sage ich mir, nur von jedem ein Foto in Barcelona, damit wir alle eine Erinnerung daran haben, dass wir hier waren.

Die Jugendherberge ist überfüllt, man findet unsere Reservierung nicht, Sonja heult, Tim wird sauer und schüchtert die Angestellte ein.

Immerhin hat seine Wut etwas Gutes. Jetzt strengt sie sich mehr an und findet den Rechtschreibfehler in Sonjas Nachnamen. Diese Spanier.

Die Zimmer sind klein und die Etagenbetten klappern rostig. Die Mädchen wohnen in einem eigenen Raum, wir Jungs teilen uns ein Sechs-Bett-Zimmer mit zwei Amerikanern.

Vor unserem Fenster liegt der Müll. Es ist zu warm. Tim und Michael beschließen, nicht mit nach Nizza zu kommen. Das Ticket, sagt Tim. Die Gemeinschaft.

Schließlich die Stadt. Eine bekloppte Stadt. Viel zu laut, viel zu voll und erst die süßlichen Autoabgase. Presslufthämmer zerreißen die Luft im Stakkato, wie eine CD, die bei einem Ton hängen geblieben ist. Die Spanier fahren wo sie wollen. Und warum gibt es hier keine Ausschilderungen auf Englisch?

So kurz vor der Olympiade, und niemand hat daran gedacht, die Bedienungsanleitungen auf Ticketautomaten, Wegweiser oder Infoblätter ins Englische zu übersetzen. Stattdessen nur zwei Sprachen, die ich als Spanisch und einen Dialekt bezeichne. Die Flaggen machen den Unterschied. Einmal die Spanische und dann eine mit vielen roten und gelben Streifen. Sind die bekloppt? Und wo ist Englisch? Hallo, es geht hier um die Olympiade, und keine Beschriftung auf den Automaten auf Englisch? Wie bekloppt sind die denn?

Sonja sieht mich nicht an, und ich spüre ein unangenehmes Zittern im Bauch, ein Drücken und Flattern. Sie spricht von einem neuen Plan, von einer Idee, und dass sie sich finden muss. Alleine geht sie auf Tour durch Barcelona, doch sie sagt nicht, was ihr Plan ist.

Sie geht. Ich habe wieder dieses seltsame Gefühl im Bauch, das ich nicht einordnen kann

Barcelona kotzt mich an. Ich verstehe diesen Urlaub nicht. Warum laufen wir hier herum? Nur weil die Häuser anders aussehen? Scheiß Gaudi.

Ich laufe durch Barcelona wie in Trance. Ich starre zum blauen Himmel über der Stadt. Ist er nicht zu blau? Und hat Bastian wirklich das gleiche T-Shirt an wie ich? Tragen wir denselben Beutel vor dem Bauch, die identische Sonnenbrille?

Etwas stimmt nicht. Ich kann nicht mehr klar denken.

Bin ich diese Straße nicht schon einmal gegangen?

McDonald's ist meine Insel, der Burger mein Rettungsboot. Sonjas Blick auf meine fettigen Finger ist voller Interesse. Tim und Michael kichern und drehen sich einen, tuscheln. Tim kratzt sich unter seinem Gips.

Meine Augen brennen.

Ich bin nicht wirklich wach.

Alles fühlt sich so echt an, wie Hyperrealität. Der Himmel ist zu blau, die Straßen zu laut, die Menschen zu weit weg. Ich höre sie, doch ich verstehe nichts. Ich will mir meine Hände auf die Ohren pressen, doch es sind nicht die wahrnehmbaren Geräusche von außen, die mich verrückt machen - der Lärm kommt von innen, aus mir heraus.

In einem Durcheinander an Gedanken ist kein einziger Faden, an dem ich mich entlang hangeln kann. Auf dem Weg zum Olympiagelände durch die Altstadt haut mir Bastian den Ellenbogen in die Seite.

»Sieh dir die Gebäude an, nicht die Straßen, die sind überall gleich«, sagt Bastian und ich habe keine Ahnung, wovon er spricht. Ich kenne keinen Baustil. In Kunst hatte ich 0 Punkte in der Architekturklausur. Unser Lehrer ist Deutschrusse aus Kasachstan und hat einen Akzent zum Einschlafen.

Niemand sonst spricht so monoton, schafft es, jedem Wort im Satz die gleiche Bedeutung und somit keine zu geben. Wenn redete klang es, als würde ein schwerer Dieselmotor tief im Bauch eines Schiffen gleichmäßig seine Arbeit verrichten. Archivolten und Architraven, Portikus und Kapitell, Gotik und Romanik verschwimmen zu einem Brei an Informationen, die ich niemals aufgenommen hatte.

In der Klausur schrieb ich viel und sagte nichts. Was hätte ich auch sagen können. Mein Kopf war leer. Gaudi? Ich hatte keine Ahnung von Gaudi. Ich wusste nur, dass er mir etwas sagen sollte. Sagrada Familia? War das mehr als eine Kirche, von der man einen tollen Blick über die Stadt hatte? Und was würde bleiben, nachdem wir die Baustelle verlasen hatten? Nicht die Intention, nicht der Stil, die Geschichte, nicht einmal das Geburtsdatum von Gaudi.

Ich will einfach nur Ruhe. Will in die Kommune zu meinem Vater, will nicht zurück in die Schule. Immer wieder blitzt vor meinem inneren Auge das Bild eines steifen Schwanzes auf, über den ich Gleitgel verteile, von der Wurzel bis zur Eichel.

Nur der Moment der Penetration fehlt. Gleitgel, glitzernd.

Ich kann die alle nicht mehr ertragen. Die Stadt ist heiß und laut und sie macht mich nervös. Wo bekomme ich Pornos her? Ich muss die anderen abschütteln und mich alleine auf den Weg machen.

In einem Kiosk verkaufen sie tatsächlich Tierpornos. Auf den Titel sind Frauen mit Pferden abgebildet, mit Eseln, und ich kann kaum glauben, wie echt das alles ist. Ponys, Hunde und sogar ein ausgewachsenes Pferd. Auf jedem Titel mehr als die deutsche Polizei erlaubt. Meine Augen möchten vor Staunen beinahe aus dem Kopf springen, und ich kann gar nicht glauben, dass Frauen das machen.

Ich bleibe zurück und taste nach meinem Brustbeutel. Vielleicht muss ich meinen Ausweis vorzeigen. Die Aufregung lähmt mich. Mein Herzschlag pulst durch den ganzen Körper.

Bastian ruft. Ich kann nicht, ich traue mich nicht, ich bin wie gelähmt.

Zurück in der Jugendherberge treffen wir auf Sonja. Sie spricht kaum mit Tim, sieht ihn nicht an. Wird ihr langsam bewusst, wie aussichtslos der Versuch ist, ihn zurückzuholen? Ich gehe ins Zimmer, hole mir ein Heft aus dem Rucksack und verschwinde aufgeregt in der Toilette.

Die Toilettentür schließt nicht richtig.

Na und, soll mich doch jemand beim Wichsen überraschen. Im Traum geht das.

Die Vorfreude macht mich härter als jemals gedacht. Das Heft klebt an meinem Bauch und löst sich knisternd von der klebrigen Haut.

Ich ärgere mich, dass ich nicht den Mut hatte, wenigstens eines der Hefte zu kaufen, doch was ich habe ist auch nicht schlecht.

Seite um Seite sauge ich mit den Augen die obszönsten Bilder auf. Der Stoff ist gut, und als ich zusammengekrümmt ins Klo spritze, schwemmt der Orgasmus für einen Moment das Glück in meinen Kopf. Meine Beine zittern.

Mein Gott, das kann doch alles gar nicht wahr sein.

Auf dem Zimmer unterhält sich Tim prächtig mit den Amerikanern. Sonja erzählt Michael von einem Museum, das sie sich angesehen hat, und Bastian und Nicole streiten sich. Worüber? Ich weiß es nicht, und es ist mir auch egal.

Ich drehe ich mich mit dem Rücken zum Raum und ziehe den Porno unter meinem T-Shirt hervor und lasse ihn mit der Routine langjähriger Heimlichkeit in den Rucksack gleiten. Das Papier an meinen Fingern macht wieder Lust. Am liebsten würde ich erneut in der Toilette verschwinden.

Tim ist ganz in seinem Element, kann mit seinem Englisch-Leistungskurs prahlen. Über Reisen in Europa, über Züge. Ich weiß nicht recht, was ich sagen soll. Tims Englisch ist so viel besser als meines. Vielleicht sollte ich ihnen sagen, dass man hier Tierpornos kaufen kann, aber das interessiert sie bestimmt nicht. Ich wüsste auch gar nicht, was Porno auf Englisch heißt. Porno? Pornography?

Sie reden über die dichte Besiedelung, glaube ich, und darüber, dass in den USA so viel Platz sei.

Mir fällt nicht ein, wie ich sagen soll, dass die Alpen das Hochgebirge, nein das Gebirge mit das am besten ausgebaute Verkehrsnetz, das am besten ausgebauteste Verkehrsnetz der Welt von allen, dass es kein anderes Hochgebirge auf der Welt gibt, das ein besser ausgebautes Verkehrsnetz auf der Welt hat, also dass die Alpen am besten erschlossen sind von allen Gebirgen auf der Welt.

Nicole will tiefsinnig wirken, dabei tun mir die Füße weh.

»Wann hattet ihr das erste Mal Sex?«, fragt sie und ich spüre, wie mir das Herz in die Hose sinkt. Frau Döring. Soll ich davon erzählen? Die Erinnerung ist schwammig. Frau Döring und Foreigner, ihr Gesicht ganz nah, wie sie sich meinen Kopfhörer aufsetzt. Ihr alkoholgeschwängerter Atem, Herzklopfen und feuchte Hände. Will es überhaupt jemand hören? Von mir und meiner Nachbarin? Im Sommer, ich vor ihrer Tür, mit der Gratiszeitung in der Hand.

»Lass bitte den Unsinn«, sagt Sonja. »Muss das denn jetzt sein? Wer will denn das hören?«

»Ich«, sagt Nicole.

»Niemand«, sagt Tim und steht auf. Die Amerikaner warten auf ihn. »Wir gehen eine Runde absoften und dann langsam um die Ecke ditschen.«

Ich erinnere mich wieder an die Bilder in meinem Kopf, an das Ficken mit Tim und Michael. Sie erscheinen mir realer als diese Situation. Sonja verlässt den Raum, Michael geht Zähneputzen, ich verkrieche mich ins Bett. Ich kann keine Unterhaltung führen, ich will nur schlafen.

Eine halbe Stunde später will auch von Tim niemand etwas hören, als die Drogen eine unerwünschte Wirkung zeigen. Tim steht bleich in der Tür.

»Ich hab einen Bewegungsflash«, jammert er. Er läuft das Zimmer auf und ab, vor und zurück, versucht verzweifelt, die Ruhe wieder zu finden.

Die Tafel Schokolade verschwindet Riegel für Riegel in meinem Mund, bis die Verpackung leer knistert. Die Spanier können keine Schokolade machen. Die Schweizer, die können das.

Tim ist ein Bild des Elends, mit seinem Gips. Warum macht Michael nichts? Er ist doch sein bester Freund, er war doch mit ihm kiffen.

Ich ziehe mich aus und starre aus dem Fenster. Die ganze Situation ist so unerträglich real, dass ich mich ausklinke, aufs Bett lege und Stephen King lese. Seine Vision der Apokalypse ist wesentlich faszinierender als das hier. Die Augen fallen mir zu, Schlaf überschwemmt mein Hirn.

Schnargel. Gegen Bewegungsflash hilft. Was für ein **seltsames** Buch. Natürlich. das ist doch die Lösung. Ich, wenn ich schlafe, schlafe ich.

Mein Kopf zuckt.

Ich hatte einen tollen Gedanken, aber jetzt ist er weg. Michael und Tim reden, ich starre an die Wand neben meinem Bett. Weiß, so weiß wie eine Leinwand, wie Kino*tag im Batm*an. Etwas schaukelt. Ich fühl mich wie auf Räder, die wenn George Lucas doch nur nicht Indiana Jones. Der Dieb hat sich. Ist er Batman?

Das Ticket ist.

2.

Weg. Was ist das? Etwas schaukelt. Erschrocken fahre ich hoch. Wo bin ich? Ich sitze im Nachtzug und das Sonnenlicht scheint zu uns herein. Mein Herz rast. Ich fasse mir an die Brust. An meiner Hand spannt mein getrocknetes Sperma.

Ich bin zurück im Zug. Eben war ich doch noch in einem Bett, in einer Jugendherberge. Es ist wieder Morgen. Ein Traum, es war alles ein Traum – realistischer als je zuvor. Der Zug rumpelt. Ich bin wieder im Nachtzug. Verdammt noch mal.

Erleichtert atme ich aus. Als erstes gleitet meine Hand unter den Hosenbund. Mein Brustbeutel ist noch da.

Und auch die Morgenlatte.

Sonja liegt auf dem Boden des Abteils, Tim und Michael sitzen mir gegenüber, beinahe übereinander und halbnackt, die Hände des einen unter dem Schlafsack des anderen. Mein rechter Platz ist frei, links liegen Nicole und Bastian. jeder für sich unter seinem Schlafsack.

Ich bin in Sonja gekommen. Oh, mein Gott.

Schwangerschaft, Hochzeit, Dabbergost, Ende.

Michael gähnt und streckt sich, die Augen weiterhin geschlossen. Tims Kopf wippt im Takt der Schwellen. Sonja sieht auf dem Boden des Abteis verloren aus. Ihr Neuanfang ist weg, ihre Hoffnung. Sie wirkt auf mich wie eine abgelegte Freundin, nach dem One-Night-Stand verlassen.

Der Zug rumpelt über eine Weiche. Vor dem Fenster Barcelona. Barcelona. Ich war doch. Nein. War ich? Ich habe von Barcelona geträumt. Kann ich von etwas träumen, das ich nie gesehen habe? Ja, kann ich, ich habe schon von Zombies geträumt und vom Fliegen, obwohl ich nie zuvor geflogen bin.

Die Jugendherberge. Tims Bewegungsflash. Ich hatte kein Mitleid. Und das ist mir seltsam bewusst. Ich habe geträumt, wie wir uns voneinander entfremdet haben. Wir hätten eine Gruppe sein sollen, stattdessen waren wir eine Sammlung von Individuen, die Mauern um sich gezogen haben.

Ich wische mir über das Gesicht. Meine Hand ist echt. Kein Traum. Langsam wird mir die Sache unheimlich.

Noch einmal wachen wir alle auf, noch einmal ist Folke weg. Die vergangene Nacht scheint so lange her zu sein, der Traum dazwischen war so intensiv. Sonja hat Folke die Hand tief in die Möse geschoben, etwas, das ich nicht einmal zu träumen gewagt hatte. Obwohl - hatte ich es nicht? Vor ein paar Nächten?

Die Erinnerung macht mich geil.

Aber in meinem Traum war sie ein Mann. Wie seltsam. Das Gefühl eines Déjà-vus wird immer stärker. Ich hatte geträumt, Folke sei ein Mann, aber ich erinnere mich daran, dass ich im Traum darüber verwundert war, dass ich mir zuvor Folke als Frau geträumt hatte.

Ein Traum in einem Traum.

»Morgen«, höre ich Nicole neben mir flüstern. Sie lächelt. Der Schlafsack rutscht. Ich lächele zurück so gut es um die Uhrzeit geht. Meine Casio-Digitaluhr zeigt kurz nach sechs. Wann kommt der Zug in Barcelona an? Zehn nach sieben?

»Morgen«, flüstere auch ich und mustere Nicole automatisch. Ihre Schultern sind nackt, und über dem Saum des Schlafsacks blitzen dunkle Warzenhöfe.

Ich kann mich nur an Fummeln erinnern. Was ging ab, nachdem ich eingeschlafen war?

Nicole sieht sich im Abteil um, rasch, mit einem verschmitzten Blitzen in den Augen. Bastian schläft in der Ecke seines grünen Sitzes, der Mund steht offen.

Sie hebt den Schlafsack hoch, so dass ich darunter sehen kann. Sie ist nackt. Ihr dunkles Schamhaar blitzt. Meine Erektion wird härter.

Was macht sie da?

Sie grinst mich an, ich sehe mich ebenfalls schnell um. Alle anderen schlafen. Meine Hand landet in Nicoles Schoß. Nicole nimmt die Knie etwas auseinander, so dass ich mit dem

Mittelfinger der rechten Hand in den feuchten Schlitz eindringen kann. Nicole hält den Schlafsack wie einen Paravent zwischen sich und ihrem Freund Bastian. Die andere Hand wühlt sich in meine Shorts.

Nicole beißt sich auf die Unterlippe.

Oh, fuck, ist das geil.

Ihre Titten wippen. Ich beuge mich vor und lutsche an den Brüsten, sauge einen harten Nippel tief in meinen Mund. Nicoles Hand an meinem Schwanz ist fordern, wichst und rubbelt. Ich schiebe auch Mittel- und Ringfinger in ihre Möse.

Ist es die frühe Stunde, er Reiz des Verbotenen? Wir kommen sehr schnell. Nicole zuckt stumm und atemlos unter meinen Händen, und ich spritze ihr lautlos auf Bauch und Oberschenkel.

Noch ehe sich Tim räkelt und Sonja verschlafen den Kopf hebt, bevor Bastian trocken schmatzt und Michael ficken schreit, hat Nicole schon wieder den Schlafsack über sich gelegt.

»Es war keine wahre Liebe«, sagt Tim, nachdem Sonja ihr Bedauern über Folkes Verschwinden geäußert hat, und ich bin mir nicht ganz sicher, ob er von Frau Faust gesprochen hat oder von sich.

»Die wahre Liebe scheint Sven gefunden zu haben. Und er plant schon mit Kind«, sagt Michael und lacht, klopft sich auf die Schenkel und ich könnte ihm dafür eins aufs Maul hauen.

Sonja redet nicht mit mir. Das ist doch keine normale Reaktion. Sie könnte schwanger sein. Ein unmöglicher Gedanke. Die Lösung wäre Abtreibung, oder nicht? Da kann man abtreiben. Auch wenn man katholisch ist.

Der Bahnsteig rollt uns vor die Füße. Die Luft ist warm, über uns wölbt sich erst die Kuppel des Bahnhofs, schließlich der blaue Himmel. Vor dem Bahnhof steht der Smog. Ich kann kaum atmen – so stickig und heiß ist die Luft. Wieder wird das Gefühl des Déjà-vus stärker.

Ich habe detailliert von unserer Ankunft in Barcelona geträumt und so intensiv, dass ich mich an alles erinnere. Ich weiß, dass in meinem Traum aus einer Folke ein Folke wurde, und je länger ich wach bin, umso besser kann ich mich an den Rest erinnern.

Der Weg durch den Bahnhof, das geklaute Ticket, Sonjas Tränen, Kiffen im Park, Tims Bewegungsflash. Sogar an das Wichsen auf dem Klo kann ich mich erinnern und wie ich verzweifelt versucht habe, den Porno unter meinem T-Shirt aus dem Zimmer zu schmuggeln. Verrückt.

Ich laufe etwas verpeilt hinter den anderen durch die Stadt und versuche, meine Gedanken zu ordnen. Dabei renne ich mehr als einmal vor ein Auto, aber die Spanier sind nett und bremsen.

Wieso ich davon geträumt habe, dass Folke uns beklaut, ist mir klar. Nicoles Angst, jemand dringe in der Nacht in unser Abteil ein, ist bis in meinen Schlaf gedrungen.

Kann ich von einer Stadt träumen, in der ich noch nie war? Hatte ich vielleicht eine Vision? Eine Vorahnung? Doch irgendetwas stimmt nicht. Die Stadt sieht anders aus. In meinem Traum waren die Häuser. Sie sahen. Ich kann mich nicht erinnern. Vielleicht sahen sie in meinem Traum wie die Häuser in Madrid aus, so wie die Jugendherberge. Sah sie in meinem Traum nicht ebenso wie die in Madrid aus?

An jeder Ecke, bei McDonald's, im Zimmer - ich habe das Gefühl, alles schon einmal erlebt zu haben. Und schließlich der Triumphbogen vor der Jugendherberge, die zweisprachige Ausschilderung und die U-Bahn - was ich im Traum zuvor gesehen habe, ist nicht mehr als das, was ich aus einem Reiseführer kenne.

Keine Vorahnung. Niemand hat uns beklaut. Einfach nur zu viele Eindrücke, die ich verarbeiten muss.

Erleichtert konzentriere ich mich auf Sonjas Po und Nicoles Beine. Wenn Bastian wüsste, dass mir seine Freundin gerade im Zug einen runtergeholt hat, würde er mir die Freundschaft kündigen. Ganz egal, ob sie es bereits in seiner Gegenwart einmal gemacht hat. Ein bisschen fühle ich mich wie ein Kameradenschwein, ein Wort, das Alexander immer benutzt hat.

Michael sieht verdammt cool aus, so unrasiert und mit der dunklen Sonnenbrille. Ich muss die beiden fragen, ob ich mich heute zu ihnen gesellen kann. Bin gespannt, welche Zimmer wir bekommen. Unser Weg führt in die U-Bahn. Sonja hat vor der Tour für Barcelona sechs Betten reserviert.

»Und?«, richtet Tim in der U-Bahn das Wort an Sonja, die verträumt zum Fenster hinaus sieht. Ob sie an Folke aus dem Nachtzug denkt? An ihre Hand, die bis über das Gelenk in dem Mädchen gesteckt hat? An mein Sperma in ihr? »Wie ist es so, wenn man weiß, was man will?«

Sonja hebt irritiert den Kopf. »Was?«

»Ah, die träumt von Folke, oder?«, sagt Nicole. Sie schwankt. Bastian hat seine Hand auf ihrem Hintern, und es stört niemanden. Sonja winkt verlegen ab.

»Vielleicht finde ich ja auch einen spanischen Hengst. Oder einen katalanischen Esel«, sagt Sonja. »Wenn ich mich von einem Tier ficken lasse, ist das auch nicht anders. Hauptsache, jemand steckt seinen Schwanz in mich. Bei denen weiß ich wenigstens, dass ich nichts danach zu erwarten habe. Und schwanger werde ich so auch nicht.«

Nicole ist entsetzt. »Oh, ne, Sonja, mach keinen Scheiß.«

»Was soll das? Ihr Jungs könnt euch ganz ohne Gedanken an die Zukunft austoben, und wenn ich das machen will, bin ich krank? Ihr habt doch nen Knall.«

Mich würdigt sie keines Blickes. Zum Glück. Wann ist der Zeitpunkt, um mit ihr über die Konsequenzen zu reden? Gar nicht? Oder wenn ihre Regel ausbleibt? Dabbergost kann sie vergessen. Sonja flüstert Nicole etwas ins Ohr, diese hält sich eine Hand vor den Mund.

»He, lasst das«, ruft Bastian. Nicole und Sonja kichern wie kleine Mädchen.

Lass das. Würde er das auch sagen, wenn er mich und Nicole beim Fummeln erwischt? Doch das ist jetzt gar nicht mehr, wonach mir der Sinn steht. Während wir unsere Jugendherbergsausweise abgeben und unsere Zimmerschlüssel beziehen, ist mein Schwanz bei einer ganz anderen Vorstellung hart geworden.

Ich würde gerne wissen, wie es ist, nüchtern in den Arsch gefickt zu werden. Ohne die Unschärfen des Rausches, in vollem Bewusstsein. Ob Tim es noch einmal machen würde? Wie fragt man so was? Und Michaels Schwanz – ich würde ihn einfach gerne blasen.

Mein Herz klopft aufgeregt. Vielleicht bieten sie mir es auch an, ohne dass ich etwas sagen muss.

Wir bekommen ein Viererzimmer für die Jungs und ein Zweierzimmer für die Mädels.

»Ah, na, das ist doch was Richtiges zum Poppen«, seufzt Michael und lässt sich auf eines der quietschenden Betten fallen. Er winkt Tim zu sich. »Komm, du geiler Ficker.«

»Ich will mitmachen«, rufe ich aus und freue mich, dass mir diese Forderung so leicht über die Lippen geht. Michael lacht und Tim nickt anerkennend.

»Ihr seid so abstoßend«, motzt Bastian. »Immer dieses, dieses, ich meine, das ist eklig.«

Wir gucken uns an und zucken mit den Schultern.

»Na und?«

»Warum bist du so abgeneigt?«, fragt Michael. »Was ist mit deiner Fantasie? Schon vergessen? Lutschi, lutschi mit Sven?«

»Macht euren Mist doch alleine, ehrlich. Es reicht mir schon, dass Nicole mich damit nervt, aber jetzt ihr auch noch. Ehrlich, macht, aber lasst mich damit in Ruhe.«

Bastian verlässt ohne weiteren Kommentar den Raum. Wir lachen ihm hinterher. Tim schließt die Tür und dreht den Schlüssel herum.

»Und warum sind wir so hemmungslos?«

»Ich weiß es nicht. Sag du es mir.«

Ich erzähle in kurzen Worten von meinen Büchern, der frühen Begegnung mit Pornografie und den vielen verpassten Gelegenheiten, Distanz zu überwinden. Und ich erzähle von dem Bild, das sich immer wieder vor mein geistiges Auge schiebt.

»Kätzchen«, sagt Tim lächelnd. Ich spiele derweil mit meinem aufgerichteten Schwanz. »Du hast vor allem eine niedrige

Frusttoleranz. Es muss bei dir alles ganz einfach gehen, sonst verlierst du das Interesse. Diese ganzen Zwischentöne passen dir nicht. Entweder alles oder nichts. Hat aber auch was mit Unsicherheit zu tun.«

»Vielleicht liegt es auch an den frühen Erfahrungen mit deiner Nachbarin«, wirft Michael ein.

»Eben, es gibt doch gar keinen Grund, frustriert zu sein. Ich habe doch immer alles bekommen.«

»Aber keine Liebe. Das spielt sich bei dir nur auf der körperlichen Ebene ab. Diese Bereitschaft zur Hingabe, die fehlt dir.«

»Aber immerhin bin ich mir dessen jetzt bewusst.«

»Das ist doch was«, sagt Michael und zieht sich die Hose herunter. Jetzt sind wir alle nackt. Tim schüttelt den Kopf, als wollte sich nicht damit zufrieden geben.

»Du versuchst doch jetzt, durch körperliche Nähe nur weiterhin der Liebe aus dem Weg zu gehen.«

Ich zucke mit den Schultern. »Na und? Mit Liebe kann ich eh nicht umgehen.«

Auch wenn ich keine Liebe spüre, so bin ich mehr als froh, meine Freunde zu haben. Freunde, über die ich in den vergangenen dreieinhalb Wochen mehr erfahren habe als in den dreieinhalb Jahren zuvor.

»Aber das ist jetzt keine Liebe zwischen euch, oder?«

»Was? Bist du bekloppt?«

»He, ich frag ja nur.«

»Okay, genug gefragt, knie dich hin.«

Ich kann es kaum erwarten. Nur eine Frage brennt mir auf der Seele.

»Und ihr? Ich meine, wir haben doch zuvor nie über Sex geredet, oder über das Schwulsein, über wichsen. Michael und ich – wir haben Pornos angeguckt, aber wie haben nie zusammen gewichst.«

»Tja, hättste mal gemacht. Ich hab immer darauf gewartet, dass du dein Ding rausholst. Ich hätte sofort mitgemacht.«

»Ich hab doch einmal beim Videogucken gewichst, unter einem Kissen, aber keiner von euch hat mitgemacht.«

»Ich hab es gar nicht gesehen.«

Schade. Vertane Chance. Aber auf dieser Fahrt ist ja alles möglich. Michael lehnt sich zufrieden grinsend auf seinem Bett zurück und wichst seinen dicken Schwanz.

Ich mag seine behaarte Brust.

Ich packe meine Beine unter den Oberschenkeln und ziehe sie bis zur Brust heran. An meinem Hintern spüre ich Tims Finger. Erst klickt die Tube, dann klatscht kühles Gel genau auf den Punkt. Tim klemmt die Zunge zwischen die Lippen, robbt auf den Knien heran. Sein harter Schwanz glitzert vor Gleitgel. Keuchend und schnaufend bringt er sich in Position, bis ich seine Eichel dort spüre, wo bislang hauptsächlich nur Penisse aus Silikon Eingang gefunden haben.

Der Druck ist bemerkenswert. Ich wichse meinen Schwanz ein paar Mal und glaube, dass sich die Lust nicht mehr steigern kann, dann löst Michael mich ab. Grinsend schließt er seine Finger um mein Rohr, während sich Tim tiefer in mich schiebt. Der Kranz der Eichel ist die größte Hürde. Das kann kein Traum sein.

Es ist mehr als real. Es ist die Erfüllung eines Traumes. Ich starre zwischen meine Beine, sehe Michaels Hände.

»Entspann dich«, sagt Tim, während Michael mir langsam einen runterholt. Er redet mit mir wie mit Sonja auf der Fahrt von Lissabon nach Madrid. Entspann dich.

»Soll ich dir noch mal den Schwanz lutschen?«, fragt Michael und tut es schon, stülpt er seinen Mund über meine Eichel, schiebt sich meinen Schwanz tief in den Mund und ich spüre Tims hartes Rohr in meinem Hintern verschwinden, Zentimeter für Zentimeter. Er packt mich an den Füßen, um sie wie Skistöcke bei der Abfahrt festzuhalten.

Sein Griff ist hart.

Ich presse, als sei ich auf Klo, und dann rutscht Tim bis zum Anschlag in meinen Hintern. Der letzte Zentimeter tut weh, sticht tief. Michael lutscht, spuckte meinen Schwanz aus, wichst ihn und beobachtet. Ich sehe über seinen Kopf hinweg, zwischen meinen Beinen, die an den Knöcheln noch immer von Tim gehalten werden, nur die leicht behaarte Brust meines Kumpels.

Tim zieht sich langsam zurück. Es fühlt sich an wie auf Toilette, nur viel besser, denn ich weiß, was dieses Gefühl verursacht. Ich spüre die Lust im ganzen Körper.

»Hör auf zu lutschen«, flehe ich Michael an, »sonst komme ich.«

Und er hält inne, beobachtet, wie sich Tim zurückzieht, bevor das Spiel von Neuem beginnt. Jede seiner Bewegungen geht mir durch Mark und Bein.

Tims Hände an meinen Unterschenkeln. Während mir sein Freund einen bläst, fickt er mich in den Arsch. Wie pervers, wie sehr aus meinen Heften und Büchern.

Ich sehe genau, wie Michael meinen Schwanz lutscht. Es ist alles so brillant, so klar, so präzise.

»Fick meinen Arsch«, sage ich zu Tim. Ich spüre jeden Zentimeter seines Rohrs im Arsch, wie er ihn rauszieht, bis die Eichel beinahe herausrutscht und dann wieder hineinschiebt, bis meine Hoden seinen Bauch berühren, ganz knapp über seinem Schamhaar. Michael wichst meinen Schwanz dabei, und ich könnte jeden Moment abspritzen.

»Ich spritz dir alles rein«, sagt Tim. Auf seiner Stirn glänzt der Schweiß. Seine Brustmuskeln spannen sich. Ich spüre seinen Steifen ein und ausgleiten, spüre jeden Zentimeter, sogar die Eichel. Es kann kein Traum sein.

Und als mir Tim alles in den Arsch spritzt, was er rausholen kann, spüre ich jeden Tropfen. und werde überflutet, zweimal, dreimal. Als ich Michael in den Mund spritze, kann ich seine Zunge spüren.

Explosion im Kopf. Mein Gott, ist das schön.

Mein Kopf fällt ins Kissen, mir wird. Folke. Fistingistfisting.

Ich **spüre, oh, fuck,** ich. bUmm.

Ich schnappe nach Luft, erschöpft und mit brennenden Augen. Der neue Tag ist nicht langsam in mein Bewusstsein gedrungen, sondern sofort da, als habe ich überhaupt nicht geschlafen. Bin ich wirklich wach? Morgenlicht vor dem Fenster.

Der Amerikaner in der Mitte des Zimmers sieht mich entschuldigend an, hebt seinen Reiseführer wieder auf und geht dann zur Tür, wo der zweite Backpacker bereits wartet. Sie verlassen das Zimmer. Das Schloss klickt leise.

Mein Kopf sinkt zurück auf das Kissen. Der Jugendherbergsschlafsack reibt kühl an meine nackte Brust.

Mit Michael und Tim gefickt. Ich spüre noch seinen Schwanz im Arsch, seine Finger an meinen Hüften, Michaels Lippen. Und jetzt liege ich in meinem Bett, neben mir ein zugeklapptes Buch.

Auf der Matratze unter mir schnarcht Bastian. Wir schlafen in einem Sechser-Zimmer. Links von der Tür haben die Amerikaner geschlafen. Ihre Betten sind ungemacht.

Das Gefühl, in den Arsch gefickt worden zu sein, lässt nach. Zwischen meinen Beinen pulsiert eine mächtige Erektion. Ich schwitze, fühle mich ausgebrannt. In meinem Kopf schwirren die Gedanken. Wann bin ich nach dem Sex mit den beiden eingeschlafen? Und was ist mit dem Rest des Tages passiert?

Eine Bewegung. Tim wälzt sich aus dem Bett, starrt zu mir herüber. Er sieht müde aus. Irgendetwas stimmt nicht.

»Wir fahren heute auf den Tibidabo, richtig?«

Seine Stimme ist kaum zu verstehen.

»Was ist denn der Tibidabo.«

Ist das eine Partylocation? Kann man da ficken? Ich müsste es sagen, müsste fragen, ob man da ficken kann, aber ich kann seltsamerweise nicht. Ich bin wie blockiert. Was ist hier los? Sag etwas Geiles. Sag ficken.

Meine Lippen wollen sich nicht öffnen.

Die Bilder vom Ficken stehen mir klar vor Augen. Michaels Schwanz, das Gleitgel auf Tims Rohr, ab damit in meinen Arsch.

Aber Tim. Ich weiß nicht. Er ist nicht so geil, eben gerade war er doch noch viel geiler. Er hebt den Arm über die Decke. Etwas ist falsch.

»Du hast aber auch keine Ahnung«, sagt Tim und winkt ab. Er senkt dabei den Arm. Der Arm.

Oh, mein Gott. Meine Nackenhaare stellen sich auf. Ich weiß, was nicht stimmt.

Das darf doch nicht sein.

Tim trägt einen Gips. An der Algarve hat er ihn doch schon abgemacht.

Das hier ist nicht die Wirklichkeit.

Das ist ein Traum.

Ich sehe meine Hände an, reibe die Fingerspitzen aneinander, nehme das Gefühl ganz bewusst wahr. Meine Finger. Sie sind zerkaut, aufgerissen. Zombiehände. Und woher kommen die drei Male auf meinem Handrücken? Die blutigen Löcher? An eines kann ich mich erinnern. Paris. Mutprobe. Oder war es Brüssel?

Ich fühle mich, als hätte mir jemand in den Bauch getreten.

Der Gips, die Blockade, ein seltsames Ausflugsziel namens Tibidabo. Das ergibt alles keinen Sinn. Selten ergeben Träume Sinn, aber dieser Traum ist anders als die anderen zuvor, denn ich weiß, dass ich träume, bin mir der Tatsache bewusst, dass ich in Wirklichkeit schlafe.

Kannst du das überhaupt wissen, oder ist das der Punkt, an dem dir klar werden muss, dass du wach bist? Wie heißt das? Gab's da nicht einen Film? Dreamscape?

Wachtraum, nein: Klartraum.

Richtig. Ich habe einen Klartraum.

»Kommst du mit?«

Tim hebt arrogant die Augenbrauen.

»Wir gehen alle zusammen«, sagt Bastian, der auf einmal neben mir steht.

Unter der Dusche wichse ich. Die Kacheln haben Kalkflecken, am Ausguss wächst Schimmel. Wie geil wäre es, jetzt in den Arsch gefickt zu werden von einem harten, steifen Schwanz. Dabei erinnere ich mich an den Fick mit Michael und Tim und das Gefühl, das ich beim Aufwachen hatte. Oder sollte ich Einschlafen sagen?

Beim Wichsen schiebe ich mir einen Finger in den Arsch, lasse ihn zappeln. Es ist seltsam. Wasser läuft aus meinen Haaren ins Gesicht. Ich starre auf meinen steifen Schwanz in der Hand. In Wirklichkeit fühlt es sich anders an, irgendwie runder, weicher.

Wann ist es möglich zu wissen, dass du träumst? Wenn der Schlaf sehr flach ist? Nein, du weißt, dass es damit nichts zu tun hast.

Du hattest schon einmal Klarträume. Damals.

Als Kind hatte ich früher oft Alpträume. Manchmal versuchte ich zu fliegen, aber die Äste der Bäume hinderten mich daran, den Himmel zu erreichen. Immer wieder versuchte ich, dem Geäst zu entkommen und sank doch wieder zu Boden.

Manchmal kippte auch eine schöne Situation von einem Moment auf den anderen um. Das Licht schwand und aus dem Dunkel krochen Schatten auf mich zu.

Meine Füße waren immer wie festgenagelt, meine Beine gelähmt. Die Angst wuchs. Ich konnte sie sogar nach dem Aufwachen spüren, im ganzen Körper.

Die Schatten erreichten mich nie. Manchmal fiel ich vorher in ein dunkles Loch und wachte während des Falls auf. Die Angst jedoch, der Horror, blieb.

Wenn ich panisch schreiend aufwachte, kam meine Mutter und tröstete mich. Dann erst bemerkte ich die Nässe zwischen meinen Beinen, den feuchten Fleck auf dem Laken, den strengen Geruch von Urin.

Ich hatte ins Bett gemacht.

Passierte das, begleitete meine Mutter mich schlaftrunken zum Klo. Mein Vater hielt mir am nächsten Morgen eine Standpauke. Es war mir peinlich. Einmal schlug er mich vor Wut. Meine Mutter sah mich mitleidig an.

Diese Alpträume wiederholten sich, wieder und wieder. Jedes Mal rief ich nach meiner Mutter. Jede Nacht war mein Schlafanzug nass. Jedes Mal führte sie mich zur Toilette, und eines Nachts passierte es.

Mir wurde während des Traumes klar, dass die Situation nicht real war. Immer wenn die Schatten kamen, wenn das Rudern mit den Armen nicht mehr half und ich nicht mehr von der Stelle kam, reifte in mir bald die Erkenntnis, dass ich träumte.

Ich weiß nicht mehr, warum, aber ich riss so fest ich nur konnte meine Augen auf, um den Traum zu beenden. Und es funktionierte.

Wenn ich aufwachte, spürte ich den Druck auf der Blase und ging auf Toilette, um meine Blase gefühlte zehn Minuten zu entleeren.

Die zweite Erkenntnis war viel banaler: Bevor ich ins Bett ging, ging ich auf Toilette.

Die Alpträume ließen nach, kehrten aber sofort wieder, sobald ich vergaß. Vor dem Zubettgehen die Toilette aufzusuchen. Und irgendwann wachte ich einfach ohne Alptraum auf, wann immer meine Blase voll war. Eines jedoch ging mit den Jahren nicht verloren: Wenn ich einen Alptraum hatte, erkannte ich ihn.

So wie diesen jetzt.

Faszinierend. Ich betrachte meinen Schwanz in der Hand. Auf dem Handrücken sehe ich zwei, nein drei runde Wunden, wie von einer Zigarette.

Es ist ein Traum. Zugleich bin ich Herr meiner Sinne, kann fühlen, denken, schmecken, riechen. Alles fühlt sich echt an und zugleich sehr oberflächlich.

Ich muss etwas ausprobieren.

Ich reiße die Augen auf, wie damals, doch ich wache nicht auf. Und jetzt? An die Realität denken? An den Sex mit Tim und Michael, mit Sonja und Nicole? Die in Wirklichkeit viel geiler sind als hier in meinem Traum?

Ich spritze quer durch die Dusche, fange mein Sperma mit der Hand auf, probiere davon. Es schmeckt nicht wie in Wirklichkeit.

Der Frühstücksraum ist überfüllt. Der Amerikaner kennt uns nicht. Ist das der Beweis, dass wir uns nur im Traum mit ihm unterhalten haben? Oder sind die Amerikaner so oberflächlich? Ich kann mich an ihn erinnern, er war aus einem anderen Traum, im dem er mit uns das Zimmer teilt.

Sonja so distanziert zu sehen tut weh. Nicht wie in Wirklichkeit, wo es mir nichts ausmacht. Hier habe ich ständig das Bedürfnis, sie zu küssen, und ich weiß nicht, warum.

Seltsam. Ich genieße das Gefühl, in einer merkwürdig realen Traumwelt zu stecken, die ziemlich traurig ist, genieße das Wissen, in einer viel schöneren Welt aufzuwachen. Ich lasse mich treiben und will wissen, wohin ich komme, was mit mir passiert.

Ich gehe immer neben Sonja, um den Moment abzupassen, in dem sie wieder meine Hand nimmt, doch sie ist weit weg von mir. Was für ein Scheiß Traum. Alles ist anstrengend. Keine Leichtigkeit, kein oberflächliches Fummeln.

Immer wieder vergesse ich, dass das hier nur der Traum ist.

Doch wo ist die Traumlogik? Wo ist die Absurdität der Gedanken? Bei jedem Schritt über den Bürgersteig erwarte ich, dass ich gleich in einem fremden Land, in Hannover oder am Atlantik lande.

Ich habe keine Lust mehr auf diesen Traum.

Wie also wache ich auf? Kneifen? Ich kneife mich, bis die Haut erst rot und dann blau wird, ich kratze die Wunden auf meinem Handrücken auf, bis sie bluten, doch ich wache nicht auf.

Dabei sind meine Gedanken zäh und ich bin müde.

Auf dem Weg zur Tramvia Blau, die uns zur Seilbahn auf den Tibidabo bringen soll, starre ich Sonja auf die Titten, die unter ihrem Pullover viel kleiner erscheinen als in Wirklichkeit, auf ihren Hintern und stelle mir vor, wie es wäre, wenn sie vor mir kniete.

Wenn das hier der Traum ist, ist doch alles möglich. Ich kann Pornos kaufen, die ich in Wirklichkeit niemals kaufen konnte, ich kann auf der Straße wichsen, kann mich nackt ausziehen und fliegen, kann alles tun. Ich muss ihn gestalten, ich muss uns dazu bringen, übereinander herzufallen. Dann kann ich Sonja ficken und meinetwegen auch Nicole.

Aber ich bringe es nicht über die Lippen, ich kann einfach nicht Ficken sagen, nicht wichsen, nicht: ich will mit dir poppen. Ich kann nicht einmal sagen, dass ich Mitleid mit ihr habe und Tim ein Arschloch ist.

Es ist, als ob mich etwas zurückhält. Es kommt mir nicht über die Lippen, wie damals, als der Schatten auf mich zu kam und ich mich nicht bewegen konnte. Heute kann ich mich bewegen, aber ich kann nicht ficken sagen.

Ein Scheißtraum. Dann wach auf.

Wir lösen ein Ticket für die Tramvia Blau. Blau, ja ganz gewiss nicht. Der Himmel ist grau. Wer fährt denn heute auf einen Berg? Meine Augen brennen. Schlafen, natürlich, das ist es.

Ich muss aufwachen, aufwachen in der Wirklichkeit.

Noch bevor die Tram anfährt, verkrieche ich mich in eine Ecke und mache die Augen zu.

Aufwachen.

Die alte Straßenbahn rumpelt heftig und Bastian, Nicole, Tim und Michael streiten sich laut. Wo ist Sonja? Ist sie schon wieder weg, weil sie Pläne schmiedet? Was sucht sie?

Ich kann nicht aufwachen. Scheiß Straßenbahn. Wir haben doch in Lissabon schon einmal eine Tour gemacht. Oder hab ich das nur geträumt? Lissabon, als Tim Sonja in den Arsch gefickt hat, in Wirklichkeit, nicht in diesem verfickten Traum, den ich nicht kontrollieren kann.

Immer wieder öffnen sich meine Augen wie von alleine, immer wieder werde ich daran gehindert, aufzuwachen. Noch einmal kneife ich mich, aber nichts passiert. Ich reiße mir die Finger blutig, zerfetze mit den Zähnen die Haut unter den Nägeln, kratze den Schorf von den drei kreisrunden Löchern in der Haut, aber ich wache nicht auf.

Endstation. Touristen alle aussteigen. Was ist der Tibidabo noch einmal? Hausberg? Und was sollen wir da? Wie alle Touristen dumm herumstehen, Fotos machen und sagen: Das war das, so viel dazu.

Dieser Traum ergibt keinen Sinn.

Wir lösen Tickets für die Standseilbahn auf den Gipfel. Den Höhepunkt. Abspritzen. Wie an der Algarve. Wie das Gleitgel auf meinem harten Schwanz glitzert. Von der Eichel bis zur Wurzel und dann ab damit in Sonjas Arsch, die ein Faltblatt liest.

Wir treten ein, durch kleine Schiebetüren, wieder ist die Einsamkeit mein Freund. Die Welt ist hinter Glas, meine Arme sind gefesselt. Ausgeliefert dem Beschuss meines Kleinhirns.

Aufwachen. Bitte.

Ich setze mich auf einen freien Platz und starre nach draußen. Schließe die Augen. Was für ein Alptraum.

Die Bahn steht, Sonja, Tim und Nicole unterhalten sich, über mich? Redet nur, es ist nur mein Unterbewusstsein, das mir einen Strich durch die Rechnung macht.

Mathe. Werd **doch Maurer,** sagt mein Mathelehrer. Du bist an der *Grenze*. Morchel. Stephen King schreibt tolle Filme. Rhea M, Regisseur, ich wäre so gerne, zu meinem Vater, Kommune. Captain Trips. He, aufstehen, sagt Tim. Abba kommt nach Barcelona. Du bist ganz sicher. Nackt ist Michael. Genau, du hast **einfach** eine ganz niedrige Frustrations. Blu. Hu. Blue Oyster Club

»Und was ist das für ein Club?«, höre ich Nicole sagen, bevor ich die Augen öffne. Michael kneift ihr in die Wange, als wäre sie ein kleines Mädchen.

»Lass dich überraschen.«

Tims Hand an der Schulter ist bestimmend. »So, jetzt ist Schluss mit Pennen.«

Das Bett ist weich und warm. Neben mir liegt Michael, nackt, und reibt sein bärtiges Kinn an meiner Schulter, sein Schwanz ruht ganz cool zwischen seinen Beinen.

Sonja, Nicole, Bastian stehen um mein Bett herum. Die anderen sind längst angezogen, auch Tim steht in Unterhose und T-Shirt vor unserem Bett. Kann der sich nicht einfach mal eine Hose anziehen? Was sollen die Amerikaner denken. Aber die sind ja schon gegangen, eben, mit ihren Reiseführern von Lonely Planet.

»Hoch jetzt.« Tim bückt sich nach seinen Schuhen. »Wir wollen los.«

Die Wirklichkeit kriecht über mich wie ein Schatten.

»Oh, Mann, Tim, ich hab ein Problem«

»Was? Dauerständer?«, grinst Tim und greift sich lasziv in den Schritt. Die Hände – Tim trägt keinen Gips am rechten Arm. Es ist die Realität. Erleichtert nehme ich die weißlichen Flecken auf Bastians T-Shirt zur Kenntnis. Ich hebe meine Hände vor das Gesicht, drehe sie. Kein Loch auf dem Handrücken, keine Wunde.

Neben mir regt sich Michael. Er brummt ins Kissen. »Wasfürnständer?«

Wenn das ein Traum ist, kannst du ihn entlarven. Sag etwas Obszönes.

»Dein Ständer«, sage ich, wie ich es die letzten Tage gesagt habe. Keine Blockade, nichts hält mich zurück. Kein Alptraum.

Nur wenn ich die Augen schließe, träume ich. Aber, mein lieber Herr Gesangsverein, was für ein Traum. Ich träume klar, realistischer als jemals zuvor, träume mit all meinen Sinnen und kann mich danach auch noch daran erinnern.

Die Erinnerung an die Fahrt mit der Tramvia Blau ist nicht schwammig, verblasst nicht, wie sonst nach dem Aufwachen, sie bleibt in meinem Kopf. Es gibt keinen Gedankenmorast wie sonst nach dem Aufwachen. Ich könnte die Farbe der Tram beschreiben, die Form der Griffe, das glatte Holz auf den Sitzbänken.

Ich erinnere mich sogar an die Dusche am Morgen, in meinem Traum, weiß, dass ich mir im Traum einen runtergeholt und mein Sperma probiert habe. Die Erinnerung an den Traum erregt mich. Ein feuchter Männertraum, hervorgerufen von zu viel Sex. Ein Traum, in dem ich mir die Finger zerfetzte, nur um aufzuwachen.

»Dann blas ihn mir doch«, murmelt Michael wieder. Ich lecke mir über die Lippen.

Tim schultert seinen Rucksack, seine Hände umklammern die Riemen seines Rucksacks.

»Später, jetzt gehen wir in die Altstadt, saufen uns einen an und dann geht's ab in einen Club, also los, ihr Penner.«

Ich habe das Bedürfnis, den anderen von meinem Traum zu erzählen, vom Klartraum, aber dann ist auf einmal keine Zeit mehr, weil sie mich anziehen und mir unter die Arme greifen, mich aus der Jugendherberge schleifen.

Ich bin einfach glücklich, solche Freunde zu haben.

Ein Blick auf die Uhr, die Sekunden gezählt. Jede Minute ist echt, nicht einfach nur ein Traum, in dem ich noch einmal sehe, was ich zuvor erlebt habe.

Das Barri Gotic ist wie im Reiseführer. Es macht Spaß, über die abendlichen Plätze zu laufen, die voller Leben sind. Wir trinken Bier in einer Tapasbar, essen Pflaumen im Speckmantel und Bratkartoffeln in Mayonnaise, bestaunen die Kacheln an den Wänden der Bars, laufen weiter durch die engen Gassen. Es ist warm und über uns funkeln schon bald die Sterne.

»Seid ihr nun eigentlich schwul?«, fragt Nicole in der nächsten Bar und ich werde ganz nervös bei dieser Frage. Schwul. Das Wort hat eine negative Konnotation. Vielleicht, weil meine Mutter es immer so abfällig gesagt hat, als wäre es eine Krankheit. Krass, wie sehr mein Denken durch meine Erziehung geprägt ist.

In einer schmalen Gasse holt Tim den Bobel raus. Michael baut einen Joint, vermutlich nicht den letzten in dieser Nacht.

»Erst ne Runde absoften«, sagt Michael und zwirbelt eine Spitze in die Tüte. Links stehen leere Kartons mit Müll, von Ferne brandet Lachen durch die Gasse.

Tim zückt sein Feuerzeug. »Und dann langsam um die Ecke ditschen.«

Nach einem tiefen Zug reicht er den Joint weiter an Michael. Er inhaliert theatralisch. Bastian folgt, dann ich.

Die Wirkung ist heftig.

Sonja lässt sich von Michael einen Shot geben. Michael nimmt dazu das brennende Ende der Zigarette zwischen die Lippen und bläst hinein, schießt Rauch direkt in Sonjas Mund. Die atmet tief durch, ohne zu husten.

Ich bekomme Lust, hier und jetzt meinen Schwanz aus der Hose zu ziehen, in der kleinen Gasse, in der wir beim Kiffen ertappt werden könnten. Der Putz bröckelt. Ich mache meine Hose auf. Ob mir Sonja einen bläst? Oder Nicole?

Knarrend öffnet sich mein Reißverschluss.

»Was machst du?«, zischt Bastian und dreht sich um. Ich hole meinen steifen Schwanz raus. Das wollte ich schon immer machen.

In der Öffentlichkeit wichsen, und wenn es nur in einer dunklen Gasse ist. Meine Freunde stehen im Kreis, geben mir Deckung. Ich starre Sonja an.

Ob sie mir noch einmal den Gefallen tut?

»Ja, los, wir machen es uns alle hier«, flüstert Nicole, und mein Schwanz zuckt längst in meiner Hand. Doch ehe es dazu kommen kann, donnern besoffene Engländer wie eine Horde in Panik geratene Wildschweine die Gasse hinab. Rasch schließe ich meine Hose.

Schade.

Auf dem Weg zurück in die größere Straße hält mich Nicole zurück.

»Ich will es in beide Löcher. Gleichzeitig«, flüstert sie. Natürlich will sie das, wer will das nicht?

»Und wie?«

»Wir müssen uns was ausdenken, vielleicht können wir Bastian doch überreden.«

Überreden. Zu einem Sandwich. Wie macht man das?

Tim und Michael kennen den Weg zum Club, führen uns durch die verwinkelten Altstadtgassen bis vor einen von einem Türsteher bewachten, unscheinbaren Eingang. Scheiß die Wand an, wir sind zuvor auf der ganzen Tour noch nie abends ausgegangen. Endlich.

Die Musik dröhnt. Es ist dunkel und verraucht, es riecht nach Bier und Schweiß und künstlichem Nebel. Rauchend, jung und schön im Halbdunkel die Frauen, die Männer gaffend an den Tresen, gelangweilt, offensiv und erregt.

Auf der riesigen Tanzfläche zucken spärlich bekleidete Menschen im Licht der Stroboskope, ducken sich unter den Lasern und schütteln aneinander vorbei. Körper reiben sich, hüpfen mit in die Luft gestreckten Armen. Der Beat ist hart, elektrisch, pulsierend, ekstatisch.

Auf einem Pult ein DJ, der Star. Er spielt New Model Army, ich kann es kaum glauben. Er spielt, was Tim und Michael immer unterwegs hören, in einem harten Remix, unterlegt mit treibenden Bässen, kaum wiederzuerkennen.

Wir schieben uns durch die Menge. Bevor wir uns verlieren, rücken Tim und Michael mit der Wahrheit raus.

»Es ist kein normaler Club. Im Keller geht eine ganz andere Party ab.«

Ich weiß, was er damit meint, weil er grinst und Sonjas Augen groß werden. Wir mischen uns erst unter die Tänzer, schütteln die Beine und Füße, zappeln von links nach rechts.

Nicole sieht geil aus, und Bastian auch. Michael und Tim pressen ihre Unterkörper aneinander und ich frage mich, wo Sonja ist, suche ihre dunklen Haare, aber in der Nacht von Barcelona sind alle Haare schwarz und alle Wangen unrasiert, sind alle Tops beinahe bauchfrei, blitzen Zähne im Schwarzlicht besonders weiß.

In meiner Hose pulst die vernachlässigte Erektion, die sich nach dem Coitus Interruptus nach einer Hand oder einem Mund sehnt, nach einer Möse oder einem Arsch.

Durchgeschwitzt und geil folge ich Tim über enge Stufen in den Bauch des Clubs. Die Bässe von dringen wie das Rumpeln von Rädern auf schlecht geflickten Schienen herunter. Überall stehen knutschende Pärchen herum. Es wird ganz offen gefickt und geblasen, gewichst und abgespritzt.

In einem Raum, der aussieht wie die Gefängniszelle von Hannibal Lecter, steht ein Sitzmöbel, das wie ein elektrischer Stuhl daherkommt. Darin sitzt eine blonde, sehr hübsche Frau. Ich werde verrückt - wie kommt denn Folke hierher? Sie also steckt dahinter! Ich wusste doch, dass dieses Erlebnis ein Nachspiel hat.

Folke lächelt, als sie mich an der der Tür stehen sieht.

Vor ihr hockt, ich fass es nicht, hockt Sonja, den Kopf tief im Schoß der anderen vergraben, und leckt ihr die Muschi. Folke tippt ihr auf die Schulter, Sonja sieht auf, lächelt uns zu und jetzt sehe ich, dass sie bereits die ganze Hand in Folkes Fotze hat. Langsam schiebt Sonja ihr die Hand ganz tief bis über das Handgelenk hinein.

Kannst du fühlen, wie sich ihre Fotze dehnt, wie sie nachgibt und eng bleibt, sich um deine Finger schließt? Spürst du ihre Nässe über deine Hand laufen? Hörst du das leise Klatschen, das feuchte Schmatzen, das kehlige Stöhnen der anderen?

Hinter mir Bewegungen. Tim und Michael berühren mich, Hände greifen in meinen Schritt. Ich seufze, und schwuppdiwupp ist meine Hose offen und mein Schwanz landet in einer anderen Hand.

Jetzt wird endlich gewichst. Woher hat Koffer nur wieder das Gleitgel?

»Ich will zusehen«, ruft Nicole. Ich bohre mich in Michael und greife nach seinem Schwanz. Von hinten kommt Tim in meinen Arsch. Wie im Traum, jetzt fehlt nur noch Bastian.

»Du siehst total bekifft aus«, sagt Nicole zu mir. Ich verliere vor Lust beinahe das Bewusstsein. Es ist, was ich im Ferienlager verpasst habe.

Inzwischen hat Sonja mit Folke getauscht und diese schiebt jetzt Sonja die Faust in die Möse. Es geht so einfach, so selbstverständlich.

»Mehr«, höre ich sie rufen. »Mehr.«

Ich ficke Michael in den Arsch, werde von Tim gefickt und habe Michaels geilen Schwanz in der Hand. Noch lieber würde ich ihn lutschen. Jetzt etwas im Mund haben, bis zum Hals tief, ganz ausgefüllt sein. Ich bin eine einzige erogene Zone.

»Bastian, komm, mach mit«, zische ich.

»Vergiss es«, nölt er und greift Nicole an die Titten.

Aus den Augenwinkeln sehe ich Sonja durch eine Tür verschwinden und fühle einen Moment lang etwas wie Eifersucht.

Wir kommen alle gleichzeitig.

Nachher tanzen wir oben, reiben uns aneinander im Gewitter der Stroboskope, im Donnern der Bässe und im Sturm der Gefühle.

Sonja stößt spät am Morgen vor dem Club wieder zu uns.

Die Straßenfeger kehren den Müll zusammen. Meine Augen brennen. Ich wusste doch, dass Barcelona mehr zu bieten hat als ein Olympiaviertel, dessen Architektur ich ohnehin nicht verstehe. Wir gehen zurück in unsere Jugendherberge. In den U-Bahnen müde Augen, der Tag wird schön.

Tim verschränkt die Arme vor der Brust.

»Und? Hast du gefunden, was du gesucht hast?«

Sonja legt den Kopf in den Nacken und lacht.

»In Deutschland würden sie mich jetzt verhaften.«

Nicole schlägt die Hand vor den Mund, doch ich bin mir nicht sicher, ob es Abscheu oder Erregung ist.

»Erzähl.«

Sonja erschauert in Erinnerung der Nacht.

»Sie haben mir die Augen verbunden und mich in ein Hinterzimmer gebracht. Es war ziemlich groß und hatte am gegenüberliegenden Ende eine große, doppelflüglige Tür. Der Boden war aus Beton. In der Mitte des Zimmers stand ein Gerüst, das wie ein kleines Motorrad ohne Räder aussah. Zwei Griffe vorne, ein mit Leder gepolsterter Sattel und Stützen für Knie und Arme. Folke sagte mir, ich solle mich draufsetzen. Vorher zog sie mich allerdings noch nackt aus.

Als ich mich mit dem Bauch auf diesen Bock setzte, merkte ich, dass mein Po in die Luft ragte und mein Kopf sehr weit unten lag. Der Sitz endete am Bauchnabel. Es war sehr bequem. Ich lag also auf diesem Bock, als hinter mir die doppelflüglige Tür geöffnet wurde. Und dann hörte ich das Tripptrapp von Hufen.«

Ich spüre, wie mir trotz der vielen Orgasmen in dieser Nacht der Schwanz hart wird.

Nicole beugt sich auf ihrem U-Bahn-Sitz vor und legt Sonja eine Hand auf den Arm. »Du spinnst.«

Sonja lächelt wissend. »Als ich das Schnauben hörte, hab ich ganz kurz gedacht: Oh, Sonja, was machst du da nur, aber Folke war bei mir und hat mich darin bestätigt. Und sie hatte Recht, es war total geil, geiler, als alles, was ich jemals erlebt habe. Es war ein kleiner Hengst, kein so ausgewachsener Wallach, sondern eher ein großes Pony. Es war wirklich niedlich, aber es hatte es faustdick hinter den Ohren.

Vielleicht war es der Reiz des Verbotenen, vielleicht das Animalische, vielleicht beides. Um uns im Kreis standen Männer und haben mich angesehen, sich dabei einen runtergeholt. Anfangs haben die mich noch gestört, aber nach ein paar Minuten konnte ich ohnehin nicht mehr klar denken.«

Mein Zwerchfell zittert. Vor meinem geistigen Auge flackern Bilder, geile Bilder, verbotene Bilder, von Ponys und Frauen in eindeutigen Positionen, von Sonja in dieser Apparatur, den Po weit in die Luft gestreckt. Ich kann es sehen, wie sie erwartungsvoll die Augen aufgerissen hat.

»Folke hat mit viel Gleitgel nachgeholfen. Anfangs dachte ich, es würde weh tun, vor allem hinten, aber das tat es gar nicht.«

Vor Geilheit möchte ich mir am liebsten gleich einen runterholen. Das hätte ich gerne gesehen, mit meinen eigenen Augen. Wir müssen aussteigen, und als hätte Sonja es sich anders überlegt, bricht sie hier ihre Erzählung ab und schweigt für den Rest des Weges, sooft Nicole auch nachfragt. Bastian muss Nicoles Erregung dämpfen.

Ob ich Sonja noch nach meinem Ausrutscher frage? Nach den Konsequenzen? Aber Sonja scheint sich ohnehin keine Gedanken darüber zu machen, was noch kommt. Sie will nur mehr.

Ich schlafe beinahe im Stehen ein.

Unser Zimmer wirkt in der Dämmerung wie ein verblasstes Schwarzweißfoto.

Erschöpft und befriedigt lege ich meinen Kopf auf das Kissen aus dem Nachtzug und schließe die Augen. Ich spüre noch, wie meine Arme und Beine schwer *Schwerverbrecher*. **Sohn**, sone Überraschung. Sven? Werden.

Ein Geräusch. Die Standseilbahn ist angefahren, rumpelt den Berg hinauf. Vor dem Fenster stürzen Häuser in das Tal, der ganze Berg gerät ins Rutschen, und ich werde in den Sitz gepresst.

Bastian sitzt neben mir.

Ganz ruhig, Sven, das hier passiert nur in deinem Kopf. Du liegst in der Jugendherberge und schläfst. Klartraum. Bastian sieht mich besorgt an.

»Alles klar?«

Ich wusste nicht, dass Bastian besorgt gucken kann, das macht er nie. Vielleicht wünsche ich mir, dass er es mal macht? Mich fragt, wie es mir geht, sich Sorgen macht, statt nur neben mir im Kino zu sitzen.

»Alles klar. Mir geht es gut.«

Die Wunden an meinem Handrücken siffen eitrig. Kontinuität im Traum. Das gibt es doch gar nicht. Man kann nicht an einen Traum anknüpfen, weil er nicht linear ist. Und doch bin ich wieder in der gleichen Situation.

Ich würde Bastian gerne erzählen, dass ich träume, aber ich kann nicht. Wie damals im Alptraum, als ich vor dem Schatten nicht fliehen konnte. Als ich im Traum fliegen wollte und meine Füße sich einfach nicht vom Boden heben wollten.

Vielleicht will mir mein Hirn etwas mitteilen, vielleicht muss ich eine Aufgabe lösen, so wie im Kino, in einem Film.

Wo ist Sonja?

»Lass mich nur kurz noch ein Nickerchen machen.«

Meine Augen sind schwer.

Ich will aufwachen, will zurück zur Lust und der Erkenntnis.

Die Bahn ruckelt. Puckelt. Tramvia Blau. Blauwal. Wale haben große. Ponys **auch.** *Trippeltrappel* Pony. Immenhof.

3.

Ich zucke hoch. Kein gelbes Kunstlicht. Heller Tag vor dem Fenster. Ich bin wach, übergangslos, und liege auf dem Rücken. Keine Standseilbahn, sondern wieder Jugendherberge.

Ich bin nicht ein einziges Mal in der Nacht aufgewacht, fühle mich topfit. Unter meiner dünnen Decke bin ich – nackt. Ich liege nackt im Bett eines Viererzimmers und habe wieder einen Steifen. Sonja mit dem Pony. Ich muss immer wieder an dieses Bild von ihr denken, sie auf der Apparatur, den Po in die Luft gestreckt und über ihr das Pferd, mächtig erregt.

Schräg gegenüber gähnt Tim in seinem Bett.

Ich habe von der Drahtseilbahn geträumt und wie ich versuche, einzuschlafen, aus dem Traum aufzuwachen. Ich habe mir die Frage gestellt, warum ich einen Klartraum habe.

Muss ich auf Toilette?

Ich drücke gegen meinen Bauch.

Nein, das ist es nicht. Ich springe vom Bett. Welches Bedürfnis drückt mich? Ich setze mich auf Tims Bett. Meine Nacktheit stört hier niemanden.

»Tim, du bist doch der Cleverste von allen. Was weißt du über Träume? Ich meine, über Klarträume.«

»Was meinst du damit?«

Ich erzähle ihm von meinen Träumen, davon, dass ich mir im Traum bewusst bin, dass ich träume. Kein Detail lasse ich aus, beschreibe, wie realistisch die Träume sind und dass ich nicht dieses übliche Gefühl der Erleichterung habe, wenn ich aufwache.

Dass mir diese klare Trennung fehlt, dass ich, wenn ich es nicht besser wüsste, nicht zwischen Traum und Wirklichkeit unterscheiden könnte. Ich erzähle auch von meiner Kindheit, als ein Alptraum nur das Alarmsignal war, bevor ich ins Bett pinkelte.

Was ist diesmal meine volle Blase? Was muss ich regeln, bevor ich einschlafe?

»Und du bist sicher, jetzt nicht zu träumen? Woher weißt du, dass das hier nicht der Traum ist? Und du wirklich wieder eingeschlafen bist?«

Letzte Zweifel keimen in mir auf. Was, wenn das hier nicht die Realität ist? Wenn sich das alles nur in meinem Kopf abspielt, so wie bei Total Recall?

Vor ein paar Tagen war doch alles noch so einfach. Ich kenne doch den Moment des Aufwachens, wenn aus einem bunten Potpourri an Informationen wieder die handfeste Wirklichkeit wird, wenn ich die Wasserscheide zwischen den Welten überschreite, die Grenze zwischen Traum und Wirklichkeit.

Dieser Moment ist das Licht, das im Kinosaal angeht, das Schnalzen, mit dem der Fernseher ausgeschaltet wird, der Vorhang, der sich vor die Bühne schiebt.

Aus, vorbei, nur ein Traum.

Aber genau das Wissen, was Projektion ist und was real, das fehlt mir. Keine der Welten fühlt sich weniger echt an als die andere. Was ist realistischer: Dass Tim und Michael mit beiderlei Geschlecht in die Kiste steigen oder nach Hause fahren, weil jemand Tims Ticket geklaut hat?

Michael regt sich über uns. Sein Kopf erscheint an der oberen Kante des Etagenbettes.

»Was ist hier los?«

»Sven meint, zu träumen.«

Er reibt sich die Augen. »Was?«

Tim stützt den Kopf in die Hand. »Sven glaubt, dass das alles hier nur in seinem Kopf stattfindet, dass er in Wirklichkeit im Bett liegt und schläft.«

Michael schwingt die nackten Beine über die Bettkante und springt herunter. Seine Füße klatschen auf das Linoleum. Wieso schläft hier inzwischen jeder ohne Klamotten?

»Soso. Und was, mein lieber Svenni, bringt dich zu dieser Annahme?«

Warum? Warum ist die Banane krumm? Weil es offensichtlich ist.

»Sonja erzählt, wie sie es mit einem Pony getrieben hat. Hallo? Pony! Die hat sich doch vor ein paar Tagen nicht einmal vorstellen können, Sex vor der Ehe zu haben. Tim hat mich in den Arsch gefickt. Wir benutzen keine Kondome und verschwenden keinen Gedanken an AIDS. Wir haben alle zusammen Sonja gefickt, im Zug, weißt du noch? Jeder und zur gleichen Zeit, und wir machen es immer wieder. Es gibt keine Zwischentöne mehr, hier dreht sich alles nur noch ums Ficken. Genau das ist nicht realistisch.«

Eine Fantasie, die nur in ihrer eigenen Welt funktioniert, einer Welt, in der alles Denken ausgeschaltet ist und nur die Lust zählt, eine eigene Logik herrscht, die in der wahren Welt nicht funktioniert. Im Drogenrausch, wenn das Hirn sich ausschaltet und du Dinge sagst, die du sonst nicht sagst, ändert sich die Wahrnehmung.

»Wenn das hier nicht real ist, was ist dann echt? Wie sieht deine andere Realität aus?«

»Ich erlebe grundsätzlich den gleichen Tag noch einmal, nur mit kleinen Unterschieden. Wir sind voneinander genervt, verstehen uns nicht, langweilen uns und schreien uns an. Ich habe nur noch Lust, zu schlafen Du hast noch deinen Gips, Sonja ist auf dem Esoteriktrip statt dauergeil, Basti und Nicole zoffen sich, statt zu ficken, ihr beide, du und Koffer, ihr habt natürlich nix miteinander. Es wird vor allem überhaupt nicht gefickt. Ich kann auch nicht vom Ficken reden«, erkläre ich.

Ich bräuchte nur schlafen zu gehen und würde in dieser Realität landen, in einem Alptraum.

»Klingt blöd, aber das ist eben auch total realistisch.«

»Echt? Das erscheint dir realistischer? Streit? Müssen wir Streit haben? Sonja entdeckt endlich, dass sie in ihrem Leben nicht nur mit einer einzigen Person Sex haben muss. Sie löst sich von mir. Wir sind jung, und offen für alles. Wieso sollten wir nicht in Wirklichkeit miteinander ficken? Was ist daran unrealistisch?«

»Ihr seid doch gar nicht schwul, ich habe nie daran gezweifelt, dass ihr nur auf Mädchen steht. Und außerdem würdest du niemals ficken sagen.«

»Warum nicht? Was weißt du über uns? Du interessierst dich doch überhaupt nicht für uns. Du weißt nicht, was wir außerhalb der Schule so machen, du kennst Koffer doch kaum. Und was wir denken, hast du uns auch nie gefragt. Warum können wir nicht genau das sein?«

»Weil ich es mir einbilde. In Wahrheit fülle ich im Traum die Wissenslücken. Ich interessiere mich in Wirklichkeit gar nicht für euch, ich bin alles, was mich interessiert. Und die einzige Möglichkeit, mich euch zu nähern, ist über Sex.«

»Oder du beginnst endlich, mal nicht mehr nur um dich selbst zu kreisen und brichst aus deiner Isolation aus. Du hast dich ja teilweise so zurückgezogen, dass wir dachten, du seist gar nicht da.«

»Naja, so ganz freiwillig hab ich mich da nicht rausbewegt. Ich meine, du hast mich ja in Lissabon in der Jugendherberge geradezu genötigt, mir von Sonja einen runterholen zu lassen, und Sonja hat mich auch nicht in meiner Schmollecke gelassen.«

Tim kratzt sich am Kopf. »Du erinnerst dich also daran. Dann kann es doch kein Traum sein, man kann sich im Traum nicht an einen anderen Traum erinnern.«

Ein tolles Argument. Das greife ich gerne auf. Nichts wäre mir lieber, wenn das alles hier die Realität ist. Michael streicht sich über seine haarige Brust. Sein dicker Schwanz baumelt gelassen zwischen seinen Beinen. Ich hätte nicht übel Lust, ihm einen zu blasen.

»Aber wenn alles ein Traum ist, dann kannst du es. Vielleicht führen wir dieses Gespräch ja nur in deinem Kopf? Es ist schließlich dein Traum.«

Krach. Das Kartenhaus stürzt ein. Was ist denn jetzt die Wirklichkeit? Nicht einmal mit Logik kann ich der Lage Herr werden. Ich fliege schließlich nicht oder kämpfe mit Waffen gegen Gangster. Auf ihre skurrile, vollkommen übertriebene Art und Weise ist alles, was hier passiert, absolut nachvollziehbar.

Doch ist es realistisch? Michael greift sich zwischen die Beine. Sein Ding wackelt und füllt sich mit Blut.

»Und in Wirklichkeit könntest du mir gar keinen blasen?

»Ist das eine Einladung?« Ich knie mich vor ihn. Rasch wichse ich wieder die fremde, vertraute Stange und stülpe meinen Mund über seinen Schwanz. Der Druck am Gaumen, der leichte Brechreiz, als ich mir den Schwanz tiefer schiebe und die Lust fühlen sich echter an, als ich es mir jemals habe vorstellen können.

Ich habe keine Lücken, ich kann auf die Uhr sehen und die Minuten zählen. Das ist kein Traum. In einem Traum wechselt der Schauplatz innerhalb von Sekundenbruchteilen.

Das ist kein Traum, das ist das Paradies.

Ich fühle Michaels behaarte Beine, seine warme Haut an meinen Händen. Ich spüre seinen Schwanz ganz tief im Hals, die Eichel am

Gaumen, sehe die Lunte, die sich von seiner Peniswurzel bis zum Nabel zieht.

Empfinde alles, jedes Detail, als wäre es das letzte, was du in deinem Leben wahrnimmst. Taste mit der Zunge die Unterseite seines Schwanzes ab, spüre die Penisnaht unter dem harten Schwellkörper. Nimm den herben Geschmack wahr und die Fülle in deinem Mund. Kein Traum kann so echt sein.

Stöhnend lehnt sich Michael an das Etagenbett. Er schließt die Augen. Der sämige Geschmack auf der Zunge, das feuchte Schmatzen meines Mundes, das dunkle Schamhaar vor Augen – nichts davon weckt auch den Hauch eines Zweifels, dass all das hier weniger als die Realität ist.

Ich lasse den Schwanz aus dem Mund gleiten und schnappe nach Luft.

Der Druck, den seine Eichel auf meinen Gaumen ausgeübt hat, ist noch sekundenlang präsent. Ich wichse ihn langsam weiter.

»Es fühlt sich ziemlich real an.«

Der haarige Beutel unter dem harten Rohr ist erstaunlich fest. Ich habe Angst, ihm weh zu tun und nehme ihn doch in den Mund, als wären es zwei Bonbons. Ich nehme seine Eichel erneut zwischen die Lippen. Michael linst mit offenem Mund zu mir herunter. So muss sich Sonja gefühlt haben, als sie mir im Klo in der Algarve einen geblasen hat. Die Erinnerung daran ist so präsent.

»Ich weiß ja nicht, was du fühlst, aber das kann einfach nur ein realistischer Traum sein.«

Michael legt seine Hand auf meinen Kopf. Ich kann jeden Finger einzeln auf dem Schädel spüren. Sein Schwanz dringt tiefer. Ich muss würgen. Er nimmt die Beine etwas weiter auseinander und sieht zu Tim hinüber, der seine rechte Hand unter der Bettdecke hat. Der weiße Stoff beult sich rhythmisch aus.

»Du bist so ein Arsch.«

»Ja, was denn? Es ist doch nicht mein Traum. Woher soll ich wissen, was er fühlt? Und woher soll Sven wissen, dass ich gar keine eigenen Gedanken ausspreche sondern nur sage, was er gerade in seinem Kleinhirn ausbrütet?«

Es ist eine Männerfantasie, das ist der Punkt, sagt er. Sonja ist nicht offen, ebenso wenig Nicole. Frauen sind nicht so.

Wir verstehen uns nicht mehr, er hat einfach keine Ahnung von dem, was ich denke. Tim haut ihm gegen die Schulter. Ich spüre den Kranz an meinen Lippen, lasse die Zunge an der Unterseite tänzeln. Mit der rechten Hand wichse ich, was nicht in meinem Hals steckt, die andere hält die Hoden.

»Mann, verwirr ihn doch jetzt nicht noch mehr.«

Michael lacht hämisch und packt meinen Kopf mit beiden Händen, bewegt die Hüften vor und zurück, als ficke er meinen Kopf. Vorsichtig, junger Mann, ganz vorsichtig. Ich bekomme kaum noch Luft. Meine Wenn er jetzt abspritzt, ertrinke ich.

»Ich verarsch dich doch nur«, lacht Michael plötzlich, und mir fällt ein Stein vom Herzen. So ein Arsch, so ein geiler Arsch. Tim schlägt die Decke zurück. Sein muskulöser Körper ist ebenfalls ganz nackt, und zwischen seinen Schenkeln ragt sein Schwanz auf.

Ich ziehe mich zurück und wichse Michaels harten Schwanz. Speichel läuft mir am Kinn hinab. Ich schnappe nach Luft. Krass, endlich, nach so vielen Jahren, in denen ich nur davon geträumt habe.

»Also ist das jetzt kein Traum.«

Tim grinst. »Wir sollten das zumindest erst einmal ausschließen.«

»Kneifen soll helfen«, sage ich und halte ihm meinen Arm hin.

Seine Fingernägel sind nicht besonders lang und tun dennoch weh. Sie hinterlassen zwei weiße Sicheln in der Haut. Der Schmerz ist kurz und zickig, wie der Stich einer Biene, der hier jedoch eine Sekunde später verebbt und beinahe ohne Nachwirkungen bleibt. Die Stelle auf dem Arm rötet sich wie eine Brandwunde, wird kreisrund.

Ich kneife mich in den Arm. Es tut weh. Michael packt meine Hand und holt sich langsam damit einen runter. Ich hab ihn vernachlässigt. Sorry.

»Nur kurz noch, vielleicht weckt dich das ja auf.«

Vollkommen überraschend spritzt Michael ab. Die erste Ladung bekomme ich in Nase und Auge, die zweite landet, wo sie hingehört – in meinem Mund. Das Sperma klatscht gehen meinen Gaumen, metallisch, zäh, cremig. Ich versuche zu schlucken, doch der Schwanz steckt viel zu tief in meinem Hals.

Die Hälfte läuft mir aus dem Mund, und noch eine Ladung spritzt in meinen Hals. Zu geil. Kratzend läuft sie über meinen Gaumen. Ich spüre das Sperma auf meinem Gesicht, den Schwanz in meinem Mund, die Penetration. Ich schlucke, warte, bis die Spasmen nachlassen und kein Tropfen mehr kommt. Dann schlucke ich den Rest herunter. Sein Sperma schmeckt metallisch und irgendwie stumpf.

Echter geht es nicht. Ich wache nicht auf. Kein Traum.

Barcelona ist unsere Stadt. Der Himmel wölbt sich blau über uns und wir führen tiefsinnige Gespräche über Reisen und ankommen, über Gruppendynamik und die Frage, ob es nicht egal ist, ob man schwul ist oder nicht – Hauptsache gut drauf.

Ich könnte die fünf ständig umarmen und küssen und anfassen. Körperliche Lust ohne Schranken. Nur Sex, keine Abhängigkeiten, kein Drama. Wer solche Freunde hat, braucht keinen Partner mehr. Kein Dabbergost und keine Katzen.

Keine Ahnung, wie wir weitermachen werden, wenn wir wieder zuhause sind, aber vielleicht sollte ich keinen Gedanken mehr daran verschwenden, sondern nur genießen, was sich mir hier bietet.

Die U-Bahn wirft uns am Hafen aus und als wir an der Promenade entlang gehen, erzählt Sonja noch einmal von ihrem Erlebnis im Club gestern Nacht und dass sie mit Folke Telefonnummern ausgetauscht hat und sie sich in Schnedigheim, ich ersetze in Gedanken Schneidigheim durch Dabbergost, wieder treffen wollen.

Ich ziehe Tim zur Seite.

»Und wieso träume ich nun klar?«

»Seit wann tust du es denn?«

Eine gute Frage. »Ich glaube, es fing nach unserer Schlafwagenorgie an.«

Tim grinst. »Seit du Sonja so richtig enttäuscht hast. Und ich nehme an, dass es noch zugenommen hat, seit du in ihr gekommen bist?«

Fuck. Das kann nicht wahr sein. Ist es das?

Der Strand ist traumhaft, wie im Bilderbuch, wie an der Algarve, mit blauem Wasser und feinem Sand, und wir ruhen uns einen Moment lang aus.

Sonja erzählt Nicole ein paar Details von letzter Nacht, die ich gerne hören würde, aber ihre Stimmen gehen im Rauschen der Brandung unter.

»Müssen wir uns um Sonja Gedanken machen?«, frage ich Tim in einer ruhigen Minute. »Du sagst Borderline, kann sie da was machen, das sie in Gefahr bringt?«

»Du meinst, etwas mit Pferden statt mit Ponys?« Er lacht. »Dieses extreme Pendeln zwischen Distanz und Nähe ist nicht gut. Ich hab mal gelesen, dass sich Menschen mit Borderline entweder schnell verlieben oder gar nicht, dass sie zwischen Nymphomanie und Askese schwanken, dass die sich schneiden und zu Selbstzerstörung neigen. Ich meine, ich finde da einiges wieder. Aber solange sie sich nicht verletzt, ist alles okay. Aber wieso fragst du? Willst du jetzt doch etwas von ihr?«

Ich zucke mit den Schultern.

»Ich träume so extrem viel von ihr. Und im Traum finde ich sie eigentlich total beknackt, aber irgendwie habe ich Mitleid mit ihr und ich will mit ihr reden, aber ich kann nicht. Im Traum sind meine Beine wie gelähmt und mir fehlen die Worte.«

»Klingt irgendwie nach deinem Bedürfnis.«

»Du meinst also, ich sollte mich um sie kümmern, sollte versuchen, wieder mit ihr zusammen zu kommen, und dann wird alles gut?«

»Das könnte sein. Liebst du sie denn auch?«

Ich zucke mit den Schultern. »Ich weiß nicht, nein, eigentlich nicht. Im Traum spüre ich so etwas... Aber ich habe Angst, es ist ja nicht nur das. Da sind Dabbergost und Hochzeit und katholische Kirche und Verantwortung, und jetzt auch noch die Angst, ich könne sie geschwängert haben.«

»Na und? Was heißt denn das? Du willst doch schließlich auch nach Südfrankreich und Lavendelpflücker werden. Was hast du gegen Dabbergost?«

Nichts fällt mir ein. Mein Kopf ist leer. Wo ist der Unterschied? Warum nicht Dabbergost? Warum nicht Sonja? Weil. Ich. Fuck.

Sonja sieht mich an. Sie hat alles gehört. Sie sagt nichts.

Warum ist sie nicht meine Französin? Dabbergost ist nicht die Antwort.

Die Antwort ist die Frage, warum ich nach Südfrankreich will. Die Antwort liegt in der Flucht, die Antwort.

Ich bin schon wieder müde. Wenn ich jetzt einschlafe, ist meine Welt eine andere.

»Okay, dann versuch noch einmal im Traum herauszufinden, was du von Sonja willst. Wie viel Zeit brauchst du?«

»Ich weiß nicht, im Traum vergeht die Zeit ja normalerweise langsamer als in Wirklichkeit.«

»Und wann träumst du so intensiv? Auch im Sekundenschlaf? Dann reichen dir vielleicht zehn Minuten.«

Wenn ich eine Minute lang schlafe, ist mein Traum dann ebenfalls eine Minute lang? Aber manchmal läuft die Zeit schneller und mal langsamer. Ich kann nicht genau sagen, ob die beiden Zeiträume deckungsgleich sind.

»Weck mich rechtzeitig.« Der Gedanke macht mir Angst. Ich werde aufwachen, und Sonja hatte niemals mit mir Sex und all das, was ich jetzt fühle, wird mir vorkommen wie ein Traum.

»Leg dich mal hin und schlaf ein bisschen«, sagt Michael und ich fühle mich verarscht. Er blinzelt vergnügt.

»Aber lasst mich hier nicht liegen.«

Der Himmel ist blau und die Sonne heiß. Ich schließe die Augen. Brandung. *Brando*. Marlon. Du bist in der Schule, du Wichser. **Geht** es?

Die Hand an meiner Schulter ist unnötig grob. Ich öffne die Augen und blicke in das Gesicht von Bastian.

»Geht es dir gut«, fragte er. »Du hast so tief und fest geschlafen, dass ich dich kaum wach bekommen habe.«

Geschlafen? Ich habe eben Tim in Wirklichkeit einen runtergeholt. Ich gucke aus dem Fenster. Grauer Beton gleitet vorbei. Es rumpelt. Wir sitzen in der Standseilbahn auf dem Weg zum Tibidabo.

Mein Traum geht weiter, nahtlos. Ich wache auf, wo ich im Traum eingeschlafen war. Einheit von Zeit und Raum. Unglaublich. Wir sind immer noch in der Standseilbahn, aber Tim trägt seinen Gips und ich kann nicht ertragen, dass sie sich mit mir abgeben.

Meine Finger sind abgekaut und blutig, auf dem Handrücken die aufgekratzten Wunden.

Das ist hier der Traum, oder?

Sag etwas Obszönes, sag etwas, das du im Traum nicht sagen kannst. Hat Bastian eben auf meine Hände gesehen? Wo ist Sonja? Sonja, wieso träume ich so viel von ihr? Sie sitzt schräg gegenüber und liest in einem Buch. Mein Herz macht einen Sprung, so wie im Traum Herzen springen können. Eine zarte Bewegung unter dem Brustkorb, ein isoliertes Gefühl.

Ich könnte jetzt ganz einfach zu ihr sagen: »Hast du Lust, mir in der Jugendherberge einen runterzuholen?«

Wenn ich in der einen Realität bin, wird sie antworten: »Aber nur, wenn du mich gleichzeitig fingerst.«

Ist das hier der Traum, wird sie mich verständnislos anstarren und mich für bekloppt halten. Ich spüre die Aufregung bis in die Fingerspitzen.

»Sonja?«

Sie dreht den Kopf.

»Was?«

»Kannst du mir...« Kannst du mir einen blasen. Kannst du mir einen blasen. Kannst du. Kannst du mir. »... mal das Wasser geben, bitte?«

Es geht nicht über meine Lippen. Sie lächelt, greift neben sich und reicht mir die halbleere Flasche.

»Ist ein Trinkjoghurt.«

Kannst du mir einen blasen. Ich kann es nicht sagen. Warum kannst du es nicht in in deinem Traum sagen? Was hält dich zurück?

»Egal.«

Trinkjoghurt. Quatsch. Sowas trinkt Sonja doch nicht. Es ist ein Traum. Ich trinke hastig und mache die Augen zu. Der Joghurt rinnt sämig in meinen Mund. Seltsamer Geschmack. Mein Kopf ist schwer wie Blei. Mein Herz rast.

Wir steigen aus der Bahn. Der Wind ist kühl, der Himmel grau. Mich fröstelt. Die Fahrt hierher ist ein Flop, dieser Hügel ist uninteressant. Was wollen wir hier oben? Eine Aussicht auf Dunst und Meer genießen? Das ist wie, wie im Film, oder?

Über uns eine Kirche. Was heißt das überhaupt? Sagrat Cor? Sagres? Ist das nicht ein portugiesisches Bier? Core, Hardcore, Pornos. Das wäre was, warum nur hab ich kein Heft mitgenommen?

Endlich, die absurde Traumlogik setzt ein. Hier ist ein Vergnügungspark, der aber seine besten Zeiten hinter sich hat. Ein Karussell mit Holzpferden, von denen die Farbe blättert, verrammelte Schießbuden und rostige Miniachterbahnen, alles halbvergammelt und größtenteils außer Betrieb. Wie verrückt. Disneyland auf der Bergspitze.

Disneyland gibt's doch nur bei Paris. Ich träume davon, weil wir im Zug, vor Wochen, oh Gott, ist das schon so lange her, weil wir darüber geredet haben.

Sonja wühlt in ihrem Beutel. Sie sieht so verloren aus, so hilflos. Was ist in Wirklichkeit mein Bedürfnis? Warum dieser Klartraum? Muss ich mich um das Kätzchen kümmern? Kann ich das Problem lösen, indem ich ihr im Traum davon erzähle, oder muss ich das in Wirklichkeit machen?

Ich muss aufwachen, muss zurück an den Strand, an dem das wahre Leben pulst und Nicole mit mir ficken will. Verrückter

Traum. Hier finde ich sie total unattraktiv, zu dick und zu hässlich, dabei ist sie doch in Wahrheit total geil.

Bastian sagt etwas, aber ich versteh ihn nicht ganz. Es klingt wie Ungeheuer. Wieso verstehe ich ihn nicht? Doch wie es im Traum so ist, ich weiß, was er gesagt hat. Es ist ihm zu teuer.

Am Aussichtspunkt ist es stürmisch. Über Barcelona ist der Himmel grau. Der Wind schneidet. Von der Seite tritt Tim heran.

»Das Karussell funktioniert schon wieder«, sagt er großspurig. »Ich hab mit einem der Ingenieure gesprochen. Wir dürfen mal testfahren.«

Nicole jubelt, Sonja zieht mich hinter sich her. Ihre Hand ist weich und die Berührung schöner als Sonne auf der Haut.

Wir schlüpfen durch ein Absperrgitter.

Ich will nicht Karussell fahren, da wird mir immer schlecht.

Das Karussell blinkt und blitzt wie neu. Es ist bestimmt 100 Jahre alt, mit einem Zeltdach aus Holz und Reittieren und Kutschen an gedrechselten Stangen. Überall leuchten bunte Glühbirnen.

Sonja setzt sich auf ein Pferd. Natürlich, das Pferd. Ein buntgescheckter Hengst. Im Traum verarbeite ich die Wirklichkeit. Nicole setzt sich in einen Feuerwehrwagen, weil es bei ihr immer brennt, Bastian setzt sich daneben und ich soll mich dahinter setzen, in zweite Reihe. Zu dritt warten wir, dass Tim und Michael ihre Plätze einnehmen.

Zwei Männer beobachten uns, diskutieren, einer trägt einen Anzug, der andere Blaumann. Ein Ingenieur. Woran erkennt man einen Ingenieur? Ingenieure tragen doch kein Schild vor sich, auf dem ihre Berufsbezeichnung steht, aber im Traum weiß man es einfach.

Tim und Michael setzen sich nebeneinander auf zwei Motorräder. Ich muss an Lederklamotten denken, an *Cruising* mit Al Pacino.

»Komm, steig ein«, ruft mir Nicole zu. Ich will nicht mitfahren. Mir wird in Karussells immer schlecht.

Selbst wenn ich wollte, meine Beine sind wie gelähmt. Kommen jetzt die Schatten? Ich spüre Angst.

Bastian guckt grimmig durch die niedrige Windschutzscheibe nach vorne.

»Mein Gott, Nicole, können wir nicht wenigstens mal alleine Karussell fahren?«

Nicole zieht mich zu den beiden in den Feuerwehrwagen. Ihre Berührung fühlt sich seltsam an, unwirklich. Bastian sieht mich verächtlich an, sein Blick hängt an Nicoles Griff um mein Handgelenk.

»Sach ma, muss das jetzt sein?«

»Nicole hat mich doch mitgezogen.«

»Er kann doch hinten rein.«

»Hinten? Da ist doch gar kein Platz.«

»Natürlich ist da Platz.«

Ich gehe einen Schritt zurück, hebe die Hände. Bastian will seine Freundin für sich alleine. Kann er haben. Ich will nicht das dritte Rad am Wagen sein.

Der Mann im Blaumann sieht mich fragend an. Ich hebe die Hände und schüttele den Kopf.

Das Karussell läuft an, die Lichter blinken. Was für Quatsch. Ein einziges funktionierendes Karussell in einem maroden Freizeitpark und wir dürfen mitfahren.

Ich spüre, wie mich diese skurrile Situation zum Lächeln bringt. Mein Hirn ist ein Rummelplatz, und die anderen fahren darin im Kreis.

Sonja jubelt auf dem Pferd. Tim und Michael rasen um die Wette, aber keiner gewinnt einen Vorsprung. Die Fahrt geht in einem rasenden Tempo. Meine Augen versuchen, einen Punkt zu fixieren, suchen nach Sonja auf dem Pferd. Das Dröhnen der Musik ist ohrenbetäubend. Noch eine Runde. Mir wird beim Zusehen schwindelig.

Die Reitfiguren ziehen bunte Streifen. Die Musik scheppert. Pferde haben Räder, Autos können fliegen, auf und nieder, auf und nieder.

Sonja kniet vor dem Pony, jubelt, freut sich. Tim und Michael, ein dynamisches Duo auf Motorrädern in Lederkleidung und Bastian und Nicole, aber niemand steckt hinten drin.

Ich kann nicht zusehen, muss mich hinlegen und finde ein Stückchen Wiese. Ihr könnt mich alle mal. Ich will schlafen. Hoffentlich haben hier keine Hunde hingepisst.

Die Luft ist kühl, die Sonne ist ein weißer Ball hinter den Wolken. Augen zu. Tim. Bastian. Hast du endlich? Ich weiß nicht, Papa, wo du wohnst. Seit wann hast du einen Hund? **Schäferhunde**. Fick den Hund. Cannes, wollten wir nicht nach Cannes? Oder Nizza? Auf eine Pizza? Oder doch Cannes? Kann denn **Liebe** Sünde sein? Schmm*m. H.*

»Kann der eigentlich überall pennen?«

Ein Fuß an meiner Schulter. Bastian steht vor mir. Benommen richte ich mich auf.

»Wo sind die anderen?«

Bastian zeigt auf Sonja und Nicole, die sich bereits auf den Weg zur Station der Standseilbahn gemacht haben. Obwohl ich von Sonja nur ein Flattern der dunklen Haare im Wind sehe, zittert es wieder in meinem Bauch. Ich komme nicht drauf, was es ist, es fühlt sich seltsam an.

In der Bahn ist es stickig.

Weit weg liest Sonja in einem Buch. Nicole stupst mich in die Seite.

»Warum bist du nicht mitgefahren? War voll lustig.«

Ich weiß es nicht. Weil mir schlecht geworden wäre? Weil meine Beine wie gelähmt waren? Weil ich mich wie das fünfte Rad am Wagen gefühlt habe? Weil es nur in meinem Kopf passiert ist?

»Schon okay.«

Wie weit geht dieser Traum? Vielleicht kann ich ja noch fliegen. Vielleicht.

Ich setze ich mich in eine Ecke und mache die Augen zu. Wenn das der einzige Weg ist, aus einem Alptraum aufzuwachen, muss ich es so machen. Ich versuche mich zu entspannen und einzuschlafen.

Doch es gelingt mir nicht, meine Augen öffnen sich wie von alleine.

Ich bin verzweifelt. Wie erwacht man aus einem Alptraum?

Ich kneife mich, doch es tut nur weh, dort, wo ich die Wunden immer wieder aufgekratzt habe, wo sich der kreisrunde Schorf gebildet hat.

Ich spanne die Muskeln an und reiße die Augen weit auf, aber nichts geschieht.

Gaudi ist mir egal, und Sonja sieht mich nicht an. Gaudi, ich weiß, dass Gaudi doch in Wien gelebt und dort bunte Häuser gebaut hat, nicht in Barcelona.

Traumlogik. Es erscheint alles so selbstverständlich. Ich mische Wirklichkeiten und sie ergeben im Schlaf einen ganz neuen Sinn.

So wie es einen Sinn ergibt, dass Nicole und Bastian nicht miteinander ficken, dass Tim und Michael kein Händchen halten.

Es fühlt sich seltsam an, über diese Straßen zu laufen und zu wissen, dass sich das alles im Kopf abspielt, dass nichts davon wirklich passiert.

Ich träume tatsächlich, dass die Olympiade in Barcelona stattfindet und nicht in Sevilla. Jeder kennt doch die Fernsehspots. *Come to Sevilla,* singt der Mann im Fernsehen.

Wir essen bei McDonald's. Weil ich dort arbeite, träume ich schon davon, von nichts Anderem. Bastian sagt irgendetwas und die anderen lachen, aber ich verstehe ihn nicht. Es liegt nicht daran, dass ich schlecht höre, es ist im Traum einfach so, dass man nichts versteht, weil sich im Kopf die Geräusche überlagern.

Und natürlich frage ich nicht nach, sondern nicke, weil es mir dennoch peinlich ist, dass ich Bastian nicht verstanden habe.

Eine atemlose Jagd durch die Stadt. Wo sind die Zombies? Es ist total absurd, was wir hier machen, diese Handlung ergibt überhaupt keinen Sinn. Warum laufen wir durch eine Stadt und gucken uns die Häuser an? Was wollen wir hier?

Ich kann den Traum kontrollieren, kann den Arm heben, kann aber nicht alleine gehen, muss meinen Freunden hinterherlaufen.

Klartraum, ja, aber nicht vollständig unter Kontrolle.

Ich versuche, zu fliegen, rudere mit den Armen, doch ich bleibe am Boden kleben.

»Was machst du denn da?«, fragt Bastian. Ich zucke mit den Schultern.

»Ich versuche zu fliegen.«

Er sieht mich abschätzig lächelnd an und zuckt mit den Schultern. Genau das habe ich im Traum erwartet.

Keine vernünftige Reaktion.

Seltsam, wie wenig Kontrolle ich doch über mein Handeln habe. Ich will meinen Freunden sagen, wie egal sie mir sind, doch ich kann es nicht. Ich will mir die faszinierend obszönen und verbotenen Pornohefte kaufen, in denen Frauen mit Pferden ficken, doch etwas hält mich zurück.

Es ist wie die Ladehemmung, wenn ich mich gegen Zombies zur Wehr setzen will. Immer wieder greife ich in die Hosentasche meiner Shorts und suche dort nach einer Waffe, doch ich finde nur meinen harten Schwanz.

Nicole isst eine Banane. Ihre Lippen umschließen die Frucht wie einen Penis. Ihre Titten wackeln bei jedem Schritt, aber ich finde sie nicht so interessant. Auch Sonjas Titten sind hier im Traum viel kleiner und längst nicht so geil. Wie die meiner Nachbarin Frau Döring. Ich erinnere mich nur unscharf an den Sex mit ihr, nachdem ich an ihre Tür geklopft hatte.

Ich träume. Und doch kann ich Koffer nicht in den Schritt fassen, kann ihm nicht sagen, er solle mich ficken, weil ich blockiert bin.

Ladehemmung.

Keine Willensfreiheit in einem Traum, in dem mir sogar die Füße wehtun, als wir am Abend in der Jugendherberge ankommen.

Wie sind wir hergekommen? Eine Erinnerungslücke. Nein, Traumlogik. Von der Szene in die andere. Ohne Übergang.

Dieser Traum ermüdet mich.

Ich kann es kaum erwarten, mich hinzulegen und wieder aufzuwachen. Die anderen gehen kiffen, ich gehe wichsen.

Ein Zwang bleibt, selbst im Traum, selbst im Schlaf kann ich nur daran denken, ein Zwang, so wie ich in Anwesenheit meiner Freunde nicht ficken sagen kann.

Das Papier der Pornohefte knistert und die Toilette riecht nach Pisse. Ich spritze in die weiße Schüssel und das Adrenalin schießt mir ins Hirn, selbst im Traum.

Das Kopfkissen ist weich, und die Amerikaner sind nicht da.

Ob ich mir etwas auf die Hand schreibe? Eine Nachricht an mein waches Ich? Ach, Quatsch, das geht doch. Nicht. Nachricht, in die Haut geritzt mit einer Klinge. Blade. Blade Runner. Ich bin Harrison Ford ist in Starwars Teil 4, endlich **im Kinotgeil**. Fickt mich doch. Fickt mich in den Arsch. **Der Hund leckt** mich an der Schulter. Mahants. Knark

Augen auf. Es ist Nicoles nasse Hand, keine Zunge. Sie beugt sich dicht über mich. Auf ihrer Haut glitzern Tropfen. Mund geschlossen, die Augen weit aufgerissen. Zu meinen Füßen steht Bastian und grinst. Aus Nicoles Haaren tropft Wasser auf meinen Bauch.

Wieder die Brandung. Ich liege am Strand.

Tibidabo. Ein Name wie aus einem Micky-Maus-Heft.

Meine Freunde hocken im Kreis um mich herum. Mein Gott, sieht Sonja in ihrem roten Badeanzug geil aus.

»Was?«, frage ich noch, da presst mir Nicole ihre kalten Lippen auf und zusammen mit ihrer Zunge dringt salziges Sperma in meinen Mund. Der Schreck ist kurz und heftig, die Erregung hält länger an. Ich kann den Kopf nicht drehen. Ihre Lippen, ihre Zunge. Ich schlucke die sämige Flüssigkeit, die metallisch an meinem Gaumen kleben bleibt.

»Basti lässt dich grüßen.«

»Du bist so eklig«, ruft Bastian lachend. Nicole zieht sich zurück, grinst breit. Ihre Nippel sind aufgerichtet. Meine Badehose erlebt eine harte Belastungsprobe. Ich grinse zurück.

»Hast du ihm unter Wasser einen geblasen?«

Das Wort geht mir wieder flüssig über die Lippen. So gefällt mir Barcelona.

»Ich bin fast ertrunken.«

»Das war harte Arbeit«, sagt Bastian und greift nach seinem Handtuch, um sich abzutrocknen. »Nur für dich.«

»Danke«, sage ich und blicke an Michael vorbei zu Sonja. »Bläst du mir auch einen?«

»Unter Wasser?«

»Du musst vorher die Hand nehmen«, sagte Nicole. »Sonst dauert das zu lange.«

Tim räuspert sich und stupst mich an.

»Komm, nicht lang quatschen, erzählen, was ist passiert?«

»Hab ich lange geschlafen?«

»Ein paar Minuten. Wieso?«

»In meinem Traum sind Stunden vergangen.«

Aber warum nicht? Die Traumzeit ist immer anders. Ich kann in den Sekunden vor dem Aufwachen ganze Epen träumen. In Wirklichkeit vergehen dabei nur ein paar Augenblicke.

»Was hast du geträumt?«

»Total verrücktes Zeug. Es war ganz real. Aber man merkt ja erst nach dem Aufwachen, dass da was nicht stimmt. Wir waren auf einem Hügel in der Stadt, der hieß Tibidabo Ich frage mich, woher ich den Namen habe. Da stand ein Karussell, wie im Disneyland, damit sind wir gefahren, nein, das heißt, ihr seid damit gefahren und ich wollte lieber alleine sein, ihr wart mir alle egal, und das Merkwürdige war, dass ich ...«

Ich mache eine kurze Pause und sehe zu Sonja hinüber, die Sand aus ihrer Faust rieseln lässt. Ihre dunklen Haare wehen in einer sanften Brise vor dem tiefblauen Sommerhimmel. Ihre prächtigen Titten quellen aus dem Badeanzug. Ich versuche, das Gefühl aufzurufen, dass ich beim Anblick von Sonja gefühlt habe und nicht deuten konnte.

Mitleid, tief in meinem Bauch. War es das? Oder war es mehr?

»Ich spürte ein Kribbeln im Bauch und die Sehnsucht, Sonja davon zu erzählen. Im Traum. Was wollen mir meine Träume sagen? Ich meine, ich wollte sogar fliegen, hab die Arme bewegt, wie früher, und konnte nicht abheben.«

Was ist die volle Blase? Was muss ich machen, damit die Träume aufhören? Mich ums Kätzchen kümmern? Oder genau das Gegenteil? Soll ich aufhören, mich um Sonja zu bemühen?

Sonja hebt kurz den Kopf und lässt wieder Sand durch die Hand rieseln.

»Du bist verknallt«, kreischt Nicole auf und lacht heiser. Bastian boxt ihr gegen die Schulter.

»Das war ein Traum, Mensch.«

Sie boxt zurück. Er schubst. Sie tritt.

Ich zucke mit den Schultern. Sonja hat es mit einem Pony getrieben, mit einer Frau. Eigentlich wäre sie perfekt. Wäre nur nicht diese diffuse Angst vor dem Unbekannten, vor der Erwartung. Ich kann doch nicht. Sag etwas. Kümmer dich ums Kätzchen, damit die Träume aufhören.

»Ich kann mit Liebe nicht umgehen.«

Nicole fasst mir unter Bastians misstrauischem Blick ans Knie. »Die kommt doch noch.«

Sanft streichelt mir Michael über das Bein. »Wenn das Baby da ist.«

Er und Tim werfen sich grölend in den Sand. Sonja schüttelt traurig den Kopf.

»Liebe ist anders, Liebe ist doch keine Kopfsache. Entweder liebt man jemanden, oder man tut es nicht, aber man entscheidet sich nicht dazu.«

»Ich kann damit einfach nicht umgehen.«

»Schade. Ich dachte, du hättest dich ein bisschen geändert.«

Habe ich das? Bin ich ein anderer Mensch geworden? Oder habe ich nur angefangen, über den Tellerrand hinauszublicken? Wenigstens habe ich ihr nie etwas versprochen.

»Du hast doch eindeutig Angst vor der Selbstaufgabe, würdest dich aber eigentlich gerne fallen lassen.« Tim wieder. »Du genießt einerseits, dass du endlich mal die Distanz aufgegeben hast, auch wenn du bei Sonja leider nicht konsequent bis zum Ende warst. Aber eigentlich willst mehr von ihr als Sex.«

Wieder hebt Sonja den Kopf. In mir ist es so kalt.

»Von ihr oder ganz generell?«

Michael winkt ab. »Ich bin schon vergeben, vergiss es.«

Unser Lachen nimmt der Situation die Dramatik. Sonja sieht mich jedoch weiter mit einer Erwartungshaltung an, die mich in die Ecke drängt.

»Wenn ich Angst vor der Selbstaufgabe habe, was bedeutet das?«

»Du hast Angst vor Bindungen.«

»Könnte mit der Scheidung meiner Eltern zusammenhängen.«

Tim wiegt den Kopf. »Nicht ganz abwegig, aber komm jetzt, Sven, wir wollen weiter.«

Kümmer dich um sie. Mach was, mit Sonja, lass sie frei. Es muss doch einen Weg geben, Dabbergost zu umgehen und zugleich Sonja daran zu hindern, total durchzudrehen. Frauen. Ponys. Wohin soll das führen?

»Okay, aber kann mir bitte erst einmal jemand einen runterholen? Der Traum war einfach zu deprimierend. Sonja?«

Sie reagiert gar nicht, lässt weiter Sand aus ihrer hohlen Hand rieseln. Nicole hingegen wird schnell hellhörig und greift an meine Hose. Bastian haut ihr auf die Finger.

»Mann!«

Nicole schubst ihn. Er knufft sie. Sie stehen auf. Auf dem Weg zurück zur Promenade höre ich sie kabbeln. Sie sagt etwas wie »Arsch« und Bastian schimpft.

Auch Michael und Tim nehmen ihre Sachen. Tim tritt mir sanft mit dem Schuh gegen die Schulter.

»Und jetzt los.«

»Wohin gehen wir?«

»Zur La Sagrada Familia.«

Eine gute Entscheidung. Wer geht schon, außer in einem Alptraum, zu einem Berg namens Tibidabo? Die Sagrada Familia ist doch viel interessanter, die Dauerbaustelle. Sagrada, Sagrat Cor. Ich blinzele in die Sonne. Schweiß läuft mir kitzelnd die Achsel hinunter. Sagrat Cor, das ist wie die Sacre Coeur in Paris. Ich verstehe: das ist Katalan für heiliges Herz.

Sonja und ich bleiben zurück auf dem riesigen Strand, an dem wir gar nicht auffallen. Zwei verlorene Seelen auf der Suche nach sich selbst.

»Es tut mir leid«, sage ich mit hinter dem Kopf verschränkten Armen. »Ich will dich nicht verletzen, aber es ist mir einfach alles zu viel.«

Ich fürchte ihren Zorn, doch die Angst ist unberechtigt. Sonja lächelt, dreht den Kopf in alle Richtungen, zuckt mit den Schultern und holt meinen Schwanz aus der Hose. Ihre Finger sind so sanft und sie macht es, wie ich es machen würde, mit viel Gefühl und im richtigen Tempo.

»Wie geht es jetzt weiter mit uns?«

Weiter? Hochzeit, Kind, Arbeitsamt. Sofort ist das Gefühl wieder da, der Situation nicht gewachsen zu sein, sofort quält mich der Fluchtgedanke.

»Mit uns? Was ist mit dem Pony und Folke? Ich dachte, du hättest gefunden, wonach du gesucht hast.«

Im Schutz meines aufgestellten Beins und ihres entzückenden Körpers holt sie mir langsam einen runter.

»Manchmal muss man sich einfach verlaufen, um nach Hause zu finden.«

»Was ist zuhause?«

»Liebe, Geborgenheit, Zukunft.«

Mit der freien Hand umschließt sie meine Hoden, rubbelt weiter. Ihre Titten im Badeanzug wackeln. Ich strecke den Arm aus und schiebe eine Hand unter den Stoff. Mit den Fingerspitzen berühre ich einen steifen Nippel. Mein Gott, ist das gut. Daran könnte ich mich wirklich gewöhnen.

»Und nur mal so, ganz unverbindlich ficken, weil es Spaß macht?«

Sie sieht mich sanft lächelnd an. »Wenn man verliebt ist, macht es doch noch viel mehr Spaß.«

Falsche Antwort. Liebe, Dabbergost, Hochzeit, Kinder. Verantwortung. Bindung. Ihre Nase. Perfektion. Es geht nicht. Ich bin der Falsche, und so lange sie mich liebt, ist sie nicht frei.

Ein älteres Paar geht unmittelbar an uns vorbei, guckt, Sonja beugt sich über meinen Schoß, um das allzu Offensichtliche zu verbergen. Ihre Titten drängen sich gegen meinen Schwanz. Meine Hand umschließt ihre rechte Brust vollkommen, die weiche Haut schmiegt sich in meine Handfläche.

Zu geil.

Unvermittelt spritze ich ihr ins Gesicht.

Erstaunlich gelassen nimmt sie das Sperma auf ihren Wangen und ihrem Kinn hin, bringt ihre Arbeit zu Ende, bis ich erleichtert den Kopf in den Sand fallen lasse.

Sonja sieht mich verliebt an.

Mein Gott, wie ich diese Verantwortung hasse.

Nicole grinst wie ein Honigkuchenpferd. In der Hand hält sie ein Bund Bananen aus dem Supermarkt. Was lässt sie so grinsen? Der Bus schaukelt. Gilt unser 4-Tages-Ticket eigentlich auch hier?

Wir treten durch das Portal. In der Sagrada Familia geht es in den Keller, wo ganz viele Fahrgeschäfte stehen. Eine Achterbahn im Dunkeln.

Was sich die Spanier alles einfallen lassen, um Geld für den Weiterbau zu sammeln, ist einfach fantastisch. Die Spinnen, die Spanier.

Ich bekomme Lust. Dabbergost hin, Zuneigung her. Ich sollte ausnutzen, dass Sonja mich noch liebt, dränge sie in eine Ecke und fasse ihr an die Titten. Ihre Nippel bleiben weich, sie steht da wie eine Schaufensterpuppe.

»Was ist los?«

»Ich finde es nicht so toll, wenn du mir ins Gesicht spritzt.«

Im Halbdunkel reflektieren ihre Augen die Lichter der Achterbahn.

»Aber vor ein paar Tagen konntest du nicht genug davon bekommen.«

»Da war alles anders. Da dachte ich, du magst mich auch.«

Mögen. Kümmern. Damit dir Träume aufhören.

»Natürlich mag ich dich, ich mag dich sehr.«

Sonja lächelt wieder. Wir steigen in die Achterbahn, und die Fahrt geht los.

»Halt mich«, sagt sie und wir rasen uns fest umklammernd durch die Dunkelheit. Ich würde sie gerne mit der Faust ficken, wenn sie das mag, uns beide frei lassen. Die Kätzchen spielen miteinander. Oben, auf der Baustelle, zwischen halbfertigen Prunkfassaden und Portalen mit mächtigen Figuren, nimmt sie meine Hand.

»Kommst du heute Abend mit zu mir ins Zimmer?«

Kompromiss. Ist es ein Kompromiss, wenn ich Dabbergost akzeptiere? Warum bin ich nicht zu einem Kompromiss bereit? Wenn sich Interessen nicht decken, muss man sich trennen. Wie bei einer Scheidung. Wie bei meinen Eltern. Sie gingen keine Kompromisse ein. Warum bin ich nicht vorher darauf gekommen?

Mein Blick fällt auf einen Automaten, an dem man für Geld eine echte Münze zu einer Gaudi-Gedächtnismünze umprägen kann. Wer macht denn so was?

Die U-Bahn schaukelt. »Proxima Estacion.«

Es dämmert, als wir auf die Straße treten.

Beim Überqueren einer breiten Straße kommen uns zwei Typen entgegen, biertrinkend, grölend. Engländer, ganz bestimmt, die saufen doch immer. Einer trägt einen Gips um die linke Hand.

Die anderen sind schon drüben, Bastian muss seinen Schuh zubinden, ich will ihm etwas sagen, will ihn fragen, ob wir zu dritt, oder nicht, oder doch. Die beiden Typen treten auf unserer Höhe von der Straße. Einer lacht im Vorbeigehen, ich rieche den Alkohol, der Gips blitzt schmutziggrau. Der andere greift Bastian, noch immer vorgebeugt und die Schleife bindend, an den Kopf und schubst ihn, so dass mein Freund, mein einziger Freund, nach hinten fällt.

»Hey...«, schimpft er, und ich mache einen Schritt auf ihn zu. Der mit dem Gips dreht sich plötzlich um, schiebt die Brust vor und rammt mich, die Augen aufgerissen, das Gesicht hochrot.

»Wassislos, Pisser?«

Ich mache einen erschrockenen Schritt zurück auf die Straße. Ein Auto hupt. Aus den Augenwinkeln sehe ich, wie der erste nach

Bastian tritt, Bastian, der wie ein Käfer auf dem Rücken liegt. Der erste Tritt geht in die Rippen.

Der Gipsarm haut mir in die Seite.

»Entschuldigung, aber....«

Hochrot, nach Alkohol stinkend, stupst er mich mit der Hand, mit der er die Bierflasche hält, vor die Brust, der Gipsarm trifft mich wieder an der Seite in die Rippen.

Bastian hält die Hände schützend über den Kopf. Ein weiterer Tritt, diesmal in die Beine.

»Arschloch«, sage ich.

»Rede nicht so mit mir«, keift der Typ. Seine Augen haben sich in die dunklen Höhlen seines kantigen Schädels verkrochen. »Du Miststück.« Und wieder tritt der andere nach Bastian, der noch immer mit aufgerissen Augen versucht zu begreifen, was mit ihm passiert. Ich hebe meine Hände mit den Handflächen nach außen.

»Ganz ruhig, Mann«, sage ich. Mein Zwerchfell flattert in meinem Bauch wie eine Fahne im Sturm. Mir ist schlecht vor Angst.

»Halt's Maul, Pisser«, blafft der Mann zurück und schlägt mir mit der rechten, eingegipsten Hand gegen meine Handflächen. Die Hand ist kalt, sein Gips kratzt. Und dann sagt er etwas, das mich so sehr aufregt wie nichts, was er zuvor getan hatte.

»Hast du mich geschlagen?«, sagt er kalt und drohend. »Hast du mich eben geschlagen?« Ich will erwidern, dass er es doch ist, von dem der Schlag ausging, dass nicht ich sondern er aggressiv ist, dass nicht ich sondern er Streit sucht, doch noch bevor sich überhaupt irgend ein Satz in meinem Hirn spruchreif kristallisiert, bricht eine rote Welle der Wut über mir zusammen.

In meinen Ohren rauscht es plötzlich, und ich schlage zu, schmettere ihm meine Faust auf den Schädel, ins Gesicht und gegen das Ohr, bis ich das Blut am Ärmel meines Sweatshirts sehe. Der Mann hält sich den Gipsarm über den Kopf, und mit der anderen Hand die Bierflasche.

Ein weiterer Schlag, und er geht zu Boden. Ich renne auf den anderen zu und trete nach ihm, haue ihm die Beine weg, so dass er zu Boden geht, setze nach und schlage zu.

Er ist zu überrascht von meiner Wut.

»Hau ab, hau ab«, rufe ich und schlage dabei noch ein paar Mal auf den zweiten Mann ein. Der Typ grinst nur und ich schlage weiter zu, haue ihm immer wieder meine Faust ins Gesicht, aber er grinst nur.

Bastian steht plötzlich neben mir, zieht mich weg, der Gipsarm wirft einen schnellen Schatten in das gelbe Licht der Straßenlaterne, reißt den anderen vom Boden hoch und Bastian sieht mich erschrocken an.

»Was war das denn?«, fragte er verblüfft.

»Ich weiß es nicht«, sage ich. Die anderen warten schon.

Nicole grinst.

Ich weiß schon, warum sie grinst, sie muss nichts sagen.

Da ist die Jugendherberge. Wir, ich, Zimmer, wer mit wem sag ich das. Ich w**eiß, was. Nackte Nicole, h**eiße Sonja, kniet für mich, faustdick hinter den Ohren Was macht ihr denn da? Was rumpelt und *pumpelt*.

Rumpeln, Fluchen, Rülpsen.

»*Fucking chairs*«, murmelt jemand. Das Licht flammt auf, grell, schmerzhaft. In der Tür steht der Amerikaner. Schwankend. Was für ein Pisser.

Ich ziehe meine Decke bis zum Kinn hoch. Mein Bett ist leer, bis auf mich liegt niemand drin. Ich spüre noch das Schaukeln der U-Bahn, höre das Knallen der Tür zum Zimmer und sehe die nackten Körper. Was ist das? Scheiße. Ein Sekundenschlaf. Immer wenn es geil wird. Wann bin ich eingeschlafen?

Meine Augen brennen, es ist noch dunkel draußen, der Amerikaner macht das Licht wieder aus.

»*Ups, Sorry.*«

Dieser Penner. F**ick dich**. Fick

mich. Ficken. Ich wache auf, weil sich etwas neben mir regt.

»Ich will ihn hinten drin«, wiederholt Nicole.

Ich schließe meine Hand und greife festes Fleisch. Neben mir liegt Sonja und sieht mich verliebt an. Ihre rechte Brust fühlt sich gut an.

»Ich mach ja schon«, sagte Bastian auf dem anderen Bett, unter Nicole. »Und dann ist aber auch Schluss.«

In der Hand hält er eine Banane. Er führt sie nach hinten zwischen ihre Pobacken. Jetzt verstehe ich ihr Grinsen. Mit der freien Hand wichse ich meinen Schwanz.

Eigentlich ist er mir etwas schuldig. Immerhin habe ich ihn gerettet.

»Oder soll ich es übernehmen?«

Bastian schiebt die Banane hinein, Nicole stöhnt.

»Dafür ist doch gar kein Platz.«

Ich lasse meinen Schwanz los, drehe Sonja auf den Bauch und ziehe ihre Hüften hoch, so dass ihr Po nach oben ragt. Sonja protestiert.

»Was machst du?«

Hoch in die Luft streckt Sonja ihren Hintern, die Pobacken geteilt, die Möse feucht. Ich greife zu.

»Ich kümmere mich um dich.«

Ich knete ihre Titten, die harten Nippel, greife nach hinten zu ihrer Scham.

Ein Finger, zwei Finger drei.

Mein Daumen legt sich auf die feste Öffnung, die ich nur massieren wollte, doch nachdem Sonja einmal gejammert hat, erhöhe ich den Druck und lasse den Daumen eindringen. Jetzt habe ich alle Finger in Sonjas Möse und den Daumen in ihrem Arsch. Ich drehe die Hand und kneife sie mit dieser Zange.

Nicole jauchzt und stöhnt unter der doppelten Penetration, oder stöhnt Sonja, weil ihr meine Massage so gefällt?

»Nicht, Sven, was machst du...?«

Ich kümmere mich um sie, um ihre Bedürfnisse, kreise nicht mehr nur um mich. Kaum drehe ich die Hand und ziehe den Daumen aus ihrem Arsch, kann ich ihr die ganze Hand in die Fotze schieben, tiefer, bis über das Handgelenk, bis sich meine Finger in ihr zu einer Faust ballen.

Das ist doch, was sie will.

»Nicht so grob«, jammert Sonja. Ich bin nicht grob, ich springe nur endlich über meinen Schatten. Ich vergrabe meine Finger noch einmal in Sonjas Möse, und sie presst den Kopf ins Kissen.

Bastian schiebt die Banane tiefer.

»Gott, Bastian, wenn du wüsstest, wie geil das ist«, presst Nicole hervor. Wie gerne wäre ich jetzt der Dritte im Bunde. Weiß sie das? Und weiß Bastian es?

Ich lecke Sonjas Arschloch und schiebe Zeige- und Mittelfinger hinein. Wenn ein Pferdeschwanz da hinein passt, kann auch meine Faust dort Platz finden. Sonja greift nach hinten und hält meine Hand fest.

»Sven, Vorsicht, ich...«

Ich ziehe meine Faust aus Sonjas Möse, bis die Handwurzel sichtbar wird und schiebe sie wieder tief in ihr feuchtes Loch. Ihre Titten wackeln unter jedem Stoß. Sonja reißt die Augen weit auf. Sie hat wohl nicht gedacht, dass ich so weit gehen würde, oder?

»Nur einmal mit einem echten Schwanz, Basti, bitte, Sven würde doch mitmachen«, keucht Nicole und genießt den Ritt und die Banane.

»Du kapierst es nicht, oder? Ich will dich nicht teilen.«

Bastian kneift die Augen zusammen, spannt den Körper an und entlädt sich in Nicoles Möse. Sonja zuckt und zappelt. Er ist es mir doch schuldig. Ich habe ihm den Arsch gerettet.

Erschöpft lege ich mich neben Sonja. Sie sieht mich etwas distanziert an.

»Alles klar?«

»Wieso hast du das gemacht?«

Um dir zu helfen, von den Ponys loszukommen. Aus Geilheit. Keine Ahnung.

»War es nicht gut?«

Ohne ihre Antwort abzuwarten, lege ich meinen Kopf auf das Kissen. Hab ich das Problem gelöst? Kätzchen. Ich hab sie zurück in den Schuppen. Nein, ich hab sie freigelassen. **Frei.** **Zum** *Spielen.*

Lagerkoller

Zu eng zusammen. Kein Wunder, dass ihr euch streitet. Zu sechst in den Urlaub zu fahren ist unsinnig. Zu viele Interessen, die man unter einen Hut bringen muss. Ideal ist ein Urlaub zu zweit, oder noch besser: alleine. Nur wer alleine ist, kann sich wirklich neue Eindrücke aufnehmen.

1.

»Aufwachen, du Penner, das spielst du doch nur.« Bastians Hand an meiner Schulter ist nicht, was man sanft nennen kann. Der Sommertag prahlt durch das Hinterhoffenster, gibt an mit blauem Himmel über den Dächern. Kätzchen.

Sonja. Ich hab das Problem gelöst.

Ich reibe meine Fingerspitzen aneinander. Das ist kein Traum. Bastian steigt vom Etagenbett herunter.

»Was soll ich spielen?«

»Seit fünf Minuten versuche ich, dich wach zu kriegen.«

Er ist sauer. Na und? Was wollen sie schon von mir. Bin doch nur ich.

Ich wundere mich über diesen Gedanken, aber er kommt von ganz alleine, ich kann ihn nicht abwehren. Bin doch nur ich. Nur. Klein gemachtes Ich. Es fühlt sich so gut an, mich zu erniedrigen.

Mein Schwanz ist steif. Auch das ist ein gutes Gefühl, ich muss wichsen, jetzt. Wo ist das Pornoheft?

Verdammt. Das ist der falsche Gedanke. Sag etwas Obszönes. Sag ficken, sag: Wie hat Nicole die Banane im Arsch gefallen? Sag: Ich habe Sonja mit der Faust gefickt.

Ich kann nicht. Die Schatten.

Verdammt. Wieder der Traum. Problem ungelöst.

Was ist das Problem? Welche Aufgabe muss ich lösen? Ich muss mich doch kümmern. Mit der Faust habe mich gekümmert.

Was denn noch?

Das Bild vor Augen macht mich geil.

Bekritzelte Toilettentür. Mein Sperma spritzt weit, der Kick ist gut, das Heft klebt an meinem Bauch. Zurück im Zimmer. Als ich den Porno zurück in den Rucksack schiebe, spüre ich Bastian neben mir stehen.

Mir wird heiß vor Scham. Rasch drücke ich das Heft tiefer zwischen Schmutzwäsche und Schlafsack. Bastian räuspert sich.

»Wir lassen die Rucksäcke am Bahnhof.«

Ich ziehe die Schnüre zu und befestige die Klappe. Ist das eine Anspielung darauf, dass ich dann nicht so schnell an meine Pornos komme? Warum sollte er eine Anspielung machen, das hat er noch nie getan. Pornos waren nie Thema zwischen uns. Das ist meine Privatsache.

Die junge Dame am Empfang der Jugendherberge ist hübsch, sieht aus wie eine aus meinem Heft. Ich hätte Lust, sie zu ficken, oder wenigstens zu fragen, ob sie mir einen bläst, aber dazu kommen wir nicht. In dem Moment, in dem ich fragen will, hören wir neben uns ein lautes Rufen, ein Jubeln, ein Lachen.

Tim und Michael begrüßen mit Handschlag zwei Backpacker, die ich schon einmal gesehen habe. Ich kenne sie, aber ich weiß nicht woher. Sie begrüßen uns alle, als seien wir die besten Freunde. Nicole sagt etwas vom anderen Gymnasium und gleicher Jahrgang, Tim sagt Andreas und Philipp, doch ich will eigentlich lieber die junge Dame hinter dem Empfang, die mir lächelnd den Herbergsausweis stempelt und zurück gibt, fragen, ob sie es auch in den Arsch mag.

»So eine Überraschung«, sagt Tim schließlich. Ich will gehen. Ich kenne die beiden nicht, es ist mir unangenehm, ich weiß nicht, was ich sagen soll. Hallo vielleicht oder so ein Zufall.

»Ich geh schon mal raus.«

Die Luft riecht nach Abgasen. So ein Zufall. Jetzt wichsen. Im Traum kann ich das. Oder nicht? Nein, auch im Traum werde ich von der Polizei verhaftet. Sonja stellt sich neben mich. Ob sie mir einen runterholt? Wie fragt man das noch? Sie macht mich nervös.

»Das ist echt ein Zufall«, sagt Nicole, als sie endlich aus der Jugendherberge kommen. »In Schnedigheim sieht man sich kaum, aber in Barcelona läuft man sich einfach über den Weg, so weit weg von Zuhause.«

Zufälle.

Wie sie eben passieren, im Traum. Und dann weiß man auch, dass die Typen, die man zuvor nie gesehen hat, irgendwelche Schulfreunde sind. Sehen nur ganz anders aus.

Nicoles Titten wippen unter ihrem T-Shirt. In Wirklichkeit habe ich sie gefickt, in den Arsch. Heimlich. Im Zelt. Verrückt. Ich finde sie nicht attraktiv, höchstens beim Wichsen in meiner Vorstellung. Jetzt würde es mir reichen, mit ihr zu reden.

Ich will ficken sagen und abspritzen. Doch ich kann nur von Südfrankreich reden, und davon, dass ich zu meinem Vater will, ich, ich. Niemand hört mir zu, niemand interessiert sich für mich, sie sind mir auch alle egal.

»Wie geht es deiner Hand?«, fragt sie. Und ich sehe auf die Narben, auf die dunkelrot verfärbten Wunden, den Schorf, den ich immer wieder abkratze. Ich sehe auf die Haut an den Nägeln, die blutig gerissen meinen Fingern etwas Zombiehaftes gibt.

»Alles okay.«

Ich mag ihre kurzen blonden Haare noch immer nicht, aber dass sie mich fragt, wie es mir geht, gefällt mir. Es macht ja sonst niemand. Am liebsten würde ich sie umarmen, aber ich finde den Gedanken, dass ich ihre Speckröllchen spüre, sehr unangenehm.

Der Weg zum Bahnhof führt durch U-Bahnstationen, über sonnenheiße Straßen und unter ausgebleichten Bäumen entlang. Über uns ein blauer Himmel. Die Luft flirrt über der Straße.

Tramvia blau. Waren wir auf dem Tibidabo? Sind wir Karussell gefahren?

»Willst du noch zu deinem Vater?«

Ich nicke. Nicole und ich bleiben an der Ampel stehen, die anderen haben es noch bei Grün über die Straße geschafft. Vor uns taucht schon der Bahnhof auf.

»Wieso?«

Wieso? Wieso. Weil. Weil es. Weil ich. Ich weiß es nicht. Und dann kommen mir plötzlich die Tränen und Nicole nimmt mich in den Arm.

Ich spüre ihre Titten an meiner Brust und es ist mir unangenehm. Meine Hände suchen vergeblich einen Ort an ihrem Rücken, der nicht vom Rucksack belegt ist, und landen auf ihren Hüften.

Ich weiß nicht, warum mir die Tränen in die Augen schießen, warum ich schluchze und Nicoles T-Shirt vollheule.

»Alles gut«, sagt sie tröstend. Ich will doch nur, dass sich das Chaos in meinem Kopf auflöst. Dass ich, dass wir, dass dieser Traum endlich aufhört.

»Ich hab keine Freundin«, stammele ich, weil es auf einmal das einzige ist, das mir sagbar erscheint. Wie unter Zwang erzähle ich von Einsamkeit und einem Gefühl, einer Sehnsucht, von Perfektion, von der Suche nach jemandem, der mir wirklich gefällt, bei der alles stimmt, doch ich weiß nicht, was es wirklich ist, ich kann meine Gedanken nicht auf den Punkt bringen.

Nicole nimmt mich an der Hand, wie ein kleines Kind, wie die Mutter den Sohn, und doch beruhigt mich der Körperkontakt.

»Schade, dass du Judith so schnell abgelegt hast.«

Ich nehme meinen ganzen Mut zusammen und will nach Sonja fragen, doch ich kann nicht.

Im Bahnhofsgebäude wird es schlagartig kühl. Mein Kopf ist leer. Ich folge nur den Schildern mit dem Koffer und dem Schlüssel.

Die anderen gehen weit vor uns, auch Sonja. Sonja. Sehnsucht. Fängt auch mit S an. Die anderen haben ihr Gepäck schon verstaut. Tim und Michael gehen zum Fahrkartenschalter. Amsterdam, fällt mir ein, Nachtzug. Wie man so etwas eben weiß.

»Mein Gott«, schimpft Bastian, als wir an den Schließfächern ankommen. Er reißt Nicole am Arm von mir weg. »Was hat der Penner denn schon wieder?«

Nicoles Finger werden mir aus der Hand gerissen. Sie schält sich aus dem Rucksack.

»Mensch, lass ihn doch. Er erzählt gerade davon, wie sehr er darunter leidet, dass er keine Freundin hat.«

»Vielleicht solltest du einfach mal aufhören, immer nur das fette Zeug in dich reinzustopfen und dir ständig Pornos anzugucken«, wirft Bastian ein und nimmt ihren Rucksack, um ihm im Schließfach zu verstauen. Oh, ist das peinlich. Er hat mich gesehen, er weiß, dass ich die Hefte im Rucksack habe. Oder weiß er von den Pornos in der Munitionskiste in meinem Zimmer?

»Quatsch. Mach ich doch gar nicht.«

Bastian winkt ab. Wirft Geld ein. Dreht den Schlüssel im Gepäckfach.

»Los jetzt, der will sich doch nur wichtigmachen.«

Seine Selbstgefälligkeit ist ekelhaft. Er hat eine Freundin, die er ficken kann, und ich habe niemanden. Ich habe nur meine rechte Hand. Dabei könnte er mir Nicole doch nur einmal überlassen, einmal nur, jetzt, wo ich sie so dringend brauche.

»Wichtigmachen?«, rufe ich ihm hinterher. »Es ist mir doch alles egal, Gaudi ist mir egal, diese ganze Tour ist mir egal, Nicole ist mir doch egal, ihr seid mir egal.«

Bastian bleibt stehen.

»Klasse Einstellung. Ich bin dir also egal?«

Ich will ihm weh tun, ich will mir weh tun, ich will. Ich weiß es nicht. Ich will doch nur. Egal. Alles egal. Genau das ist es.

»Ihr seid mir alle scheißegal. ich will nur noch abhauen, nach Südfrankreich, zu meinem Vater. Ihr kotzt mich alle an mit eurem Stress, du stresst total mit deinem Guck-dir-mal-die-Häuser-an-Geschwafel. Tim und Michael und Sonja, ihr macht doch nur Stress.«

»Dann fahr doch nach Frankreich, du Penner. Du bist es doch, der hier Stress macht, nicht ich.«

Ich kapier es nicht. Wieso ist er so?

»Du bist ein geiler Freund.«

»Blöder Arsch.«

Gaudi ist hier nicht das Problem. Bastian ist es. Er hat keine Ahnung von Tiefe, keine Interesse mehr an etwas Anderem als seiner scheiß Nicole. Er weiß doch überhaupt nicht, was Südfrankreich ist. Das kapiert er nicht.

Es ist nur ein Traum. Du träumst nur davon, Entscheidungen treffen zu müssen, unter Stress zu stehen, weil du dich ums Kätzchen kümmern musst.

Dabbergost, Hochzeit, Kinder, das Kätzchen.

Das stresst dich in Wirklichkeit, weil dein Leben ganz einfach sein soll. In Wirklichkeit denkst du gar nicht daran, zu deinem Vater zu fahren. In Wirklichkeit fickst du Sonja mit der Faust, weil sie es täglich braucht, und du versuchst, ihr Stabilität zu geben.

Ich drehe mich um und gehe, den Gepäckschlüssel in der Hand. So ein Arschloch. Das kapierst du nicht, will ich ihm noch hinterher rufen, aber mir fehlt der Mut.

Alleine, ich will alleine sein, das ist das Beste. Die anderen können mich alle mal.

Vor Wut beiße ich mir die Finger blutig. Ich mag das Gefühl zwischen den Zähnen, mag den weichen Widerstand, die zähe Konsistenz der abgerissenen Hautfetzen, die ich wie einen Kaugummi zwischen den Schneidezähnen zermahle. Blut sickert aus den Wunden.

Ich renne im Slalom zwischen den Passanten aus der Bahnhofshalle und haste die Straße hinauf. Folgt mir, kommt mir nach und lasst mich in Ruhe.

Ich will aufwachen und Sonja ficken. Warum geht dieser Traum nicht weg? Kümmere ich mich noch nicht genug?

Süßliche Autoabgase füllen meine Lunge, die Sonne brennt mir ins Gesicht, ich schwitze, schlage Haken und finde schließlich eine kleine Parkanlage mit einer grünen Parkbank unter einem großen Baum.

Ich lege mich hin, lasse die Beine über die Kante baumeln und schließe die Augen. Schlaf, komm schnell und erlöse mich von diesem Übel, von diesen Tauben.

Es ist viel zu laut, die Autos rasen und eines davon hat bestimmt einen defekten Auspuff, müssen die Spanier eigentlich zum TÜV? Was heißt eigentlich TÜV, technischer Überwachungsverein,

Überwachung klingt nach Orwell, George Orwell, und der andere Klassiker ist von Huxley, schöne neue Welt, ist das eigentlich mal verfilmt word**en, muss ich** mal in der Videothek *gucken*, die Science-Fiction-Filme stehen neben den Pornofilmen, in denen **gefickt** wird, ficken, in den Arsch.

»In den Arsch«, lacht Nicole. Meine Augen brennen. Es ist früher Morgen. Natürlich ist es das, das ist genau der Anschluss an die letzte Nacht. Die Bettdecke ist in meiner Körpermitte aufgestellt wie ein Zelt.

Alles wieder gut.

Was soll ich jetzt machen? Was muss ich tun, damit die Träume aufhören. Ich sehe Sonja an, nein Schwanz ist hart. Ich spüre doch was. Geilheit.

»Hast du Lust?«

»Nein«, sagt sie nachdrücklich, als hätte ich sie bereits gefragt.

»Warum nicht?«

Sie wischt sich die Tränen aus dem Gesicht. »Du kapierst es einfach nicht, oder«

Beim Frühstück besprechen wir noch einmal die Pläne für den Rest der Tour. Sonja sitzt neben mir und unter dem Tisch fasse ich ihr ans Bein. Langsam lasse ich meine Hand die Innenseite ihrer Schenkel hinauf wandern, während sie eine Schale Müsli löffelt.

»Wir wollen noch mal an die Atlantikküste. Hab da so viel nicht machen können. Baden und Sonnen und so. Willst du nicht mit?«

»Nein«, sage ich. »Ich werde mich um Sonja kümmern. Ich steh doch zu sehr auf Titten und Mösen.«

Wie leicht mir das über die Lippen geht. Titten und Mösen.

Sonja sieht mich von der Seite an. War das zu offensiv? Ich ziehe sie zu mir heran, die andere Hand noch immer in ihrem Schoß vergraben. Wieso stöhnt sie nicht vor Lust?

»Und wir mögen uns ja.«

»Schade«, sagt Michael. »Wäre bestimmt lustig geworden.«

Das könnte stimmen, doch irgendwie glaube ich, dass mir nach ein paar Tagen etwas fehlen würde.

Beim Packen im Zimmer. Tim grinst unsicher. »Das heißt, du und Sonja? Ein Paar? Kinder? Hochzeit?«

Ich grinse. Die Lösung ist eine ganz andere. Sie ist viel einfacher, genialer, cleverer.

»Nein, alles okay, ich glaube, ich muss Sonja nur das Pferd austreiben und zeigen, dass Männer das auch können, dann geht sie von alleine.«

Ein Laster donnert an uns vorbei. Proxima Estacion. Hauptbahnhof.

Wir verabschieden uns lange und tränenreich. Sie werden mir fehlen, Michael wird mir fehlen mit seinen blöden Sprüchen und Tim mit seinem Überblick, seiner Führung. Wer organisiert uns jetzt den Tag?

»Ich glaube nicht, dass du Sonja loswerden sollst«, sagt Tim zum Abschied. »Kümmere dich ums Kätzchen. Kümmere dich wirklich.«

»Das tu ich doch, ich fick mit ihr und erfülle ihr jeden Wunsch. Was soll ich denn noch mehr tun?«

»Kompromisse eingehen. Etwas, das deine Eltern nicht konnten. Und wenn du dich wirklich kümmerst, merkst du es. Das ist, wenn deine Gedanken nur noch um eine Sache kreisen.«

»Ist das etwa Liebe?«, rufe ich, da schließen sich die Türen schon. Tims Antwort kann ich nicht mehr hören.

Wir winken ihnen hinterher. Anschließend kaufen wir Tickets für den Zug nach Nizza. Nicole ist ganz aufgeregt.

»Wisst ihr, was wir heute Nacht machen? Im Nachtzug nach Nizza?«

Bastian, mit dem Blick zu Boden: »Ich mache nichts mehr.«

»Wenn du willst, bedien ich die Banane. Du kannst dich ja wieder auf den Rücken legen«, kichere ich.

»Nein, ich will nicht mehr, es reicht. Kein Sex mehr. Nicht miteinander, nicht nebeneinander.«

Nicole reißt die Augen auf. »Was. Warum nicht?«

»Weil ich es pervers finde. Dieses ganze anale Dings, Ponys, Lesben, Schwul, das ist doch total abartig.«

Das knallt. Er findet es eklig. War denn alles zuvor nur gespielt?

»Aber du hast mir doch sogar einen geblasen, weil das deine Fantasie war.«

»Eine Fantasie, genau das hätte es bleiben sollen, manche Sachen macht man einfach nicht. Ich finde es pervers, ich fand es von Anfang an pervers und es macht mich wahnsinnig, dass sich bei euch alles nur um Sex dreht. Ihr seid doch nicht ganz dicht.«

»Nur einmal. Zu dritt. Bitte.«

Nicole greift mir in den Schritt.

»He, Finger weg«, flucht Bastian. Er schlägt ihr auf die Hand. »Das kapierst du nicht, oder? Schluss, aus, ich will nicht mehr.«

Spießer. Ich hab ihm den Arsch gerettet.

»Also hat es dir nicht gefallen?«

»Nein, und ich will auch darüber nicht mehr reden.«

»Und Sven darf mich auch nicht...«

»Nein, darf er nicht. Ich will dich nicht teilen, es reicht mir. Und wenn du was mit Sven willst, dann mach doch Schluss.«

»Ich will ihn doch nur hinten drin. Mehr will ich doch gar nicht.«

Genau, und ich auch nicht. Sonja reicht mir als Herausforderung. Sich kümmern heißt, in Gedanken nur noch bei ihr sein. Das schaffe ich nicht.

Bastian spannt seinen mageren Körper. Sein Gesicht unter den schwarzen Locken ist hochrot.

»Ich hab doch jetzt was gesagt, oder nicht? Für mich klang das wie nein.«

Er sieht von einem zum anderen.

Nicole seufzt, ich auch. Schade. Ich hätte gerne noch einmal ihren Arsch gehabt. Jetzt wird es kompliziert. Ich muss mich an Sonja halten, den schmalen Grat zwischen Sex und Liebe beschreiten und hoffen, dass ich impotent bin.

Wir geben unser Gepäck auf, packen alle Rucksäcke in ein Schließfach. Die Fächer sind riesig. Nicole flüstert mir unauffällig hinter Bastians Rücken ins Ohr, als ich den Schlüssel drehe.

»Ich finde aber Bananen doof. Ich will was Echtes.«

Mein Herz bleibt gleich stehen. Kann sie haben. »Im Bahnhofsklo. Jetzt gleich.«

Sie haucht ein kaum hörbares Okay. Ich stecke den Schlüssel ein. »Ich muss noch mal.«

Hinter mir höre ich, wie Nicole ebenfalls das Bedürfnis anmeldet. Zu geil. Rechts rein in die Toiletten. Ich warte an den Waschbecken. Zwei Herzschläge später wird geflüstert: »Sven?«

Ich ziehe sie in eine der Kabinen, schließe den Riegel mit einer schnellen Handbewegung. Eigentlich will ich gar nicht knutschen. Knutschen ist Verrat, mehr noch als Ficken, aber Nicole saugt mir an der Unterlippe, stößt ihre Zunge in meinen Mund und krallt ihre Hände in meine Haare. Ihre Augen sind blau.

»Er versteht mich einfach nicht.«

Sie dreht sich um, ich greife ihr unter das T-Shirt. Ihre Titten schmiegen sich in meine Handflächen. Nicole schiebt ihre Shorts herunter und legt den Po frei, kniet sich auf die Toilettenschüssel und hält sich am Wasserkasten fest.

»Nur einmal noch, weil es mir so gut gefällt«, stöhnt sie, und ich frage mich nur kurz, ob es wirklich ist, was sie will.

Ich ziehe die Pobacken auseinander und stecke ihr meine Zunge in die Möse. Nicole quiekt wie ein Ferkel.

Ich drücke Gel aufs der Tube auf meinen steifen Schwanz, der Länge nach, von der Eichel bis zur Wurzel. Ich reibe die Eichel an ihrem Arschloch, das sie, beide Hände am Po, so weit entblößt, dass ich das Dunkle darin sehe. Ich setze meine Eichel an ihren Arsch.

Bei hellem Licht. Doch es klappt nicht. Ich komme nicht rein.

Nicole jammert, wichst sich die Möse, kommt zum Höhepunkt.

»Spritz mir alles rein.«

Ich will eindringen, Herrgottnochmal, ich will in ihren Arsch, aber irgendwie geht es nicht, es ist, als sei mein Schwanz ein Strohhalm.

Ich muss meinen Kopf auf ihrem Rücken ablegen, weil ich irgendwie, flatterhaft, flattert.

Etwas hat mich im Gesicht berührt. Eine Taube flattert. Erschrocken taste ich mich ab. Ich bin nicht nackt, ich trage T-Shirt über Bananenbeutel über bunten Shorts. Deutlich spüre ich noch immer Nicoles Arsch an meinen Händen. Ich habe eine Erektion. Neben mir wirft eine dicke Frau Brotreste zu Boden. Vor der Parkbank reißen sich viele Ratten der Lüfte um das Brot.

Dabbergost. Dort ist das Kätzchen. Kümmer dich.

Ich will doch nur einmal noch Nicoles Arsch ficken, er ist es mir schuldig, ich hab doch seinen Arsch gerettet, die Engländer. Aber Bastian ist nicht da, Bastian kümmert sich nur noch um sich, um Nicole. Ich bin ihm vollkommen egal.

Ich muss laufen, ich ertrage es nicht mehr, hier zu sitzen.

Meine Zähne reißen tiefe Wunden in meine Finger. Es fühlt sich gut an, tief, echt. Blut tropft von den Nägeln auf den Boden und hinterlässt vielzackige, dunkelrote Sterne. Nur in meinen Händen ist Gefühl, und in meinem Kopf springen die Gedanken wie bunte Gummibälle.

Nicoles Arsch, Gleitgel, ihre Titten und Bastian, der all das haben könnte und nicht will. Warum will er sie nicht in den Arsch ficken? Warum lässt er mich sie nicht in den Arsch ficken? Ich habe ihm doch den Arsch gerettet, ihn vor dem Engländer beschützt.

Ich will Nicole nur einmal zusammen mit ihm ficken, beste Freunde tun das füreinander. Warum hören die Kätzchen in ihrem Schuppen nicht auf zu jammern? Warum entweichen sie meinen Händen? Das Brennen in meinen Fingern tut gut.

Am liebsten würde ich gerne meine Stirn an etwas Rauem reiben, meine Nase, meine Wangen. An welcher Wand kann ich mich reiben, um etwas zu fühlen? Bastian, der blöde Sack, könnte mich kratzen, könnte mir helfen, die Kätzchen einzusammeln und das Chaos zu ordnen.

Freunde tun so etwas.

Die Tauben flattern auf. Ob ich ihre Knochen mit meinen Schuhen brechen könnte? Die Frau schimpft. Scheiß Luftratten. Meine Füße berühren kaum den Boden, ich wedele mit den Armen, aber ich hebe nicht ab. Beim Überqueren der Straße erwischt mich beinahe ein Auto, bremst quietschend und hupt.

Die verfickten Kätzchen. In einer schmalen Gasse lege ich meinen heißen Kopf auf den glatten Putz einer mit Graffiti beschmierten Wand. Hinter dem schmalen Schlitz brüllt der Verkehr.

Es ist kühl in der Gasse und riecht nach Urin. Viel zu glatt ist der Putz. Gleitgel auf heißer Eichel, ein Arsch und Penetration. Jetzt in den Arsch ficken. Meine rechte Hand gleitet in die Hosentasche und massiert durch den Stoff meine Erektion. Ich tippe mit der Stirn gegen die Wand. Der Schmerz blitzt auf, und Eichel und Arschloch, Kätzchen und Gleitgel verblassen in einem hellen Licht. Durch die Hosentasche kann ich sogar meine Vorhaut zurückschieben.

Kümmer dich ums Kätzchen. Das Kätzchen. Fick Nicoles Arsch, schieb deinen Schwanz in ihren runden Hintern und küss Sonja. Sonja küssen und Nicole ficken. Mein Herz rast und die Blitze werden häufiger. Bastian ist ein Arschloch, Arsch, Arschficken.

Der Putz bröckelt rot, ich spüre das Stechen auch in meiner Nase, es tut so gut, wenn die Kätzchen verschwinden und ich Nicole in den Arsch ficke und abspritze.

Zweimal, dreimal blitzt es noch und der Verkehr am Ende der Gasse dreht sich nach oben, das Pflaster rast auf mich zu, schlägt mir gegen den Hinterkopf, Blut spritzt aus meiner Nase, spritzt in den Arsch von Nicole bewegt sich unter mir. Ihre Titten in meinen Händen sind schwer und köstlich rund.

Es riecht nach Urin und Schweiß, nach Gleitgel und Sperma. Mein Schwanz hängt klebrig zwischen meinen Schenkeln. Keine kleine Gasse, kein Blut, keine Schläge gegen den Kopf. Nicole windet sich unter mir, mein Schwanz steckt noch immer nicht in ihrem Arsch.

»Fick mich, Sven, fick meinen Arsch endlich, ich kann nicht genug bekommen, Basti kapiert das einfach nicht.«

Ich würde gerne, aber das Rütteln an der Tür überrascht mich.

»Ich glaub das gar nicht«, höre ich Bastian rufen. Donnern, und plötzlich erscheint sein Kopf über der Trennwand zur anderen Kabine.

»Du blöder Pisser.«

Wieso ist er so schnell? Er fällt auf uns, mein Schwanz rutscht aus Nicoles Hintern, und dann drückt er mich mit seinem Gewicht nieder.

Wir prallen auf dem schmutzigen Toilettenboden auf.

»Das kapierst du nicht, oder?«

Ich schlage nach ihm, aber der Treffer geht daneben. Ich sehe Bastian nur ausholen, spüre den Schlag gar nicht, Mein Kopf wippt, Nicole schreit auf, zieht die Hose hoch, und ich fuchtel mit den Armen, doch Bastian weicht mir aus.

»Wieso willst du nicht teilen?«, höre ich mich schreien. »Du bist doch mein Freund, Freunde tun so etwas.«

Ich weiß die Antwort doch längst, doch ich will es hören, will, dass er von Gleichgültigkeit redet und sagt, ich sei selber Schuld, weil ich doch mit Sonja auch alles haben könnte, wenn ich nur nicht so wählerisch wäre, so große Angst hätte, mich aufzugeben.

Seine Hand trifft mich, aber ich spüre keinen Schmerz, sehe nur Blut spritzen, auf mein T-Shirt tropfen, und Nicole, steht mit verschränkten Armen und besorgtem Blick an der Kabinentür, die Titten noch immer entblößt. Doch was Bastian sagt, habe ich nicht erwartet.

»Du gönnst es dir doch nicht, du willst dich doch selbst bestrafen.«

Bestrafen? Ich? Wieso sollte ich das?

»Weil du denkst, du würdest deine Mutter damit verraten.«

Was? Ich? Sie ist mir doch total egal, ich würde doch niemals. Rücksicht? Solidarität? Könnte das sein? Auf den Gedanken bin ich nie zuvor gekommen.

Meine Hände sind schwer wie Blei, und dann prasseln Bastians Fäuste auf mich herab. Er hat ja Recht, ich verdiene es, weil ich seine Freundin gefickt habe und sie ihm nicht alleine gönne.

Die weißen Fliesen rasen auf mich zu. Mein Blut ist überall. An meinen Händen, auf dem schmutzigen Boden. Der Schmerz in meiner Nase ist stechend, grell und gemein. Meine Oberlippe ist geschwollen.

Geschlagen, ich hab mich eben noch geschlagen, in der Wirklichkeit, im Bahnhofsklo. Und jetzt träume ich davon. Ich taste mein Gesicht ab. Bastian. Hat er mir eins in die Fresse gehauen? Weil ich seine Freundin in den Arsch gefickt habe?

Beim Aufstehen wird mir schwindelig. Es ist immer noch heiß und die Autos donnern unaufhörlich über die Straße.

Wohin gehst du jetzt im Traum?

Was kannst du machen?

In meiner Hose pulsiert mein Schwanz, angefeuert durch die Erinnerung an den gescheiterten Arschfick mit Nicole. Ich kann die Frustration spüren, die ungestillte Gier nach Nicoles Arsch, nach der Penetration.

Sie wird unerträglich.

Ich schiebe eine Hand in meine Hose. Im Traum kann ich mir immer und überall einen runterholen. Hier in meiner Gasse, wo mich alle sehen. Die Shorts lassen sich schnell herunter ziehen, mit blutbefleckten Händen. Tauben flattern und ältere Menschen. Wo sind die Frauen? Wieso sind in diesem Traum alle hässlich und alt?

Ich lese das Schild an der Wand, lese Calle Ciutadella und finde, dass es ein schöner Ort ist, um sich einen runterzuholen.

Wichsend starre ich auf die vorbeifahrenden Autos, die hastenden Menschen, den blauen Himmel und es tut gut, es ist beinahe so schön wie die Wirklichkeit, und beim Wichsen denke ich an Nicoles Arsch und wie mein Schwanz darin steckte, denke an Sonjas in Wirklichkeit so perfekte, große Titten und ich stelle mir vor, wie ich Bastian einen blase und mir Tim in den Mund spritzt und als ich komme, schließe ich die Augen, spritze gegen die Wand, muss mich festhalten, weil mir die Knie weich werden.

Als ich die Augen wieder öffne, steht neben mir ein Polizeiwagen mit blinkendem Blaulicht.

»Was machen wir denn jetzt mit ihnen, Herr Koch?«

Es stinkt nach Rauch. Warum gibt es hier kein Fenster? Warum nur eine dröhnende Klimaanlage. Die Regale sind vollgestopft mit vergilbendem Papier in unsymmetrischen Stapeln. Gibt's in Spanien keine Leitzordner?

Der Polizist in seiner schicken blauen Uniform spielt mit meinem Personalausweis. Mein Interrailticket liegt vor ihm auf dem Tisch.

Ich träume, ich träume das alles, und im Traum kann ich ihn verstehen, obwohl er Spanisch sprechen müsste, der Polizist mit dem seltsam deutschen Namen Müller, der auf einem blinkenden Messingschildchen auf seiner breiten Brust prangt.

»Ich weiß ja nicht, wie liberal es inzwischen in Deutschland aussieht, aber so etwas wird man auch da nicht in der Öffentlichkeit machen dürfen, oder?«

Erwartet er von mir eine Antwort? Er müsste doch wissen, was ich denke. Mein Kopf schüttelt sich.

Jetzt nach Hause fliegen oder wenigstens aufwachen, aber ich kann noch so sehr versuchen, mich auf das Fliegen zu konzentrieren, mir vorzustellen, wie sich meine Füße vom Boden heben, ich bleibe am Stuhl kleben, in dieser grauen, deprimierenden Polizeiwache mit dem flackernden Licht über uns, das von einer kaputten Neonröhre kommt.

»Wann geht Ihr Zug?«

Zug um Zug. Ich würde ihm gerne sagen, dass er ein Traumbild ist, nur in meinem Kopf existiert und ich nicht in den Zug steige, sondern gleich aufwache, aber ich kann nicht. Es will mir nicht über die Lippen. Sag ihm, dass er nicht echt ist, sag es.

»Um kurz nach zehn.«

Der Polizist schiebt den Personalausweis und das Ticket über den Tisch. Das zerknüllte Taschentuch in meiner Hand ist blutbefleckt.

»Wir belassen es bei einer Verwarnung.«

Ticket und Ausweis verschwinden in meinem Brustbeutel. Der Müller blinzelt verschwörerisch über den vollen Aschenbecher hinweg.

»Gute Heimfahrt. Und schön sauber bleiben«

Als ich aus der Polizeiwache trete, schlägt mir die abgasgeschwängerte Hitze entgegen, mit süßlichen Einsprengseln, die aus der Mülltonne flattern. Die Sonne steht tief. Meine Uhr behauptet, es sei kurz nach sechs. Kinder, wie im Traum die Zeit vergeht.

Wo kann ich schlafen? Wie kann ich aufwachen? Was passiert, wenn man im Traum stirbt? Stirbt man dann auch in Wirklichkeit? Nein, ich weiß es besser, ich bin im Traum schon so viele Male gestorben, bin ertrunken und von Zombies gefressen worden, bin beim Fliegen abgestürzt und in ein tiefes Loch gefallen, und immer bin ich aufgewacht.

Was könnte ich machen, um aufzuwachen? Auf die Straße treten?

Doch was passiert dann? Wache ich in der Toilette auf, in der ich Nicole in den Arsch gefickt habe. Gut, nein, nicht gut. In der Toilette, in der mir Bastian aufs Maul gehauen hat.

Jetzt träume ich also von der Polizei. Hab etwas Verbotenes gemacht. Mit der Freundin meines besten Freunds gefickt. In Wirklichkeit mache ich also eine kleine Krise durch. Warum habe ich Bastian geschlagen, warum er mich? Ich wusste es doch noch, aber ich komme nicht drauf.

Auf der anderen Seite der Straße ist eine kleine Grünfläche.

Autos hupen, doch keins erwischt mich, alle bremsen rechtzeitig. Muss ich eben schlafen.

Ich lege mich hin und schließe die Augen auf.

Das Neonlicht flackert. Ich spüre eine Hand an meiner Wange. Sonja beugt sich über mich. Es riecht nach Pisse und Toilettenstein. Jemand hat das Wort Müller an die Tür geschrieben.

Die Toilette. Der Arschfick. Bastian. Endlich wach. Die Klarträume nehmen einfach kein Ende. Kümmere ich mich noch nicht genug? Was muss ich denn noch machen? Ich spiele doch schon mit den Kätzchen.

Was hat Tim beim Abschied gesagt?

Sich kümmern heißt, mit den Gedanken nur noch bei einer Sache zu sein. So wie du dich um deine Filme kümmerst.

»Was ist passiert?« Sonja beugt sich über mich. Mit Toilettenpapier betupft sie meine Nase. Toilettenpapier für die Nase. Das längste Taschentuch der Welt.

»Er war mein Verbündeter«, schluchze ich. Das Toilettenpapier ist blutbefleckt. »Und jetzt ist er nur noch mit Nicole zusammen.«

Sonja lächelt. Ich greife ihr an die Titten. Wieso sind sie im Traum so flach? Niemals kann ich ohne diese Titten leben, aber sie hält meine Hand fest.

»Wir wollen los. Wann geht der Zug?«

»Um kurz nach sechs«, sage ich.

»Dann haben wir noch Zeit.«

»Ich hol das Gleitgel.«

»Wir müssen reden...«

Oh, mein Gott. Sie hat schon einen Termin für die Hochzeit. Kümmer dich. Bedeutet es das?

»Ich glaube, ich wollte zu viel von dir. Und ich wusste nicht, was ich will. Jetzt weiß ich es«, sagt Sonja. Liebe. Hochzeit. Dabbergost. Oder einen Urlaub auf dem Ponyhof? »Das Thema ist für mich jetzt ein für alle Mal beendet.«

Mir schwant etwas.

»Ich kann dich jetzt also nicht mehr in den Arsch ficken?«

Sonja schüttelt lächelnd den Kopf. »Es ist nicht, was ich will.«

Nein, sie will es größer. Größer, als ich es ihr geben könnte. Die Faust hat ihr nicht gereicht.

»Schade«, sage ich dennoch, weil ich es für richtig halte. Aber das ist es doch noch nicht. Das Kätzchen ist noch nicht frei. Ein Pony kann nicht die Lösung sein.

»Warum nicht? Warum willst du keinen Sex mehr mit mir?«

Jetzt zögert sie. »Es ist nicht, was ich will.«

»Was willst du?«

»Ich weiß es nicht, es ist alles so verschwommen.«

Verschwommen? Ich sehe sie ziemlich klar vor mir mit Fury. Trippeltrappeltrippeltrappel Pony.

»Und wenn ich mich um dich kümmere?«

»Es gibt einfach mehr auf dieser Welt als Männer. Es gibt Erstrebenswerteres als Beziehungen.«

Erstrebenswerteres als Beziehungen. Sonja und ich. Wir sind uns so verdammt ähnlich.

Noch einmal Barcelona, ein letztes Mal, bevor wir gehen, bevor die Stadt zur Erinnerung wird. Einmal noch Gaudi, Parque Güell, Katalan und Kastillan, die Fassaden und die Abgase.

Ich will Sonja so vieles fragen, will wissen, ob sie wirklich Spaß mit dem Pony hatte oder ob sie nur Tim provozieren will, aber jedes Mal, wenn ich sie fragen will, kommt uns ein Auto in die Quere oder Sonja zieht mich begeistert in einen Plattenladen, in eine Galerie, in einen McDonald's.

Sie kauft mit mir Pornos, weil sie insgeheim auch drauf steht, aber sie wollte es nie zugeben. Das muss man sich mal vorstellen: Sonja und ich kaufen Pornos, in denen Frauen mit drei Männern gleichzeitig ficken und Männer mit Männern, in denen Fäuste in Mösen geschoben werden und Dildos in Ärsche.

Ich will ein Heft mit Frauen mit Ponys, mit Pferden, mit Hunden. Sonja schüttelt den Kopf. Ich soll es nicht kaufen, weil sie weiß, wie es in Wirklichkeit ist. Auch okay.

Ich schwebe wie auf Wolken. Nur ficken darf ich sie nicht, solange ich nicht mit dem Schwanz wedeln kann. Ich greife nach ihr, aber sie weicht mir aus. Nein ganzer Körper steht unter Strom und ich spüre die Sehnsucht nach ihrem Körper wie ein Messer in meinem Kopf, aber Sonja weicht mir immer aus.

»Ich weiß jetzt, was ich will.«

Ponyhof. Auch gut, wenn sie damit glücklich ist. Aber was macht Sonja, wenn wir wieder in Schnedigheim sind? Ohne Tim, ohne Sex? Wir gehen doch noch zur Schule, da hat man nichts mit Ponys. Wir verstehen uns auch so, verstehen uns ohne viele Worte, ja, wir verstehen uns sogar ohne Sex, obwohl in meinem Bananenbeutel vor dem Bauch griffbereit das Gleitgel liegt.

Vor dem Bahnhof, vor der Abfahrt treffen wir auf Bastian und Nicole. Bastian beäugt mich kritisch und sieht, wie ich mit Sonja Händchen halte, unter Freunden, und er entspannt sich.

»Entschuldigung.« Bastian streckt mir seine Hand hin. Ich umarme ihn und küsse ihn auf die Wange, halte ihn ganz fest. Alles gut, alles gut, mein Freund.

»Ich bin so eifersüchtig«, heult er, »weil ich doch genauso wenig weiß, wie lange sie mich liebt. Und vielleicht will sie dann nur dich.«

»Und ich bin so eifersüchtig auf Nicole, weil du mein bester Freund bist und ich Angst habe, unsere Freundschaft wäre vorbei.«

Wir drücken uns und ich hätte Lust ihn zu fragen, ob wir unter dieser Voraussetzung vielleicht doch einmal zu dritt ficken wollen. Aber dann ist der Moment auch schon vorbei.

Wir steigen in den Zug und verlassen Barcelona im Nachtzug nach Nizza.

Wir haben keine Liegen reserviert, nur Sitzplätze, und der Zug ist alt, ist ein Rumpelzug, in dem man nicht schlafen kann und nicht träumen.

Ich habe das Gefühl, als sei alles zu Ende.

Ich sehe Sonja an, aber Sonja, unberechenbar wie sie ist, sieht aus dem Fenster. Erzähl mir, was du willst. Einen Reiterhof eröffnen?

Ich lege meinen Kopf ab. Die vielen Träume haben mich ausgelaugt, müde gemacht.

Grenze, fahren wir über die Französisch-Spanische Grenze. Madonna. Borderline. Sonja. Scheiß Tauben. Wieder flattert mir eine ins Gesicht.

Ich schrecke hoch. Gleitgel von der Wurzel bis zur Spitze, und dann ab in den Arsch. Mit Sonja in der Bahnhofstoilette. Die Parkbank ist hart. Wie spät ist es? Wie spät?

Im Traum ist man immer zu spät, muss man plötzlich seinen Zug bekommen und weiß nicht, wann er fährt, und dann rennt man, und es kommen einem ganz viele Dinge in den Weg, Autos und Menschen, die man kennt, und man kommt nicht voran, weil die

U-Bahn nicht fährt oder die Füße am Boden kleben. Was passiert, wenn ich den Zug verlasse? Im Traum? Muss ich dann alleine in Barcelona bleiben? Ohne Sonja?

Gleitgel von der Wurzel bis zur Spitze, und dann ab in den Arsch.

Ich habe Angst vor diesem Traum, ich will nichts machen, was diese Angst noch vergrößert.

Die furchtbare Angst steigert sich, je länger ich brauche. Die Sonne ist längst untergegangen.

Gleitgel von der Wurzel bis zur Spitze, und dann ab in den Arsch.

Immer wieder steht mir dieses Bild vor Augen. Es macht mich geil. Wieso habe ich kein Pornoheft dabei? Ich träume, also kann ich alles tun, kann Pornos kaufen, so viel ich will.

Am Kiosk ein paar Querstraßen weiter hängen die geilsten Heft. Ich versuche, die Namen spanisch auszusprechen, und der alte Mann hinter dem Schalter versteht mich. Umgerechnet 15 Mark für einen Schwulenporno und zehn für einen mit geilen Frauen, die es in Arsch und Möse gleichzeitig bekommen. Meine Hände werden feucht. Das ist das erste echte Gefühl des Traums.

Die Plastikfolie ist dünn. Ich reiße sie ab und blättere in einem Hauseingang durch die Seiten. Mein Schwanz sehnt sich nach meiner Hand. Verzweifelt suche ich einen Platz zum Wichsen, die Pornos unter meinem T-Shirt im Hosenbund.

In einem McDonald's gehe ich auf Toilette. Die Neonröhre flackert. Hektisch wichse ich, bis mir das Herz zerreißt und der Schwanz explodiert. Danach stopfe ich mir frustriert einen BigMac rein.

Die Cola ist für unterwegs.

Die Straßen führen alle zum Bahnhof. Fliegen kann ich nicht. Die Bürgersteige sind voller Müll, leeren Plastikflaschen. Dreckschweine sind die Spanier. Perverse Schweine, dass sie Tierpornos am Kiosk verkaufen.

An den Schließfächern tippt mir jemand auf die Schulter. Sonja steht hinter mir, erschrickt, fasst mich am Arm.

Die Berührung elektrisiert mich.

»Mein Gott, Sven, was ist denn mit dir passiert?«

»Ich bin verprügelt worden«, sagte ich. Von Bastian. Es ist ja nur ein Traum, ein Traum, in dem ich noch einmal verarbeite, was ich erlebt habe.

Ich habe das Bedürfnis, sie zu küssen, falle ihr um den Hals und heule. So gut fühlt sie sich an. Wieso will ich sie nur umarmen, sie nur an mir spüren und nicht ficken? In diesem verfickten Traum, der sich so seltsam echt anfühlt.

Ihre Hand auf meinem Rücken. Sie liebt mich, ich weiß es, und jetzt macht es mir nichts mehr aus, in meinem Traum ist alles gut. Dabbergost ist voll okay, macht mir keine Angst, solange sie mich nur festhält.

Bastian und Nicole kommen und ich kann sie kaum ansehen.

»Warst du bei der Polizei?«

Natürlich war ich das. Traumlogik. »Ja, aber die konnten nichts machen.«

»Fehlt dir was?«

Sonja, will ich sagen, aber es kommt mir nicht über die Lippen. So wenig wie ich sagen kann, dass ich Nicole gefickt habe.

Als wir uns auf dem Bahnhof verabschieden und Tim und Michael in den Zug nach Amsterdam steigen, fühle ich nichts.

Wach auf. Ich reiße die Augen auf, wie damals, doch es funktioniert nicht. Muss ich erst fallen, mich hinlegen, die Augen zu machen?

Der Nachtzug nach Nizza steht bereit.

Bastian und ich, wir schweigen uns an.

Ist auch okay, wenn ich seine Freundin nicht ficken darf. Ich weiß nicht warum, aber das Kapitel ist abgeschlossen.

Halt, nein, Korrektur, das ist hier der Traum, hier fickt niemand, hier streiten wir uns nur. Ich sehe an mir herunter auf meinen dicken Bauch. Und nur hier mag mich niemand, nur hier sind alle gegen mich.

Sonja holt das Faltblatt aus der Tasche.

»Hast du gefunden, wonach du suchst?«

Sie nickt. »Es gibt in Spanien mehrere Klöster.«

»Du willst ins Kloster?«

»Vielleicht, ich weiß noch nicht.«

»Wegen Tim?«

»Wegen Gott«, sagt Sonja. Ich muss lachen. Gott ist tot, oder nicht?

»Wieso lachst du?«

»Weil das totaler Quatsch ist. Gott...«

Sonja seufzt. Das will sie nicht hören.

»Okay, okay«, sage ich, weil sie einfach zu doof ist, um das zu kapieren. Wie kann man nur so naiv sein? Ins Kloster?

»Dann bist du ja total für die Männerwelt verloren«, sagt Nicole. Sonja bleibt ernst. Irgendwie nehme ich ihr das ab. Aber Kloster. Heißt das nicht...

»Du wirst Nonne?«, fragt Bastian verblüfft. Na also, wir denken ja doch noch ähnlich. Ich grinse. Sonja mit der weißen Haube ganz in schwarz, ein Kruzifix um den Hals, betend.

Verrückt, wie sie auf so etwas kommt. Sonja lächelt jetzt ein wenig. Ihre spitze Nase wirft einen langen Schatten und ihr T-Shirt faltet sich unter ihren Titten. Wenn sie sich jetzt vorbeugt, kann ich ihr in den Ausschnitt sehen und vielleicht einen Nippel sehen. Aber sie macht es nicht. Stattdessen sieht sie aus dem Fenster.

»So ungefähr.«

»Und was musst du da machen? Theologie studieren?«

»Das geht über ein Noviziat. Aber ich möchte jetzt nicht darüber reden.«

Ich gucke zu Bastian und grinse. Er grinst zurück. Nicole haut ihm den Ellenbogen in die Seite. Mein Grinsen schwindet. Sie wäre für die Männerwelt verloren. In meinem Bauch schwingt eine Basssaite.

Ein Bild blitzt vor meinen Augen auf, ein steifer Schwanz mit Gleitgel, das ich von der Eichel bis zur Wurzel aus einer Tube verteile. Gleitgel, Pobacken und aus.

Für die Männerwelt verloren. Kein Arschficken mit einem Pony oder mir oder sonst jemandem. Der Gedanke erschreckt mich.

Was für ein Alptraum.

Draußen wird eine Landschaft langsam von blau zu grau zu schwarz. Der Zug ist kaum besetzt. Noch nie während dieser Reise hatte ich ein solches Gefühl der Verlassenheit.

Vorbei, es ist vorbei. Wieso träume ich das? Und wieso kann ich den Traum noch immer nicht kontrollieren? Klartraum? Ein Scheiß ist das.

Ich muss nach Südfrankreich, auf den Bauernhof, ich kann jetzt nicht zurück. Warum traust du dich nicht? Warum setzt du dich jetzt nicht in den Zug zu deinem Vater und fährst weiter, fährst nicht zurück nach Schnedigheim, nicht in dein Zimmer. Weg, einfach nur weg. Warum nicht? Weil du keine Ahnung hast, was auf dich wartet. Weil es totaler Quatsch ist, zu glauben, du könntest irgendwo als Erntehelfer Lavendel pflücken oder bei der Weinlese helfen.

Dein Vater weiß doch nicht einmal, dass du kommst.

Lavendel pflücken und eine Französin kennen lernen, die dir abends ein Stück Brot auf den Tisch legt, etwas Käse, frischen Wein (du trinkst gar keinen Wein, Sven), und ein paar Trauben, und dann Sex, ab ins Bett und am nächsten Morgen wieder in die Weinfelder. Warum nicht?

Warum kann das Leben nicht so einfach sein? Warum muss es so kompliziert sein, warum muss ich Entscheidungen treffen? Ich will nicht entscheiden, ich will, dass mir jemand sagt, wo es lang geht, was ich zu tun habe, mich führt, mich begleitet.

Wo ist Tim, der uns sagt, welchen Zug wir nehmen müssen?

Ich bin müde, meine Augen brennen. Licht aus. An der Decke Schatten, auf dem Gang Gelächter. Schiebetüren rollen, donnern, knallen. Mach die Augen zu. Mach die Augen auf.

Für die Männerwelt verloren.

Dass wir uns hassen, die Gemeinschaft auseinander bricht, wir zufällig auf Schulfreunde treffen ist nicht logisch, das ist Traum. In Wirklichkeit sind Nicole, Bastian und ich wieder beste Freunde, hat Sonja sich von Tim befreit, der mit Michael zusammen seinen Weg geht. Warum nicht?

Warum, rum, rumms.

»Tim und Michael hätten ja auch jeweils Einzelfahrten nach Nizza und Straßburg lösen können«, sagt Nicole.

Was, frage ich zurück, was sie meine. Die Wirklichkeit ist so banal. Sprachlosigkeit, selbst nackte Haut ist so banal. Leberflecke, dunkle Härchen, Wunden. Nichts davon ist in den Videos am Fußende meines Bettes zu sehen.

Die Füße auf dem Sitz gegenüber. Bastian neben Nicole, sitzen neben mir, sie gehen vor mir auf dem Strand, guck mal, Rauschen. Hast du die Schule beendet? Draußen vor dem Fenster huscht Spanien in der Dämmerung vorbei.

Augen zu. Der Zug schwankt, müde bin ich, geh zur Ruh. Scheiß Nachtzüge. Zug. Schwankt. Schaffner schnarchen nicht. Woher? Mühsam öffne ich die Augen. Mein Hirn fühlt sich schwer an, als würde es jucken. Kann Hirn überhaupt jucken? Schlargel. Der **Hai** im Bett. Zieh dich ausgezeichnete Wahlheimat.

Das Grunzen ist zu laut. War ich das? Der Kopf im Nacken ist ein untrügliches Zeichen, dass ich eingeschlafen und von meinem eigenen Schnarchen aufgewacht bin.

Neben mir Nicole und Bastian, gegenüber Sonja. Sie lächelt, wie eben gerade. Wie gerade eben im Traum. Wenn ich jetzt eine Frage stelle, weiß ich, dass ich träume. Oder geträumt habe. Frag etwas Obszönes. Ich kann es fragen, kann es aussprechen. Ich weiß es.

»Wo sind Tim und Michael.«

Sonja lächelt, unsicher, verwirrt. »Nach Arcachon.«

»Und da poppen sie richtig, oder?«

Sonja verzieht das Gesicht. Nicole lacht. Bastian knurrt.

Das ist noch kein Beweis. Das hätte ich doch immer fragen können, oder? So redet man unter Freunden. Oder zählt statt der Sprache allein der Gedanke? Ich habe meinen Gedanken ausgesprochen, habe gesagt, was mir im Kopf herumspukt. Das habe ich vor unserer Interrail-Tour nie gesagt.

Es ging niemanden etwas an, was ich zum Thema Sex oder Pornos denke. Doch jetzt kann ich es aussprechen. Ich könnte, wenn ich wollte.

Es sind die Reaktionen der drei auf diese Gedanken, die mir Klarheit geben könnten. Erzähl etwas darüber, wie sehr du darunter leidest, dass du alleine bist. Kannst du das? Erzähl, warum du deine Mutter hasst. Gib etwas von dir Preis. Denk über dich nach. Kreis nicht einfach nur oberflächlich um dich, sondern zeig Tiefe.

Doch mein Kopf ist leer. Was kann ich sagen? Wo ist der klare Gedanke? Die Bahn ruckelt. Nicole sieht mich von der Seite an. Erwartet sie, dass ich weiterspreche? Will sie mehr von mir wissen?

»Ich will mich umbringen, und ich weiß nicht warum.«

»Oh, nicht schon wieder«, nölt Bastian. Arschloch. Er versteht mich nicht. Dabei ist das genau der Moment, den ich kenne, wenn ich morgens aufwache, mit der Lösung für ein Problem, für die Weltformel, für mein Leben. Ich will diesen Gedanken festhalten und merke, wie ich wacher und wacher werde und mir dieser Gedanke entgleitet wie ein Stück Seife unter der Dusche. Was hab ich gerade gesagt? Nicole schlägt Bastian vor die Brust.

»Du bist doof.«

Was habe ich gerade gesagt? Ein Zug rast aus der Gegenrichtung an uns vorbei. Die Luftwelle knallt gegen die Scheibe. Dann ist er vorbei. Unsere Waggons werfen einen hektisch flatternden Schatten auf staubig-grüne Bäume, die unscharf hinter den Schienen von links nach rechts huschen.

»Der redet doch immer davon, weil er sich wichtigmachen will.«

Danke. Umbringen. Warum will ich das? Weil ich mich wichtigmachen will? Weil ich Aufmerksamkeit brauche? Da ist er, der klare Gedanke. Ist der Schlüssel zu meinem Problem die Frage, warum ich mich umbringen will? Aufmerksamkeit, weil ich ein geringes Selbstbewusstsein habe.

»Ich sag nix mehr.«

»Gut so.«

Sonja seufzt. »Jetzt vertragt euch wieder, ich dachte, ihr hab das geklärt?«

Bastian haut mir ansatzlos aufs Maul, aber es tut nicht weh. »Blöder Sack.«

Er hat ja recht.

Nicole grinst wieder blöd.

»Was machen wir, wenn wir wieder zu Hause sind?«

Ihr Meg-Ryan-Grinsen nervt. Diese Frage nervt. Bastian starrt aus dem Fenster. Es ist jetzt fast dunkel. Die Lampen im Abteil springen an. Flackernd und summend. Was wir machen? Ich weiß es nicht. Ist das wichtig?

Ich kann mir nichts vorstellen. Wenn ich es versuche, sehe ich nur grauen Nebel. Was machen wir nach dieser Tour. Es ist eine Aussage, keine Frage, denn niemand kennt die Antwort. Oder?

»Ich will mehr«, sagt Nicole. Bastian dreht den Kopf.

»Wovon?«

»Mehr Arschficken.«

Bastian stöhnt auf. »Aber nur einmal die Woche, okay?«

Spießer. Er beäugt mich.

»Und du lässt deine Finger von ihr, verstanden?«

Der Zug rumpelt. Ich nicke. Wir schweigen uns an. Der Zug schaukelt. Ich gehe meine Zähne putzen.

Als ich zurück komme, holt Nicole gerade Bastian gerade einen runter. Sie erschrecken, als ich die Tür öffne und entspannen sich. Je mehr Sex wir haben, umso banaler wird es.

So habe ich mir das nicht vorgestellt.

Die Lust wird größer. Aber es ist nur Körperlichkeit. Die emotionale Tiefe ist genauso wenig vorhanden. Alles ist so blass wie ein Aquarell, dessen Farben mit zu viel Wasser angemischt wurden. Ich kann die Leidenschaft nicht spüren, nur den Sex.

Sonja sitzt aufrecht auf dem mittleren Platz. Ihren Schlafsack hat sie um sich gelegt. Nur ihre Füße, die in dicken Wollsocken steckten, sehen unter dem Stoff hervor. Im gelben Schein der Notbeleuchtung über der Tür glänzt ihr Gesicht. Sie sieht ernst zu mir herüber.

Ich habe geträumt, sie wolle ins Kloster. Für die Männerwelt verloren. So ein Quatsch.

Soll ich ihr Freund sein, mit ihr gehen, mich immer auf den langen Weg nach Dabbergost machen? Soll ich mich wirklich aufgeben für Sonja, die bei ihrer ersten Beziehung von Hochzeit spricht?

Zeig Tiefe. Kümmer dich um Sonja.

»Wieso willst du mir keine Chance mehr geben?«

»Ich hab dir schon viel zu viel von mir gegeben«, sagt Sonja leise.

»Was meinst du?«, frage ich zurück. Die Heftigkeit ihrer Reaktion erschreckt mich. Sie wirft mit einer schnellen Bewegung den Schlafsack zur Seite. Vom Bauchnabel abwärts ist sie nackt. Im selben Moment zieht sie die Beine an, stellt die Füße weit auseinander auf die Sitzkante und entblößt ihre Scham.

»Das«, sagt sie und hebt das T-Shirt in die Höhe. Die Nippel auf ihren festen Brüsten stehen erregt ab. Mein Herz trommelt. Ich stehe auf. Die Beule in meiner Unterhose ist riesig. Sonja sieht mit großen Augen zu mir herüber. Noch immer hält sie ihr T-Shirt in die Höhe. Zwischen ihren Beinen glänzt es feucht.

»Aber das wolltest du doch auch.«

Statt einer Antwort lässt sie ihr Hemd los und fasst sich zwischen die Beine. Ich greife in den Bund meiner Hose und ziehe sie herunter. Mein steifer Schwanz schnellt hervor.

»Aber ich wollte mehr, ich wollte, dass du dich kümmerst«, sagt sie, bevor sie ihre Finger in ihrer Möse versenkt. Wollte? Ist es dafür etwa zu spät?

Ich wichse wie ein Berserker und starre Sonja dabei an. Ihr T-Shirt ist über die Brüste gerutscht.

»Wie soll ich das machen?«

»Es ist zu spät, Sven.«

»Und deshalb verzichtest du jetzt ganz drauf? Auf das Zwischenmenschliche?«

Sonja auf dem Stuhl und hinter ihr, über ihr das Pony. Zurück zur Natur. Ein Herz für Tiere. Wenn ich will, dass diese Träume aufhören, muss ich Tiefe zeigen, muss ich mich kümmern.

Sonja reibt ihre Möse, stopft sich drei Finger hinein. Seufzt.

»Auf das Zwischenmenschliche? Was meinst du? Ich verzichte nur auf euch Männer. Ich habe gemerkt, dass Frauen untereinander einfach ehrlicher sind, da geht es nicht um den Besitz eines Körpers.«

Frauen? Moment. Was ist mit Ponys?

»Ich dachte... weil. Und deine vierhufigen Freunde?«

»Sven, ich hab euch doch verarscht. Hast du wirklich geglaubt, ich mach das? Wie eklig bist du denn? Bei euch Männern geht es beim Sex wirklich nur um Penetration. Das ist ein bisschen hohl, was ihr hier macht, oder?

»Und eine Faust in der Möse ist nicht weniger penetrierend?«

»Man merkt, dass du keine Frau bist. Wenn du weißt, wie sich das anfühlt, ist es etwas Anderes, weil du dich anders verhältst. Kannst du nachfühlen, wie das ist?«

Ich starre an ihr vorbei. Nein, kann ich nicht. Ich kann eigentlich nichts nachfühlen. Ich kann mit den Gefühlen anderer überhaupt nicht umgehen.

Langsam schüttele ich den Kopf.

»In meinem Traum willst du ins Kloster«, sage ich zu Sonja und wichse weiter, aber der Höhepunkt will nicht kommen.

»Was soll ich im Kloster?«

Dumme Nuss. Hat sie das nicht verstanden? Ich erzähle ihr doch nur von einem Traum. »Wenn ich wüsste, warum du in meinem Traum ins Kloster gehst, wäre ich viel weiter. Vielleicht, weil...«

Weil sie im Kloster ohne Männer auskommt. Oh, mein Gott, das ist es.

Erst jetzt wird mir die Tragweite dieser Sätze bewusst. Schluss mit männlichen Wesen, egal ob zwei oder vierbeinig. Deshalb der Traum vom Kloster.

Für die Männerwelt verloren.

Es geht ihr um Frauen.

Sonja reibt ihre Titten und ihre nasse Möse in der Dunkelheit. Wichsend rollen wir Nizza entgegen.

Ich will nicht einschlafen. Ich will wach bleiben und den Anblick ihrer wippenden Titten genießen. Nizza, Pizza, Donnern. Hab ich das Problem gelöst? Kätzchen. Ich hab sie zurück in den Schuppen. Nein, ich hab sie freigelassen. **Frei.** Zum *Spielen*.

Das Licht ist fahl. Wir stehen in einem Bahnhof. Ich kann ein französisches Schild lesen. Wir sind über die Grenze.

Sonja gegenüber schläft mit offenem Mund. Ihre ausgestreckten Beine kitzeln mich an meiner Hüfte. Wunderschön. Wie geht es weiter mit uns? Neben ihr sitzt Nicole, ihr Kopf ist zur Seite gefallen.

Ich muss schlafen und kann nicht. Morgen bin ich wieder total fertig. Scheiß Nachtzüge. In meinem Magen drückt der Wunsch, sie anzufassen.

Rede mit mir, möchte ich ihr zurufen, lass mich nicht alleine in dieser Isolation. Vor ein paar Tagen noch habe ich Sonja in den Arsch gefickt. Jetzt kann ich sie nicht einmal umarmen.

Dabbergost. Ich würde gerne nach Dabbergost und mich ums Kätzchen kümmern. Warum habe ich sie wieder zurück in den Schuppen gesperrt?

Stell dir vor, wie sie zu dir kommt, stell dir vor, wie sie dich umarmt. In meinem Bauch wird der Knoten größer. Der Zug schwankt, die Schienen rattern. Sonja, ihre dunklen, fast schwarzen Haare, kann ich schlafen? Kann ich Ruhe finden? Ein Zug kommt uns entgegen, Bastian schnarcht leise, der Morgen in Nizza, Nizza, ich falle.

Nicole sitzt mir schräg gegenüber, blinzelt mit offenem Mund. Sie hat den Schlafsack über ihre Beine gelegt. Sie wirkt abwesend, schläfrig oder eher zwischen den Welten. Sonja ist nicht da. Bastian neben mir schnarcht leise, der Kopf ist ihm auf die Brust gesunken.

»Hey«, sage ich.

»Hey«, flüstert sie, holt schnell und flach Luft, als habe sie einen Schluckauf. Welches Gefühl hatte ich im Traum? Sich kümmern ist ein Knoten im Magen ist ein unangenehmes Zeichen, dass etwas nicht stimmt. Jetzt spüre ich nur ein Drücken in der Hose. Viel angenehmer. Draußen huscht Spanien im Stockdunkel vorbei. Im Abteil ist es stickig. Funktioniert die Klimaanlage nicht? Meine Augen haben sich an die Dunkelheit gewöhnt.

Nicoles T-Shirt ist verrutscht und zeigt den tiefen Ausschnitt. Jetzt merke ich – sie hat die Beine nicht ausgestreckt sondern angezogen. Der Schlafsack wölbt sich über ihren Knien. Sonjas Schlafsack liegt zusammengeknüllt auf ihrem leeren Platz. Unter Nicoles Schlafsack bewegt sich etwas. Nicoles Blick wird immer schläfriger.

Wieder atmet sie mit einem plötzlichen, unerwarteten Stoß flach ein und aus. Mein Blick folgt dem Schlafsack, der über ihre Beine nach unten auf den Boden hängt. Durch die Dunkelheit ins schwarz-weiße gedimmt erkenne ich zwei nackte Füße unter dem gesteppten Stoff.

»Wo ist Sonja«, flüstere ich, doch Nicole scheint meine Frage gar nicht wahr zu nehmen nicht. Sie krallt sich in die Armlehnen, die ihren Sitz links und rechts begrenzen, öffnet den Mund, schließt die Augen, hält die Luft an. Der Stoff zwischen ihr und dem Boden hebt und senkt sich wie eine Zeltbahn im Sturm.

Er raschelt trocken, klatscht feucht, seufzt leise, nimmt die Form eines gebeugten Rückens an und von Schultern. Meine Frage brauche ich nicht zu wiederholen. Zwei Handbewegungen später zolle ich diesem Reiz Tribut. Nicole atmet immer flacher, immer deutlicher hörbar, und schließlich presst sie, die Fingerknöchel in scharfem Kontrast auf dem dunklen Polster der Armlehnen, die letzte Luft aus den Lungen.

Als sich Sonja unter ihr aus dem Schlafsack schält und wie selbstverständlich, die Mundwinkel mit einer beiläufigen Geste abwischend, auf ihren Platz setzt, ist meine Hand längst klebrig von Einsamkeit und verloren geglaubter Distanz.

2.

Gegen Morgen erreichen wir Nizza. Nizza. Was ist noch mal der Grund dafür, hier Station zu machen? Wir haben nicht vor, über Nacht zu bleiben, sind Tagestouristen ohne Geld. Selbst McDonald's ist teurer als in anderen Städten.

»Alles klar bei dir?«, fragt Nicole und ich bin nicht sicher, ob ich ihre Frage verstehe. Alles klar? Sollte ich sie das nicht fragen? So etwas wie: Hat es dir gefallen, von Sonja die Möse geleckt zu bekommen? Und wie viele Finger hatte sie in dir? Alle?

Oder soll ich sie darauf beziehen, dass die Unsicherheit weg ist, ob das hier der Traum oder die Wirklichkeit ist? Dass die Klarträume schwächer geworden sind, weil ich mich um das Kätzchen kümmere?

»Alles klar.«

Was soll ich auch anderes sagen. Sie will doch ohnehin nicht die Wahrheit wissen. Das ist doch alles Mist. Ich will mich zurückziehen, mich an den Strand legen und schlafen.

Meine Antwort scheint Nicole zu genügen, sie fragt nicht nach. Warum nicht? Ich habe recht, sie ist wirklich oberflächlich, will nicht wissen, wie es mir geht.

Bastian und Sonja schweigen hinter ihren Rucksäcken. Sonja wackelt mit dem Arsch. Ein Bild blitzt auf, mein harter Schwanz, und Gel darauf, von der Wurzel bis zur Eichel, dann ab damit in ihren Hintern.

Wir haben in Barcelona zusammen Pornos gekauft, damit ich sie leichter vergesse. Dieser Gedanke macht mich traurig. Er ist wie ein Abschied auf Raten, ein langsames Scheiden. Pornos als Ersatz für Sonjas Körper. Wie schade, schade.

Für die Männerwelt verloren.

Das Kätzchen ist frei. Halleluja. Ich habe das Problem gelöst. Kätzchen.

Vor Freude könnte ich mir das Gesicht zerkratzen. Ich muss sie nicht zurück in den Stall bringen oder in den Kochtopf, ich muss gar nichts mehr machen.

Die Last ist weg.

Kein Dabbergost,

Dabbergost schreckt nicht mehr. Jetzt, wo ich nicht muss, würde ich sogar nach Dabbergost fahren.

Kein Marmor auf dem Bahnhof? Vielleicht Gold auf den Straßen, schließlich ist das hier Nizza.

Bastian hält Nicole weiter fest umklammert. Ich fick sie schon nicht, keine Panik.

Sonja schweigt über ihre Pläne. Schade, ich hätte gerne mehr von ihr erfahren. Ob Kloster oder Frauen, zu gerne würde ich sie fragen wollen, ob sie mit dieser Entscheidung, ganz ohne Männer zu leben, glücklicher ist. Sie will doch eigentlich nur, dass ich ihr Mut mache als Mann, ihr zeige, dass nicht alle Männer so sind wie Tim. Sie ist alles, an das ich denken kann, doch sie ignoriert mich und geht auf Distanz.

Wo kann ich wichsen?

Kein Stadtführer erzählt uns, was an Nizza sehenswert ist, wir folgen den Schildern, die auf eine Burg hinweisen, doch als wir den Aussichtspunkt erklommen haben, liegt unter uns eine Stadt im Dunst, die gar nicht das Gefühl von Südfrankreich in mir wachruft, wie es *Zwei hinreißend verdorbene Schurken* von Frank Oz mit Steve Martin und Michael Caine schafft. Es fehlen die Leichtigkeit, der Humor und die sympathischen Darsteller.

Wo genau spielt *Zwei hinreißend verdorbene Schurken*? In Nizza oder in Cannes? Ich kann es kaum erwarten, den Film zu sehen. Wie gerne wäre ich jetzt vor dem Fernseher, um in die Welt von Freddy Benson einzutauchen, die Musik zu hören, die beschwingte Atmosphäre zu genießen, über die Witze zu lachen, statt hier mit einer unzufriedenen, weil nicht genügend in den Arsch gefickten Nicole und einem mauligen Bastian hier herumzulaufen wie Falschgeld.

Falsch, genauso fühlt sich das hier an.

Wo ist die Musik? Wo ist die Leichtigkeit? Nizza ist zu heiß und zu teuer und die Leute sind zu verwöhnt. Jetzt nach Hause und vor dem Fernseher. Alleine und ohne kommunizieren zu müssen.

Ich muss zu meinem Vater, ich muss. Was will ich da? Was ändert sich? Ich weiß es nicht, ich will doch nur in Sonjas Nähe bleiben. Noch einmal mit ihr ficken. Keine Französin heiraten, keinen Lavendel ernten.

Nur Sonja.

Im McDonald's verschwinden Nicole und Sonja zusammen auf dem Klo, und Bastian denkt sich nichts dabei. So ein Arsch. Aber einen riesigen Aufstand machen, wenn ich seiner Freundin gebe, was er ihr nicht geben will.

Ich will doch sonst genauso wenig von ihr wie Sonja, kapiert er das nicht? Ich muss es mir stattdessen im Klo selbst machen. Die sind schon geil, meine Freunde.

Bis zur Abfahrt des Nachtzuges legen wir uns noch einmal an den Strand, der kieseliger ist als gedacht. Aus der Distanz bewundere ich Sonjas Hintern unter dem Bikini, und ihre Titten, so klein sie auch sind, finde ich besonders faszinierend.

Wie sie da liegt, ihre große Nase im Buch, kann ich noch immer nicht glauben, dass sie von mir nichts mehr wissen will, nur weil ich ein Mann bin. Ich würde sie doch viel besser behandeln als Tim, und auch das mit der Religion ist kein Hindernis. Konvertieren? Heißt es nicht so?

Was schreibt Stephen King?

Der Virus. Der Virus. Das Maisfeld. Abigail. Stu. Mauschel. Hast du nicht auch? Ja, Mama. Ich bin krank, ich... **Breddie** Frennson hat eine Fortsetzung von **Zwei hinreißend v**erdorbene Jedi-Ritter gedreht. Und Abba macht die Musik dazu. Doch im Kino ist es *ein* Flop. Ein Wasserball, der gegen meine Beine rollt, weckt mich sofort wieder.

Sonja zieht sich den nassen Badeanzug aus, halb von einem großen Handtuch bedeckt. Ihre Titten liegen blank. So perfekt sind die Titten, dass ich meinen Schwanz aus der Hose holen muss, um sofort zu wichsen.

Sonjas Augen werden groß.

»Was machst du?«, zischt sie entsetzt. Ich erschrecke. Stimmt, hier am Strand ist doof. Ich packe wieder ein.

Die Autos, die Sonne, die Hitze. Die Motorboote. Die Kinder. Die Schießbuden. Das Schwanken der Waggons. Das Wasser. Du bist ein Grünspan, natürlich. Ohne Klo und Plastik.

Die Sonne brennt. Ich hab Durst.

Bastian und Nicole fummeln im Schutz der Rucksäcke, doch ich darf nicht mitmachen. Sonja sieht so geil aus, ohne Bikini, mit den Fingern an ihrer Möse.

»Bläst du mir einen?«

»Muss nicht sein, ich hab andere Pläne.«

In einer Gruppe von Frauen. Mir egal, ich kann auch auf Sonja verzichten, ich hatte alles, mehr will ich nicht. Ich kann es mir auch selbst machen, hinter dem McDonald's, mit den Pornos, die wir zusammen in Barcelona gekauft haben.

Der Virus tobt in Niedersachsen. Schweiß auf meinen Buchseiten.

Die Sonne, die Boote. Schwitzend schrecke ich auf. Bastian und Nicole haben ihr Fummeln beendet und Sonja hat ihr Finger wieder aus ihrem Bikini genommen.

3.

Später steht die Sonne tiefer. Der Zug geht um halb acht. Der Bahnhof von Nizza ist nicht so schick wie gedacht. Wer fährt auch schon mit dem Zug nach Nizza? Filmstars? Die kommen doch im Privatjet oder Sportwagen vorgefahren.

Die Anzeigetafel sucht nach einem neuen Ziel. Sonja und Nicole halten Abstand, Bastian sieht mich von der Seite an. Warum guckt er so? Ich habe seine Freundin nicht einmal angesehen in den letzten Stunden, geschweige denn an Sex mit ihr gedacht.

Jetzt müsste ich den Zug zu meinem Vater nehmen. Ich starre auf die Ziele, die auf der Tafel klappernd erscheinen.

Eine Regionalbahn nach Avignon. Mit dem Bus weiter.

Und dann? Wie geht es weiter? Ich muss meinen Vater vom Bahnhof aus anrufen. Ich muss. Aufgaben schwer wie Blei.

In meinem Magen ein Stein.

Schule abbrechen. Neu anfangen. Ist das der Weg? Ich weiß es nicht.

Sonjas Wahl erscheint mir immer beneidenswerter. Abgeschieden im Kloster, fern von allen Reizen.

Auf der Tafel wird der Zug angezeigt. Nicht wie in Paris erst kurz vor der Abfahrt, dafür ist Nizza zu klein. Kommune statt Kloster, Lavendel statt Lust, kein Sex, nur mein Vater und seine Kommune, kein Matheunterricht. Gleitgel auf dem Schwanz und ab in den Arsch.

Wo fährt der Zug nach Avignon? Ich reiße mir die Finger blutig, weil der Schmerz für einen Moment das Karussell im Kopf anhält. Nicole greift an meinen Arm.

»Was ist los?«

Die drei haben doch keine Ahnung, wie es in mir aussieht. Sie denken immer, ich sei nur auf Sex aus, aber das stimmt nicht. Ich will mich doch verlieben, ich warte nur auf die Richtige, auf den perfekten Moment.

Ich reiße den Arm weg. »Nichts ist los.« Lasst mich doch alle in Ruhe, lasst mich nicht alleine, möchte ich schreien, warum fickt ihr nicht mehr mit mir? Warum bin ich mit meiner Lust wieder alleine, mit meiner rechten Hand und den Pornos in meinem Rucksack?

Gleitgel auf meinem Schwanz und dann rein in den Arsch. Arsch. Ich Arsch, was kann ich schon? Nichts kann ich, höchstens Lavendel pflücken.

»Ich will nicht nach Straßburg, ich will zu meinem Vater«, flüstere ich. Avignon, jetzt oder nie. Zu meinem Vater geht es von Gleis 2. Und anschließend mit dem Bus in eine Welt ohne Sonja, ohne Schule, ohne Nachdenken.

Bastians Stimme ist voller Wut und Enttäuschung.

»Geh doch, du Arsch, du bist schon ein toller Freund.«

Baut mein Vater überhaupt Lavendel an? Was machen die eigentlich den ganzen Tag dort? Er schrieb mal etwas von Tourismus, von Kleinkunst. Ich weiß es nicht mehr. Ich habe ihm nie wirklich zugehört, ihn nie ausgefragt. Warum auch. Er ist mein Vater, er soll sich für mich interessieren, nicht ich mich für ihn.

Egal. Ich bin ihm egal. Mein Bruder ist ihm egal. Er hat uns verlassen, er ist ohne uns in seine schwule Kommune gegangen, hat uns mit meiner Mutter zurückgelassen. Nie werde ich ihr verzeihen können, dass er sie verlassen hat.

Egal. Alles egal. Jeder. Klammere dich nicht an etwas, das du nicht halten kannst. Alles egal. Sex. Familie. Vater. Freundschaft. Nichts bleibt.

»Ihr seid mir doch alle egal.«

Der Zug nach Nizza donnert in den Bahnhof, meine Haare flattern im Wind. Glaubt Sonja wirklich, die Pornos seien ein Ersatz für ihre Aufmerksamkeit? Das Quietschen der Bremsen schmerzt in den Ohren, die Abteile sind kaum besetzt.

Beim Einsteigen höre ich Bastian murmeln.

»Pisser.«

Mir egal. Bin ich eben ein Pisser.

Hinter Schiebetüren leere Gesichter. Kein Bock auf Gesellschaft.

»Wir sehen uns in Straßburg«, belle ich den anderen zu und verziehe ich mich schmollend in ein freies Abteil.

Die Kommune meines Vaters bewegt sich nach einem Ruck ganz langsam aus dem Bild, rutscht immer schneller nach rechts, bis der Bahnsteig verschwindet, und Südfrankreich hektisch im Schatten des Waggons zappelt.

Straßburg, und dann nach Hause. Das war es. Kein Neuanfang in der Kommune, kein Entkommen.

Ist es eine Entscheidung oder passiert es nur mit dir? Du wirst in eine Richtung gedrängt, unfähig, selbst zu bestimmen. Südfrankreich war nie eine Reiseoption, es war immer nur ein totes Gleis.

Warum bist du nicht einfach eingestiegen? Weil es in der Theorie viel attraktiver wirkte? Weil Südfrankreich totaler Quatsch ist? Oder weil du es nicht ertragen könntest, Sonja nicht mehr zu sehen?

Geh zurück in das Abteil deiner Freunde, die Käse ausgepackt haben und Baguette, die gemeinsam essen und über dich reden. Kapsel dich nicht ab, selbst wenn ihr nicht mehr gemeinsam fickt.

Ich kann nicht zu ihnen gehen, ich will, dass sie zu mir kommen, sich um mich kümmern, wissen wollen, warum ich mir mit den Zähnen die Hautfetzen von den Fingern reiße, bis sich der klare Schmerz in mein Bewusstsein brennt.

Meine Beine sind wie gelähmt, wie damals im Jugendclub, als ich nicht tanzen konnte und nur in der Ecke stand, unfähig, mich zu bewegen und die nötigen Schritte zu machen.

Ich möchte heulen, will wichsen, will schreien und mir das Gesicht zerkratzen, will aus meiner Haut, will fliegen. Aussichtslos.

Kein südfranzösisches Exil, keine schwule Kommune bei meinem Vater.

Die Fensterscheibe an meiner Stirn ist kühl und der Schmerz in meinen Fingern faszinierend grell. Etwas Schärferes wäre jetzt angebracht, und wenn es nur nackte Haut ist, statt blitzendem Metall.

Die Sonne geht unter. Der Kontrolleur kommt. Im Anschluss schleiche ich über den Gang zu den Toiletten, ein Pornoheft unter meinem T-Shirt. Doppelpenetration, in den Arsch und in die Möse, genau wie im Zug, wie mit Nicole und Bastian. Ob ich sie fragen solle? Vielleicht haben sie es sich ja anders überlegt.

Als ich abspritze ist es besser als mit den beiden, und ich weiß, dass ich sie nicht nach einem Dreier fragen muss. Keine Diskussionen mit Bastian, kein Stress, kein Danach. Meine Pornos beschimpfen mich nicht.

Bei meiner Rückkehr steht Sonja im Abteil. Draußen zieht die Dämmerung die Schatten lang. Wir halten irgendwo im Nirgendwo. Nachtzug. Wir haben es nicht eilig.

»Kommst du noch mal rüber?«

»Nein«, murmele ich, ohne sie anzusehen. Sie soll meinen Ärger spüren, soll wissen, wie sehr es mich trifft, dass sie mich so abserviert haben. Ich breite meinen Schlafsack auf der Sitzbank aus und ziehe meine Hose aus. Am liebsten würde ich jetzt meinen Schwanz aus der Hose holen und mir demonstrativ vor ihr einen runterholen, als ein Zeichen meiner Unabhängigkeit, als Statement, als Provokation.

Doch ich werde sie besser ganz einfach ignorieren, werde gar nichts machen. Sie sind mir egal, so wie ich ihnen egal bin. Gleiches mit Gleichem.

Ich drehe mich auf die Seite und starre gegen die Rückenlehne des Sitzes. Das Polster riecht staubig. Kleidung raschelt. Sonja zieht sich aus. Wenn sie jetzt nackt zu mir kommt, werde ich sie nicht zurückweisen, sondern festhalten, werde sie umarmen und ihr sagen, wie sehr ich sie vermisst hätte, wäre ich zu meinem Vater gefahren, dass ich es gar nicht hätte ertragen können, sie morgens in der Schule nicht zu sehen.

Sekunden später raschelt ihr Schlafsack.

Ich hätte es mir nicht wünschen dürfen, ich hätte an etwas Anderes denken sollen.

Der Wagen schaukelt langsam über eine Weiche. Straßburg. Was sollen wir da? Ficken geht nicht. Was sonst ist in Straßburg?

Gerade spürte ich die Lähmung in meinen Fingerspitzen, die Schwere des Schlafes in den Beinen, als mich Sonja anspricht.

»Schläfst du schon?«

Endlich.

»Nein.«

»Was kommt nach dem Urlaub?«, fragt sie leise. »Bleiben wir dann Freunde?«

»Die ab und zu miteinander ficken?« Ich drehe mich auf die Seite.

»Ich hab andere Pläne mit meinem Leben«, sagt Sonja und dreht mir den Rücken zu.

Mit einer Frau, das meint sie in Wirklichkeit, auch wenn sie Kloster sagt.

Mir ist es recht. Damit kann ich eher leben als mit der Ansage, ich sei nicht, was sie sich vorstellte. An meiner Männlichkeit kann ich nichts ändern. Das macht mich nicht fertig. Ich habe alles, wovon ich geträumt habe, schon erlebt.

»Hast du was dagegen, wenn ich mir einen runterhole?«

»Mach nur, ich mach's mir auch.« Ihre Stimme ist kaum zu verstehen und in der Dunkelheit sehe ich keine Bewegung. Also greife ich in meine Hose.

Sie legt ganz still auf ihrer Sitzreihe, masturbiert so bewegungslos, als schliefe sie.

Ich spürte den Höhepunkt nahen wie ein Güterzug auf dem Nachbargleis. Zähneknirschend spritzte ich ab. Einmal, zweimal, bis Sonja sich seufzend auf die Seite dreht. Ihr Gesicht leuchtet blass. Mir schwinden die Sinne.

Rückwärts taumele ich auf meine Seite des Abteils, falle flach auf die Sitzreihen, spüre die Müdigkeit wie einen Schlag mit der Keule und schrecke hoch, von einem Quietschen geweckt.

Hellgelbe Lichter vor dem Fenster. Bidonville. Eine Stadt irgendwo zwischen Nizza und Straßburg. Sonja liegt zugedeckt auf ihrer Seite, den Schlafsack fast bis über den Kopf hochgezogen. Nach einer halben Minute fährt der Zug wieder ruckend an. Niemand kommt in unser Abteil. Ich schließe die Augen.

In jedem Bahnhof, an jeder quietschenden Station, wache ich aus einem hektischen, atemlosen Halbschlaf auf und fürchte, jemand werde die Tür zu unserem Abteil aufreißen und uns auffordern, Platz zu machen. Und jedes Mal offenbart sich Sonja in einer anderen Position auf ihrer Sitzreihe. Nackt, das T-Shirt auf dem Boden, mit den Fingern zwischen den Schenkeln, den Po in die Luft gestreckt.

Manchmal wichse ich neben ihr, manchmal liege ich auf meiner Seite und beobachte sie nur beim Masturbieren, und manchmal schläft Sonja ganz still und regungslos unter ihrem Schlafsack.

Als ich das letzte Mal in dieser Nacht erwache, liege ich auf meiner Seite des Abteils. Draußen graut dem Morgen vor dem Tag.

Der Zug rollt langsam durch einen großen Güterbahnhof. Sonja schläft. Meine Augen brennen.

Ich fühle mich erschöpft.

Bin wach.

Home, bitter home

Und je näher du deinem Kulturkreis kommst, umso extremer kommen dir die Erfahrungen in der Ferne vor. Verkaufen die Spanier wirklich Tierpornos am Kiosk? Ist es in Portugal ohne Scheiß erlaubt, Haschisch zu besitzen? Zahlt man in Frankreich tatsächlich weniger Steuer, wenn man sein Essen mitnimmt? Ist dieses Wissen eine Bereicherung oder eine Belastung, wenn bei dir zuhause alles anders ist?

1.

Der Zug hält quietschend. Wir stehen bereits an der Tür, die Rucksäcke geschultert.

Letzte Station, bevor wir zurück nach Schnedigheim fahren. Wie sollen wir jetzt weiter machen? Mit unseren Erfahrungen, mit der Nähe, die zwischen uns war? Wir werden uns jeden Tag in der Schule sehen, werden uns ansehen und wissen, dass wir miteinander gefickt haben, als gäbe es kein Morgen.

Jeder von uns wird wissen, was zwischen Sonja und mir war, zwischen ihr und Folke und dem Pony. Jeder von uns wird sich an den schwulen Sex zwischen Tim, Michael und mir erinnern, an das Sperma, an die steifen Schwänze in engen Arschlöchern, auch wenn die Erinnerung mit jedem Tag weiter verblasst, ungenauer wird, sich nur noch auf die Penetration beschränkt, so wie die Bilder in meinen Heften nicht das Davor und das Danach beschreiben.

Wir werden uns nur noch an den Sex erinnern, nicht mehr an die Konflikte. Was bleibt ist die fehlende Intimität.

Wie werden wir damit umgehen?

Vielleicht genau so, wie Nicole und Bastian es tun. Eben höre ich Nicole Arsch sagen, aber dann merke ich, dass sie Bastian nur beschimpft, weil er ihr das Zelt nicht trägt.

Arsch. Als Schimpfwort kann man es sagen, aber nicht in Zusammenhang mit ficken.

Und auch sonst scheinen die drei beschlossen zu haben, einfach nichts mehr zu sagen. Niemand will darüber reden, dass Tim und Michael zum Ficken nach Arcachon gefahren sind. Ich kann mit ihm nicht einmal mehr darüber reden, was wir in den vergangenen Wochen gemacht haben, und auch er scheint keine Lust zu haben, es anzusprechen. Wieso eigentlich nicht? Ist es den anderen etwa auch so peinlich wie mir?

Ich erinnere mich, dass er in Barcelona vor der Abfahrt gesagt hat, er habe vom Arschficken die Schnauze voll. Soll er doch.

Aber dieser radikale Schnitt - alle tun so als sei es nie passiert. Vielleicht ist es auch gut so, vielleicht sollen wir nicht weiter darüber reden. Wir waren uns viel zu nah, und ich kann mir schon gar nicht mehr vorstellen, wie es mit den dreien gewesen ist.

Es ist vorbei. Reizüberflutung. Irgendwann nimmst du gar nichts mehr wahr. Dein Hirn schaltet ab und verweigert sich der Aufnahme neuer Informationen, weil du die alten noch gar nicht verarbeitet hast. Vier Wochen Urlaub sind eine Woche zu viel.

»Bastian?«, frage ich Bastian, während wir die Zelte aufbauen. Wie cool, dass es mitten in Straßburg einen Campingplatz gibt. »Wegen dieser Sache, es tut mir leid, ich hab verstanden.«

»Ich hab keine Ahnung, wovon du redest.«

»Okay, du willst es nicht wissen, ist okay.«

»Mein Gott, wirst du jetzt wieder angestrengt tiefsinnig, oder was?«, sagt er und zieht Nicole näher an sich heran.

Ist schon gut, ich hab es verstanden. Hier wird keine Freundin mehr geteilt, hier wird nicht einmal mehr darüber geredet. Mir soll es recht sein.

Er will nicht darüber sprechen. Und ich kann nicht. Es geht mir nicht mehr über die Zunge, Sag ‚abspritzen, sag ‚arschficken'. Siehst du? Es geht nicht. Und es ist auch total abwegig.

Würde ich jetzt sagen: »Bastian, ich will deinen Schwanz lutschen«, wäre das nicht nur unmöglich, weil ich es nicht über die Lippen brächte – es wäre auch noch falsch. Denn ich habe keine Lust darauf.

Der dürre Bastian mit den dunklen Locken. Er sieht nicht aus wie die durchtrainierten Darsteller in den Filmen, er ist nicht so, wie ich mir die Hauptfiguren im ‚Liebesdorf' vorstelle. Im wahrsten Sinne des Wortes ist er unattraktiv. Ich will überhaupt nichts mehr mit den beiden zu tun haben.

Was habe ich nur gemacht? Ich könnte auch Nicole nicht fragen, ob ich sie in den Arsch ficken darf.

Ihr Hintern ist viel zu groß, als dass ich ihn noch attraktiv fände. Und dann auch noch diese kurzen blonden Haare – nein, Nicole ist ganz gewiss nicht mein Fall. Auf die Distanz ist es mir fast peinlich, was zwischen uns gelaufen ist.

Und dennoch ist er eifersüchtig. War da nicht etwas? Weswegen ist er eifersüchtig? Ich weiß, dass ich im Traum zu einer so unglaublich neuen Erkenntnis gekommen bin, aber ich kann mich nicht daran erinnern, was das gewesen ist. Eine Erkenntnis über das, was ich bin und warum.

Nur Sonja ist auf einmal viel schöner als an der Algarve, doch sie baut im Zelt eine Barriere aus Rucksäcken. Eine Hürde, damit ich nicht zu ihr kommen kann. Warum, weil ich keine Frau bin? Geht sie deshalb ins Kloster? Wenn ich eine Frau wäre, hätte sie es sich vielleicht doch anders überlegt. Wenn ich nicht versucht hätte, sie zurück in den Schuppen zu sperren.

Das Kätzchen ist frei und die Träume sind nicht mehr so intensiv. Wenn ich sie ansehe, habe ich wieder das Bild vor Augen, wie ich mir Gleitgel von der Wurzel bis zur Eichel auf meinen Schwanz drücke.

Niemals wieder werde ich ihren Körper berühren, nie wieder in sie eindringen, sie besitzen und mich an ihr befriedigen dürfen. Sie tut, als sei nichts zwischen uns passiert, als hätten Lissabon und die Algarve keine Bedeutung für sie.

»Ich hab andere Pläne mit meinem Leben«, hat sie gesagt.

Sie nennt es Kloster, und ich weiß, dass sie Frauen meint. Wir können einfach nicht mehr darüber reden. Für die Männerwelt verloren. Natürlich. Und daraus wird in meinem Traum eine Geschichte von Religion, Selbstfindung und der Liebe zu Gott.

Ich vermisse sie schon jetzt, und ich weiß, dass ich das Kätzchen nie wieder einfangen kann, weil ich zu langsam bin, weil es mir immer entwischen wird.

In meiner Erinnerung sehe ich Sonja und mich im Zelt, wir beide alleine. Ich sehe Sonja und reibe Gleitgel über die Länge meines Schwanzes, bis zur Wurzel, damit ich sie in den perfekten Arsch ficken kann, wie in den Pornos.

Wie an der Algarve, als alles gut war.

Doch sie kniet sich nicht hin. Ich will sie nur umarmen. Doch als ich mich zu Sonja umdrehe, steht sie viel zu weit von mir entfernt. Hätte ich sie nur nicht weggeschoben, hätte ich sie nur an mich herangelassen.

Hätte ich mich nur um das Kätzchen gekümmert.

Auf dem Weg in die Innenstadt kriecht die Leere wie ein Schatten über mich. Straßburg ist schon viel zu vertraut, um noch interessant zu sein. Fachwerk gibt's auch in Schnedigheim. Ich spüre zudem die Ablehnung der anderen, fühle mich fremd in dieser Stadt, in meinem Körper.

Ich erinnere mich, wie ich in der 5. Klasse während des Unterrichts nicht auf Toilette gehen wollte und mir in die Hosen gemacht habe. Immer wieder taucht dieses Bild auf, wird mir heiß und ich beuge mich unter der Last der Erinnerung. Peinlich. Ich mit nassen Füßen an meiner Schulbank. Es ist mir immer noch peinlich, doch ich kann es nicht vergessen.

Ich möchte mich am liebsten in den Kanal werfen vor Scham. Mir wurde doch die Lösung für meine Probleme auf dem Silberteller präsentiert, und ich hab sie ausgeschlagen.

Jetzt ist es zu spät, jetzt will Sonja nicht mehr.

Das Wasser spiegelt ein Gesicht, das mir nicht gefällt. Ich sehe die Schrammen und den Schorf. Bastian hat mir aufs Maul gehauen, weil ich seine Freundin in den Arsch gefickt habe. Geschieht mir recht. Ich bin ein Kameradenschwein.

»Was ist mit ihm?«, höre ich Nicole sagen. »Eben hatte er doch noch gute Laune.«

Was habe ich gemacht?

»Der will doch wieder nur Aufmerksamkeit erregen«, knurrt Bastian. Ja, vielleicht, nein. Ich weiß es nicht.

Unfähig zu einer Reaktion bleibe ich am Wasser sitzen. Straßburg geht mir am Arsch vorbei. Ich weiß nicht, was ich machen soll, bin wie gelähmt. Natürlich war ich eben noch guter Laune, aber daran ist doch nur Sonja Schuld, die nicht erkennt, was ich empfinde, die meine Signale nicht sehen will, der ich egal bin. Ich brauche doch nur eine kleine Reaktion, eine Antwort, ein Hinweis darauf, dass sie mich versteht.

Sonja und ich - wir sind uns doch so ähnlich. Sie will geliebt werden, sie ist anhänglich und treu und bereit, alles aufzugeben. Sie muss sich erinnern, an das, was wir hatten, an die Momente in Portugal und Spanien. Sie muss. Vielleicht überlegt sie es sich dann noch einmal mit dem Kloster, mit den Frauen.

Die Stadt kotzt mich an. Ich will zurück auf den Campingplatz, ich will in die Dusche und wichsen. Ich habe Lust, *Stand by me* zu gucken, den Film über echte Freundschaft, so wie sie sein soll. Wenn ich ihn ansehe, werde ich immer so nostalgisch und fange an zu heulen.

Warum spüre ich nichts mehr?

Ich kaue an den Nägeln. Die blutverkrusteten Fingerspitzen fangen meinen Blick. Das ist nicht sehr effektiv. Für wenig Schmerz gibt es viel Blut.

»Wir sehen uns auf dem Campingplatz«, sage ich und verschwinde, lasse die drei alleine. Ich weiß, wohin ich gehen muss. Ich renne und hoffe, Sonja werde mir folgen, doch je schneller ich durch die engen Gassen laufe, umso unwahrscheinlicher wird es.

Sucht mich, findet mich, folgt mir, wenn euch wirklich an mir liegt.

Irgendwann bin ich alleine unter Franzosen.

Ich schiele hinter mich. Niemand ist mir gefolgt, nicht Bastian, nicht Sonja, und erst recht nicht Nicole.

Nach all dem, was wir geteilt haben.

Ich finde einen Straßenkiosk, der Pornos verkauft, aber das ist nicht, was ich suche. Rossmann, Rossmann, gibt es hier nicht auch so etwas?

Ich haste durch die Straßen, lande auf einem großen Platz. Vor mir ragt eine große Kirche auf, Touristen schieben sich in Massen hinein, Postkartenverkäufer halten vor den Eingängen ihre Ware hoch.

Scheiße, jetzt bin ich doch noch dort gelandet.

Eine Querstraße weiter stürze ich in einen nach Seife und Staub riechenden Laden, in dem in Plastikfolie eingeschweißte Sixpacks Volvic verkauft werden, gleich neben Toilettenpapier und einzeln verpackten *Pain au Chocolats,* Mottenkugeln und Baguettes. Auf der Fläche zweier Telefonzellen ist hier das Sortiment eines ganzen heimischen Supermarktes vorhanden. Duschgel neben Dosensuppen, darüber Reisekoffer, nebenan ein Kühlschrank mit 1664-Bier und Rotwein.

Zahnbürsten.

Der Mann hinter der Kasse nickt freundlich.

Gewürze.

Ich fische meinen Brustbeutel heraus. Wie viele Francs hab ich noch? Muss ich zum Geldautomaten?

Rasierschaum.

Ich finde einen blauen 50-Francs-Schein unter meinem Reisepass und greife erleichtert zu einem kleinen weißen Päckchen im Regal.

Du Arsch. Was hast du getan? Warum hast du dich nicht um das Kätzchen gekümmert?

Der arabisch aussehende Mann hinter dem Schalter reicht mir lächelnd das Wechselgeld über den Tresen und stopft das weiße Päckchen in eine dünne orange Tüte.

Jetzt in einen Park, irgendwo ungestört sein.

Ich laufe zurück zum Kanal. Vielleicht treffe ich dort ja. Nein, ich will sie gar nicht sehen, will sie bestrafen mit meiner Abwesenheit.

Gel, von der Wurzel bis zur Eichel, und dann ab damit in Sonjas Arsch. Ich will sie wieder umklammern, von hinten in den Arsch ficken, ihre Titten in beiden Händen halten und mein Gesicht in ihrem Nacken vergraben, will ihre Haare spüren und ihren Hintern an meinem Bauch, während mein harter Schwanz sie durchbohrt.

Warum hast du nicht?

Warum nicht?

An den Quais verkrieche ich mich unter einer Brücke. Vor mir fließt das Wasser. Ich hole das weiße Päckchen aus der Tüte, reiße die Verpackung auf und schiebe eine der flachen Klingen heraus. Sie ist in Wachspapier eingeschlagen. Nachdem ich das Papier entfernt habe, glitzert und blinkt das Metall in der Sonne. Glitzernd wie Gleitgel, das aus der Tube quillt.

Ich rolle den Ärmel meines Hemdes hoch und lege den linken Ellenbogen frei. Der Schmerz ist ebenso klar, kristallklar. An der Klinge klebt Blut.

Erleichtert krümme ich mich zusammen und genieße den kurzen Moment, in dem mein Kopf frei ist.

Du Arsch.

Wir treffen uns am Abend auf dem Campingplatz wieder. Meine Laune ist gehoben. Ich spiele mit dem kleinen Päckchen in meiner Hosentasche.

»Wo warst du?«

»Bummeln«, sage ich vergnügt. Sonja zu sehen macht mich glücklich. Ahnt sie, dass ich mir jetzt beim Wichsen immer vorstellen werde, wie es war, sie von hinten zu ficken?

»Habt ihr schon gegessen?«

Nicole nickt. Ich erzähle nichts von der Brücke, dem klaren Schmerz. So wie sie mir nicht von Barcelona erzählen, vom Dreier und von der Faust in Sonjas Möse.

Ganz wie ihr wollt.

Früh gehen wir in die Zelte. Ich schlafe beim Lesen ein, noch bevor Sonja aus den Waschräumen zurück ist. Als ich aufwache, liegt sie schon auf der anderen Seite des Walls aus Handtüchern. Im Zelt ist es dunkel. Die Ruhe auf dem Zeltplatz wird untermalt von den fernen Geräuschen der Stadt. Aus dem Nachbarzelt höre ich Seufzen. Bestimmt ficken sie. Mein Schwanz ist hart. Ich greife zu und genieße den Impuls.

»Schläfst du schon?«, flüsterte ich. Sonja sagt nichts. Die Distanz ist kaum zu ertragen.

Warum haben sie mich ausgeschlossen? Sie haben mich doch erst in diese Welt der Orgien, der gespreizten Schenkel und Arschficks und Sperma geholt. Sie waren es, die im Nachtzug nach Madrid gemeinsam wichsen wollten. Die Ameisen, die Kätzchen.

Ich bin alleine. Ich habe die Distanz aufgelöst und muss feststellen, dass ich nicht der bin, den sie will, den keiner will. Sonjas Gesicht ist ein heller Fleck im Dunkel des Zeltes. Ein wunderschöner Fleck.

Nur einmal noch.

Vorsichtig schäle ich mich aus meinem Schlafsack. Der Stoff raschelt viel zu laut, aber Sonja wacht nicht auf. Auf den Knien rutsche ich ganz dicht an den Wall aus Jacken und Taschen heran, beuge mich darüber, nehme meinen Schwanz in die Hand und wichse, wichse vor Sonjas Gesicht, ganz nah, so dass meine Eichel beinahe ihren halboffenen Mund berührt, ihre weichen Lippen.

Sie atmet ganz ruhig. Ich kann ihren Atem an meiner Eichel spüren.

So gerne würde ich noch einmal mein Sperma in sie spritzen, ganz gleich, in welche Öffnung.

Schneller und schneller wichse ich. Meine Hand schmatzt an meinem steifen Schwanz. Geil war es mit Sonja an der Algarve, im Nachtzug, auf dem Schiff, als ich sie habe ficken dürfen, als sie gar nicht genug von mir bekommen konnte.

Hätte ich sie nicht zurückgestoßen, hätte ich mich eher auf sie eingelassen, wäre sie nicht.

Lesbisch. Nonne. Lesbische Nonne.

Und ich durfte sie noch in den Arsch ficken, diesen herrlichen Arsch. Auf der Fähre in Lissabon hat sie mir einen geblasen und mein Sperma schoss ihr zur Nase wieder heraus. Gleitgel von der Wurzel bis zur Eichel auf meinem Schwanz, ab damit in Sonjas Arsch. Ich sehe es vor mir, spüre ihre Haut an meinen Fingern.

Mein Höhepunkt kommt so überraschend, so schnell, dass ich nicht rechtzeitig reagieren kann. Die erste Ladung landet in Sonjas dunklem Haar, und ein Tropfen läuft ihr in die Stirn. Rasch wende ich mich ab, spritzte auf meinen Schlafsack, in das ehemals weiße Baumwollfutter, und der Schuss ist gut.

»Sven, was machst du«, höre ich Sonja murmeln. Der Schock geht mir durch Mark und Bein.

»Entschuldigung«, flüstere ich und schlüpfe in meinen Schlafsack, und Sonja, sprachlos, nimmt ihre Hand aus dem Haar, zieht den Schlafsack bis zum Kinn.

Meine Hand ist nass. Ihr Blick war sehr irritiert. Ich drehe mich auf die Seite und starre an die Zeltwand, die in der Dunkelheit seltsam grobkörnig wirkt, wie ein schlechtes Fernsehbild.

Muffig. Es riecht nach Muff. Muff Potter. Ist das nicht? Figur aus Tom Sawyer. Der alte Potter. Drei Fragezeichen. Später will ich ein Zelt aufbauen, doch die Heringe gehen nicht in den Boden. Bastian nimmt eine Schaufel, und ich weiß, dass es eine Nagelfeile ist, um den Boden aufzulockern. Ich verstehe nicht, was er sagt. Wir haben keine Reservierung.

Das Virus. Das Traumvirus breitet sich aus, geht zurück, Captain Trips macht hemmungslos.

Als ich aufwache, weiß ich, dass ich geträumt habe. Der Traum fühlt sich nicht mehr so echt an wie in den letzten Tagen.

Es ist vorbei.

Aufgabe erfüllt.

Sonjas Platz neben mir ist frei, der Wall aus Klamotten und unseren Rucksäcken ist noch höher als gestern. Die Verlegenheit schießt mir unter den Scheitel. Hab ich gestern Nacht tatsächlich Sonja angespritzt, oder hab ich es nur geträumt? Ich bin in ihr gekommen, im Nachtzug, als sie Folke gefistet hat.

Und jetzt träume ich davon, wie ich nicht in ihr komme, sondern auf ihr Gesicht. Hab ich nicht auch davon geträumt, dass ein Virus für unsere Sexspielchen verantwortlich ist?

Verrückt.

Ich höre Stimmen aus dem Nachbarzelt. Perfekt. Ich suche im Rucksack nach dem Pornoheft, das ich mir in Madrid gekauft habe, nein, das Sonja mit mir gekauft hat, damit ich von ihr loskomme, und nehme es mit in die Dusche.

Die braunen Fliesen wirken wie aus den Siebzigern.

Ich bin alleine. Es riecht nach Duschgel. Wie damals immer in der Tennisumkleide, bevor ich entnervt den Schläger in die Ecke geworfen und nie wieder einen Platz betreten habe.

Viel zu lange her.

Erst knie ich mich vor die kleine Bank, auf der man die Klamotten ablegen kann. Nackt blättere ich durch den Porno. Auf den Fotos bläst ein gut gebauter Macho-Spanier einem weiblich wirkenden Typen den Schwanz und lässt sich von ihm ficken. So stelle ich mir den kleinen Theo aus ‚Das Liebesdorf' vor. Wie in meinen Büchern.

Ich wäre gerne in meinen Büchern der Held und würde all das noch einmal machen. Aber nicht mit Bastian und nicht mit Nicole, auch nicht mit Tim und Michael. Nicole gefällt mir nicht, sie hat dieses dämliche Meg-Ryan-Lächeln und blonde Haare und Bastian ist einfach zu dürr.

Und Tim und Michael? Die sind mir zu extrem.

Beim Wichsen schiebe ich mir den Mittelfinger tief in den Arsch und denke daran, wie es mit Michaels Schwanz gewesen ist. Ich nehme Duschgel und schiebe noch Zeigefinger und Mittelfinger dazu, versuche, mir die ganze Hand in den Arsch zu schieben, doch es geht nicht. Gleitgel, wo ist das Gleitgel?

Wäre ich doch nur zu Hause.

Ich stelle das heiße Wasser an, lege mich in der Duschkabine auf den Rücken, rufe die geilen Bilder aus der Erinnerung ab, ärgere mich, dass ich mir in Spanien keinen Tierporno gekauft habe, das wäre jetzt geil, fingere meinen Arsch, wichse wie ein Berserker, lege die Füße an die Wand, krümme mich, so dass mein Schwanz über meinen Lippen zu schweben scheint und spritze mir selbst in den Mund.

Das Sperma klatscht mir ins Gesicht, auf meine herausgestreckte Zunge und ins Auge. Ich versuche, meine Eichel mit der Zungenspitze zu erreichen, fast schaffe ich es, und dann sacke ich im warmen Trommelfeuer der Wassertropfen zusammen.

Mein Herz rast.

Die Erinnerungen an den Sex mit Tim, Michael, Bastian, Nicole und Sonja sind so blass, so weit weg. Wie gerne würde ich wieder ficken, ganz ohne Konsequenzen, nur Körperlichkeit genießen, ohne Zugeständnisse.

Ob ich sie besuchen darf in Dabbergost? Ich habe so oft davon geträumt und muss jetzt einfach einmal sehen, wie Sonja wohnt. Vielleicht kommt Bastian mit. Nur hinfahren und gucken, mehr nicht, einfach nur sehen, wie sie wohnt.

2.

Der Zug schwankt. Du bist alleine. Niemand hört dich atmen, niemand interessiert, ob du da bist.

Zurück nach Hause. Vier Wochen später bist du immer noch der Gleiche. Hast du geglaubt, du könntest dir entkommen? Hast du gehofft, du würdest dich ändern?

Madrid, Paris, Lissabon, Barcelona – und du bist immer noch derselbe Idiot. Ich drücke Gleitgel aus der Tube über die Länge meines Schwanzes. Gleitgel, von der Eichel bis zur Wurzel, in einem langen, glitzernden, durchsichtigen Streifen.

Dieses Bild verfolgt mich wie ein Zombie, und ich habe Ladehemmung. Ich wünschte mir, ich hätte diese Dinge niemals gesehen. Jetzt begleiten sie mich in meinen Alpträumen. Wenn ich ein Pony sehe, kann ich immer nur an das eine denken. Rote Bälle, das Wort Faust - alles hat seine Unschuld verloren.

Das Rattern des Zuges schläfert mich schließlich wieder ein, doch es wird ein unruhiger Schlaf.

Wir haben alles ausprobiert.

Nun sind sie mir wieder so fremd wie zuvor. Körperlichkeit kann ermüdend sein, wenn keine Emotion dahinter steht. Sex ist irgendwann so banal, dass er unerträglich ist. Über dem Paradies liegen dunkle Wolken, hinter dem Baum der Erkenntnis lauerten Schatten. Nie wieder will ich meine Freunde so nah an mich lassen. Können wir eigentlich jemals wieder unverfänglich miteinander umgehen?

Die Bahn schaukelt mich in den Schlaf, und in der Nacht überfallen mich die Mädchen, fesseln mich und schlafen mit mir. Doch es fühlt sich an wie ein Traum, und wenn ich aufwache, vergeht die Erinnerung schnell.

3.

Der Wind weht Blätter über die Straße. Die Bäume tragen ocker, beige und feuerrot. Und ich sehne mich zurück auf die Schiene. Warst du wirklich in Barcelona, Lissabon, Paris?

Bist du am Strand entlang gelaufen und hast du auf dem Eiffelturm gestanden? Die Nächte im Zelt, die Tage in der Bahn, die Suche nach Jugendherbergen, die vielen Eindrücke – sie sind in deinem Hirn gespeichert, aber sind es echte Erinnerungen?

Ohne an die Situationen zu denken, die sich zwischen uns abgespielt haben, kann ich Sonja, Nicole, Bastian, Tim und Michael nicht mehr ansehen.

Aber für sie, so scheint es, hat es diese Zeit nicht gegeben. Selbst Michael und Tim reden nicht mehr viel mit mir. Der Urlaub hat einen Keil zwischen uns getrieben, statt uns zu verbinden.

In der Schule geht Sonja an mir vorbei, schweigend, lächelnd.

Ich bin hier, möchte ich sagen, suchst du mich? Manchmal fahre ich wie ferngesteuert nach Dabbergost, stehe im Regen in der Dunkelheit und sehe zu ihrem erleuchteten Fenster hinauf. Ich hoffe, dass sie aus dem Fenster schaut, sich auf der Schwelle umdreht oder mich einfach nur ansieht, doch sie sieht mich nicht.

Ich frage mich, wie es ihr geht und was sie nach der Schule macht, doch ich erhalte keine Antwort. Ist jemand bei ihr oder ist sie alleine? Wen liebt sie, an wen denkt sie und was macht sie, wenn die Erinnerungen kommen? Trifft sie sich noch mit Folke zu lesbischen Spielen, oder heimlich mit Nicole, wenn Bastian nicht da ist?

Ich hoffe, sie ist glücklich. Vielleicht bin ich es ja auch.

Unser Unfall im Nachtzug, als ich in ihr gekommen bin, hat keine sichtbaren Nachwirkungen. Abtreiben würde sie nicht, oder doch?

Schwangerschaft, Hochzeit, Dabbergost.

Es war nicht mein Schicksal, es hat nicht so sein sollen.

Die Fotos von ihr sind mein kostbarster Schatz. Fotos von ihren braunen Haaren mit der silbernen Spange. Von ihrem süßen Gesicht mit der gar nicht zu großen Nase darin. Von ihrem strahlenden Lächeln. Von ihrem perfekten Körper mit den kleinen Brüsten.

Manchmal nehme ich diese Fotos zu den Büchern in mein Bett und dann erinnere ich mich daran, wie es war, ihren Körper zu berühren in Arcachon und an der Algarve. Wie wir Sex hatten.

Manchmal träume ich, wie sie meine Hand hält, wie sie mir nahe ist, und es fühlt sich gut an, und ich weiß nicht, dass es ein Traum ist. Dann komme ich auf ganz viele tolle Gedanken, an die ich mich später, wenn ich aufwache, nicht mehr erinnere.

Doch wie in einem Alptraum folgen dunkle Schatten, denn dann lässt sie meine Hand los, sagt, ach Sven, und sagt, sie habe andere Pläne.

Atemlos wache ich nachts auf, ihre Stimme in meinem Kopf, ihr Bild vor Augen, und ich weiß, dass ihre Hand ein Traum war, weil sich die Realität ganz anders anfühlt.

Manchmal träume ich, wie ich Bastian auf die Fresse haue, immer wieder. Und er sieht mich nur an, grinst und sagt nichts. Ich haue ihm aufs Maul, bis meine Hand beinahe in seinem Schädel versinkt, doch ich komme nicht an ihn heran.

Klarträume hingegen habe ich keine mehr.

Ich kümmere mich. Das es scheint gewesen zu sein, was mein Kopf von mir wollte. Sonja ist frei, meine Seelenverwandte, wie ich auf der Suche nach sich selbst. Borderline? Was ist das schon, das ist keine Krankheit, wir leben doch alle im Moment an der Grenze.

Printed in Germany
by Amazon Distribution
GmbH, Leipzig